詩人の詩人 スペンサー

日本スペンサー協会 20 周年論集

日本スペンサー協会 編

2006

九州大学出版会

The Poet's Poet: Anniversary Essays on Spenser

EDITED BY

The Spenser Society of Japan

Kyushu University Press

Fukuoka, Japan

2006

スペンサー肖像画の前に立つ
A. C. ハミルトン教授と福田昇八会長

ケインブリッジ大学ペンブルック学寮の食堂にて
2001年7月

ここに
日本スペンサー協会
創立二十周年
を記念し
会長福田昇八
熊本大学名誉教授
の本協会発展のための
長年にわたる多大の貢献と
十六世紀エリザベス朝に生きた
詩人エドマンド・スペンサーの
日本読者への翻訳紹介ならびに
数秘学研究の優れた業績に対し
われわれ会員一同の敬意と
心からなる感謝を込めて
本論集を献呈し
あわせて
スペンサー研究者が敬愛する
クイーンズ大学名誉教授
A.C. ハミルトン先生
の学恩に謝意を
表します

序 文

　1980年代,『スペンサー百科事典』の記載項目を考えていたころのことである。私は,世界の主要国におけるスペンサーの影響と評判に関する項目をそこに加えようと思った。研究動向を通覧してみてすぐ分かったことは,ヨーロッパではスペンサーの位置が狭く限られているということである。例えばイタリアでは,スペンサーが広くイタリアの詩人たちの影響を受けてはいても,『妖精の女王』の翻訳は部分訳しか行われていなかった。ヴェルナー・ビエスが執筆した項目「ドイツにおけるスペンサー」は,スペンサーの評価は高いものの,めったに読まれることがないことを認めたうえで記述されている。そこではスペンサーは,イギリスにおけるように「詩人の詩人」であったことは一度もなく,むしろ言語学者や文献学者,ことばや原資料の歴史に関心をもつ人々の詩人であった。フランスでも,これはほとんど変わるところがなく,『妖精の女王』の翻訳も皆無であった。
　実を言うと,私は極東におけるスペンサーへの関心をさほど期待してはいなかった。1955年刊行のH.C.チャン『中国人の見たスペンサーのアレゴリーと礼節』という批評研究が1点あるが,スペンサーの詩は中国語に翻訳されてはいなかった。1974年に,今は亡き藤井治彦教授のスペンサーの牧歌に関する卓越した研究書を読んだときは驚き,また喜ばしく思った。後年,『スペンサー百科事典』に藤井教授が執筆した「日本におけるスペンサーの影響と評判」についての項目によって,欧米の読者たちは初めて日本におけるスペンサー研究の盛況を知ることになった。その研究は,1950年の『妖精の女王』の部分訳から開始されたと言ってよい。全訳は,1969年に熊本大学の七人の研究者によって行われ,後にはその他の詩も翻訳されている。そのうちの一人である福田昇八教授との出会いはもっと早く,私がシアトルのワシントン大学の教壇にあったころのことである。爾来,福田教授は日本の次世代の学生たちのためにスペンサーの詩を翻訳するという,顕著な業績を積みあげている。
　1988年に熊本大学で一学期間だけ教鞭をとったことで,私は日本の多くの大学でスペンサーに関して講義をする機会に恵まれたが,さらに重要なことに,スペンサーの詩のあらゆる面の研究に携わっている多くの研究者の知遇を得ることができたのだった。日本におけるスペンサー批評は,現在かつてないほど活発なものとなってい

A.C. ハミルトン

て，スペンサー研究全般はもとより，日本の社会と文化に関連して読まれるスペンサーの詩に対して，実質的に貢献できる準備はこれまでになく整っている。そのようなわけで，1977年に公刊された『妖精の女王』のロングマン注釈版の改訂を要請されたとき，私は福田教授に「『妖精の女王』の登場人物たち」という重要なセクションへの寄稿をお願いした。また，山下浩，鈴木紀之両教授が編集したテクストを使用することにしたのである。これは，1930年代に公刊された集注版以来の『妖精の女王』最初の完全版であり，今や新たな定本と見做されている。

「日本スペンサー協会」の 創立 20 周年を記念する本論集は，同協会の発展における期を画するものである。他のいかなる国にもスペンサー協会は存在しないという意味で，その会員も創設期の倍を超えて50名を数える「日本スペンサー協会」の長年にわたる活動は，高く称えられるべきものである。その記念を寿ぐお手伝いができたことを，私は嬉しく，また名誉に思う。

 2006 年 1 月

A. C. ハミルトン
（島村宣男訳）

目次

序文 　　　　　　　　　　　　　　　　A. C. ハミルトン 　　 i

四つの出会い 　　　　　　　　　　　　　　　 福田昇八 　　 3

第1部 『妖精の女王』

1　赤十字の騎士と消えた聖人の行方 　　　　　　竹村はるみ 　 21

2　スペンサーとアリストテレス 　　　　　　　　島村宣男 　 35

3　ベルフィービーとアモレットをめぐる誕生の神話 　小田原謠子 　 55

4　「従者の物語」続編のチョーサー像
　　　── 記憶の刃（やいば）と忘却の薬 　　　　　　小林宜子 　 67

5　ラディガンドのエピソードにおける脚韻語 　　　小迫　勝 　 93

6　礼節の騎士と二つのパストラル 　　　　　　　祖父江美穂 　115

7　『妖精の女王』におけるエリザベス女王への献辞 　鈴木紀之 　127

8　女王賛歌としての献呈ソネット 　　　リチャード・マクナマラ 　143

9　『妖精の女王』の癒しの植物 　　　　　　　　樋口康夫 　153

10　『妖精の女王』と『源氏物語』── 虚構と現実 　大野雅子 　165

第2部　処女作から白鳥の歌まで

11　第四のカリス ── 『羊飼の暦』の女王賛歌　　足達賀代子　183

12　『時の廃墟』における嘆きの構造　　岩永祥恵　199

13　『ローマの廃墟』における言語・文化国家主義の理念　　小紫重徳　211

14　「蝶の運命」の頭韻による音響効果　　本間須摩子　241

15　ペトラルカとスペンサーの幻　　岩永弘人　251

16　スペンサーとシドニーのエレジー
　　 ──〈悲嘆〉から〈慰藉〉へ　　村里好俊　261

17　ソネット連作集におけるスペンサーとシェイクスピア　　岡田岑雄　279

18　『四つの賛歌』における愛の重層
　　 ──「献辞」の真意解釈　　田中　晋　297

19　白鳥の歌『プロサレイミオン』　　江川琴美　313

20　土地の力──『アイルランドの状況管見』　　水野眞理　329

第3部　資料篇

日本スペンサー協会会報集録　1985～2005　　345

日本スペンサー文献目録　　417

　あとがき　　441

　執筆者紹介　　443

詩人の詩人 スペンサー

四つの出会い

福田 昇八

　ヘンリー・ジェイムズに "Four Meetings" と題する短編がある。佳品と聞いて，若い頃，クラスで読んだ覚えがある。4人の若い女性との出会いを描いた作品と思い込んでいたが，久しぶりに読み返してみたら，それは私の思い違いで，ある女性のことを，4度の出会いを通じて描いた作品と分かった。それでも私はここにヘンリー・ジェイムズからこのタイトルを借りて，自分自身の4つの出会いを辿ることにしたい。といっても私が出会うのは妙齢の女性ではなく，いずれも年輩の紳士である。人には持って生まれた器があるというが，それは誰と，いつ，どのような関係で出会うかによって，大きく左右される。私はいま古希を過ぎ，どうにかイギリス詩人スペンサーの研究家として知られるようになったが，ここに至るには少なくとも4人の師との幸せな出会いがあった。そのような出会いは戦中育ちという偶然がもたらしたものである。

　イギリスのヘンリー8世と2番目の妻アン・ブーリンの間に，後に女王となるエリザベスが生まれたのは1533年のことである。それから400年後の1933年，私は現在の熊本県人吉市西間下町に生を受け，年号の昭和8年に，日が昇ると末広がりの意を込めて昇八と名付けられた。家の周りは一面の水田で，稲の季節には蛙の大合唱の中で眠ったから，農村育ちである。両親は天草出身である。どちらも小学校を出て長崎に働きに出た。そのうちに父親は伯父の所有する山の管理人として人吉に住むようになり，次男の私が生まれたころ球磨焼酎醸造元福の露を創業した。貧農の末子に生まれて実業家になったが，昭和天皇と同年生まれであることを生涯の自慢とし，美味いものを好み，88歳で亡くなる直前まで出された料理はきれいに食べる健啖家だった。母親は結婚前，グラバー邸に奉公し，二代目倉場富三郎氏の夫人に仕えていた。疲れを知らぬ体で六男一女の母となった料理上手で，老後は詩吟を趣味とし，同じく88歳まで生きた。

　私は戦時中に小学教育を終えた最後の世代である。終戦を中学1年，12歳で迎え，どん底の窮乏生活から飽食の時代を生きてきた。小学生の頃は忠君愛国の教育を受け

た。登校すると校門わきの二宮金次郎の像の前で立ち止まり，脱帽して奉安殿にお辞儀する。式の時は，東方遥拝の号令一下，宮城へ向かって最敬礼，それから頭を下げて校長の教育勅語朗読を聴く。しかし，それだけのことで，ほかは今と大した違いはない。空襲警報が鳴って庭に掘った防空壕に避難し，B29の大編隊が高空を通過する爆音を聞いたことは何度かある。一度は戦闘機が単機，降下してきて近くの建物を機銃掃射したこともある。しかし，それだけだ。父親は出征したが無事帰還したし，わが回想の少年時代に戦禍の記憶はない。小さい頃はかなりの悪で，仲間と山野を駆け巡って気ままに過ごした。夏休みには毎日必ず，滑り落ちそうな危険な崖を上り下りして泳ぎに行った。夕方にはミミズを入れた鰻てご（竹編みの筒）を近くの川に沈めに行き，翌朝早く起きて上げに行く。鰻が入ってずしりと重いのを上げるときのあの快感。あれはまさにワーズワスのいう光り輝く日々であった。

　私が通った小学校は男女別に1クラス編成の小規模校だった。校庭には真ん中に一本の大木があり，片隅には「農は国の本」と墨書した札の下がった農具小屋があった。放課後は毎日，そこから竹箒を出し，数人が並んで掃く。私は地面に出来る箒目が好きで，新しい模様になるように掃くのがひそかな楽しみだった。時々は放課後，数人一組で宝拾いに出かけた。モッコという竹製の担架を持って1時間ばかり通りを回り，道に落ちている宝（馬の糞）を集めてきて肥料にするのである。農繁期になると高学年は近所の農家の田植えや稲刈りの手伝いに行った。私は農作業が性に合っていたらしく，手つきが良いと褒められた覚えがある。家では林業もやっていたから，日曜日には季節の仕事に連れて行かれ，春の竹の子掘り，夏の下払い，秋の梨柿栗の取り入れと働いた。父親から，「仕事はただ体を動かせばよいというものではないぞ。いかに効率よく仕事を片付けるかをいつも考えろ」と仕込まれた。私はこのような子供時代の体験から，てきぱきと仕事を片付ける能力を身に付けたように思う。同時に，土や木に親しむ心と技を学んだ。そうして，いくら使っても疲れを感じない体を得た。

　終戦の翌年に書いた手製の中学生日記が手元にある。それには右端に天候，起床就寝時刻，時間割が几帳面に記されたもので，当時を思い出させてくれる。面白いことに，黴菌と共生していた時代らしく食中りの記述が目につく。夜中に痛み出し，母親に腹をさすってもらったとも書いてある。昼間，死ぬほどの腹痛に苦しんで神仏に祈った記憶は今も鮮明である（この記憶があったので，後にチョーサーの有名な巡礼話の冒頭で「お礼参りに出立す」と読んだ時，ああ，あれだと実感した）。飲み水は遠くの井戸までバケツで汲みに行き，台所の水瓶に入れた。家の前の小川から水を運んで五右衛門風呂に入れるのも子供たちの仕事だった。小川の野菜洗い場には，川の神さんにいつも茄子などが棒に突き刺して供えてあった。日当たりのいい道端には，小さな地蔵さんがにこやかに鎮座していた。あの頃はまだ，小泉八雲が書き残したような地霊との交流の中に人々が生きた時代であった。

戦時中の学校には，頭と心の面でも宝があった。その第一に，文部省編小学校国語一年生用第一課の文章がある。

　　サイタ　サイタ　サクラガ　サイタ。

　たったこれだけだが，これは大変な名文だと気付いたのは自分が大学で英詩を教えるようになってからで，念のため，新学期には毎年，自分のクラスで「小学1年の最初の文を覚えている人？」と尋ねてみたが，手を挙げた者はほとんどない。私は自分の学校教育の原点にこの文があることを誇りに思う。
　これと並ぶのが，よく聴かされ，かつ朗唱させられた教育勅語の文語調の響きである。愛国精神を鼓吹する文章だが，私の頭の中では，その中の一節「父母に孝に，兄弟に友に，夫婦相和し，朋友相信じ，恭倹己を持し」という言葉が今も日夜響いている。この低く重い音調は，わが人格の基盤をなしたと言っても過言ではない。このような人倫の基礎を若き心に育成する時代に小学教育を終えたことは幸せな巡り合せであった。
　私が初めて読んだ物語の本は『三国志』である。どこの出版社だったかはいまだに確認できないでいるが，章ごとに名調子の題が付いた本で，「桃園に義を結ぶ」から「秋風悲し五丈原」まで一気に読んだ。まだ小学2年生だったが，当時の本は総振り仮名だったから漢字を知らなくても読めたのである。その後，幾つもの『三国志』が出たが，リズム感，躍動感においてあれに及ぶものはない。この人生最初の本から私は友情，勇気，知謀など大人の世界を知り，壮大なロマンの世界に目を開かれた。長じては騎士道ロマンスに明け暮れる身になるが，スペンサーの妖精の騎士たちの世界はどこかで『三国志』の世界に繋がっているのであろう。
　一方，英語の原書で私が読んだ最初の本は，中学生のとき兄からもらった『不思議の国のアリス』である。手元にあるテニエルの挿絵入りのウィンストン社，1923年版には，途中まで鉛筆の書き込みがあり，辞書を片手に格闘した跡を残している。
　こういうわけで，「サイタ」と『三国志』と『アリス』の3つが私の知的好奇心の原点であり，これがその後の4つの出会いへと繋がって行くことになる。

1

　中学1年で終戦を迎えたとき，私には，これからは英語が話せなくては，話にならぬ時代になるという自覚があった。折よく，ラジオで楽しい英語会話講座が始まった。この毎夕15分の放送を私は中学3年から高校卒業までの4年間，欠かさず聴いた。講師の指示の通り，素直に赤ちゃんになったつもりで本文の会話を繰り返し口ま

ねして覚えた。さらに，本文を活用していろいろのことが言えるようにした。こうして高校卒業時には，学校では全く習わずに英語会話ができるようになっていた。会話力によって読解力も作文力も飛躍的に伸びた。これが英語で生きる道を拓くことになった。

　社会現象ともなったこの人気番組を昭和21年から5年間にわたり担当した平川唯一氏（1902-1993）は，語学教師として異色の人である。岡山県の農家に生まれ，英語は全く学ばずに16歳のときアメリカに渡り，線路工夫として肉体労働の日々を送った後，シアトルのアメリカ人家庭に住み込み，家事を手伝いながら小学校に入って英語の勉強を始めた。飛び級で進級して数年後にはハイスクールを終え，大学で音声学を学び，卒業後は小劇場の役者になった。その後，日米開戦になって帰国し，終戦直後までNHKの英語放送員をしていた。

　このような話し言葉の体験から，平川講師は日本人家族の使う言葉を題材にし，それを口まねするという独自の教え方を考え出した。あの愉快な「証城寺のたぬきばやし」の曲に "Come, come, everybody" で始まる英語の歌詞を付けてテーマ音楽にしたことが幸いして，カムカム英語は幼稚園児にまで知れ渡った。題材は子供の言葉ばかりだが，子供の言葉は言葉の基礎である。これによって私は，学校英語では習えない生きた言い回しを覚え，生きた英語のイントネーションとリズムを身に付けた。講師はアメリカの小学校を出て大学で音声学を専攻し，本場の劇場で役者をしていた人である。日本のどこの学校の，どんな先生より優秀である。その授業を毎日15分，田舎にいても，受けられたのである。私が英語の語感を少しでも身に付けることができたのは，全く平川英語のお蔭である。当時はただ，都会の者に負けておれるかという気持ちからであったが，これは将来，私が英語の詩を読むときに計り知れない利益をもたらすことになった。

　これだけでも平川先生の学恩は多大であるが，あの語学番組は私の人間的成長にも決定的役割を果たした。高校生のとき，私は下級生に呼びかけて語学部を創り，毎日，昼休みの30分を自分が講師役をつとめてラジオテキストの復習をする時間にした。このクラブ活動は英会話に留まらず，入試問題集や理科や数学まで各自が目標を立てて勉強することにまで発展し，受験勉強とも直結し，私塾のような役目を果たした。こうしてこのクラブ活動は，自分の中に眠っていた企画力，組織力，統率力，指導力といった能力を呼び覚まし，クラブの下級生との間に強固な結びつきを作ることになった。

　あの頃，平川先生に会って言葉を交わしたことが一度ある。大分市のカムカム大会に平川先生来るとの知らせがあり，数名の部員とともにはるばる汽車で出かけ，翌朝，先生のホテルを訪ねたのである。先生は大変無口なお方であった。こちらの挨拶に対して「遠い所をわざわざありがとう」と英語で返礼された。最初の出会いはこの一言

でもって，あっけなく終った。ラジオでのあの巧みな話術は，夕方の放送原稿を朝から数時間かけて書き，それを読み上げるアナウンサー方式にあったと知るのは，後のことである。

　私は大学に入ってからは英会話と縁を切った。それと同時に平川先生との縁も切れるところであった。ところが，運命の招きのように，30代半ばに再び平川英語との接点が出来た。地元熊本県の英語教員を対象に，英語会話の集中研修会を主催することになるのである。「国際化を迎える日本が最も必要とするのは，英語が話せる人材の養成である。そのためには中学英語教員の再教育が最重要課題だ。」すべてはこのライシャワー元駐日大使の発言から始まった。私はフォード財団に申請して資金を獲得し，熊本県教育委員会の協力を取り付け，自主研修の主催団体をつくり，昭和45（1970）年9月に8週間集中研修を発足させた。県下全域から20人の中学高校教員を熊本市に集めて8週間，3人のアメリカ人講師が英語会話を教える仕組みを作ったのである。午前は発音と基本文，午後は3班に分かれた個別指導に当てた。当時の教員には外国人教師の授業は初めての人が多かった。それが毎日，アメリカ人から丁寧に教えてもらった。その効果は歴然で，みなが話す英語に自信を持つようになった。こうして参加者数は40歳以下の英語教員の3分の2に及んだ。

　この事業は片手間で運営できることではない。普通には不可能だ。だが私は，担当時間数も委員会活動も同僚と全く同じのまま切り抜けた。今ならヴォランティアの起業家のようなことをしていたことになる。たしかに研究は多少犠牲になったが，私は自分で考えて仕事をしている生き甲斐があった。現場の先生たちから感謝されているという充実感があった。それだけで良かった。あの頃は時々，むかし学校で習った「多々ますます弁ず」という言葉が頭をかすめた。何人前かの仕事を処理し，にこにこしているのは気持ちがいい。あの頃はわが人生の最も輝ける日々であった。

　この自主研修事業が成功裡に終了してから，そのノウハウを書いた本を書いた。これはサイマル出版会から『話せない英語教師』（1979）という派手なタイトルで一般書として出版され，世間に大きなインパクトを与えた。当時は実用か教養かの論争が世論を賑わしていた。わが熊本方式は教員の質の向上に有効な手段，中高大連携の自主研修，「教育は教師から」の実践例として，広く注目されたのである。ただし，この本を読んで同じような事業を始めた所は遂になかった。熊本方式を実施するには運営責任者となる者がいることが鍵になるが，これが簡単なことではない。ただ外国人青年を招いて英語教育の推進を図るという点だけは，周知の通り，政府主導で始まる事業に結実することになった。

　この4年事業は，継続の声に押されて，結局1990年まで20年間にわたり続いた。ワシントンD.C.の日米協会と提携して毎年2，3人の講師を招き，年間を通じて夜の地区研修と昼の学校訪問を主催した。このことは大修館書店から出版された『語学

開国　英語教員再教育事業の二十年』(1990)に書いた通りで，この本は明治4年来日した，わが国最初の外国人教師，熊本洋学校 (1871-1877) の最初にして最後の校長ジェインズの業績から説き起こしたわが奮闘記である。

　サイマルの本が出てから間もなく，私は世田谷の平川家を訪ね，恩師に感謝する機会を得た。その席で，すでに80歳に近い先生にカムカム英語の復活を働きかけた。その結果，著者自身の吹き込みテープ付き『みんなのカムカム英語』(1981) が毎日新聞社から出版され，その5年後には全54冊のラジオテキストを集めた復刻版『カムカム英語』(1986) が名著普及会から刊行された。

　そのようなある日，私は世田谷の平川邸に朝食に招かれたことがある。「アメリカでは昼食と夕食にはよく人を招きますが，朝食に招くのは特別な人なのですよ」と先生が説明され，夫人がコーヒーを私のカップに注ぎ，明るい声で「福田先生，ミルクは入れますか」と尋ねながら，砂糖を2さじ，さっと入れられた。その「有無を言わさぬ」手つきが見事であった。平川家では，コーヒーに砂糖をたっぷり入れることは聞くまでもないことのようで，その後，ご夫妻とも90過ぎまでの長寿を保たれたから，さすがである。

　先生が亡くなられる数年前，大学英語教育学会 (JACET) の設立記念式典の席上，先生に学会から特別賞が贈呈された。私の発議によるこの栄誉は，アカデミックな面では不遇であったこの偉大なる英語教師への英語教育学界からの唯一の恩返しになった。

　先生の没後，私は夫人との約束で，遺族の応援を得て南雲堂から『平川唯一のファミリーイングリッシュ』(1997) を出してもらった。本文は熊本の研修会講師からワシントンポスト紙記者になったトム・リード氏に手を入れて今でも通用する英文にしてもらった。平成の若者にもこれで勉強し，家族英語を身に付けてもらいたいとの願いを込めた本である。

　英語を話せるように学校で教えることは困難とされているが，私はそれを可能にする方策を編み出したと思っている。私は最初，教師を変えれば，すべては変わると考えていた。確かに教師は変わった。しかし，生徒は変わらなかった。生徒を変えるには，教え方そのものを変えねばならないのだ。文字から入って文法中心に教える学校英語では，話せる英語教育はできない。この教え方を改めて，赤ちゃん方式にし，口と耳から入り，まず話せるようにしてから，文字と文法を教えよう。英語を話せる日本人を育てるには，耳と口から身につける赤ちゃん方式しかない。この平川方式を中学英語において実現すること，これを私はいまスペンサーの韻文訳と並ぶ最後の仕事と考えている。

四つの出会い

2

　われわれの高校時代は自由時間がたっぷりあった。いつの頃からか私は月初めに計画を立て，日に何頁と決めて勉強する習慣になっていた。学校の図書室にあった英米児童名作の対訳叢書はこうして読んだ本で，ワシントン・アーヴィングの『スケッチ・ブック』以下，20数冊を読破した。学校の帰りには市立図書館に寄り，古色蒼然たる世界文学全集を次々に借り出し，スタンダールやトルストイからストリンドベリーまで乱読した。

　駒場の教養学部時代は幅広く勉強した。哲学や論理学，社会学などの講義を聴いて，さすが大学は違うと感心した。語学は英独仏を受講していたら，ドイツ語の時間に，「西洋文学をやるなら，ギリシャ，ラテンまでやらなくてはだめだ」と聞いた。そこで2学期から前田護郎，呉茂一両碩学のクラスにも出た。こうして秋学期からは5つの外国語を同時受講し，夜は辞書引きに時の経つのを忘れた。当時は秀才教育の現場にいたようなもので，例えばギリシャ語動詞の活用を習うとき，普通の語学教室のような反復練習はない。「これは重要だから，万障繰り合わせ覚えておいてくださいね」の一言で終わりであった。一を聴いて十を知るような者を教える先生は楽なものだ。このような集中の日々だったので，日曜になるといつも気分転換に渋谷の映画館街に出かけた。朝から映画館に入り，昼食後，また別の映画館に入る。2本立てだから，あの頃は少なくとも週4本の映画を観ていたことになる。

　こうして駒場の2年間が終わり，本郷へ進んで英文学の恩師に出会うが，同じ頃，私はキリスト教を知る機会に恵まれた。駒場でギリシャ語を習った前田護郎教授は無教会派の牧師で，ある私立学校の教室を会場にその日曜礼拝が行われていた。私は朝夕，神仏を拝んで育ったごく普通の日本人なので，キリスト教信者ではない。それでもキリスト教を知らないで英文学の理解が不可能なことはよく分かっていた。幸いにして，英文科に進んでから，同じミルトン研究者，道家弘一郎さんに誘われて日曜日の朝は一緒に前田教授の会に通った。こうして2年間，この聖書学の権威から，神の言葉の意味を解き明かしてもらう幸運に恵まれた。あれはまことにありがたい巡り合せであった。

　昭和30年代初めの東大英文科は英語学の中島文雄教授とアメリカ文学の西川正身教授の時代である。英詩担当の平井正穂助教授（1911-2005）は，昭和8年に斉藤勇教授の「ミルトン研究」を聴講し，ミルトンを生涯の研究対象とした学者である。熊本の九州学院卒で，強い熊本訛りがあり，私は最初から親近感を覚えた。講義は前の晩遅くまで推敲した文章の読み上げ方式で，われわれはその名調子に胸を躍らせながらノートに筆記したものである。講義の前には必ず雑談があり，これが楽しみだったが，ある時どきりとする発言があった。全国の大学の中で東大だけは例外で，何を

言ってもいい所だという前置きがあって、「かつての市川、斉藤時代からすると、このレヴェルもずいぶん下がったよ」と言われた。たしかにこれはどこにでも見られる現象だ。創業者は偉く、跡継ぎは格落ちが通例だ。だがこれは自戒の言葉でもあったようで、それを私は先生の最後の著書『イギリス文学論集』(1998)の中に次の言葉を見つけて知った。そこには「(自分は斉藤教授の亜流と呼ばれたりするが)そうなろうと必死の努力をしたが、遂にそうなりえなかったというのが事実である」と記されている。

　私は卒業論文の題目を『失楽園』のサタン論に決め、その相談に平井家を訪ねたことがある。そのとき一冊の洋書を貸してもらった。それはラージャン著 "*Paradise Lost*" *and the Seventeenth Century Reader* (1947)で、ミルトンを読むには現代人の目でなく17世紀人の心になって読まねばならないと説くものであった。この教えを私は今も大事にしている。最近、スペンサー研究でもフェミニズムとか帝国主義とか、現代人の目で見る解釈が幅を利かしているが、作者と同時代の人がどう受け止めたかという視点を忘れてはなるまい。学者としての謙虚さ、真摯さ、これがこの師から学んだ第一の教えである。

　卒業後しばらくは、年に一度は平井家を訪問した。その後、教員研修に足を踏み入れて訪問は中断するが、私が現職教育に乗り出したのは、清教徒革命に身を投じたミルトンの姿が念頭にあったためである。学問の世界に安住してはいけない、国家の一大事に身を捧げよ、ミルトンの生涯はそう語りかけているように私には思われた。時はまさに学園紛争の吹き荒れる時期で、それが私を教育現場へ駆り立てた。いくらライシャワー教授を研究室に訪ねて懇談したからとて、平時であったならば、それは有名人を訪問したという自慢話にとどまり、実行にまで踏み切ることはなかったろう。私がスペンサー研究に入ったのは、ミルトンを知るためにはその師スペンサーを知らねばならないという自覚のためである。その結果、いまだにミルトンに帰れないでいるが。

　さて、久しぶりで平井家を訪ねたときのこと、『失楽園』翻訳の裏話を聞かせてもらったことがある。夫人が病を得て入院しておられた時のことで、病院の付添料が1万数千円だったとか。「日に日に万円札が飛んで行くかと思うと無性に腹が立ってね、こん畜生！とあれを訳し始めたのだよ」ということであった。そこで私はすぐ『三国志』の「死せる孔明　生ける仲達を走らす」を思い出し、「病める夫人　悩める訳者を走らす」とばかり、同行の道家さんと顔を見合わせて呵々大笑したものである。あれから何年も経って同名の小説がベストセラーになっていた頃、平井先生から長文の手紙が届いた。日本学士院の招待で、特別会員のイギリス人を日本に招くことになったが、熊本を最後の訪問先にしたいので案内を頼むという文面であった。私は喜んでこの役を引き受け、阿蘇を案内し、温泉宿も楽しんでもらった。その報告に立ち寄っ

たのが最後の平井家訪問になった。

　平井先生は筆まめであった。晩年には，もう一度，菜の花畑が見たいとか，近頃，九州学院で教えている夢を見るとか，人吉の温泉宿に泊まったことが懐かしいとか，そのような感懐を私にもらされた。平井先生は学問上のことでも，最後まで後進を激励して育てる，有り難い師で，こちらから何か連絡するとすぐに返書があった。私の最初の韻文の訳書『スペンサー詩集』(2000)が筑摩書房から出たときも，すぐに礼状が届いた。それには「典雅でよく理解できる訳文，まさに見事です。お目出とうと申し上げます。昔は熊本といえば夏目さんや厨川さんの名前がすぐ浮かびましたが，今日では熊大英文のスペンサー研究グループ，和田や福田学兄の名前が浮かびます。永い間，よく頑張られましたことに対し，小生心から敬意と感謝の念を覚えます。」とある。

　その翌年，ハミルトン新版(2001)が出た時は「感慨無量」と次のように喜んでいただいた。「Coeditorとして貴学兄の名前を見，日本の英文学研究も遂にここまで来たのかと思い，いささか興奮しました。和田勇一が生きていたら，さぞ喜んだろうと思いました。私が東大の助教授になって初めて講義をした時，「スペンサー研究」と題し，二ヶ年かかりましたが，その前，雪の新潟でスペンサーを命がけで読んだことも思い出しました。」

　平井先生は2005年2月，93歳で永眠された。偶然，私はその少し前に手紙を出し，12月16日付返書をもらっていた。『妖精の女王』がちくま文庫に入ることになり，その前書きの中に昔の文理版に寄せられた推薦文の再掲載をお願いしたもので，この用件は1行で終り，あとは数日前の誕生日に家族が大勢集まったことが簡潔に記され，最後の手紙になることを意識されたか，初任校の様子が述べられている。それはもはや珍しくなった師弟関係を伝える名文と思うので，ここに引用させていただく。

　　私は二十八歳の時新潟に行き，まる七ヶ年いました。冬になると，こたつに入って，スペンサーやその他のエリザベス朝の詩人や劇作家を読みました。吹雪の夜など，遠方から新潟高校生たちが寮歌を歌ってきて，私の家の前まで来ると，「平井先生，勉強していますか！」とどなりました。「勉強してるぞ。早くあっちへ行ってくれ！」と私もどなりました。

　この老師を慕って訪ねる教え子は最後まで絶えなかったようで，この最後の手紙でも，新潟の教え子で医者をしている人が先日訪ねて来て，人間の死期について話を交わしたとある。教え子にとっては，何事かを成し遂げ，それを報告する恩師がこの世にあるということほど嬉しいことはない。わが師は長命であったため，私は折にふれ

激励の言葉をいただいた。「貴学兄の勉強ぶり，感動を禁じえません。奥様によろしく。」が最後の言葉となった。同郷の者という心安さもあったろうが，このような言葉をもらうとは，私は果報者であった。

3

昭和34（1959）年，皇太子御成婚の春，私は東大の修士課程を終え，26歳で熊本大学法文学部助手に着任した。当時はまだ第五高等学校の赤煉瓦の建物が教室に使われており，60年前には夏目金之助が教えていたのと同じ教室で教壇に立つ身になった。研究室には木造2階建ての旧学生寮が使われていたが，その一室では毎週月曜の午後，若手英語教員全員が参加する輪読会が行われていた。その主宰者は平井先生と大学が同期の和田勇一教授（1911-1993）であった。その年の秋から『妖精の女王』を読むことになり，スミス編オクスフォード2巻本を手に入れ，週に2人で分担して16連ずつ進んだ。まだ注解書も翻訳書も無く，各人はオクスフォード英語辞典で調べて発表するのだが，変な訳をすると，「お前はそれでも大学の教員か！」と遠慮ない罵声が飛ぶ緊張の午後であった。東京育ちのその口調には，抗しがたい威圧感があった。学科会議では誰が反対しようと自分の思い通りに断を下す絶対者で，鶴の一声はこの人のためにある言葉と思われた。

この輪読会が3年目に入り，第3巻ブリトマートの物語に入った時，これは面白い，これを読み捨てにするのは勿体ない，ひとつ読みやすい日本語に訳してみよう，ということになり，手始めにその第1篇を吉田正憲，青木信義，福田昇八の3人で訳して，学内誌に載せてもらった。翌年は第6篇までが載った。これが案外な好評を得たので，3年目からは3人ずつ2つに分かれて下訳を作り，それに代表者が手を入れる方式になり，翻訳は急ピッチで進められた。それから数年間，文部省助成金を得て参考図書も購入し，われわれは明けても暮れても翻訳に没頭する時期が続いた。

こうして翻訳開始からわずか7年後の1969年7月，熊本大学スペンサー研究会訳『妖精の女王』が文理書院から刊行された。『失楽園』の3倍半もの長さのこの大作は，平井正穂東大教授の「わが国の西洋文学に関心をもつ者にとっては，驚嘆すべき事件」という推薦文付きで刊行され，日本翻訳家協会（FIT所属）の翻訳文化賞を受けた（引き続き，熊日社会賞，西日本文化賞も受賞）。このお陰で学会に行くと，「スペンサーを訳した福田君」と紹介されるようになった。

和田先生は本物を愛し，凡庸を嫌う，誇高き明治の臣であった。直情径行の人であったが，それも凡庸に我慢できない性分のためで，常に正しく判断するワンマンボスであった。しかしシェイクスピア学者なので，解説はすべて私が任されて書き，それに加筆するという手順で出来上がった。『妖精の女王』から4年後には『羊飼の暦』

の翻訳が出るが，その解説を書いた時のこと，ある部分を大幅に書き直せ，それも明日までにという注文が付いた。それを私は黙って持ち帰り，一晩で書き換えた。翌朝それを持って行ったが，特別の言葉はなかった。ところが後になってある同僚が，「和田さんがあなたは仕事のできる男だと言っていましたよ」と知らせてくれた。後になって私の論文が初めて国際誌に載ったときも，抜き刷りを届けたところ，「ほう」の一語だけだった。ところがそれから幾年も経ってから，別の学科の人と同席する機会があった時，「あの時は和田さんが興奮しましてね，廊下で私を呼び止めて福田君が遂にやったと知らせてくれましたよ」と話してくれた。

　その後われわれの翻訳の仕事は着々と進み，『小曲集』の完成でスペンサーの主要作品はすべて本になった。退職後の和田先生は『妖精の女王』の見直しが日課になっていたが，文理版が絶版になっていたので，別に新しい版元を探す必要が起こった。そこで私は出版社探しを始めたが，改訳版とはいえ，すでに3刷まで出た本を引き受ける出版社探しは難航した。それが遂に筑摩書房で引き受けてもらったが，それに特別な理由はない。ある日，私は神田の書店街にいた。ある書店に入って文庫の棚をじっと見回していたら，妖精という名の本がちくま文庫に多いことに気付いた。そこでよしと決心し，すぐに店を出るとタクシーをつかまえ，蔵前の筑摩書房に乗り付けた。約束もなしに現れた男の姿を認めた年配の人は，用件を聞くと，それには良い担当者がいますとすぐ編集部へ電話をしてくれた。この応対をした人が営業部長だったと知るのは後の事だが，付いているときは付いているもので，結果的にこれは豪華本になって刊行され，出版社も驚く売れ行きになった。校正も済んでから入院の身になった和田先生は出版を目前に亡くなったが，絶筆となるその前書きはすでに1年半前の日付で書かれていた。それには私のことを，「本訳書の完成にとっての貢献度はまさに共訳者と呼ぶにふさわしく，従って私は同氏にそうなって頂き」と記され，「良き後継者を得られたことを大きな欣びとしている。」と結ばれている。

　翻訳は意味を伝えることが大事である。普通の読者が読んで，すぐ意味が伝わるように訳さねばならない。この意味では，われわれの訳は十分目的を果たしたと言って良いであろう。スペンサーの詩は古い英語で書かれているから，英米人でもスペンサーを読める人は少ない。実際のところ，英米では研究者が脚注を頼りに「読解」する古典である。それなのにわれわれの訳は現代日本語の散文だから，誰でも寝転がって読める。そういう楽に読める『妖精の女王』が文庫本になって千部単位で売れているということは世界でも例のない現象である。ただここで明らかにしておくが，われわれの翻訳はいかに正しく意味を伝えるかが目的であった。『妖精の女王』は文理版刊行後，筑摩の単行本と今回の文庫版と2度手を入れる機会があった。「手を入れる」とは「誤訳を正す」「より良い訳に直す」ことである。訳者の原文理解には限界があるから，完全な訳はありえない。それだけでなく，これに加えて本文校訂の問題が

ある。スペンサー学では，初版によるか第2版によるかで，本文自体の異同が重要である。ところが率直なところ，私自身，この点に目を開かれたのは書誌学者山下浩・鈴木紀之両氏の面識を得てからであって，それまでは書誌学的厳密さの意識はなかった。今はこの点も意識し，かつ意味だけでなく，原文の響きも日本語の韻文で伝える個人訳を続けているところである。

　和田先生は英語を読む力で卓越した学者，最後まで教え子から敬愛された教師で，土曜日の午後，数名の教え子が和田家でシェイクスピアを読む会は晩年まで続いたらしい。文学の研究は作品を正しく読むことが第一だ。原文を正しく読むことは，わが国では昔から訓詁の学として大切にされてきた。大学の英語教師といっても英語力は色々だが，この学者に私は最後まで頭が上がらなかった。翻訳上の疑問が生じても，恐る恐る持って行ったものである。言い出せないで帰ることもあった。私自身は若い同僚からあのような畏敬の念をもって遇されたことはない。あの強力な個性，抜群の学力，あの存在感，これは全国的に見ても，今の大学が永遠になくした貴重な無形文化財というべきものであったと私は思っている。

4

　わが人生の最後の師となるハミルトン先生に出会ったのは，ケネディ大統領暗殺の1963年，シアトルのワシントン大学大学院に留学した時であった。これも運命の導きによるもので，その縁は第一の師に繋がっている。

　私は平川先生のお蔭で英語が達者なので，熊本大学では若い頃から重宝がられ，国際問題を任された。その最初の仕事はシアトルから来たスタントン氏（アメリカ文学）一家の世話だった。それから数年後，フルブライト基金で留学の機会を得た時，私はスタントン家にホームステイしてワシントン大学に通うことになった。そこでスペンサーを教えていたのが40過ぎのA.C.ハミルトン教授（1921-）である。当時は後に国際スペンサー学会初代会長になるような偉い学者とは知るよしもなく，これは天の配剤による出会いであった。あの頃は決してAはくれないという評判の，毎週レポートの提出を求める厳しい先生で，私はレポートに「あなたの英文はflawless（完璧）」というコメントをもらったことを覚えている。研究室へ行くといつもタイプライターに向かう姿が見られたが，これが後にロングマン注解書 *The Faerie Queene* (1977)として出版され，スペンサー研究者のバイブルになる本の原稿であった。当時は4人の男児を育てる父親で，私は止宿先にメアー夫人と一緒に招待し，七輪で火をおこし，すき焼きでもてなしたこともある。その後，出身国カナダのクイーンズ大学に転勤後も，私はスペンサーの語句の解釈について随時手紙を出して教えてもらった。"How would you paraphrase . . . ?" という文でいつでも質問リストを送ってくれ，

ということで始まったこのやりとりは，今もメールで続いている。

そのうちにハミルトン先生は『スペンサー百科事典』(1990)の編集主幹になり，私にはスペンサーの川の項目が割り当てられた。折よく文部省短期留学の順番になり，私はスペンサーゆかりの地歴訪の旅に出た。まずアイルランドのコークへ飛んだ。ここでは前に熊本で親しくしていたアメリカ人が住んでいて，その縁でキルコールマン城の現在の所有者を訪ね，スペンサーが住んでいた場所の家に招じ入れられて親しく話を聞くことができた。スペンサーの川に足を浸し，ゴールティモア山に足を踏み入れた。それからキルディアを経てダブリンに行き，東海岸を南下し，ユールでは有名なソネットに出る海岸の砂にElizabethと書き，その文字が「波の来りて消し去りぬ」様子をこの目で確かめた。ロンドンではテムズ川とリー川の合流点で，昔は馬車の轍の跡があった沿道に立ってテムズに浮かぶ白鳥の姿を認めた。さらに満ち潮のときウォータールー橋（「プロサレイミオン」の舟旅の終点）の上に立ち，「静かに流れよテムズ川」とペン書きした名刺を落としてこの川が逆流していることを確認した。

帰路はアメリカに回り，3つの都市にスペンサー学者を訪ねた。まずプリンストンにローチ教授を訪ねた。ここではその名もパーマーハウスという大学の迎賓館に泊めてもらった。研究室で行われていたスペンサーのゼミを見学し，図書館でスペンサーの初版本を見せてもらい，アインシュタイン博士も食事をしていた教員食堂で歓談した。帰りには，ニューヨークの空港までハイヤーで送りますという。「チップも入れて支払いはすましてある。どうしてもなら，2ドルやってください」ということで，宿舎で待っていたら，巨大な白のリンカーンが迎えに来た。普通ならば乗り換えを心配しながら数時間かかるところ，何の心配もなく賓客気分が冷めぬうちに空港に着いた。

次の目的地はトロントでプロペラ機に乗り換えて飛ぶカナダの旧都キングストンで，ハミルトン先生の出迎えを受けた。クイーンズ大学では大学院のゼミで学生たちと日米教育比較を論じた。夜はハミルトン家で歓迎のパーティがあり，世界のスペンサー研究の司令塔といった感じの書斎を見せてもらった。翌日は湖畔にあるハミルトン山荘に案内してもらい，周りの広大な原始林が先生の所有地とかで，木の枝に結んだ目印を頼りに，一緒に山歩きをした。

最後の訪問地はトロントからプロペラ機で飛ぶロンドンで，ハイヤット教授が小さな日本車で出迎えてくれた。数秘研究の端緒を拓いたこの学者は私を学者として扱ってくれ，自宅に着くとまず書斎で1時間ほど学問の話をした。先ず私が先生に，数秘学研究の発端になった「祝婚歌」のロングラインの数が365であることを発見した時の様子を尋ねた。私は世紀の発見をその当事者から親しく聞いて興奮を覚えた。それから私が発見したばかりの初版のページごとのシンメトリーを語って，先生の賛同を得た。先生はシェイクスピア作品へのスペンサーの影響について新説を出すと話

してくれた。夜は中世料理の研究家として知られるコニー夫人の手料理で、ウェスタンオンタリオ大学英文科の同僚が10人ほど招かれていた。ここで私は全く思いがけない人に出会った。ミルトンで卒業論文を書いたときに平井先生から貸してもらった本の著者ラージャン教授である。私はこのことを語り、あの本がこのインド人学者20代の著書と知って驚嘆した。同席の夫人はペリカン文庫にバラモン教の聖典『ウパニシャッド』の英訳があるということで、私の求めに応じてその数節を原語で朗唱してくれた。パーティの最後に私が謝辞を述べる段になり、今回の3つの町での歓迎ぶりを、町の名に引っ掛けて、プリンストンでは princely、キングストンでは kingly、ロンドンでは capital という形容詞で表したら、日本人もユーモアを解すると喜んでもらい、面目を施した。

その後ハイヤット先生とは気安い間柄になった。スペンサーのソネット集についての見解をまとめ、先生の意見を求めた時も貴重な教示を得た。先ず一般論として、研究論文は関連論文によく目を通しているか、独創性があるかを見る、あなたの論文はこの基準を超えている、しかし、これも読みなさいと教示された本がある。それはルードルフ・ウィットコーワーがルネサンス期のイタリア建築について調べた論考 *Architectural Principles in the Age of Humanisim* (1962)で、私はこれから建築における 1:1 や 2:1 の比率とか 27 など数字の持つ意味を知り、それが文学作品にも適用されていることを知った。ハイヤット先生からは最近の私の『妖精の女王』の構造に関する論文について、「あなたの論文は自信にあふれ、まさに男らしい論文」とのコメントをもらった。

このスペンサー巡礼の旅の翌年、ハミルトン先生を文部省特別招聘教授として熊本大学に迎えることになった。この時は、洋風の大学宿舎よりは和風の家が良かろうと考え、近くの高台に2階建ての家を探し出し、数十人の学生を連れて行って庭の草取りもして受け入れ準備を整えた。到着の日は熊本城の桜が満開で、次の週末にはつつじが満開の私の家に英語科学生100人も招いて恒例のガーデンパーティーを開き、先生夫妻を歓迎した。それから3ヶ月の滞在中は県下各地を家内の車で案内した。ご夫妻とも温泉と和食がお気に入りであった。私の生家にも案内し、老母の詩吟も聴いてもらった。

当時、先生は恩師にあたるカナダの巨匠ノースロップ・フライの伝記を執筆中で、あの本は教育学部の研究室で完成を見たようであった。大学の講義では、英詩講読をいくつか担当してもらい、私のクラスでは、先生の話を私が日本語で要点を伝えるという形で授業を進めた。ちょうど私の文学史の本の校正の時期と重なり、夫人と一緒に目を通してもらった。また別に議論を重ねたわけでもないのに、まるで霊感を受けたかのように、『アモレッティ』の構造についてある発見をしたのもあの頃である。昼食はいつも裏門前の小さな食堂で焼き魚定食を一緒に食べたが、先生は

なかなかの食欲で，この期間は私も付き合いで大盛りのご飯を毎日たべて，少し太った。

　1990年，『妖精の女王』出版400周年を記念してプリンストン大学で国際大会が開かれ，私たちは来賓として招かれた。祝宴ではメインテーブルにファウラー夫妻，ハミルトン夫妻らと同席し，この席で私は大学図書館寄贈用に用意した3冊の日本語訳書を会衆の見守る中，文学部長に手渡した。それからハミルトン先生の紹介を受けて立ち上がり，「今回の贈呈はエリザベス女王への『妖精の女王』贈呈とダイアナ妃への『小曲集』贈呈に次ぐもので，この栄えある席上でプリンストン大学図書館にわれわれの訳書を贈呈できるのは無上の光栄である。訳出上の疑義について随時ハミルトン教授の教示を受けた」といった意味の即席のスピーチをした。いつか和田先生に日本スペンサー協会の初代会長を打診したとき，「会長はいつでも外国に飛んで行って英語で演説ができるような者でなくてはだめだ」と固辞されたことがあるが，これで私はその任を果たしたわけである。私のスペンサー研究では数秘学のファウラー教授の影響が最も大きいが，この大学者とこの席で面識を得たことは大変良かった。翌朝にはこの北方方言で育った学者に私の部屋に来てもらって，スペンサーの登場人物の名前をテープに吹き込んでもらった。それは「スペンサーが発音したと考えられる発音」で，同じく録音に応じてくれたハイヤット先生の発音とはかなり違いがある。スペンサーの名前の発音は誰も決められないが，私には翻訳上どうしてもどれかに決めねばならない問題であった。

　ハミルトン先生との出会いは私の学者としての成長に計り知れない影響をもたらし，さらにわが国のスペンサー研究の進展にも大きく貢献することになった。来日中の交流によって日本のスペンサー研究者との個人的な繋がりが出来た。外交にせよ学問にせよ，すべては人間同士の結びつきから始まる。ハミルトン新版『妖精の女王』に山下浩・鈴木紀之両氏編の本文が採用されたことはその最たるものである。これには私が登場人物の動静を調べた論文も採用されたが，これは私が書いたものを先生が自分で書き換えるという手順で完成したもので，私は向こうの学者がいかに大事に後進を育てるか身を以て知った。研究者を目指す者には自分の論文をいつでも読んで直してもらえる学者があることは心強い。いつまでも謙虚に教えを求め，改善を図ること，これが私の心がけである。

　ハミルトン新版刊行を前に，ケインブリッジ大学で国際スペンサー学会の大会が開かれた。3日間の行事の最後となる全体会のとき，数日後に80歳の誕生日を迎えるこの学者の後ろ姿が中央前列に見えていた。いよいよ閉会という時，こういう学会には珍しいある提案が私の頭に浮かんだ。

　「私の国日本でも必ず英語で歌われる歌が1つあります。ここに集まったみんなの父親のようなハミルトン先生がもうすぐ80の誕生日です。みんなで一緒に，ハピ

バースデイ　ディア　バートと歌いましょう。」
　発言をためらっているうちに閉会になり，この提案が言葉になって会衆の耳に届くことはなかった。その夜はごく親しい者たち数人で市内の瀟洒なレストランのテーブルを囲んだ。今度は先ほどの私の提案が言葉になり，ハピバースデイの歌声が店内に響いた。
　先生はいま夫人がアルツハイマー病であることを公表して自宅介護中である。執筆の時間は，夫人の目覚めまでの早朝の数時間らしい。いつか山荘に泊めてもらった経験で知ったが，先生は私と同じく朝は4時起きで，あの頃はコーヒーを入れて夫人の枕元へ運ぶのが長年の習慣と聞いた。最近のメールで，人間は知能を失うと，肉体は生まれた時に帰るとか，それでもワーズワスの黄水仙の歌のような詩には反応がおありになるという。ご本人は極めて頑健な肉体の持ち主で，百数歳まで長命の母上以上の長寿は間違いないであろう。

　ヘンリー・ジェイムズの題名に触発されて，わが人生の出会いを恩師という面から辿ってみた。人はいつ，どこに生まれ育つか，どんな名前を与えられるか，これを自分で選ぶことはできない。しかし，与えられた境遇をいかに生かして名に恥じない者になるかは本人の努力次第であり，この点わが生涯に悔いはない。この間，多くの知友に恵まれ，家族にも自分の健康にも恵まれた。
　職人の世界では，自分の師を超えることが最大の恩返しという。人間的に私は師の足下にも及ばないが，仕事の面では，少しは後世に残せるものができたかもしれない。この戦後60年，わが人生の折々にこうして最高の頭脳と目される人たちに出会い，わが師とすることができた幸せに，いま思いを新たにしている。

　　数年前，私は「四つの出会い」と題する文を，昭和27年東京大学入学文科II類3Bクラス（担任市古貞次教授）年次総会記録『六友会会報』21号（2002）に寄稿した。その編集後記にある中禮俊則代表の「若い者に広く読ませたい」という言葉を受け，ここにこれを大幅に発展させた次第である。　　　　　　　（2005年10月）

第1部
『妖精の女王』

赤十字の騎士と消えた聖人の行方

竹村 はるみ

　「本当に珍しい，ここで遍歴の騎士に／お目にかかるのは」(1.10.10)。[1] 救いを求めて「神聖の館」に辿り着いた赤十字の騎士を迎え入れ，館の女主人シーリアが語る言葉は，『妖精の女王』第1巻の特異性をいみじくも言い得ている。無論，「神聖の物語」と題されたこの巻の主人公である赤十字の騎士がただの遍歴の騎士でないことを，読者は先刻承知している。赤十字の印を施した盾を掲げて竜退治に赴く騎士と言えば，それはイングランドの守護聖人聖ジョージをおいて他にない。遍歴の騎士は騎士道ロマンスに不可欠の英雄像であるが，赤十字の騎士の場合はそこに遍歴の聖人というもう一つの英雄像が付与されていることになる。そして，その探求を描く第1巻は，騎士道ロマンスと聖人伝という，共に中世ヨーロッパで発展・肥大してきた二大ジャンルを支柱として成り立っている。シーリアが発する驚きは，このジャンルの異種混淆に読者の目を誘うスペンサーの自意識的な身振りとして解釈することができる。

　そしてこの二重構造ゆえに，第1巻においては，主人公である騎士の出生の秘密が明かされる騎士道ロマンスお決まりの場面もまた，通常のロマンスの文学伝統を大きく逸脱したものとなっている。授かった盾の紋章に因んだ呼称以外に名を持たぬ赤十字の騎士は，「神聖の館」で思いもかけず自らの氏素姓を知ることになる。「瞑想」と名乗る「年老いた聖人」(1.10.46)は，無事に苦行を終えて心身共に浄められた赤十字の騎士に対して，天上のエルサレムの町へと続く道の幻視(ヴィジョン)を垣間見せた上で，騎士の未来に関する予言を語る。

　　イギリス国民として生を受けた若者よ，
　　　そなたは今は妖精の子と思われ，
　　　ひとり悲しみに暮れている乙女を助けて
　　　女王様に立派に仕えておられる。

竹村はるみ

  だが，赫々(かくかく)たる大勝利を挙げ，
  全ての騎士に立ち勝って高々と盾を掲げたならば，
  それ以後は，この世の征服を追い求めるのをやめ，
  血腥(なまぐさ)い戦場の汚れから手を洗い落とすがよい。
 血からは罪，戦いからは悲しみしか生じないから。

  それからは，私が見せているあの道を行くがよい。
  それは最後には天国へ導いてくれよう。
  だから，自分のために祝福の座が用意されている
  あのエルサレムに向けて，心安らかに，
  苦難に満ちた巡礼の旅を続けなされ。
  そなたは，あそこに見える聖人たちの仲間入りをして
  聖人となり，自国の友とも
  守護者ともなり，聖ジョージと呼ばれよう，
  勝利の合言葉，楽しい英国の聖ジョージと。   （1.10.60-61）

 遍歴の騎士が，あるいは俗に"Fair Unknown"と総称される氏素姓の知れぬ乙女が，実は高貴な王族の出身であることが明かされる場面は，行方知れずになっていた嫡子が荒廃した故国に戻って正当な王権を回復するという物語の展開と共に，〈血筋が物を言う〉ロマンス世界の中心概念を提示するクライマックスである。[2] 実際，上記の場面に続く箇所で，「瞑想」は，サクソン王族の息子として生まれながらも農夫として育てられたという赤十字の騎士の出生の秘密をも明かしている。しかし，未来と過去に関する二つの事実を聞かされた騎士の反応から判断する限り，後者は副次的な位置付けになっているようである。むしろ，高貴な血筋という生得の権利を称揚するロマンス的命題は，一部の人間のみが救われる運命にあることが神の絶対意思によって予め定められているとする，カルヴァン主義的予定説にすり替えて供されていると言えよう。「神聖の館」の最後で赤十字の騎士に用意されているのは，あくまでも〈王子〉としてではなく，〈神に選ばれた聖人〉としての自己発見なのである。と同時にそれは，騎士道ロマンスが内包するプロテスタント的聖人伝という，入れ子細工にも似た第1巻の特殊な構造を改めて読者に再認識させる効力を有している。

 騎乗の勇士が想い人の女性のために怪物を退治する，という筋立てだけに着目すれば，第1巻は『妖精の女王』の全6巻の中でも殊更に騎士道ロマンス色の強い作品と言える。しかしながら，その一方で，騎士と聖人という極めて不揃いな

二足の草鞋を履く主人公を擁するこの巻は，騎士道ロマンスの枠組を解体する要素をも孕んでいるのである。竜退治を目前に控えた赤十字の騎士に対して「瞑想」が厳かに言い放つ「血からは罪，戦いからは悲しみしか生じない」という言葉は，騎士道ロマンスに真っ向から対立するアンチ・テーゼを突きつける。この自己矛盾は一体何を意味するのだろうか。本稿では，聖ジョージをめぐるエリザベス朝特有の情勢を概観しつつ，第1巻におけるロマンスと聖人伝の二重構造に託されたスペンサーの意図を考察していきたい。

受難の時代

　シーリアの言葉とは裏腹に，聖人伝と騎士道ロマンスの混淆自体はさして「珍しい」事態ではなく，むしろ自然な文化現象であった。聖俗の違いはあるにせよ，奇想天外な驚異の事象を描き，困難に立ち向かい遂には至福の域に到達する英雄的主人公の物語（legend）を語りの主軸に据える点で，両者にはそもそも共通項が多い。聖人伝記作家たちがしばしばあからさまに騎士道ロマンス文学の主題や語りの技法を援用する一方で，聖杯伝説の人気が顕著に示すように，騎士道ロマンス世界もまた，聖人の属性を帯びた英雄像を描くことによって作品に道徳的・宗教的教訓性を付与してきた。[3] 20世紀のロマンス批評を代表するノースロップ・フライは，並外れた資質に恵まれた英雄を中心とするロマンスを神が唯一無二の英雄である聖書に匹敵する「世俗の聖典（secular scripture）」と呼んだが，少なくとも中世キリスト教世界にあってロマンス文学は時に文字通り俗界の教典としての機能を有し，それだけに教会勢力から常に危険視される傾向があった。[4]

　そして，いわば相補・互換する形で発展してきた聖人伝と騎士道ロマンスの共通領域に位置する題材の最たる例が聖ジョージであったことは言うまでもない。カッパドキア出身の聖ゲオルギウスがイングランドの守護聖人聖ジョージとして祭り上げられる契機となったのは，12世紀末の第3回十字軍遠征時と推測され，アンティオキアでサラセン軍相手に苦戦するイングランドの騎兵の間で熱烈な崇敬を受けたことに由来する。それまではディオクレティアヌス帝の迫害による殉教でわずかに知られるのみであった聖ジョージは，十字軍遠征を機に異教徒相手の聖戦を司る敬虔な勇士の鑑という新たな表象を獲得する。[5] 1222年にはオックスフォード聖職会議が4月23日を聖ジョージの祝日として正

式に認定し，1348年にエドワード3世が聖ジョージを「武勇を名誉，報奨，壮麗で飾るべく」設立したガーター騎士団の守護聖人に定めた時，もはや殉教者ではなく騎士としての特性を表に掲げる聖ジョージ像が確立する。[6]

　聖ジョージが君主制の存立基盤を成す騎士道精神のシンボルとして貴族文化に取り込まれていく一方，大衆文化における聖ジョージもまた，殉教者から騎士へとロマンス的方向転換をはかる。13世紀後半にドミニコ会修道士ヤコブス・デ・ウォラギネにより執筆・編纂され，ウィリアム・キャクストンによる英訳出版を経てイングランドにおける聖ジョージの大衆的人気を決定づけた『黄金伝説』は，シレナの王女を救った竜退治のエピソードを壮絶な殉教と並ぶクライマックスに据えることで，既にその萌芽を見せ始めていた聖ジョージ伝の大衆ロマンス化を一気に加速させる。[7] ノリッチでは，早くも1385年に聖ジョージ・ギルドが設立され，約6世紀にわたって市政に大きな影響力を発揮する。[8] 宗教改革前夜のイングランドでは，4月23日にはノリッチを含む少なくとも28の地方都市で聖ジョージの祝祭が盛大に催されたが，その見せ場は"ridings"と呼ばれる騎乗の出し物や竜と王女を従えた聖ジョージの行進であり，とりわけ張子の竜の作成には莫大な費用が費やされたという。[9] 「ルネサンスの人文主義者ならば，聖ジョージの伝説的生涯をまともな文学のモデルとして考えることなど到底できなかっただろう」と言われるほど，聖ジョージは，ロビン・フッドと同様，知的洗練とはかけ離れた陳腐な大衆文化のヒーローと化していたのである。[10]

　しかし，なまじ騎士道ロマンスに回収された結果，聖ジョージは，宗教改革後のイングランドにおいてかつてないほどの激しい非難を浴びることとなる。大衆読者を対象とする出版市場における騎士道ロマンスの人気とは対照的に，貴族階級及び知識階層の間では騎士道文学熱は衰退の一途を辿っていた。[11] 王女時代のエリザベスの家庭教師も務めたロジャー・アスカムによる有名なロマンス批判は，宗教改革後のイングランドにおけるロマンス受難の時代の到来を端的に示している。

　　ローマ・カトリック教がイングランド中に蔓延(はびこ)っていた父祖の代には，楽しみのために自国語で読まれる本と言えば騎士道ものだけであり，それらは怠惰な僧侶や淫らな修道士によって修道院で書かれたものであったという。例えば『アーサー王の死』がそうであるように，こうした本の楽しみは，公然と行われる殺戮と厚顔無恥な姦淫の二点に尽き，高貴な騎士であるはずの人間が理由もなく多くの人間を殺し，策を弄して忌まわしき邪淫に耽るのであ

る。主君であるアーサー王の妃に対するサー・ラーンスロット然り。伯父であるマーク王の妃に対するサー・トリストラム然り。実の伯母であるロット王妃に対するサー・ラモラック然り。賢明な者なら笑ってすませ,まともな者なら娯楽に留める代物である。ところが,聖書が宮廷から遠ざけられると,『アーサー王の死』は君主の私室に迎え入れられる。こんな本を日々読み耽ることで,裕福且つ怠惰に日々を過ごす若い男女がいかなる妄想を抱くことか,賢者は察し,識者は嘆くのである。[12]

アスカムの批判は,それがいかに極端な誤解と過誤に基づくものとは言え,当時のイングランド知識人が騎士道文学に嗅ぎ取ったローマ・カトリック臭とその脅威に対する恐怖の念を露わにしている点においてまことに興味深い。プロテスタント人文主義者のロマンス嫌いは,聖書の英訳が禁じられ,「自国語で読まれる本と言えば騎士道ものだけ」であったローマ・カトリック時代そのものに対する呪詛と表裏一体を成しているのである。アスカムにとっては,聖書が読めない時代ならいざ知らず,あろうことか改革後も聖書を凌ぐ勢いで読み継がれる騎士道ロマンスは,イングランドに際限なく燻るローマ・カトリックの陰謀とも映ったのであろう。

騎士道ロマンスがローマ・カトリック時代の名残の悪書として糾弾される一方で,聖人伝も急進的な改革派の侮蔑と批判を受けることになる。例えば,『黄金伝説』に代表される中世の聖人伝に対する批判は,ジョン・フォックスが物した大著『殉教者列伝』にも散見する。アスカムの教育論と同年に出版された1570年版の『殉教者列伝』は,エリザベス女王への献辞の中で,「虚偽の物語,偽りの奇跡,まやかしの光景,嘆かわしい過誤」に満ちたカトリックの祈祷書や聖人伝を糾弾し,改革派の殉教論と史観に基づく自著の真正さと正当性を主張している。

フォックスは,生前のエドワード6世の「貴い美徳と類稀な心ばえ」を示す逸話として,13歳のエドワードがガーター勲章の式典の直後に家臣と交わした会話を満足気に記述している。[13] エドワードは,「我々がこれほど崇める聖ジョージとは,いかなる聖人なのか」と問いかけ,居並ぶ諸侯たちを戸惑わせる。家臣の一人が,「恐れながら,『黄金伝説』でしか読んだことがありませんが,そこでは,聖ジョージは剣を取り,竜を槍で突き刺した,と書かれています」と答えると,王はひとしきり笑い転げた後に,「おやおや,その間剣はどうなっていたのだろうね」と返答する。揶揄の対象となっているのが,『黄金伝説』の首尾一貫

性を欠いた荒唐無稽なロマンス的記述であることを考慮すれば、幼王の美談は歴史書のあるべき姿を論じた著者フォックスの提言として読むことができる。[14] 16世紀のイングランドにおける『黄金伝説』の出版は、1527年を機に途絶えている。テューダー朝の聖人伝受容史を詳らかにしたH. C. ホワイトは、これがウィリアム・ティンダルによる新約聖書の英訳出版と奇しくも同時期である点を重視し、さながら回転扉を隔てるかのような両者の鮮やかな交代劇を示唆している。[15] 宗教改革の機運の高まりは、出版市場における聖人伝の静かな退場を着々と準備していたのである。

　宗教改革によって、神と人との仲介者はイエス・キリストのみと定められ、聖人のとりなしという考えは否定され、聖人に対して祈りを捧げることも禁じられる。とりわけ、テューダー朝における聖人崇拝に壊滅的な打撃を与えたのは、改革派クランマー大主教と摂政サマセット公を参謀とするエドワード6世の国教会政策である。ローマ教会の権威の否定、及び修道院の解散と並ぶ改革の目玉となった偶像破壊運動は、それまで教会を飾ってきた夥しい数の聖人像や聖遺物、それらを祀る聖廟の消滅を意味した。エドワードが即位した1547年、ウィンチェスター主教スティーヴン・ガーディナーは、偶像崇拝を禁じたリドリー主教の説教を批判した書簡をリドリー本人に送っている。その中でガーディナーは、聖像が民衆の宗教教育において果たす役割の重要性を説いた後、「聖像が禁止されるのならば、なぜ国王は聖ジョージを御胸に掲げておいでなのか。……聖人崇拝がいけないのであれば、なぜ我々は聖ジョージの祝祭を行うのか」と詰問している。[16] 聖ジョージ崇拝の普及と人気を盾に聖像破壊への異議を申し立てる一節は、逆にもはや聖ジョージとて改革派の矛先の例外ではないことを印象づける。事実、聖ジョージの祝日は、1552年にはイングランドの教会歴から抹消される。[17] これを受けて、ヨークやノリッジ等各地で行われていた聖ジョージの祝祭は大きく修正を迫られ、聖ジョージの劇や行進は出し物から外されることになる。[18]

　もっとも、聖ジョージの祝祭自体は、夭折したエドワードに代わって登位したカトリックのメアリーによって復活する。そして、エリザベス即位後も、女王の折衷的な中道政策のために、少なくとも表面上は目立った変化はなかったようである。例えば、1575年頃に制作されたエリザベス女王の肖像画は、聖ジョージ像を印したガーター勲章を誇らしげに掲げる女王を描いている。[19] しかし、聖ジョージではなく、あくまでもガーター騎士団とその頂点に君臨する女王の栄誉を称賛したこの肖像画が暗示するように、この時期における祝祭は、中世

の聖人崇拝とは明らかに趣を異にしている。ちょうど，シェイクスピアの『ヘンリー5世』において聖クリスピアンの祝日がアジンコートの戦勝記念日にすり替えられて観客の記憶に刻み付けられたのと同様に，11月17日のエリザベスの即位記念日は1576年に祝日に組み込まれ，聖ヒューの日に取って代わる格好で国家行事としての様相を呈していく。[20] それは，絶対王政を安泰ならしめる国教会(アングリカニズム)体制の再建・整備が進行するにつれて，宗教的祝祭もまた国家権力によって粛々と管理されていく過程を窺わせる。

　このように，スペンサーが第1巻の執筆に着手した1570年代後半，聖人としての聖ジョージ像は形骸化し，もはや読者の記憶から完全に抹消されていたようである。宮廷にあってはガーター騎士団の儀礼的シンボルと化し，地方の祝祭にあっては張子の竜を従えた田舎侍に堕した聖ジョージには，神への献身としての聖性の表象は見当たらない。そして，ここに，スペンサーがあえて『妖精の女王』の第1巻の主人公として聖ジョージを選び取った理由があるように思われる。この巻の冒頭の一節は，作品全体に関するスペンサーの所信表明として知られるが，詩人はここで集団忘却への抵抗という使命を叙事詩人に課して自らを律している。

> ああ，私の詩神は，かつては時の習いに従って
> 　粗末な羊飼の衣(ころも)を身にまとったが，
> 　このたびは，遥かに手に余る仕事を余儀なくされ，
> 　麦笛の代りにラッパを吹き鳴らして，
> 　騎士淑女の気高い行いを歌うことになり，
> 　そのいさおしは長いこと，人知れず眠っていたので，
> 　尊い詩神が，誠に拙(つたな)いこの私に，
> 　識者の間にその誉れを広めよとお命じになる。
> 激しい戦(いくさ)と誠の愛に歌の心を明らかにしよう。　　　　　(1.序.1)

聖性を剥ぎ取られた聖ジョージこそ，まさに忘却の危機に晒されたいにしえの英雄であった。とすれば，そのロマンス性ゆえに聖性を消失した聖ジョージをいわゆる騎士道ロマンス定番の遍歴の騎士として描くことは，回避されねばならないはずである。むしろ必要なのは，聖ジョージが纏うに至った騎士道ロマンス色を取り除き，聖人としての特性を今一度回復することであっただろう。騎士道ロマンスの体裁をとりながら，騎士道ロマンスの解体を目論む——普通な

らば，いかにも「遥かに手に余る仕事」である。しかし，それはまた，エリザベス朝において聖ジョージと同じく地に堕ちた騎士道ロマンスに唯一残された起死回生の秘策でもあったのだ。

堕ちた聖人

　安直にロマンス化された聖ジョージ伝に対する詩人の揶揄を表すと思われるのが，赤十字の騎士の大敵である魔術師アーキメイゴーの画策を描いた一連のエピソードである。赤十字の騎士と恋人ユーナを引き離すことに成功したアーキメイゴーは，一人旅を続けるユーナをさらなる災難に陥れるために，奸計を思案する。

> 　　だが，さし当たって，先刻だましたあの客人の
> 　　　騎士の姿をとるのが一番だと思われ，
> 　　　そこですぐさま，物々しい鎧と
> 　　　銀の盾に身を固め，臆病な胸には
> 　　　赤十字をつけ，自信なげな前立てには
> 　　　いろいろの色に染め分けた一束の髪をつけたところ，
> 　　　いかにも凜々しい武者振りで，鎧兜に身を固め
> 　　　駿馬に跨ったその姿は，
> 　　　聖ジョージもかくやと思われた。　　　　　　　　　(1.2.11)

　アーキメイゴーが聖ジョージを騙るという設定は，第1巻の宗教的寓意を考慮する場合，ある重要な意味を帯びてくる。「長い黒衣を身にまとい」(1.1.9)，「人目につかぬ庵に暮らし，／自分の過ちを悔いて，一日中／数珠をつまぐっている」(1.1.30)老人として登場するアーキメイゴーは，明らかにカトリックの修道士を想起させる。実際，改革派論者は，カトリック聖職者を魔術師に喩えることで，その虚偽と偽善を糾弾した。[21] スペンサーを宗教的熱意に満ちた改革派詩人として位置付け，『妖精の女王』をエリザベス朝プロテスタンティズムの政治的・宗教的プロパガンダとして捉えることについて，スペンサー研究者の意見はほぼ一致している。[22] とすれば，アーキメイゴーが演じる聖ジョージの偽りの「物語」は，人心を惑わすローマ教会の悪書として改革派が批判の矛先を向けた聖人伝のパロディーとして読めるのではないだろうか。アーキメイ

ゴーは、庵に滞在したユーナと赤十字の騎士を相手に、「立て板に水を流すが如く弁舌も爽やかに、／聖人や教皇の話をし、いつも／話の合間にアヴェ・マリアを唱え」(1.1.35)るが、ここで語られる話を『黄金伝説』と特定する批評家もいる。[23]

　アーキメイゴー扮する赤十字の騎士は、ユーナに今までの不在を詫びた後、「さる異境で冒険を求めようとした」(1.3.29)と弁解する。十字軍遠征の守護聖人として名を馳せた聖ジョージ伝を想起させる一節であるが、滑稽なのは、この直後にアーキメイゴーの虚言を立証するかのように、アーキメイゴー扮する赤十字の騎士とサラセンの騎士サンズロイの決闘場面が用意されている点である。ユーナを連れたアーキメイゴーを赤十字の騎士と取り違えたサンズロイは、「騎士の盾の赤十字を見ると／烈火のごとく怒り」(1.3.34)、すぐさま戦闘を開始する。アーキメイゴーは、「困ったことになったと思い、／必殺の一撃を食らうのではと恐れで気が遠くなった」(1.3.34)ものの、ユーナの激励を受けて決闘に応じる。サンズロイの槍は難なく赤十字の盾を貫き、重傷を負って落馬したアーキメイゴーは、兜の下から白髪頭を覗かせて瀕死の体で横たわる──「数々の悪巧みに満ちた目は今や虚ろになり、死の雲が重苦しく立ち込めていた」(1.3.39)。スペンサーは、アーキメイゴーの滑稽な負傷を異教徒の手にかかった聖ジョージの擬似殉教として描写することにより、ロマンス風聖人伝の騙り／語りを巧みに戯画化しているのである。

　興味深いことに、赤十字の騎士の擬似殉教場面は、さらにもう一つ用意されている。生き延びたアーキメイゴーは、今度は聖ヤコブの杖を持った巡礼に身をやつし、赤十字の騎士の行方を追うユーナの前に再度現れ、「この目はその騎士様の生死両方の姿を見た」(1.6.36)と証言した上で、嘘の目撃談を語ってきかせる。

　　　　　　　今日のことです、
　　この運命の日は一生、心の悲しみとなるでしょうが、
　　旅しておりますと、二人の騎士が(痛ましや)
　　新たに戦いを始めたところに参りました。
　　二人とも復讐に息まき、二人とも怒りを満面に漲らせ、
　　この争いを見て、私は全身震え上がりました。
　　血染めの刃は、たっぷり血を飲んだのに、
　　なお命欲しさに喉を乾かしていたからです。
　その後は？　赤十字の騎士が異教徒の刃で殺されました。　　(1.6.38)

このように，アーキメイゴーの策略を通して，赤十字の騎士が異教徒との戦いで殉教する場面が繰り返し演じられ，そのたびにアーキメイゴーの虚偽を見破ることのできないユーナは混乱し，悲嘆に暮れる。ユーナが真の教会の寓意であることを考慮すれば，これはフォックスが糾弾してやまなかった「虚偽の物語，偽りの奇跡，まやかしの光景，嘆かわしい過誤」に満ちた聖人伝を盲信してきたイングランドの教会のあり方に対する詩人の風刺として理解できるのである。では，本物の赤十字の騎士を描く真正の「神聖の物語」は，いかなる聖人伝を構築しているのだろうか。次節では，赤十字の騎士のアンチ・ロマンス性に着目しながら，そこに見出される聖ジョージ伝の書き直しを検証したい。

再生される聖ジョージ

『妖精の女王』に登場する騎士たちは，馬を盗まれ徒歩で旅する羽目になるガイアンや，アマゾンの女王の囚われの身となり，女装して糸紡ぎに従事することを余儀なくされるアーティガルなど，騎士にあるまじき失態を晒す例が少なくない。しかし，中でも赤十字の騎士の無能は群を抜いている。スペンサーは，1590年版の『妖精の女王』に付した「ローリーへの手紙」の中で第1巻の構想をかなり詳しく語っているが，ここで既に，甚だ騎士道ロマンスらしからぬ風体で赤十字の騎士を登場させている。妖精の女王の祝宴に闖入した「田舎風の若者」は，乙女ユーナが女王に依頼した竜退治の探求に赴くことを自ら買って出るものの，その頼りない風貌を不安に思ったユーナ自身から猛烈な反対を受ける始末である。[24] 結局若者はこの探求の役目を付与されることになるのだが，その顛末は以下のように綴られている。

> そこで遂に乙女は，運んできた武具が(これはエフェソ書5章にある，聖パウロにより，キリスト教徒に特に授けられた品でございますが)体に合わないならば，そなたはこの冒険に成功を収めることはできないと申しまして，すぐに，この具足一式を身に着けてみますと，若者は一座の中で最も立派な人に見え，乙女は大いに喜びました。そこで若者はすぐに騎士の勲位を受け，あの見なれぬ駿馬にうちまたがり，乙女と共にその冒険の旅に出立したのでありまして，ここで第1巻が

気高い騎士が野に駒を進めていた。

　と始まるのでございます。

　スペンサーの書簡は，いかにも騎士道ロマンスの始まりに相応しい一文を誇らしげに披露すると見せかけて，その実そこに潜む不気味な不条理を暴露している点で興味深い。一見不適当と思える人物が隠れた真価を発揮して周囲の人間を驚嘆せしめるというのは，たしかに騎士道ロマンスの常套とも言える型である。しかし，それはあくまでも，誰も抜けない剣を石台から見事に引き抜いてみせるアーサー少年のように，何かしら偉業を達成することによってなされるのが普通である。ところが，赤十字の騎士の場合は，聖パウロの鎧を着けた姿が「立派な人に見え」たという理由だけで，この探求の騎士として抜擢される。「気高い騎士」は外見に過ぎず，その資質は依然として不明のままなのである。大喜びするユーナとは対照的に，読者としては一抹の危惧を抱かずにはいられない。先に見たアーキメイゴーの変装は，「気高い騎士」の外見と内実の乖離を笑いの対象としている点において，「ローリーの手紙」における赤十字の騎士をも揶揄しているのである。

　「ローリーへの手紙」が示唆する不安が的中する形で，赤十字の騎士は失策に次ぐ失策を重ねる。騎士は，早くも第1篇でアーキメイゴーの罠にはまってユーナを見捨てるという，騎士道上最大の過ちを犯した後，悪女デュエッサに誘われるままに「高慢の館」に逗留する。その後も，デュエッサと木陰で快楽に耽っているところを巨人オーゴーリオーに襲撃され，デュエッサの命乞いのお陰で死を免れるという不面目を喫した後に，牢獄に監禁される。ユーナとアーサーの活躍によって救出された赤十字の騎士は，今度は「絶望」の老獪な弁舌に惑わされて自殺を考えるようになり，ユーナを心底震撼させる。ユーナに伴われて満身創痍の状態で治癒のために「神聖の館」を訪れるに至るまで，赤十字の騎士が騎士らしい活躍を見せることは殆どない。サラセンの騎士サンズジョイを倒す箇所は，赤十字の騎士の数少ない勝利の一つであるが，それが悪女デュエッサを争った挙句に「高慢の館」で起こる決闘であることを考慮すれば，称賛の対象として描かれているとは考えにくい。ユーナと読者の期待をことごとく裏切り続けるドン・キホーテぶりにおいて，赤十字の騎士のアンチ・ロマンス性は徹底しているのである。

ジョン・N. キングは，聖人であり罪人でもあるという赤十字の騎士の二重表象に人間を罪深い存在として位置付けるプロテスタンティズムの表出を指摘した上で，それが改革派による聖人性の再定義になっていると論じている。[25]「神聖の物語」は，超人的な奇跡を起こして人々の崇敬を集める聖人伝説を廃し，罪深い人間が神の恩寵を得て信仰の道に至る苦難の過程を描くことにより，内なる宗教性を説く改革派ならではの新しい聖人伝を構築する。とすれば，それは同時に，旧来の聖人伝と共に発展してきた騎士道ロマンスの少なからぬ軌道修正をも意味したはずである。「天の恩恵に与っているお方ではありませんか。／選ばれたあなたが，どうして絶望なさるのですか」(1.9.53)――苦悩する赤十字の騎士を叱咤するユーナの，見方によればひどく楽観的にも思える言葉は，もはや問題となっているのは英雄の個人的能力ではないことを暗に示唆することによって，半ば露悪的に騎士道ロマンスの仕掛けを暴いてみせる。そこに潜むアンチ・ロマンス性は，以下に引用する「神聖の館」を描いた第10篇の冒頭の一節で，一層明らかになっている。

    肉の力を誇り，終わりある身を甲斐なくも
      信じきっている人間は，何という愚か者であろうか。
      ひとたび心の敵と戦う段になると，
      たちまち屈服するか，
      戦場から卑怯にも逃げ去るのに。
      また，人間は神の恩寵によって得た勝利を，
      自分の力量のせいにしてはいけない。
      我々に力があるとしても，それは悪へ向かうもの，
      すべての善は，力も意思も共に，神のものなのである。　　　　(1.10.1)

ロマンス的英雄主義の完全否定とも受け取れるこの一節は，主人公が神意によって悪に打ち勝つ様子を強調した中世ロマンスの影響をある程度窺わせるものの，「心の敵」との葛藤を前景化させ，カルヴァン主義的予定説を標榜する点において，やはり宗教改革の洗礼を受けた新しいロマンスの方向性を印象づける。[26]
　『妖精の女王』の第1巻は，赤十字の騎士を苦しめる竜，アーキメイゴー，デュエッサに一貫してローマ・カトリック教会の寓意を体現させることにより，聖ジョージをカトリック聖人からプロテスタント聖人へと換骨奪胎することに成功している。そして，こうした聖人伝のプロテスタント主義的書き直しは，従来の

騎士道ロマンス文学の方向をも転換させる。過ちを重ねる迷える子羊として描かれる赤十字の騎士は,人間離れした資質で読者を魅了する騎士道ロマンスの英雄像とはむしろ対極に位置すると言えよう。それだけに,「神聖の館」での苦行と忍従,そして神の加護によって遂に竜を倒す巻末の場面は,より一層の驚異を読者に喚起する。聖ジョージをエリザベス朝騎士道文化の残滓から掬い上げ,数奇な宿命を背負った「脆く,弱い肉の子」(1.9.53)に仕立て上げた「神聖の物語」は,アスカムらプロテスタント人文主義者の批判に堪え得る新たな騎士道ロマンスを模索するスペンサーが行き着いた一つの答えであったのかもしれない。

---

[1] 『妖精の女王』からの引用は,和田勇一・福田昇八訳『妖精の女王』(ちくま文庫,2005)に拠る。本文中に,巻・篇・連数を記す。

[2] 主人公の自己発見というロマンスのコンヴェンションに関しては,Helen Cooper, *The English Romance in Time: Transforming Motifs from Geoffrey of Monmouth to the Death of Shakespeare* (Oxford: Oxford UP, 2005) 320-60 を参照。

[3] 騎士道ロマンスと聖人伝の混淆に関しては,以下の資料を参照。Helen C. White, *Tudor Books of Saints and Martyrs* (Madison: U of Wisconsin P, 1963) 58-66; Margaret Hurley, "Saints' Lives and Romance Again: Secularization of Structure and Motif," *Genre* 8 (1975): 60-73; Diana T. Childress, "Between Romance and Legend: 'Secular Hagiography' in Middle English Literature," *Philological Quarterly* 57 (1978): 311-22; Cooper 22-44; Barbara Fuchs, *Romance* (New York: Routledge, 2004) 59-61.

[4] Northrop Frye, *The Secular Scripture: A Study of the Structure of Romance* (Cambridge, MA: Harvard UP, 1976). 教会によるロマンス批判については,Cooper 36-38.

[5] Herbert J. Thurston and Donald Attwater, eds., *Butler's Lives of the Saints: Complete Edition*, vol. 2 (London: Burns & Oates, 1981) 148-50.

[6] Roy Strong, *The Cult of Elizabeth: Elizabethan Portraiture and Pageantry* (London: Thames and Husdson, 1977) 165.

[7] 聖ジョージ伝のロマンス化に関しては,以下の資料を参照。John E. Matzke, "The Legend of Saint George: Its Development into a Roman D'Adventure," *PMLA* 19 (1904): 99-171; Jennifer Fellow, "St. George as Romance Hero," *Reading Medieval Studies* 19 (1993): 27-54.

8 David Galloway, ed., *Records of Early English Drama: Norwich 1540-1642*（Toronto: U of Toronto P, 1984）xxvi-xxix.
9 David Cressy, *Bonfires and Bells: National Memory and the Protestant Calendar in Elizabethan and Stuart England*（Berkeley: U of California P, 1989）20-21.
10 William Nelson, *The Poetry of Edmund Spenser*（New York: Columbia UP, 1964）150.
11 ルネサンス人文主義者による騎士道ロマンス批判については，山田由美子『ベン・ジョンソンとセルバンテス──騎士道物語と人文主義文学』（世界思想社, 1995）参照。
12 William Aldis Wright, ed., *English Works of Roger Ascham*（Cambridge: Cambridge UP, 1904）230-31.
13 以下の記述は，Josiah Pratt, ed., *The Acts and Monuments of John Foxe*, vol. 6（London: Religious Tract Society, 1877）351-52 に拠る。
14 中世の聖人伝に対するフォックスの批判については, F. J. Levy, *Tudor Historical Thought*（San Marino, Huntington Library, 1967）102-5; John R. Knott, *Discourses of Martyrdom in English Literature, 1563-1694*（Cambridge: Cambridge UP, 1993）40-46 を参照。テューダー朝における聖人伝批判については，特に White 67-95 を参照。
15 White 67.
16 Pratt 62.
17 Ronald Hutton, *The Rise and Fall of Merry England: The Ritual Year 1400-1700*（Oxford: Oxford UP, 1994）79-82.
18 Cressy 21.
19 Strong 163-65.
20 Alison A. Chapman, "Whose Saint Crispin's Day Is It?: Shoemaking, Holiday Making, and the Politics of Memory in Early Modern England," *Renaissance Quarterly* 54（2001）: 1467-94.
21 John N. King, *Spenser's Poetry and the Reformation Tradition*（Princeton: Princeton UP, 1990）47-53.
22 John N. King, *English Reformation Literature: The Tudor Origins of the Protestant Tradition*, (Princeton: Princeton UP, 1982); Anthea Hume, *Edmund Spenser: Protestant Poet*（Cambridge: Cambridge UP, 1984）; David Norbrook, *Poetry and Politics in the English Renaissance*（London: Routledge and Kegan Paul, 1984）106-56; King, *Spenser's Poetry*.
23 James Nohrnberg, *The Analogy of The Faerie Queene*（Princeton: Princeton UP, 1976）158; King, *Spenser's Poetry* 189.
24 メアリー・エレン・ラムは，こうした赤十字の騎士の表象に地方の聖ジョージの祝祭で催された無言劇の影響を見出している。Mary Ellen Lamb, "The Red Crosse Knight, St. George, and the Appropriation of Popular Culture," *Spenser Studies* 18（2003）: 185-208.
25 King, *Spenser's Poetry* 183-200.
26 『妖精の女王』における中世の騎士道ロマンスの影響に関しては，特に Andrew King, *The Faerie Queene and Middle English Romance: The Matter of Just Memory*（Oxford: Clarendon, 2000）を参照。

スペンサーとアリストテレス

島村 宣男

徳としての節制 (Temperance)

 『妖精の女王』第2巻の妖精の騎士サー・ガイアン, すなわち節制の物語は, アリストテレスが「節制」ないしは「抑制」に関して『ニコマコス倫理学』第3巻第 10-13 章に詳述するところに依拠している。
 すなわち,「節制」という道徳上の観念については, 早くもその第2巻第7章の冒頭で「快楽と苦痛の中間性である」ことが説かれている。そして, 前段の第6章末に言及されているように, かかる「中間性」こそ, 善人の「器量」に備わる特徴であるという。[1] すなわち,「快楽と苦痛をめぐるものとしては, (中略) 中間性は節制である。過剰はふしだらである。(中略) 財の供与と取得をめぐる中間性はもの惜しみのない心の宏さである。過剰と不足はしまりのなさとさもしさである」というわけである。[2] そして, 節制とは「肉体における快楽」に関わるものと, アリストテレスは喝破する。[3] 節制の対極にあるものは,「快楽の過剰」としての「ふしだら」である。節制ある人間の欲望は,「分別と協和するもの」でなければならないとされるから, それは「放縦」と呼ばれてもいい。
 スペンサーに戻れば, 『妖精の女王』は第2巻の序歌にこう歌う。[4]

> ああ, 何とぞ辛抱強くお耳をお傾けいただき,
> この妖精の騎士サー・ガイアンの
> 天晴(あっぱれ)な冒険物語をお聞きください,
> 節制の偉大な姿が見事に現されているのですから。　　(2.序.5.6-9)

 原文における固有名 "Sir Guyon" が, 形容詞 "good" を伴っていることに着目しよう。何よりも先ず, /g/ 音の頭韻効果があり, この個所を含めて全巻に4例を

見出せるから，この"The good Sir Guyon"という句を定型句と見ることができる。いっぽう，語りの趣向から見れば，騎士ガイアンの「善人」としての特徴を強調することが，詩人の意図であるとも考えられる。[5]

　ガイアンの人となりは，同巻第1篇に次のように描かれる。

　　騎士の態度はたいへん立派で毅然(きぜん)としており，
　　　落着いた穏やかな顔をしていたが，
　　　味方を勇気づけ，敵を震え上がらせるだけの
　　　厳しさ，いかめしさが感じ取れた。
　　　この騎士は，高い身分の生まれの妖精で，
　　　生まれた国では大いに尊敬を集めていた。　　　　　（2.1.6.1-6）

第1巻の騎士レッドクロスが「気高く」，また「いかにも凛々しい武者振り」で，「言行共に正義，誠実，真実の人」と描かれていたことは措き，その顔つきが「厳し過ぎると見えた」とされていたことは重要である（1.1.1-2）。なぜなら，ガイアンの表情は，引用の2行目にあるように，「落ち着いた穏やかな」と描かれているからである。さらに5行目には，ガイアンが「高い身分の生まれの妖精で，／生まれた国では大いに尊敬を集めていた」とあり，これも「武器は今まで一度も振るったことはなかった」とされ（1.1.1.5），後段で「これからという若々しい騎士様」とユーナの語るレッドクロス，すなわち聖ジョージの描かれ方（1.7.47）とは大きく異なっている。

　加えて，次の語りも注目に値する。

　　この騎士には，道中，黒い衣を身にまとい
　　　老齢で真白な髪をした
　　　立派な巡礼がつきそい，
　　　老いの足が長旅に疲れないように
　　　杖をついて，か弱い足取りを進めていた。
　　　顔から心が読み取れるものなら，
　　　この巡礼は，賢明で謹厳な師父と見え，
　　　いつも，ゆっくりと騎士を導き，
　　騎士は力強い馬に同じ歩度で進むよう教えていた。　　（2.1.7）

スペンサーとアリストテレス

レッドクロスのパートナーが，白い膚をヴェールで隠し，黒いストールを着て「深く死を悼んでいる人のよう」(1.1.4.6)なユーナ，すなわち真実 (Truth) の寓意的人物であるのに対して，このガイアンのパートナーは「黒い衣」を身にまとった「賢明で謹厳な」老巡礼である。[6] この巡礼，次に引くところから明らかなように，理性の寓意的人物に他ならない。

> いつも巡礼は，谷を渡り山を越えて彼を導き，
> その迷わぬ杖で正しく進む道を示した。
> 騎士が不節制におちいらぬように，
> その行動を理性で，意志を言葉で静め，
> 怒りのあまり，早まって道を踏みはずすのを許さない。　　　(2.1.4.5-9)

また，レッドクロスが乗る馬は，その若い騎士の気負い，あるいは直情型の性格を反映するかのように，「猛り立つ」だけの奔馬にすぎないが，ガイアンの「同じ速度で進む力強い馬」は，その名をブリガドアという「立派な馬」で，第5巻で明かされるように，口の中に「蹄鉄形の黒い斑点」があるという特別な馬でもある。ガイアンにとって，この両者——無名の老巡礼とブリガドア——は，ある意味で，「相補的なパートナー」であると言ってよい。老巡礼が「ゆっくりと」ガイアンを導くように，愛馬ブリガドアは卑劣漢ブラガドッチオの手に渡るものの (2.3.3-4)，ついに第5巻に至って，「怒り」を抑制し，理性的で分別ある奪還へとガイアンを導く (5.3.29-40)。アリストテレスには「馬の器量」に言及している箇所があり，その意味からすれば，ブリガドアは正しい主人を選ぶことのできる，まさしく「善い馬」なのである。[7] なるほど，騎士を直接に導く老巡礼とは違い，このブリガドアは物語の背後に終始隠れたままである。この長い不在の意味するところは，一組の男女の哀切をきわめる死に遭遇して (後段を参照)，アリストテレスのいう「激情」，すなわち「過度の感情」を抑制できなかったガイアンに与えられた厳しい試練の一つと解するほかはないだろう。[8]

さて，「善人」ガイアンの冒険は，第1巻でユーナ姫の祖国を荒廃させていた獰猛な悪竜を退治して名声を得たレッドクロスとの邂逅 (2.1.11) に始まる。悪の権化アーキメイゴーの虚言を鵜呑みにして，レッドクロスに敢然と挑んだガイアンは，相手の盾に描かれた「救世主の死の聖なる紋章」を見て，自らの非礼を詫びる。すなわち，暴力性の「過剰」の否定である。アーキメイゴーの姦計にいとも容易にはまって危難を招くレッドクロスとは大きな相違で，ガイアンがしっ

かりとした分別を備えた騎士であることは明瞭である。
　次の挿話は「アメイヴィアの悲劇」で，この挿話が第2巻に占める位置は非常に重要である。第2巻全体のテーマがここに凝縮されている，と言ってもよいからである。旅の途上，ガイアンはアメイヴィアという瀕死の女性と出会う。至福の園から救出したばかりの夫モーダントの死に衝撃を受けたアメイヴィアは，乳飲み子を残して自死の道を選ぶ。至福の園の淫婦アクレイジアの呪文によって果てたモーダントはもとより，悲嘆のなかで血にまみれて死んでゆくアメイヴィアも，愛の「過剰」によって滅びていく。[9] ここでアリストテレスを引けば，「欲望（ここでは「性欲」の謂いに解してよい）を実現することは，欲望に内在する力を強め，それが大きく，烈しいものであれば，分別の力を叩き出してしまう。……したがって，欲望は適度なものであり，また僅かなものでなければならず，分別にいかなる点においても反するものであってはならない」のである。[10]
　この深い悲しみの光景に慨嘆して，ガイアンは老巡礼に言う。

　　　　　「爺さん，
　　　見よ，限りある命を持ち
　　　肉体の衣をつけた弱い人間の姿，
　　　激情が暴威をふるって
　　　理性から正しい支配権を奪い，
　　　理性を感情の臣下にしている。
　　　激情は，強者の力を奪って弱くし，
　　　大胆な怒りで最大の弱者を武装する。
　　強者は快楽で，弱者は怒りで，最も落ちやすい。」　　　　（2.1.57）

動揺したガイアンの「肉体のもつ脆さ」についての，ごく一般的な，こうしたものの見方に対し，あくまでも冷静沈着な老巡礼は次のように諭す。

　　　　「しかし節制は（と巡礼），黄金の定規で
　　　二つの間で中庸を計ることができ，
　　　快楽の激情に溶けることなく，
　　　無情な悲しみや痛苦に身を焼くこともありません。
　　　二つの中間を行く者こそ至福の人。」　　　　　　　　　（2.1.58.1-6）

ここにおいて初めて，節制のルネサンス的象徴としての「黄金の定規」の意味に

関連して，アリストテレスのいう「中間者」，あるいは「中庸」の観念が動き出す。

先に言及したように，この間，ガイアンは愛馬ブリガドアを不覚にも盗まれてしまうのだが，老巡礼に「理」を説かれたいま，すでに「怒り」の感情を抑制できるようになっている。

 ガイアンは，それを見ると怒気(どき)が込み上げたが，
  何とか穏やかに気を静め，
  いまいましく思いながらも徒歩で先に進み，   （2.2.12.1-3）

すでに言及したように，ブリガドアが節制ないしは抑制の寓意を分有する存在であるとすれば，ガイアンの徒歩の旅は，すなわちブリガドア＝節制（抑制）を奪還する旅でもある。[11]

ガイアン一行がやってきたのは，とある海辺の城，そこには性格の異なる三人の若い女が住んでいる。上からエリッサ，メディーナ，ペリッサで，互いに相反する関係で結ばれている。エリッサとペリッサはギリシア語源が示すように，それぞれ不足と過剰の寓意，またラテン語源のメディーナは中庸の寓意。サー・ヒューディブラスは長女のエリッサの，またサンズ・ロイは三女のペリッサの，それぞれ愛人であり，それぞれ性急と無法の寓意である。ガイアンはヒューディブラスとサンズ・ロイの激しい争闘を仲介して，範例としての力量と器量とを示すが，エリッサとペリッサの抑制を知らない軋轢が騎士たちの争闘の火に油を注ぐ。結局，この相反する性格をもつ二組の男女の不和は，和合と平和を願う美姫メディーナの執りなしによって解消される。

 この二組の間には美しいメディーナ姫が，
  優雅に，立派な態度で座っていて，
   二組の者が極端に走るのを
   公平な尺度で加減し，
   あの無遠慮な二人が常軌を
   逸しようとすると引き止め，
   反対に，あの片意地な二人の方は元気づけて
   不足分は豊富な自分のもので補ってやり，
 このようにうまく按配し，自分が中心になっていた。   （2.2.38）

アリストテレスの細やかな論述に比べ，さすがに，スペンサーの語りは図式的に単純である。アリストテレスによれば，「三種の性状があり，そのうちの二つは悪徳であり（その一つは過剰による悪徳であり，他の一つは不足による悪徳である），一つはその中間をなす器量」であるが，「人柄としての器量が中間性」で，「立派なひと[であること]が骨の折れることであるのは……何であれ中間を得るのは骨の折れることである。」また，「なすべきひとに対して，なすべきだけのものを，なすべき時に，なすべき目的のために，なすべき仕方でなすということはもう誰にもできることではなく，また，易しいことでもない。これを良くするのは，まさにそれゆえ，稀に見られる，賞賛されるべき，美しいこと」である。[12] 上に引いたように，まさしく，「中間者」メディーナは「宴を適度に整え，／皆をほどよく楽しませ」(2.2.39.1-2)る。ところで，8 行目に見える，エリッサとヒューディブラスの不足しているものを補ったメディーナの「豊富なもの」とは何であろうか？ 問題は，悪徳としての「不足」のアリストテレス的な意味に尽きていると思われる。『妖精の女王』の執筆にあたって「紳士，即ち身分ある人に立派な道徳的訓育を施すこと」を標榜するスペンサーにとっては，おそらく，前段の第 35 連に見える句「美女にふさわしい上品な振舞」ということになる。アリストテレスにしたがえば，「中間性」としての「人間の器量」ということになるだろう。

節制の試練

妖精の騎士ガイアンは，貞女アメイヴィアの遺児を清き乙女メディーナに託し，誓いの旅に出立する。法螺吹きの卑劣漢ブラガドッチオに愛馬ブリガドアを奪われるという運命を甘受して，黒衣の巡礼とともに辛抱を強いられる徒歩の旅である (2.3.1)。

ガイアンの再登場は第 4 篇，「あらゆる憤怒と侮辱の根源」である機会 (Occasion) という名の後頭部の禿げた醜い鬼婆と，その息子で狂気 (Fury) という名の，騎士道に反する残忍な男とが，過度の感情に襲われた若者フィードン[13]に激しい暴力を加えている場面である。[14] ガイアンは巡礼のすぐれて理性的な助言を容れ，先ず機会を，それから狂気を鉄の鎖で縛り上げる。「罪に罪を，悲しみに悲しみを重ね，／恋人の死に友人の死を加えた」(2.4.31.1-2) と嘆くフィードンに向かってガイアンは言う。

「従者よ，ひどい目に遭ったな。
だが傷は節制によって，すぐに治すことができよう。」　　（2.4.33.8-9）

この他者への助言が，かえって，ガイアンにとっては自戒になっていることは重要で，騎士としての成長を物語る。ブラガドッチオに愛馬を掠取されても，「怒りに悶えること」からも，「不運を嘆くこと」からも，ガイアンがここでは完全に自由であるからである。
　さらに巡礼が，ガイアンの言葉を敷衍するかたちで，フィードンに次のように諭す。

「まったく哀れな者だ，
　感情の手綱をゆるめる人間は，
　感情は，初めは弱々しく力のないものだが，
　放って置くと，恐ろしい結末を生む。
　まだ力が弱いうちに，時を移さず感情と戦いなさい。
　ひとたび生長して完全に力を握ると，
　理性の砦を落とそうと
　激しい戦いを挑み，猛攻撃をしかけてくるもの。
　怒り，嫉妬，悲しみ，愛が，この従者を打ちのめした。　　（2.4.34）

　ところで，アリストテレスは感情ないしは情動というものが，「若い年齢に相応しい」とし，「この年頃のものは，情にしたがって生きることによって多くの誤りを犯す」ものであると言う。[15] かくして，ガイアンは若いフィードンへの助言を次のように締めくくる。[16]

「不幸な従者よ……あなたは
　不節制のために不幸な目に遭ったのだから，
　今後は，今度の経験を十分生かして，
　将来もっと悪いことが起こらぬように，
　油断なく節度を守って進むがよい。　　　　　　　　　（2.4.36.1-5）

　「抑制（節制）がないこと」について，アリストテレスが一般的通念として列挙しているところは，「無抑制」が「劣悪な非難されるべきことの一つ」であり，「抑制のないひと」とは「分別の働きに離反するひと」で，「それが劣悪と知りな

がら，情念によって行為するひと」のことであり，「抑制がないとは，激情に対しても，名誉に対しても，利得に対しても言われる」ということである。[17] 後段でアリストテレスは，「抑制を失ったひとにおいてあるのは感覚的な知識なのである」と述べているが，これこそ友人フィリーモン[18] の裏切りによって，聞く耳に虚言を吹き込まれ，見る眼に誤認を仕組まれたあげく，「怒りにまかせて」恋人を手にかけてしまうフィードンの悲劇の根源に他ならない。[19] その意味で，フィードンはアリストテレスの言う「激情に関して無抑制なひと」と呼ばれるべきであろう。「激情に引きずられやすい」フィードンは「あけっぴろげで」あり，「作為的なひとではない」が，その「激情も……その熱しやすい，せっかちな本性ゆえに，聞きはしても命令されたことは聞かず，復讐めがけて突進する」のである。

　これは続く第5篇の冒頭で，ガイアンに不当にも挑みかかる騎士パイロクリーズ[20] についても言えることで，「心の頑固な乱れ」が節制の大いなる敵となってガイアンの軍門に下るのも故なしとしない。いっぽう，ここでもガイアンは「乱れのないこころの平安」を見事に保つのである。

　　　すぐにガイアンは，残酷な手をとどめ，
　　　とくと考えて，はやる心をおさえ，
　　　敗れた敵に加える力を控えた。
　　　戦いの骰子（さい）の目は五分五分だとよく知っていたからで，　　（2.5.13.1-4）

　アリストテレスが指摘するように，「節制」は快楽に，それも「肉体における快楽」に係る中間性である。[21] アリストテレスは力説する，「ふしだらなひとはすべての快楽，または，最大の快楽を欲望し，他のものに代えて快楽を選ぼうとする欲望によって駆り立てられる」ものであって，「ふしだらは本意から生まれる」ものである，と。ここで「ふしだら」とは，スペンサーが言うところの「慎みのなさ」と同義であると見てよい。

　さて，『妖精の女王』第2巻第6篇に登場するフィードリア[22] は，安逸の湖に小さなゴンドラを漂わせる「小娘」，ガイアンから巡礼を切り離して，「正しい道」から逸らそうと騎士の感覚をくすぐる。この陽気な乙女の思惑は，「慎ましい楽しみの限度」を超えて，騎士を「ふしだらな歓びに溺れさせる」ことにある。さすがの哲人も『イリアス』から引くように，「若くて男ざかりであれば，ホメロスの言うように愛の臥床をも欲望するもの」であるからである。[23] ところが，妖

精の騎士ガイアンは常に心して愚かしい劣情を抑えていて,もとよりその志操堅固な心にいささかも揺らぐところがない。次の第7篇で語られるように,ガイアンはすでに別の女性に不滅の愛を捧げているからである。[24]

節制の誘惑

　第2巻も半ばを過ぎて,マモンの棲家の挿話(第7篇)に至ると,ガイアンを誘惑する仕掛けとその語りはいっそう複雑なものとなる。安逸の湖で気まぐれなフィードリアのために,黒衣の巡礼という「誠実な案内人」を失ったガイアンは,「なおも道連れなしに一人で道を進み,／おのが美徳と,称賛に価する立派な行為とに／常に助けを得る」(2.7.2.3-5)ことに努める。広漠たる荒地を進んでいくと,光なき暗い谷間で,「世間と世俗の神」を自称する,マモン[25]という名の容貌魁偉で野蛮な男に遭遇する。

　財宝によって欲望を満足させることを生きがいとするマモンにとって,ガイアンの「王冠と王国を求めて競うのを喜ぶ／気高い騎士の精神」は,空しい栄光でしかない。いっぽう,ガイアンの喜びは「美しい盾,立派な馬,輝く武具」であって,それこそが「冒険を求める騎士にふさわしい財宝」である。(2.7.10)

　ガイアンにとって,「富」は全ての不安のもとであり,限りない災いを生みだすものである。気高いこころの不名誉として軽蔑すべきものと応じて,ガイアンはマモンの過剰な富の供与を断固として拒絶する。

　いっぽう,マモンは騎士を罪深い餌によって堕落へと誘うべく,様々な手段を弄して,欲望への誘惑への道案内となる。このマモンが,不在の老巡礼のパロディであることは自明である。

　「プルートーの恐ろしい国」,すなわち冥界に通ずる,踏みならされた広い道のそばに座っているのは,悪鬼のごとき苦痛(Payne)と騒々しい諍い(Strife)である。その反対側に一団となって座っているのは,残酷な復讐(Reuenge),恨みを抱いた悪意(Despight),不忠な反逆(Treason),そしてこころを焼き尽くす憎悪(Hate)である。さらにこれらの頭上には,嫉妬(Gealosy),恐怖(Feare),悲嘆(Sorrow),恥辱(Shame),戦慄(Horrour)が門前に居並び,富の館の戸口には心配(Care)が待機していて,暴力(Force)と詐欺(Fraud)の闖入と隣人の睡眠(Sleepe)の接近を防いでいる。これらアリストテレスのいう「中間性」をもたない擬人化された諸観念が,「中間者」ガイアンの忌避すべきものであることは言うまでもない。

ところで，アリストテレスが「苦痛」について断じるところでは，「ふしだらなひとにとって，苦痛を作りだしているものは他ならぬ快楽」であり，「欲望は苦痛を伴う」ものである。さらに，「節制あるひとは（中間を保つひとであり），ふしだらなひとがこの上もない快を覚えるものに快を覚えず，むしろ，嫌悪を覚える」と述べている。[26]「復讐」ないしは「報復」については，別の箇所で，「苦痛にかえて快楽を生みだし，怒りを止めさせるもの」であるとする。[27] 恐怖については，やはり別の箇所で，「悪の予期」という一般的に知られた定義を引いたあとで，「勇気あるひとは，……最大の怖ろしいものにかかわるのではなかろうか。というのも，勇気あるひと以上に怖ろしいものに堪えうるひとはいないからである。ところでもっとも恐ろしいのは死である。……語の本来の意味において勇気あるひとと呼ばれうるのは美しい死をめぐって恐れることのないひとである」と論及されている。[28]

『妖精の女王』に戻れば，これに続くのが，その全身が黄金でできていて，タイタン族の巨人のごとき頑丈な傲慢（Disdayne）との一触即発の対決である。そして野心（Ambition）という名の群集がその周りに溢れる美女フィロタイミー[29]との結婚への誘いが，彼女の父親に他ならぬマモン自身によってガイアンに対してなされる。食欲をそそる黄金の林檎がたわわに実るプロセルピナの園から，この美しい大木が伸ばした枝が浸っているコサイタス川を経て，ガイアンの「地獄巡り」が始まる。ここでのマモンは，したがって，『神曲』地獄篇でダンテを導くウェルギリウスのパロディとなっている。ここでガイアンは，呪われて神々を口汚く罵るタンタラスや不誠実にも生命の主イエスを不正に裁いたピラトなど，罪を犯した夥しい人の群れがさまざまな責苦を受けている悲惨な様子を目撃する。しかし，騎士の志操はもとより固く，この三日間に及ぶ「苦難の冒険」に耐え，ことごとくこれを克服するのである。

  騎士は万事に用心深く，
  彼の落とし穴をよく見破り，
  欲のために身の安全を売るようなことはせず，
  ものの見事にぺてん師の裏をかいたのである。   （2.7.64.6-9）

こうして，空腹と睡眠不足によるガイアンの失神によって，この第7篇は終わる。

節制の危機

　前後不覚に陥った「立派なガイアン」を発見するのは、安逸の湖で浮薄なフィードリアに乗船を断わられた黒衣の巡礼である。折悪しく、異教徒で乱暴者の兄弟騎士（パイロクリーズとカイモクリーズ）[30] が、偽善（Hypocrysie）を体現するアーキメイゴーを伴って現れ、ここぞとばかりに無力のガイアンに陵辱（武具の略奪）を加えようとする。

　そこへ神出鬼没のごとく現れてガイアンの災難を救うのが、アリストテレスのいう最高善、すなわち寛仁（Magnificnence）の徳を体現するアーサーである。[31] ガイアンが愛馬ブリガドアをブラガドッチオに盗まれたように、ここ第8篇では、アーサーは愛剣の「モーデュア」[32] をアーキメイゴーに盗まれているばかりか、それがあろうことかパイモクリーズの手に渡っているという趣向である。戦うべき相手は怪力無双の二人、頼みとする武器は槍1本、流石のアーサーも「死の危険を回避すべく十全の注意を払う」ことを余儀なくされる。激しく戦ううちに槍を折られて深手を負い、窮地に陥ったアーサーを救うのは、老巡礼によって手渡されるガイアンの剣と「妖精の女王が描かれている」盾である。脳天を両断されて「ふしだらな」生涯に終止符を打つカイモクリーズといい、組み伏せられて首を刎ねられる「性急な」パイロクリーズといい、もとより完全無欠の騎士アーサーの敵ではない。

　この間、意識を回復したガイアンは巡礼がぴったりと傍にいるのを見て喜び、さらに「命の恩人」のアーサーに対して臣下の礼をとって、次のように深謝する。

　　　「わが君、わが主、いとも情け深いお助けによって
　　　私は今日生き長らえ、倒された敵の姿を見られます。
　　　あなたがお示し下さった偉大なご慈悲に
　　　どうしたら、十分お報いできましょうか。
　　　ただ、いつまでもお仕えし」　　　　　　　　　　　　（2.8.55.5-9)

謙遜なガイアンを途中で制して、アーサーはこのように応じる。

　　　　　　「善い行いをなす者に
　　　無理に報酬を与え、折角の善行を
　　　窮屈な束縛とする必要がありましょうか。

> すべて騎士たる者は，武器と武力を用いて
> 無法者の力を阻むと誓っていませんか。
> ここで当然のことをしたというだけで十分です。」　　　(2.8.56.1-6)

　アーサーの至高の「器量」については，蓋しアリストテレスの次のような論述が該当すると思われる。[33]

> 器量によって生まれる行為は美しく，また，それは美しさのためになされる。したがって，もの惜しみしないひとが与えるのは美しさのためであり，その与え方はただしい仕方にしたがう。すなわち，かれは与えるべきひとに対して，与えるべきだけのものを，与えるべき時に与え，その他，ただしい与え方に，本来，付随するかぎりのすべての規定にしたがって与える。しかも，かれはこれを喜んで，あるいは苦痛を感じないでする。なぜなら，器量によってなされることは，そのひとにとって快いことであるか，もしくは苦痛のないことであり，苦痛を与えることがもっとも少ないからである。

　こうして，ガイアンとアーサーは「友愛と礼儀正しい好意とに満ちた会話」(2.8.56.7-8)を楽しむが，ガイアンの遍歴の旅はまだ終わらない。次篇の冒頭でのアーサーとの語らいのなかで明かされるように，この苦難の旅の最終目的が，魔性の女アクレイジア[34]の至福の園の壊滅にあるからである。

節制の館

　第9篇で，アーサーとガイアンが一夜を過ごそうと立ち寄るのは貞淑なアルマ姫の住む節制の館である。アルマ[35]は「輝かしいばかりの処女」で，「百合のように白いローブを身にまとい」，黄金色の髪はきちんと結い束ねて，「頭には美しい野ばらの花環を頂いているだけで，／そのほかの飾りは何もつけ」ず，「賢く，こだわりのない人柄を示し」て，二人の騎士を丁重にもてなす。(2.9.19-20)
　全体が健全な人体の構造を模した節制の館の大広間には，アルマの執事で「年もゆき，落ち着いた物腰の，思慮分別に富んだ」食事 (Diet)，陽気な接待役で手抜かりのない食欲 (Appetite)，料理人頭の調合 (Concoction)，「気配りもよい，物

腰も立派な男」で厨房係の消化（Digestion）といった家臣たちが秩序正しく美姫に仕えている。

客間に案内されたガイアンは，話しかければ「つつましく目を伏せ，／しばしば雪のように白い頬を，／恥ずかしそうな血で赤いばら色に染め」(2.9.41.2-4)る美しい乙女と談笑するが，これは恥じらい（Shamefastnesse）という名の娘。アルマは，この娘こそガイアンの「慎み深さの泉」であると言う。アリストテレスが述べるように，「慎み」という中間者に相反するものは「ふしだら」である。哲学者は，さらに，「過剰であるふしだらは節制に対していっそう相反する」ものであるとする。[36]

高くそびえる塔には，想像力，判断力，記憶力を極めた三人の賢人が住んでいる。「半ば盲目」で，「体はすっかり弱り果てて」はいるけれども，「心には生き生きとした力が残って」いる記憶力を極めたと呼ばれる老人を第三の部屋に訪ねたアーサーとガイアンは，そこでそれぞれ『ブリトン年代記』と『妖精国古記録』なる書物を見つけて読み耽る。

最後の闘い

第11篇では，ガイアンと黒衣の老巡礼が節制の館を後にして旅立つと，髑髏の兜をかぶったマリガー[37]の率いる悪党の一団が，七つの大罪と五感（視覚，聴覚，嗅覚，味覚，触覚）を襲う五つの罪からなる十二の隊に分かれて，「健全な人体」を寓意する館を包囲して激しい攻撃をしかけてくる。愛馬スピュメイダーにまたがり，名剣モーデュアを振るう「完全無欠の」アーサーは，従者のティミアスの助勢をえてこれを撃退し，「血のない肉体，魂のない人間，／傷つくことを負っていない傷，力を持たぬ体，／人は傷つけられるが，自らは傷つけられず，／死ぬことはできないのに，人間の姿をし，／最も弱っているのに，最も強い，」(2.11.40.4-8) 言わば健全さを欠く「虚体」のマリガーを倒す。

ガイアン不在のまま進行するアーサーの物語 (2.11) の意味するところは，次に明らかであろう。

　　今や 節制（テンペランス）というこの見事な建物は，
　　　美しくそびえ立ち，その飾りのついた 頭（こうべ）を
　　　最高の称賛を博する域まで高めるのであるが，

>   もともと真の寛容という確固とした基礎の上に，
>   しっかりと土台を据えられていたのであって，　　　　（2.12.1.1-5）

ここで,「真の徳」とは寛仁の徳の謂いである。すなわち，節制の徳はアーサーに体現される寛仁の徳という強固な土台にその基礎を置く，と説かれているわけである。ガイアンは，空腹と睡眠不足という肉体の衰弱によって生気を失うものの，アーサーの「非常に情け深い助け」によって救われ，さらにはアルマによって「栄養と味とを十分に配慮した，豊かなご馳走」が供される。自分が不在の間に，節制の館の「あらゆる幸福な平和と立派な統制」が死を賭したアーサーによって回復されることで，ガイアンが至福の園という名の「快楽が官能の歓びに浸っている危険な場所」へ赴く素地は，ここに出来上がったことになる。

　ホメロスの『オデュッセイア』を下敷きとするガイアンの船旅は，貪欲の淵，悪口の岩，彷徨の島，浪費の流砂，破滅の渦といった難所を，老巡礼の「破邪の杖」[38] と「穏やかな忠告」によって，ある時は恐怖を克服し，またある時は挑発を退けながら進行する。

　至福の園は,「この現世において／人の感覚に甘く楽しいもの，／どんな気まぐれでも満足させるものが／すべて，ふんだんに注ぎ込まれていて，／惜し気もない豊かさでもって満ちあふれ」（2.12.42.5-9）ているような場所である。

　武装したガイアンは,「快楽の門番」ジーニアスの杖をへし折り，過剰（Excesse）という名の美女の差し出す葡萄酒の入った盃を叩きつけて先へ進むが，水浴をする二人の乙女の金髪と裸身に思わず見とれて，巡礼に厳しく叱責される。

>   「さあ，気をつけて下さい,
>   ここが私たちの旅の目的地ですよ，
>   ここはアクレイジアの住む所，不意打ちしないと，
>   うまく逃げられて，折角の計画が水の泡になります。」　（2.12.69.6-9）

ガイアンと巡礼の目的地である至福の園は，まず聴覚から人の感覚を酔わせる。

>   やがて，どんなに耳のこえた人をも楽しませる
>   音の中でもひときわ美しい旋律が聞こえてきたが,
>   これは，地上では，この楽園でなければ,

一度には聞けないようなもので，
　　　　……
　　人の耳に快いすべてのものが
　　そこでは一つに調和していて，
　　鳥，人の声，楽器，風，瀬音，すべてが相和(あいわ)していた。　　　　（2.12.70）

これに続いて聞こえてくるのが，以下に引く何者かの美しい歌声で，原文では視覚動詞 "see"（見る）の繰り返しがさらに別の感覚に訴える。

　　「ああ，麗(うるわ)しきものを見んと欲する者よ，
　　咲き出(い)づる花の姿に，汝(な)が盛りの姿を見よ，
　　ああ，清きばらの，しとやかに恥らいつつ，
　　初めはいかにも美しく，顔のぞかするかを見よ，
　　見ゆる姿の少なきが故に，美はいや勝るに，
　　見よ，ああ，たちまち，大胆に
　　裸の胸をあられもなく広げ，
　　見よ，ああ，たちまち色あせ，しぼみ果つるを。　　（2.12.74.2-9）

　　かくの如く，一日(ひとひ)の過ぎ去るうちに
　　人の世の，葉も芽も花も過ぎ去り，
　　一度(ひとたび)しおれては，初め，あまた女(おみな)の
　　あまた愛しき人の，しとね(いと)と部屋を飾るとて
　　求めしものも，もはや咲き誇ることなし。
　　さらば，いまだ盛りのうちに，ばら摘めよかし，
　　盛りの花を散らす老(おい)は，たちまち来(きた)る，
　　時の過ぎぬ間に，愛のばら摘め，
　　愛し愛さるる間(ま)に，同じ罪もて。」　　（2.12.75）

　こうして，視覚によって志操堅固な騎士と巡礼の官能を揺さぶるのは，他ならぬ不実な眼をした美しい魔女アクレイジアの魔法と魔術であり，若い騎士ヴァーダント[39]を情欲と淫楽に耽らせたのちの，その「甘い苦労のけだるさ」からくる痴態である。
　「気高い騎士と注意深い巡礼」は，巡礼が用意した網でアクレイジアを絡めとり，金剛石の鎖で縛り上げる。いっぽう，ヴァーダントには賢明な忠告を与え，

これを解放する。
　ガイアンによる至福の園の破壊は，「至福」を「破滅」に変え，「最も美しかった場所」を「最も醜い場所」にするという意味で，徹底を極める。「過剰な快楽」を「過剰な暴力」によって抑圧するという仕掛けである。[40]
　これは皮肉でも何でもない。「快楽」という名の毒の餌食となったアメイヴィアとモーダントの悲劇の再発を防ぐ意味でも，至福の園という名の「有害な劣悪」（アリストテレス）をガイアンはどうしても根絶しなければならないのである。
　アリストテレスは言う。[41]

> 青春期にも，ひとはその成長過程のために，あたかも，酒に酔ったひとと同じような状態にある。そして，青春は快い。これに対して，気分の鬱積したひとは本性上いつも医薬を必要とする。なぜなら，肉体はその体質のために終始苛まれる，したがって，かれはいつも烈しい欲求のうちに置かれているからである。快楽は苦痛を追い払ってくれる。それはその苦痛に相反する快楽，または，強力でありさえすれば，任意の快楽でよい。これらの理由によって，かれらはふしだらな，劣悪なひととなるのである。

この「知者たちの巨匠」は，さらに次のように付言することを忘れない。[42]

> 詩人［エウリピデス］の言い方をかりて，「ものみなの変化は楽し」と言えるとすれば，それはわれわれの本性の或る種の悪さなのである。すなわち，悪い人間は変わりやすい人間であるように，変化を要する本性も悪い本性なのである。なぜなら，それは単一なものではなく，高尚なものでもないからである。

詩人スペンサーは，確かに，「快楽」の何たるかを熟知していたに違いない。それは脆くも移ろいやすいものであり，本質的に「恒常性」をもたないのである。「志操堅固な」英雄ガイアンのメンタリティこそがもっともスペンサー自身のそれに近い，としばしば評されるのもこの事由による。[43] これより半世紀後に，かのミルトンが言論・出版の自由を標榜する『アレオパジティカ』のなかで，スペンサーが「スコトゥスやアクィナス以上に優れた学匠」と評し，「われらが賢明

にして真摯な詩人スペンサー」と絶賛することになるのも，実に，スペンサーが創造した節制の徳の体現者，ガイアンの英雄像に深く関わっている。

　本稿は，島村宣男「『妖精女王』の倫理学」『関東学院大学文学部紀要』94（2001）: 5-24 および島村宣男「『妖精女王』の倫理学（承前）」『関東学院大学文学部紀要』95（2002）:25-40 の一部に加筆をして，独立の一篇としたものである。

[1] アリストテレス『ニコマコス倫理学』第 2 巻第 6 章。加藤信朗訳『アリストテレス全集』第 13 巻（岩波書店，1973）。ここで「中間性」という訳語は，「中庸」とするほうが一般的であろう。
[2] 『ニコマコス倫理学』第 2 巻第 12 章。
[3] 『ニコマコス倫理学』第 3 巻第 10 章。
[4] 以下，原文からの引用は A. C. Hamilton, Hiroshi Yamashita, and Toshiyuki Suzuki, eds., *Spenser: The Faerie Queene*(Harlow: Longman-Pearson Educaiton, 2001）に，また翻訳からの引用は和田勇一・福田昇八訳『妖精の女王』（ちくま文庫，2005）による。
[5] この形容詞が他の固有名を修飾することはあっても，それは単発的である。例えば，アーサー王子に助けられたユーナが「赤十字の騎士」のことを "the good Redcrosse" と呼ぶ場合（1.7.48.8）も同様。
[6] ユーナと老巡礼（および愛馬ブリガドア）にかかる共通性である「黒」の意味については，N. Shimamura, *Clad in Colours: A Reading of English Epic Poetry*（Kanto Gakuin UP, 2002), Chap. 2 を参照。
[7] 『ニコマコス倫理学』第 2 巻第 6 章。
[8] ブリガドアの名前は，奇妙なことに，『妖精の女王』全巻を通じて一度（5.3.4.3）しか現れない。固有名 Brigadore は，アリオスト作『狂えるオルランド』に登場するオルランドの馬の名前 *Bilgliadoro* "bridle of gold" をもじったスペンサーの造語。なお，「鞍」は「節制」のシンボル。
[9] 固有名 Mordant の語源は L. *mors* "death" + *dans* "giving"，また Amavia の語源は L. *ama* "love"+ *via* "life" である。なお，以下に注記する固有名の語源解釈は S. Fukuda, "A List of Pronunciations and Etymologies of Spenser's Names in *The Faerie Queene*" 熊本大学教育学部紀要人文科学 46 (1997):225-229 を参照。ところで，

死の直前のモーダントにはアメイヴィアとの間に性交渉があった，との説があり，これを補強する議論については，上掲書 Shimamura, *Clad in Colours*, Chap. 3 を参照。

10 『ニコマコス倫理学』第3巻15章。
11 いっぽう，ガイアンを「徒歩の騎士」(horseless knight) に仕立てたのは，中世騎士道がその理想とするところのもののパロディにすぎないという見方もあるが，本稿の議論にはさほど有益なものではない。それ以上に興味深いのは，C.S. Lewis, *The Allegory of Love* (London: Oxford UP, 1936) 第7章の見解で，ガイアンの成長に託してスペンサーが提示しようとする「節制」という徳は，「堕落した人間から見れば，鈍重で先を急がぬ人間のための (dull and pedestrian) 徳であるから，却って，ガイアンは愛馬を盗まれて良かったのだ」とするもの。
12 『ニコマコス倫理学』第2巻第8章。
13 固有名 Phedon の語源は，Gk. *phaos* "fire"; L. *fido* "believe" である。
14 第3篇は，ブラガドッチオが「真の騎士道の物笑い」となる挿話である。
15 『ニコマコス倫理学』第4巻第9章。
16 引用文に見えるフィードンの呼称 "squire" には，*OED* が第一義として定義している "in the military organization of the later Middle ages, a young man of good birth attendant on a knight" が該当する。
17 『ニコマコス倫理学』第7巻第1章。
18 固有名 Philemon の語源は，Gk. *phile* "love" + *emos* "self" である。フィリーモンは，アリストテレスの言う「欲望に関わる無節制」を体現して，「激情に関して無抑制」を体現するフィードンより「醜い」人ということになろう。
19 フィードンの悲劇は，彼自身によって語られる (2.4.18-33)。
20 固有名 Pyrocles の語源は，Gk. *pyr* "fire" + *oxleo* "to disturb" である。
21 『ニコマコス倫理学』第3巻第10章。
22 固有名 Phaedria の語源は，Gk. *phidoros* "glittering" である。
23 『ニコマコス倫理学』第3巻第11章。
24 ガイアンの「愛人」については，全巻を通してその名前は与えられていないが，すでに2.128に，ガイアンの盾に描かれているのが「かの天上の乙女の麗しい姿」とあり，また，同じものを「聖人」と呼び (2.5.11)，さらに決定的なのは，「妖精の女王の姿が描かれているガイアンの盾」と見えるところから (2.8.43)，諸注では妖精国クレオポリスの女王グロリアーナのことであるとする。もしそうならば，ガイアンの「愛」には性的なものは含まれてはおらず，それは，まさに，「自制的な愛」であると言える。
25 固有名 Mammon の語源は，*OED* にアラム語 *mamon* "riches, gain" とある。
26 『ニコマコス倫理学』第3巻第12章。
27 『ニコマコス倫理学』第4巻第5章。
28 『ニコマコス倫理学』第3巻第6章。
29 固有名 Philotime の語源は，Gk. *philo* "love" + *timeo* "honor" である。

30 固有名 Cymocles の語源は，Gk. *kuma* "wave" + *oxleo* "to disturb" である。
31 アリストテレスの最高善がアーサーの寛仁の徳にほぼ等価であることは，島村（2001）で詳細に論じた。
32 アーサーの剣は，一般には，Excalibur の名で知られているが，スペンサーは『妖精の女王』のなかで一度もこの名称を使っていない。Morddure が "hard-biter"（L. *mordere* "to bite" + *durus* "hard"）であるのに対し，Excalibur の語源は必ずしも明らかでなく，*OED* は Welsh *Caledvwlch* と Irish *Caladbolg* を例に，"voracious"（貪り食う，飽くことを知らない）という意味を推定している。
33 『ニコマコス倫理学』第4巻第1章。
34 固有名 Acrasia の語源は，L. *akrasia* "incontinence" である。
35 固有名 Alma の語源は，L. *almus* "nourishing" である。
36 『ニコマコス倫理学』第2巻第9章。
37 固有名 Maleger の語源は，L. *malum* "evil"+*aeger* "sick" である。幽鬼とも見紛うこの男は，無力（Impotence）と短気（Impatience）という名の二人の鬼婆を従えており，「その顔は灰のように青ざめ，身体はまさに骨と皮ばかり，皮膚は一面干草のように萎び，さらに蛇のごとくぞっとするほど冷たく，いつも震えているように見えた」(2.11.22) とある。
38 この杖は，「マーキュリーの杖キャデューシアスと同じ材質で，巧みの枝で作られていた」(2.12.41) とある。
39 固有名 Verdant の語源は，L. *ver* "spring"+*dans* "giving" である。
40 Greenblatt のように，これを新歴史主義の見地から「文化の破壊」と捉えることが正しい解釈か否かはさておき，なぜ第7篇でガイアンはマモンの洞穴を破壊し，「過剰な金銭欲」を抑圧しなかったのかという問題については，老巡礼の不在とガイアン自身の衰弱がよく説明してくれように思われる。Stephen Greenblatt, *Renaissance Self-fashioning: From More to Shakespeare*（Chicago: U of Chicago P, 1980）の第4章 "To Fashion a Gentleman: Spenser and the destruction of the Bower of Bliss" および藤井治彦『イギリス・ルネサンス詩研究』（英宝社, 1996）の第4章「新歴史主義管見──Stephen Greenblatt の Spenser 論」を参照。
41 『ニコマコス倫理学』第7巻第14章。
42 『ニコマコス倫理学』第7巻第17章。
43 例えば，A. C. Hamilton, ed., *The Spenser Encyclopedia*（Toronto: U of Toronto P, 1990）の Maurice Evans の執筆にかかる "Guyon" の項を参照。

ベルフィービーとアモレットをめぐる誕生の神話

小田原 謠子

　神々や英雄,またヒロインは,常とは違う不思議な誕生をすることがある。ペルセウスが生まれたのも,わが娘の生む子に殺される運命と知った父王が,娘ダナエーを青銅の部屋に閉じ込めるが,ゼウスが彼女を見初め,黄金の雨に身を変えて,屋根から彼女の膝に流れ込み,身ごもらせたからであった。

　スペンサーは,『妖精の女王』第3巻第6篇で「無原罪の宿り」を描いている。第6篇は,ごく大まかに言って,「逃げ出したキューピッド」のエピソードと「アドーニスの園」のエピソードからなる。数秘学の点から重要な位置と思われる,第3巻のほぼ中心部にある第6篇のはじめの第6連と第7連に,太陽光線の戯れによる「無原罪の宿り」が,そして第6篇の中心である第26連と27連で,[1]「無原罪の宿り」によるベルフィービーとアモレットの「誕生」が,「アドーニスの園」の描写の直前に描かれる。この論文は「無原罪の宿り」による二人の誕生の意味を,エリザベス1世をめぐる出来事との関わりで考えようとする試みである。

ベルフィービーとアモレットの誕生

　第6篇に描かれるのは,ベルフィービーとその誕生のいきさつ(1-7),太陽光線の生成力(8-9),クリソゴニー(10),逃げ出したキューピッドを探して,ヴィーナスが,宮廷,町,田園を経てダイアナの森に至り,ダイアナと手を携えてキューピッドを探すうちに(11-25),眠ったまま双子を生んだクリソゴニーを見つけ,双子を一人ずつ養女とすること(26-27),ヴィーナスが養女としたアモレットを連れて行くアドーニスの園は,地上の楽園(29),生きて死ぬものの最

小田原謠子

初の苗床(30)，ゲニウスに肉の衣を着せられた裸の赤子が，この世に送り出され，また園に迎え入れられ，再び生まれ変わるまでの1000年を，植えられて過ごすところ(31-33)，地下のカオスが，植物と生き物の生命を限りなく生み出す，庭師不要の園(34-38)，美を破壊する時の支配はあっても(39-41)，恋人たち，鳥たちは，あたりをはばからず楽しみ，不断の春と不断の収穫が同時に存在する園(41-45)であること，そして園におけるアドーニス(46-49)，キューピッドとその家族，サイキとプレジャー(50)，アモレット(51-53)，そしてフロリメルの導入(54)である。

　森に住むベルフィービーの誕生のいきさつが，第6篇のはじめに語られる。

　　そうではなくて，昔の書物にもある通り，
　　　稔(みの)りをもたらす天の光線の力を受けて，
　　　不思議にも生をうけ，育てられたのである。
　　　太陽(タイタン)の光線が燦々(さんさん)と降り注ぐある夏の晴れた日，
　　　人目につかぬさわやかな泉で，
　　　焼け付くような暑さを和らげるために，
　　　乙女は胸までつかって水浴びをしていた。
　　　森に生えている赤いばらや青いすみれや
　　すべての一番美しい花々に囲まれて水浴びをしていた。

　　遂に，けだるい疲れのために，ぼんやりとなり，
　　　眠ろうと，草原に身を横たえ，
　　　やがて，一糸(いっし)まとわず寝ているその体に
　　　やさしい，まどろみの眠りが訪れ，
　　　明るい日の光が，先ほどの水浴びで
　　　柔らかくなった乙女の体の上で戯(たわむ)れ，
　　　その胎内にまで貫き通って，そこでとても心地よく
　　　湯浴(ゆあ)みして，ひそかに秘密の力を発揮し，
　　間もなく乙女の胎内には，豊かな稔りの種が宿った。　　　(3.6.6-7)

　　二人［ヴィーナスとダイアナ］は長いこと探し回った末に，遂に
　　　美女クリソゴニーが，先ほど前後不覚に眠り込んだ
　　　あの人目につかぬ木陰にやって来た。
　　　この人は眠ったままで，(言うも不思議)

知らぬ間に朝日のように美しい二人の赤子を生んでいた。　　　（3.6.26.5-9）

　　知らぬうちに身ごもり，知らぬうちに生み，
　　　快楽なしに身ごもった子を，苦痛なしに生み，
　　　また，ルサイナの手助けを求める必要もなく，　　　　　（3.6.27.1-3）[2]

　『妖精の女王』第3巻の序で，スペンサーは，かのいとも美しい美徳である「貞節」について書こうと思い立ったことを語る。「貞節」は「わが主君の御胸に」祭られ，欠けるところのない御姿に生き生きと現れているその「貞節」を描こうとして，プラクシテレスのような名人にしてやりそこなうことのあることを，文の技の徒弟にすぎない自分がもし完き姿を損なうことがあれば，「畏れ多きわが君，」(3.序.3.5)どうぞお許しくださいと，あらかじめ詫びながら，スペンサーは，ベルフィービー，グロリアーナを描こうとしていることを述べる。「いとも麗しい月の女神様(シンシア)には／ご自身の姿が一つではなく二つの鏡に」(3.序.5.5-6)映るのをご覧になることを拒まれず，グロリアーナかベルフィービーに作り上げられることを，グロリアーナに統治が，ベルフィービーにその稀な貞節がかたちづくられることを選び給えと祈る。わが主君とはエリザベス女王のこと，シンシア，ベルフィービー，グロリアーナ，それに第3巻の主人公「貞節」の騎士たるブリトマートが，アレゴリーの上でエリザベス女王の分身であることは言うまでもない。

　人の一生は誕生に始まる。詩人の「わが主君」の一生が，分身の姿を通して語られる。誕生に始まり，恋に目覚め，玉座に君臨する君主の，誕生の部分が，第3巻第6篇で，アドーニスの園の描写の直前に，ベルフィービーの誕生のエピソードに語られる。

　第3巻第6篇で語られるのは誕生の神話である。ここに登場する人物のほとんどは，親と子の関係においてあらわれる。ダイアナのニンフの一人であったクリソゴニーは，ベルフィービーとアモレットを「無原罪の宿り」で生む母親，愛と美の女神ヴィーナスも，ここではいなくなった息子キューピッドを探す母親としてあらわれ，キューピッドを探す過程で見つけた双子のうち，アモレットを養女として引き取り，養育をサイキに託す。処女神ダイアナも，ベルフィービーを養女として引き取り，ニンフの一人に育てさせる。アモレットが養育されるアドーニスの園に現れるキューピッドは，サイキを妻とし，娘プレジャーを持つ父親なのである。

小田原謠子

　クリソゴニーの出産に関わる神話は二つある。すなわちベルフィービーとアモレットの誕生が太陽光線の戯れによるという「無原罪の宿り」の神話，そして身ごもったニンフに対するダイアナの神話である。アポロドーロスによれば，カリストーはアルテミスの猟の伴侶であり，女神と同じ衣を身にまとい，処女でいることを女神に誓った。しかしゼウスは彼女に恋し，一説によればアルテミスに，一説によればアポローンに姿を似せて，嫌がる彼女と床をともにし，ヘーラーに気づかれないように彼女を熊の姿に変えた。しかしヘーラーは彼女を猛獣として射殺するようアルテミスを説き伏せた。一説によればアルテミスが，彼女が処女を護らなかったので，射殺したとも言う。カリストーが死んだ瞬間ゼウスは赤子をひっさらい，アルカスと名づけ，アルカディアーで育てるべくマイアに与えた。スペンサーのダイアナは，赤子を生んだクリソゴニーに，その出産の不思議に驚きはしても，怒ることなく，彼女を罰することもなく，赤子の一人を引き取り，ニンフの一人に育てさせる。
　クリソゴニーが，自分でも知らぬ間に，地上的な「穢れ」と一切無関係に，「喜びなく身ごもり，苦痛なく生んだ」のは，エリザベスの美化された出生神話と見ることが出来る。それは，二人の赤子がダイアナとヴィーナスに引き取られるエピソードとあわせて，エリザベスの出生にまつわる過去の出来事を反映している。過去の出来事とは，エリザベスの父母の結婚にいたるいきさつ，母の死，そしてエリザベスの養育である。

アン・ブーリンとエリザベス

　エリザベスの母アン・ブーリンは，父がオーストリア宮廷への大使に任命されたことから，首尾よくオーストリア大公妃付きとして引き取られ，宮廷の貴婦人としてのあらゆる技，とりわけ父の望んだ流暢なフランス語を身につけ，フランス語を話すキャサリン・オヴ・アラゴンの家政に場を持てるよう備えた。その後フランス宮廷で何年か過ごした後，イングランドの宮廷に場を得て，キャサリンの女官となり，やがてヘンリー8世の目を引く。アンはいわゆる美人ではなかった。彼女がセンセーションを巻き起こしたのは，容貌ではなく個性と教育のためであった。ヨーロッパの二つの宮廷で育ち，大陸の洗練を身につけていた彼女は，ヘンリーの宮廷ではユニークで，人は彼女を生粋のフランス女と思った。

ヘンリーは，はじめ彼女を，愛妾であった彼女の姉の代わりにしようと思った。アンはヘンリーの求愛を拒んだ。ヘンリーとキャサリンの結婚生活は事実上終わっていて，男子の跡継ぎはなく，ヘンリーはキャサリンとの結婚を無効にしようと思った。結婚を申し込んだ時からアンの態度は変わり，ヘンリーの求婚を受け入れるが，法王の介入により，1527年に求婚を受け入れてから，1533年まで結婚は行われなかった。やがてヘンリーは法王庁と袂を分かつことを強いられる。この間，二人の間に親しさは増したが，アンはまだ愛妾ではなかった。生まれる子供を嫡出子とするために二人が心をくだいたからである。法王庁への挑戦である結婚破棄の有効性について，ヘンリーは懐疑的だった。アンは，懐妊すればヘンリーは本気になるだろうと確信し，夜を共にし始め，12月までに懐妊し，二人は1533年1月25日に結婚，4月12日彼女は王妃として認められ，戴冠式はその6週間後に行われた。3ヶ月後の9月7日，アンの娘エリザベスが誕生した。

　ティンダル訳の彩色写本の新約聖書を所有し，結婚前から英訳聖書の輸入業者を支持していたアンは，王妃として福音主義の立場の聖職者を擁護した。とりわけケンブリッジの学者とのつながりが深く，彼らを通じて彼女の影響がエリザベス朝の教会上の決着に流入することになる。

　現存するものから，アンが相当な教養の持ち主であったことがわかる。若い頃を過ごした低地諸国の芸術の影響がある。彼女のバッジは，木の切り株にとまる白い隼が，枯れ木に降り立つと，テューダー・ローズが花咲くというデザインだった。シンボリズムを開発した証拠さえある。エリザベスのようにアストレアや処女マリアと同一視された。英国文化に対する大きな貢献はハンス・ホルバイン（弟）の初期の保護者となったことである。

　結婚している間中，アンは，キャサリンと私生児にされたメアリーをもとの地位に戻そうとする宗教的保守派の攻撃の的だった。1536年キャサリンが死に，その月の末のアンの2度目の流産は，ヘンリーに，この結婚が神に反対されているという恐れを強くさせるが，大臣クロムウェルはアンを支持する。

　ヘンリーは，メアリーのいとこカルロス5世にアンを王妃として認めさせる努力をする。修道院解体に関してアンとクロムウェルの意見が対立し，二人の間に亀裂が入ったことから，事態は劇的に変化する。1536年に保守派もブーリン派も，フランス寄り外交をハプスブルク帝国との関係改善に変えたいという大臣の願いを支持する。アンが王の傍にいる限り，アンを他国に認めさせたいという王の決意が外交の再編成の障害となるという判断から，クロムウェルは，

王のアンとその一派に対する信頼を壊すことに着手する。アンの姦通の噂が流れ，クロムウェルは，自分の主な政敵であるノリスも含めてアンの一派を逮捕し，疑惑に陥りやすいヘンリーは，ノリスを最初に，翌日アンとアンの弟，そしてトマス・ワイアットら宮廷人をロンドン塔に送った。トマス・クランマーを含むアンの支持者は，手遅れになるまでヘンリーに目通りがかなわなかった。アンの愛人とされた者たちは，無実を訴え続けながら5月17日処刑され，その日の午後クランマーが，アンとヘンリーの結婚を無効と発表した。5月19日の朝，アンはカレーから呼び寄せられた処刑役人に，斧でではなく剣で処刑され（これはヘンリーによって与えられた慈悲であった），同日，タワー・チャペルに埋葬された。

　アンの処刑後，クロムウェルはアンの父から役職を取り上げ，ジェインの兄が子爵の身分を得た。ヘンリーのキャサリンとの離別は，クロムウェルがよく知っていたように，アン・ブーリンとの恋の結果ではなく，彼の最初の結婚が近親相姦であったという確信によった。そのためメアリーと彼女の友人たちには何も与えられなかった。

　ヘンリーの治世の残りの期間とその息子の治世の期間中，アンは存在したことのないものとみなされた。メアリーがその沈黙を破り，伝統主義者は結束して，ヘンリーを堕落させた者，信仰に降りかかる罪悪を解き放った異端の誘惑者としてアンを汚した。これがメアリーにとって，ローマ教会への忠誠と，父の思い出に対する敬意を和解させる唯一の方法だった。カトリックのプロパガンダは，カトリックの宗教改革者で大陸へのエグザイル，ニコラス・サンダーの書いた『国教会の分離の起源と進展』で頂点に達するが，彼は，アンの母親はヘンリーの愛人，アンはヘンリーの娘，肉体的に奇形で（倫理的にも奇形），カトリック教会に降りかかった破壊と残虐の責任は彼女にあると述べた。フランスの宗教改革者は直ちにアンを殉教者として讃えたが，英国の宗教改革者は女王の顔色をうかがい，世紀半ばのヘンリー8世擁護は，アンを偽善者，また，高度に洗練され，外面的には驚くほど厳粛な信仰告白をしながら，裏では，王の親しい僕や彼女自身の弟でさえ堕落させた性的略奪者とした。アン自身の娘が王位を継いだ時，名誉の回復はほとんどなされず，エリザベス1世は母のバッジ（枯れ木に隼がとまりテューダー・ローズが花咲く図）を採用したが，色情狂だった母と，そのカモ，あるいはもっと悪い，殺人者だった父のどちらを選ぶかについては，沈黙に逃げ道を見つけた。そのためイングランドのプロテスタント擁護者は，アンの神々しさとイングランドの宗教改革におけるアンの貢献

に一方的に注目した。

　16世紀におけるアン・ブーリンの最大の貢献は，エリザベスという女王を提供したことである。しかしエリザベスは結婚して子孫を残すことをせず，王家におけるブーリン家の血脈はエリザベスで途絶えることになった。このこととアンの死に方が，彼女は実は魔女だったというしつこい主張に信憑性を与えた。多くの人にとって彼女は「振る舞いに節度がなさすぎて，不注意な性行動が死を招いた，奇形の指の王妃」だった。[3]

　アンの犯した罪について，処刑の原因を，外交に関する彼女の影響力とする見方がある一方，ジョン・フォックスのように，背後に不可解な謎があるとする見方がある。フォックスは彼女のただ一人生き残った子であるエリザベスがイングランド女王として統治することになったことで，神は彼女の無実を証明されたと主張した。フォックスの『殉教者の書』は，当時，1軒の家に2冊本があるとすれば，その1冊は聖書，もう1冊はこの本であったとされるほど，よく読まれた。彼はその本の中でアンを讃えたが，宗教的な慈愛深い王妃としてのアンの行為の細部にわたる描写は，彼の本の人気にもかかわらず，彼女の娘の治世中長続きせず，ヘンリー8世の宮廷のスペイン大使チャプイスや，前記サンダーの記述が，フォックスの擁護的記述を凌駕した。サンダーは，1582年出版の，かのカトリックのプロパガンダのラテン語の本に，アンのことを「形のない塊を生んだ怪物」とさえ記している。[4]

　多くの伝記は，エリザベスが，成人してから，母について何も言及したことがないという事実に意味があるとしている。

　エリザベスの幼児期，ヘンリーの妃となったキャサリン・パーは，芸術に関心を持ち，ペトラルカやエラスムスを楽しみのために読むほど博学だった。彼女は王家の幼い子供たち，エリザベスとエドワードの教育に積極的かつ個人的な関心を持った。二人の子供たちは学問好きで，キャサリンとの共通点を見出し，エドワードは頻繁に勉強の進展について彼女に手紙を書いており，エリザベスの16歳までの現存する5通の手紙すべてが，キャサリンにあてたものか，キャサリンについて書いたものである。子供たちへのキャサリンの親切と擁護は，イングランドの政治に永続的な結果をもたらした。キャサリンがメアリーとエリザベスの二人を王位継承者の中に入れるようヘンリーを説得したことが，彼女等の未来の統治を法的に有効としたからである。エドワードの洗礼式の時，4歳のエリザベスは洗礼服を持ち，メアリーは教母だったが，二人とも法的には庶子だった。しかし1544年の王位継承法でもとの位置に戻された。

キャサリンがメアリーとエリザベス，エドワードの3人と一つ屋根の下に暮らしたという想像は，必ずしも事実と一致しない。生後3ヶ月でエリザベスはハットフィールドに，そして1歳のときにグリニッジから5マイルのケントのエルサム・パレスに家政をもった。そしてプリンセスではなくレディー・メアリーとなった姉の家政は解散させられ，姉はエリザベスと一つ屋根の下に暮らすことになった。ジェイン・シーモアの死後，エドワードは母の違う二人の姉たちのもとへやられたが，エリザベスより17歳年長のメアリーは1537年から1547年まで宮廷にいたので，彼は主としてエリザベスと一緒に，宮廷とは別のところで暮らした。1544年の夏，ヘンリーがフランスに軍を率いて遠征している間，キャサリンを摂政に任命した。キャサリンはこの機会にエリザベスをアッシュリージでのエグザイルから宮廷に戻して，父王の寵愛を再び得られるようにし，その地位にあった7月半ばから9月半ばまで，エリザベスとエドワードをハンプトン・コートで，自分とともに住まわせた。キャサリンもアンと同じく，福音主義の信仰を持っていた。[5]

　相手を認めることが自分を否定することであり，自分を認めることが相手を否定することになるとは，なんとすさまじい関係ではないか。アンとメアリー，エリザベスとメアリーはそういう関係にあった。
　メアリーはヘンリーとキャサリンの嫡出の長女として生まれた。エリザベスは，ヘンリーとキャサリンの結婚を無効として結婚したヘンリーとアンとの間に生まれた。アンの身ごもった子を庶子としないためにヘンリーは結婚を急ぎ，思いきった処置を取った。ヘンリーとキャサリンの結婚を無効とすれば，その間に生まれた子は非嫡出子となる。こうしてそれまで嫡出子であったメアリーは庶子となり，このままでは庶子となるところで両親が結婚して生まれたエリザベスが嫡出子となった。
　アンの父は，娘を宮廷に出仕させるべく，フランス語を含め，高い教養を身につけさせた。そしてアンは，ヘンリーとの間に生まれる子供を庶子としないために心を砕いた。エリザベスは嫡子として生まれたが，彼女の出生は，周りの人々の，多分に意図的な，さまざまな事柄の結果だった。

　クリソゴニーの妊娠は，本人の意思とは関わりのないところで，太陽光線によって，知らないうちに起こったことであった。現実の世界の穢れとは無縁な出産であった。クリソゴニーからベルフィービーとアモレットが誕生したとい

う箇所に，当時の読者は，エリザベスに姉がいたということを思い出したことであろう。双子ではなく17歳年上の母の違う姉ではあったが。

　当時の読者は，エリザベスの母アンには，おどろおどろしい噂のあったことを思ったことであろう。眠ったまま赤子を生み，生んだことも知らないまま眠っているクリソゴニーからダイアナとヴィーナスが一人ずつ赤子を引き取り養女にするエピソードに，エリザベスは母を3歳のときになくし，彼女を保護する母のいなかったこと，彼女には継母キャサリン（パー）のいたことを思ったことであろう。そしてベルフィービーがダイアナに引き取られ，ダイアナの森にとどまり，アドーニスの園に入ることがなかったことに，エリザベスが終生独身で過ごそうとしていることを思ったことであろう。

　ヴィーナスとダイアナは，愛欲と純潔という本来対立する原理を表す二人であり，相手を認めることは自分を否定することになる間柄の二人であるが，第3巻第6篇では，ともかくも和解し，手を携えていなくなったキューピッドを探し，そして二人の赤子を見つける。メアリーの母キャサリンはヘンリーとの結婚を無効とされ，別居し，娘メアリーと会うこともままならないまま亡くなる。またアンは，エリザベスが3歳の時，姦通の咎で斬首されていた。どちらも娘を保護することが出来なかった。その後ヘンリーが迎えた二人の妃は，どちらもヘンリーの気に入らず，やがて5番目の妃ジェイン・シーモアがエドワードを生むが，産後亡くなる。母を持たない3人の義理の子に，6番目の妃キャサリン・パーは，嫡出，非嫡出の別を問わず，賢明な母親として接した。

　過去の出来事と同じことであれ，反対のことであれ，当時の読者のすべてではないにしても，ある者は，エリザベスを思ったことであろう。複雑な複合体としてのこの詩から，人々はさまざまなことを思ったことであろう。

ベルフィービーとアモレットの意味

　王の二つの身体，政治的身体と自然的身体という中世からの考え方がある。シェイクスピアがこの理論を用いていることにカントロヴィッツが初めて注目し，マリー・アクストンが，歴史的観点から，エリザベス朝人にとってこの学説が何故，そしていかに必要であったかということ，この理論の発展と普及がエリザベス朝の王位継承問題の論争と演劇への反映に必然的に関わっていることを論じている。もともと，教会が，土地を所有し，管理する現実の必要から生まれた，

王の自然的身体は，幼年，病弱，誤り，老齢，死などに左右されるが，信仰，賢明さ，便宜から作り上げられた王の政治的身体は，誤ることなく，不死であるという考え方，王の政治的身体と自然的身体という概念，王が，偉大な地位と同時に人間の本性を持つ「双子」として生まれるという考え方である。[6] 女王としての人格ではなく，徳高く美しい女性としての人格をベルフィービーとしてあらわすこともあるということを，スペンサー自身ローリーにあてた手紙の中で述べているが，私は，さらに進んで，アモレットは，個人としてかくなり得たかもしれないベルフィービーの姿なのではないかと考えたい。
　コリン・バロウは，王朝の英雄の目的は，王朝を存続させるために結婚して子を生むことであり，子を生むという意思が，『妖精の女王』のイメジャリーの深いところで燃えていることを指摘している。[7] そしてスペンサーのローリーあての手紙にあらわされた彼の野心にふれ，「ファッション」という言葉を取り上げ，スペンサーが女王のまわりに輝く賛美の殻を創り上げ，彼が創り上げるその殻の形に成長するよう女王にうながしているのだと述べている。[8]
　アドーニスの園は，花の咲き乱れる地上の楽園，時を超越しているようでありながら，時の支配を免れない不思議なところ，時の支配を免れないものではあっても，肥沃な土壌にある豊饒な園である。それは，子を得て子々孫々と続いていく人間の営みにつながるものであろう。そこへヴィーナスはアモレットを連れて行き，園を養育の場とするのである。
　人の生は，人の死の上にある。親が子を生み，子が孫を生み，その孫がひ孫を生む。人は死に，次の世代が栄え，その世代が死んだ後，そのまた次の世代が栄える。各々の世代が，アドーニスの園にある地上の楽園の繁栄を持つ。生ばかりで死のない国はない。また死ばかりで生のない国はない。人の世は生と死とを繰り返しながら続いていく。
　アドーニスの園は，子を生み，子孫を残すことにつながる世界である。アドーニスの園で育ち，サー・スカダムアによってイシスの宮から連れ出されるアモレットには，ビュジレインの館のエピソードに見られるように，エロスの持つ力におびえながらも，恋をし，結婚して子を生むであろうことが想像される。しかし，ベルフィービーはダイアナの森にとどまり，アモレットのようにアドーニスの園に入ることはなかった。
　エリザベスが，アン・ブーリンの出産についても触れているニコラス・サンダーのラテン語で書かれたカトリック・プロパガンダの本を読んだかどうか，さだかではない。しかし，この本が出版されて4年後から，エリザベスは結婚話

にまったく乗らなくなる。

　スペンサーがニコラス・サンダーのラテン語の本を読んでいたかどうかもさだかではない。しかし仮に本を読んでいなかったとしても，ウォルシンガムとのつながりから，また政府と宮廷の情報を得る必要のあった彼の仕事上，その内容についてはおそらく確実に知っていたものと思われる。この本はアン・ブーリンを怪物扱いし，アンの出産についてもおどろおどろしいことを記していた。スペンサーがクリソゴニーの懐妊に「無原罪の宿り」を描いたのは，プロテスタントがアンをあがめ，カトリックがアンを汚そうとした歴史が反映されていると見ることが出来るのではないか。

　スペンサーはエリザベスの誕生を美化している。この世の地上的な穢れとは無縁な誕生をベルフィービーとアモレットに与えた。コリン・バロウは，ベルフィービーとアモレットの誕生のエピソードを，「姦通の咎によるアンの処刑で穢されたエリザベスの出生」の穢れを「払拭する神話」であると述べている。[9] 私はアンの処刑による穢れに，サンダーらのおどろおどろしい記述，流言などによる穢れ，及びそれによる結婚と出産への恐怖を加え，それらを「払拭する神話」と考えたい。それはエリザベスに，穢れなき誕生のイメージを与え，めでたき結婚を勧めるためではなかったか。結婚とそれに続く子孫誕生による王家繁栄を歌うためではなかったか。私はそう考えたい。

　スペンサーは美しい物語詩を描いた。詩人の幻想と見えるその物語は，過去の出来事を織り込みながら，作り上げられたものであった。過去の出来事とは，ヘンリー8世とアン・ブーリンの結婚にいたるいきさつ，そしてエリザベスの誕生と，アンの死，そしてエリザベスのもとでおこったさまざまなことがらである。

---

[1] 『妖精の女王』(第1-3巻)の構成について，Shohachi Fukuda, "The Numerological Patterning of *The Faerie Queene* I-III," *Spenser Studies* XIX (2004): 37-63に詳しい。福田氏はスペンサーが27という数字を使うとき，何か一級の重要性を持つことが語られていることを指摘している (59)。

2 *The Faerie Queene* の訳は，和田勇一・福田昇八訳『妖精の女王』（ちくま文庫, 2005）による。
3 Retha M. Warnicke, *The Rise and Fall of Anne Boleyn*（Cambridge: Cambridge UP, 1989）241.
4 Warnicke 241.
5 Anne Boleyn, Queen Elizabeth, Mary Tudor, Catherine Parr らについての歴史的記述は，主として *Oxford Dictionary of National Biography*（2004）によった。Eric W. Ives, *The Life and Death of Anne Boleyn*（Oxford: Blackwell, 2004）をも参照。
6 Ernst Kantorowics, *The King's Two Bodies: A Study in Medieval Political Theology*（Princeton: Princeton UP, 1957）; Marie Axton, *The Queene's Two Bodies: Drama and the Elizabethan Succession*（London: Royal Historical Society, 1977）.
7 Colin Burrow, *Edmund Spenser*（Plymouth: Northcote House, 1996）35.
8 Burrow 52.
9 Burrow 68.

「従者の物語」続編のチョーサー像
——記憶の刃と忘却の薬

小林 宜子

時の老人

　『妖精の女王』第4巻の主人公である騎士キャンベルとトリアモンドの友情の物語は，チョーサーへの賛辞を含む次の1連とともに幕を開ける。

　　昔の物語が我々に告げるところでは，
　　（Whylome as antique stories tellen vs,）
　　　この二人は，以前は不倶戴天の敵同士で，
　　　甲高いラッパの鳴り響く戦いの中でも，
　　　最も危険で恐ろしい戦いを交えた者で，
　　　いまや，彼らの戦いの跡をたどろうとすれば，
　　　あの高名な詩人が，戦の韻律と
　　　英雄詩体（Heroicke sound）で編んだものを見るほかない，
　　　汚れなき英語の泉，チョーサー殿，
　　名声の永遠の名簿に名を残す人が。　　　　　　　　　(4.2.2)[1]

「不倶戴天の敵同士」が激しい戦いを経て永遠の絆で結ばれるようになったというこの物語の内容は，友情をテーマとする第4巻全体の中核を成すものである。スペンサーはこの物語にそれ相応の権威と威厳を添えるため，チョーサーの著作を英詩の源泉と位置づけ，『カンタベリー物語』の冒頭で語られる「騎士の物語」の第1行 "Whilom, as olde stories tellen us" を引用したうえで，自らがチョーサーの文学的遺産の正統な継承者であることをここで高らかに宣言しているのである。[2] だが，チョーサーの名声が永久不滅であることを告げるこの連の勇壮な響きは，続く1連で一転して嘆きの調べに取って代わられる。

67

小林宜子

> すべての立派な思想を荒廃させ、
>   最も気高い知者達の産物を無に帰す邪な時(タイム)が、
>   あの不朽の名作をすっかり磨滅(まめつ)させてしまい、
>   無限に貴い宝物を、この世から奪ってしまった。
>   残っていたら、我々すべてを富ませたものを。
>   ああ、いまいましい時の老人(cursed Eld)よ、書物の害虫よ、
>   ご覧の通りのこの拙(つたな)い私の詩が、どうして
>   永続を望めよう、神の如き知者達の産物が
> すっかり食い荒され(quite deuourd)、次第に無に帰したのに。　　(4.2.33)

『妖精の女王』第4巻の主人公キャンベルの名は、『カンタベリー物語』に収められた「従者の物語」の登場人物の一人から取られたものである。つまり、「あの不朽の名作」が「従者の物語」を指していることに疑問の余地はないのだが、チョーサーのこの物語に現代の校訂版を通じて接した読者ならば、ここで少なくとも2つの疑問を感じるにちがいない。第一に、この作品が「無に帰した」と述べるスペンサーの発言の意図は何なのか。もう一つは、「従者の物語」に基づくキャンベルとトリアモンドの物語の冒頭に、なぜ「騎士の物語」に由来する1行が掲げられているのかという疑問である。

　ここでまず、「従者の物語」の概要を確認しておく必要があるだろう。『カンタベリー物語』の最初の語り手である騎士の息子で、カンタベリーへと向かう巡礼者の一行の中で最も若い従者によって語られるこの物語は、全体が3つの部分から構成されている。その第1部では、韃靼人の王カンビウスカンの王宮で催された祝宴が舞台となっており、宴の席に突如として現れた謎の騎士により、神秘な力を有する複数の贈り物が国王に献上される様子が描かれる。続く第2部では、贈り物の一つである指輪の力を借りて、王女キャナセーが庭木に止まる隼の嘆きを人間の言葉同様に理解したことが語られている。第3部では、王子キャンバロが妹キャナセーのために或る二人の兄弟と馬上槍試合で一戦を交え、戦いに勝利して彼女を勝ち得た経緯が語られるはずであったが、第3部が始まってわずか数行で物語が中断し、この詩を今に伝える手書き写本の一部では「郷士の物語」が、また別の写本では「バースの女房の物語」(もしくは「商人の物語」)がその後に続き、従者の話は完結しないまま終わりを迎える。現在、最も広く使われているリバーサイド版では前者の写本の読みが採用されているが、底本となったエルズミア(Ellesmere)写

本が「従者の物語」の後に約1頁分の余白を残しているにもかかわらず，リバーサイド版はその余白を取り除いた形で印刷されているため，従者の語りが郷士に遮られて中断したかのような印象を与えているのである。[3] だが，「従者の物語」が未完に終わったのがチョーサーの意図によるものなのか，あるいは結論部分が何らかの理由で失われたのか，写本の余白からは判断が難しい。チョーサー作品の初期印刷本の編纂者であるウィンキン・ドゥ・ウォード（Wynkyn de Worde）は，「従者の物語」の第3部が散逸したとの判断を下し，1498年に刊行された『カンタベリー物語』の中に，編纂者自身のコメントとして次のような見解を書き添えている――「あらゆる書籍商の店を熱心に探してはみたが，前述したこの物語の続きを発見することはできなかった。(There can be founde no more of this forsayd tale. whyche I have ryght diligently serchyd in many diverse scopyes.)」ドゥ・ウォードの見解はその後，16世紀のフォリオ版の編者たちにも継承され，ウィリアム・シン（William Thynne）が編纂した1532年刊行の『チョーサー全集』にも，またシンの編纂方針をほぼ忠実に踏襲した1561年刊行のジョン・ストウ（John Stow）版にも同一のコメントが記載されている。[4]

つまり，「不朽の名作」がこの世から奪われたとスペンサーが嘆いているのは，16世紀の『チョーサー全集』に記載された編纂者の見解を額面どおりに受け入れたからにすぎないのであるが，物語の散逸を惜しむスペンサーの言葉の中に，実はチョーサーが書いたとされる別の作品からの引用が挿入されており，それが重要な意味を持っていることは，これまであまり論じられていない。別の作品とは，『アネリダとアルシーテ』と題する物語詩のことで，その第2連は，スペンサーが参照したと考えられているストウ版においては以下のように書かれている。

>   For it full depe is sonken in mynde,
>   With pitous harte in Englishe to endite
>   This olde storie, in Latine whiche I finde,
>   Of Quene Annelida and false Arcite,
>   That elde, whiche all can frete and bite,
>   And it hath freten many a noble storie,
>   Hath nigh deuoured out of our memorie.　　　　　　　(8-14)[5]

小林宜子

> 私の胸の奥深くには，女王アネリダと不実なアルシーテについてラテン語で書かれたこの古い物語を，敬虔で憐れみに満ちた心で英語に翻訳したいという思いが沈んでいる。すべてを嚙み砕いてしまう時の老人が，数多の気高い物語に穴を開けてしまったのと同様に，この物語をも食い荒らし，われわれの記憶から消し去ってしまいそうになっているからである。

『アネリダとアルシーテ』もまた，「従者の物語」同様，テクストの伝播の過程に数々の複雑な問題を抱えた作品である。『アネリダとアルシーテ』は，現在ではチョーサーの真作の一つとして，その正典中に揺るぎない地位を得ているが，この詩とチョーサーとの関連性を示す現存する証拠は，実は多分に不確実なものでしかない。[6]『アネリダとアルシーテ』は，現代の校訂版においては通常，2部構成の詩として掲載されている。第1行から210行目まで続く第1部では，古代の都市テーバイを舞台に，女王アネリダがテーバイの若き騎士アルシーテと恋に落ち，彼に裏切られるまでの経緯が語られている。211行目から350行目に至る第2部は，物語形式の第1部とは異なり，己の悲運を嘆くアネリダの心情が抒情詩の形式を帯びて綴られている。351行目から357行目にかけての数行には，物語のその後の展開が予告されているが，「従者の物語」と同じようにその続きは書かれていない。

この作品が書写された最古の写本（British Library Additional 16165 および Trinity College Cambridge R.3.20）は1420年代から1430年代にかけて，ジョン・シャーリー（John Shirley）という写字生によって書かれたものと推定されており，その中でこの詩がチョーサーの名と結びつけられていることが，チョーサーの真作と判断されてきた最大の理由である。だが，これら2つの写本のうち，Additional 写本は，詩の物語部分とアネリダの嘆き（Complaint）をそれぞれ独立した詩篇として切り離して筆写し，物語部分のみをチョーサーの作と断定したうえで，現代の校訂版とは逆の順序で2篇を配置している。それに対して，Trinity写本はアネリダの嘆きのみを収録し，そこにチョーサーの名を書き加えているのである。さらに不可解なのは，シャーリーが後に書写した別の写本を原本とする Harley 7333 という写本の存在である。この写本は1450年代に書写が開始され，完成までに長い年月を要したと推定されているが，そこでは物語部分と嘆きの歌が現代の校訂版と同じ順序で並べられ，一つのまとまった詩として扱われている。だが，この写本の場合には作者名の記載がまったくない。しかも，シャーリーはこの写本の基となった原本を作成するにあたって，自分が以前に筆写した

Additional写本の読みをそのまま踏襲することはせず，物語部分についてはわざわざ別の写本を参照して大幅な修正を加えている。そのため，Harley写本に収録されている『アネリダとアルシーテ』は，Trinity写本と正体不明のこの別の写本とを混交したテクストとして伝わっており，この作品全体が一つの詩として当初から構想されていたとする現代の編纂者たちの結論に疑問を投げかけるのみならず，作品を構成する2つの部分の双方（とりわけ物語部分）をチョーサー作と見なす解釈に対しても再考を促す性質のものとなっている。

　このほかにも，『アネリダとアルシーテ』に関しては9冊の写本が伝存しているが，そのうち，物語と嘆きを併せて一篇の詩として収録しているものは4冊，この作品をチョーサーに帰属させているものはわずか1冊にすぎない。元来は独立した2篇の詩だったものが，15世紀の写本の編纂者によって統合された可能性や，2篇のうちのどちらか一方（おそらくはアネリダの嘆き）のみがチョーサーの作品であるという可能性を完全に否定することができない以上，『アネリダとアルシーテ』をチョーサーの自作と判断することには慎重にならざるを得ない。だが，スペンサーによるチョーサー作品の受容という問題に焦点を絞って考えるならば，より堅固な土台の上に議論を構築することが可能になるだろう。なぜなら，物語と嘆きの歌が統合された形でスペンサーがこの作品を享受し，その作者がチョーサーであると理解していたことは間違いないからである。ウィリアム・キャクストン（William Caxton）が1477年に『アネリダとアルシーテ』を最初に印刷した時，彼はこの作品をチョーサー作と明記したうえで，物語から嘆きへと移行する一篇の詩として出版している。[7] 同じくこの作品がチョーサーに帰属するものであることを前提として1532年刊行の『チョーサー全集』を編纂したウィリアム・シンは，キャクストンのテクストを参照する一方，1460年代に筆写され，恋愛詩，とりわけ恋の嘆きを歌った詩のアンソロジーとしての性格を持つLongleat 258写本，およびオックスフォード大学ボードリアン図書館所蔵のTanner 346写本（1425-1450年頃）と同じ系譜上にあって今では現存しない写本と比較対照しながら，キャクストン版に改訂を加えている。[8] シンが用いたどちらの写本にもこの詩の作者名は記載されていないが，物語部分と嘆きの歌を現代の校訂版と同じ順序で配列し，物語の続きを予告する数行を詩の末尾に加えている点が特徴的である。シンもこれらの写本の読みに従って，続編の存在を暗示するような数行を嘆きの詩の後に加えている。つまり，『アネリダとアルシーテ』のテクストは，シンの印刷本の中で，写本文化においては望み得なかったような安定性を確保するに至るが，その代わり，作品が未完に

終わったことを示す末尾の詩行の中に，テクストが流動的であった頃の名残が刻印されることになるのである。それはちょうど，「従者の物語」が第3部の欠落した状態で『チョーサー全集』に収められ，テクストの断片的な性格を読者に強く印象づけているのと同様である。

『アネリダとアルシーテ』がチョーサーの真作であるか否かにかかわらず，この作品がスペンサーの抱くチョーサー像の形成に少なからず影響を与えていることは，「時の老人」に関する1連が『妖精の女王』第4巻に引用されていることから窺える。だが両者をさらに詳細に比較すると，その間の類似性が単に詩句の引用のレベルにはとどまらないことが明らかになる。『アネリダとアルシーテ』の作者は，先に引用した1連の中で，ラテン語で書かれた古い物語を単に英訳しているにすぎないかのように主張している。だが実際には，この物語の内容をすべて含むラテン語の原典は存在しない。この物語の冒頭には古代ローマの詩人スタティウスの『テーバイ物語』（*Thebaid*）から数行がラテン語で引用されているが，それに続く物語の大半は詩人自身が創作したものである。同様に，散逸した「従者の物語」の第3部を再構築したものとされるキャンベルとトリアモンドの友情の物語は，スペンサー自身が創造したものにほかならない。もし古典古代の「気高い物語」を原典として提示することによって，ラテン詩の伝統に備わる文学的権威の幾ばくかを自らの俗語の詩に付与することが『アネリダとアルシーテ』を書いた詩人の意図であったとするならば，キャンベルとトリアモンドの物語が英詩の源泉から直に汲み上げられたものであるとするスペンサーの主張もまた，英文学の父としてのチョーサーの威光を借りた一種の権威づけの手段と考えることができるだろう。現存する「従者の物語」が異国情緒溢れるロマンスとしての性格を色濃く湛えているのに対し，スペンサーが敢えてそれを「英雄詩体」で編まれた叙事詩と定義していることも，『アネリダとアルシーテ』の冒頭の1連を想起させる。なぜなら，アネリダとアルシーテの悲恋物語が叙事詩という範疇には収まりきらない抒情性を帯びているにもかかわらず，詩人はそこで軍神マルスと戦の女神パラスの加護を仰ぎ，後に続く物語が純粋な叙事詩であるかのように装っているからである。

古代ローマの架空の物語を典拠として引用する『アネリダとアルシーテ』の第2連も，現存しないチョーサーの英雄叙事詩から詩的霊感を得たとするスペンサーの主張も，どちらも遠い過去に遡る高尚な詩の系譜を構築し，その継承者としての己の立場を誇示することによって，詩人自身の独創的な作品に，古典のみが持ち得るような重厚さと権威を与えようとした試みとして解釈でき

る。だが，両者のこうした類似性は，同時にその相違をも浮き彫りにする。ラテン語の原典が時の破壊力によって「あやうく食い荒されるところだった（nigh deuoured）」と中世の詩人が述べているのに対し，スペンサーは自らの依拠したチョーサーの物語が邪悪な時によって「すっかり食い荒された（quite deuourd）」ことを嘆いている。"nigh" を "quite" と書き改めたのは，「従者の物語」の第3部が散逸したとの信念によるものだとはいえ，この細部の変更によって生じる意味の違いは大きい。スペンサーが強調しているのはチョーサー作品の完全な喪失であり，チョーサーの生きた時代とスペンサー自身が生きる時代との断絶である。時はチョーサーの名作を容赦なく磨滅させ，中世と近代との間に埋め難い溝を穿った。したがってスペンサーは，自作の物語に権威を付与してくれるような原典を無から創造し，2つの時代を結ぶイングランド土着の詩の伝統を自らの手で創出しなければならないのである。言い換えれば，英詩の伝統の継承者でありながら，かつその創始者でもあるという矛盾した主張をスペンサーはここで展開していることになる。[9] だが，『アネリダとアルシーテ』の作者の主張はそうではない。彼にとって文芸上の規範とすべき古典古代は遥か彼方に遠のいたとはいえ，古代との連続性が完全に断ち切られたわけではない。この詩人が問題にしているのはむしろ，テクストが伝承（もしくは筆写）される過程で被る加筆や改変や歪曲であり，それらに起因するテクスト自体の流動性と不確実性である。『アネリダとアルシーテ』の序の最終連で，詩人は失われつつある「古い物語」を復元するため，テクストの前半部ではスタティウスを，後半部では「コリンナ（Corinne）」の作品を参照するつもりだと述べている。「コリンナ」とは，テーバイで開催された詩の競演でピンダロスを打ち破ったとの伝説がある古代ギリシアの女流抒情詩人を指しているものと思われるが，Corinna という女性への愛を詠ったオウィディウスの恋愛詩集 *Amores* が中世以降，しばしばこの女性の名で呼ばれていたことから，ここで言及されているのはむしろオウィディウスの恋愛詩のことではないかとする説もある。[10]「コリンナ」がどちらを指すにせよ，「古い物語」が原形のまま残っているわけではなく，スタティウスや「コリンナ」といった後世の詩人たちによる改変や翻案を介して現在に伝わっていることが強調されているのであり，さらにこの詩の作者自身によってラテン語から英語に翻訳され，古典古代に対する畏敬の念と物語の女主人公への憐憫の情の入り混じった心 "pitous harte" を通過する過程で，物語が訳者の主観に染まり，一層の変容を被ることを読者に予感させているのである。詩の冒頭で物語の典拠として言及された架空の古典はすなわち，古代のテクストが中世の読者

に到達するまでに通らざるを得ない複雑な伝達のプロセスの比喩となっていると考えられる。言い換えるならば,『アネリダとアルシーテ』は, このテクストそのものが辿ることになった複雑な伝播過程を暗示するかのように, 時間の威力に抗うことのできないテクストの脆弱さそのものを主題化した作品となっているのである。

『アネリダとアルシーテ』が記憶と忘却の境界線上で揺れ動くテクストの運命を象徴的に描いた作品だとするならば, スペンサーが「従者の物語」の続編として書き足したキャンベルとトリアモンドの友情の物語は, 記憶の対象と忘却の対象を意図的に選択したうえで成立した作品と言えるだろう。スペンサーによって敢えて忘却すべき対象として選ばれたのは, アネリダの嘆きや「従者の物語」の第2部に代表される恋愛詩人としてのチョーサー像であり, 記憶すべき対象として選ばれたのは,『アネリダとアルシーテ』第1部の冒頭部分や「騎士の物語」が彷彿とさせる叙事詩人としてのチョーサー像であると考えることができる。これが, 前述した2つの疑問に対する私なりの解答ということになるが, その根拠を明らかにするために, シンとストウによって出版された『アネリダとアルシーテ』というテクストの構造をさらに詳細に分析し, この詩と「騎士の物語」,「従者の物語」の三者の関連性について一考を加えておきたい。

アネリダの嘆き

先に述べたとおり,『アネリダとアルシーテ』の物語の冒頭には, スタティウスの『テーバイ物語』から引用された数行がラテン語で記され, スキタイを征服したテセウスが凱旋の戦車に乗って故国アテネへと帰還する様子が描かれている。序で予告されたように, スタティウスの原典に忠実に従い, 叙事詩の装いを借りながら物語が語り起こされるわけだが, ラテン語の引用を経て英語で書かれた詩の本文へと読み進むにつれ, 読者は次第にスタティウスの原典が眼前から遠ざかっていくのに気づく。テセウスが軍神マルスの姿を描いた軍旗を掲げ, 王妃として迎え入れたスキタイの女王ヒポリタを伴って, 勝利の栄光に包まれながらアテネへの帰路を急ぐ時, 彼らにはヒポリタの妹であるエミリーが同行している。このエミリーという女性は, スタティウスの原典には登場しない。『テーバイ物語』をイタリア語で翻案したボッカチオの『テセイダ』(Teseida) の中で, ボッカチオ自身が造形した人物として初めて描かれた女性な

のである。エミリーの登場は，物語が本来の典拠であるスタティウスの叙事詩から徐々に逸脱し，『テーバイ物語』に依拠しながらそれを改作した14世紀のイタリアの詩が，第二の典拠として両者の間に介入してきたことを示している。テセウスの獲得した戦利品の一部であるかのように大公に従ってアテネへと向かうエミリーの美しさを讃えた後，語り手はやや唐突に物語の舞台をテーバイに移す。兄弟同士であるエテオクレスとポリュネイケスの熾烈な権力闘争の果てにテーバイの王家が滅亡し，暴君クレオンが内戦で荒廃したテーバイの支配者となった経緯が手短に語られると，そのテーバイに居を移したアルメニアの女王アネリダと，この町の若き騎士であるアルシーテの二人が物語中に登場する。アルシーテは，ボッカチオの『テセイダ』の中でエミリアに恋をするテーバイの騎士と同名であるが，一途にエミリアを愛する『テセイダ』の主人公とは異なり，この詩のアルシーテは不実な男"double in loue"として描かれている。つまり，スタティウスの叙事詩から離れ，代わりにボッカチオの作品に寄り添うかのように物語を語り進めながら，語り手は新たに創作された独自の筋書きを巧みに物語の内部に織り込んでいくのである。

　アネリダはアルシーテとは対照的に外見の美貌と内面の美徳を兼ね備えた女性であり，その純粋さゆえにアルシーテの二面性を見抜くことができない。彼女はクレオンの圧政下に置かれたテーバイの町でアルシーテに永遠の愛を誓うが，クレオンの治世も長くは続かず，やがてテセウスによって町が征服される運命にあることは，スタティウスやボッカチオの原典を読んだことのある読者にとっては周知の事実である。戦闘と戦闘の合間の不安定な政情の中で始まる二人の関係は，それ自体が不実と欺瞞と悲哀とに彩られている。アネリダはアルシーテに対して心の隅々まで包み隠すことなく明らかにし，自分の愛に偽りがないことを証明しようとするが，彼女の誠実さが揺るぎないものであることがわかればわかるほど，アルシーテの心は彼女から遠ざかっていく。そして程なく，アルシーテは彼の求愛に容易には応えない，気位の高い別の女性を愛するようになるのである。別離の予感に怯えながら苦悩するアネリダの心情は，テーバイ全体を覆う暗鬱な時代の空気が内面化され，心象風景へと変貌を遂げたものと解釈できる。語り手の視線がアネリダの心の内奥に向かって下降していくにつれ，物語の冒頭に描かれた叙事詩の世界は後退し，謎の女流詩人「コリンナ」が創造したとされる抒情詩の世界が前景を占めるようになる。異なるジャンルへの移行は，物語を語る語り手の声にも変化をもたらす。第1部の前半で，テセウスの帰還とテーバイの陥落の経緯を淡々と叙述していた語り手は，ア

ネリダの悲恋が物語の主要なテーマになると，次第に物語に感情移入し，頻繁に詠嘆の言葉を発するようになる。語り手の視点が女主人公の内面世界に絡み取られていく様子は，チョーサーの『名声の館』の第1巻で，語り手がウェルギリウスの叙事詩に基づいて英雄アエネアスとカルタゴの女王ディドの悲恋物語を語り始めながら，途中からオウィディウスの『名婦の書簡』(*Heroides*) 中に収められたディドの嘆きの歌に心を奪われ，恋に傷ついた女王の視点から物語を紡ぎ出すのと酷似している。[11] テーバイの町はやがてテセウスの率いるアテネ軍によって包囲されることになる。『アネリダとアルシーテ』にはその状況は描かれていないが，町の運命を予告するかのようにアネリダの心は悲嘆に閉ざされ，物語自体も出口の見えない彼女の苦悩の中に深く沈んでいくのである。

　ストウ版に収録された詩の後半部分で，語り手は物語を中断し，私たちは悲運を嘆くアネリダの声に直に耳を傾けることになる。ここに至って，物語は純粋な抒情詩に変容する。アネリダからアルシーテへの書簡の形を帯びたこの嘆きの詩は，以下に引用する1連から始まって，複雑に入り組んだ押韻形式を駆使しながら14連にわたって続いていく。

> So thirled with the point of remembraunce
> The swerde of sorowe, whette with false plesaunce,
> Myne herte bare of blisse, and blacke of hewe,
> That turned is to quaking all my daunce,
> My sewertye in waped countenaunce,
> Sens it auaileth nought to ben trewe;
> For whoso trewe is, it shall her rewe
> That serueth loue, and dothe her obseruaunce
> Alway to one, and chaungeth for no newe.　　　　　　　　(211-19)

悲しみの剣は，偽りの喜びによって鋭く尖った記憶の刃で，幸福を奪われて黒く染まった私の心を貫き通した。そのため，もはや舞いを舞うこともできず，ただ身体が震えるばかり。誠実さが何の役にも立たぬことを知り，心の安定を失って茫然自失の表情が顔に浮かぶ。誠実で，ひたすら愛に仕え，一人の男性を一途に愛し，決して心変わりしない女性はみな，そのことをやがては後悔する運命にある。

1行目の「記憶の刃」という表現は，ダンテの『煉獄篇』第12歌に用いられた

"*la puntura de la rimembranza*" という詩句を英語に訳したものである。『煉獄篇』の中では，この詩句は敬虔な信者が死者を忘れず，煉獄にある故人の魂を想って涙する様子を表現しているが，『アネリダとアルシーテ』においては，自分を裏切った男性になおも断ち切りがたい恋慕を抱くアネリダの無限の苦しみを表している。時間は本来，徐々にではあれ，忘却をもたらしてくれるはずである。だが時間を経てもなお苦悩の止まないアネリダの姿は，煉獄から永遠に抜け出せない死者の魂を思わせる。アネリダは詩を通じて己の心情のすべてを吐露するが，だからといってそこから癒しや鎮静効果が得られるわけではない。「一度縛られた場所から，私は二度と離れることができない(I wol ben aye there I was ones bounde)」(245)とアネリダは嘆く。その言葉どおりに，嘆きの詩の最後で，彼女の思考は一巡して再び振り出しに戻ってしまう。

> But as the swan, I haue herde say ful yore,
> Ayenst his deth wol sing in his penance,
> So singe I here the destenie and chaunce,
> Howe that Arcite Annelida so sore
> Hath thrilled with the poynt of remembraunce. (346-50)

ずっと以前に聞いたことがある。白鳥は死が近づくと，苦しみの歌を歌うものだと。その白鳥のように，私はこの手紙の中で天によって定められた私の宿命と不幸な廻り合わせを，そしてアルシーテがアネリダの心を記憶の刃でどんなに鋭く貫き通したかを歌うのである。

「コリンナ」が誰を指すにせよ，アネリダの嘆きがオウィディウスの『名婦の書簡』中の第7書簡，すなわち自害を遂げる直前のディドがアエネアスに書き送った架空の書簡から着想を得て書かれたものであることは疑いない。なぜなら，アエネアスの不実を責め，自分の身に降りかかった不幸を嘆くこの書簡の冒頭で，ディドは自らを瀕死の白鳥に譬えているからである。[12] ジェイムズ・ウィムザットはさらに，チョーサーとほぼ同時代のフランスの詩人マショー(Machaut)やフロワサール(Froissart)によって書かれた *dits amoureux* と呼ばれる一群の恋愛詩が，形式と内容の両面において『アネリダとアルシーテ』の後半部に影響を与えていることを指摘している。[13] オウィディウスの書簡集と14世紀のフランスの抒情詩の影響が複雑に絡み合って織り上げられたインターテ

小林宜子

クスチュアリティの重層的な図柄は，詩の前半同様，「古い物語」に依拠した後世の詩人たちの作品が幾重にも重なり合い，その底に原典が次第に埋没していく様子を想像させる。古典が時代を越えて伝承される過程で生じた無数の層を浮き彫りにすることが，この詩の最大の関心事であったとするならば，アネリダの嘆きが終わった時点で物語が結末を迎えたとしても不思議はない。スタティウスの叙事詩がオウィディウスの書簡集に取って代わられ，ボッカチオの物語がフランス風の抒情詩に姿を変えるのを目の当たりにした読者は，詩の冒頭で言及されたラテン語の原典が果てしなく遠ざかり，その輪郭が朧になっていくのを実感するのである。

　テクスト伝播の不安定性を主題化した『アネリダとアルシーテ』は，そうした揺らぎを具現化するかのように叙事詩から恋愛詩へのジャンルの移行を示している。この変化は，『カンタベリー物語』において「騎士の物語」からその息子である「従者の物語」へと移る間に，父が語った叙事詩的な作品が，息子の語る多分に主情的なロマンスに取って代わられるのと類似している。『アネリダとアルシーテ』の物語の冒頭と「騎士の物語」が内容のうえで酷似していることはあらためて詳述するまでもないであろう。ボッカチオの『テセイダ』に依拠してテセウスのアテネへの帰還を描写した『アネリダとアルシーテ』の叙述は，「騎士の物語」の第1連とほぼ同一の内容となっている。だが，『テセイダ』の内容を忠実に模した「騎士の物語」においては，アルシーテは不実の罪を犯すことはなく，テーバイ陥落後，捕虜となってアテネに護送され，幽閉された塔の中からテセウスの義妹となったエミリーの姿を垣間見，彼女に永遠に変わらぬ愛を捧げることになる。アネリダという人物も無論，「騎士の物語」には登場しない。『アネリダとアルシーテ』において女主人公の嘆きが詩の半分を占めていたのとは対照的に，「騎士の物語」の女主人公たちはほぼ全篇にわたって沈黙を守り，詩の中で唯一真情を吐露するエミリーも，わずか50行足らずを与えられるにすぎない。アルシーテと，同じくテーバイの騎士でテセウスの捕虜となったパラモンの両方に愛されたエミリーは，テセウスの計らいにより，馬上槍試合で勝利を収めたいずれかの騎士と結婚することが定められる。自分の運命を左右することになる試合の開始直前に，エミリーは処女神ディアナの神殿に赴き，生涯誰にも嫁ぐことなく純潔を守り通したいという切なる願いを女神に伝える。エミリーの祈りは，短いながらも，自分の運命を自らの意志で決定することが叶わず，義兄となったテセウスの政治的な意図に翻弄される彼女の憐れさを浮かび上がらせる。競技場でのアルシーテの悲運の最

期を経て，パラモンとエミリーの結婚に至るまでのその後の物語は，神殿の中で明かされたエミリーの心情とは無関係に進行し，彼女に再び発話の機会が与えられることもない。だが，エミリーの沈黙は，彼女から声を奪った社会制度や，叙事詩というジャンルそのものが孕む問題性を再考する契機を我々に提供する。彼女の真情を一瞬でも垣間見ることのできた読者は，テセウスが構想する社会全体の秩序が，彼女のような女性の主体性を抑圧して初めて可能になるものであることを理解するからである。

「騎士の物語」において叙事詩の世界から排除された女性たちの声は，しかしながら，騎士の息子である若き従者の物語の第2部で蘇る。前述したように，「従者の物語」の主人公である王女キャナセーは，カンビィウスカン王に献上された神秘な指輪の力を通じて，隼の悲痛な鳴き声の意味を理解するのであるが，彼女が聴いた隼の嘆きとアネリダの嘆きが多くの点で共通していることは，すでに19世紀の末に，近代を代表するチョーサー作品の編纂者の一人であるウォルター・スキートによって指摘されている。[14] 雌の隼は，アネリダと同じく，不実な恋人の裏切りに遭って傷心した姿で物語中に登場し，若くて純真な王女に向かって自らの不運を語って聞かせる。彼女の愛した雄の隼は，偽りと欺瞞に満ちた内面を慇懃な態度で覆い隠し，彼女はそれに気づかずに真実の愛を彼に捧げた。ところが，生来，新奇なものを追い求めてやまない雄の隼は別の鳥に心を奪われ，彼女は癒すすべのない喪失感を抱えて嘆き悲しんでいるというのである。隼とアネリダの境遇が類似していることは明白である。だが，アネリダの嘆きが螺旋を描くように内面に下降し，読者がその渦の中にともに引きずられていくような印象を受けるのに対し，隼の嘆きは，それに耳を傾けるキャナセーの哀憐の情が誇張して描かれれば描かれるほど，逆にユーモラスな滑稽さを読者に感じさせる。そもそも嘆きの歌が鳥によって歌われること自体，恋愛詩の既存のジャンルから距離を置き，それに対する批判的な視点を生み出すための仕掛けと考えることもできるだろう。だが皮肉なことに，1532年の『チョーサー全集』の刊行は，そうした抒情詩の分野で卓越した技量を発揮した恋愛詩人としてのチョーサーの評価を逆に確立させる結果となった。

ウィリアム・シンが『チョーサー全集』を編纂した際，恋の嘆きを詠った詩を数多く採録した15世紀後半のLongleat 258写本を参照していたことはすでに述べた。シンは，この写本中に書写されていた『貴婦人たちの集まり』(*The Assembly of Ladies*)と題する作者不詳の宮廷風恋愛詩を，ほかの数篇の詩とともにチョーサーの真作として全集に加えている。[15] 或る一人の女性が見

た夢の内容として書かれたこの詩には，報われぬ恋に悩む9人の女性が登場し，自らの苦悩を綴った嘆願書を法廷に提出する。法廷で審理を司るのは「忠誠」という名の貴婦人で，彼女の住む館の壁には，悲恋物語に登場する伝説の女主人公たちの肖像に交じって，己の悲運を嘆くアネリダの姿が描かれている。詩の後半部は，嘆願書を読み上げる女性たちの言葉が鎖のように連なって構成されており，あたかも閉ざされた空間の中にアネリダの嘆きが反響し，たがいに共鳴し合う幾つもの声を作り出しているかのように感じられる。シンが『アネリダとアルシーテ』の直後にこの詩を配置したことにより，『アネリダとアルシーテ』というテクストの内部で生じた叙事詩から恋愛詩へのジャンルの移行がさらに強調され，チョーサー作品全体に見られる傾向の一つとして印象づけられたことになる。叙事詩への回帰を予告しながら，隼の嘆きを描いた第2部とともに終わりを迎える「従者の物語」もまた，そうした流れの一環として捉えることが可能であり，恋愛詩人としてのチョーサー像の形成に一役買ったと考えられる。[16] スペンサー自身，チョーサーの詩の真髄を恋愛詩の中に見出そうとする時代の趨勢に与していたことは，詩人としての経歴の初期に書かれた『羊飼いの暦』(The Shepheardes Calender)の「六月」の中で，チョーサーに関して次のように述べていることからも明らかである——彼は「恋の悩みをもつ者の，悩みを嘆き(wayle hys Woes) 愛の火の燃える炎をやわらげて」くれた(85-86行)。[17] だが，『妖精の女王』第4巻においては，そうした恋愛詩人としてのチョーサー像こそが，忘却の対象として選択されることになる。

キャンビーナの妙薬

再び『妖精の女王』第4巻第2篇の「時の老人」に関するくだりに戻り，スペンサーがチョーサーと自己の関係についてどのように述べているかを見てみよう。「邪な時」によってチョーサーの「不朽の名作」がこの世から奪われたことを嘆いた後，スペンサーはその続編を著そうとする己の野心を戒めるかのように，「神の如き(heauenly)知者達の産物」ですら時の力に抗えなかったのに，「この拙い(rude)私の詩」がどうして永続を望めようかと自問する。第32連で，自らの詩が穢れなき英語の源泉から直に汲み上げられたものであることを高らかに主張したスペンサーではあったが，第33連では反対に，先達と同じ高みには到底達することができない己の拙さ，詩人としての未熟さを強調し

ているのである。ここでのスペンサーはまるで,『カンタベリー物語』の従者に自己を投影させているかのようである。セズ・レーラーがチョーサー作品の受容史に関する論考の中で指摘しているように,『カンタベリー物語』に描かれた騎士と従者の関係は,チョーサーの影響のもとに詩作を行った15世紀の詩人たちに対して,チョーサーと自分とを父子関係として捉える系図としての文学史観を提供することになる。[18] リドゲイトやホックリーヴといった詩人たちの作品に特徴的なのは,「父なるチョーサー」への呼びかけが随所に織り込まれていることであり,そこでは必ずと言っていいほど,チョーサーの偉大さの影に隠れた自己の矮小さへの意識が表明されている。[19] 己の詩の拙さを嘆くスペンサーの発言も,チョーサーを高名な叙事詩人として称え,自分を「従者」の立場に位置づけることによって,15世紀の詩人たちと同様の文学史観を表現したもののように感じられる。[20]

だが,続く第34連では,チョーサーへの畏敬の念はスペンサーの強烈な自己主張とない交ぜになる。

> さらば許し給え,ああ,いとも神聖で幸せな霊よ,
>   私があなたの失われた仕事を,このように甦(よみがえ)らせ,
>   あなたが当然受けるべき報いを盗み取ることを,
>   あなたの存命中には誰もなし得ず,
>   歿(ぼっご)後は,多数の者が求めて,果せぬことを。
>   私とて同じことながら,あなた自身の魂の
>   やさしい注入(infusion sweete)により生き続けているのを感ずるまま,
>   ここにあなたの足跡を辿(たど)るのです,
> それがあなたの意図にそう(いと)ことになるかもと思って。　　　　　(4.2.34)

チョーサーの足跡を辿ろうとする高邁な意志を語ったスペンサーの言葉は,チョーサーが『トロイラスとクリセイド』という詩の末尾で,完成したばかりの自分の詩に語りかけ,ウェルギリウスやオウィディウスといった古典古代の詩人たちを師と仰ぎ,彼らが通った階に恭しく接吻するようにと命じた一節を想起させる。[21] だが,チョーサーが古典古代と現在との時間的距離を強調し,『アネリダとアルシーテ』におけるのと同様,時間の経過の中でテクストが被る様々な改変や誤読に読者の注意を喚起しているのに対し,スペンサーは,2世紀という時間の隔たりを超え,チョーサーの詩の本来の意味を無傷のまま回

復できるはずだと主張する。スペンサーの用いた「足跡」(feete)という言葉には「詩脚」という意味も含まれる。チョーサーは，先ほど言及した『トロイラスとクリセイド』の一節の中で，言語の地域差や時代による変化が原因で，詩の韻律さえも後世の人々に誤解され誤写される可能性があることを懸念している。[22] しかし，スペンサーの視点から見れば，チョーサーの詩の韻律を忠実に模倣することは決して困難なことではない。たとえチョーサーの作品が時間を経る間に食い荒され，失われたとしても，彼の神聖な詩魂がスペンサーの体内に注入され，散逸した物語を本来の意図に従って復元できるよう，スペンサーを導いてくれるからである。[23]

　詩人と詩人が時を超え，魂の交感を通じて一体になれるというスペンサーの主張は，しかしながら両者が競合関係にあることを示す同じ連の次の1行との間に齟齬をきたす――「(さらば許し給え，)あなたが当然受けるべき報いを盗み取ることを(And steale from thee the meede of thy due merit)」。詩人が当然受けるべき報いとは，自作を世に発表することによって得られる名声を意味していると考えられる。この1行をそのように解釈すると，我々はこの連に先行する2つの連で，チョーサーの名声について語るスペンサーの言葉が奇妙なねじれを見せていたことにあらためて気づかされる。第32連において，スペンサーはチョーサーを「高名な詩人」と呼び，「名声の永遠の名簿(Fames eternall beadroll)に名を残す」人であるとして称賛を惜しまない。だが続く第33連では，チョーサーの名声の記念碑となるべき彼の著作("famous moniment")が容赦ない時の破壊力によってこの世から奪われたことを嘆いている。つまり，チョーサーの詩人としての功績は，すべてを無に帰す時間の力を超越するようでいて，実はその攻撃に抗す術もなく晒されているということになる。チョーサーの名声に関するスペンサーのこの矛盾した発言は，偉大な先達の文学的権威を称える一方で，その権威の土台を揺るがす効果を持つ。散逸したチョーサー作品の続編として自作の物語を世の人々に提供することは，一面ではチョーサーの威光を借り，己の著作の威厳を高めようとする意図の表れだと解釈できよう。だが同時に，スペンサーはチョーサーの「不朽の名作」がいかに脆弱なものであるかを強調し，彼自身の復元作業を通じて初めて忘却の淵から救い出せるものであることを仄めかす。そうすることによって，チョーサーの名を「名声の名簿」に刻むことができる唯一の後継者としての自己の功績を主張しているのである。そこには，名声という報酬が，散逸した名作を最初に生み出したチョーサーよりも，むしろその復元に努め，人々の記憶の内に甦らせた自分自身に与えられて然る

べきだという言外の主張が読み取れる。[24]

　第32連から第34連に至る物語の導入部において，スペンサーは自分自身とチョーサーとの関係を，詩魂の交感を通じた理想的な絆として描く一方で，両者が詩的名声の獲得を目指した熾烈な競合関係にあることを暗示している。後に続くキャンベルとトリアモンドの戦いと友情の物語は，そうした二人の詩人の関係を寓意的に表したものとして解釈できる。「騎士の物語」からの引用を冒頭に掲げたこの物語の内容は，「従者の物語」の続編であることを装いながらも，実はむしろ「騎士の物語」と共通する点が多い。[25] スペンサーの語りは，「従者の物語」の女主人公と同名のキャナシーにまず焦点を絞り，彼女の美貌と優れた美徳を描くことによって開始される。美しいだけではなく，豊かな学識を有し，「従者の物語」に描かれた魔法の指輪の神秘的力のお蔭で鳥獣の鳴き声までも理解する彼女は，身分の高い多くの男性から求愛を受ける。だが「騎士の物語」のエミリーと同じく，貞潔な彼女は愛することを拒む。そのため，求婚者の中では「不穏な争い」(4.2.37.3) が起こり，それによって「大変な災い」(4.2.37.7) が生じることを恐れた兄キャンベルは，「起こりかねぬ危険を未然に防」ぐため (4.2.37.8)，求婚者の中で最も勇敢な者たちに自ら戦いを挑み，自分を敗北させ，戦いを制した者に対して妹を与えると約束する。それはちょうど，「騎士の物語」のテセウスが，エミリーを巡るパラモンとアルシーテの争いの激しさに危惧を覚え，彼らの無秩序な暴力性を馬上槍試合という儀式の枠組みの中に囲い込み，社会に寄与するような形で飼い馴らされ，管理された騎士の武力へと変容させたのと同様である。だがテセウスと違って，キャンベルは試合の主催者であるばかりでなく，その参加者でもある。兄が妹の求婚者に対して戦いを挑むという筋の展開は，「従者の物語」の断片的な結末で，キャンバロがキャナセーのために二人の兄弟と馬上槍試合で対戦し，最終的に彼女を手に入れることができたと予告されていたことに由来するが，読者がここで，試合に参加した兄の思惑に疑念を抱いたとしても不思議はない。[26] キャナセーという名はそもそも，オウィディウスの『名婦の書簡』中に風の神アイオロスの娘として登場し，兄マカレウスとの間に不義の子を儲ける悲劇の女主人公の名から取られたものである。したがって，チョーサーが「従者の物語」の第3部を兄妹の近親相姦の話として構想していたことは十分にあり得ることだが，スペンサーは原典に隠されたそうした禁忌のテーマを払拭せんとするかのように，キャンベルに試合に参加する意図を次のように正当化させている。すなわちそれは，己の騎士としての名声を

83

高め，同時に妹の名誉，すなわち貞潔な女性としての彼女の評判を守るためにほかならないと（"to . . . turne both him and her to honour in this wise," 4.2. 37.8-9）。

　だが，キャンベルと一戦を交えるプリアモンドは，キャンベルのこの発言を額面どおりに受け入れることはできない。激しい戦いの最中にキャンベルの攻撃を脇腹に受け，猛烈な勢いで反撃を加えようとしたこの若き騎士は，怒りに燃えて次のような言葉を相手に浴びせかける。

「やい悪党め，当然の報いを受けるがよい，
　お前がしかけた不当な挑戦の報いをな，
　（Lo faitour there thy meede vnto thee take,
　The meede of thy mischalenge and abet:）
　俺がお前にここまで命を貸して置いたのは，
　お前のためではなくて，お前の妹のためだぞ，
　だが，取り立てを急がぬのは，免除ではないぞ。」
　　　　　　　　　　　　　　　　　　(4.3.11.1-5)

　自分の戦いは妹の名誉を守るためだと主張するキャンベルに対し，プリアモンドは求婚者たちに対する彼の挑戦が不当なものであると反論する。ここで注目したいのは，プリアモンドが繰り返し用いている「報い(meede)」という言葉である。この連の中では当然のことながら，それは彼が今まさに加えようとしているキャンベルへの一撃を指しているが，同一の単語が，第2篇第34連では，スペンサーが「盗み取る」ことになるかもしれない詩人としての名声を表していたことを思い出す必要があるだろう。チョーサーの名作をこの世に甦らせることで得られる報酬を意味していたこの言葉が，プリアモンドとキャンベルの戦いの場面では，「不当な挑戦（mischalenge）」に対する代償という意味合いを担わされる。その結果，スペンサーの詩作の意義に対する批判的な視点がもたらされることになる。なぜなら，断片的に残されたチョーサーのテクストの続編を執筆し，チョーサーが当然享受すべき名声を奪い取ろうとするスペンサーの試みは，それ自体が先人に対する「不当な挑戦」ではないかとの疑問が読者の心中に浮かぶからである。

　キャンベルとプリアモンドの戦いが2人の詩人の競合関係を寓意的に表したものだとするならば，続く詩行の中で語られるプリアモンドと2人の兄弟の関係は，チョーサーとスペンサーの間の魂の交感に相当する。プリアモンド，ダ

イアモンド,トリアモンドという3人の兄弟は,それぞれがキャナシーとの愛の成就を願う求婚者の立場にあるが,にもかかわらず,3人の間に嫉妬や競争心は微塵も存在しない。彼らの母親はギリシア語で「愛」を意味するアガピーという名の森に生きる妖精で,森の奥深くに彷徨いこんだ若い騎士に陵辱されたことから,この兄弟を三つ子として胎内に宿す。3人は父親から騎士の血統に相応しい果敢な精神を譲り受けるが,騎士本人は名前も素性も明かされないまま物語中から姿を消す。父親不在のまま3人が成長することは,「英詩の父」としてのチョーサーの存在を否定したいと願うスペンサーの秘めたる願望を反映しているかのようにも思われる。[27] 3人はその後,たがいに愛情の絆に堅く結ばれて成長を遂げ,3人の成長を見守る母親も無類の至福に包まれる。ところが或る日,運命の三女神のもとを訪れた彼女は,息子たちの命の糸が「くもの編む糸のように」(4.2.50.8)細くて短いことを知り,憂いに沈む。それでも何とか息子の命を守りたいと切望した彼女は,一縷の望みに縋って運命の女神に次のように懇願する。

> 「では(とアガピー),めいめいの寿命は
> どうあっても延ばしも縮めもできないのでしたら,
> こうして下さいませ。あなた様方が
> 私の目には中でも一番短く見える
> 長男の糸を運命のナイフで切られる時,
> すぐにその命が次男に引き継がれ,
> 次男の命が同じように終らされる時には,
> 二人の命が同じように三男のに付け加えられ,
> 彼の命が三人前に延ばされますように。」 (4.2.52)

母の願いは叶えられ,キャンベルと戦って命を落としたプリアモンドの魂は生き残った次男に受け継がれ,キャンベルの鉞（まさかり）で首を掻き斬られたダイアモンドの魂もまた,屍を離れると直ちにトリアモンドの体内に入り込む。トリアモンドはこの時,「刀の切っ先で体内を刺し貫かれた人のように(As one whose inner parts had bene ythrild / With point of steele)」(4.3.22.4-5) 兄を失った「悲しみ(griefe)」の傷を心に受けるが,その姿は,「悲しみの剣(swerde of sorowe)」の刃先で胸を貫かれたアネリダの面影を彷彿とさせる。しかしながら,悲しみから脱却できないアネリダとは異なり,心の傷と同時に兄の命をも我が身に引き

受けたトリアモンドは，勢いを倍加させて対戦相手に襲いかかる。兄弟たちの魂が己の身体を離れて別の身体へと入り込む様子は，チョーサーの神聖な霊魂が世代を超えてスペンサーの内部に注ぎ込まれる様を想起させる。パトリック・チェイニーが述べているように，スペンサーが物語の序で「やさしい注入（infusion sweete）」と呼んだ詩魂の交感は，物語の内部で「魂の流転（traduction）」（4.3.13.6）として描かれる英雄的精神の継受の過程とたがいに相似した関係にある。[28] 兄の魂が弟の体内で新たに生き返るのと同じように，チョーサーの魂もスペンサーの胸中で生き続け，不朽の名作の復元を目指す彼の詩的試みの後押しをしているのだとスペンサーは読者に想像させる。

　兄の命を受け継いだトリアモンドの勇猛さと，妹の指輪の神秘な力に助けられたキャンベルの比類ない強靭さゆえに，永久に続くかと思われた彼らの戦いには，トリアモンドの妹であるキャンビーナの登場によってようやく終止符が打たれることになる。試合場に旋風のごとく現れたキャンビーナは，右手に平和の杖を携え，左手には「ニペンシー」という名の妙薬が注がれた杯を掲げている。憎しみの原因を取り除き，「悩める心の中に，甘美な平和と平穏とを打ち立てる」（4.3.43.5-6）力があるというこの妙薬の効能を，スペンサーは次のように述べている。

> 人間に生まれながら，その高貴な徳と
> 　高邁(こうまい)な人格の故に，ジョーヴが天に上げて
> 　そこで神とするような，
> 　この世の偉人や英傑は，
> 　天へ飛んで行く前に，
> 　いつもこの妙薬を飲んで，
> 　過去の悲しみをすっかり記憶から洗い去る。
> 　　古(いにしえ)の英雄たちもまた，祝福を受けて
> 　神々の列に加えられる前に，これを味わったのだ。　　　　　(4.3.44)

杯の薬を飲み干したキャンベルとトリアモンドは対戦相手に対する敵意を忘れ，2人の戦いの物語は両者の和解と，キャンベルとキャンビーナ，トリアモンドとキャナシーという2組の夫婦の誕生とともに幕を閉じる。イタリア語で「変化」を意味するキャンビーナの登場によって，「従者の物語」の第3部に秘められていた近親相姦のテーマが夫婦愛のテーマへと昇華され，パラモンとエミ

リーの婚礼で締め括られた「騎士の物語」の結末が,それを遥かに上回る平穏と喜びのうちに反復される。[29] 過去の悲しみを記憶から洗い流す妙薬を手にしたキャンビーナはまた,アネリダの心に癒えることのない傷を負わせ,「従者の物語」の雌の隼をも苦しめていた「記憶の刃」の切っ先を和らげる。キャンビーナはしたがって,争いから平和へと向かう主題上の変化だけではなく,恋の嘆きを詠った抒情的な恋愛詩から英雄的な叙事詩へと移行するジャンルの変化をも象徴していると解釈できる。こうして,キャンビーナが2人の騎士に与えた妙薬のお蔭で,チョーサーの文学的遺産の一部が忘却の彼方へと追いやられ,スペンサーとチョーサーとの関係を表す2つのテーマ,すなわち詩魂の交感と競合関係という主題の双方が和解と友情の物語の中に包摂される。[30]

だが,2人の詩人たちの物語はここで終わったわけではない。スペンサーは後に,擬人化された「無常」の乙女が自然の女神の法廷に提出した嘆願書の内容を,『妖精の女王』第7巻の中で「無常」自身の口から語らせている。『貴婦人たちの集まり』と類似した発想で書かれたこの詩の半ば近くで,スペンサーは再びチョーサーの思い出を呼び覚まし,「その気高い心に詩作の清い泉の源が宿っていた人 (in whose gentle spright / The pure well head of Poesie did dwell)」(7.7.9.3-4) と賛辞を送る。ここでのチョーサーはしかし,もはや『妖精の女王』第4巻で描かれた叙事詩人としてのチョーサーではなく,『鳥たちの会議』(*Parlement of Foules*) を執筆した宮廷風恋愛詩人として,また12世紀に『自然の嘆き』(*De Planctu Naturae*) という作品を著したリールのアラヌスの後継者として言及されている。[31] すなわち,『妖精の女王』第4巻において忘却されたかに思われた「嘆きの詩人」としてのチョーサーの面影は,記憶と忘却の境界線上になおも留まり,やがて変化と無常をテーマとする第7巻の詩篇を通じて,読者の記憶の中に再び蘇ることになるのである。

---

[1] 『妖精の女王』の原詩からの引用は以下の版に拠り,本文中の括弧内に巻,篇,連,行の数を示す。A. C. Hamilton, Hiroshi Yamashita, and Toshiyuki Suzuki, eds., *Spenser:The Faerie Queene* (Harlow: Longman-Pearson Education, 2001). 邦訳は和田勇一・福田昇八訳『妖精の女王』(ちくま文庫,2005)による。

2 「騎士の物語」の冒頭の一行は次の校訂版から引用した。Larry D. Benson et al., eds., *The Riverside Chaucer* (Boston: Houghton Mifflin, 1987).
3 リバーサイド版の1129頁を参照。
4 Joseph A. Dane, " 'Tyl Mercurius House He Flye': Early Printed Texts and Critical Readings of the *Squire's Tale*," *Chaucer Review* 34 (2000): 309-316.
5 『アネリダとアルシーテ』の本文からの引用は、1561年刊行のジョン・ストウ版『チョーサー全集』(*STC* 5075) に拠り、本文中の括弧内に行数を示す。日本語訳は筆者自身のものである。
6 『アネリダとアルシーテ』の現存する写本については、以下の論考を参照。A. S. G. Edwards, "The Unity and Authenticity of *Anelida and Arcite*: The Evidence of the Manuscripts," *Studies in Bibliography* 41 (1988): 177-188.
7 Beverly Boyd, "William Caxton," *Editing Chaucer: The Great Tradition*, ed. Paul G. Ruggiers (Norman: Pilgrim, 1984) 13-34.
8 『アネリダとアルシーテ』のテクストをめぐるキャクストン版とシン版との相違については、以下の2篇の論考を参照。James E. Blodgett, "William Thynne," in Ruggiers, ed., *Editing Chaucer* 35-52; R. F. Yeager, "Literary Theory at the Close of the Middle Ages: William Caxton and William Thynne," *Studies in the Age of Chaucer* 6 (1984): 135-164.
9 以下の論考の中で、アン・ヒギンズも同様に、スペンサーがチョーサーを始祖とする英詩人の系譜の中に自己を位置づけながら("filiation")、そうした伝統から独立していること ("independence") をも同時に主張していると論じている。Anne Higgins, "Spenser Reading Chaucer: Another Look at the *Faerie Queene* Allusions," *Journal of English and Germanic Philology* 89 (1990): 20.
10 『アネリダとアルシーテ』の典拠とされているスタティウスの叙事詩と「コリンナ」の抒情詩との関係、および「コリンナ」が誰(もしくは何)を意味しているのかという点については、以下の2篇の論考を参照。Lee Patterson, *Chaucer and the Subject of History* (Madison: U of Wisconsin P, 1991) 47-83; Jennifer Summit, *Lost Property: The Woman Writer and English Literary History, 1380-1589* (Chicago: U of Chicago P, 2000) 39-48. どちらも、古典古代のテクストが中世において伝播する過程で被る改変や歪曲という問題に着目しながら『アネリダとアルシーテ』を分析している点で大変示唆に富む論考であるが、この詩がチョーサーによって書かれたという前提のもとに議論が展開されているため、その点を考慮しながら批判的に読む必要がある。
11 この類似性のためか、シャーリーが編纂した大英図書館蔵のAdditional 16165写本には、この詩の物語部分とアネリダの嘆きのそれぞれに、"Balade of Anelyda Qwene of Cartage," "The compleynt of Anelyda the feyre Qweene of Cartage" と表題が付けられている。この写本に関しては、注6に引用した以下の論考を参照のこと。Edwards 185.
12 Patterson 68-71.
13 James I. Wimsatt, "*Anelida and Arcite*: A Narrative of Complaint and Comfort," *Chaucer Review* 5 (1970): 1-8.
14 Walter W. Skeat, ed., *The Complete Works of Geoffrey Chaucer*, vol. 1 (Oxford: Clarendon P,

1894) 534. スキートの議論を基にして1985年に発表された以下の論考の中で、アルフレッド・デイヴィッドは、「従者の物語」第2部とアネリダの嘆きの類似性を詳細に分析したうえで、後者がチョーサーの初期の作品の一つであり、チョーサー自身によって修正を加えられた後に「従者の物語」の第2部で再利用されたのだと推測している。当然のことながら、デイヴィッドは『アネリダとアルシーテ』がチョーサー以外の第三者によって書かれた可能性については考慮していない。Alfred David, "Recycling *Anelida and Arcite*: Chaucer as a Source for Chaucer," *Studies in the Age of Chaucer, Proceedings* 1 (1984): 105-115.

15 『貴婦人たちの集まり』の本文については、先に引用したジョン・ストウ版の『チョーサー全集』、および以下の校訂版を参照のこと。Derek Pearsall, ed., *The Floure and the Leafe, The Assembly of Ladies, The Isle of Ladies* (Kalamazoo: Medieval Institute Publications, 1990).

16 セズ・レーラーの以下の論考は、15世紀にジェントリー階級の読者たちのために編まれた写本のアンソロジーの中で、宮廷風恋愛詩人としてのチョーサー像が形成されていった過程を詳しく辿り、そうしたチョーサー像は彼の作品の「従者」的な読みに基づいたものであると分析している。Seth Lerer, *Chaucer and His Readers: Imagining the Author in Late-Medieval England* (Princeton: Princeton UP, 1993) 57-84. レーラーはまた、同じ論考の第4章において、ジョン・シャーリーの書写した15世紀の写本が、恋の嘆きを詠う抒情詩人としてのチョーサーの側面を強調していること、シャーリーの編纂方針が16世紀のジョン・ストウに受け継がれていることを論じている。16世紀のフォリオ版の編纂者たちがチョーサー作品(またはチョーサー作と考えられていた作品)の中でとりわけ宮廷風恋愛詩を重視したことについては、以下の論考も参照のこと。Stephanie Trigg, "Discourses of Affinity in the Reading Communities of Geoffrey Chaucer," *Rewriting Chaucer: Culture, Authority, and the Idea of the Authentic Text, 1400-1602*, ed. Thomas A. Prendergast and Barbara Kline (Columbus: Ohio State UP, 1999) 270-291.

17 『羊飼いの暦』の詩行は以下の版から引用した。William A. Oram et al., eds., *The Yale Edition of the Shorter Poems of Edmund Spenser* (New Haven: Yale UP, 1989). 邦訳からの引用は以下に拠る。福田昇八訳『スペンサー詩集』(筑摩書房, 2000)。

18 Lerer 58.

19 A. C. Spearing, *Medieval to Renaissance in English Poetry* (Cambridge: Cambridge UP, 1985) 88-110.

20 クレイグ・ベリーの以下の論考に指摘されているように、「粗野な(rude)」という形容詞は、ロジャー・アスカム(Roger Ascham)やジョージ・パットナム(George Puttenham)の詩論の中でしばしば、チョーサーやそれ以外の中世の英詩人たちの詩が、古典古代の詩作品と比較した場合、韻律の洗練度や全体の調べの美しさの点で格段に劣ったものであることを批判的に論じる際に用いられた。チョーサーを穢れなき純粋な英語の泉と呼び、自らの詩を「拙い」と述べるスペンサーは、エリザベス朝期の一般的な中世英詩観を逆転させているようにも見えるが、後述するように、スペンサーの発言はチョーサーへの一方的な賛美には終わっていない。Craig A. Berry, " 'Sundrie Doubts': Vulnerable Un-

derstanding and Dubious Origins in Spenser's Continuation of the Squire's Tale," *Refiguring Chaucer in the Renaissance*, ed. Theresa M. Krier (Gainesville: UP of Florida, 1998) 107-108.

21　チョーサーの原文は以下の通り。「小さな書物よ, 現代の詩人が作る宮廷風の詩歌を羨んだりせず, 古典古代の詩を模範とせよ。そしてウェルギリウス, オウィディウス, ホメロス, ルカヌス, スタティウスが通った階に恭しく接吻するがよい（But litel book, no makyng thow n'envie, / But subgit be to alle poesye; / And kis the steppes where as thow seest pace / Virgile, Ovide, Omer, Lucan, and Stace）」（*Troilus and Criseyde*, Book 5, lines 1789-92）。詩の引用はリバーサイド版に拠る。日本語訳は筆者自身のものである。スペンサーはこのチョーサーの詩行を『羊飼いの暦』のエピローグにおいて模倣している。

22　「英語と英語の書記法はあまりにも多様なので, 誰もそなたを誤写せぬよう, そして言語の違いゆえに韻律を誤ることがないよう, 神に祈る（And for ther is so gret diversite / In Englissh and in writyng of oure tonge, / So prey I God that non myswrite the, / Ne the mysmetre for defaute of tonge）」（*Troilus and Criseyde*, Book 5, lines 1793-96）。

23　ただし, スペンサーは「騎士の物語」の冒頭を模した一行で, 原詩では "Whilom, as olde stories tellen us" となっているところを, "Whylome as antique stories tellen vs" と書き改めている。"olde" を "antique" と改めたのは, 15世紀の間に起こった英語の音韻上の変化によって olde の語尾の e が脱落してしまったため, 2音節の語が1音節に変わり, 韻律が合わなくなったからである。つまり, スペンサーはチョーサーと同様, 言語の通時的変化が詩の韻律に与える影響に敏感であったと考えられる。

24　クレイグ・ベリーは先に引用した論考の中で, 第34連の最終行（"That with thy meaning so I may the rather meet"）に関して, 次のような見解を述べている。"meete（with）" には「返報する」「（足りない部分の）埋め合わせをする」の意味もある。つまり, この行は「チョーサーの詩に匹敵するような作品を書く」, もしくは「チョーサーの詩の至らなさをスペンサー自身の詩的才能によって補完する」とも解釈できる。Berry 118を参照のこと。

25　A. Kent Hieatt, *Chaucer, Spenser, Milton: Mythopoeic Continuities and Transformations* (Montreal: McGill-Queen's UP, 1975) 29-45, 75-94.

26　Berry 118.

27　Berry 119.　ベリーは, アガピーを陵辱した騎士の素性が明かされていないことに注目し, 中世の英詩人を自己の詩の源泉に据えたスペンサーが, 自らのそうした詩人としての「出自」に対してアンビヴァレントな感情を抱いていたことの表れだと解釈している。

28　Patrick Cheney, "Spenser's Completion of *The Squire's Tale*: Love, Magic, and Heroic Action in the Legend of Cambell and Triamond," *Journal of Medieval and Renaissance Studies* 15 (1985): 154.

29　『妖精の女王』第4巻第3篇の最終連が「騎士の物語」の結末を模倣し, かつ婚姻の数を増やすことによってその意味合いを強化したものであることは, ヒギンズの論考によりすでに指摘されている（Higgins 22-23）。また, ウィリアム・ケネディは以下の論考で, キャンビーナの名がイタリア語であること, 彼女がもたらした妙薬に関するくだりの中にイタリアの詩人アリオストへの言及が含まれていることに着目し, 近親相姦のテーマ

『詩人の詩人 スペンサー』正誤表

(2006年8月8日初版発行分)

頁	行	項目	誤	正
91	1	注29	物語の展開,	物語の展開は,
91	5	注29	eds.	ed.
189	29		もしろ	むしろ
204	8		*Anti-quitez*	*Antiquitez*
221	16		(宿る)	〈トル〉
233	8		*innumerablilis*	*innumerabilis*
239	7	注41	*Carmina* 3.30.1.	*Carmina* 3.30.1-5.
256	10		*dura*	*dure*
290	15		恋する心の男の心	恋する男の心
342	8	注6	, by Edmund Spenser	〈トル〉
342	11	注7	eds.	ed.
363	16	95-17	河井迪夫	河井迪男
386	32	00-14	「英語と英文学」	「英語と英米文学」
400	1	03-08	ohn	Jon
414	34	05-22	付属	附属
427	5		Sumiyo	Itsuyo
427	7		Sumiyo	Itsuyo
427	11		Sumiyo	Itsuyo
430	1			次の2項を挿入
			Kobayashi, Yoshiko 1998 "Spider's Web in Edmund Spenser's *Amoretti* " *Studies in English Literature*, English Number 1998:1-22. Kobayashi, Yoshiko 1999 "Spenser's Defense of Mythical History: Briton Moniments in *The Faerie Queene*, Book II " *Poetica* 51:55-74.	
431	19		枡井迪夫	河井迪男
438	11		Dialectic	the Dialectic

＊行数は空白の行, 見出しを除く

を婚姻のテーマに変容させたスペンサーの物語の展開，チョーサーの「叙事詩」にアリオストの「叙事詩」を接木することにより，自らの詩の源泉を英詩の伝統の中に探る同族婚的な文学史観から，他国の詩の伝統に範を求める異族婚的な文学史観への転換をも暗示するものだと論じている。William J. Kennedy, "Spenser's Squire's Literary History," *Worldmaking Spenser: Explorations in the Early Modern Age*, eds. Patrick Cheney and Lauren Silberman (Lexington: UP of Kentucky, 2000) 45-62.

[30] トリッグが先に引用した論考で指摘しているように，1598年に刊行された *The Workes of Our Antient and Learned English Poet, Geffrey Chaucer, Newly Printed* の編纂者であるトマス・スペイト（Thomas Speght）は，自分とチョーサーは友情と親愛の情（"amicable affinity"）で結ばれており，チョーサーの全集を編纂したのは，友を忘却の淵から救いたいという純粋で利他的な願いに動かされてのことだと述べている。スペイトはまた，詩人，編纂者，読者の三者を結ぶ連帯感を重視しており，チョーサーと自分との関係を友情の絆に譬えたスペンサーの『妖精の女王』第4巻における発想法と共通する点が多い。Trigg 277-280.

[31] スペンサーが用いたフォリオ版の『チョーサー全集』では，『鳥たちの会議』は *The Assemble of Foules* と表題が付されている。スペンサーがこの詩を *The Assembly of Ladies* と同一ジャンルの作品と見なしたことは十分に考えられる。

ラディガンドのエピソードにおける脚韻語

小迫　勝

1　本稿の目的

　スペンサーは『妖精の女王』を創作するにあたって，英雄たちの武勇を語る上で最も相応しい詩形を創り出した。それはスペンサー連と呼ばれる9行連で，ababbcbcCの脚韻構造と，弱強5歩格（最終行は弱強6歩格）の韻律を基本とする。『妖精の女王』全巻にわたり，この詩形をほぼ遵守している詩才は驚くばかりである。脚韻と韻律の形式に基づいて，ことばを紡いでゆくときの核となるのは，脚韻語である。その選択にあたって，詩人は集中力を注いだ筈である。そこで本稿は，主に脚韻語について，その使用法を観察・分析して，『妖精の女王』の文体的特質の一端を明らかにしたい。ことばの分析にあたって，基準（背景）と逸脱（前景）という文体分析の概念に基づいて，基準から逸脱している用法に焦点を当てる。何故ならば，基準となる形式は，いわば詩のことば（世界）の背景を形成し，基準から逸脱して目立つことばの用法は，前景化されていると考えられるからである。前景化が意図された用法には，語り手のメッセージが込められている可能性が大きいのである。[1]

　そこで本稿は，『妖精の女王』における脚韻語の用いられ方の基準を示し，その基準から逸脱して前景化された脚韻語について，ディスコース（語り），或いはコンテクスト（文脈）との関連性を調べる。関連性の抽出作業は筆者の主観的解釈に基づくものではあるが，関連性相互間に共通する要素があれば，それをパターンと見なす。そのようなパターンとその具体的な現れ方を，『妖精の女王』の脚韻語に関わる文体的特質の一端として提示したい。[2] 同時に，頭韻や子韻などのことばの工夫についても，脚韻との相補的な働きについて明らかにしたい。

2 脚韻の用いられ方について本稿で想定する基準

本稿では，逸脱(前景化)していると見なす前提の基準を5つ設定する。

第1の基準は，弱強5(6)歩格の韻律が関わる。弱強5(6)歩格を基本とする韻律は，必然的に行末は強格で終わり，男性韻で押韻する。この基準に照らすと，行末で押韻する強音の後に弱音が付加された女性韻は，基準から逸脱することになる。そこで，女性韻とディスコースとの間に関連性を探り，語り手の意図を推定する。[3]

一方，男性韻と女性韻の2分法では律しきれない押韻法がある。3音節やそれ以上の音節を有する語において(例えばhyeと押韻するdaintilyにおいて)，通常はストレス(強勢)が置かれない最終音節に，韻律の影響で形式的なストレスが促進される場合がある。本稿では，そのような押韻を促進韻と呼び，男性韻や女性韻の使用法との差異を調べる。そして，促進韻とディスコースとの間に関連性を見出す。

第2の基準は，1つの単語は多くの場合，ディスコースの中で単一の統語的(文法的)機能を果たす，ということである。しかしながら時に，二通りの統語法が解釈できる場合がある。これを二重統語法と呼ぶ。それは，単一の統語法による標準的なことばの使用法から逸脱して，前景化されていると考える。そして，二重統語法とディスコースとの関連性を探る。

第3の基準は，ディスコースにおける1つの単語は，通常単一の語彙的意味を担っている，ということである。しかしながら，1つの単語に複数の意味を含ませて，ことば遊びをすることがある。これも逸脱と考え，このような重層的意味とディスコースとの関連性を探る。

第4の基準は，各連がababbcbcCという脚韻構造を有することである。完全とは言えない押韻も少なからず見られるが，時に，大幅にこの基準から逸脱することがある。そこに語り手の意図を探り，ディスコースとの間に関連性を見出す。

第5の基準は，『妖精の女王』における統語的なユニットと行とが関わる。前述のように『妖精の女王』は連をディスコースの単位とし，連は9つの行を小さな単位とする。

しかしながら，行は，弱強5歩格による10音節の構成を基本とするので，語り手が息長く語る叙事詩である『妖精の女王』は，節や文が数行に及ぶのが自然な勢いとなる。[4] このような場合を，第5の基準からの逸脱として扱い，句跨

りと呼ぶ。参考までに，K. ウェイルズの解説に従えば，句跨りとは，行末終止する行と対立するもので，行の最終語が，節や文の終わりとはならないものを指す。[5] 句跨りすると，韻律的，統語的に，行末に緊張が生じると言う。本稿では，注 2 の版本の句読法に照らして，行末に句読点がなく，節や文が次の行に跨っているものを句跨りとして扱う。そして，ディスコースとの間に関連性を見出す。

3　ラディガンドに関わるエピソード

　本稿が調査の対象とするのは，『妖精の女王』第 5 巻におけるアマゾンの女王ラディガンドに関わるエピソードである。具体的には，ラディガンドに仕える乙女たちが，騎士ターパインを絞首刑にしようとしているところを，主人公アーティガルとその従者タラスが救う第 4 篇 21-24 連；ラディガンドは，騎士ベロダントに恋心を抱くが，自分の思い通りにならないので復讐をすべく，武具を剥ぎ取り，女性の服を着せ，女性の仕事をさせる同 29-32 連；騎士ターパインがアーティガルをラディガンドの町へ案内し，ターパインが殺されそうになる同 39-42 連；ラディガンドが，侍女クラリンダを使いとして，アーティガルに一騎打ちを申し込み，敗者は勝者に服従することとする同 46-51 連；ラディガンドが彼に勝利する第 5 篇 1-17 連；ターパインを絞首刑にし，アーティガルを奴隷とする同 18-25 連；ラディガンドが，アーティガルに恋心を抱くようになる同 26-28 連；クラリンダをアーティガルに密かに近寄らせ，ラディガンドは自分の恋を実らせようとするが，クラリンダ自身がアーティガルに恋をしてしまい，主人を欺く同 29-57 連；ラディガンドが女性騎士ブリトマートに打ち負かされ，首を刎ねられる第 7 篇 25-34 連である。[6]

4　スペンサーの脚韻語とディスコースとの関係を論じた研究

　スペンサーの脚韻語について，ディスコースとの関連性を体系的に論じた研究は極めて少ない。ハミルトンは，脚韻の特異な用法が，ディスコースと密接な関係を有していることに注目している。[7] アーティガルが，ブレイシダスとエイミダスという兄弟の諍いを裁くにあたって (5.4.17-18)，脚韻語の用法

に工夫を凝らしていると言う。つまり兄弟に対する公平な裁定を印象付けるために，それぞれの裁定に 1 つずつの連を使用して，しかも a 脚韻と c 脚韻に全く同じ語を用いている点を指摘している。

クィリガンは，スペンサーとシドニーの女性韻と男性韻の用法について，社会的なコントロールとの関連性を主張している。[8]

それでは，ラディガンドに関わるエピソードについて，既に述べた 5 つの基準それぞれに照らして，逸脱していると思われる脚韻語の用いられ方を以下に述べる。

5　女性韻とディスコースとの関連性

5.1　弱い立場にある，というメッセージを含むパターン
5.1.1　女に屈服した男

アマゾンの女王ラディガンドは，虜とした騎士アーティガルに恋心を抱き，自分に関心を寄せるように侍女に仕向ける。ところが，侍女も彼に思いを寄せてしまう。

>　　Yet thus much friendship she to him did show,
>　　　　That his scarse diet somewhat was amended,
>　　　　And his worke lessened, that his loue mote grow:
>　　　　Yet to her Dame him still she discommended,
>　　　　That she with him mote be the more offended.
>　　　　Thus he long while in thraldome there remayned,
>　　　　Of both beloued well, but little frended;
>　　　　Vntill his owne true loue his freedome gayned,
>　　Which in an other Canto will be best contayned.　　　　(5.5.57)

侍女クラリンダが，「乏しい食事をいくらか増したり，仕事の量を減らすくらいの友愛は示しておいて，主人には，いつも彼のことを悪様に告げた」，[9] と語るこの連において，b 脚韻を構成する "a-mend-ed"，"dis-com-mend-ed"，"of-fend-ed"，"frend-ed" は，強音の後に弱音の -ed が付加されて女性韻を踏んでいる。これらの脚韻語は主に，虜としてのアーティガルが，されるがままの弱い立場に

あることを伝えるディスコースに使用されている。語尾が弱々しく響く女性韻が，彼の弱い立場を暗示している。

　アーティガルが真の恋人に助け出されることをほのめかす部分で，c脚韻を構成するのは，b脚韻と同じ-ed語尾が付加された"remayned"，"gayned"，"contayned"という動詞である。しかし，b脚韻語の女性韻とは対照的に，c脚韻語においては，-edの母音は発音されず，男性韻を踏んでいる。ブリトマートが雄々しくアーティガルを救出することになる予告と，力強い響きの男性韻が呼応している。この連では，弱い立場で，閉塞状態にあるアーティガルが女性韻を踏んで語られるのとは対照的に，ブリトマートによる解放の予告が，同じ-ed語尾を媒体として，男性韻によって暗示されているのだ。

　この連には，流音（liquid）と呼ばれ，流れるような響きの /l/ 音の頭韻（lessened/loue）や子韻（still, long, thraldome, beloued, well, little, Vntill, will），/r/ 音の子韻（friendship, grow, thraldome, remayned, frended, true, freedome），/m/ 音の子韻（much, him, somewhat, amended, mote, Dame, discommended, more, thraldome, remayned, freedome）が頻出している。邪な愛による閉塞状態に，アーティガルがどっぷりと浸かり，日々流されている印象を，これらの流音が強めている。

　同様のパターンが，騎士ターパインの状況を語るときにも繰りかえされる（5.4.26）。アーティガルは，アマゾンの女兵士たちに絞首刑にされかかったターパインを助け，惨めな状況に至った経緯を問う。その際のb脚韻語は，"discretion"，"oppression"，"subiection"，"direction"である。これらは弱音節の-tion(-sion)が付加されて女性韻を踏んでいる。女に屈服した弱い立場を，弱い響きの女性韻が暗示している。

　また，女王に支配されることになったアーティガルの，弱い立場を語るb脚韻語の"sub-iec-tion"，"di-rec-tion"，"e-lec-tion"（5.5.26）も，同様である。

5.1.2　弱さを共有する対等な立場

　女王ラディガンドと一騎打ちをするために，アーティガルが，「一分の隙もなく武装して自分の天幕から現れ，まず試合場に入」るくだり（5.5.5）に用いられているb脚韻語の動詞"en-ter"は，女性韻を踏んでいる。同じくb脚韻を踏む"bent her"と"ad-uen-ter"は，「最後の決着がつくまで戦い抜こう」とするラディガンドの激しい決意を語っている。アーティガルとラディガンド双方の語りに，女性韻が使用されているのは，双方が対等な（弱い）立場であることを，暗示している。

ラッパが吹奏され，一騎打ちが始まると，女王は嵐の如き勢いで，攻撃を仕掛ける(5.5.6)。この戦いが，「激しい打ち合いで始まり，かつ終わった」と，述べる動詞 "ended" は，弱音節の -ed が付加されて女性韻となっている。彼女の意図や動作を表わす "intended", "rended" も同じ b 脚韻で女性韻を踏んでいる。一方，彼女の攻撃から，アーティガルが巧みに身を守ったと語る動詞 "defended" も b 脚韻で女性韻を踏んでいる。アーティガルとラディガンドが，この連においても共通に女性韻を踏んで語られているのは，この二人に共通する弱さを暗示している。

二人の戦いを引き続き描く連 (5.5.8.6-9) でも，同様のパターンが見られる。防御するラディガンドを描写する動詞 "warded", "garded" と，「防具を無理矢理取り上げ」るアーティガルを述べる動詞 "discarded" は共に女性韻を踏んでいる。優位に立っているアーティガルの描写ではあるが，女性韻の響きによって，圧倒的な力強さは感じられない。

5.1.3　女性の力の相対的な弱さ

ラディガンドの攻撃で危機に瀕したターパインを見て，アーティガルは救援に駆けつけ，「勢いも新たに，激しく」ラディガンドに「襲いかかり，ひどい一撃を加え」る(5.4.41)。ここで，b 脚韻を踏む "slaughter", "raught her", "distraught her" は，女性韻を踏む。つまり，行末の "her" はラディガンドを指すが，強勢はない。ターパインに対して，あれほどの力を見せていたラディガンドも，アーティガルの前では女性の非力が露呈することが，弱い響きの "her" で示されている。ラディガンドの女性としての弱さは，さらにウイットをもって語られる。彼女が「油断無く防いでいなかったら」，アーティガルの「一撃で，彼女の母は娘を一人失うことになったであろう」というくだりである。ここでも b 脚韻を担う "daughter" は女性韻を踏む。この箇所で，ハミルトンは，女性韻に関するクィリガンの 2 つの研究に触れている。[10] クィリガンの説では，女性韻は男性支配制度に敵対するコンテクストで使用されていると言う。文脈上 father という選択肢もあり得るのであるが，敢えて "mother" を選択しているのは，何故であろうか。「力の限り防ぎはしたものの，幾度もよろめき，目を恐ろしく白黒させていた」という語りと共に，ここでも女の力の弱さと女性韻との関連性が意図されていると思われる。

アーティガルの心を自分に向けさせるため，ラディガンドが更なる指示を侍女に与えるくだりにも女性韻が使われている(5.5.51)。その b 脚韻語(句)は "louer", "o-uer", "re-cou-er", "moue her" である。ラディガンドは，アーティガルへの愛を勝利するまでは諦めないという決意を侍女に伝える一方で，自分の思い通りに事が運ばない悲しみと，錯綜した女心を，弱い響きの女性韻が暗示している。

5.2　柔らかい物腰を優しい音調で伝えるパターン

　アーティガルへの恋を成就させるため，密かな手助けを女王から求められた侍女クラリンダは，「毎日，礼儀正しく親切な態度を見せて騎士の心の真ん中を狙って」，密命を実行に移す (5.5.35)。ここで，b脚韻を踏む "in-deu-our", "la-bour", "fa-uour", "be-hau-iour" は，全て古フランス語起源のロマンス系の借用語であり，恋の成就を希求するロマンス的なコンテクストに相応しい。弱強5歩格を基本とする韻律上，これらの語は，終わりから2番目の音節に強勢が置かれ，弱音節が付加された女性韻となっている。優しい響きの女性韻は，主人の恋心をかなえることに懸命なクラリンダの，優しい物腰を反映している。

　続く連 (5.5.36) で，「もう顔を上げて，鈍ったお気持ちを目覚めさせ，この長い死と縁を切る法を，お考え下さいませ」と，彼女の台詞が続くが，c脚韻を踏む "mer-it", "spir-it", "dis-in-her-it" は，全て終わりから2番目の音節にストレスが置かれ，弱音節が付加された女性韻となっている。アーティガルに困窮状態からの脱出法を考えさせようと，優しく誘う音調を，この女性韻が伝えている。

　それに続く連では，クラリンダの怪しげな言葉を疑いながらも，アーティガルは，「ご親切に対しては，ただ感謝のほかはない」と，用心深く答える (5.5.37)。アーティガルの疑念を語るくだりで，c脚韻を踏む "met her", "bet-ter", "dett-er" は，すべて最終音節には強勢がなく，女性韻となっている。優しく誘うクラリンダに，アーティガルが優しく答える音調を，この女性韻に聞くことができる。同時に，アーティガルは侍女のことばに確信が持てず，不安が伴った疑心暗鬼の心的状況にある。

　侍女は，さらに彼に対して，女王が「自分も人の子であることを忘れるほどには，野蛮でもない」と畳みかける (5.5.40.6-9)。その台詞のなかで，"she of men kynded" という表現をしているが，この脚韻語 "kynded" は，OED2 によると，擬似古語法として使用されている。その意味については，「生まれ」(sprung, begotten?) と疑問符が付けられ，唯一の引用例となっている。この語は "birth" の意味を持つ名詞 "kind" から造語されたものである。侍女はこのように，ユニークで新鮮なことばを，目立つ脚韻語として使うことによって，アーティガ

ルの関心を引こうとしている。ラディガンドへの恋心を誘うコンテクストに使われているこの語は，"mynded", "blynded" と共に c 脚韻を構成し，弱音節の語尾(-ed)が付加された女性韻となっている。

　ラディガンドとブリトマートは一騎打ちにおいて，お互いが女性であることを忘れて，打撃の的となる身体部分など委細構わず切りまくる(5.7. 29.5-9)。ここで，c 脚韻を踏む "created", "translated", "hated" は，すべて女性韻である。自然が女性に創った乳房なのに，二人は，その本来の優しい機能を無視して戦っている。語り手はこのことを嘆きながら，女性のあり方について自然の摂理を優しく問いかけている。

5.3　静けさの到来

　アーティガルたちが，ラディガンドとその女兵士たちとの戦いを持ちこたえていると，やがて夕闇が忍び寄る(5.4.45.)。この語りにおいて，a 脚韻を構成する "yclowded" と "shrowded" は女性韻を踏んでいる。ここでは，休戦による戦いのエネルギーの収束と静けさの到来が，弱い響きの女性韻と呼応している。

6　促進韻とディスコースとの関連性

　行末において韻律によってストレスが促進される場合，その強さの度合いは，女性韻よりは強く，男性韻ほどには強くない中間的なものであると仮定する。この仮定のもとに促進韻とディスコースとの関連性を探ってみよう。

6.1　力が促進・増幅されたというメッセージが込められているパターン

　以下はラディガンドの打撃が，ブリトマートの肩当てから骨まで達するくだりである。

> Nath'lesse that stroke so cruell passage found,
> 　　That glauncing on her shoulder plate, it bit
> 　　Vnto the bone, and made a griesly wound,
> 　　That she her shield through raging smart of it
> 　　Could scarse vphold; yet soone she it requit.
> 　　For hauing force increast through furious paine,

> She her so rudely on the helmet smit,
> That it empierced to the very braine,
> And her proud person low prostrated on the plaine.　　　　(5.7.33)

　4行めのb脚韻語 "it" は，ブリトマートが受けた傷を指している。この代名詞は，強勢が促進されて押韻している。代名詞に強勢が置かれるのは，強調など特殊なディスコースに限られる。受けた傷の「激しい痛みのために却って力が増して，荒々しく相手の兜に斬りつけ」，脳髄まで切り裂いたという語りと，強さが促進されて押韻するこの "it" には，呼応が見られる。

　一方，アーティガルは，ラディガンドを打ち倒し，彼女の首を刎ねようとして兜をとって見ると，「飾りがないその美しい顔は，血と汗にまみれながらも自然の見事な美の奇跡と思われたので，彼は驚きのあまり息を呑」む(5.5.12)。ここで，b脚韻を踏む語は，"ment" を除いて，全て促進韻となっている。つまり，アーティガルの驚きを表現する "as-ton-ish-ment" をはじめ，彼女の顔は化粧の飾りもなくて美貌であると見いだす描写に現れる "or-na-ment"，"ex-cel-lent" もすべて，最終音節に強勢が促進されている。今まさに首を刎ねられんとする窮地に立たされたラディガンドではあるが，己の美貌によって，その窮地を脱する力が促進されるのである。次の引用はラディガンドの美貌に，アーティガルが哀れみの情を覚え，戦う力を萎えさせてしまうくだりである。

> No hand so cruell, nor no hart so hard,
> But ruth of beautie will it mollifie.
> By this vpstarting from her swoune, she star'd
> A while about her with confused eye;
> Like one that from his dreame is waked suddenlye.　　　(5.5.13.5-9)

　「どんな酷い手も，どんな頑なな心も，美を哀れむ気持ちで和らげられぬものはない」と語る5-6行は，アーティガルの内面を独白している。この独白は極めて修辞的である。つまり，"mollifie" という動詞の，意味的には目的語にあたる名詞句 "No hand so cruell, nor no hart so hard" を "it" が受けている。この名詞句は，同形の句構造で並置されている。その主要語は，/h/ 音の頭韻を踏んだ単音節語の "hand" と "hart" であり，そのどちらにも "so" で修飾される形容詞 "cruell" と "hard" が後置されている。アーティガルはこのように修辞的に凝った文構造を用

いて自己劇化することにより，衝撃を受けた自分自身を納得させようとしていると思われる。酷い手も頑なな心も「和らげる」という意味の動詞 "mol-li-fie" は，韻律により最終音節に強勢が促進されている。c脚韻を構成するもう一つの多音節語 "sud-den-lye"[11] も，同様に強勢が促進されて，男性韻 "eye" と押韻している。失神から醒めたラディガンドは，"his dreame" から突然目覚めた人のようだと，男性代名詞を用いて喩えられている。促進韻と男性韻による押韻と相まって，女王に男性的な力が促進されたことが暗示されている。このように女王の男性化と，本来は弱い音節への強勢の促進は，呼応しているのだ。

続く連で，戦意を喪失し，剣を手放したアーティガルに，攻撃を再開するラディガンドが描写される(5.5.14)が，女王に力が促進されたことを強調するように，b脚韻語(weaponlesse / cruelnesse / nathelesse / mercilesse)は，すべて促進韻となっている。

6.2 弱い力と強い力の並存を暗示するパターン
6.2.1 弛緩と緊張の間

アーティガルたちがラディガンドたちと戦っているうちに，夕闇が訪れるくだり(5.4.46.6-9)で，c脚韻を踏む "sa-fe-ty"，"ieop-ard-y"，"treach-er-y" は，*OED2* によるとスペンサーでは3音節で発音される。当時の通常の発音では，いずれも第1音節にのみ強勢が置かれていたようである。しかし，これらの語の最終音節は，韻律によって強勢が促進されて押韻している。従者タラスが，夜の静けさの中で，休息を取りながらも不意打ちに備えて戦闘力を維持しているという，弛緩の中にも緊張している様子と，強勢が促進され，弱くも強くもない中間的な強さで押韻していることとが呼応する。

6.2.2 本来強くないのに，強い行動に出る

アマゾンの女たちを懲らしめる代役を任された従者タラスが，直ちに彼女らを追い散らす経緯を語る(5.4.23)a脚韻で，男性韻の "minde" と促進韻の "womankinde" が押韻している。同様にb脚韻においても，促進韻の "hardyment"，"incontinent" は男性韻の "intent"，"sent" と押韻している。語尾の音節が本来は強くないのに，韻律によって，強勢が促進されて男性韻と押韻しているのは，この女たちが，本来はそれほど強くないのに，強い行動に出て，向こう見ずな愚かさを見せているという，語り手の揶揄が込められている。

6.2.3 女性らしい衣装に強さを秘めている

アーティガルとの一騎打ちに臨むラディガンドの出で立ちは，見る者の目を奪う(5.5.2.6-9)。その詳細を語るなかで，c脚韻を構成する "mo-ti-on" と "hab-er-ge-on" の最終音節は，韻律によって強勢が促進されて，男性韻の "thereupon" と押韻している。[12] いかにも女性らしい出で立ちではあるが，最後に，「その上に防御のために袖なし鎖帷子をつけていた」と語られる。この最終行の語りと共に，彼女は女性らしい服装から，一見か弱そうに見えるが，強さを秘めていることが，促進韻と男性韻との混成によって暗示されている。

6.2.4 男性韻で語られるものと比べて相対的に弱いもの

ブリトマートとの一騎打ちを始める直前に，女王は，その戦いの敗者は勝者に仕えることにするという条件を持ち出す(5.7.28)。このくだりのa脚韻において，促進韻の "Amazone" はラディガンドを表しているのに対して，男性韻を踏む "fone" は，ブリトマートが含まれる。

この条件提示にブリトマートは，「騎士道の掟で定められた以外の，いかなる条件にも，わが身を縛らせようとはしなかったのである。」このように語るc脚韻で，男性韻の "tie" と促進韻の "indignity"，"cheualrie" が押韻している。この男性韻は，意味的にブリトマートの描写に関わっており，促進韻を踏む "indignity" はラディガンドの描写に関わっている。力強い男性韻で語られるブリトマートと，相対的に男性韻ほどの力強さに欠ける促進韻で語られるラディガンドとの戦いの結末を暗示しているようだ。

6.3 推移が暗示されるパターン
6.3.1 力による絆から情愛による絆への推移

女王がアーティガルへの恋を実らせようと侍女を説き伏せるくだり(5.5.33)で，b脚韻を踏むのは，古典語の "vi-o-lence"，"be-neu-o-lence"，[13] "of-fence"，"pre-tence" である。最初の2語は，最終音節が韻律によって強勢が促進されている。後の2語は，男性韻である。力強い響きの男性韻とそれほど力強くはない促進韻とが混然となっているのは，力ずくの絆から，情愛による絆への推移を，願うラディガンドの心理を反映している。

6.3.2 女主人の恋の成就から，自身の恋の成就へと推移

釣りのメタファーを用いて，侍女クラリンダが密かにアーティガルに恋心を抱

いてしまう経緯を語るくだり(5.5.43)において，b脚韻語は，"on"，"con-fu-sion"，[14] "Am-a-zon"，"af-fec-tion" である。このうち "on" は句動詞(beating on)の不変化詞として強勢が置かれ，男性韻を踏んでいるが，その他のb脚韻語は，促進韻である。主人の恋心を叶える意図から，自分の恋心の成就へと，侍女の心が変化・推移したことが，末尾に強勢が促進されて，不自然な発音に変化したことと呼応している。

6.3.3 弱い立場からの脱却

アーティガルを恋する侍女は，「もし自分に目をかけて下さるなら，自由の身にする手立てを考えます」と約束する(5.5.55)。立場の強いクラリンダの誘いに使われているb脚韻語 "eye" は男性韻を踏んでいる。アーティガルは，「自由の身になれるのを喜んで，そのような好意に大いに感謝し，(中略)もしこの境遇から助け出してくれたら，できる限り，この好意に報いようと約束」する。ここで，b脚韻を踏むのは，多音節語の "lib-er-tie"，"cur-te-sie"，[15] "mal-a-die" であり，アーティガルの反応に関わっている。これらフランス語からの借用語の当時の発音は，第1音節にストレスが置かれていたようであるが，第1音節のみならず，最終音節にも強勢が促進されて男性韻の "eye" と押韻している。彼が弱い立場から脱却して，自由になろうとしている心の変化が暗示されている。

6.4 自然の摂理からの逸脱

第5巻の第5篇，第25連について，ハミルトンは，5が正義の数であると説明している。[16] 第5巻の主題である正義・公正のうち，この連は男女の関係における正義について語っているが，現代とは異なる当代の考え方を反映している。「男性のすぐれた支配に従うようにと，賢明な自然が女性を強く縛っている慎みという束縛を絶ち切った時の女の残酷さというものは，これ程のもの」と，ラディガンドの行動を批判的に語るなかで，a脚韻を踏むのは "womenkynd" と "bynd" である。"Bynd" は男性韻であるが，"wom-en-kynd" は，促進韻である。行中の "cru-el-tie" についても，同様に強勢が促進されている。韻律と脚韻により，当時としては少なからず不自然に聞こえたであろう発音が想定されているのは，女性が慎みという束縛を絶ち切って，残酷さを発揮する不自然さと呼応する。

「そうなると，放恣な自由を手に入れるため，女性はすべての規則や道理に背くのである。だが貞淑な女性は，賢くもわきまえておられる，天が正当な王位につけてくれない限りは，謙虚であるように生まれついていることを」と続け

られる。その語りの c 脚韻語は，いずれも多音節語の "lib-er-tie", "hu-mil-i-tie", と "sou-er-ain-tie" である。これらは，最終音節に強勢が促進されている。本来強くない音節が強く発音されるこれらの促進韻には，本来の女性の姿を逸脱して強くなろうとしているという，語り手の皮肉を混じえた音調を聞くことができる。最終行でエリザベス女王について，別格の扱いをしているものの，促進韻を踏ませていることに，微妙なニュアンスを感じ取ることができよう。

7　二重統語法

アーティガルの問いかけに，攻撃をしかけようとする不可解な女たちを，従者に懲らしめさせるくだりを見よう。

> Who with few sowces of his yron flale,
> Dispersed all their troupe incontinent,
> And sent them home to tell a piteous tale, (5.4.24.6-8)

従者タラスは，鉄の殻竿をほとんど振り回す間もなく，我慢の足りない女の一団を直ちに追い散らすことが語られるが，ハミルトンは，脚韻語 "incontinent" のごろ合わせ (pun) を指摘している。[17] 一つの統語法は，副詞として「直ちに」の意味をもって「追い散らした」(Dispersed) を修飾している。もう一つは，「自己抑制の欠けた」という意味で「女の一団」(all their troupe) を修飾する後置形容詞として機能している。統語的な曖昧性と，この女集団の不可解性が呼応している。

ラディガンドが恋を成就させる密命を侍女に伝えるくだりにも，二重統語法が見られる。

> With that she turn'd her head, as halfe abashed,
>   To hide the blush which in her visage rose,
> And through her eyes like sudden lightning flashed,
>   Decking her cheeke with a vermilion rose:
> But soone she did her countenance compose, (5.5. 0.1-5)

「そう言って女王は，恥ずかしそうに顔を背け……紅潮を隠した」と語るこの

連で，2行めの脚韻語 "rose" の品詞は，次の行が語られる前では，統語的機能が曖昧であり，読者（聴衆）に一瞬の緊張を強いる。つまり，"her visage" を修飾する後置形容詞として「バラ色の」という意味解釈も可能であるが，3行めに至って，脚韻語 "flashed" と並置された動詞として機能することが判明する。しかしながら，意味解釈の可能性が消えた「バラ色」の意味は，4行めの脚韻語句の「深紅の薔薇の色」で顕在化する。女王たるものが，恋を打ち明ける恥じらいで緊張し，はっきりと物が言いにくい心理を反映するように，統語関係が曖昧な二重統語法が，瞬時ではあるが使われている。その瞬時性は女王が半ば恥らっていたが，すぐに顔色を整えたことと呼応する。

8　ことば遊び

戦いから休息へと推移する状況が以下のように語られる。

>   When thus the field was voided all away,
>   And all things quieted, the Elfin Knight
>   Weary of toile and trauell of that day,
>   Causd his pauilion to be richly pight
>   Before the city gate, in open sight;
>   Where he him selfe did rest in safety,
>   Together with sir *Terpin* all that night:　　　　　　(5.4.46.1-7)

「こうして戦場から人影がすっかりなくなり，すべてが静かになったとき，妖精の騎士は，この日の激戦の労苦に疲れて，町の門の前に天幕を華やかに張らせた」と語る2行めの脚韻語 "Knight" には，ことば遊びが潜んでいる。つまり，"Knight" が脚韻語として，3行めの "day" と7行めの "night" と共起することにより，地口が生まれている。夕方の到来と共に，それまでの激戦も一休みとなり，騎士（Knight）アーティガルたちの安堵感と心の余裕が，語り手のことば遊びに反映している。

9　脚韻構造の逸脱

アーティガルが「長いこと高慢なラディガンドに忠実に仕えた」様子が以下のように語られる。

> Thus there long while continu'd *Artegall*,
>   Seruing proud *Radigund* with true subiection.
>   How euer it his noble heart did gall,
>   T'obay a womans tyrannous direction,
>   That might haue had of life or death election:
>   But hauing chosen, now he might not chaunge.
>   During which time, the warlike Amazon,
>   Whose wandring fancie after lust did raunge,
> Gan cast a secret liking to this captiue straunge.　　　　(5.5.26)

ここで，b脚韻を踏む7行めの脚韻語 "Amazon" は，他のb脚韻語 (sub-iec-tion, di-rec-tion, e-lec-tion) とは押韻法が異なる。"Am-a-zon" の最終音節は強勢が促進されており，一見したところ，他のb脚韻語の語尾 -on とうまく押韻しているように見える。ところが，他のb脚韻語は，弱格の -tion が付加された女性韻である。女性韻の弱格をもって促進韻の "Am-a-zon" と押韻させるのは無理があり，脚韻構造を大きく逸脱していると言わざるを得ない。この特異な用法には，語り手の意図がうかがわれる。一般の女性は慎ましく男性に従うのが自然の摂理とする当時の考え方を基準にすると，男性を支配することを望むアマゾンの女王は，社会の公正から逸脱する。女王は，社会の常識を逸脱した横暴な振る舞いをしているのだというメッセージを，この不自然な押韻法に汲み取ることができよう。

10　句跨りとディスコースの関連性

句跨りとディスコースの関連性には，多様なパターンが見られる。それらは，相互に密接に関わりあう場合が多い。パターンの核となるのは，推移，速さ，流れ，長さ，広がり，表裏一体の二面性，枠からの逸脱である。

10.1　推移を表すパターン
10.1.1　新たな事態・場面への推移・展開

　推移のパターンは促進韻に関しても触れたが，句跨りのなかで最も多く見られる。アーティガルたちが，アマゾンの町に到着したときの語りを見よう。

> Where they arriuing, by the watchmen were
> 　Descried streight, who all the citty warned, 　　　　　(5.4.36.1-2)

　彼らの到着は，町の見張りに発見され，三人の武者が姿を現したと，町中に警告される。慌てるように受動態のbe動詞（were）と過去分詞（Descried）が行末で分割されて次行に句跨りすることで，のっぴきならぬ事態の急変が暗示されている。

　しばらくすると，女王ラディガンドが，「人混みの中に現れ，皆を配置につかせ」る（5.4.36.8-9）。その姿は半ば男のようであると，"man" を脚韻語とし，その動詞句を句跨りさせて語っている。蜂のように群がる女たちの中から，女王は劇の主人公然として忽然と現れ，新たな事態へと推移・展開する。

　女王が，屈服させた男たちを，屈辱的な仕方で支配している様子をターパインから聞いて，アーティガルは奮い立つ（5.4.34.1-3）。そして「処女王と気高い騎士道に立てた誓いにより」，アーティガルはラディガンドへの挑戦を決意する。行末の "I" を主語として，その補文は次の行に跨っている。「その女の力を試し，その女が騎士たちに与える恥辱を雪ぐまでは，手を休めは致しません」と誓うアーティガルの言葉には，少なからぬ気負いが感じられる。ターパインや，他の捕われの身となった騎士たちが不成功に終わった挑戦を，今度は「私」(I) がしてやろうという気負いと，はやる気持ちと，自己過信さえが垣間見える。新たな挑戦（場面）へすみやかに展開したい心理状態を，句跨りが反映している。

　アーティガルがターパインに対して，絞首索と鉄の拘束具を捨てるように促すくだり（5.4.35.1-6）も，死の戸口から生への救出へと新たな局面へ速やかに展開している。そして，ターパインは，絶望から一転して，その恥辱を晴らすために新たな展開を求めて道案内をする。

　アーティガルたちは，ラディガンドの町へ到着し，門が開け放たれるや，町中に突入しようとする。「だが途中で雨霰と飛んでくる矢に／見舞われて行く手を阻まれ」る（5.4.38.5-6）。そこで，無鉄砲な攻撃は慎んだほうがよさそうだ，と攻撃法・戦法の転換を図り，新たな展開へ速やかに心を切り替える。

アーティガルとの一騎打ちで戦いを決着させることを決意した女王ラディガンドが，護衛の乙女たちとともに，城門から出てくる場面も然りである(5.5.4.3-4)。威風堂々と町の門から出て，戦場へと速やかに場所を移す。

10.1.2　時間の速やかな推移
アーティガルたちが，ラディガンドとその女兵士たちとの戦いを持ちこたえていると，やがて夕闇が忍び寄るくだり(5.4.45.1-2)も，日中から夕べへの，速やかな時間の推移が表されている。

10.1.3　絆の質の推移
アーティガルとの絆を，「強制と厳しい力の酷い絆ではなくて，悪意も悪心もない，甘い愛と真の情愛によった」ものにしたいラディガンドの望みは，既に促進韻の用法で触れたが，句跨りも相補的に関わっている(5.5.33.1-4)。絆の質の変化・推移を，自然な形で実現したい女王の心理が暗示されている。

10.2　速さ・すばやさを表すパターン
句跨りが，行動の速さや素早さを表すパターンは，いくつかのエピソードに現れる。ラディガンドとブリトマートが一騎打ちを始めるくだり(5.7.29.1-7)では，戦いの開始を告げるトランペットの音を聞くや否や，戦いに突入する。この二人の女武者は，激怒に駆られて激しく，息継ぐ暇もなく打撃を繰り出す。この場面では，摩擦音の/s/音(の頭韻)，/f/音(の頭韻)，/h/音(によって，激しく戦う二人の息づかいを髣髴とさせる頭韻)を始め，破裂音の/p/音(の頭韻と子韻)といった，打撃や接触の激しさを髣髴とさせる音の連続によっても，戦いの激しさと長さが表されている。この他にも，(5.4.39)，(5.4.40.2-3)，(5.4.41.1-2)，(5.4.42.1-5)，(5.5.51)，(5.7.28.1-2)，(5.7.28.5-9)，(5.7.34.1-2)，(5.7.34.7-9)において，同様のパターンが見られる。

10.3　流れを表すパターン
アーティガルへの忍ぶ恋を成就させるため，ラディガンドは「最も信頼する側仕えの侍女を呼び寄せ」て，女王としての自制心を解き放ち，恥ずかしい恋心を，堰を切ったように打ち明ける(5.5.29.1-6)。このディスコースの流れを，行の束縛を解くように断続する句跨りが表している。クラリンダは，その日から密命を実行に移すが(5.5.35.4-6)，流れるように次々に手段を講じて，アーティ

ガルの機嫌を取ろうとする。侍女は，好印象を得ようとアーティガルに対して，気の毒に思っている気持ちを一気に吐露するが(5.5.36.1-7)，行を跨る /d/ 音の頭韻と，/s/ 音による頭韻や子韻と，/m/ 音の頭韻が，この訴えの切実さを，音声的に支援している。クラリンダは，さらに流れるように，ことばを紡ぐ(5.5.40.3-6)。そして，「あの方は，戦いに明け暮れる日々ですが，熊や虎から生まれたわけではない」と，訴える。この台詞において，a 脚韻語として助動詞 "can" は，"man" と力強く男性韻を踏んでいる。通常のディスコースにおいて，"can" にストレスが置かれるのは希であり，可能性を強調する特殊の状況に限られる。アーティガルに希望を持たせ，可能性を探るようにと，必死に説得工作している熱意が窺われる。脚韻語 "worne" は，次の行の "warre"，"weet"，"was" と頭韻を踏んで，句跨りを強調している。脚韻語 "borne" が次の行の "Beares" と頭韻を踏んでいるのも，同様である。他にも，(5.4.38.3-4)，(5.7.33.2-3)において，同様のパターンが繰り返されている。

10.4　長さを表すパターン

アーティガルとの一騎打ちに臨むラディガンドは，「入念な細工の銀の縫い取りをし(中略)真紅の絹の薄物の衣装を身にまとい，職人がリボンに靡き方まで教えたかのように，もつれずに揺れる幾筋ものリボンを靡かせている」(5.5.2)。軽やかに布が流れるような印象を与える流音の/l/音(All, light, purple, silke, siluer, subtly)や /r/ 音(wrought)が頻出している。また，軽やかな風を髣髴とさせる /p/ 音(purple, vppon)と，それに呼応する衣装の動きを暗示する /s/ 音(silke, siluer, subtly)が，彼女の衣装の動きを引き立てている。リボンが(長く)幾筋も靡いている様子や，ドレスが軽く動きやすいように短くたくし上げられて，むき出しになった足元から腰までを，見る者の目が辿るであろう動きや，彼女のドレスが本来は長いものであることを，連続する句跨りが暗示している。

一騎打ちが始まり，ラディガンドが「猛然と突っかかり，まるで相手の胸から心臓そのものをもぎ取ろうと目論んでいるかのよう」だと語る(5. 5. 6. 3-5)なかで，途切れなく流れるような句跨りが，嵐(tempests)や突風(flaw)の如き勢いで，彼女の攻撃が間断なく続いていることを表わしている。次の諸場面についても同様のことが言える。

この一騎打ちの前夜，ラディガンドは眠られず，日中に被った恥辱を雪ぐ術を思い巡らせる(5.4.47.4-5)。復讐の方法について，あれこれと忙しく思い連ねて時間が長く流れている。

自分の恋人が，女王の奴隷となっていることを，タラスに聞かされたブリトマートは，嫉妬に苛まれ，悶々として胸が騒ぎ，夜なのに眠ることができない時間が持続する(5.7.27.3-6)。

ラディガンドの美貌を見て戦意を喪失し，剣を手放したアーティガルを，彼女は執拗に攻撃する(5.5.15.8-9)。

また，アーティガルは，囚われの身の嵐に，永く堪えることができるという矜持と，この厳しい状況が永遠に続こうとも，自分の信念をまげず，真の愛を守り続ける決意をクラリンダに述べる(5.5.38.1-5)。

10.5 広がりを表すパターン

女王が失神から醒めて，今自分が置かれた状況を把握しようと，辺りを見回す場面 (5.5.13.7-8) で，句跨りが視点の広がりを表している。また，女王の美貌に戦意を喪失したアーティガルを，片方の翼を痛めて飛べなくなった気高い隼に喩え，それを獲物として視野広く見つける鳶に，女王を喩えている(5.5.15.1-2)。

自らの意志で屈服したアーティガルに，ラディガンドは女性の服装をさせ，腰にエプロンをかけさせて，試合場から「細長い大部屋に連れて行」く(5.5.21.3-7)。このくだりの句跨りは，多くの戦利品を飾る大部屋に通されたアーティガルの視線が，騎士たちの形見に次々に移されてゆく様子を髣髴とさせる。この視線の移動と広がりは，"many knights decay" の示す意味のみならず，この行の /m/ 音の頭韻によっても，暗示されている。彼の恥辱をいやが上にも見せつけるように，高い場所に彼の武具が掲げられているくだりも，視点の移動と広がりを表している。(5.5.22.1-3)と(5.7.31.5-8)にも同様のパターンが繰り返されている。

10.6 表裏一体の二局面を表すパターン

騎士の身分であるアーティガルが，自分では女性相手に力強く腕を奮うのを恥じて，アマゾンの女たちの向こう見ずな愚かさを懲らしめるために，代わりに従者のタラスを遣わすくだり(5.4.23)では，統語構造が次行に続く句跨りと，主人の意図が代行されることとが呼応する。

主人の信頼を裏切り，託された策動を，自分の欲情の満足のために，こっそり転じてしまうクラリンダの表裏異なる言動は，「子どもに与えるはずの食べ物を……自分のものに」してしまう乳母に喩えられる(5.5.53.1-8)。

クラリンダが，アーティガルの所にやって来て，作り話をするくだり(5.5.54.1-6)では，表裏異なる偽りを覚られないように，流れるように話をする。「女の道にひ

どく外れた主人には，彼はあなたの愛を拒んでいますと毎日告げ，彼にはあなたの釈放を拒んでいますと言」う(5.5.56.4-8)クラリンダの言動には，表裏異なる二面性が隠されている。

10.7　枠からの逸脱を表すパターン

アーティガルが，ターパインをたしなめるように，惨めな状況に至った経緯を問いかける(5.4.26.4-7)。この問いかけの根底には，心が弱く，ふがいないターパインを叱責する音調を聞くことができる。「自分の身の破滅に至るほど，愚かにも遠く道を踏み外しておられるとは」と嘆き，好色の道に迷い込んでしまい，女たちの強力な力に屈してしまったターパインの無節操さ，行動における締まりのなさへの慨嘆が，行に収まりきれない句跨りに表されている。

ラディガンドの美貌に接して，敢えてその奴隷となったアーティガルの「有様を見た者が思い浮かべるであろうのは，昔ヘラクレスについて語られた話し」と始まる回想の語り(5.5.24.3-9)には，句跨りが連続する。ここには，騎士本来の戦いへの没頭を規範とすれば，その規範を遵守し得ずに逸脱し，甘い恋の合戦にのみ耽溺する姿を嘆く語り手の音調を聞くことができる。その嘆きは，多くの怪物と戦った没頭ぶりと，愛人への没頭ぶりとの対比によって明白にされている。

11　おわりに

アマゾンの女王ラディガンドに関わる種々のエピソードについて，5つの基準に照らして，逸脱し前景化された脚韻語の使用法について，ディスコース(コンテクスト)との関連性を述べてきた。そして，抽出された関連性相互に共通するパターンを明らかにすることができた。最も例が多く，パターンが多様に現れるのは，句跨りであった。句跨りのパターンとしては，推移・展開，素早い動き，連続性・流れ・長さ，広がり，2つの局面性，枠からの逸脱をメッセージとして伝えるものであった。

女性韻とディスコースとの関連性については，弱い立場，優しい音調，柔らかい物腰，静けさ，といったパターンを明らかにすることができた。
韻律によってストレスが促進される度合いは，女性韻と男性韻の中間的な強さであろうと仮定して考察した。その結果，促進韻とディスコースとの関連性に

ついて，力の促進・増幅，質の転換，規範からの逸脱といったパターンを明示することができた。

　二重統語法については，2例を考察した。1つは，アマゾンの女集団の不可解性を暗示する統語法の曖昧性であり，もう1つは，アマゾンの女王が，恋の恥じらいで緊張し，はっきりと物が言いにくい心理状態を反映するものであった。

　脚韻構造を逸脱する1例については，男性に従うのが自然の摂理とする社会規範から逸脱する行動を志向する女王との呼応を指摘した。

　ことば遊びが見られる1例についても，戦いの休止がもたらす安堵感と，心の余裕との関連性を示すことができた。

　ラディガンドのエピソードに関して，基準から逸脱する脚韻語の用法には，このような前景化の諸相が見られた。同時に，これらのパターンとその多様な現れ方を，言語的・文体的特質の一端を担うものとして，特筆することができよう。

---

[1] Peter Verdonk, *Stylistics* (Oxford: Oxford UP, 2002) 6 ; N. Leech and M. Short, *Style in Fiction: A Linguistic Introduction to English Fictional Prose* (London: Longman, 1981); P. L. Garvin, *A Prague School Reader on Aesthetics in Literary Structure and Style* (Washington: Georgetown UP, 1964).

[2] 本稿は，A. C. Hamilton, Hiroshi Yamashita, and Toshiyuki Suzuki, eds., *Spenser:The Faerie Queene* (Harlow: Longman-Pearson Education, 2001)の本文に基づいて考察される。

[3] 因みに，A. C. Hamilton, ed., *The Spenser Encyclopedia* (Toronto: U of Toronto P, 1990) 604には，次のような脚韻の解説がある。「スペンサーの大部分の脚韻は男性韻（完全韻）である。男性韻とは，行末において，異なった音で始まり，ストレスが置かれる母音を有する音節の終わりまでが同じ音で押韻しているものを言う。一方，faces/placesのように，ストレスが置かれて押韻する音節の後に，ストレスの無い同質の音節が付加される場合は，女性韻と呼ばれる。」

[4] J. Hollander and F. Kermode, *The Literature of Renaissance England* (New York: Oxford UP, 1973) 15.

[5] Katie Wales, *A Dictionary of Stylistics*, 2nd ed., (London: Longman, 2001) 128.

[6] Hamilton et al., *Spenser:The Faerie Queene* 784.

[7] Hamilton et al., *Spenser:The Faerie Queene* 533.

8 Maureen Quilligan, "Feminine Endings: The Sexual Politics of Sidney's and Spenser's Rhyming," *The Renaissance Englishwoman in Print,* ed. A. M. Haselkorn and B. S. Travitsky（Amherst: U of Massachusetts P, 1990）.

9 引用符付きの訳は，和田勇一・福田昇八訳『妖精の女王』（ちくま文庫，2005）による。

10 Hamilton et al., *Spenser:The Faerie Queene* 315 で言及されている Maureen Quilligan, "The Comedy of Female Authority in *The Faerie Queene*" *ELR* 17（1987）168 及び Quilligan, "Feminine Endings" 315 参照。

11 初期近代英語において，openly[əɪ], emperour[ʌʊr], captain[ɛɪ]のように，語の最終音節に第 2 強勢が時々ではあるが維持されていた。Cf. M. Görlach, *Introduction to Early Modern English*（Cambridge: Cambridge UP, 1991）73.

12 *OED2*によれば"habergeon"は16世紀以降は古語となっていたようで，"hab-er-ge-on"のように4音節で発音する古めかしい音が，スペンサーより後のミルトンやバトラー等にも見い出されるという。13世紀のフランス語からの借用語である"mo-ti-on"は，最終音節にストレスを置く古い発音がここでは想定されよう。

13 Hodgesの調査によると，"be-neu-o-lence"の当時の発音は，第2音節にストレスを置いていたようである。 Cf. E. J. Dobson, *English Pronunciation 1500-1700*, 2nd ed.（Oxford: Clarendon P, 1968）288.

14 『妖精の女王』執筆当時よりおおよそ100年ほど後のE. Young, *The Compleat English Scholar*（1682）の調査によると"confusion"の発音の手がかりとして，"confuzhun"という綴り字の記録があるが，"zh"の発音は現在使用されている子音と同じであったらしい。Dobson 389 参照。

15 因みに，*OED2*の "courtesy"に関する説明では，16世紀において，中間のeはしばしば省かれ，"court'sy"や"curt'sy"といった綴り字が見られると言う。一方 Dobson 306 によると，"courtesy"の当時の発音としてGilが挙げた証拠により，主強勢の後に2音節が続いていた場合もあるようである。

16 Hamilton et al., *Spenser:The Faerie Queene* 542-43.

17 Hamilton et al., *Spenser:The Faerie Queene* 534.

礼節の騎士と二つのパストラル [1]

祖父江 美穂

　海の向こうの荒れ島で，アイリーナ(Irena)を救出し，正義の徳を実現したアーティガル(Artegall)は，国復興半ばにして急遽本国に召還される。帰国後，ブレイタント・ビースト(Blatant Beast)に遭遇し傷つけられ，戦わずしてこの怪物を放置する(5.12.28-43)。彼に帰国命令が出されたのは，女王グロリアーナ(Gloriana)が緊急に正義の力を必要としたためである。しかし彼は戦えない。王国は危機にある。これが第5巻の最後の場面である。

　怪物に対し登場するのが礼節の騎士キャリドア(Calidore)である。ビーストは国中に出没し，荒らしまわる反礼節の怪物である。キャリドアはその所在すら掴めず途方に暮れ，自分の使命に不安を覚えている。無力な正義の騎士と困惑する礼節の騎士が出会うのが第6巻の最初である。

　最後に騎士は怪物を捕らえ，口輪をはめ鎖で縛る。しかし勝利は永く続かない。彼の死後，鎖は断ち切られ，怪物は再び王国を荒らしまわる。キャリドアのような怪物を倒せる騎士は二度と現れない。再び怪物の恐怖にさらされ終わる第6巻は，始めも終わりも絶望の場，やはり王国は暗い。

　この絶望の王国にパストラルの世界が現れる。[2] このパストラル・セッティングを「羊飼いたちの国とその真ん中にあるアシデイル山」と呼び，二重構造としたのはC. S. ルイスである。この線をM. F. N. ディクスンが踏襲する。彼は，アシデイル山でグレイスたちが姿を消し，コリン・クラウト(Colin Clout)が笛を折るのは，騎士キャリドアの礼節がまだ十分ではなく，アシデイルの神話ヴィジョンを理解できないためとする。[3]

　本論はルイスとディクスンのパストラル二重構造論に立つが，ディクスンの騎士無能説に対して，2つのパストラルが，宮廷にはもはやない礼節の場であり，キャリドアを鍛え礼節を確立させる次第を明らかにする。始めも終わりも絶望に囲まれている第6巻のなかで，2つのパストラルは光と喜びの場となっている。

この対照構成は、礼節の騎士が自分のアイデンティティを追求するテーマを担っている。

平地パストラル

キャリドアはブレイタント・ビーストを宮廷から町へ、田舎へと追いかけ (6.9.3)、すぐ近くまで迫りながら見失う。そこにパストラルがある。羊飼いたちはそのような怪物は見たこともないという (6.9.6)。彼らは日々の労働に勤しむ一方、「甘い恋と青春の情熱的な歌」をうたい (6.10.4)、ダンスに興じ競技を楽しむ。こうした祝祭の輪の中心にいるのは羊飼いの娘パストレラ (Pastorella) である。彼女は5月の女王さながら、絹のリボンで結んだ色とりどりの花冠をかぶり、手作りの緑の衣装をまとう (6.9.7)。田園の素朴な彼女の晴れ着は、豪華な衣装を着飾る王侯貴族からはほど遠い。その姿を見よう。

  乙女は他のものより一段高く、
   小さい塚の上にいて、周りを
   可愛い娘たちの花環で
   見事に取り囲まれ、そのまた外側には
   楽しげな羊飼いの青年たちが一団となって座り、
   笛を吹いて乙女を称えるにふさわしい歌を歌い、
   何度も歓喜の声を立て、何度も驚きの叫びを上げ、
   さながら驚くべき天女が
  この地上の姿を取って下りてきたかのようであった。[4]   (6.9.8)

羊飼いにとって彼女は地上に現れた天女である。ここは王国の絶望から切り離された調和と喜びの世界である。

 村落共同体は古来、合議によって5月の女王を決めていた。このパストラルでも羊飼いたちは自らの総意で彼女を中心に選び、奉仕する。パストレラの意志により、ダンスの輪の先導にキャリドアがみなによって選ばれる (6.9.41)。また力比べの競技では、パストレラが審判 (Judge) に選ばれる (6.9.43)。単に試合の判定役にとどまらず、祝祭の女王は共同体の秩序の守護者である。共同体全員の総意と彼女への奉仕、これがパストラルの秩序のあり方である。

パストレラは，ダンスの巧みなキャリドアには花冠を与え（6.9.42），また力比べの競技では，勝者である彼に柏の木の葉の冠を与える（6.9.43）。パストラルでは冠という名誉が報酬である。受け取った騎士は，ライバルのコリドン（Coridon）にそれらの花冠を与える。彼女は彼らの奉仕に対し，宮廷的位階や金銭という物質的報酬に結びつくものは与えず，共同体の和を保つ。[5]

　パストレラはパストラルの調和と平安の原理である。彼女を中心に共同体がまとまり，人々の和が保たれる。この和にキャリドアも参加している。羊飼いたちが言うように，完全な和のパストラルには，誹謗中傷で人々の輪を乱し断ち切るブレイタント・ビーストは影もかたちもない。宮廷を始め王国中を荒らしまわる怪物が，近づくこともできない場がパストラルである。

　キャリドアは騎士の身分を捨て羊飼いの身なりをし，彼らと共に生活することで共同体の輪のなかに組み込まれる。女王の騎士でありながら冒険を中断しパストレラに仕えることは，礼節の騎士として本来あるまじき行動である。誰が忌まわしいブレイタント・ビーストを追えようか（6.10.1）と詩人は嘆く。その一方で，彼はパストラルの価値を積極的に認め，騎士の行動を非難しない。ブレイタント・ビーストの力に支配され，なすすべもない宮廷を詩人は嵐の比喩によって以下のようにうたう。

> 　だから今後は，骨折りと苦痛に満ちた
> 　　本来の探求を続けるつもりはなく，
> 　　別のものを，別の目前の獲物を追って
> 　　愛の報いを得ようとし，
> 　　この乙女といつまでも共にいて，
> 　　田舎者の中に安住することの方が，
> 　　宮廷の愛顧という空しい影をいつも追い求め，
> 　　風向き次第の詰まらぬ噂に一喜一憂して，
> 　常に港をでられないよりはましと思っている。　　　　　（6.10.2）[6]

詩人の歌からは，以前騎士が追い求めていたのが，怪物という「本来の探求」（6.10.2）だけではなく，二つあったことが明らかになる。それが宮廷の「空しい影」（6.10.7）である。宮廷で得られる報酬は地位や富である。それにかわる新しい探求では報酬は愛となる。誹謗中傷を騒ぎ立てる「ブレイタント（blatant）」怪獣は，しばしば言及されるようにラテン語の「無駄なことを騒ぎ立てる」が語

源であり、スペンサーの造語である(*OED*, 1)。その地獄の口の中には獣や蛇の舌が満ちあふれ、悪口雑言と毒をまき散らす(6.12.27-28)。まさしくここで述べられる怪物の正体は、宮廷内にはびこる実体のない「風向き次第の詰まらない噂」であり、人々を傷つけ陥れるすさまじい悪の力を持つことがわかる。これがブレイタント・ビースト支配の宮廷の現状である。騎士は怪物追求をしながら、同時に怪物に毒された宮廷内の「影」を追っていたことを詩人は明らかにする。礼節の騎士が怪物に立ち向かえないこの矛盾。ディクスンの言う、礼節欠如の実体とはこれである。

　女王による引き立ては宮廷人にとって絶対である。その宮廷では欺瞞に満ちた言動なしに立身出世はできない。宮廷の不安定な地位と破滅の恐ろしさ、権力におもねるあさましさは宮廷人であるキャリドアが最もよく知っている。宮廷人であり礼節の騎士であるキャリドアの矛盾と弱点は、本人ではなく詩人によって明らかにされる。キャリドアの自己省察はどのようになされ、礼節の徳がどのように培われるのか。ここにパストラル・セッティングの意義がある。

　怪物により宮廷の荒廃が王国中に蔓延するなか、騎士は怪物の所在も掴めない。神出鬼没の怪物をようやく見つけ追ってきたにもかかわらず、パストラルで途切れてしまう。彼がこれまでのように闇雲に怪物を追っても、宮廷での栄光を求めている限り、実はその力に負けている。これでは探求成就は不可能である。詩人が現実逃避である彼の職務放棄に理解を示すことで、このままでは礼節の騎士でさえ怪物とは戦えないという王国の危機が浮き彫りにされる。こうしてパストラルの反宮廷の意味が明確になる。ここからキャリドアの礼節の力が試される。

　パストレラの育ての親である老羊飼いメリビー(Melibœ)とキャリドアとの対話からも彼の礼節の未熟さは明らかにされる。メリビーは、若い頃経験した宮廷の虚しい生活から、質素な羊飼いの生活がどれほどすばらしく心を満たすものであるかをキャリドアに語る(6.9.20-25)。騎士は老人の言葉に深く心を動かされながらも、羊飼いの娘パストレラの容姿に心を奪われている。しかしそれを隠すため、宮廷の虚しさを老人に訴える。しかし彼の宮廷批判とパストラル賞賛は、パストレラのそばにいたいがための口実である。その言葉は図らずも宮廷人たちが口にする「むなしい影」(6.9.27)そのものである。メリビーの家に逗留することが許されると、キャリドアは滞在費用の提供を申し出る。礼を尽くす丁寧な言動の中身は、金銭欲やお世辞という堕落した宮廷の慣習に従っている。キャリドアはまだ真の礼節に至らない。メリビーのパストラル礼

節に及ばない。

　キャリドアは，パストレラに宮廷風恋愛の形式で求愛するが拒絶される (6.9.35)。彼の礼節は新しい探求では通用しない。新しい探求を完遂し愛を手に入れるため，騎士は一介の羊飼いとなり，平等に共同体に参加し彼女に奉仕をする。W. A. オラムは，これは姿だけの変装にしかすぎず，騎士として彼は何ら変わらず決してパストラルの一員にはなっていないと言う。[7] しかし，変装は新たなアイデンティティを確立させるルネサンス的手法であり，キャリドアの「変装」は彼自身の変化の新たな装いである。パストラル・コミュニティの一員となることで，彼は宮廷を離れる。それは怪物に混乱させられた宮廷の影響力から離れることを意味する。パストラルは宮廷からはるか遠くにあり，最下層の羊飼いたちが暮らす世界である。彼は階層の頂点世界から最底辺へと身を落とし，命令違反まで犯している。しかしここからしか騎士キャリドアに対する礼節のモラル・レッスンは始まらない。

アシデイル山パストラル

　平地パストラルの奥深く，山の頂にもう一つのパストラルがある。アシデイル (Acidale) と呼ばれる山で，ギリシア神話のヴィーナス (Venus) が訪れ，グレイスたちが集いダンスをくりひろげる神話トポスである。アシデイルは，J. マニングによれば，ヴィーナスの侍女たちが水浴びをするアシダリアの泉に由来する。[8] A. C. ハミルトンの言う「山からの眺め」の意味，[9] ディクソンによるヴィーナスの宮廷，聖，純潔，一致，正義などがあげられる。[10] 村落共同体の羊飼いたちが集う平地パストラルとは別世界であり，高くそびえる森に周囲を取り囲まれ，その上空は木々の枝に覆われ，「閉ざされた園」である (6.10.7)。平地パストラルの奥に踏み込んだキャリドアが目にするのは，沢山の裸の乙女たちが舞うダンスの輪である (6.10.11)。コリン・クラウトがキャリドアに明らかにするように，彼女たちはみなヴィーナスに仕えるグレイスたちである (6.21.6)。

　輪の中央には3人のグレイスたちがいる。[11] コリンによれば，彼女たちの裸体は何も包み隠さないことを表している (6.10.24)。つまり，虚飾をはぎ取った姿であり，虚栄や欺瞞，策略といった現実の宮廷の悪しき力，反礼節に対する姿である。当時ヴィーナス像には裸体と着衣の2つがあり，それぞれ天上と地上

の形とされた。この裸体のグレイスたちのパストラルは天上の世界であり，反礼節の究極のアンチテーゼとなる。

　ダンスの輪の中心にいる3人グレイスは「喜びの娘(daughters of delight)」(6.10.15.1)と呼ばれ，美と愛と喜びを表す。ヴィーナスは自らの宮廷のあるシセロンより，グレイスたちと楽しむためにアシデイル山上に訪れる(6.10.9)。アシデイルのパストラルには，ヴィーナスの宮廷でも味わえない完全な喜びがある。3人グレイスは自ら選び出した羊飼いの娘を中心に置く。[12] 彼女はコリン・クラウトに笛を吹くように命じ，その笛の音でグレイスたちはみなおどる。彼女が中心となり，グレイスたちのダンスの輪が同心円上に幾重にも重なり合う。これがアシデイル山パストラルの調和と平安である。[13] 女神でもなく，羊飼いでありながらこの娘がこの調和の中心に置かれるのはなぜか。

　その答えは第4巻のヴィーナスの社にある。騎士スカダムア(Scudamour)は，美女アモレット(Amoret)を得るためにこの社にやってくる。彼は色鮮やかに描かれたキューピッドの盾を持っている(3.11.7)。ここからわかるように，彼を動かしているのはエロスの力である。社の最奥まで来ると，彼は女神の像の前に6人の乙女がアモレットを中心に輪になっているのを見る(4.10.48-51)。その6人はヴィーナスの侍女であり，「女らしさ(Womanhood)」を筆頭に「恥じらい(Shamefastnesse)」，「快活(Chereful-nesse)」，「沈黙(Silence)と服従(Obedience)」，そして「礼節(Courtesy)」と「慎み(Modestie)」である。「礼節」の向かい側に座るのが「慎み」である。この2つは対になり，お互いに一つの力として働きあうことがわかる。6人の侍女たちは，それぞれ女神の徳を顕す。これは3人グレイスたちがアシデイル山パストラルにおけるヴィーナスの侍女であることに対応する。注目すべきは，このなかに「礼節」がいることである。この礼節のモチーフは，パストラルにおいて共同体の愛の調和のテーマへと昇華していく。

　アモレットは侍女たちの長である「女らしさ」の膝に抱かれている。「女らしさ」すなわち "Womanfood", 女性そのものという存在である。ヴィーナスによってアドーニスの園で育てられたアモレットは，巫女の表す6つの徳全てを兼ね備えた女性そのものの存在である。彼女の愛を完全に得ようとする男性は，これらの徳を理解することが必要とされる。しかし礼節も慎みも持たないスカダムアは，エロスの衝動に突き動かされるまま盾をかざし，力ずくでアモレットを連れ去る(4.10.55-58)。彼女は自らの意志でスカダムアの愛に応えない。男女の愛の交歓こそがスカダムアの言う本来のヴィーナスへの奉仕(4.10.54)だとし

ても，女神の神殿内でヴィーナスへの奉仕は実現しないままである。
　一方，コリン・クラウトの笛の音は恋人を喜ばせるだけでなく，アシデイル山パストラル全体の調和を実現させている。彼は自分の歌を次のようにうたう。

> この世の太陽，天界の偉大な栄光，
> 　全世界をその光で照らし給うお方よ，
> 　偉大なグロリアーナ，最も偉大な帝王よ，
> 　許し給え，あなた様の羊飼いが一生かけて
> 　あなた様のことを歌った多くの歌の中に，
> 　あなた様の貧い侍女の短い歌を作り，
> 　あなた様の足下にその賛歌を置くことを。
> 　あなた様の栄光が遠い将来に伝えられる時，
> 　侍女についても，これだけのことが伝わるようにと。　　　　(6.10.28)

　コリンは全人生を通して女王グロリアーナ賛歌をうたってきたことを明らかにする。彼はこれらの女王賛歌のなかに，中心グレイスを賛美する歌を入れるように願う。それは「小さな (minim) 歌」(6.10.28.6) と，あえてごくつまらないものという彼の慎み深さがこめられている。コリンが愛を得ることができるのは，彼が愛のなかにあるこの慎みを持っているからである。スカダムアは6人の侍女たちの一人「慎み」に教えられながらそれを実行できなかった。ここに2人の愛の成就に決定的な違いがある。パストラルは宮廷より遠く，また羊飼いの身分は低いが，宮廷人が持っていない慎みがコリンにはある。こうして2人の至福は「喜びの娘たち」である3人グレイスの中心に相応しいと見なされる。
　コリンは自分の歌は拙いと謙遜しながら，グロリアーナの栄光とともに時代を超え読みつがれる価値があることを確信している。彼が女王への歌を中断し恋人への奉仕をしたことは，女王の詩人として職務放棄をしているようにみえる。これはキャリドアと同様である。しかしコリンは，その歌を女王の足下に捧げることで女王に礼節を尽くす。彼女を称えた歌は彼の全精力を傾けたものであり，女王に捧げるに何ら遜色のないものである。しかし，恋人は女王の侍女 (6.10.28.6) にすぎない。中心グレイスを女王の侍女とし，アシデイルに調和をもたらす歌を拙いものと謙遜し，女王に捧げる許しを請う。これはコリンによる女王への最大の賛辞であり奉仕である。恋人への奉仕はそのまま女王への奉仕に繋がるのである。女王の賛歌と恋人への歌は一体となり礼節が実現される。

そして彼の歌は後世まで詠み伝えられるものとなる。これは第6巻最終連における詩人の自分の詩作への悲痛な願いと重なり合う(6.12.41)。

キャリドアはコリン・クラウトの慎みのなかに自分が実現すべき礼節を学ぶ。恋人への奉仕と愛の実現を通してしか礼節の力はもたらされないのである。このレッスンの後，騎士は平地パストラルに帰る。パストレラが森で虎に襲われたとき，逃げ出したコリドンとは異なり，彼は命の危険を顧みず素手で虎を退治する。彼は虎の首をはね，パストレラの足下に差し出す(6.10.36)。[14] 女王の足下に自分の歌を置くコリンと，恋人の足下に虎の首を捧げるキャリドアは，奉仕という礼節において重なる。羊飼いコリン・クラウトにとっては歌，騎士キャリドアにとっては剣による奉仕である。このことは彼が礼節の騎士になったことを意味する。

この虎退治の後，パストレラは騎士を愛するようになる。しかし，彼は宮廷風恋愛のルールにのっとり，そのことを人の目から隠す(6.10.37)。以前，騎士の宮廷風の求愛を拒絶したパストレラが，それを受け入れる。彼女が変化したのではなく，コリン・クラウトと恋人との間にある礼節の姿を見たキャリドアの礼節が質的変化を遂げたからである。パストレラの愛は，礼節の騎士としてより成長したキャリドアを自ら進んで無条件に受け入れる。こうしてパストラルの調和がキャリドアとパストレラの愛となって実現する。

礼節の勝利

平地パストラルは騎士不在の間に盗賊たちの襲撃をうけ破壊される。[15] ブレイタント・ビーストを寄せつけないはずの世界もまた，暴力から自由ではない。ハドフィールドは，パストラルが破壊されたことでようやくキャリドアが行動を起こし，怪物追跡に戻っていくと言う。[16] 破壊は行動のきっかけであり，破壊以前にまず行動するエネルギーがキャリドアになければならない。これを行動に起こすのは，彼が2つのパストラルで暴力，無秩序に対する調和と平安の徳を学んだからである。

アシデイル山パストラルは，騎士がグレイスたちを見ようと身を乗り出した瞬間に消える。しかし，中心グレイスに応えてコリン・クラウトが笛を吹けば再び現れる世界である。ここがキャリドアでさえ入り込むことができないほど他を寄せつけず閉ざされているのは，パストラル秩序の原理であるヴィーナス

の場,古代神話トポスによる。ヴィーナスの力を実現するグレイスのパストラルである。コリンがここにいるのは,笛によってグレイスたちのダンスの輪を実現しているからである。礼節の根元に愛の神秘がある。

　盗賊に捕らえられたメリビー,コリドンそしてパストレラたちは監禁され,奴隷商人に売られることになる(6.10.40)。平地パストラルは暴力と金銭欲の渦巻く現実世界にさらされている。コリドンは生命を惜しみ,みなが殺されるなか自分だけ逃げだす。しかしキャリドアは,みなの窮状を知ると,盗賊のもとへと乗り込んでいく。キャリドアは騎士の鎧のうえに羊飼いの身なりをし,隠れ家に忍び込む(6.11.36)。[17] 盗賊との戦いのなかで,最初は羊飼いの杖を手にしているだけである。戦い始めるとみすぼらしい剣を用い(6.11.42),最後はさらに質の良い剣を手に入れて闘う(6.11.47)。騎士は騎士の力を象徴する武器を徐々に強いものに変えていく。[18] それと共にキャリドアの力が高められ,剣によって自分を礼節の騎士と立証する。

　略奪されていたものは全て騎士によって本来あるべきところに戻されることになる。メリビーから略奪された羊はコリドンに与えられ,彼はもとの住まいに帰っていく。羊飼いたちも羊も無事に戻り,平地パストラルが復活される。礼節は暴力に勝利する力である。平地パストラルの調和の価値は,キャリドアにパストラル防衛の力を与えたのである。

　しかしパストレラはパストラルには戻らない。彼女はベルガードの城のベラモア卿の子として生まれたが,事情により森に捨てられメリビーに拾われて育てられていた。キャリドアが彼女を実の両親に戻すことにより,彼女が所属すべき本来の血統の場に帰ることが王国秩序である。

　A. フォガティは,パストレラが城に戻った後も貴族の娘としての名前がないことを指摘する。[19] 『妖精の女王』では,作品中の登場人物はその人そのままを示す。パストレラの名前が変わらないのは,城に帰った後も,彼女は宮廷においてもパストラルの礼節の人だからである。パストラルにあって羊飼いの娘として礼節を体現していたその人である。城主の血統とパストラル人との複合体である。これはアシデイル山パストラルの中心グレイスが羊飼いの娘でありつつ,またヴィーナスの侍女であるグレイスの複合体であるのと同じである。キャリドアもまたパストラルでは騎士と羊飼いの複合体であり,コリン・クラウトも羊飼いと女王グロリアーナに仕える詩人の複合体である。

　主要人物のこの複合性は,キャリドアとコリンが仕える王国の女王グロリアーナも例外ではない。ベルフィービー(Belphœbe),アモレット,ブリトマート

（Britomart）と重ねて読まなければ，その全体像が理解できない。グロリアーナの祖先はアドーニスの園のフェイ（Fay）である（2.10.71）。妖精の王国はグロリアーナを通して天上のヴィーナスの神話世界に続いている。指摘すべきことは，ヴィーナスは『妖精の女王』第1巻の序歌で召喚され（1.序.3.6），全巻にわたって登場し，この場において完結することである。グロリアーナとヴィーナスの系が，王国とアシデイル山パストラルの構造と重なっている。このパストラルのふもとにあって支えているのが平地パストラルである。登場する主要人物たちの複合性は，全宇宙統治者であるヴィーナスにつながっている。

---

[1] 本論の「パストラル」は，*OED*, B. I. 3. b の "a pastoral picture or scene in art" を採用する。

[2] 本論ではパストラル構造をはっきりさせるため，第9篇で先に出てくるパストラルを「平地パストラル」とし，第10篇の後のものを「アシデイル山パストラル」とする。

[3] Michael F. N. Dixon, *The Polliticke Courtier: Spenser's "the Faerie Queene" as a Rhetoric of Justice*（Montreal:McGill-Queen's UP, 1996）176.

[4] 使用テキストは A. C. Hamilton, Hiroshi Yamashita, and Toshiyuki Suzuki, eds., *Spenser: The Faerie Queene*（Harlow: Longman-Pearson Education, 2001），翻訳は和田勇一・福田昇八訳『妖精の女王』（ちくま文庫，2005）による。

[5] ブレイタント・ビーストはパストラルにはいないが，それを追ってきたキャリドアがパストラルに入り込むことにより，金銭問題や嫉妬を持ち込むことで，今までなかった反礼節の力がパストラルに入り込んでしまう。しかしメリビーが金銭によるパストラル堕落を防ぎ，嫉妬に関してもキャリドア自身が共同体の和が壊されることを防ぐ。Margaret P. Hannay, "'My Sheep are Thoughts': Self Reflexive Pastoral in *The Faerie Queene*, Book VI and the *New Arcadia*" *Spenser Studies* IX (1991): 151 参照。

[6] Richard A. McCabe, *Spenser's Monstrous Regiment: Elizabethan Ireland and the Poetics of Difference*（Oxford: Oxford UP, 2002）233では，この連は詩人がキャリドアの行動に共感し，決して船出しない船のイメージを用いることで植民地と詩作のフラストレーションを融合しているとされる。

[7] William A. Oram, *Edmund Spenser*（New York: Twayne, 1997）257.

[8] John Manning, "Venus," *The Spenser Encyclopedia,* ed., A. C. Hamilton（Toronto: U of Tronto P, 1990）708.

[9] Hamilton, et al., *Spenser: The Faerie Queene* 668.
[10] Dixon 170.
[11] 伝統的に3人のグレイスたちにはそれぞれ名があるが，本論ではテキストで後に出てくる中心の4番目のグレイスに対して「3人グレイス」とする。
[12] ダンスの輪の真ん中にいるコリン・クラウトの恋人の名前は明らかではない。『羊飼の暦』のロザリンド(Rosalind)ともとれるが，本論ではテキストに従い，彼女を「中心グレイス」とする。
[13] Murphyは，コリン・クラウトの詩のインスピレーションは宮廷では得られず，グレイスのダンスのなかにその源泉があるとする。Andrew Murphy, *But the Irish Sea Betwixt Us: Ireland, Colonialism, & Renaissance Literature* (Lexington: UP of Kentucky: 1999) 92.
[14] 羊飼いとして過ごしている彼は最初武器を持たず素手で戦うが，騎士としての力を発揮する時に，どこからともなく剣を手にして虎の首をはねる。この短い戦いのなかで羊飼いから騎士への変化が見て取れる。
[15] Andrew Hadfield, "*The Faerie Queene*, Books IV-VII," *The Cambrige Companion to Spenser*, ed. Andrew Hadfield, (Cambridge: Cambridge UP, 2001) 135では，パストラルの破壊はキャリドアの責任であるとされている。
[16] Andrew Hadfield, *Edmund Spenser's Irish Experience: Wild Fruit and Salvage Soyl* (Oxford: Oxford UP, 1997) 183.
[17] 羊飼いの身なりをしてパストラルにいるはずのキャリドアが，わざわざここで羊飼いに変装すると言われるのは，アシデイルから帰ってきた後，彼が騎士としてのアイデンティティを取り戻していたため，改めて羊飼いという「変装」が必要だからである。
[18] Douglas A. Northrop, "The Uncertainty of Courtesy in Book VI of *The Faerie Queene*," *Spenser Studies* XIV (2000): 225.
[19] Anne Forgaty, "The Colonization of Language: Narrative Strategy in *A View of the Present State of Ireland and The Faerie Queene*, Book VI," *Spenser and Ireland,* ed. Patricia Coughlan (Cork: Cork UP, 1989) 102.

『妖精の女王』におけるエリザベス女王への献辞

鈴木 紀之

　新ロングマン版『妖精の女王』の26-7ページに写真版で掲載されているように，その第1-3巻初版(1590)と第2版(1596)のタイトルページ裏には，エリザベス女王への献辞がある。それをここに縮小して示す。

TO THE MOST MIGH-
TIE AND MAGNIFI-
CENT EMPRESSE ELI-
ZABETH, BY THE
GRACE OF GOD QVEENE
OF ENGLAND, FRANCE
AND IRELAND DE-
FENDER OF THE FAITH
&c.

Her most humble

Seruant:

Ed. Spenser.

1590年版の献辞

TO
THE MOST HIGH,
MIGHTIE
And
MAGNIFICENT
EMPRESSE RENOV-
MED FOR PIETIE, VER-
TVE, AND ALL GRATIOVS
GOVERNMENT ELIZABETH BY
THE GRACE OF GOD QVEENE
OF ENGLAND FRAVNCE AND
IRELAND AND OF VIRGI-
NIA, DEFENDOVR OF THE
FAITH, &c. HER MOST
HVMBLE SERVAVNT
EDMVND SPENSER
DOTH IN ALL HV-
MILITIE DEDI-
CATE, PRE-
SENT
AND CONSECRATE THESE
HIS LABOVRS TO LIVE
VVITH THE ETERNI-
TIE OF HER
FAME.

1596年版の献辞

一見して，その際立った違いに興味を引かれる。1590年版のページには何の飾りもなく，そっけないくらいに単純素朴であるのに対して，1596年版は上部に装飾模様(ヘッドピース)を置き，活字を壺型に配置して，バランスよくページ全体を覆っている。さらには，文言も増えて一層恭しい表現になっている。新ロングマン版の編者ハミルトンは，1596年の献辞について次のような注をつけている。

> 行末を揃えた8行から壺形の行に変えた1596年版の献辞の拡張は，スペンサーが女王をますます偉大なものとし，彼女の臣下である彼自身をも偉大なものとしていることを示している。「至高の」("most high")という語句は，『聖書』，特に「詩篇」では神を指す一般的な用語である(例:「詩篇」第7章17節)。……ヘンリー8世は1541年にアイルランド王の称号をも名乗ることにした。1585年にエリザベスは当時発見されたばかりのフロリダ北部の土地を，彼女に因んでヴァージニアと命名することを許した。[1]

また，A.C.ジャドソンは，1590年版の献辞について「この本全体が，ある意味で女王の美徳と威光の礼賛なのだから，長ったらしい文言は必要なかった」と述べている。[2] 果たしてそうだったのだろうか。ジャドソンの解釈に従えば，1596年の第2部(第4-6巻)では女王礼賛がいっそう進んでいるから，献辞の文言を拡充することもページのデザインを洗練させることも必要なかったということになる。他方で，エリザベス朝の献辞と序文のアンソロジーを編んだクララ・ゲバートは，「著作者たちの[パトロンへの]巧みなお世辞の技術の競争，つまり誇張した賛辞を互いに競い合う努力は1590年から1600年の10年間にその絶頂に達した」と述べている。[3] スペンサーは，6年後にその時流に乗って，エリザベスへの献辞を洗練させたのだろうか。それとも，2種類の献辞の差異は，1590年のジョン・ウルフと1596年のリチャード・フィールドの印刷所による違いなのだろうか。そもそも，スペンサーは献辞の印刷にどの程度関わったのだろうか。 本稿はこのような疑問を幾分なりとも解明する手がかりを得るために，『妖精の女王』以外の書物につけられたエリザベス女王への献辞を概観した上で，改めて献辞の文言の意味を吟味するものである。

『妖精の女王』におけるエリザベス女王への献辞

エリザベスへの献辞つき印刷物

　F. B. ウィリアムズ, Jr. は, 1936年から第2次大戦時を挟み, 4半世紀にわたって29,800点, 37,000冊以上のイギリスの初期の印刷物を検分し, 献辞 (書簡体および賞賛詩を含む) のつけられた印刷物をSTC番号で分類整理した索引を完成させた。[4] その中で彼はエリザベス女王への献辞または賞賛詩のある印刷物として, 彼女の即位の翌年1559年から没年の前年1602年まで (そして没後のものも含めて) 200点余りを挙げている。STCでそのタイトルを見ると, 聖書や説教を含む宗教関係および歴史, 政治, 関係の書物や学術書が圧倒的に多いが, その他に古典の翻訳, 詩, 散文などの文学書から, 地図, 鷹狩り, 健康法, 薬草学, 速記教本などの実用書に至るまで多岐にわたっている。ウィリアムズによれば, 学術書やラテン語または英訳の古典文学や宗教的, 政治的論争に関わる重要な書物の他にも, 比較的「軽い」文学やパンフレットや実用書の類にも献辞をつける習慣が一挙に広まったのは, エリザベスの時代になってからである。[5] ちなみに, 彼女への献辞のある書物のリストの中に戯曲作品はない。アンソニー・マンデイ, ジョージ・ピール, ジョン・マーストンといった劇作家の名前はあるが, 彼らが女王へ宛てた献辞は詩作品あるいは散文につけられたものである。

　本稿は, 『妖精の女王』が出版された1590年代を中心に選んだ約50点の印刷物の献辞のレイアウトと文言を, 主としてUMIのマイクロフィルムで点検した結果に基づいている。ウィリアムズの索引が挙げるエリザベスへの献辞をつけた書物の4分の1程度ではあるが, およその傾向を把握するには十分であろう。点検した本のリストは紙幅の関係もあり, 煩瑣にもなるので割愛するが, 選択の基準はイギリスの著作家の英語による書物を中心とし, 同一著者, 同一出版者または同一印刷者のものを含めた。特に, 印刷所の関与を探るためにジョン・ウルフにより印刷された7点とリチャード・フィールドによる13点はすべて含めた。

献辞の類型とエリザベスの称号

　女王への献辞は, そのデザインやスタイルにより概ね4種類に大別できる。第一は, 『妖精の女王』の場合のように, 女王への賛辞と称号を連ね,「忠実なる臣

下誰々」と献呈者の名前あるいはそのイニシャルで締めくくるだけのものである。第二は，女王への呼びかけの後に献呈者の書簡が続くものである。中にはこれが数ページにわたり，ちょうど『妖精の女王』のローリへの手紙のように著作の意図を述べる序文の役割を果たしているものもある。第三は，純然たる献辞ではなく，女王礼賛の賞賛詩である。厳密には両者を区別すべきであろうが，本稿では便宜上，変種として献辞に含めて扱う。第四は，王室の紋章をページの上部あるいは全面に置き，女王の栄光を讃えたり祈ったりするラテン語または英語の短い散文を載せているものである。これらの4種を，ここでは仮にそれぞれ「単純型」，「書簡型」，「賞賛詩型」，「紋章型」と呼ぶこととし，以下に例示しながらそれぞれの特徴について述べることにする。なお，「書簡型」，「賞賛詩型」，「紋章型」には，典型的なものの他に相互に重複した混合種も少なくない。

　単純型や紋章型はタイトルページ裏（ヴァーソ）に印刷されているのが一般的である。これに対して，書簡型および賞賛詩型は通常タイトルページの次の表ページ（レクト）から始まる。文言上の主な違いは，単純型が女王への賛辞と称号が丁寧であるのに対し，宗教書や学術書の場合を除いて，書簡型はどちらかといえばそれが短く簡素なことである。また，「賞賛詩型」，「紋章型」には，女王への宛書は省略されていることもある。1590年の『妖精の女王』を単純型の例として，その他の種類のものと比較してみよう。[6]

　　（1）単純型：TO THE MOST MIGH- / TIE AND MAGNIFI- / CENT EMPRESSE ELI- / ZABETH, BY THE / GRACE OF GOD QVEENE / OF ENGLAND, FRANCE / AND IRELAND DE- / FENDER OF THE FAITH / &c. // Her most humble // Seruant: // Ed. Spenser.　　　　　　　　（『妖精の女王』1590）

　　（2）書簡型：To the Queenes most excellent / Maiestie. // [書簡] // Your Maiesties humble / Seruaunt, // Thomas Churchyard.
　　　　　　　　　　　　　（トマス・チャーチヤード『楽しい奇想』1593）

このタイプが常にこのように簡潔であるというわけではない。次のような例もある。

　　[ヘッドピース] /TO THE MOST / famous christian Queene / Elizabeth, by Gods especiall / fauor, Queene of England, France / and Ireland, defender of / Gods eternall / truth. // [書簡] // Your Maiesties most hap- / pie subject in seeing your gra- / cious

dayes, whose ende God / grant I neuer see. // Iohn Norden. // [意匠]
(ジョン・ノーデン『信仰の進歩』1590)

単純型と比べてもほとんど遜色のない丁寧さは，ノーデンのこの書が宗教という重大な問題を論じていることと関係しているのかもしれない。[7] いずれにしろ，宛書の文言には女王の宗教的側面が強調されている。彼は1596年にも同種の著書『キリスト教徒の身近な慰め』にエリザベスへの献呈書簡をつけているが，宛書の文言は多少長くなっている。

(3) 賞賛詩型：To the rIght renoVVneD / VertVoVs Virgin ELIzabeth, VVor- / thy QVeene of happIe EngLanD, her hIghnesse / faIthfVL subIeCt, Henry Lok, VVisheth / Long Lyfe, VVIth eternal bLisse. / IVne. VII. // [賞賛詩]
(ヘンリー・ロック『200のソネットによる様々なキリスト教徒の情熱』1593)

この例はリチャード・フィールドの印刷によるものである。同じフィールドの印刷による次の例は，ずっと簡潔で女王の称号にも触れていない。

[ヘッドピース] // TO MY MOST GRACIOVS / dread Soueraigne. // [賞賛詩] // Her Maiesties least and / Vnworthiest Subiect, // John Davies.
(ジョン・デイヴィズ『汝自身を知れ』1599)

(4) 紋章型：[装飾つき王室紋章] // [ラテン語章句]「征服者ゴール人は征服されざるアングルの獅子たちに繁栄を委ね，獅子自身の権威から戦いの法が栄えた。おお，そのように，おお，常にエリザベスが勝利をもたらさんことを。名だたるゴール人から女王自身の繁栄を。」
(ジョージ・ピール『別れ』1589)

王室の紋章の版画は，「それを悪く思う者に不名誉あれ」(*HONI SOIT QUI MAL Y PENSE*)というフランス語のモットー入りのガーターに取り巻かれた紋章の上に羽飾りつきヘルメット，左右に立ち上がったライオンとドラゴン，下部にはエリザベスのモットー，「常に同じ」(*SEMPER EADEM*)を配して装飾性に富んでいる。同年に著者のピールは同じくジョン・チャールウッド印刷所から詩集『ガー

ター勲章の誉れ』を出版しているが，これとまったく同じ版画と文言が使われている。

この他に，ジョージ・ウェットストーンズの『イングランドの鑑』(1586) やチャールズ・ギボンの『戦争の合言葉』(1596)のように，女王への宛書を省いて，王室の紋章を掲げ，その下に *ELIZ(S)ABETHA REGINA* の文字を行頭に織り込んだ詩を載せている混合種もある。『イングランドの鑑』やノーデンの『群集の鑑』(1586)にはさらに，詩に続いて丁寧な宛書で始まる書簡があるが，これらの例は，書簡型，賞賛詩型，紋章型の混合種と言える。

以上を概観してわかるのは，範疇を問わず多くの場合，装飾にはエリザベスの紋章や肖像のように手の込んだものから簡単な装飾模様のヘッドピースまでさまざまな意匠が凝らしてあることである。もっとも，その飾りはたいていの場合，特注したものではなく印刷所に既存のものを利用しており，装飾に関しては印刷所に任せられていたと推測できる。1590年の『妖精の女王』に装飾がまったくないのは特異な部類に属するが，それが印刷者ジョン・ウルフの特性と考えることはできない。たとえば『タッソのラテン語詩句 第1集』(1584)，『くたばれスペイン人』(1592)，『キリスト教の勝利』(1593)など彼の印刷所から出版された他の本の書簡型献辞には，ほとんどすべてにそうした装飾が見られるからである。むしろ，『妖精の女王』の献辞にまったく装飾が施されていないのが不思議である。装飾は印刷所によるものだとして，献辞の文言そのものは著者自身の筆によるものだろうか。著者ではなく印刷者や出版者が女王への献辞をつけている場合もあるので，著者が印刷所任せにしたこともまったくありえないわけではない。しかし，同じ印刷所で印刷された献辞にも多様な差異があり，わずかながら著作者の個性や書物の特性が窺われることから，そのようなケースは極めて稀だったと思われる。

『妖精の女王』の献辞の文言の中のエリザベスの称号について検討してみよう。アンドリュー・ハドフィールドは，1596年の献辞に「イングランド，フランス，アイルランド，ヴァージニアの女王にして……」とあるのに言及して，スペンサーは王国と植民地という単純な区別をしていなかったと言っている。[8] また，ジェフリー・ナップが指摘するように，現実にはイングランド以外のフランス，アイルランドは，(そしてヴァージニアも) エリザベスがまったくあるいはほとんど支配しきれなかった国であり，これらを含めた帝国とは，「どこにも存在しない帝国」であったと言うことができる。[9] 確かに，前女王メアリの対仏戦争でフランスにおける拠点であったカレーはエリザベス即位前に既に失われており，ア

イルランドではオールド・イングリッシュあるいはアングロ・アイリッシュと呼ばれる有力貴族の反乱にエリザベスの政府は悩まされていた。ヴァージニアにいたっては,命名の翌年には植民地の拠点が消滅し,再興計画の途上にあった。しかし,ここで問題にしたいのは歴史的事実ではなくて,スペンサーがエリザベスの称号にどのような意味を込めていたかということである。まずは,それを彼以外の著作者の献辞から探ってみよう。以下の2つの例は,ケンブリッジ大学のフェローにして彼の友人,ゲイブリエル・ハーヴェイによる女王のケンブリッジ行幸祝賀詩集(賞賛詩型)と彼の出身校マーチャント・テイラーズ・スクールの校長,リチャード・マルカスターによる青少年教育論(書簡型)につけられたものである。宛書だけを引用する。

AD MAGNIFICEN- / tissimam, augustissimamque Princi- / pem, ELIZABETAM, Angliae, Franciae, Hi- / berniaeq; Reginam longe serenissi- / mam atque optatissimam.
「いと壮大にして神聖なる帝王,いと静穏にして願わしき,イングランド,フランス,アイルランドの女王,エリザベスへ」
　　　　　　　　　　(ハーヴェイ『グラチュラティオネス・ヴァルディネンセス』1578)

TO THE MOST VERTV- / OVS LADIE, HIS MOST DEARE, AND / soueraine princesse, Elizabeth by the / grace of God Queene of England, / Fraunce, and Ireland, defen- / dresse of the faith &c.
　　　　　　　　　　(マルカスター『未発達状態を分析する位置』1581)

　称号は英語でもラテン語でも,「イングランド,フランス,アイルランドの女王」と,この順序で記されている。これは献辞に共通の慣習というよりもヘンリー8世から,エドワード6世そして前女王メアリを経て引き継がれた,エリザベスの正式称号である。「信仰の守護者」も同様であり,彼女が発布する布告や勅許状などの公文書にも同じ文言が用いられた。献辞の他の部分の文言に差異があっても,この部分に関しては一様であり,エリザベスの称号として著作家や出版印刷業者の間に普及し,定着していたことを示している。少なくとも1590年の献辞に関する限り,スペンサーはフランスやアイルランドの支配に特に思いを込めたわけではなく,単に既存の定型に従って女王の称号を並べたに過ぎないと言える。

鈴木紀之

「帝国」と「女帝」の意味

　それでは、『妖精の女王』の1590年版と1596年版の両方の献辞に共通して見られる「女帝」という呼称はどうであろうか。筆者が点検した範囲では、"queen"、"princess"、"sovereign"、"majesty"、"monarch"、"lady"が一般的であり、"empress"という語が宛書に用いられている献辞は『妖精の女王』以外には見あたらない。また、書簡型献辞の場合、宛書に続く書簡の中で時折挿入される女王への呼びかけにもこの語は使われていない。ただ、時代を少し下って、上掲のジョン・デイヴィズの『汝自身を知れ』につけられた賞賛詩中に一度使われているだけである。もちろん、これだけでは「女帝」という称号の採用をスペンサーの独自性や先進性と結論づけることはできないが、献辞の文化の中で流布していた一般的な呼称の慣習から離れていることは注目に値するだろう。"empress"という語に彼が何か特別の意味を込めていたのか、それとも単に"queen"、"princess"、"sovereign"などの類語の中の一つの選択に過ぎず、それ以上の意味はなかったのか。この疑問に答えるために、献辞というパラテクストの中の「女帝」の意味を、作品本体のテクストの中の用例から探ってみる。その前に、女帝が統治する「帝国」(empire)の意味について検討しておこう。

　OEDでチューダー朝の"empire"の意味を探ってみると、語源的にはローマの「インペリウム」にさかのぼる。そして、「皇帝の支配下にある広大な領土(特に多くの民族国家の集合体)」という現在一般的な定義と「君主が他の大国に従属していない国」という定義が併記されている。つまり、地理的に離れた複数の民族国家を併合している帝国と、国として主権を持ち、自立しているという意味での帝国である。ここで注目したいのは後者の定義であるが、その用例としては、1533年の上告禁止法の文言「このイングランドの王国は帝国である。」が挙げられている。1533年の時点で、イングランド(もちろんウェイルズが含まれる)がそれ自体で既に「帝国」であるという意識があったことを示している。アンソニー・パグデンもOEDの定義とほぼ同様に、チューダー朝の"empire"の語義として、1)自立して一定の領土の支配権を有する国家、2)世襲的専制君主の支配する王国、3)地理的に複数の地域に支配を拡大している王国(主としてキリスト教王国)の三種を挙げている。[10]

　スペンサーは、全詩作品の中で"empire"という語を17回使っていて、そのうち4回はローマ帝国への言及である。[11]『妖精の女王』では11回で、そのうち3回は、第2巻10篇のブリトン史で、「世襲的専制君主の支配する王国」という意

味で用いられている。また，5回は第7巻「無常編」でジョーヴの支配する天上の世界を指している。ローマ帝国およびジョーヴの世界の例を除けば，スペンサーは "empire" を「君主の支配する王国」という意味で使っている。しかし，"empire" 11回に対し，類語 "kingdom" 53回という使用頻度の圧倒的差異は，これらの語について一定の使い分けをしていることを示唆している。つまり，スペンサーにとって両者は完全な同義語ではなく，絶対的権力を持つ帝王の支配する王国が帝国なのである。類似のことが，"empress" と "queen" についても言える。『妖精の女王』の本文中で "empress" の使用頻度は "queen" の79回に対し，第5巻でグロリアーナを指す「この至高の女王，この強大な女帝」(That soveraine queene, that mightie Emperesse. 5.1.4.5) の1回のみである。[12] これは，グロリアーナが騎士に下す使命は作品中に遍在するものの，完成された6巻中で彼女自身は一度も読者の前に姿を現さないことにもよる。

　言うまでもなく，グロリアーナの歴史的寓意はエリザベスである。エリザベスを直接に指して "empress" が使われている例は，『瞑想詩集』(1591)中の「詩神の涙」の「神聖なイライザ，聖なる女帝」(Diuine Elisa, sacred Empresse!)と『アモレッティ』(1595)の「あのいとも聖なる女帝，わが陛下」(that most sacred Empresse, my dear dred,)であるが，1590年の『妖精の女王』では，エリザベスへの献辞とウォルター・ローリへの手紙とトマス・サックヴィルへの献呈ソネットといった本文以外の箇所でしか使われていない。そのローリへの手紙の中では，まず，エリザベスの人格を「いとも卓越し給い，栄光に輝き給う，わが女王陛下」と讃え，続いて彼女の公私二つの側面について「女王様は，一つには至高の女王・帝王 (a most royall Queene or Empresse) としてのご人格と，一つにはいとも徳高く美しい女性としての御人格との2つをお持ちである」と述べている。エリザベスを形容する原文の "the most excellent", "royal", "most virtuous" などの語句は，エリザベスへの献辞の中では常套句とも言えるほど他にもよく見られる。しかし，1590年の彼の献辞はこれらの語句を一つも用いず，"the most mighty and magnificent" と頭韻を踏む語句を，作品中にはあまり出現しない "empress" という語と結びつけている。つまり，上掲の語句はエリザベスの私的（人間的）側面に触れる語句を避け，君主という公的側面の資質を叙述する語を選んでいる。手紙の文中では「至高の女王・帝王」と，一見するとスペンサーは「女王」と「女帝」を同義語扱いしているようであるが，「女王の中でも特に君主らしい女王」が「女帝」であると考えていたと解釈できないだろうか。いずれにしろ，献辞という儀礼的賛辞の誇張法として "empress" の方が単なる

"queen"よりふさわしいと言えよう。

　献辞の「女帝」はスペンサー独自の用法であったかもしれないが，君主としての強大さと壮大さを強調する"mighty"と"magnificent"には先例がある。前者については，スペイン無敵艦隊撃破よりも前の1584年に出版されたアンソニー・マンデイの『イングランドへの合言葉』につけられた長めで丁寧な書簡型献辞は，"To the high, mightie, and right excellent Princesse, Elyzabeth, . . ." と始まっている。また，後者については，ラテン語の例ではあるが，先に引用したハーヴェイの献辞中に "Ad magnificentissimam, augustissimamque Principem, ELIZABETAM, . . ." とある。

　既に述べたように，1590年のスペンサーの献辞は1596年のものだけではなく他の著作者のものと比べても，デザイン，装飾，文言ともに極めて簡素である。それが彼の意図であったとは考え難いが，少なくとも彼が印刷者ウルフに詳細な指示を与えなかった可能性はある。文言もEMPRESSEという一語を除けば，ほとんど定型あるいは常套句に近いものであり，印刷所の裁量で組むことができる。また，ウルフの印刷所から出た本の献辞の先例を見ると，献辞ページに何ら飾りをつけなかったのも異例のようである。この部分の版組に少しの手間でも省かなければならないほど完成を急いだのだろうか。F. R. ジョンソンは，タイトルページ裏が空白で献辞が印刷されていない異本について報告している。[13] そのような本が現存するということは，表題のシートの裏側の印刷が始まった後で急遽献辞が組まれたか，あるいは何らかのミスで見落とされていて，途中から献辞ページのゲラが版枠に組み込まれたということになる。これが献辞の簡素さと関係があるのかどうか，その手がかりはこのシート部分の植字工分析や印刷工程の詳しい検証から得られるかもしれないが，それは本稿の範囲を超える別の問題である。

エリザベス・カルトと女王の神格化

　1596年のスペンサーの献辞の人目を引く大文字の活字を壺型にレイアウトした類例は，筆者が調べた範囲では見つからなかった。逆三角形または菱形で活字のフォントやサイズもまちまちな献辞が一般的のようである。このレイアウトが，詩人自身のアイデアなのかどうかは判断できないが，ここでは彼に特異とみなされている "TO THE MOST HIGH, MIGHTIE" について考えてみよう。ハミル

トンは，エリザベスの神格化を表す表現として "most high" に注をつけて，聖書における含意を示唆しているが，これをエリザベスへの賛辞に使ったのはスペンサーが初めてではない。1587年に出版されたバーナビー・リッチの『軍事教練への道』には次のような書簡型献辞がある。

> To the most High / and mighty Princesse Elizabeth, / by the grace of God Queene of / England, Fraunce and Ireland, de- / fendres of the Faith, &c.

また，1588年にはこれとほぼ同じ献辞をつけたティモシー・ブライトの『速記法』が出版されている。"To the most high and mighty" あるいは "To the most high, mighty and ..." の文言は，エドワード・ダンス著『スペイン国情に関する小論』（1590）やトマス・ノース訳『エパミノンダス，マケドニアのフィリップ，ディオニシウス兄，オクタヴィウス・カエサル・アウグストゥスの生涯』（1602）など，フィールドが印刷した本に見られるほか，フィレモン・ホランド訳『リヴィウスのローマ史』（1600）や，さらには『欽定訳聖書』（1611）のジェイムズ1世への献辞にもある。1590年代には，この文言は既に常套句の一つとなっていたようである。そうであるならば，スペンサーの1596年の献辞におけるエリザベスの神格化も彼個人の心酔や畏敬の念の深化と受け取るのではなく，献辞の慣習とその背景のエリザベス崇拝の風潮という文脈の中で捉え直すことが必要だろう。

いわゆるエリザベス・カルトは，1570年代からカトリックのマリア崇拝にとって代わるものとして出現した。[14] エリザベスを讃える詩歌のメタフォー，印刷地図の表紙の版画に君臨する女王の位置，肖像画の寓意的事物や背景，行列やパジェントの演出に見られる女王の偉大化や神格化は，エリザベス人気の自然な発展あるいは高揚の帰結というよりは，女王を強大にして聖なるものに仕立て上げるべく，創作者それぞれの思惑によって政治的，宗教的意図があらかじめ組み込まれていたのである。エリザベス礼賛の詩歌が手放しの賞賛や阿諛追従ではなく，そこには彼女を理想化することによる女王教化の意図や願望が秘められていたことは，度々指摘されていることである。献辞に現れる "the most high and mighty" や "sacred"，ラテン語では "potentissima" や "augustissima" などの語句にも，そうした意図や願望の片鱗が表れていると言えよう。

ゲバートはスペンサーの1596年の献辞を評して，「永遠なるみ名にあやからんことを希求いたしこの労作をあえて奉呈し」という表現は「毅然とした自立心と儀礼とを賢明に融合させた完璧な見本」になっていると述べている。[15] 確かに，

献辞の慣習に従って「いとも卑しきこのしもべ」として、謙虚に自分の作品の永遠性を女王の名声の永遠性に依存させているものの、その恭しい態度の中にも彼の自尊心あるいは自負心が感じられる。しかし、それだけではなく、この献辞にはもっと大胆なメッセージが込められているように思われる。それを裏づけるためには、作品本体にいったん目を転じなければならない。

エリザベス礼賛は『妖精の女王』の全巻にわたって散見されるが、彼女の神聖さを最も強調しているのは、第5巻の序歌の最後の第11スタンザである。

> 畏れ多い至高の女神よ、全能の神に代って
> 　裁きの椅子にいと高く座し給い、
> 堂々たるお力と驚くべきお知恵とをもって
> 民草(たみくさ)に正義の裁きを下し、
> 世界の果ての国々までも恐れ畏(かしこ)ませ給うお方よ、
> 称賛あまねきあなた様の偉大な正義という
> これほど神聖な物語を敢えて語る
> いとも卑しい僕(しもべ)の厚顔(こうがん)振(ぶ)りを許し給え。
> 　ここに見給え、その道具、あなた様のアーティガルを。　　　（5.序.11）

ここでは、エリザベスはベルフィービーやシンシアやアストリーアといった異教の女神による寓意を超えて、キリスト教の全能の神の代行者として裁きの座に着いている。そして「正義の物語」の巻にふさわしく、「堂々たるお力」、「驚くべきお知恵」、「正義の裁き」、「偉大な正義」と、君主が備えるべき資質を備えているとしている。しかし、序歌の文脈の中で考えると、これを詩人の純然たる礼賛とばかり見ることはできない。第1連で、正義は「他のすべてに勝る最も神聖な徳」(5.序.10.1)と、この巻のテーマを開示しながら、それに続く9つの連では昔の黄金時代から石の時代になった現在の世界は、人間が堕落し、社会秩序と道徳が乱れ、天体の運行さえ混乱していると嘆いている。神の代行として至高の女王が支配しているならば、そのような秩序の混乱は生じないはずである。現状の無秩序や悪弊や混乱を並べ立てた後で、唐突に女王礼賛で序歌を締めくくるのは、大いなる皮肉あるいは批判とも受け取れる。序歌で神格化され、賞賛されている女王は、現にあるがままの女王ではなく、あるべき女帝の姿なのである。

本巻で正義と秩序を回復する使命を遂行するのは、アーサーと正義の騎士アーティガルであるが、それぞれレスター伯とグレイ卿を指すその歴史アレゴリーに

よって現実に目が向けられると、理想とのギャップが覆い難く露呈してくる。特にアーティガルを巡るエピソードでそれが明らかになる。第一に、彼はアマゾンの女王ラディガンドに敗北し、女装させられて奴隷の身となるが、ラディガンドの暴政は、女性君主支配に対する一抹の疑念を示唆している。第二に、彼の断固たる正義のメッセージは、デュエッサ（メアリー・スチュアート）を裁くマーシラ（エリザベス）の慈悲心や逡巡と齟齬をきたしている。そして、第三に、アーティガルはアイリーナの国（アイルランド）を建て直さないままに、グロリアーナ（エリザベス）に呼び戻されて、醜悪な怪物ブレイタント・ビーストの中傷に悩まされる。このように、第5巻はエリザベスの統治や政策にまつわるいくつかの問題性を暗示し、オープン・エンディングとなっている。この巻の歴史アレゴリーには、その序歌の最後の連でのエリザベスの神格化にもかかわらず、全体としてエリザベス批判が散在している。

　アーティガルのエピソードに、エリザベスの君主としての公的な側面に対する批判が見られるのに対して、第3巻5篇と第4巻7篇でのベルフィービとアーサーの従者ティミアスのエピソードには、彼女の女性としての私的な側面に関するさらに微妙な批判が見られる。傷ついたアモレットを介抱するティミアスに対するベルフィービの怒りは、ローリの秘密の結婚についてのエリザベスの不興をほのめかしている。1592年6月に投獄されたローリは3ヵ月後には釈放されたが、ウォルター・オークショットによれば、その不興は1596年まで続いた。その時期は第2部が書かれていた頃と重なり、ティミアスの上述のエピソードには「ローリと女王との和解を支援する目的」があったとするオークショットの解釈にも首肯できる。[16]

スペンサーの献辞の意図

　エリザベスへの献辞を概観し、その称号や措辞の定型や常套と対比してみると、スペンサーの献辞が独自なのは「女帝」と、それに加えて1596年の「さらにヴァージニアの女王」という称号だけのようである。前者にスペンサーの込めた意味合いや他の献辞での使用頻度については既に述べたが、後者についてはヴァージニアの植民事業が始まった1585年からエリザベスの没年にいたるまでの時期の彼女への献辞に、この称号を付加した例は見あたらない。わずかながら未点検のものを残しているので、現時点では仮説に過ぎないが、スペンサーはあ

る意図をもって独自に献辞における称号の定型から敢えて逸脱したのではないかと思われる。スペンサーを現代的な意味で帝国主義者と呼んでいる何人かの文化唯物主義や新歴史主義の批評家にとっては，その意図とは明らかに植民地主義，領土拡大主義の称揚ということになるであろう。彼らのスペンサー像は，彼の詩に見られる女王礼賛，アイルランド植民地の行政官としての経歴，そして強硬な植民地政策の提言が見られる『アイルランドの現状に関する見解』に由来しているようであるし，彼の献辞はいかにもそれを裏書きしているかに見えるからである。[17] 確かに，表層のレベルではそのような解釈が妥当であると言えよう。しかし，植民地の拠点さえ失われ，名のみとなっていたヴァージニアの領土回復よりもアイルランドの方が彼にとって緊急の現実問題だったはずであり，国家的野心が「新世界」に向けられるのはアイルランドの行政官としては不利な状況を招くことも予測できたであろう。

　献辞の慣用では異例の「さらにヴァージニアの女王」という称号は，深層のレベルでは，ヴァージニアに最初に関わったパトロン的友人，「大海の羊飼い」ローリを想起させるものである。ヴァージニアへの言及は，その植民事業に失敗し，結婚問題で女王の寵愛も失ったローリに対するスペンサーのオマージュではなかっただろうか。そこには必然的にエリザベスに対する隠然たる批判も含まれる。それを不敬とされる危険をかわすために，1596年版の献辞は1590年版よりも格段に女王を高め，一層恭しい態度を示しているのではないかと思われる。

---

[1] A. C. Hamilton, Hiroshi Yamashita, and Toshiyuki Suzuki, eds., *Spenser:The Faerie Queene* (Harlow: Longman-Pearson Education, 2001).

[2] Alexander C. Judson, *The Life of Edmund Spenser* (Baltimore: Johns Hopkins P, 1945) 141.

[3] Clara Gebert, ed., *An Anthology of Elizabethan Dedications and Prefaces* (New York: Russell, 1966) 17.

[4] Franklin B. Williams, Jr, *Index of Dedications and Commendatory Verses in English Books before 1641* (London: The Bibliographical Society, 1962). なお，この索引が基づいている *STC* (*A Short Title Catalogue of Books Printed in England, Scotland, & Ireland and of English*

Books Printed Abroad 1475-1640）は，A. W. Pollard & G. R. Redgrave 編の初版（1926）である。
5 Williams x.
6 以下の献辞の引用については，原文の文言を検討の対象としているため，原則として日本語の訳はつけない。また，引用中の斜線は改行を示す。
7 *STC* は区別していないが，Leslie Stephen and Sidney Lee, eds., *The Dictionary of National Biography*（Oxford: Oxford UP, 1921-22）によれば，このジョン・ノーデンは同時代の有名な地誌学者，地図製作者とは別人である。
8 Andrew Hadfield, *Shakespeare, Spenser and the Matter of Britain*（Basingstoke: Palgrave, 2004）24.
9 Jeffrey Knapp, *An Empire Nowhere: England, America, and Literature from Utopia to Tempest*（Berkeley: U of California P, 1992）.
10 Anthony Pagden, *Lords of All the World: Ideologies of Empire in Spain, Britain and France, c.1500-c.1800*（New Haven: Yale UP, 1995）16-17; Andrew Gordon and Bernhard Klein, *Literature, Mapping and the Politics of Space in Early Modern Britain*（Cambridge: Cambridge UP, 2001）46 を参照。
11 語句の出現頻度は Charles Grosvenor Osgood, ed. *A Concordance to the Poems of Edmund Spenser*（Gloucester, Mass: Peter Smith, 1963）および Hiroshi Yamashita et al., eds., *A Comprehensive Concordance to The Faerie Queene 1590*（Tokyo: Kenyusha, 1990）による。
12 献辞，「ローリへの手紙」を含め，『妖精の女王』からの引用の日本語訳は，和田勇一・福田昇八訳『妖精の女王』（ちくま文庫，2005）による。
13 Francis R. Johnson, *A Critical Bibliography of the Works of Edmund Spenser Printed Before 1700*（Baltimore: Johns Hopkins P, 1933）15.
14 Robin Headlam Wells, *Spenser's Faerie Queene and the Cult of Elizabeth*（Londons: Croom Helm, 1983）14-21.
15 Gebert 18.
16 Walter Oakeshott, *The Queen and the Poet*（London: Faber, 1960）88-99.
17 『アイルランドの現状に関する見解』については，Jean R. Brink, "Constructing the *View of the Present State of Ireland*," *Spenser Studies* 11(1990): 203-28 に，実際にスペンサーが著者だったのかという疑念も出されている。Andrew Hadfield, "Certainties and Uncertainties: By Way of Response to Jean Brink," *Spenser Studies* XII (1998): 197-202 や Willy Maley, *Salvaging Spenser: Colonialism, Culture and Identity*（Ipswich: Ipswich Book, 1997）163-94 など，Brink に対する反論もあるが，それを裏づける歴史的資料はなく，状況的反証に留まっている。

女王賛歌としての献呈ソネット

リチャード・マクナマラ

　『妖精の女王』は1590年に最初の3巻が1冊本として刊行された。周知の通り，600頁ものこの大作はスペンサーが心血を注いだ作品である。当然ながら彼は，その出版に大きな関心を寄せていた。実際，ポンソンビー書店に原稿を渡して印刷が始まってからは，何度も印刷所に通い，自ら校正をしたのであった。この本の一言半句に至るまで自分の目で確かめ，印刷の隅々にまで細心の注意を払った。この詩が世間にどのように受け取られるかに重大な関心を抱き，多くの読者が得られるように願っていたのである。スペンサーはこの寓意叙事詩が決して分かり易い，普通の物語ではないことをよく知っていた。作者としては自分の作品のよりよい理解と読者層の拡大を図らねばならない。そのため巻末に，この詩の意図を説明する「ローリへの手紙」を載せた。さらにこの本を推薦する詩をローリやハーヴェイらに書いてもらって載せた。これが全部で7篇ある。さらにこの詩の庇護者になってもらいたい有力者宛にソネットを自分で書いて載せた。これが献呈ソネットである。スペンサーはこの叙事詩がエリザベス女王に捧げたものであることを，巻頭のタイトルページの裏に，9行にわたる献辞として大きな活字で明記している。その上さらに巻末に，最高位の大法官宛に始まり宮廷の美しい貴婦人方宛に至るソネットを載せた。この本が初めて世に出た時，この献呈ソネットの数は10であった。それがすぐに17に増やされた。本稿ではこの間の事情を検討し，長年，スペンサー学の謎となっていた問題に私の見解を示すことにしたい。そのためには初版本を見る必要があるが，ここでは山下浩氏所蔵の初版本CD-ROM[1]及び初版本による本文を収めたハミルトン新版（2001）[2]によって論を進める。

リチャード・マクナマラ

『妖精の女王』初版巻末の異同

　当時の書物は，発売部数の全部が同時に印刷製本されたものではない。予約注文分に見込み数を加えて印刷し，以後は売れ行きによって製本していたのである。『妖精の女王』の初版本には「第1発行」(first issue)と「第2発行」(second issue)があって巻末の献呈ソネットの部分が大きく異なっている。「第1発行」で献呈者の数が10であったものが，「第2発行」で17に増やされている。いずれも1頁に2つのソネットが印刷されている。「第1発行」では，次のように10篇のソネットが601頁(Pp6 recto)からの5頁に載っている。どの頁にもソネットが2つずつ印刷されていて，上のソネットは普通のローマン体の活字，下（下表の右側）は全文がイタリック体活字で印刷されている。このうち，4頁は男性宛，最後の頁だけが女性宛になっている。

601	Hatton	*Essex*
602	Oxford	*Northumberland*
603	Ormond	*Howard*
604	Grey	*Raleigh*
605	Carey	*Ladies in the Court*

　ここに挙げられた献呈者は，スペンサーが心から尊敬していた人たち，この詩を読んで自分の庇護者になってもらいたい恩人であった。冒頭のハットン卿は大法官で，女王の側近である。スペンサーは過日，ローリ卿に付き添われて宮殿に伺候し，女王の前でこの詩の数連を読み上げる機会を得たが，それはこの方のお蔭で実現したのであった。以下，詳しく述べる余裕はないが，8人の男性はみなスペンサーが何らかの関わりを持ち，特別の愛顧を受けた有力者である。最後の頁は女性で，ここでは唯ひとりエリザベス・ケアリーの名が出ている。この人はオールソープのスペンサー伯爵家令嬢で，同じ1590年出版の「蝶の運命」を捧げる人でもあり，スペンサーには特別な女性であった。最後のソネットを宮廷のすべての美しい貴婦人方宛としていることはスペンサーらしい感覚である。この詩の冒頭にはエリザベス女王への献辞があり，女王に仕える貴婦人たちが巻末に配置されている。スペンサーは左右対称の構造に特別な関心を抱いていたことはよく知られた事実であるが，この本自体が，女王という一人の女性への献辞で始まり，それを取り巻く美しい女性たちへの献辞で終っているのである。これはま

だ誰も指摘したことのない点であるが,献呈のソネット自体も女王賛歌として構成されているという証左になると思われる。

『妖精の女王』の「第1発行」発売直後,スペンサーに忠告した人があった。献呈ソネットに実質上の最高権力者であるバーリー卿の名前がないのはまずいのではないかというのである。スペンサーはこの忠告をすぐに取り入れてこの部分を大幅に作り変えた。バーリー卿だけでなく,新たに男性6人と女性1人を加え,全部で17にしたのである。この時スペンサーは印刷所にこう指示をしたはずである。男性宛のソネットを載せた601頁から604頁までの4頁(Pp6 recto - Pp7 verso)を破棄し,この場所に15のソネットを印刷した8頁(Qq1 recto - Qp4 verso)を入れること。その後に,「第1発行」最後の605頁(Pp8 recto)とPp8 versoの「正誤表」を置くこと。

この本の四折判(quarto)は,頁数が多いために,各折丁は2枚の全紙を用い,8葉,16頁からなっている。その「第2発行」に添付された折丁(Qq)は通常の全紙1枚,8頁分で,全部で16のソネットを載せる広さがある。それなのに,スペンサーはその最後の頁は上にペンブルック伯爵夫人宛のソネット1つだけを載せ,下は空きにした。これを頁ごとの組み合わせで示せば次のようになる。便宜上,順番に番号付きで示す。下線は追加ソネットであることを示し,イタリックは全体がイタリック体の活字で印刷されていることを示す。

1	Hutton	2	<u>Burghley</u>
3	Oxford	4	*Northumberland*
5	<u>Cumberland</u>	6	*Essex*
7	Ormond	8	*Howard*
9	<u>Hunsden</u>	10	Grey
11	<u>Buckhurst</u>	12	<u>Walsingham</u>
13	<u>Norris</u>	14	*Raleigh*
15	<u>Pembroke</u>		———
16	Carey	17	*Ladies*

この表で,3と4の頁及び7と8の頁はそのまま移したものである。追加されたソネット(下線で示したもの)は位置が頁の下になってもイタリックは使われていない。

製本では,スペンサーの指示は正しく守られなかった。その結果,この部分の

異同によって，次の3種類の初版本が存在することになった。

(1)「第1発行」
(2)「第2発行」
初刷りのカットすべき頁をそのままにしておき，正誤表の後に，新たに印刷した頁と605頁を付けた版。
(3)「第2発行」
同じく重複して製本され，605頁は元の場所にある版。
（山下版はこれである。）

実際には，「第1発行」の後に15のソネットだけを付けて製本したものが広く通用したようで，1611-17年刊行の二折判では，すべて最後の2つはカットされて，献呈ソネットは15しかない。[3]

空白は故シドニーへの陰膳か

献呈ソネットの15番目の下が空いている理由は何か。この点に焦点を絞って見れば，これは民間の陰膳の考えで説明できる。これは私が *Spenser Studies* に最近発表した説である。[4] 辞書によれば，陰膳は「旅などに出た人が食物に困らず安全なように祈って留守宅で供える食膳」（広辞苑）とあるが，広い意味で，亡くなった人に供える場合もある。例えば，最近の阪神大震災のテレビ番組で，息子を亡くしたある父親が，「うちでは今でも，あの子の好物だったカレーライスを作って，この食卓に出してやるのです」と語っていた。これは西洋社会でも行われている慣行である。例えばスポーツクラブなどで不慮の死を遂げた者があると，最も親しかった友人の間に位置するように食堂に故人の席を設ける習慣がある。スペンサーの場合，彼の尊敬するフィリップ・シドニー（1554-86）の死はわずか4年前のことである。もし存命なら，この詩の出版を喜んでくれる人，当然ここに名前が出るべき人である。この考えは空白を挟む2人の女性が誰であるかを知れば容易に納得できるであろう。上のペンブルック伯爵夫人はシドニーの妹メアリーであり，哀悼詩「アストロフェル」にクロリンダとして登場した人物である。実際，このソネットは故人をたたえる言葉に溢れている。次のエリザベス・ケアリーは，すでに述べた通り，当初からスペンサーが大事な庇護者と目していた人である。

位階順と左右対称

　スペンサーは献呈ソネットの新しい配列に特別な意味を織り込んだようである。当初の10人の配置には必ずしも明瞭でなかった点が，17の数列ではっきりしているのである。17人の献呈者が位階序列の順に配置されていることは，すでにスティルマンが述べている通りである。[5] 即ち，ハミルトンがまとめている通り，Lord High Chancellor（大法官）のハットンと Lord High Treasurer（大蔵卿）のバーリーが最初なのは，職務が政府の最高位にあるためである。[6] 次に伯爵が5人続くが，家柄の古さの順になっている。次の2人はどちらも男爵だが，Lord Admiral（海軍長官）のハワードは Lord Chamberlain（宮内長官）のハンズデンより位は上である。続くグレイからローリに至る5人のガーター勲爵士も，職と家柄の順になっている。身分はずっと高い女性を最後に出したのは，常識的に男性上位の時代を反映すると言っておけばよいであろう。ところが，この詩の全体構造の中で考えてみれば，女性後置の配列に別の意味が込められていると思われる。

　献呈ソネットは位階序列を厳守したものであるが，これには大きな特色がある。それは内容的に余り違いがないという事実である。ただし例外が2つある。1つは，スペンサーが初めて職を得たときの上司アイルランド総督グレイ卿宛のもの，もう1つはシドニーの妹ペンブルック侯爵夫人に宛てたものである。この2つを除けば，献呈ソネットの大部分はハミルトンの言う通り，"impersonal and interchangeable" とまとめることができる。[7] 確かにどれを見ても最大級の美辞麗句が並べられているから，「取り替え可能」である。ところが字句を細かく検討してみると，ここにもう1つの構造が浮かび上がって来る。語句が「入れ替え可能」であるということは，語句を作者の思い通りに配置することができることでもある。作者は語句の配置を工夫することによって，対応関係を作り出すことができる。そのように見れば，この献呈ソネットは全体が左右対称に構成された女王賛歌であるようにも思われるのである。

　スペンサーは数字に大きな意味を見た詩人である。何気なく書かれているように見えても，連数や行数を数えてみれば，必ずと言っていいほど，意味ある数が出て来る。いまここに問題にしている『妖精の女王』1590年版については，最近その全体構造が明らかにされ，スペンサーが左右対称とか，2対1の対比とか，27（3の3乗）や33（キリストの象徴）などの数字を常に意識して物語を書いたことが知られてきた。[8] そのような詩人であるから，この大叙事詩の最後に置かれた

献呈ソネットにも数の意識があったとするのが順当であろう。

全体を17の数列と見れば，これは9を中心にした対称構造をなす。スペンサーは作品構成に極めて敏感な詩人である。教会堂が尖塔を中央に左右対称になっているように，その詩の巻末に付した献呈ソネットに作者のそのような考えが働かなかったとは思えない。数が10であった時，最初の頁はハットンの下はエセックスである。次の頁とその次は同じで（後の 3-4 と 7-8 にそのまま），4頁目はグレイの下がローリになっている。

献呈者の数を17に増やす時，スペンサーは中心（9）にハンズデンを置いた。この人は女王のいとこで，女王の側近くに仕え，"High in the fauour of that Empresse" とある通り，女王の信任が厚かった。次に，"Here eke of right have you a worthie place, / Both for your nearness to that Faerie Queen" とあるが，この Here は「この一連の献呈ソネットの中でも」の意味だから，これは作者の読者に対するヒント，ここが中心であることを示す語であろう。これが左右対称に配置されているなら，右左の対応があるはずである。最初の頁には，国家の柱石として，"The burdeine of this kingdom"（1.10）と "The burdeine of this kingdoms government"（2.4）という言葉がある。最後の頁で，ケアリー夫人宛てに言う言葉，"Those glorious ornaments of heuenly grace"（16.7）はケアリー夫人の美に触れたものだが，次の "beauties Queene, the worlds sole wonderment"（17.6）は女王を指す。ここは最初の「国家の柱石」と最後の「この世の飾り」という言葉が対応している。以下の対応するソネットには次のような語句ないしイメージが共通して使われている。

中心のソネットの1つ前はスペインの無敵艦隊を撃滅した提督として知られるハワード卿宛であるが，ここで "In this same Pageaunt have a worthy place"（6行）と言っていることに注意しよう。パジャントとは当時の用語では，女王の謁見行列である。女王は貴族の邸を歴訪したことが知られているが，ここに貴族たちは位階序列に従って大法官から順次列座し，その中央にいるのが宮内長官ハンズデン卿（4年後にはシェイクスピアで有名な Lord Chamberlain's Men の庇護者にもなる人）である。この人の下に位置するのは，スペンサーが秘書として仕えた初代アイルランド総督グレイ卿である。スペンサーはこの上司を "the pillor of my life / And Patron of my Muses pupilage" と呼びかけている。

次の頁のバックハースト卿トマス・サックヴィルは高名な詩人でもあり，その下の紳士ウォルシンガムはヴァージルの庇護者，初代ローマ皇帝になぞらえられている。

女王賛歌としての献呈ソネット

以上の対応関係は次のようになる。

```
    1 - 2                              16 - 17
      3 - 4                          15 - —
        5 - 6                      13 - 14
          7 - 8           11 - 12
              9 - 10
```

　この表に見られる頁ごとの左右対称の対応は、スペンサーがこれから数年後に発表するソネット集と祝婚歌に使っている構造である。このような頁ごとの対応関係については、すでに福田論文(1991)で明らかにされている通りである。[9]
　献呈ソネットの対応については、ロストヴィックが8番と9番を中心に、7-10／8-11／…／1-16のような、1対1のシンメトリーを見ている。[10] この解釈では、最後の17番が論外になることが難点である。これに対して私は前の献呈ソネット論(2000)で、9番を中心に、8-10／7-11／…／1-17のように1対1の対応関係を述べた。[11] これによって最後の宮廷の貴婦人方へのソネットにも然るべき立場を与えたのである。今回これを修正し、福田の言う頁対頁の対応がこの献呈ソネットについて最も良く当てはまると考える。この場合、上に示すように2つのソネットごとの対応となり、空白のソネットを含めてすべてのソネットを女王賛美のパジャントの列に左右対称に配置したことになる。

まとめ

　『妖精の女王』初版に付けられた献呈ソネットは1596年の版には再録されなかった。この版には巻末の3種類の付属品は載っていない(推薦詩のうちローリとホビノルの詩だけが収められているのは、ジョンソンの指摘の通り、またハミルトンが認めている通り、紙面に余白を残さないためだけの理由と推定されている)。[12] そのような付加的な意味しか持たない詩にもスペンサーは女王を称えるという役目を忘れていないということが、明らかになったと思う。
　献呈ソネットの空白はスペンサー研究の謎であった。これは四折判に15のソ

ネットを頁あたり2つずつ印刷するときに当然生じる余白であると考えれば，ただの印刷の都合で出来た空きと説明できる。この場合は，なぜ15でなく16にして空きが出ないようにしなかったのかという点が問題として残る。それでこれを故フィリップ・シドニーへの隠されたる献辞と考えれば，きれいに説明がつくのである。これで空きの説明は立派にできたことになる。

　最後のポイントは，スペンサーの数の意識が献呈ソネットにどのように表れているかである。ロストヴィックが言う語句やイメージの対応を調べれば，9番目のハンズデンの頁を中心に左右対称の対応が見られる。このように見れば，全体としては位階序列に並んで女王に敬意を表する行列，パジャントになっている。エリザベス女王を称え，この女王に捧げられた寓意詩が，巻末の献呈詩においても女王賛歌になっていると結論することができる。これが1596年版では完全に削除されたことは，すでに初版から6年経ってこれは宣伝の必要はないほど有名な作品になっていたためであった。この削除の裏の意味を推測すれば，不本意ながら取り入れたバーリー大蔵卿への反感が消えず，全部の献呈ソネットを削除したのかもしれない。実際，スペンサーは第4巻の序歌の冒頭で，バーリー卿からこの詩が鋭く非難されたと述べている。ただしこの点も製本上の技術的な理由から説明することもできる。即ち，1596年版は2冊本であり，4-6巻の第2部と一緒に出版されたから，第1部の終りはこの詩の終りではなくなったのである。位置的にこれが最後の女王賛歌ではなくなったので，その隠された意味がなくなったのである。

　この壮大なる女王賛歌の報酬としてスペンサーは2年後に年金50ポンドを受ける身分になる。同じ頃，12歳年下のシェイクスピアは故郷のストラットフォードアポンエイヴォンの町に庭付きの大きな家を60ポンドで父のために購入しているから，50ポンドの年金は大変なものであった。

本稿は，英文で提出された論文に基づき，福田昇八が訳述したものである。

[1] Edmund Spenser, *The Faerie Queene,* Bks. I-III（1590）, Bks. IV-VI（1609）, "Two Cantos of

Mutabilitie" (1609) CD-ROM (Tsukuba: Hiroshi Yamashita, 2005). エリザベス朝印刷に関する専門用語について，山下浩氏の教示に感謝する。

2 A. C. Hamilton, Hiroshi Yamashita, and Toshiyuki Suzuki, eds., *Spenser:The Faerie Queene* (Harlow: Longman-Pearson Education, 2001).

3 Hamilton 726-35.

4 Richard McNamara, "Spenser's Dedicatory Sonnets to the 1590 *Faerie Queene*: An Interpretation of the Blank Sonnet," *Spenser Studies* XVII (2003): 293-95.

5 Carol A. Stillman, "Politics, Precedence and the Order of the Dedicatory Sonnets in *The Faerie Queene*," *Spenser Studies* V (1984): 143-48.

6 Hamilton 726.

7 Hamilton 734.

8 Shohachi Fukuda, "The Numerological Patterning of *The Faerie Queene* I-III," *Spenser Studies* XIX (2004): 37-63.

9 Shohachi Fukuda, "The Numerological Patterning of *Amoretti and Epithalamion*," *Spenser Studies* IX (1991): 33-48. この福田論文では，ソネット集では，66以下24のソネットが，2つずつ6つのペアが恋の上昇を示し，78-79のペアからは同じく6つのペアが下降のパターンを示すこと，祝婚歌は全24の連が11-12を中心に2つずつ対応すること(1と24だけが1対1)，を論じている。献呈ソネットは頁に2つだから，頁は1対1で，ソネット数は，2対2の対応となり，どちらも同じ対応になる。

10 Maren-Sofie Røstvig, *Configurations: A Topomorphical Approach to Renaissance Poetry* (Oslo: Scandinavian UP, 1994) 362-65.

11 Richard McNamara, "The Numerological Patterning of Spenser's Dedicatory Sonnets to *The Faerie Queene*," 札幌国際大学紀要 31 (2000): 19-23.

12 Hamilton 719; Francis R. Johnson, *A Critical Bibliography of the Works of Edmund Spenser Printed before 1700* (Baltimore: Johns Hopkins P, 1933) 19.

『妖精の女王』の癒しの植物

樋口 康夫

　スペンサーの植物に関しては研究すべき領域はまだ多い。『羊飼の暦』に登場する "chevisaunce" を始めとして未解明の植物もかなり存在するし，『妖精の女王』の森や木，藪といった若干漠然として抽象的な言葉から，個々の具体的な植物を示す言葉にいたるまで，植物の象徴性，その用い方に関しても未だ明快な研究成果が出ているとは言えない。例えば，バラという言葉の持つ意味合いは極めて重層的であり，物語と密接に結びついた象徴性の詳細な解明がいずれ必要とされるであろう。

　また，スペンサーの植物に関する記述は，シェイクスピアが直接自然に触れ，観察して得た知見に多く基づいているのに比べるとかなり文学的であると一般に考えられているようである。『妖精の女王』に登場する植物は具体的で直接的な体験を示す描写をされることは少なく，概して象徴的に文学上の常套的な表現を多く受け入れているようである。確かに，彼の植物に関する知識は当時の一般的な読者よりは大幅に優れたものであったと想像され得るが，その知識はおおよそ当時の文人にはそれなりによく知られていた文献によるものであったらしい。その一例として，19世紀末のプライアー博士の説にほぼ基づきながら，アグネス・アーバーは1578年出版になるヘンリー・ライト訳の『新しい植物誌』を『羊飼の暦』の「五月」の花の描写の典拠のひとつである可能性があるという考えを提示している。[1]

　本稿では，果たしてスペンサーの植物の知識がどの程度のものであったか，当時，一般的に流布していたと思われる主だった植物誌を参考にしながら，『妖精の女王』に登場し，病気の他に傷や怪我の治療などに用いられている植物について若干の考察をしてみるのが，その目的である。チューダー朝に至り，それまでは修道院を中心にして主に修道僧の口伝等により細々と流布していたとされる薬草の知識は，『バンクスの植物誌』(1525)，『大植物誌』(1526) などの出

版により，ようやく一般の人々の目に届くものとなった。スペンサーが眼にしたと思われる主な植物誌は，上記の著書の他にウィリアム・ターナーの手になる『新しき植物誌』(1551: 1562: 1568)，及び，先に示したヘンリー・ライトの著書などである。このライトの植物誌は，レンベルト・ドドネウス著になる『植物誌』(1554) のシャルル・ドゥ・レクルーズによる仏訳からの本をライトが英訳したものであり，数度の再版があった。次に示す著作も当時一般に共有されていた植物に関する知識の指標として参考にした——ジョン・ジェラード著『植物誌』(1597)。[2] この植物誌も当時かなり読まれたようで，1633年にトーマス・ジョンソンにより増補，改訂して再版され，縮刷版も発行されるなど人気があったようである。この著書は，現在に至るまで様々な形で出版され，その命脈を保っている。しかし，これはプリースト博士という人物が訳してあった原稿をジェラードが勝手に自分の翻訳したものとして出版したという曰く付きのものであることだけはここで触れておきたい。[3]

植物の神秘性

　植物の神秘性を語る詩人の筆の及ぶ範囲は極めて広く，いずれこの領域へも諸力を結集した研究が必要と思われるが，今回はスペンサーのこの領域での知識の一端を示すことで彼の知識と才能のほどを検証してみよう。先ず，彼の作品の中で薬草学はどのように扱われているのだろうか，概略的に見てみたい。
　キャンベルの姉妹とされているキャナシーの自然への知識は次のように描かれている。

　　キャンベルの妹は美女キャナシーといい，
　　　この人は当時最も学識の深い人で，
　　　ありとあらゆる学問，
　　　自然のあらゆる密かな営み，
　　　機知に富む謎々や賢明な占い，
　　　薬草の効能や鳥 獣 の鳴き声にまで通じ……　　　　(4.2.35.1-6) [4]
　　　　　　　　　　　ちょうじゅう

女性のソロモン王とも称すべく，あらゆる学問にも，自然の奥義にも通じていたことが示されている。植物の知識の他にも，獣や鳥の言葉にも精通していたことになる。ここは，物語としての形式から必然的に作者の作意が込められて

いるとしても，近代的な薬も，知識もなかった時代のことであり，そのため，こうした描写が何がしか魔術的な色合いを帯びているように私達に感じられるのも止むを得ないことであろう。さらに一例を示せば，ブリトマートへの恋心から深手を負ったマリネルへの心配からあらゆる薬草を探し求める妖精の母キモエントの必死な様子は次のように述べられている。

> だが母の妖精は，あちこち探し回って，
> 　色々な軟膏を息子の傷につけ，
> 　また色々と薬草を用いた。　　　　　　　　　　　　　（4.11.6.1-3）

　紙幅の関係から，これ以上スペンサーと彼が有していたと思われる植物の知識との関係を述べることは差し控えたいが，ここに暗示されている様々な薬草に関する知識を，スペンサーはどこから得たのだろうか。序章で簡単に触れたように，彼がこれらの情報を直接間接に当時出版されたばかりの様々な植物誌から得ていたことは容易に想像できる。これらは，当時のヨーロッパ最新の植物に関する情報を含むものであった。次に，こうした事情を踏まえながら，スペンサーの『妖精の女王』から数箇所を選び，この事実を示すと思われる幾つかの例を調べることによりこのことを検証してみよう。

実際の応用例

　物語の初めのところで，サー・ガイアンが真の恋人とみなしていたデュエッサの沐浴する様子は次のように描かれている。

> ある日（それは，毎春，魔女たちが
> 罪の懺悔をする日でしたが），女が正体を現し，
> はなはっかとたちじゃこう草を入れた水で
> 水浴びしているところを偶然見てしまいました。　　　　（1.2.40.4-7）

　この春の一日は魔女が償い（悔い改め）として，或いは，癒しとして薬草の入った風呂を浴びる特別な日のようである。ところで，ここの描写は当時よく読まれていたと思われるライトの植物誌のオレガノ（翻訳では「はなはっか」）の項目に記されている次の記述に似ていないだろうか。

これ(オレガノ)を煎じた汁の風呂に入るか，同じもので体を洗うだけでも，
　　　これはあらゆる種類の皮膚病，肌の荒れ，疥癬や黄疸に効く。　　　(238)

さらに次に引用しているジェラードの植物誌では次のような記述も見えている。

　　　これ(オレガノ)を風呂に入れて用いると，瘡，かゆみ，そして疥癬に効果
　　　があり，黄疸から生ずる苦痛を取り去る。　　　　　　　　　　　(667)

　ここではオレガノを煎じた汁を風呂に入れて，黄疸("Jaunders," "yellow jaundice")や皮膚病に用いる処方が示されている。さらに，当時の医学は未発達であり，ここで記されている，皮膚病("scurvinesse")，肌の荒れ("roughnesse of the skinne")，疥癬("manginesse")や瘡("scabs")，かゆみ("itches")などの疾病の名称は，いずれも医学的に正確な病名を特定したものであるかは判然としない。ドドネウスやそれをフランス語に翻訳したシャルル・ドゥ・レクルーズは当時，フランダース，オランダを中心にして著名な学者兼医者であり，自ら開業もしており，さらにどちらも時を違えてはいるがオーストリア王の侍医も経験しており，当然，時代的制約はありながらも，正確な知識は有していたであろうが，当時一般の読者の知識は如何ばかりのものであったろうか。恐らく，この部分は，様々な症状を含む一般的に悪性の皮膚病とされていたものを示したものと広義に解釈した方が適切ではなかろうか。スペンサーの本文の場合は，幾分，宗教的なニュアンスが込められているとはいえ，病気の治療であるから，本来，善も悪もないはずである。しかし，使う主体がデュエッサという妖女であり，その目的も妖しい目的のためであるため，多分に魔術的な色合いを帯びていると筆者には感じられるが，如何であろうか。タイム(たちじゃこう草)に関してはターナーの植物誌では次のように書かれている。

　　　タイムを蜂蜜と一緒に煮たものは……適切な時に摂取すると月経や後産や
　　　胎児排出の助けとなる。　　　　　　　　　　　　　　　　　(II: 334)

ライトではさらに判りやすくなっていて，次のような描写も見られる。

　　　タイムを水と蜂蜜で煮て飲用すると……尿意を催させ，後産や死んだ胎児
　　　を母胎から排出させるのに効果があり，女性に月のものをもたらす。　(229)

『妖精の女王』の癒しの植物

　ここでごく簡単に用語の説明をすると，ターナーのテキストで後産は"secondes"であるが，ライトではほぼ同じ形の"Secondine"となっている。月経を表す言葉は，ターナーでは"floures"であり，ライトでは"naturall termes"となっている。死んだ胎児は"dead fruite"であり，母胎(子宮)は原文では"Matrix"となっている。ここの箇所では避妊薬や堕胎薬としての使用法が顕著となっていると思われる。

　次に，将来はイギリスの王の妃となるべく運命づけられたブリトマートに関しても次に示すように様々な植物と関わりを示す描写がある。物語の第3巻の初めの所では彼女の恋わずらいの様子は次のように述べられている。

　　家に帰ると王女は，またもや
　　　元の恋の悩みにとりつかれ，気力も
　　わが身を導くすべも，なかった。
　　ところが年取った乳母は姫を自分の部屋に呼び，
　　前もって集めておいたヘンルーダ，
　　サビナびゃくしん，くすの花，はっか，いのんど，
　　これら全部を土鍋に投げ込み，
　　ふきたんぽぽで縁まで満たし，
　　牛乳と血を幾滴もその中に注ぎ込んだ。　　　　　　　　　(3.2.49)

　彼女を癒すべく乳母が処方した薬草は以上の通りである。引用した箇所の描写からは，ここに登場している乳母は恐らくその筋の情報について特に深い知識を有する者ということも推察されうるが，まったく当時普通の一般的常識を持っていた女性であるということの可能性もあろう。と言うのも，この部分の植物に関して，先に挙げた当時人気のあった植物誌のほとんどのものに，以下のような記載が見えているからである。まず，ジェラードの植物誌を参考にヘンルーダから見ていくこととしよう。

　　ヘンルーダ，つまり，恵み草を服用するか，煎じたものを飲用すると，尿意
　　を促し，月経をもたらし，死んだ胎児や後産を輩出する。また，これは匂い
　　を嗅ぐだけで母胎に良い。　　　　　　　　　　　　　　　　　　(1257)

　ここで「恵み草」と訳した"Herbe-Grace"はヘンルーダの別名であり，この名称でも当時よく用いられたようである。『ハムレット』にも見えている。これは

157

日本語ではヘンルーダと呼ばれるミカン科の植物で，極めて一般的に利用されたようである。ここで月経と訳してある "sicknes" は当時の同様の記述から推測すると，恐らく以下に引用しているカラミントの項目にも見られるように，月の病("monthly sickness")，つまり，月経のことを示しているのであろう。死んだ胎児の英語は "dead child"，死産と訳すことも可能であろう。ここで後産と訳した言葉は "after-birth" で，これはエナ(胞衣)とも呼ばれる胎盤などを含む胎児の一部のことで，出産の後に体から排出されるもの。ヘンリー・ライトの植物誌にもほぼ同じ記述が見える。

> ヘンルーダの葉を煮たものを飲用すると，尿を催させ，月経を促し，下痢を止める。　　　　　　　　　　　　　　　　　　　　　　　　　(261)

さらに，同書にはかなり下の項目では，次のように書かれている。

> 同じヘンルーダの汁をワインと一緒に飲むと，分娩の後の女性を浄化し，後産，死んだ胎児や正常でない出産(児)を排出する。　　　　　　　　(262)

ジェラード(1257)にもほぼ同じ内容の記載がある。「正常でない出産(児)」と訳した箇所は "unnaturall birth" となっている。詳しいことは判らないが，出産に関して尋常でない場合を一般に述べたものであろう。
　ヒノキ科ビャクシン属の植物であるサビナについては，ライトには同じような次の記述が見えている。

> サビナの葉をワインで煮て飲用すると，尿を促すが，余りに強烈に排出させるので出血が続く。これは月経，後産や死産を排出する。　　　　　　(766)

この植物に関してはターナー(II, 552)にも，ジェラードの植物誌(1378)にもほぼ同じ記述が見えている。
　さらに，シソ科の植物のカラミント(引用の翻訳では「はっか」とされている)についてはジェラードに次のように書かれている。

> この(カラミントの)煎じた汁を飲むと尿を促し，月のものを降ろし，死んだ胎児を排出するが，これは貼るだけでも効果がある。　　　　　　　　(688)

同様に，ターナーには次のような記述が見える。

> カラミントを煮たものを飲用すると，月経を降ろし……叩いた葉をウールに入れて妊娠の場所に入れると月経を誘引する。　　　　　　(I: 111)

引用では「くすの花」のカンフォーラについては，*OED* には樟脳を生ずる植物として記述があり，この箇所が引用されているが，現在ではこの意味では廃語となっている。『大植物誌』のタイトルには載っているようであるが，この植物誌は日本には私の知る限り存在しないのでその記述についてここで語ることは出来ない。[5] ごく一般的な現代の様々なハーバルではこれは女性のヒステリーに用いられるという記述があり，この時代にもその薬効が知られていたという可能性はあると思われる。『妖精の女王』の第2版の注ではロバート・バートンの説として，カンフォーラは欲望には最も有害（inimical）であるという解説が見られ，そうした解釈の可能性もあろう。[6]

ディル（いのんど）については，ライトの植物誌に次のように書かれている。

> これ（ディル）は，この目的のために作られた寝室用の便器か，中が空洞の椅子を通して煎じた汁の湯気を女性に取り入れさせれば，母胎の窒息，ないし，狭窄に効果がある。　　　　　　　　　　　　　　　　　(271)

ジェラード（1633）にもほぼ同じような記述があるが，ここでは省略させていただこう。用語としては，ここで「母胎の窒息，ないし，狭窄」と一応訳した箇所（"suffocation or strangling of the mother"）は当時の植物誌によく見られる病気名であるが，広い意味で現在ではヒステリーと呼ばれる症状一般を示す言葉であると思われる。ここでの使用例は，椅子状のものに穴を開け，下から薬効ある植物を水やぶどう酒で煎じたものの上昇する蒸気を利用する方法で，当時の植物誌には度々登場している。

次に，"Colt wood" に関しては，判然としない。この名称では *OED* には記載されていないし，当時の植物誌にも見えていないと思われる。キク科の植物の "Coltsfoot"（*Tussilago Fanfara*）は載っているが，語形的にも，薬効の面からもどうも直接の関連を示す文献は筆者の見た限り存在しないようである。『妖精の女王』の第2版の説明では，*hippomanes* というヴェルギリウスの『アエネイド』(4.515-16)に見えている植物の可能性が示唆されているが，その解説によれば，

この植物は惚れ薬としての使用例が支配的であるように筆者には思われるので,このコンテクストでは適合しないのではないかと考えているが,その解明はこれからの研究に託したい。

終章

　これまで『妖精の女王』の植物に関して当時の植物誌を中心に述べて来たが,結論らしきものをまとめなければならない。以上,当時の植物誌からの縷々とした引用を見ればお判りのように,カンフォーラの薬効や"Colt wood"という未だ不明の植物を除けば,ほとんどの植物について当時,死産,胎児の排出のためや,月経の誘発剤としての作用が述べられている。しかし,この件に関しては必ずしも筆者のオリジナルな見解とは言えない。『スペンサー・エンサイクロペディア』に簡潔な暗示がされてあるので,興味ある読者には自らご確認をお願いしたい。[7]

　スペンサーの本文に見られる植物の意味について最後に考察してみよう。上の引用で見た箇所の描写から想像するに,ブリトマートの憂鬱の原因を妊娠によると乳母は早合点したと推測できないだろうか。その原因を除去するべく,乳母は彼女の知る限りの薬草の効果を利用しようとしたのではないか。つまり,スペンサーは当時の主要な植物誌は読んでおり,特に,序章で触れたように,ヘンリー・ライトの植物誌には妹の城ですでに接しており,そうした薬効,作用をスペンサーは当時の複数の植物誌を通じて得ていたのではないか。或いは,当時の植物に関して多少興味ある人にはこれらの知識は常識程度には知られていたという可能性もあろう。若干の想像をたくましくすれば,こうした役目を担う女性にはこうした知識が一般の常識程度には伝えられていたのではないか。以上が,簡単ではあるが,今回,当時の植物誌とスペンサーの作品とを比較して筆者が達した結論である。

1 Agnes Arber, *Herbals: Their Origin and Evolution, A Chapter in the History of Botany 1470-1670*, 3rd ed. (Cambridge: Cambridge UP, 1990) 126-27. なお,彼女はスペンサーがこの著書をサー・フィリップ・シドニーの妹ペンブルック伯爵夫人の居城で目にしていた可能性をかなり具体的に示唆している。当時,夫人はフランスの本草学者を含む,様々な文人のパトロンとして知られていた。なお,ヘンリー・ライトの訳書については注2を参照。

2 ここで引用したテキストは時代順に,William Turner, *A New Herball*, Pts I-III, 1551-68, eds., George T. L. Chapman et al. (Cambridge: Cambridge UP, 1995); Henry Lyte, tr., *A Nievve Herball, or Historie of Plantes...*(London, 1578); John Gerard, *The Herball or Generall Historie of Plantes*, ed. Thomas Johnson (London, 1633; New York: Dover, 1975) による。以下,引用の際は著者名と引用の頁のみ記すが,ターナーに関しては,引用の部分が記載されている巻数も記している。次ページにTurnerの*A New Herball*, Part I, その後のページにLyteの*A Nievve Harball*のもととなったDodoneusの*Cuydeboeck*(1554)のタイトルページを示す。

3 Arber 129-30.

4 テキストは,A. C. Hamilton, Hiroshi Yamashita, and Toshiyuki Suzuki, eds., *Spenser: The Faerie Queene* (Harlow: Longman-Pearson Education, 2001)に従ったが,訳文の引用は,和田勇一・福田昇八訳『妖精の女王』(ちくま文庫, 2005)による。

5 『大植物誌』からの情報は*The grete Herbal* (London: Peter Treveris, 1526)によるが,2004年ベルギー,フランス滞在の折の極めて簡単なメモ書き程度の情報に従っている。その際,この英訳書のフランス語のオリジナルの一つとされる*Le grant herbier* (c. 1520) 及び蘭訳書の*Den groten herbarum...*(1514)も参照した。

6 Hamilton et al., *Spenser: The Faerie Queene* 310. さらに, Robert Burton, *The Anatomy of Melancholy*, 1651, ed. Holbrook Jackson (London: J. M. Dent, 1972) Pr.3, Sec.2, Mem. 5, Subs. 1 参照のこと。ここには "Huc faciunt medicamenta venerem sopientia, ut camphora pudendis alligata...." という記述が見えている。

7 Gareth Roberts, "magic, amatory," *The Spenser Encyclopedia*, eds. A. C. Hamilton, et al. (Toronto: U of Toronto P, 1990) 446-47. また,当時は貴賎を問わず,女性が一般に薬用の植物に関して深い知識を持っていたことはF. David Hoeniger, "medicine," *The Spenser Encyclopedia* 460-63 を参照のこと。

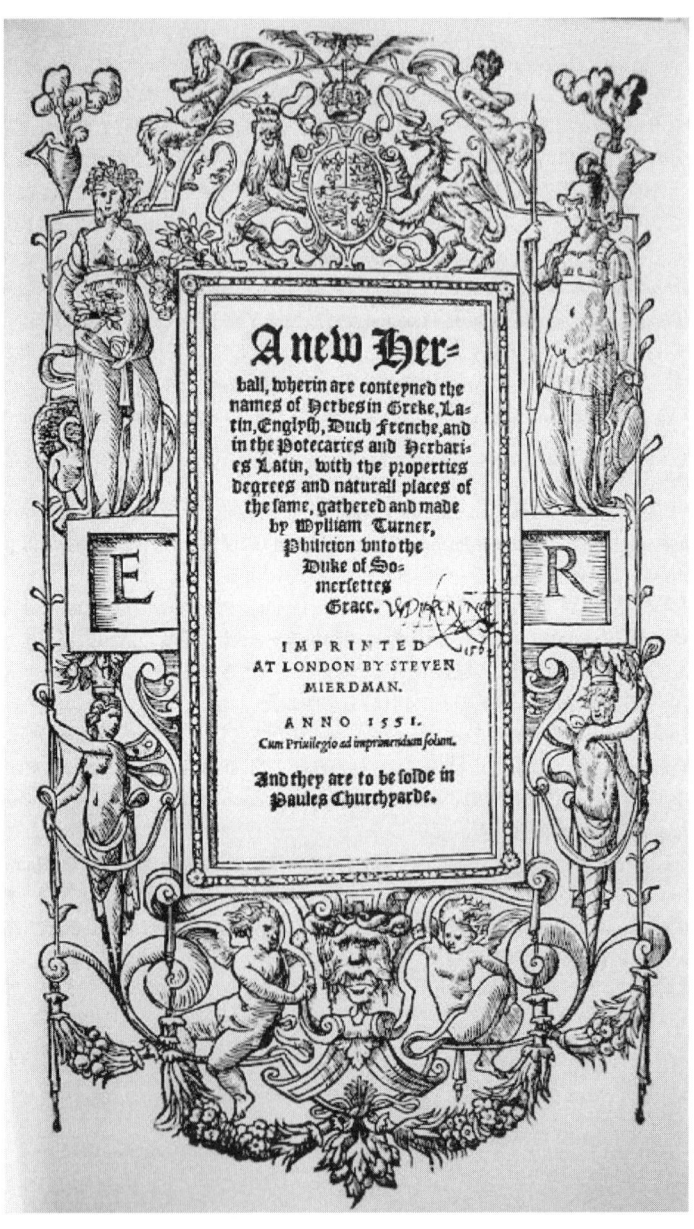

William Turner, *A New Herball*, Part I (London, 1551)

Rembertus Dodoneus, *Cruydeboeck* (Antwerp, 1554)

『妖精の女王』と『源氏物語』
——虚構と現実

大野 雅子

『源氏物語』の非歴史性

　『源氏物語』(1005年頃)最大の謎は，なぜ藤原道長(966-1027)がその作者紫式部を庇護したか，また，なぜ一条天皇や宮廷の貴族たちがそれを読むことを楽しんだかということであろう。桐壺帝の皇子でありながら臣籍に降下し源氏の姓を賜った光源氏は，一時須磨明石に蟄居するものの，臣下としてはそれ以上望むべくもない准太上天皇の地位にまでのぼりつめ，その邸六条院は四季折々に風雅な絵巻を展開し，「生ける仏の御国」(「初音」3.137)[1]とさえ形容される。源氏やその他の名門家を排斥することによって不動の権力を手にするに至った藤原氏が，虚構とはいえ，源氏の栄華を描いた物語をなぜ楽しむことができたのだろう。しかも，道長は，藤原氏が敗北を喫する様子を描いた物語の作者紫式部を，自分の娘彰子のもとに仕えさせたのである。謎ははかりしれない。

　『源氏物語』において，源氏が栄華を極める一方，藤原氏はことごとく周縁に追いやられる。弘徽殿の女御の父親は藤原氏で右大臣の要職にあった。何の後ろ盾もない桐壺の更衣が桐壺帝の寵愛を受けるのを見て，女御は憎しみをつのらせる。女御の妹の朧月夜の君が内侍となったあとも，光源氏と密かに邂逅しているのを知った女御は，光源氏を放逐する決意をかためるが，それに先んじて光源氏は自ら須磨に蟄居することにする。弘徽殿の女御とその第一の皇子であり今は帝位を継いだ朱雀帝にとっては，源氏流謫のこの時こそ，権力を掌握する好機であった。しかし，朱雀帝は眼病を患い，太政大臣となった弘徽殿の女御の父親は亡くなり，弘徽殿の女御その人も病気がちとなる。これらを故桐壺帝の怨霊のなせるわざだと思った弘徽殿側は，光源氏を都に召還する。朱雀帝は譲位し，藤壺と桐壺帝との間に生まれた(実は藤壺と光源氏の密通の結果生まれた)皇子が冷泉帝として即位する。光源氏を実の父親と悟った冷泉帝は，光源氏に譲位しようと

するが光源氏は固辞する。その後源氏は順調に官位をのぼり，遂には准太上天皇となるのである。

　光源氏の良き友でもありライヴァルでもある頭の中将も藤原氏である。頭の中将は，弘徽殿の女御の妹の四の君との間に生まれた娘を冷泉帝に入内させる。彼女は故弘徽殿の女御の邸を受け継ぎ，やはり弘徽殿の女御と呼ばれることになる。一方，光源氏は，かつての恋人六条御息所の娘が伊勢の斎宮から帰京すると，後見人となって冷泉帝に入内させる。彼女は斎宮の女御，またはその御局から梅壺の女御と呼ばれる。冷泉帝の寵愛を我がものにしようと，双方は「絵合わせ」を催すが，光源氏が須磨蟄居の折に描いた絵が支持を得て，斎宮の女御方が勝利をおさめる。故弘徽殿の女御の敗北は，現弘徽殿の女御の敗北によってさらに完璧なものとなるのである。

　光源氏が明石の君との間にもうけた明石の姫君が，冷泉帝のもとに入内し，東宮を生んだとき，光源氏の栄華は一層確かなものとなる。源氏が天皇の外戚としての地位を確実にする一方で，頭の中将は帝のもとに嫁いだ娘に男児を産ませることができなかった。摂関政治にあってこれは致命的だったのだ。

　『源氏物語』において，光源氏が栄華を極めるのに反比例するかのように，藤原氏が次々と挫折する中，光源氏とともに幸福を手にするのが明石の君と玉鬘のふたりである。そしてこのふたりは奇妙にも，歴史上の源氏，安和の変（969年）で筑紫に流された源 高明（みなもとのたかあきら）(914-82)を連想させるのである。光源氏はその須磨・明石流謫によって，明石の君は都から遠く離れた辺境の地，明石に生まれ育ったことによって，玉鬘は母親の夕顔亡きあと乳母とともに筑紫に下り10年あまりをそこで過ごしたことによって，源高明同様，「貴種流離譚」を形成する。さらに，夕顔が亡くなったとき，玉鬘が乳母と一緒に「西の京」にいた（「玉鬘」3.82）のは，源高明が「西の宮」に住み，「西の宮殿」と呼ばれていたのとまんざら関係がないわけでもなさそうだ。[2]

　明石の入道は光源氏が須磨の浦に蟄居しているのを娘にとっての「宿世（すくせ）」だと思う一方で，彼の妻は，罪を負って流されてきた人と縁を結ぶなどとんでもないと言う。それに対して入道は次のように反論する。

　　罪に当ることは，唐土（もろこし）にもわが朝廷（みかど）にも，かく世にすぐれ，何ごとも人
　　にことになりぬる人の必ずあることなり。いかにものしたまふ君ぞ。故
　　母御息所（ははみやすどころ）は，おのがをぢにものしたまひし按察大納言（あぜちのだいなごん）のむすめなり。い
　　と警策（かうざく）なる名をとりて，宮仕（みやづかへ）に出だしたまへりしに，国王すぐれて時

『妖精の女王』と『源氏物語』

めかしたまふこと並びなかりけるほどに，人のそねみ重くて亡せたまひにしかど，この君のとまりたまへる，いとめでたしかし。女は心高くつかふべきものなり。おのれ，かかる田舎人なりとて，思し捨てじ。

(「須磨」2.202-03)

　明石の入道は妻に，唐でも日本でも卓越した人物は人に妬まれて罪を背負わされることがしばしばあるのだと言う。そして菅原道真(845-903)や源高明などの流罪に処せられた歴史上の人物を引き合いに出す。さらに光源氏の母親，桐壺の更衣が入道の叔父で按察大納言であった人の娘であったことから親近感をもち，桐壺の更衣も道真や高明同様「貴種流離」の系列に加える。このように明石の入道は，光源氏，道真，高明，桐壺の更衣，そして明石の浜に身を沈める自分自身をも，「流離」を経ることによってその能力を最大限に発揮する「貴種」であると主張するのである。

　源高明が太宰権帥として筑紫に下ったのは，冷泉天皇(位967-69)の皇太弟守平親王を廃してその兄為平親王を皇太弟として立てる画策をしたというのが理由であった。冷泉天皇，守平親王，為平親王は3人とも故村上天皇(位946-67)と藤原安子との間に生まれた兄弟ではあったが，為平親王は高明の娘を后としていた。この一件を処理した右大臣藤原師尹(919-69)は高明のあとを襲って左大臣になった。

　事件の数ヵ月後には冷泉天皇は譲位し，守平親王が円融天皇(位969-84)となる。円融天皇の皇太子に任命されたのは，冷泉上皇の第一皇子でわずか2歳の師貞親王であった。師貞親王の母は右大臣藤原伊尹の娘であったから，藤原家は外戚としての地位を確立したわけだ。

　藤原師尹は左大臣に任命されてからわずか半年後に50歳で亡くなっていた。そして，藤原伊尹も右大臣から太政大臣に昇進してから1年後の972年に49歳で亡くなった。内裏は976年と980年の2回焼失した。

　菅原道真が醍醐天皇(位897-930)の廃位を企てたとして901年に大宰府に流されたあと，関係した貴族たちは次々と亡くなり，都では疫病が流行し，また旱魃も襲った。道真の祟りと受け取った朝廷は，923年，道真を右大臣に復し，正二位を贈位した。993年に至って，左大臣正一位，さらに太政大臣を追贈した。947年には近江の国北野に祠を建てた。これが北野天満宮のはじまりとなったという。

　道真にとっての北野天満宮が高明にとっての『源氏物語』だったと考えること

はできないだろうか。『源氏物語』は高明にとっての，また，歴史の表舞台から消えていった源氏の，またその他の名門家のための供養であったのではないだろうか。[3] 霊魂の存在がはるかに切実なものであった平安時代にあって，「此の世をば我が世とぞ思ふ望月の欠けたることもなしと思へば」と謳うほどに権勢を誇った道長は，その権勢ゆえにかえって，今まで闇に葬ってきたライヴァルたちの霊魂に報復されるのを恐れたのではないだろうか。後一条天皇(位1016-36)に3人の娘を入内させ，外戚政治を完璧なものにしていく一方で，道長は，宇治木幡浄明寺三昧堂建立(1005年)，金峯山埋経(1007年)，法成寺金堂建立(1022年)などに表れているように，極楽浄土への思いを強めてゆく。

　高明がもし左遷されていなかったら実現させたかもしれない立身出世を，架空のヒーロー光源氏がなしとげたのだと主張するには何の根拠もない。ただ，『源氏物語』における虚構と現実との関係のあり方が，西洋文学のミメーシスの原理に慣れている私たちにとって，奇妙なものであるということだ。もし高明または道真を虚構作品において写し出そうとしたのなら，そして，彼らに現実では実現できなかった栄華を体験させたかったのなら，しかも，道長が貴重な紙を買い与えてこの虚構の話を物語にすることを応援したのなら，それは『源氏物語』という虚構作品が現実とは別のもうひとつの現実をつくり出すのだという前提があったからだ。もちろん，光源氏のモデルは道長であったかもしれない。それならばなぜ光源氏を「源氏」と呼ばなければならなかったのか。

　光源氏は「蛍」の帖で「物語」について次のように言う。

> 神代（かみよ）より世にある事を記（しる）しおきけるななり。日本紀（にほんぎ）などはただかたそばぞかし。これらにこそ道々（みちみち）しく詳（くは）しきことはあらめ……　（「蛍」3.204）

『日本書紀』よりも「物語」のほうが「道々しく詳しきこと」を書き記すことができるという。「道々し」とは政道に役立つということだ。「詳し」とは歴史が書かなかった狭間を埋めることだ。『源氏物語』には『日本書紀』には書かれていないことが書かれているというこの発言は，歴史が現実に対するのと同じように物語は現実に対するということだ。「歴史が虚構であることにおいて物語と似ているということではなく，物語も歴史の本質的特徴を備えている」ということ，[4] さらに，歴史も物語であるということである。『源氏物語』は歴史が書かなかったことを補った物語なのである。それゆえ『大鏡』(1119年頃)が藤原氏14代にわたる「世継」を，『栄花物語』(1092年頃，赤染衛門?)が藤原道長の栄華を物語

るのと同じように,『源氏物語』は悲運の貴族の架空の出世を物語るのである。そしてそれは,道真に左大臣正一位さらに太政大臣が追贈されたのと同じ意味で,「歴史」を形成するのである。

　『源氏物語』を「物語」と呼ぼうが「歴史」と呼ぼうが,「現実」を模写することに主眼がないことに変わりはない。『源氏物語』は「現実」とは別の虚構世界を描くことによってもうひとつの現実を構築する。それだからこそ,中宮彰子は頭の中将が自分の父親道長を描いていると思って不愉快になったりはしなかったのだし,一条天皇は光源氏と藤壺の密通によって生ずる皇統の乱れに憤怒したりはしなかったのだ。「虚構」と「現実」との緊密な対応が作者同様読者の前提ではなかったのである。『源氏物語』は歴史的現実とは異なるもうひとつの現実をつくり出すことによって,怨念を抱いているかもしれない霊魂を鎮魂し,その霊魂にとって望ましいと思われる「歴史」を形成する試みであった。「ありのままに」もしくは「さらに美しく」現実を写し出すことは『源氏物語』が目指すものではなかった。『源氏物語』は究極の虚構として屹立するのである。

『妖精の女王』と「現実」

　『源氏物語』と『妖精の女王』を比較することに何か意味があるとしたら,それは両方とも宮廷において宮廷のために宮廷に仕える作家によって書かれたという共通点のゆえであろう。しかし『源氏物語』と一条天皇との関係は,『妖精の女王』とエリザベス1世との関係と何と違うことだろう。

　『源氏物語』は宮廷に使える女官とおぼしき複数の語り手たちによって語られる。彼女たちは時折自らの「生の声」を響かせ,自らが語る出来事や人物に関して様々な感想を述べるが,その「生の声」は,語りの地の文,登場人物の「詞」,登場人物の「心内語」などと区分されて,「草子地」と呼ばれる。彼女たちの語りは,口承文芸の名残を意識的に色濃くとどめようとするかのように,語ることそのものを前景化する。語り手たちの複数性と「生の声」をまざまざと感じとることができるのが「竹河」の有名な冒頭である。そこでは,玉鬘が嫁いだ先の太政大臣邸に仕えていた女房たちが語る話と,紫の上に仕えていた女房たちの語る話とではまったく違うが,どちらが言うことが正しいかはわからない,と第3の語り手が言う(「竹河」5.53)。[5] 異なる視点をもった3種類の語り手たち,また

は，宮廷の至る所で見聞きしたことを作者に告げるさらに多くの語り手たちが『源氏物語』の内部に「創造」[6]されているのである。しかしこの語り手たち，または，作者[7]が誰に向かって語っているのかは不明なのだ。彰子，道長，一条天皇，どの特定の人に向かっても話しかけてはいない。それは，語り手たちが織りなす「草子地」でさえ虚構だからである。誰に向かっても語りかけてはいないのである。伝承の枠組みを見事に利用した虚構なのだ。

『妖精の女王』をエリザベス1世に捧げることによって宮廷での地位を確保しようとしていたエドマンド・スペンサーにとって，詩の中で絶えず女王に話しかけることは当然のことであった。ギリシャ・ローマ文学に起源をもつ西洋叙事詩の伝統を受け継ぐ詩人が，詩を書き始めるにあたって，超越的存在の力を借りるために「呼びかけること」("invocation")は常套手段であった。第1巻の序歌においては，第1連で自分は今や羊飼いの衣を脱ぎ捨ててウェルギリウスに習って叙事詩の伝統の継承者となるのだと宣言したあと，第2連で歴史の詩神クリオに，第3連で愛の神キューピッドに，そして第4連でエリザベス女王に呼びかける。

　　　さらにまた，ああ，天と輝く女神よ，
　　　　仁慈と神さながらの威厳の 鑑（かがみ），
　　　いとも偉大な島の偉大な貴婦人，その光で
　　　太陽神（フィーバス）のランプさながら世を照らし給うお方よ，
　　　美しい光をわが弱き目に注ぎ，
　　　余りにも拙く余りにも低いわが想いを高めて，
　　　御自身の 真（まこと）の輝かしい御姿に，
　　　わが至らぬ筆の主題に向けさせ給え，
　　ああ，畏れ多い御方，しばし御耳（おんかた）を傾け給え。　　　　　　　（1.序.4）

女王という卓越した現実を前にして，詩人としての拙さを絶えず意識せざるをえないスペンサーは，女王に向かってその光を自分のほうに向けてくれと懇願し，また，自分の未熟さをあらかじめ謝らなければならない。貞節の美徳を描く第3巻において，処女性を象徴するベルフィービーとして女王を描き出そうとする詩人はさらに一層気後れした様子で，「最高の賢者でも，光り輝く御姿（みすがた）を／ありのままには描けないのでございますから」(3.序.3.6-7)と言い訳をする。それゆえに詩人は「色さまざまの陰影をつける」(3.序.3.8)のだと言う。

女王という完璧な現実を描こうとする詩人にとって，自分の詩は彼女を「色

さまざまの陰影」によって「影のように表す」(「ローリへの手紙」)ことしかできないのだし，ベルフィービーやその他のヒロインたちも所詮は女王を「影のように表す」だけなのである。「影のように表す」("shadow")[8] という言葉の背後には，『妖精の女王』という虚構はそれが写し出そうとしている現実よりも常に劣ったものだという意識がある。それは，詩人は真実から遠く離れた影像しかつくることができないとしてアカデミーから詩人を追い出したプラトン(『国家』第10巻)に由来すると同時に，神が創り給うた世界がすべての秩序の源であるとするキリスト教によってもさらに保証された考え方であった。もちろん，プラトンにとっては，魂が肉体というくびきを離れて絶対的真実を求めて飛翔するもう一つの世界がこの世界よりも圧倒的に大事だったのだし，キリスト教にとっても，地上よりも天上にはるかに大きな価値があった。イデア／天上，現実，虚構，というヒエラルキーの中で，虚構は「イデア」の「仮像」にすぎない現実世界のさらに不完全な模倣であった。また，神の創造に比して人間の創造など取るに足らないものに決まっていた。

　「虚構」という言葉を使おうが，「詩」という言葉を使おうが，この時代にあって，それが「幻影」，「嘘」，「でっち上げ」のような否定的なニュアンスのある言葉を連想させたことに変わりはない。だからサー・フィリップ・シドニー(Sir Philip Sidney, 1554-86)は「詩の弁明」("An Apology for Poetry," 1583年頃)において，自然の世界が「真鍮」であるのに対して，詩人が創り出す世界は自然そのままよりもはるかに素晴らしい「黄金」であると言って詩を弁護しなければならなかったのだ。[9] C. S. ルイスが言うように，詩を弁護するというのは，「散文」に対しての弁護ではなく，「事実」に対する弁護であったのである。[10]

　チョーサー(Geoffrey Chaucer, 1343?-1400)の『トロイラスとクリセイデ』(*Troilus and Criseyde*, 1387年頃)の最後で，トロイラスは天上の高みから「この惨めな世界」を見下ろし，人間を惑わす「盲目の欲望」を蔑む。[11] そのとき，チョーサーは1万7千行にわたって語ってきたトロイラスとクリセイデの愛を否定するのである。それは，神が創造した「第1の世界」に対して詩人が創造する「第2の世界」[12] がはるかに劣っているという考えが存在していたからである。だからこそ，今まで語ってきたことは「教訓」のためだったのだと，詩そのものを「撤回」("retract")しなければならなかった。

　ハリー・バーガー(Harry Berger, Jr.)によると，14世紀から17世紀後半に至る思想史の流れは，「第1の世界」と「第2の世界」との関係に変化を生じさせたという。世界が物理学及び数学的観点から分析されるにつれ，人間の想像力が

生み出す世界が威厳と重要性を増してきたというのだ。それと同時に「第1の世界」は神によって人間に与えられた「原材料」であるがゆえに「混沌」であると考えられるようにもなってきた。[13]

　しかしスペンサーは，虚構世界の自律性を確立する方向に向かうよりは，「第1の世界」の圧倒的権威を前にして，虚構世界に「割れ目」を生じさせ，それを通じて，「第1の世界」を成り立たせている原理である女王に絶えずお伺いをたてる。彼はその古めかしい言語によって意識的に中世にとどまろうとしたのと同じように，17世紀を先取りするよりは中世の詩人を回顧するのだ。スティーヴン・グリーンブラットは『妖精の女王』と「現実」との関係に関して次のように述べる。

　　［スペンサーのアレゴリーは，］詩を超えたところにある一つの定まった権威へと読者の関心を不断に向けることによって，芸術そのものの中に内的距離を切り拓いてゆく。スペンサーの芸術は，私たちにイデオロギーを批判的に見るように導くのではなく，イデオロギーの存在とその避けがたく道徳的な力を，芸術が永遠に恋い憧れる真理の原理として肯定する。……『妖精の女王』においては，イデオロギーによって付与されるものとしての現実は，つねに芸術の領域の外に——遠く，限りなく強力で，完全に善である，そういった別なところに——何物にも脅かされることなく存する。[14]

『妖精の女王』はそれ自体では成立しえない「虚構」であるという事実を暴露することによって，詩の内部に亀裂を生じさせ，それを通じて読者にこの詩が詩の外側に存在する「権威」の力に拠っているのだということを明らかにするのである。詩の外側に存在する「権威」とはエリザベス女王とその宮廷社会の価値観，さらに同時代のヨーロッパ社会を形成する様々なイデオロギーのことであり，それに依拠することによって『妖精の女王』は成立しているのである。ポール・アルパーズ（Paul Alpers）が言うように，「スペンサーは純粋に自分自身の外部に存在する現実に向かって語りかけ」，[15] そうすることによって，自分は現実を「拙い筆」(3.序.3.3)で模倣するに過ぎないのだとへりくだる。第6巻の初めでは，これから描こうとする「礼節（コーテシー）」の美徳は，女王様の「澄み切ったお心の中に，曇りなき鏡のように／現れ」(6.序.6.5-6)ているのだから，自分はその徳を「すべての川が大洋から出で来た」る(6.序.7.4)ように，女王様から引き出し，そして返

すのだと述べる。

　『妖精の女王』がその拠り所とする「現実」においては，エリザベス女王の結婚が宮廷人たちの大きな関心事であった。友人のゲイブリエル・ハーヴェイ(Gabriel Harvey, 1550-1631)に宛てた1580年4月2日付けのスペンサーの手紙は，『妖精の女王』の草稿についての彼の感想を早く聞きたいとハーヴェイをせかしている。[16] その同じ手紙で，レスター伯(Robert Dudley, Earl of Leices-ter, 1532?-88)の脈々と続く高貴な家柄を讃える詩(*Stemmata Duddleiana*)を書き始めたとも言っている。その原稿は残されてはいないが，「レスター伯とシドニー卿のご機嫌をとり，また，女王の結婚相手の第一候補者と目されていたレスター伯の家柄の良さを褒め称えるという特別な意図をもった」[17] 作品だったと想像される。シドニーのグループに属していたスペンサーがシドニー同様，女王の一刻も早い結婚がテューダー朝にとって焦眉であると思っていたことは想像に難くない。また，『妖精の女王』と同時期に書かれた作品が同じ意図をもっていたとしても驚くにはあたらない。

　しかし，臣下の身にありながら，女王に結婚を勧めるとは，「詩人が正気であるとは思えないし，道徳的に妥当だとも思えない」[18] とジョセフィーヌ・ウォーターズ・ベネット(Josephine Waters Bennett)は言う。たしかに，1590年に『妖精の女王』の第1巻から第3巻までを女王に献上してから1年近くもロンドンに留まって，ようやく年50ポンドの年金("a substantial pension of £50")を手に入れて喜んでアイルランドに向けて帰途についたスペンサーが，ことによっては命を失うこともありうるような奏上を『妖精の女王』の中に盛り込む勇気があったとは思えない。

　しかも，「女王の結婚相手の第一候補者」と考えられていたレスター伯は1578年に初代エセックス伯未亡人レティス・ノリス(Lettice Knollys)と密かに結婚していたということが翌年の10月に発覚した。若い頃からレティスを毛嫌いしていたエリザベス女王は激怒し，レスター伯を宮廷から追放する。

　『妖精の女王』を構想した時点では，妖精の女王グロリアーナをアーサーと結婚させるつもりがあったのかもしれない。それによって，エリザベス女王とレスター伯の来たるべき結婚を祝福するつもりだったのかもしれない。しかし，第3巻でフロリメルを救出しようとするときに，アーサーは「あの美女が，自分の思いこがれている／あの妖精の女王であってくれればよいが」(3.4.54.6-7)とグロリアーナへの思いを吐露するが，それを最後にグロリアーナ探求の話はすっかり忘れ去られてしまう。

エリザベス女王とレスター伯，またはフランスの王子アンジュウ（Duke of Anjou）とアロンソン（Duke of Alençon）[19]，または他の誰かとの結婚の可能性がなくなったがために（エリザベス女王は1580年の時点ですでに47歳であった），妖精の国においてアーサーはグロリアーナと結婚できなくなってしまったのだろうか。『妖精の女王』において「現実」は虚構の上にそれほどまでに重くのしかかるのか。

「より美しい第2の世界」

アンガス・フレッチャー（Angus Fletcher）が言うように，「西洋文学」においては，常に「ある程度のアレゴリー」[20] を認識すべきである。たとえば，聖書の中の「ソロモンの歌」は，キリストと教会の結婚を象徴的に表しているのか，それとも，ソロモンとファラオの娘の結婚を字義通り祝福しているのか，その「聖」と「俗」が織りなすテクストは容易にはほぐしがたい。また，12世紀フランスの吟遊詩人たちは，封建君主に対するときの臣下の言葉を用いて，女性に対する愛を告白した。しかし，彼らが，君主の奥方やその他の身分の高い女性を称賛することによって宮廷での厚遇を期待していたのか，本当にその女性たちの愛を欲していたのか，どのレベルで彼らの詩を読めばいいのかという疑問は絶えず読者につきつけられる。

言葉と指示対象との関係を表す批評用語は，アレゴリー，シンボル，神話，ミメーシス，メタファーなど様々ある。[21] ヨーロッパまたはアメリカの文学批評が長い間にわたってつくり出して来たこれらの用語間の差異は，ヨーロッパ文学の伝統の内部で『妖精の女王』を論ずるときには有効かもしれない。しかし，虚構と現実との関係のあり方に関して，『妖精の女王』を異なる文学伝統の中で生み出された文学作品と比較するとき，これらの用語間の違いはさらに大きな違いを前にして問題ではなくなる。『妖精の女王』を成り立たせているものがアレゴリーかシンボルかということよりも，注目すべきことは『妖精の女王』が様々な意味における「外界」との関係の中で成り立っているということ，それに対して『源氏物語』は究極の虚構として現実とは別のもうひとつの現実をつくるということである。

文字に書かれた事柄の中に複数の意味を読み取ろうとするモードは，聖書を「字義的」（*litteralis*），「寓意的」（*allegoricus*），「道徳的」（*tropologicus*），「天上的」

(*anagogicus*)の4種類で解釈する中世の聖書解釈学に端を発すると言われる。そもそも，詩が現実を「再現」するものだとしたアリストテレス(『詩学』第1章)，さらに遡って，詩は実相を模倣した現実界のさらに模倣であると考えたプラトン(『国家』第10巻)もすでに，虚構は現実を写し出すものだという前提をもっていた。言葉が現実をいかにうまく模倣できるかということが詩人の優秀さの基準となるというのは，当たり前のことのように思えるかもしれない。「狂言綺語」という白楽天(772?-846?)の言葉は日本の平安・鎌倉時代にも広く唱えられた言葉であるが，[22] 文学の非力さを表しているという点で，一見同じ概念であるかのように思えるかもしれない。しかし，「道理に合わない飾り立てた言葉」という意味の「狂言綺語」は，より高位にある「現実」に対したとき文学は「仮像」にすぎない，ということを言っているのではなく，仏教の道と反するがゆえに役に立たないということを言っているのである。白楽天は文学を「讃仏乗の因転法輪の縁」とすることによって解決をはかった。『源氏物語』の「蛍」の帖(3.204-05)においても，光源氏は，「物語」は「そらごと」ではない，「方便」という言葉があるように，悪人を描くのにも意味があるのだ，と「物語」を弁護する。「物語」が「真実」だと言って弁護するのではなく，仏道と等しく有益でありうると言って弁護するのである。

　アウエルバッハ(Erich Auerbach, 1892-1957)は『ミメーシス』(*Mimesis*, 1946年)の第1章において，ホメロスの『オデュッセイア』で語られる出来事が「前景，すなわち，空間と時間の次元の全き現在の中で終始経過する」[23] のに対して，旧約聖書のエピソードには「背景」または「歴史性」があると論ずる。『オデュッセイア』においてはすべてが語りつくされなければならない。「背景」が存在せず，「前景」のみ，「現在」だけが語られる。あらゆることに関する詳細な情報がなければ虚構の「外側」から読者は情報を補うことができないからだ。ところが聖書の物語の世界は歴史的事実としてすでに存在しているがために，それぞれの人物や出来事は「背景」をすでにもっているという。重層性と歴史性をもった旧約聖書の人物の描き方は，説明されていなくても読者が当然理解するだろう共通の「枠組み」を前提とし，その「枠組み」に当てはめてみるとその人物や出来事の意味が背景をもって現れ出てくる。そしてそれ以外の「枠組み」は何も存在しないことを前提としているのである。「聖書の物語の世界は，その歴史的事実の真実性を要求するだけでは満足せず，みずから唯一の真実な，独裁権をもった世界であると主張」し，「全人類の歴史は，この枠内でこそ秩序を与えられる」[24] のであるから。

このように，アウエルバッハはミメーシスのあり方がキリスト教以前と以後とで異なると論ずるのであるが，それは一言で言えば，キリスト教によって世界が構造化されたということである。そして，特に『妖精の女王』がキリスト教の世界観を構造原理とし，そうすることによって「妖精の国」の比喩の層を重層化したのは，時代の特有性も大きな理由であった。16世紀末は，キリストの再臨によって実現される神聖な千年である「至福千年」("millennium") を期待していた時代であった。スペインを中心とする国々はヨーロッパ大陸でカトリシズムの名のもとに，すでにイタリアとドイツの一部を支配下におき，オランダに食指を伸ばそうとしていた。シドニー，レスター伯，そして後にはエセックス伯 (Robert Devereux, Earl of Essex, 1567-1602) のグループは，プロテスタントの国イングランドこそがヨーロッパを統合すべきだと考え，オランダ遠征を試みていた。彼らの念頭にあったのは，「悪しき教会」に対する「良き教会」の闘いであり，カトリシズムとはアンチ・キリストであった。1588年にスペインの無敵艦隊を倒したこともアポカリプス待望論に拍車をかけた。『妖精の女王』においても，ブリトマートとアーティガルの結婚が「幾多の果実を実らせ」る (3.3.3.7) ことを予言するマーリンは，ついには「処女王が統治して，／ベルギーの海岸にまでもその白い杖を伸ばし，／それであの大きな城を激しく打つので，／城は震え上がって，やがて倒れるであろう」(3.3.49.6-9) と言う。オランダ遠征のアポカリプス的性格を含意していると言えよう。[25]

　『妖精の女王』は聖書の時間観によって構造化されている。ダンテ (Dante Alighieri, 1265-1321) の『神曲』(*Divina Commedia*, 1307-1321年頃) やチョーサーの『カンタベリー物語』(*The Canterbury Tales*, 1387年頃) がそうであるのと同じように，聖書という「共通の枠組み」を模倣しようとした作品である。

　神が創造した「第1の世界」が「第2の世界」よりも圧倒的に優越した位置に置かれているがために，スペンサーもまた多くの他の詩人たちも，虚構において「第1の世界」を「完璧に」模倣しようとした。虚構が現実に対して劣位におとしめられているからこそ，かえって完璧な模倣を目指すという逆説が生じるのである。フレッチャーは，アレゴリーはそれが表象しようとする概念と同一化するために「宿命的行動」[26] に携わると言う。しかし，完璧はありえないがために，それは「不可能な欲望」[27] なのだ。スペンサーもこの「不可能な欲望」にとりつかれた。エリザベス女王とイングランド，また，聖書の枠組み，という外側に存在する「現実」と『妖精の女王』という虚構を一致させようとしたのである。エリザベス女王の結婚とは関わりなく，なぜ「個人的」なレベルで，自

律的な「虚構」として,妖精の女王グロリアーナを描くことはできなかったのか,という疑問が湧いてくるのは,『源氏物語』と比較するゆえであろうか。

　妖精の国の内部に,疲れた旅人として登場する詩人[28]は,『源氏物語』の内部で自分が見聞きしたことを物語として紡ぎ出す語り手たちと何と違うことだろう。詩人は『妖精の女王』の創造者としての権威を見せつけるどころか,様々な風景を楽しみながらその中を旅するひとりの登場人物である。その姿は自らの詩をコントロールできない詩人の象徴のように思えてくる。

　　この楽しい妖精の国では,
　　　私が疲れた足を進めて行く道は
　　　この上なく広々としており,
　　　種々様々の心地よいものが行く先々にあって
　　　目や耳を楽しませてくれるので,
　　　類(たぐい)なく嬉しい思いに,ついうっとりとなり,
　　　おかげで,旅路の憂さも忘れ,
　　　力の衰えを感じる時には
　　これが力を与えて,鈍った心を慰めてくれる。　　　　　　　　（6.序.1）

英語の日本語訳は特に明記しないかぎりは筆者である。*The Faerie Queene* の訳は,和田勇一・福田昇八訳『妖精の女王』(ちくま文庫,2005)による。

[1] ただし,この言葉は紫の上の「春の殿(おとど)」を描写したもの。『源氏物語』からの引用は阿部秋生・秋山虔・今井源衛 校注　『源氏物語』(『日本古典文学全集』第12-17巻 小学館,1970-76)に拠る。引用のあとのかっこ内は帖名,巻数,頁数の順。

[2] Richard H. Okada, *Figures of Resistance: Language, Poetry, and Narrating in The Tale of Genji and Other Mid-Heian Texts*（Durham: Duke UP, 1991）215.

[3] 『源氏物語』が源高明の霊魂の供養であるという考えは,井沢元彦 『逆説の日本史』全4巻(1996；小学館,1999)第3章に示唆を得た。

[4] Earl Miner, *Comparative Poetics: An Intercultural Essay on Theories of Literature*（Princeton: Princeton UP, 1990）139.

[5] これは,源氏の御族(ぞう)にも離れたまへりし後大殿(のちのおほとの)わたりにありける悪御達(わるごたち)の,落ちとま

り残れるが問はず語りしおきたるは、紫のゆかりにも似ざめれど、かの女どもの言ひけるは、「源氏の御末々にひが事どものまじりて聞こゆるは、我よりも年の数つもりほけたりける人のひが言にや」などあやしがりける、いづれかはまことならむ。

6 このような「語り手」たちは「自然発生的」なのではなく、作者が自分自身から分離して「創造」したのだと考えるのは野口武彦である。野口武彦『「語り手」創造——『ものがたり』という基層』、『『源氏物語』を江戸から読む』(講談社学術文庫、1995)第6章参照。

7 語り手による「草子地」と作者による「作者の詞」を区別する場合もある。

8 この場合の "shadow" の意味は *OED* の 7. a. "To represent by a shadow or imperfect image; to indicate obscurely or in slight outline; to symbolize, typify, prefigure"という意味だと思われる。

9 G. Gregory Smith, ed., *Elizabethan Critical Essays*, vol. 1 (London: Oxford UP, 1904) 156.

10 C. S. Lewis, *English Literature in the Sixteenth Century* (London: Oxford UP, 1954) 318.

11 Larry D. Benson, ed., *The Riverside Chaucer* (Boston: Houghton, 1987) 57.

12 Harry Berger, Jr., *Second World and Green World: Studies in Renaissance Fiction-Making*, (Berkeley: U of California P, 1988) 10.

13 Berger 11.

14 高田茂樹訳『ルネサンスの自己成型——モアからシェイクスピアまで』(みすず書房、1992) 250-51 頁。Stephen Greenblatt, *Renaissance Self-Fashioning: From More to Shakespeare* (Chicago: U of Chicago P, 1980) 192.

15 Paul Alpers, "Narration in *The Faerie Queene*," *ELH* 44 (1977): 28.

16 "I wil in hande forthwith with my Faery Queene, whyche I praye you hartily send me with al expedition: and your friendly Letters, and long expected Iudgement withal, whyche let not be shorte, but in all pointes suche, as your ordinarilye vse, and I extraordinarily desire." From Edward J. L. Scott, ed., *Letter-Book of Gabriel Harvey, A. D. 1573-1580*, New Series of Early English Text Society, vol. 23 (London: EETS, 1884) 38.

17 Eleanor Rosenberg, *Leicester, Patron of Letters* (New York: Columbia UP, 1955) 332.

18 Josephine Water Bennett, *The Evolution of "The Faerie Queene"* (New York: Burt Franklin, 1960) 95.

19 1571年頃、アンジュウ王子がスコットランド女王メアリーと結婚し、カトリック教徒の勢力が強大化するのを防ぐために、エリザベスは自分がアンジュウ王子と結婚する意志があることをほのめかした。1574年にアンジュウ王子が即位してフランス王となることによってこの結婚話は消滅した。しかし、1575年頃には、アンジュウ王子の母親キャサリン・メディチは、今度は下の息子のアロンソン王子とエリザベスとの結婚話をもち出した。エリザベスが43歳、アロンソンは21歳であった。スペインとイングランドとの対立関係におけるフランスの役割が揺れ動く中、エリザベスの結婚は政治の道具であった。Elizabeth Jenkins, *Elizabeth the Great* (London: Phoenix, 1958) 参照。

20 Angus Fletcher, *Allegory: The Theory of a Symbolic Mode* (Ithaca, NY: Cornell UP, 1964) 8.

21 大野雅子 「メタファーの欲望」,『帝京大学文学部紀要英語英文学』24 (1993):143-58 参照。
22 『和漢朗詠集』(1013 年頃)にとられた白楽天の詩の全文は次の通りである。「願はくは今生世俗文字の業狂言綺語の誤りを以って翻して当来世世讃仏乗の因転法輪の縁と為さん」
23 E. アウエルバッハ『ミメーシス──ヨーロッパ文学における現実描写』 篠田一士・川村二郎訳 上（筑摩書房, 1967)9。Erich Auerbach, *Mimesis: The Representation of Reality in Western Literature*, trans. Willard R. Trask（Princeton: Princeton UP, 1953, trans. of *Mimesis, Dargestellte Wirklichkeit in der abendlandischen Literatur*, 1946) 7.
24 アウエルバッハ『ミメーシス』, 18-19。Auerbach, 14-15.
25 David Norbrook, *Poetry and Politics in the English Renaissance*（London: Routledge, 1984) 135.
26 Fletcher 65.
27 Fletcher 65.
28 「詩人」がスペンサーその人ではなく,『源氏物語』の語り手と同じように, 虚構化された語り手であるという可能性は否定できない。しかし, 作者と語り手を区別するかどうかはまた別の問題である。

第 2 部
処女作から白鳥の歌まで

第四のカリス
――『羊飼の暦』の女王賛歌

足達 賀代子

　ルネサンスの文学や美術が頻繁に題材とした典雅の女神カリス達は，伝統的に3柱一組である。[1] スペンサーの作品でも3柱一組のカリス達がしばしば現れる。だが，『羊飼の暦』の「四月」(109-17行)及び『妖精の女王』第6巻(6. 10. 12-27)では4番目が加えられ，カリスは4柱一組で表されている。[2] 本稿では，これら2つの場面の比較を通じて，「四月」においてカリスが4柱となっていることの意味について考察してみたい。

第四のカリスの位置

　第四のカリスは古くより女性の賛美に用いられたモチーフで，ギリシャの詩人ルフィヌスの詩では，女神達の美質を一身に備える詩人の恋人が「そなたを加えて，我が恋人よ，カリスは4柱。」と称賛されている。[3] また，カリマコスはプトレマイオス3世の妃を称えて，「カリスは4柱。かの3柱に加え，新たに1人がカリスとされた故に。その者はいまだ香水に濡れている。幸いなるベレニス，輝ける者よ，かの人なくしてはカリスらといえどもカリスに非ず。」と歌っている。[4] 同様に，「四月」では，「わが君」イライザ，つまりエリザベス女王が，『妖精の女王』では「恋人」と呼ばれる乙女が，それぞれ第4のカリスとして称えられている。
　「四月」は，叶わぬ愛に苦悩し，失意のあまり今は詩作をやめている羊飼の詩人コリン・クラウトがかつて女王を称えて歌った詩を，彼の詩才を惜しむ友人が披露するという設定で歌われる。『妖精の女王』において自らの恋人を第4のカリスと呼ぶ羊飼の詩人が同じコリンであることは，当該場面で

「コリン・クラウト(知らぬ者なきコリン・クラウト)」(6.10.16.4)とその名を反復し,この羊飼の詩人が『羊飼の暦』以来,作者の詩作上のペルソナとしても周知のコリン・クラウトであることについて読者の注意を喚起しているところからも明白である。

このように同一の詩人コリンが,対象こそ異なれ,賛美する女性を第4のカリスと呼ぶという基本的な点以外にも,スターンズが列挙するように,乙女達や花々など,両場面には共通点が多い。[5] また,バーガーは両者の連続性を指摘して,2つの場面が約束とその成就,青写真と修正版であるかのように捉えている。[6] こうした顕著な類似性のためか,両者の相違点に係る考察はこれまで殆どなされてこなかった。だが,4柱のなかでの第4のカリスの配置を比べれば,両場面の間には興味深い差異が見出されるのである。

まず,『妖精の女王』では,「この三人のまた真ん中に,もう一人の乙女が……位置を占め,その美しさでほかの者に大いに花を添えていた」(6.10.12.6-9)となっている。乙女は,他よりも優れた存在として3柱のカリス達の中心に配置されている。

伝統的にカリス達はヴィーナスの侍女とされ,コリン自身も,カリス達は主(あるじ)であるヴィーナスを様々な美質で飾る,と説明している(6.10.21)。ピコ・デラ・ミランドラも述べているように,ルネサンスにおいては,3柱のカリス達は,優越した1者であるヴィーナスの中に凝縮され,一体化している様々な美質を3者一組で開示し,表象するとされた。[7] 従ってヴィーナスとカリス達は,3者が収斂する中心の1点と,1点が包括する様々な美質を3相に開示する外側の3点の関係にある。3柱のカリスの輪の中央はヴィーナスが占めるべき特権的な位置なのである。それ故,コリンの乙女がカリス達の中央に配されている構図は,彼女がヴィーナスに模せられていることを示唆するものである。

意中の女性を美と愛欲の女神ヴィーナスになぞらえるのは,古来,恋愛詩や物語中にしばしば見られるが,これは愛する女性の美への賛美と恋人が彼女に抱くエロティックな想念とを同時に表現する言説であった。ところが,中世,殊に12世紀以降,トルバドゥールは「真(フィナモール)の愛」を歌い,宮廷愛の理念は性愛を不純視し,性愛を排除した「純粋な愛」を尊んだ。[8] 更に,所謂ペトラルカ風の恋愛が主流になると,意中の女性は美徳への導きの星として神聖化された。ペトラルカ風恋愛詩は,ラウラの如き貴婦人への愛の陶酔と苦悩を伴いつつも,形而下の愛から形而上の愛へと恋人を導く神聖な天の淑女としての彼女への至純の憧憬を歌ったのである。このようなペトラルカ風恋愛の影響はルネサンス,と

りわけエリザベス朝の恋愛詩において色濃く見ることができる。[9] そこでは，意中の貴婦人はしばしば観念化されているのである。

一方，ルネサンスにおいてはヴィーナスも哲学的に高められた。ネオプラトニズムが説いた宇宙論では，愛こそが宇宙を生成し，万物を永遠に結び付ける結び目と考えられ，ヴィーナスがこの愛を司るとされた。このようなヴィーナスは「天上のヴィーナス」と呼ばれ，性愛を司る「地上のヴィーナス」とは明確に区別された。[10] そして，天上のヴィーナスにおいて一体的に象徴される宇宙の秩序と美はカリス達が3つの位相で表象し，同時にこれら3つの位相はカリス達の女主人，中心の1者であるヴィーナス，すなわち宇宙を統べ，一体化させる愛へと収斂するのである。

上記のことから，ルネサンスの恋愛詩において意中の貴婦人がヴィーナスに模せられる場合には，観念化され，美的，倫理的なあらゆる美質を「百科全書的に」[11]集大成する存在としてのヴィーナス，哲学的宇宙論によって宇宙を統べる至高の存在にまで高められた，神聖な天上の愛を表すヴィーナスが含意されているといえる。このようなヴィーナスは，カリス達の統合体としての「第4のカリス」と呼ばれる。[12] 例えば，エリザベス朝の恋愛ソネット集の1つ，『ゼフィーリア』でも，詩人が想いを寄せる標題の名の佳人は，生身の女性というよりも全ての美質の結晶，天上の妙なる淑女としての観念的存在であり，第4のカリスと呼ばれてヴィーナスの位置である3柱の中央に配されている。[13]

以上から，3柱のカリスの中心に第4のカリスとして意中の女性を置くこの配置は，ルネサンス当時において既に，恋愛詩と哲学的思念の伝統に磨き上げられた女性賛美の精華ともいうべき構図であったということができる。意中の女性はしばしば天空を統べる存在として称揚された。コリンの乙女も，神聖さ，美，貞潔，礼節など多くの美質を備え，北冠座の首星となって満天の星の運行を統べる（『妖精の女王』6.10.13）。コリン自身，乙女が天上の女神ではないと断言できない，と洩らしているように（25），彼女も観念化された天上のヴィーナスとして描かれており，それ故カリスの統合体としての第4のカリスと呼ばれるのである。伝統の構図は，この乙女の賛美にまさに適切であるといえる。

「四月」のイライザことエリザベス女王も美質に満ちた類まれなる女性として表出されている。また，詩人は彼女を「女神」，自分を女神に仕える「羊飼（しもべ）」と呼んでいるが（97-98），これらの表現は，恋愛関係を封建的主従関係になぞらえ，主（あるじ）と仰ぐ貴婦人への忠誠と奉仕を述べる恋愛詩に多く見られる言説であり，「四

月」にペトラルカ風恋愛の雰囲気を付与している。[14]

　だが，こうしたペトラルカ風恋愛詩の雰囲気にもかかわらず，イライザは3柱のカリスの中心に配されてはいない。カリス達の舞踏は2者ずつが相対する「対踊り」とされ，3者では「ひとり足りない」とされている。その空席を「わが君」に埋めさせよ，と詩人は求めている(113-14)。このことから，女王を加えた4柱のカリスは，2-2の対からなる構図，つまりは四角形を構成していることがわかる。女王が配された四角形の一隅は常に他の3点と交換可能であり，何らの優越性も示唆されてはいない。このことは，コリンの乙女が優越した1者として3柱のカリスの中心にあるのと極めて対照的である。

　「もうひとつの日輪」(77)と呼ばれるイライザの光輝に，月の女神は恥じ入り，太陽神も驚嘆するばかりである。だが，花々に彩られ，「若草に座する」(55)彼女は，これら花や若草が属する地上の存在，太陽神のあくまでも「下の」(77)世界に留められている。彼女がコリンの乙女のように天空へと上げられるのは，カリスらと「ともに天　統べさせよ」(117)と祈念され，天空の統治者となるこの瞬間である。ここは女王賛歌のまさに最高潮，詩人が詩才を披露する最も野心的な場面の1つである。ここにおいて発せられた「ひとり足りない対踊り／わが君に席埋めさせよ」という詩人の言葉は，四角形の構図が気紛れや偶然ではなく，特別な理由のもと意図的に選択されたことを強く示唆している。

カリスのテトラッド

　「四月」には，巡幸や式典などの機会に女王を楽しませるため，当時盛んに催された余興(Entertainments)の特質が見られる。常春の黄金郷を思わせる情景の中にイライザは座し，女神らの歌を楽しみ，自らも舞い，主賓兼主人公の立場にいる。更に彼女は寓意的な意味のある贈り物を献上される。これらは皆，余興に不可欠な要素である。

　余興は，表面的には，君主とその治世を寿ぐものであったが，それだけに限らなかった。ウィルソンによれば，余興は女王を歓待し，称賛するだけではなく，催行者である臣民側が望む統治のイメージを伝達するものでもあった。それ故にエリザベス女王も余興のもつ表面下の意味に大いに関心を示したという。[15]このことから，「四月」にも，純然たる女王賛美以外に何らかのメッセージが込められていると考えられるのである。

はじめに，イライザは「乙女の華」(48)，「処女王」(57)と呼ばれ，栄光と平和を表す月桂樹とオリーブを捧げられ(104, 123)，その治世が長く続くことを祈念されている(48)。貞潔，栄光，平和は一般にエリザベス女王に関連づけられる美徳と業績であったから，「四月」の「要旨」冒頭にも明記されているように，女王とその統治の賛美がまずはこの歌の主眼であるといってよい。

　次に，『羊飼の暦』全篇中第4歌にあたる「四月」は，研究者達が指摘するように，ウェルギリウスの『牧歌』の「第四歌」を踏まえている。[16]「第四歌」の冒頭はやがて到来する黄金時代の寿ぎである。「偉大なる世紀の連なりが，新たに生まれつつある。今や乙女なる女神も帰りきて，サトゥルヌスの王国はもどってくる。今や新たな血統が，高い天より降りてくる。さあ，清らかなルキナよ，生まれ出る子供を見守りたまえ。この子とともに，ついに鉄の種族は絶え，黄金の種族が全世界に立ち現れよう。」[17]「乙女なる女神」とは，流血と不正に汚れた地上を去り，天上の乙女座となったと言われる正義と貞潔の女神アストライアを指し，この女神の再来は黄金時代の予祝と解されている。[18] 血腥い政治的，宗教的混乱の収束に努め，平和をもたらした処女王エリザベスがこの「星の処女神」に模されたことは，イェイツの研究により明らかである。[19]『妖精の女王』でも，女王はアストライアを踏まえ，正義を司る「至高の女神」と呼ばれている(5序.11)。乙女座の季節である春の天空に上げられる「四月」のイライザも，明らかにアストライアと重ねられている。

　また，古代の占星学やピタゴラス学派に源を発し，数や図形に象徴性を読み込むナンバー・シンボリズムの影響はエリザベス朝文学，とりわけスペンサーの作品にも色濃く見出される。[20]「四月」では，第4番目の月，第4歌，女王を囲む4群の乙女達(ニンフ達，ムーサ達，カリス達，羊飼の娘達)，4柱のカリス達がつくる四角形など，「4」の多用が顕著である。ナンバー・シンボリズムでは，4は火，空気，水，地の四大元素(四大)の数である。四大は2対ずつ互いに接近と分離を繰返しながら循環し，多様性を内包した1つの秩序体，コスモスを構成する。それ故，宇宙，世界，人体といった大小のコスモスは四大を四隅とする四角形で表象されるが，このような象徴性を帯びた四角形は「テトラッド」(tetrad)と呼ばれ，[21] 四大はしばしばテトラッドをなして踊る姿で表される。このため四大は時に擬人化され，例えば手を携えて輪舞する4人の乙女の姿で描かれる。[22] この構図は，「四月」における4柱の処女神カリス達が四角形をなして踊る様と符合している。

　「ひとり足りない対踊り／わが君に席埋めさせよ」と詩人が述べるように，テ

トラッドは3柱では構成できない。空席が埋められない限り未完成なのである。詩人は，アストライアになぞらえられる女王を天空に上げて第4のカリスとし，テトラッドを完成させ，他のカリス達とともに天空の統治者とした。最初の平方数4はテトラッドを構成し，コスモスの象徴として宇宙の和合を表す。同時に，4つの枢要徳を帯びた4階層の国民から構成される理想国家についてプラトンが述べているように，4は国家とも深い関わりを持つ数である。また，2と2に等分が可能であることから4は同等性または等価交換性をも表し，よって伝統的に正義を象徴するとされるが，[23] 理想的国家の4つの枢要徳のうち正義は国家統治の基本原理であり，国家の秩序と安定の礎とされる。[24] 正義を司るアストライアになぞらえられる女王により完成するテトラッドは，女王が英国に正義を樹立し，平和と栄光に輝く理想的国家を現出したことへの詩人の慶祝のメッセージを表している。

コリンの友人の羊飼ホビノルらはイライザの姿に感嘆し，「四月」末尾の「寓意」で彼女を「女神」と呼ぶ(165)。エリザベス女王はしばしば月の女神に模せられたが，「四月」には別に月の女神が存在している(82)。従って，この「女神」は月の女神ではなく，原註者E. K. も詳述するように，ウェルギリウスの叙事詩『アエネイス』でダイアナの侍女の姿で我が子イーニアスの前に現れ，国家再建へとつながる道を示すヴィーナスを指す。[25] イーニアスが礎を築いた第二のトロイ(ローマ)の栄光は，後の世にトロイノヴァント(ロンドン)として再び芽生えた(『妖精の女王』3.9.38-46)。原典では，薄衣姿もややしどけなく，艶なる色香を漂わせて突然森から現れるヴィーナスだが，E. K. の註では女神の神々しく威厳ある様子が特に強調されている。ここでは，女神の出現は第二，第三のトロイの建国と栄光の予祝と解され，イライザが模せられているのはこの特別な瞬間のヴィーナスである。[26] ヴィーナス＝ヴィルゴ(Venus = Virgo) [27] と呼ばれるこの場面のヴィーナスはアストライアとも重ねられ，エリザベス女王を指し示す表象としてしばしば用いられた。[28]

先述のように，羊飼の若者が崇め仕える女神と呼ばれるイライザにはペトラルカ風恋愛詩中の貴婦人のイメージがあるが，それは「寓意」によって完全に修正され，詩人の真意へと読者は誘われる。ここでの女王は恋愛詩中の理念化された女性としてのヴィーナスではない。第4のカリスと呼ばれながらも，女王が3柱の中央に配されていないのはこのためである。詩人は，女王を恋愛詩の貴婦人にとどめず，国家の栄光を担う女性君主として前景化させるために，彼女を正義の女神アストライアとも重ねられる『アエネイス』のヴィーナス＝ヴィルゴとし，

テトラッドを完成させる枢要な存在としたのである。この設定は，女王の治世を慶賀し，黄金時代にふさわしい国家統治を祈念するうえで極めて有効である。

礼節のテトラッド

　上の考察から，理想的国家統治の希求というメッセージを表象するかたちとしてテトラッドが入念に選択されたことが明らかとなった。以下では，具体的にいかなる統治への期待がテトラッドで表されているのかを論じる。それにはまず，カリスの意味に注目したい。

　E. K. はカリス達について次のように註釈している。「詩人たちはすべての恩恵と美しさの女神とし，……これは人は先ず他人に対し惜しみなく恵み深くあるべきこと，次に他からの恩恵は礼を尽くして受けること，第三に感謝してそれに報いることを表し，これが寛大さの三つの行為である。」これは，ヴィントも指摘するように，与え，受け，返す「恩恵の循環」("a sequence of kindness")をカリスの輪舞によって説明するセネカの恩恵論に依拠している。[29]『妖精の女王』でも，豊かに恩恵を与え合い，感謝と礼を尽くす関係が礼節と呼ばれて尊ばれ，カリス達は礼節を司るとされている(6.10.23)。「四月」でもコリンは詩作の助力を仰いだ女神達に返礼を約束し，礼節ある態度を示している(151-53)。

　チェイニーは，正義の騎士アーティガルが不正を断固糾弾し，鉄の忠僕タラスに命じて容赦なく殲滅させるのに対し，礼節の騎士キャリドアは慈悲により和らげられた正義の見地から悪に対処し，可能な限り相手の更正を促して社会全体の調和の回復に努めることを指摘している。[30] このように，等価交換の原則に基き，相応の懲罰で罪科に報いることを旨とする正義は，基本的に暴力を含む力の行使により実現される。こうした苛烈な対処に対し，セネカは別著で，寛容な君主は「光輝く慈悲深い星」であるかのように臣民の自然な敬愛と恭順を喚起して君臣間の良好な関係を築き，国家の安定に資する故に，寛大さは君主に最も求められる恩恵であることを説いている。[31] カリス達の意味をE. K. が「寛大さの三つの行為」と換言しているのは，この場面がセネカの寛容論を踏まえての女王へのメッセージであることを強く示唆している。

　ウェルギリウスのアストライアは，アウグストゥス帝に始まるパクス・ローマーナを象徴する女神であると解された。パクス・ローマーナは，力の行使による苛烈な正義よりも，むしろ寛容によって平和と公正が保たれたといわれる時

189

代である。暴君ネロの時代に生きたセネカは，演劇『オクタヴィア』において，アストライアが象徴する「穏和な統治」への切実な希求を表明した。この劇が15-16世紀ヨーロッパにおいてとりわけ好まれたことを勘案すれば，[32] アストライアに模される女王がカリスに列せられることは，女王の国家統治が寛容と礼節を旨とするべきであることを強く希求するうえで効果的であるといえる。

また，『羊飼の暦』では，全篇を通じて，ロザリンドに寄せるコリンの報いられぬ愛とその苦悩が語られている。E. K. はロザリンドを「詩聖ペトラルカの女神ラウレッタ」に比肩させ，コリンの愛がペトラルカのラウラへの愛と同質であることを示唆している。ここでコリンは，たとえ応じられなくても不変の愛と献身を貫く，ペトラルカ風の真の恋人として描かれ，一方，ロザリンドに関しては，ラウラの如き美徳よりも，これほどの愛を一顧だにしない冷淡さばかりが際立っている(27)。これに対し，第4の礼節の女神であるイライザは，コリンの歌を感謝して嘉納するものとなっている(150)。このように，真の愛と献身にも感謝を表さない冷淡なロザリンドと礼節ある女王とがくっきりと対比されている。

これと呼応するかのように女王も，臣下の献身的な奉仕を感謝して受け，これに正当に応じる礼節ある君主像として，自らを表出している。国民の安寧と幸福のため神の加護のもと全力を尽くすと述べた後，「あなた方の積極的な助力がその一助となる。助力は，君主に対する愛と忠誠の大きさを物語るが故に感謝して受けよう。……私は，あなた方が私に与えたものをただ積み上げておくのではなく，受け取り，再びあなた方に返そう。」と女王は述べ，自らを「恩恵の循環」を実践する者として描き出している。[33]

ところが，女王が自分と臣下の関係をペトラルカ風恋愛に見立て，「たとえ応じられずとも貴婦人への献身と忠誠を貫くのが真の愛」というテーゼの下，臣下の奉仕に十分応じることなく彼らの忠誠を確保するという，グリーンブラットのいう「ペトラルカ風ポリティクス」[34] を自らの統治のレトリックの一つとしたことはよく知られている。こうした手法は，女王が自己表出する，礼節ある理想的君主像の対極に位置しているといえる。

以上より，イライザの礼節は一見ロザリンドへの批判に見えて，実は，女王が豊かに恩恵を与えるとともに，「ペトラルカ風ポリティクス」を排して臣下の奉仕に正当に応じることを望むメッセージであることがわかる。礼節を基とした統治により，君臣の信頼と和合，ひいては国家の秩序と繁栄が保たれ，黄金時代が到来することが切望されている。そのためには，女王が第4の礼節の女

神となってテトラッドの空席を埋め，セネカのいう「恩恵の循環」を国家統治の象徴の場において完成させなければならないのである。

神聖のテトラッド

　英国国教会の「三十九箇条」第三十七条は，神から授けられた女王の統治権が聖俗両域に及ぶことを明記している。女王と臣民との間の，いわば世俗の領域における理想的統治に関わる上述の議論に続いて，以下では教会の領域について同様の考察が行われなければならない。

　国教会とは国民教会であると同時に国家体制教会としての性格を備え，教会とそれを中心とする国家体制への国民の信従(conformity)が求められた。信従とは，人々が暴力による強制にも，報酬などの誘因にもよらず，なおその支配体制に自発的に服従し，自分自身をその支配体制の一部として意識するような状態を指す。統治の安定化を図るうえで人々の信従を得ることは重要であり，そのための民衆心理の誘引に不可欠な象徴の一つが，聖俗一体の国家統治を行う女王であった。[35]

　「四月」の基底をなすウェルギリウスの「第四歌」のキリスト教的解釈によれば，黄金時代を予祝する乙女神は聖処女マリアと同一視され，罪と死に覆われた地上に贖罪と救世の幼子の出現を告げ知らせる福音をもたらす。[36] エリザベス女王を乙女座の女神や子羊に関連付ける多くの言説は，この解釈を踏まえて女王を救世の聖処女として表出し，女王による教会統治体制を擁護するものと考えられる。例えばフッカーは，英国に対する神の摂理について論じた箇所で次のように述べている。「完全に諦めかけられた時にこそ御恵みが最も大きいことをお示しになるのが神の特性であり，神は苦難と暗闇の深淵からすばらしき栄光の星を昇らしめ，彼女の頭上に王冠を据えられた。彼女こそ，神御自身が血みどろの時代の虐殺から子羊として守りおかれた者である。」[37]

　「四月」でも，女王は乙女座とともに子羊とも関連づけられている。詩人がイライザに献上を約束する「乳のように白い子羊」(96)は，他の贈り物同様，象徴的な意味を担っている。「子羊と聖処女」の図像は黙示録の子羊，キリストとその花嫁を想起させるが，この「子羊の花嫁」は教会，また聖処女マリアを指すと解釈されている。

　民衆のマリア崇拝は英国においても脈々と受け継がれ，人々の間にはマリア

への根強い愛慕があった。こうした民衆心理を吸引したのが,「神の贈り物」[38]とされた処女王エリザベスである。女王は聖処女マリアに重ね合わされ,多くの研究者のいう「女王のマリア崇拝のカルト」が形成されて女王による教会統治の擁護に寄与した。ウェルズは次のように述べている。「後の世に姿をとった聖処女マリアとして,エリザベスは新たな至福千年に枢要な役割を果す。マリアが第一に教会の象徴であるならば,カトリックに対するエリザベスの勝利は黙示録で予言された反キリストの敗北と解され,彼女が統括する教会こそ疑いなく唯一の真の教会であると考えられただろう。」[39]

エリザベスは,カトリック教徒であった姉メアリ女王が病死した時,「これは主のなされた事でわれらの目には驚くべき事である」(詩篇118:23)と誦したと伝えられ,[40] また,後には,「神は私を,神の真理と栄光を護持し,この王国を不名誉,危害,暴虐,迫害から守るための道具となされた」と述べている。[41] これらは,神意により遣わされ,安寧と至福をもたらす者としての女王の自己表出である。従って,純白の子羊の献上は,女王が自ら身にまとい,周囲もそう解する,神に選ばれ,真の教会を護持する救世の聖処女としての女王像を踏まえた行為なのである。

同時に,イライザは「全ての羊飼達の女王」(34)とも呼ばれている。聖職者は,良き羊飼キリストの御業に倣って迷妄と誤謬から子羊たる信者達を守り導くことを務めとしている故に,しばしば羊飼いに喩えられる。イライザを「全ての羊飼達の女王」と呼ぶことは,女王が聖職者らの上に君臨するという統治体制を言い表している。また,『妖精の女王』でも説かれているように,[42] 地上の君主は神から授けられた統治権の濫用を慎み,国家と国民を正しく導くことについて神に責務を負うとされる。上の呼称は,女王による教会統治への信従と同時に,女王が聖職者達をよく統督し,国民の善導について神への責務を果すことへの希求を表す言説なのである。

このように,唯一の真の教会を守る救世の聖処女であると同時に,教会の良き統帥者としてイライザは描かれている。これにより詩人は,世俗の領域のみならず,教会の領域においても女王の統治が理想的なものであることを切望しているのである。このように考えると,カリスのテトラッドは新たな相貌を帯びてくる。

聖アウグスティヌスは,神への礼拝を敬虔と呼び,礼拝は信仰,希望,愛の神学3徳をもって行う,と説いている。[43] この権威ある教父が体験した肉欲からの回心は,罪の呪縛の只中で救済を請い願う人間にとっての模範かつ希望となっ

た。多くの文学作品でも，貞潔によって肉欲に勝利し，被造物から造物主へと心を向けかえる時，敬虔を知り，信仰，希望，愛が深められて救済へと近づく，という過程が繰り返し物語られてきた。

　『妖精の女王』第1巻もその1つであり，赤十字の騎士が肉の罪との戦いに幾度も敗れながらも，ユーナが表す貞潔に導かれ，3徳を学んで救済へと到る過程が描かれている。この過程を凝縮して語る第10篇の「神聖の館」には信仰，希望，愛を表す3姉妹が住んでいる。ユーナは彼女達と親しく，まるで親友か従姉妹のようであり，3姉妹はユーナの願いを快く承諾して騎士に3徳を教授する (1.10.18, 22, 32-3)。このように，貞潔と信仰，希望，愛の4つの徳が4人の神聖な乙女の姿で表され，連携しながら人間の魂を助け導くという構図が明確に見られる。

　キリスト教は，異教の神々を自らの教義の表象として用いてきた。ロスによれば，カリスのキリスト教的意味は次の通りである。「信仰，希望，愛は3柱の聖なるカリス達である。彼女らは清浄無垢の乙女達，偉大なる神の娘達である。」[44] 恩寵に満たされ，美しく恵み深い3姉妹は様々な言葉によって称えられているが，中でも "grace" という言葉が3者に共通して用いられている点に留意したい (1.10.12, 30)。これは，3徳の源である神の恩寵 (Grace) とカリス達 (the Graces) の双方を意識した用法であろう。これらのことから，3姉妹はキリスト教的意味における3柱のカリスであると解することができる。そして，3姉妹が3柱のカリスであるのなら，ユーナは第4のカリスということになる。

　先述したように，テトラッドは大コスモスとしての宇宙を象徴するとともに，プラトンが国家統治の要とした4つの枢要徳を表すかたちである。テトラッドはまた，小コスモス即ち人間をも象徴し，人間の魂を正しく導くのが貞潔と信仰，希望，愛の神聖な4つの徳である。ユーナと3姉妹は，これら4徳を表すテトラッドを構成しているといえる。

　子羊を献上されるイライザの姿は，ユーナを想起させる。イライザと同じく「乳のように白い子羊」(1.1.4.9) を伴ったユーナも「一番純潔な花」(1.1.48.3-4)，「処女王」(1.12.8.9) と呼ばれ，その姿は黙示録の「子羊の花嫁」を想起させ (1.22.6-7)，英国国教会の寓意像と解されている。『妖精の女王』でも繰返し強調されるように，黄金時代の予祝は現在が堕落し，苦難に満ちた鉄の時代であることを示唆している。聖処女マリアと重ねられる英国国教会の象徴イライザは救世の処女王として鉄の時代を終らせ，人々と国家に黄金時代をもたらす。一方，英国国教会の寓意像ユーナは罪に苦しむ赤十字の騎士を救済へと導き，悪

龍を倒させて王国の危難を救う。彼女達の物語は，真の教会が罪と苦難から人々と国家を救い出し，黄金時代を到来させるという共通の主題をもっており，互いに緊密な照応関係にある。

　この照応性を踏まえるとき，貞潔の鑑である聖処女王を加えた4柱のカリス達は，ユーナと3聖姉妹の如く，貞潔と信仰，希望，愛によるテトラッドを構成している，ということができる。このテトラッドは，神の祝福に満ちた新たな至福千年を実現するため，女王が肉欲の罪を打砕く貞潔の象徴として，また，人々を救済へと導く聖職者達の良き統帥者として，戦い，導く現世の教会を統治することへの信従と期待を表すかたちなのである。

祈りの表象 ── 熱誠と滅びの予感

　以上から明らかなように，「四月」のハイライト場面でイライザが貴婦人賛美の伝統に則って3柱のカリスの中心に置かれず，四角形の空席の一角に配されたのは，この歌を女王への愛と賛美の擬似恋愛詩に留めるのではなく，聖俗両域に君臨する女王に理想的な統治を要求するという重要なメッセージを発するためであった。「ペトラルカ風ポリティクス」を排し，豊かに恩恵を与え，臣下の奉仕に正当に応じる礼節ある君主として，また，貞潔と信仰，希望，愛を深めて救済へと人々を導く地上の教会の統治者として，神意に叶い，君臣共に幸福な，至福の黄金時代を到来させてほしい，というメッセージが，4柱のカリスによる礼節と神聖のテトラッドによって表象されているのである。

　四角形の構図は，中心の1者の優越性を強調する伝統的な三角形の構図に比べて一見精彩に欠ける。しかし，スペンサーはあえて四角形の構図を掲げ，「四月」のハイライトとした。カリスという表象は多くの意味を伴うが，女王を第4のカリスとし，4者をテトラッドの構図に置くことでその指示内容は礼節と神聖へと収斂され，聖俗両域における理想的な国家統治のあり方をコンパクトに，しかし壮大かつ優美に表すことに成功している。

　ところで，『羊飼の暦』中，「四月」の女王賛歌と対をなすのが「十一月」の挽歌である。「十一月」で追悼される高貴な血筋の乙女ダイドーが，いかなる政治的意味を含意するにせよ，また，詩人の真意がどこにあったにせよ，エリザベス女王その人と解釈されるに十分な対比的要素を両歌は備えている。「四月」でイライザを飾った花々は「十一月」では墓前の花輪となり，ニンフらやムー

サ達が献じたオリーブと月桂樹は葬送と死を暗示する糸杉と枯れたニワトコへと変じ，羊飼の乙女らは涙に暮れて悲しみを歌う。そして，女王を欠いて3柱に戻った女神達はもはやカリス達ではなく，人の命の糸を紡ぎ，繰り，断ちきる運命の3女神達へと転じている。弔歌はやがて，ダイドーを天上の諸聖人を統べる女神，エリジアムを歩む祝聖された魂と呼んで神格化し，「四月」にも似た晴朗な寿ぎの歌へと転調する。しかし，それは喪失感と絶望を抑圧したものであるが故に，失意と悲哀は一層深く，濃い。

「四月」の光輝と「十一月」の暗鬱は表裏をなしている。しばしば生茂る薔薇の木で表象されたチューダー王朝の家系樹上，エリザベスは最後の名花，王朝存続の望みの一輪とされたが，女王は緊要な国家的懸案であるにもかかわらず自らの結婚問題になかなか結論を出さなかった。その崩御を予示して悼む「十一月」を踏まえる時，女王により完成する「四月」のカリスのテトラッドは，女王が現出した黄金時代を慶賀し，その永続を希求する詩人の熱誠と，その一方で，処女王であり続ける望みの一輪の命数とともにこの黄金時代が終わりを迎えることへの不安と滅びの予感がないまぜとなった，狂おしいまでの祈りの表象となって，読み手の心に四角形のかたちを刻み付けるのである。

---

1 但し，ホメロスは『イリアス』(第14歌275行)でカリスの1柱をPasitheaという名で呼んでおり，E. K.の註釈にはこれを4柱目とする言及がある。この点については，D. T. Starnes, "E. K.'s Classical Allusions Reconsidered," *Studies in Philology* 39 (1942): 157-58 を参照。

2 使用テクストは，A. C. Hamilton, Hiroshi Yamashita, and Toshiyuki Suzuki, eds., *Spenser: The Faerie Queene* (Harlow: Longman-Pearson Education, 2001)及びWilliam A. Oram, et al, eds., *The Shorter Poems of Edmund Spenser* (New Haven: Yale UP, 1989)。また，訳文は和田勇一・福田昇八訳『妖精の女王』(ちくま文庫, 2005)及び，福田昇八訳『スペンサー詩集』(筑摩書房, 2000)によるが，論述の都合上，一部拙訳を用いている。なお，スペンサーのテクスト中，第4のカリスへの明確な言及はこの2箇所である。Gerald Snare, "Spenser's Fourth Grace," *Journal of Warburg & Courtauld Institutes* 34 (1971): 351を参照。但し，*Epithalamion* 第6連の「花嫁」が第4のカリスと解されることについては，私市元宏「『祝婚歌』と優美の女神たち　数秘と図像」福田昇八・川西進(編)『詩人の王スペ

ンサー』(九州大学出版会, 1997) 375 頁を参照。

3 W. R. Paton, ed., *The Greek Anthology*, Vol. 5 (Cambridge, Mass.: Harvard UP, 1980) 163.

4 A. W. Mair and G. R. Mair, eds., *Epigram LII* in *Callimachus, Hymns and Epigrams, Lycophron, Aratus* (Cambridge, Mass.: Harvard UP, 1955) 175.

5 D. T. Starnes, "Spenser and the Graces," *Philological Quarterly* 21 (1942): 276-77.

6 Harry Berger, Jr., "A Secret Discipline: *The Faerie Queene*, Book VI," *Revisionary Play: Studies in the Spenserian Dynamics* (Berkeley: U of California P, 1988) 234, 237.

7 S. A. Farmer, ed., *Syncretism in the West: Pico's 900 Theses (1486)* (Tempe, Arizona: Medieval & Renaissance Texts & Studies, 1998) 509.

8 Andreas Capellanus, *The Art of Courtly Love*, trans., John Jay Parry (New York: Norton, 1969) 122.

9 ペトラルキズムがヨーロッパの恋愛詩に与えた影響については, Hallett Smith, *Elizabethan Poetry: A Study in Conventions, Meaning, and Expression* (Michigan: U of Michigan P, 1968) 131 参照。

10 ネオプラトニズムが説く双姉妹のヴィーナスについては, Marcilio Ficino, *Commentary on Plato's Symposium on Love*, trans., Sears Jayne (Dallas: Spring, 1985) 53-54 参照。

11 Snare 352.

12 Snare 353.

13 Sidney Lee, ed., *Zepheria, Elizabethan Sonnets* (New York: Cooper Square, 1964) 24.

14 Louis Adrian Montrose, "'The Perfecte Paterne of a Poete': the Poetics of Courtship in *The Shepheardes Calender*," *Edmund Spenser*, ed., Andrew Hadfield (London: Longman, 1996) 31.

15 Jean Wilson, *Entertainments for Elizabeth I* (Totowa: D. S. Brewer, 1980) 8, 13.

16 例えば, Louis Adrian Montrose, "'Eliza, Queene of shepheardes,' and the Pastoral of Power," *English Literary Renaissance* 10 (1980): 160-61 を参照。

17 「第四歌」5-10 行。訳文は, 小川正廣訳『牧歌／農耕詩』(京都大学学術出版会, 2004) による。

18 Frederick A. de Armas, *The Return of Astraea: An Astral-Imperial Myth in Calderón* (Lexington, Kentucky: UP of Kentucky, 1986) 第 1 章を参照。

19 Frances A. Yates, *Astraea: The Imperial Theme in the Sixteenth Century* (London: Routledge, 1975) 29-87.

20 Alastair Fowler, *Spenser and the Numbers of Time* (London: Routledge, 1964) 参照。

21 S. K. Heninger, Jr., "Some Renaissance Versions of the Pythagorean Tetrad," *Studies in the Renaissance* 8 (1961):7-33.

22 Guillaume Saluste du Bartas, "The Second Day of the Week," in *His First Week or Birth of the World*, 1641, ed., Alexander B. Grosart (Lancashire: n.p., 1877) 第 333-42 行。

23 Christopher Butler, *Number Symbolism* (London: Routledge, 1970) 7.

24 プラトン『国家』第 4 章。

25 第 1 巻 314-414 行。

26 Judith M. Kenney, "*The Shepheardes Calender*, mottos in *Aprill*," *The Spenser Encyclopedia*, ed. A. C. Hamilton (Toronto: U of Toronto P, 1990) 652.
27 Edgar Wind, *Pagan Mysteries in the Renaissance* (New York: Norton, 1968)によれば、ルネサンスにおいて『アエネイス』のヴィーナス=ヴィルゴは、「半ば貞潔で、半ば官能的なヴィーナスのカルト」を示すと解され、女神の「神々しさ、または浮薄さ、或いはその両方」を表すと考えられた(77)。ヴィーナス=ヴィルゴの多様なイメージについては、Anthony di Matteo, "Spenser's Venus-Virgo: The Poetics and Interpretive History of a Dissembling Figure," *Spenser Studies* X (1992): 37-70 を参照。
28 De Armas 206.
29 Seneca, "On Favours," *Moral and Political Essays*, eds. John M. Cooper and J. F. Procopé (Cambridge: Cambridge UP, 1995)197。なお、Wind による指摘は、*Pagan Mysteries* 29。
30 Donald Cheney, *Spenser's Image of Nature: Wild Man and Shepherd in The Faerie Queene* (New Haven: Yale UP, 1966)186.
31 Seneca, "On Mercy," *Moral and Political Essays* 132.
32 De Armas 7-8, 12.
33 Leah S. Marcus, et al, eds. *Elizabeth I: Collected Works* (Chicago: U of Chicago P, 2000)337-38.
34 Stephen Greenblatt, *Renaissance Self-Fashioning: From More to Shakespeare* (Chicago: U of Chicago P, 1980) 166. なお、『妖精の女王』において見られる女王の「ペトラルカ風ポリティクス」に関する論考については、Kayoko Adachi, "The Hermaphrodite Cancelled: The Narrator's Counterargument in *The Faerie Queene*," *Studies in English Literature*, English Number 47(2006): 23-44 を参照。
35 松浦高嶺「アングリカンとピューリタン」、塚田理編『イギリスの宗教』第4章(聖公会出版、1980)62-63頁。
36 Domenico Comparetti, *Vergil in the Middle Ages*, trans., E. F. M. Benecke (London: Swan Sonnenschein, 1895) 99-100.
37 Richard Hooker, *Of the Laws of Ecclesiastical Polity*, 1593, ed. Christopher Morris (London: Dent, 1954) 428.
38 *Homily on Obedience* (1559) in *Elizabethan Backgrounds: Historical Documents of the Age of Elizabeth I*, ed. Arthur F. Kinney (Hamden, Connecticut: Shoe String, 1975) 61.
39 Robin Headlam Wells, *Spenser's Faerie Queene and the Cult of Elizabeth* (London: Croom Helm, 1983) 19.
40 Lisa Hopkins, *Queen Elizabeth I and Her Court* (London: Vision Press, 1990) 25.
41 Marcus, et al. 342.
42 「この力[正義]を神は王侯にも貸し給い、/王侯たちを御自身と同じように栄光に包まれて/神自らの座に座らせられ、神の大義を果たさせて、/自らの勧めのままに、その民を正しく治めさせ給う。」(5. 序.10.6-9)
43 聖アウグスティヌス「信仰、希望、愛」、赤木善光訳『アウグスティヌス著作集』第4巻(教文館、1995)196.

44 John R. Glenn, ed., *A Critical Edition of Alexander Ross's 1647 Mystagogus Poeticus, or the Muses Interpreter* (New York: Garland, 1987) 350. なお，『妖精の女王』第6巻第10篇に現れる3柱のカリス達が神学3徳を表すとする解釈については，Lila Geller, "The Acidalian Vision: Spenser's Graces in Book VI of *The Fearie Queene*," *Review of English Studies* 23 (1972): 267-77 を参照。

『時の廃墟』における嘆きの構造

岩永 祥恵

　スペンサーが若い頃から20年以上にわたって書き溜め,『妖精の女王』最初の3巻を発表した翌年(1591年)に出版された『瞑想詩集』(*Complaints*)は, 9篇の〈嘆き〉から成り立っている。モチーフは自負の愚かさ, 野心の無意味さ, 偉業の儚さなど様々だが, トーンは現世の儚さ, 虚ろさにほぼ統一されている。

　その劈頭に登場する『時の廃墟』(*Ruines of Time*)[1] の主題は現世の儚さに翻弄される人間への嘆きであり, その背景にあるのは時と人間の繋がりである。時は人間を凌駕する。しかし人間は時の優位性を克服できないのか。また, 人間が時に打ち克つとすれば, この詩の中ではどのような手段において可能となるのか。ここでは, まず詩の形式に着目し, 次に主題についての考察を進めていき, 『時の廃墟』の特徴を考えてみたい。

　具体的検討に入る前に, この詩の内容を簡単にみておく。この詩は英国の古代ローマ都市ヴェルレーム(Verlame)[2] の廃墟が, 霊的存在である同名の人物ヴェルレームによって詠われる嘆きと, 主にレスター伯ロバート・ダドリーとフィリップ・シドニーの死が, 一人称の人物によって語られる嘆き, 永遠化という詩が持つ力への称賛の3点が骨子となっている。人物への嘆きの挿話ではレスター伯の兄アンブローズ・ダドリー, その寡婦アン, 跡継ぎとなったエドワード, 及びシドニーの母と妹にも言及される。挿話の最後に再びヴェルレーム詠嘆が繰り返される。この後には前半に名高い古代事蹟の滅亡から, 時の支配的な力を示すエンブレム, 後半にシドニーの神格化を示唆する〈幻〉(visions)が置かれているが, 最後はシドニーを悼む跋で終っている。

　古代都市と, 作者と同時代の人物が共に滅びることを嘆くこの内容は, 古代と当代の連関, すなわち時が詩の中で繋がっていることを示しており, また, 都市と人物の類推, すなわち都市と人物各々が持つ意味合いの相乗効果を読者に訴えている。さらに詩と名声の不滅は都市と人物の喪失に対して, 何らかの関連を

持っているようである。構成の面で着目されるのは〈幻〉が全体を反復している，という点である。ここにはマックルア[3]が述べる〈時〉の概念が適用されるかもしれないが，これについては後に触れる。

形式と内容の関連 ── 特に数字の持つ意味について

　まず形式について，幾つかの数字が持つ象徴性から分析してみたい。冒頭から〈幻〉直前までの部分が7行詩を70連列ねて書かれており，その後に〈幻〉が続く。この部分は7行2連を1つのまとまりとする〈幻〉が(1)から(6)まであり，各々の〈幻〉の後に無番号の連が2連付加されており，このパターンがもう一度繰り返される。2つ目の〈幻〉に対する最後の2連は同じく番号はないものの〈跋〉と名付けられている。さらに全体の行数は686であるが，これは7を3乗して2を掛けた数に等しい。[4] ここで鍵になるのが1つの〈幻〉の数6プラス無番号の2連1個というまとまり，1連の行数である7，〈幻〉を除いた合計連を表す70という数字，そして各々7行2連で書かれた無番号の連と〈跋〉を合計した28という数字である。

　まず6プラス1のうちの6は，旧約聖書に記述されている天地万物が完成された6日を示す。それに1を足した7は神が仕事を離れて安息した第7日を示し，同時に聖三位一体を表す3と福音を表す4を合計した数としても重要な意味を持っている。さらに6と7を関連づける場合，ネルソンが指摘する通り，「6はこの変わりやすい世界の毎日を表し，7日目に神は休んで変化は止まる。」[5] また，7は1及び9と共に時間の完成されたサイクルを示す。[6] つまり1から6は世界を創る一連の作業とその終了を表し，7は永遠性，持続性や周期の完成を示しているといえる。なお本作品中では形式上の特質に加えて，数字7に関しては，7年間続いたペンドラゴンによるヴェルレーム包囲（104-05行），強大な権力を誇り長期に亘って広く領土を統治した古代ローマを意味する「7つの頭の獣」（71行），[7] 恐ろしい闇から永遠の昼間へと霊を連れていくためにミューズ達が撃ち破る「恐ろしい地獄の7重の鉄の門」（372行）といった言及を挙げる事ができる。これらはシェルが述べるように「悪魔的な，少なくとも世俗的な関連」[8] を持つのだが，世俗世界に属するヴェルレーム包囲と古代ローマには限定された時間が背後に存在し，悪魔的世界に属する地獄の門の背後には永遠がひかえている。

　次に，70も聖書において重要な数字である事は指摘するまでもないのだが，

その最大のファクターとして，70は人間の寿命だと述べられていることが挙げられる。[9] 聖書には特に時間の長さに関連した箇所がいくつかある。シェルが言及しているように，[10] エレミヤは民がバビロン王に70年の間仕えると預言する。[11] この70年とはエルサレムの荒廃が続く期間，言い換えれば70年経過した後は荒廃が終ることを示している。さらにこの荒廃についてダニエルが嘆願の祈りを捧げた結果，エルサレムの再建は70週後と告げられる。[12] エルサレムの復興に必要な時間は70を鍵として設定されている。すなわち70とは荒廃の終わり，復興の始まりを示しているのである。

完全数である28はファウラーによれば「道徳的完全さの象徴」,[13] 「聖人達が憧れる天での完璧な至福を象徴する数として永遠の状態に相応しい」数字である。[14] また28はピラミッド数字でもあるのだが，ファウラーが指摘する通り「すべての形態のなかで最も強固であるピラミッドは記念碑としての詩の古からの理想を具現化している一段とすぐれた不朽の形式」である。[15]

以上見てきたように，6には世界の創造作業，7には完成と永続性，28には天上を志向する完璧・不変が表されており，また70には荒廃の終焉と再生の始まりが表されている。これらの数字はいずれも〈時〉或いは〈世界の興亡〉を示唆していることから，『時の廃墟』の基調となっているトーンと密接に関連していると考えられる。

また，数字を離れて見てみると詩の最後には2つの〈幻〉が置かれているのだが，第1の〈幻〉では古代の代表的な事蹟が廃墟となっている様子が述べられる。形式という点から言えばこれは廃墟となった都市ヴェルレームに関する悲嘆を一般化してもう一度再現していると言えるだろう。他方〈時〉という視点からみると「自然の時計は循環する」とマックルアが言う通りで，ここにも内容と形式の対応関係が成立していることになる。[16]

スペンサーはこの詩においてトーンと形式の一致を意図したと考えられるのであるが次の章ではもう一歩踏み込んでトーンを具体的に裏付ける内容について考えてみよう。

〈時〉に抗う都市 ── 川の意味

題名に示されているように，『時の廃墟』の最大のモチーフは〈時〉であるが，本作品に限らずスペンサーは時の推移に重大な関心を抱いていた。[17] 時が持つ

岩永祥恵

破壊力の最上の記述は『妖精の女王』のアドーニスの園の中の次の連であろう。

  この花と，アドーニスの園に生えている
   他のすべての花にとっての大敵は，
   邪悪な 時(タイム) という奴で，この男が大鎌を構えて，
   咲き誇る草花や，様々の美しいものを刈り取り，
   あたら花の盛りを大地になぎ倒すと，
   それらはそのまま萎(しお)れて，見る影もない姿になり，
   時(タイム) は飛び回って，だらりと垂れた翼で，
   葉も 蕾(つぼみ) もお構いなしに打ち落とし，
  哀れと思って酷い悪意を和らげることは決してない。 (3.6.39)[18]

ここに表されているのは実りや良きものの数々を刈り取り，損なってしまうとたちまちその場を離れる非情で邪悪な〈時〉である。
 これに対して『時の廃墟』では次の詩行を挙げることができる。

  そのようなもの，世界の驚異を，モーソラスが作ったけれど，
  今では名残もとどめはしません。
  マーセラスが作ったものは雷に打たれて裂けました。
  リシッパスが作ったものは雨で摩滅しています。
  エドモンド王が作ったものは利得のために荒らされました。
  土の塊でできたそのような空しい記念物は全て
  「時」に食い荒らされてやがては無に帰して行きます。 （第60連，414-20行）

様々な為政者によって建造された驚嘆すべき建築物も，名高い彫刻家によって作られた芸術作品も，「「時」に食い荒らされ，やがて無に帰して行」くのだ。
 このように〈時〉は残酷にその破壊力を駆使するのだが，そもそもこの詩には冒頭から滅亡，廃墟のイメージが横溢している。古代都市ヴェルレーム滅亡を嘆く最初のパートから主な詩句を拾ってみよう。この都市は「今ではその名残をとどめるものもなく，／見るべきささやかな記念碑もない」(4-5行)状態であり，「もっとも今は廃墟でしかなく，／ご覧の通り私自身の灰の中に横たわって」(39-40行)いる。霊ヴェルレームは「おお，はかないこの世の栄光よ。罪深い大地の上に／生きるもの全ての不確実な状態よ。」(43-44行)と嘆き，かつて世界を統べた王，支配者の忘れられた足跡に思いを馳せる(57-70行)。ヴェルレームの滅亡

に関しては特にその壮麗な建築物の崩壊(92-98行)が詠われてもいる。

　この作品ではこのようなイメージの中でも特に川の題材が読者の目を引く。このモチーフに少し注目してみよう。レンウィックが述べるように[19]スペンサーにとって川は重要かつ愛着ある題材であるが，また同時に文学上の，歴史上の，普遍的トポスでもあった。[20]都市滅亡を嘆く霊ヴェルレームによるテムズ川に対する嘆きが134行目から2連を費やして詠われているが，最初の連を引いてみる。

　　両岸に花が咲く草地に沿って
　　そして水晶のようなテムズがかつては
　　白銀(しろがね)の水路となって牧場に沿って流れ下り，
　　両岸の花咲く土手のあたり
　　沢山のニンフたちが何の悩みもなく
　　楽しく陽気に戯れるのが常であった所には，
　　今では川の流れも見えず，
　　じめじめした沼地や，いつも青く淀んだ湿地があるばかり。
　　　　　　　　　　　　　　　　　　　　　　（第20連，134-40行）

確かにこの叙述には悲惨がある。特に川への愛着深いスペンサーにはこの上もなく寂寥と荒廃を思わせる光景と言ってよいだろう。別の見方をすれば，寂寥と荒廃を実感させる現在のじめじめした湿地は，往時の「水晶のような」流れがあったからこそ，より悲惨さを帯びてくると言えるのではないだろうか。つまり都市の崩壊が激しければ激しい程，かつての繁栄が輝きを帯びて想起されるように思われるのである。他にいくつかその例を拾ってみよう。ヴェルレームはこの古代都市を「昔それをかち取った／ローマの勝利者たちが与えてくれた／ブリテンの誇りの花環を身に着けていた町でした」(36-38行)と形容する。また，古代ローマを「全世界の女帝」(83行)，彼女本人を「この小さな北の世界の女王」(84行)と言う。これに続く第13，14，22連にもヴェルレームの隆盛を極めた様子とその後の没落の落差が見事に述べられている。過去の栄華と現在の悲惨は補い合いつつ各々が与える衝撃をより鮮明化させるといえよう。

　それでは〈時〉はすべてを凌駕して勝利をおさめるのか。ここでテムズ川が持つもう一つの役割に注目してみよう。川は時の流れに抗うことこそせず，流れを止めてしまったものの，往時の繁栄を記憶している数少ない場所の一つとも言える。テムズは既に詩の冒頭において古代都市ヴェルレームを流れる川として登場

するのだが，引用した箇所では古代の事象（戯れるニンフたち）と当代の状態（湿地と沼地）とを並列させることで時間と場所の繋がりは一層強調されている。換言すれば川は時の勝利に抵抗しているように描かれているのだ。ここで思い出されるのは、『瞑想詩集』全般に渉ってスペンサーは詩人と川の関連を展開しているが、それは詩が時の効力に抵抗しているからだ、というヘレンディーンの指摘である。[21]

スペンサーが訳出したジョアシャン・デュ・ベレーによる『ローマの遺蹟』(*Anti-quitez de Rome*)中のソネット第3番において詩人は、「チベルの流れだけが、海へと逃れ、／ローマの名残。」("*Le Tybre seul, qui vers la mer s'enfuit, / Reste de Rome.*")[22] と詠い、川は時の流れに逆らう事物として描かれている。スペンサーがテムズ川とヴェルレームに思いを馳せるとき、この叙述が思い出されたとしても不自然ではない。なお、ペトラルカの『時の勝利』(*Trionfo del Tempo*)では歴史家と詩人は民衆が〈時〉に対する恐怖と怒りから解放されているのを見守る存在として描かれているが、[23] 一方スペンサーはここで〈時〉に抗おうとする川の記憶を呼び戻しているのであり、それは川以外の土地の記憶についても言えるのではないだろうか。

〈時〉に対する抵抗と土地の記憶を呼び戻すことを可能にするためには、現在を語る詩人という語り手の他に、過去を語る歴史家という語り手が必要である。ヴェルレームの栄華を記録に残したウィリアム・キャムデンは「時は全ての記念物を覆い隠すとしても、／そなたの正しい骨折りはいつまでも生き残るでしょう。」(174-75行)と称えられている。都市の繁栄を象徴するように「記念物」という表現がここでも使われているのだが、同時に詩人は人間が書いた記録の持続を主張することによって都市の永遠化が可能となっていると述べているともいえよう。ただし人物の永遠化が強く主張されている程には、都市の永遠化は重点を置いて述べられていない。[24] この点は都市と人物への賞賛と悲嘆の比重を取り上げる最終章で再び触れる。

ダドリー一族への哀歌

都市に対する賞賛と崩壊への悲嘆は、人物に対する場合にも同様の相関関係が成り立つのだろうか。レスター伯ロバート・ダドリーとフィリップ・シドニーの死を悼む場面をみてみよう。両者共に名高いダドリー一族の出身で、宮廷人，武

人でエリザベス女王の寵愛を得ていたが,まずレスター伯について,語り手は次のように述べる。

> あの方を英国は高い名誉のある人として扱い,
> 最も偉い人たちでさえ,あの方の好意を得ようと求めました。
> 最も偉い人たちの中でも最も高い地位につき,
> 主権者の懐の中にいて,
> 「正しく忠実に」言葉を違えられませんでした。　　　（第27連,185-89行）

伯は名誉を持ち,周りの人々からの信頼も篤く女王から重用されていた事がわかる。また特に「最も偉い」という単語("greatest")を3箇所で使う事により,その賞賛は一層の効果を挙げている。
　他方彼の死は語り手に衝撃を与え,次のように嘆かせる。

> I saw him die, I saw him die, as one
> Of the meane people, and brought foorth on heare,
> I saw him die, and no man left to mone
> His dolefull fate, that late him loved deare:
> Scarse anie left to close his eylids neare;
> Scarse anie left upon his lips to laie
> The sacred sod, or *Requiem* to saie.　　　（第28連,190-96行）

ただちに目につくのはここでも繰り返しの多用で,引用1と3行目,5と6行目に同一のフレーズが見られる。繰り返しからは,語り手が死の知らせを聞いて愕然としている様子を垣間見ることもできるだろう。[25] 内容はどうだろうか。生前は権勢を誇った彼も死んでしまうと「そして先頃まで心からの愛を捧げていた者のうち／誰一人,その悲しい運命を嘆く者は残っていませんでした。／瞼を閉じてあげる者は殆ど残っていませんでした。」(192-94行)と語り手は嘆く。彼が死んでしまうと「全てはそなたと共に滅び」(210行),「その偉大さは全て雲散霧消し」(219行)てしまう。ここでも都市における過去と現在の場合と同様に,人物における生前の栄光と死後の冷遇が対照的に描かれている。
　ただし,こうした叙述の後,我々は「御主人は決して亡くなられはしません,この詩が／生きている間は。そしてきっとそれは永遠に生きるでしょう。」(253-

54行）という詩行を読むことになる。語り手は詩の力と不滅を確信していて，それに伴い「御主人」，つまりレスター伯の兄アンブローズ・ダドリーも滅びることはないと言う。ここで用いられている助動詞shallの使用によって主張の確度が高められているのだが，さらに語り手は「そしてあの方の立派な賞賛と／決して死ぬことのない美徳とを物語るでしょう，／死があの方の魂を肉体から切り放しても。」(255-57行)と主張する。語り手は詩の永続性と，それにより名声を呼び戻させる自らの詩を信じているといえよう。スペンサーはレスター他ダドリー一族の死を悲しむと共に，ブラウンが指摘するように，[26]「忘却から彼の〈名〉を救い，レスターを〈蘇らせ〉」ようとしているのである。換言すれば自らの詩で彼等の永遠化を試みていると言えるのではないだろうか。

　他方シドニーに対する嘆きは特にレスター伯の場合とは異なる。詩人シドニーの素晴らしさは語り手が詩を詠う力に依存するところが少ないように述べられている。彼は生誕に際して「天はその全ての贈物を彼女［母メアリー・ダドリー］の上に注いだのです。」(280行)と称えられる。さらに語り手は次のように詠う。

　　天上より，造り主の至福の胸からの
　　息吹を受けた，いとも気高い魂よ。
　　その中に全ての恵み深さと有徳の愛が
　　その本来の性質において現れていて，
　　あの方の気高い胸を富ませたのです。
　　この世の一切の値打に勝り，
　　それを生み出した天そのものに値する宝で。　　（第41連, 281-87行）

このように誉れ高い人物がこの世からいなくなるのは現世にいる我々には辛いことではあるものの，「天の新しい喜び」(303行)であり，「今や貴方はより幸せ」(330行)ということになる。さらに，詩を天上においても詠うシドニーは「ここでもあそこでも……／不滅なのです」(342行)，とも言う。つまり語り手にとってはシドニーの才能に基づく名声と詩そのものが永遠の存在，といえるだろう。今や語り手に残されたことは「貴方の賞賛を語ること」(310行)，「貴方に向かって歌」(311行)うことであり，レスターの場合と異なり死後の冷遇を嘆く事ではない。以上見てきたように，語り手はシドニーの死に関しては，一方ではそれが現世にもたらす打撃を嘆いているが，他方では死後の栄光と名声と詩の持続を讃えているといえよう。

ダドリー一族特にレスターとシドニーの死を語り手は嘆く。その表出の仕方は異なるが,語り手すなわちスペンサーは,いずれの場合も詩を介して人物を,その功績を,賞賛し,永遠化することを目指しているといえるだろう。そしてそれが詩人の役割の一つだと考えているのではないだろうか。

古代都市に関する叙述には隆盛を誇った往時と〈時〉の侵食による崩壊,さらに歴史家による永遠化という特徴がみられた。他方人物に関する叙述にも生前の栄光,死への嘆き,詩人による永遠化が認められるだろう。すなわち,古代都市と人物を巡る叙述には相関関係が成り立つと言える。相関関係という点に注目すれば,ディニーフの指摘が説得力を持つだろう。彼はこの詩に対して,ヴェルレームがローマの卓越したイメージを模倣することで社会的美徳を証明するのと同様に,ダドリー一族の子孫は先祖の模範的美徳を模倣することで個々の人生の卓越性を保証すると述べている。[27] これは都市と人物の永遠化を詠う『時の廃墟』に相応しい。

詩人の意図

本稿冒頭の問いに対して我々は,人間は時を克服できる,と答える事ができそうだ。それは詩或いは歴史家による記録という手段を通して対象を永遠化しようとすることによって可能となる,ということも言えるだろう。また『時の廃墟』においては内容が形式によって裏付けられていることも確認された。

こうした主題を提示したスペンサーの意図はどのあたりにあるのだろうか。最終章ではこの点について考えてみたい。語り手は都市と人物を,一方は歴史という記述によって,他方は詩によって永遠化すると述べる。そこには叙述の面から対応関係が認められ,双方のかつての栄光が前提になっており,両者に対する賞賛も明確に表現されている。言い換えれば語り手は両者の卓越性,美徳を認めているからこそ永遠であれ,後世に伝わるように,と詠うのである。

ここで着目したいのは各々の描き方に関してスペンサーに偏りがみられる,という点だ。都市ヴェルレームがローマを模倣する存在であったことは霊ヴェルレームが自らのことを

絢爛たるそなた[ローマ]の栄華の写し絵でした。
そして,そなたが全世界の女帝であったのと同じく,

> 私はこの小さな北の世界の女王であったのです。　　　　　（82-84行）

と述べている箇所からわかる。と言うよりは，この箇所からしかわからない。それに対して，ダドリー一族の模範的美徳は約50行（239-87行）に渉って重点的に詠われているのだ。また前章で言及したように都市の永遠化，記述者に対する賞賛は人物の永遠化ほどには語られてはいない。つまり両者の比重は平等ではない。スペンサーの視点はヴェルレームに対するよりも，ダドリー一族のほうにかなり傾いているようだ。

　第2の，そして最後の〈幻〉と跋が，ダドリー一族の中でも特に選ばれた詩人・武人として当代を代表する人物シドニーに収斂されていくのも当然である。ここに，つまりシドニーの死とその神格化に，スペンサーの意図があるのではないだろうか。

　シドニーの死とその神格化を考える上で鍵となる〈永遠化〉を示す例を幾つか挙げてみる。シドニーの竪琴は「かつてダン・オルフェウスがそれを奏でて」（606-07行）いたものだが，オウィディウスによればオルフェウスの竪琴は彼の死後も響いていたという。[28] また，語り手はペガサスに乗って「全身鎧に身を固めた騎士」すなわちシドニーを目撃する（645-46行）のだが，チェイニーが指摘するように，ペガサス神話に関するスペンサーの叙述は詩的不滅という名声を表す。[29] さらにチェイニーは

> だから，有徳の行為をもって天に登ろうとする者は
> 誰でもペガサスにうち跨り，
> 快き詩人たちの歌で称えられねばなりません。　　　　　（425-27行）

という叙述がペガサス神話とキリスト教の栄光を関連づけると指摘してもいる。[30] また，第2の〈幻〉第4連はイエスと魂の神秘的統合を暗示している。イエス及びキリスト教への暗喩は我々にシドニーという精神の不滅を納得させる装置となっているのである。

　スペンサーは『時の廃墟』において，嘆きをそれに相応しい詩形式を用いて描き，ダドリー一族，特にシドニーの死に対する悲嘆と名声の不滅を表明しようとしたと言えよう。

1 以下引用は William A. Oram et al., eds., *The Yale Edition of the Shorter Poems of Edmund Spenser*（New Haven: Yale UP, 1989）による。
2 William Camden, *Britain, or a chorographicall description of England, Scotland, and Ireland*, tr. of *Britannia* (1586) by Philemon Holland (London: F. K. R. Y. and I. L. for Andrew Crooke, 1637)には Verolamium, Verulamium, Verulam 等の記述がみられる。本稿では Verlame の日本語読みを採用する。
3 Millar MacLure, "Spenser and the ruins of time," *A Theatre for Spenserians*, eds. Judith M. Kennedy and James A. Reither (Toronto: U of Tronto P, 1973) 15.
4 Alastair Fowler, *Spenser and the Numbers of Time* (London: Routledge, 1964) 248; Alexander Dunlop, "modern studies in number symbolism," *The Spenser Encyclopedia*, eds., A. C. Hamilton et al. (Toronto: U of Tronto P, 1990) 512-13.
5 William Nelson, *The Poetry of Edmund Spenser : A Study* (New York: Columbia UP, 1963) 69.
6 A. C. Hamilton, Hiroshi Yamashita, and Toshiyuki Suzuki, eds., *Spenser: The Faerie Queene* (Harlow: Longman-Pearson Education, 2001) 236.
7 以下日本語訳は藤井良彦・吉田正憲・平戸喜文訳注 「スペンサー『時の廃墟』」熊本大学教養部紀要 外国語・外国文学編 23号(1988)：293-314による。
8 Oram 229.
9 詩篇90章10節。
10 Oram 229.
11 エレミヤ書25章11節。
12 ダニエル書9章20-24節。
13 Alastair Fowler, *Triumphal Forms: Structural Patterns in Elizabethan Poetry* (Cambridge: Cambridge UP, 1970) 186.
14 Fowler, *Triumphal Forms* 187.
15 Fowler, *Triumphal Forms* 188.
16 MacLure 15.
17 Richard McCabe, *The Pillars of Eternity : Time and Providence in 'The Faerie Queene'* (Blackrock, County Dublin: Irish Academic P, 1989) 55.
18 日本語訳は和田勇一・福田昇八訳 『妖精の女王』（ちくま文庫, 2005)による。
19 W. L. Renwick, ed., *Complaints* (London : Scholartis, 1928) 194.
20 W. H. Herendeen, "rivers," *The Spenser Encyclopedia* 606-09.
21 Herendeen 607.
22 Joachim Du Bellay, *Antiquitez de Rome*, tr. with notes by Malcolm C. Smith (New York: Center for Medieval & Early Renaissance Studies, 1994) 24. 日本語訳は 松浪未知世訳『フランス詩大系』 窪田般彌責任編集 青土社, 1989) による。
23 "*Vidi una gente andarsen queta queta, / Senza temer di Tempo o di sua rabbia, / Chè gli avea in guardia istorico o poeta.*" (ll.88-90) Francesco Petrarca, *Il Canzoniere*, ed. A. Avancini (Milano: Antonio Vallardi Editore, 1952) 529.

24 都市の永遠化に関する叙述は,ヴェルレームの栄光を記録したキャムデンが称えられている第 25 連において行われているのみである。
25 なお,レスター伯の死を嘆く部分ではこの他に 210 と 211 行目にも類似したフレーズがみられ,211 と 218 行目に同一語句が使われている。
26 Richard Danson Brown, *"The New Poet": Novelty and Tradition in Spenser's* Complaints (Liverpool: Liverpool UP, 1999) 113.
27 A. Leigh DeNeef, *Spenser and the Motives of Metaphor* (Durham, NC: Duke UP, 1982) 31.
28 『変身物語』第 11 巻 50-53 行。
29 Patrick Cheney, *Spenser's Famous Flight : A Renaissance Idea of a Literary Career* (Toronto: U of Toronto P, 1993) 15.
30 Cheney 14.

『ローマの廃墟』における言語・文化国家主義の理念

小紫 重徳

　エドマンド・スペンサーの『ローマの廃墟——デュ・ベレー作』は、その題に掲げられているようにジョアシャン・デュ・ベレーのソネット集『ローマの遺蹟』の翻訳であり、1591年にポンソンビー(William Ponsonbie)によって拾遺・刊行された『瞑想詩集』(*Complaints*)に収録されたものである。[1] 従来この作品はスペンサーが本格的な詩作活動に入る前の習作として位置付けられ、研究対象として採り上げられることは少なかった。[2] この詩集の巻頭に収められているのは『時の破壊』であるが、それに付されたペムブルック伯爵夫人宛の献辞にはスペンサーが1589年のイギリス帰還を契機にこの作品集の上梓を思い立った旨が記されていることから1591年までの滞英中にスペンサー自身がその校閲に携わったことは明らかである。[3] しかも『妖精の女王』の前3巻を世に問い、エリザベス女王から50ポンドの終身年金をもってそれに報いられた後にそれを上梓したことは、スペンサーがこの作品の公刊にしかるべき意義を認めていた証左とすべきであろう。
　その意義というのは、ブラウンが指摘しているように、デュ・ベレーが『遺蹟』で成し遂げたように、母国語による文学の重要性を宣揚し「その理念においてフランス語による作詩法を適用して新たな英語の詩形式を創始する」ことにあった。[4] 言うまでもなく、スペンサーが『廃墟』で試みたのは英語に相応しいソネット型式を案出することであった。すでにワイアットやサリー伯が試みたペトラルカの翻訳・翻案によってイギリスにソネット型式が紹介されていたとはいえ、仏英両語が単語末の母音消失というイタリア語には無い共通の音韻上の特性を持つゆえに、スペンサーにとってデュ・ベレーのわずか32篇から成るこのソネット集は英語によるソネット型式を洗練するための一つの重要な範型であったに相違ない。
　『廃墟』の評価に関するもう一つの問題はこの作品には少なからず「誤訳」が指摘されてきた点であるが、本稿の主旨の一つはそれらの箇所が誤訳というより

は「改変」ないしは「翻案」，時として「創案」ですらあることを検証することにある。おそらく『瞑想詩集』を初めて本格的な批評の対象としたレンウィックは『廃墟』に散見される『遺蹟』との齟齬について，スペンサーが「手元に辞書を置かず，性急に執筆し，フランス語の原文の精妙さを翻訳することよりも鑑賞に耐えうる英語のソネット型式を鍛造することに腐心していた」と言う。[5] 事実レンウィックの注釈では多くの「誤訳」が指摘されているが，それらが誤訳であるか翻案もしくは創案であるかを見極めるためには一定の規矩を措定することが有効であろう。その規矩とはこの翻訳に投影されているエリザベス朝イギリスに固有のいわば言語・文化国家主義とでも言うべき理念の枠組みである。本稿の目的は，スペンサーが詩人（*poietes*）あるいは作者（*auctor*）として——言うまでもなくいずれも原義に遡れば「創造者」の意であるが——この「翻訳」を通じて英語に相応しいソネット型式を確立すると共に，『遺蹟』の少なからぬ箇所を程度の差こそあれ「改変」することによってエリザベス女王治世下という時宜を得て，「創意」に満ちた『廃墟』として「改編」していることを論証することにある。

　そこで，まず16世紀ヨーロッパの「翻訳」についての認識特性に留意すべきであろう。たとえば，デュ・ベレーが熱烈な言語・文化国家主義を宣揚した『フランス語の擁護と顕彰』中の一節で，翻訳は他の言語に無知な輩に様々な事象についての知識を与えるのに有用であるかもしれないが「フランス語にその言語の完全性を付与するには不十分である」と洞察し，古典語も含めて他国語の長所を摂取することの必要性は認めた上で，文学に携わる者は飽くまで母国語を洗練することを本懐とすべきである旨を強調している。[6] その意味で，総じて翻訳者なるものは「翻訳者というよりは裏切り者と呼ばれるに相応しい」と喝破し，わけても詩作品は「詩人の創意という神業……文体の壮大さ，言葉遣いの壮麗さ，章句の荘重さ，文飾の大胆さと多様性，その他数多の詩的煌めきのゆえに」その翻訳は不可能であると断言している。[7] この言説は間接的にではあれ翻訳には翻訳者の創意工夫による改変が必須であることを説いているのである。

　デュ・ベレーはさらにギリシア・ラテンの古典がいかにその荘重さと流麗さにおいて卓抜していようともその言語自体はすでに「死語」と化している事実を指摘する。そうした時代にあっては，ペトラルカやボッカッチョのように「生来の性向・気質」に拠って「ギリシア語やラテン語でよりも自らの言語で書く方が適切だと感得する者は……母国語で名筆を揮い，同胞たちの間で自らを不朽のものにすべく専心すべきであろう」と，かの詩人は母国語主義を宣揚してい

るのである。[8]

　こうした古典語の安易な翻訳に対する批判と母国語主義の宣揚がエリザベス朝のイギリス詩壇を大いに鼓舞したことは当時の詩人が競って英語という言語を洗練することに腐心し、かつ夥しい英詩理論を世に問うたことからも明らかである。[9] そうしてみるとスペンサーが、デュ・ベレーは言うに及ばず、ヴェルギリウス、ペトラルカ、クレマン・マロ等を原文の字句どおり翻訳するよりは、むしろそうした優れた作品中の文言を時として改変ないしは翻案し、かつその内容に英語固有の言語特性に即応した押韻形式を付与することによって英語による作詩技法を確立しようとしたと考えるべきであろう。そうした観点から、スペンサーの一連の翻訳は同時代の作詩理論の実践例として特段の位置付けを得るのである。とりわけスペンサーが『廃墟』以外にもデュ・ベレーの15篇のソネットから成る『夢想』(*Songe*)のうち11篇を『俗人劇場』(*Theatre for Worldlings*)で無韻詩に翻訳し、さらに残りの4篇を加えた『ベレーの夢想』(*The Visions of Bellay*)をいわゆるイギリス(シェイクスピア)型ソネット集に編み直すという試行錯誤を重ねたことは特筆に値する。

　しかしながらスペンサーの究極の意図は英語による作詩技法を洗練することにとどまらない。少なくともヴェルギリウス以来卓抜した文学の伝統を確立することは個々の文学作品の内容として自国の歴史と文化の秀逸さを称揚するための必須の要件であった。言うまでもなく、スペンサーにとってその「内容」とは、いわゆるテューダー・プロパガンダの根幹をなすブリテン王国と原始ケルト・キリスト教会の伝統がアルバ・ロンガ(Alba Longa)に始まるローマの歴史とローマ教会の伝統に匹敵するという論理にほかならない。本稿では、スペンサーがイギリス文学の限りない可能性を展望すると共に、イギリス国家のローマ帝国に対する、そしてイギリス国教会のローマ教会に対する優越を説き、さらにはイギリスがキリスト教世界の覇権の正統後継者であることを宣揚するという目的の許に『廃墟』においてデュ・ベレーの『遺蹟』をどのように改変ないしは翻案しているかを検証していくことになる。

「死」と「原初回帰」

　デュ・ベレーは1553年から1557年まで父のいとこである枢機卿ジャン・デュ・ベレーの随行員としてローマ教皇庁に在任したが、その異郷での生活はローマへ

の憧憬をまさに幻滅させるものでしかなかった。しかし、その幻滅は1558年に出版された『哀惜』(Les Regrets)と『遺蹟』という佳作として昇華させられた。『遺蹟』はかつてのローマの栄光への追慕を主題としてはいるが、そこに吐露されているのはローマの憂鬱であり、『廃墟』も基本的にはその主題を踏襲している。したがって両作品が唱道するのは過去の「有」と現在の「無」の対置から帰結する「無常」即「恒常」という逆説的理念である。その意味で両ソネット集はローマの昔日を偲ばせる「記念碑」であると同時に、いわば現今のローマの「死」を証明する墓標でもある。

　両詩人にとって、かつてその市壁によって夷狄から護られていた帝国首座ローマの「躰」とも言うべき都邑はかのヴァンダリズムによってすでに瓦解し、同時にその文化的、政治的・宗教的権勢も崩壊した。しかしデュ・ベレーにとっての「ローマの死」とスペンサーにとってのそれは必ずしも同義ではない。従来スペンサーの「誤訳」とされてきた多くの箇所は実にこの両詩人のローマに対する観点の相違を反映しているのである。すなわち、スペンサーはカトリックを奉ずるデュ・ベレーがローマの退廃を目の当たりにして『遺蹟』に詠んだ哀惜の念をそのまま自らの感懐として表明することを潔しとせず、独自の視座から冷徹にその終焉の意味を観想しているのである。それはテューダー・プロパガンダの一翼を担ったスペンサーとして当然の態度であろう。

　さて、スペンサーの翻訳の特質は原題 *Les Antiquiez de Rome* が *Ruines of Rome* と「改題」されている点に端的に顕れている。勿論 "ruines" にも「遺蹟(antiquiteies)」の語義は認められるとはいえ、原題の存在を前提としなければ「破壊」ないしは「残骸」と解するのが普通であろう。すなわち、原題が現在のローマがその往古の栄光を偲ばせる残光であることを題意としているのに対して、改題名はその現在、過去を問わずローマの栄光の「脆さ」ないしは「虚妄性」を題意としているのである。スペンサーは、前述のように、この訳詩集の公刊に先立って『妖精の女王』の前3巻をすでに上梓しており、その第2巻第10篇を締めくくる「妖精の国のいにしえ(*Antiquitie of Faerie lond*)」は原初王権以来エリザベス女王に至るまでの栄光の歴史を要略している。そのことに鑑みれば、おそらくスペンサーはローマの「いにしえ」を認めることに肯んじがたく、この訳詩集の上梓に際してその題を改めたと推察されるのである。

　さらに、スペンサーの翻訳上の創意工夫の跡は『遺蹟』の主題である「廃墟」の個別的表象である「灰燼(*cendre*)」、「墳墓(*tumbeau*)」そして「碑(*monument*)」といった語句の訳出の仕方を吟味することによって概観することができる。ま

ず、スペンサーは『遺蹟』のソネット1の劈頭行の「塵芥と化した灰(*poudreuse cendre*)」を "ashie cinders"、ソネット5の9行目の "*cendre*" の場合も "ashes" とほぼ直訳している。しかし、ソネット7の7行目では「汝ら(聖遺物)は少しずつ灰燼に帰して行く(*peu à peu cendre vous [sainctes ruines] devenez*)」は「汝ら(聖遺物)よ、疾く無に帰すのだ(by little ye (sacred ruines) to nothing flie)」と訳出されている。ここで最後の3語を原文により忠実に "to *ashes* flie" としても詩脚を乱すことにはならないことを考えれば、スペンサーがこの箇所では直訳ではなく、表現を改変することによって原文とは異なる独自の見解を提示しようとしたと考えられる。すなわち、スペンサーの表現にはローマの廃墟はやがて「灰燼」と化すどころか全くの「無」に帰すのだという峻厳な通告の調子が読み取れるのである。

　同類の例として、スペンサーはデュ・ベレーの「ローマはそれ自身の唯一の記念碑／墓標である(*Rome de Rome est le seul monument*)」という感懐を「ローマは今や只の葬列／墓標である(*Rome* now of *Rome* is th'onely funerall)」と訳出している(3.9)。スペンサーは "monument" と "funeral" が、押韻の問題はともかくとして、詩脚としては等価であるにもかかわらずソネット7の3行目のように "*monument*" をそのまま訳語としてはいない。確かに "funeral" は*OED*が与えている "a. death; b. grave; c. monument" という18世紀初頭までの語法のcの語義を採ればそのまま原文の "*monument*" が意味するところの一半は伝えてはいる。[10] しかし*OED*がcとして与えている "monument" は飽くまで「墓標」の意であって、その場合 "funeral" には仏英両語の "monument" が共有する「聖蹟」の意は認められない。ということは、スペンサーはデュ・ベレーのようにローマの廃墟をローマの栄華の聖蹟とは認めてはいないのである。スペンサーは、むしろ "funeral" 本来の字義である「埋葬・葬儀」のイメジを表面に出すことによって、現在のローマが*OED*が上でaとbの語義として与えている「死」ないしは「墳墓」そのものであると評定し、ローマがその墳墓に自らの遺骸を日々埋葬し続けているという独自の見解を表明しているのである。また、原文の "*tumbeau(-x)*"(1.10; 4.8; 5.13; 14.13; 29.14)については、"toombs"(1.10)と "tombes"(4.8; 14.13)以外に "dust"(5.13)や "monument"(29.14)――ある意味では上述の*monument/funelall*が逆転したケースである――と様々に訳出されている。韻律上の制約等もあるとはいえこれらの訳語の多様性はスペンサーの翻訳技量の一端、ひいては独自の見解の表出であると考えられる。

　両ソネット集は常套どおりホメーロスからデーモステネースに至る古典ギリシ

ア黄金時代の伝統を継承しそれを自家薬籠中のものとしたヴェルギリウスからキケローに至るまでの数多の「詩聖たちの霊（*Divins Esprits*; heavenly spirites）」(1.1) への鎮魂と降霊の祈願で始まる。そして，その詩聖たちの躰はローマの街区と共に瓦礫の下に埋もれた今も「汝らの栄誉はその躰と違って麗しい詩行のゆえに活きており，地中に降りはしないだろう（*Non vostre loz, qui vif par voz beaux vers / Ne se verra sous la terre descendre*; But not your praise, the which shall never die / Through your faire verses, ne in ashes rest）」(1.3-4) という語りかけが続く。ここで問題になるのは「躰」と「霊」の相関性であるが，その問題については後述に譲るとして，以下ではまず「霊」の存在について考察しておかねばならない。

ソネット5の9行目から3行にわたって上記の天上にあるローマの詩聖たちの霊に加えて新たに「ローマの霊」と「大地の霊」に言及される（本文末尾の引証1参照）。そこではかつて詩聖たちの「霊」を生み育んだローマの「（偉大なる）霊（*son esprit*; her great spirite）」が瓦礫の下深く潜む「この大地の偉大なる霊（*le grand esprit de ceste masse ronde*; the spirite / Of this great masse）」の許に還ってしまったというのである。[11] この「ローマの霊」とは詩人に「霊感」を鼓吹すると考えられていたローマの地の「守護神（*genius*）」ないしは「地霊（*genius loci*）」に相違なく，それは『時の破壊』でテムズ河畔に佇んでスペンサーに愁歎の想いを託するローマ-ケルト時代のヴェルラーミウムの地霊と同種のものである。[12] これら二柱の霊と詩聖たちの霊の関係を推し測れば，「大地の霊」が「ローマの霊」を産み，その「ローマの霊」から「詩聖たちの霊」が生まれ育まれたということになる。そして，この一連の母子関係の中間項に立つローマの地霊がその根源である大地の霊の許に還ってしまったということは，その地霊が今後ローマのいかなる詩人にも詩的霊感を鼓吹することはないという言明にほかならない。

さらに注目すべきは，スペンサーが「ローマの霊」が「大地の霊」と「再合一する」(*se rejoindre*; rejoin) のみならず，そこに「懐胎されている (is enwombed)」という新たなイメジを形成している点にある。懐胎されたということは，その霊がやがていずれかの地の霊として再臨することを含意している。[13] ここに意図されている「躰」から離脱してその根源たる大地の霊に還った「霊」がやがて再生するという「転成」のイメジは「母胎回帰」のモティーフから必然的に生起するものであり，後述の親と子，老木と若芽，接ぎ木といったイメジ群と相俟って「世代交代」という主題を，大筋においては『遺蹟』に準じながらも，時として独自の見解を織り込みながら展開してゆくことになる。いわば「母胎回帰」と「世代

交代」という自然の法則こそが以下で吟味する人間世界における文化の転移が歴史的必然であるという想念の論拠を成すのである。

　遍く自然を律するのは「無常（*inconstance*; inconstancie）」(3.12)である。かつてのローマの面影はもはや偲ぶべくもなく，ローマを訪れる者は「ローマでローマらしいものは何一つ目にすることはなく（*rien de Rome en Rome n'apperçois*; nought of *Rome* in *Rome* perceiv'st at all）」(3.2)，ただ一つ変わらないのは海に向かって流れ下るテーヴェレ河のみである。このテーヴェレ河がヘーラクレイトスの「万象は流転する（*panta rhei*）」という至言を体現していることは言うまでもない。この無常の世にあっては堅固なものは「時」によって破壊され，流れ移ろうものは「時」に耐えるのである（引証2参照）。

　さて，『遺蹟』ではテーヴェレの流れ下る "*mer*"（海）が "*mère*"（母）との掛詞であることは，両語が音韻的に等価であり，かつ「海」が「母」の象徴性を帯びるのが常であることから自明であろう。したがって，テーヴェレ河が「海に向かって流れ去る（*vers la mer s'enfuit*）」ということは「母に回帰している」という含意を帯びることになるが，スペンサーは「急速に落下している（hastning to his fall）」と改詠している。そこで，原文と訳文を併せ読めば，今となっては唯一かつてのローマとも言うべきテーヴェレ河が「母」に向かって落下し続けているというイメージが形成される。このイメージはマルスないしは戦乱がローマの栄光を象徴した市壁を「母（なる大地）の胸中に（*dans le sein de sa mere*; Into her mothers bosome）」叩き込む（11.12; 11)というイメージと相俟って母胎回帰のモティーフを織り成すことになる。勿論ローマの栄光が大地に戻るのは，ギリシア最古の都市テーバイが「（カドモスによって）蒔かれた（竜の歯から生まれ出た）傲岸の強者ども（*les fiers soldatz semez*）」ないしは「土から生まれ出た盲目の者ども（those earthborn brethren blinde）」(10.14)によって興されたがゆえにアムフィオンの竪琴の調べが組み上げたその市壁もろとも大地に還った時以来の定めである。

　このように土から生まれた者の土への還元が地上世界の必然とはいえ，それを加速したのはソネット11にも明らかなように「ローマの驕慢があまりにも昂じたゆえ（*Enorgueillie en l'audace Romaine*; Puft up with pride of Romane hardiehead）」(11.3)である。このソネットは，マルスが自らの子孫の驕慢を恥じ，その驕慢を挫くべくゴート人という「新たな大地の子ら（たる巨人族）（*nouveau fils de la Terre*; th'earths new Giant brood）」(11.8-9)にローマを瓦解させ，母なる大地の許に返した，という歴史の教訓を通して驕慢と破滅の因果性を全ては母から出でて母に還るという母胎回帰モティーフに還元してい

ることがわかる。そしてそのローマの運命はソネット12においてオリュムポスの神々にギガントマキアーを挑んだ「大地の子ら(les enfans de la Terre; the children of the earth)」(12.1)たるかつての驕れる巨人族の運命と重ね合わされることになる。

　ソネット12では「大地の子ら」は『遺蹟』では「神々の力(la puissance des Dieux)」、『廃墟』では「天上の生まれの神々(the Gods of heavenly berth)」(12.3)に挑むのであるが、スミスはこの表現の齟齬について「天上の生まれの」という神々に対する形容は冗語であるとしている。[14] しかしそこには1行目の"the children of the earth"との"earth-bearth"の押韻効果によって「地上的存在」と「天上的存在」の対比を明確にするというしかるべき意図が認められる。[15] むしろこのソネットで問題とすべきは「大地は愁歎しつつ、天は栄光の内に戦捷をおさめて誇らしく(La Terre gemissante, et le Ciel glorieux / D'avoir à son honneur achevéz ceste guerre)」という表現が、「大地はわが子たちの(屍の)重みに呻き、天は栄光のうちに完勝した(th'earth under her childrens weight did grone, / And th'heavens in glorie triumpht over all)」という描写に改変されている点である(12.7-8)。この改変の意図は大地を自分の胎内に戻ろうとする巨人族の圧力に耐えかねて呻吟する母親として擬人化することによって上記の母なる海に流れ下るテーヴェレ河や「母の胸」に返される瓦礫と化したローマの市壁のイメジと同様に母胎回帰のモティーフを原文以上に明確化することにあると考えられよう。

　スペンサーにとって、母胎回帰のモティーフは人間世界が天界の定めを鑑として新旧の世代交代を繰り返して展開していくことの必然性を明確化するために不可欠である。換言すれば、ユピテルによる巨人族の討伐と「マルスの末裔」(ses nepveux; his offspring)」(11.2)たるローマの破滅との二重写しは、サテュルヌスからユピテルへの覇権交替とローマ帝国からフランク王国への覇権の移行が天界、地上を問わず世代交代の必然性という同一の原理に基づくことを読者に察知させるための意匠である。

　かくして母胎回帰と世代交代のモティーフの基調をなす「無常」は、『無常篇』において明らかなように、その本質においては決して破壊的なものではなく、むしろ積極的なダイナミズムである。そしてその無常のダイナミズムこそが上に引いたソネット3を締めくくる2行連句の、確固たるものは崩落し、流れ移ろうものは永続するという逆説によって命題化されているのである。

ローマへの幻滅から嫌悪へ

　デュ・ベレーのローマに対する幻滅の悲哀が教皇庁在任中の経験に起因することは明らかである。『遺蹟』の主意はローマ帝国の衰運を「無常」という地上的原理の一事例として確認することであるが，その筆致は霊妙かつ深淵であり，いわば幻視的とでも言うべき趣を湛えている。しかし，この作品と同年に刊行されたより直叙的な『哀惜』(Les Regrets)にはこの鬱屈した理想主義詩人のローマの退廃に向けられた風刺が極めて直截になされている。たとえば，デュ・ベレーはこのソネット集の 131 番の 7 行目で「ローマはもはやローマではない(Rome n'est plus Rome)」と断言するのであるが，後段の 6 行連句で描かれるのは，「娼婦(La courtisanne)」が「公然と馬車に乗って(publiquement . . . en coche)」，あるいは「馬に跨り豪奢な男装をして姿を現し(à cheval en accoustrement d'homme / Superbe se monstrer)」，そして「白昼堂々と法衣を纏った枢機卿たちと情事に耽る(de plain jour / Aux Cardinaulx en cappe . . . faire l'amour)」といったローマで日々耳目を集めていた光景である。そしてこのソネットは「ローマについて判断できるのは……(それを目撃した)者だけなのだ(C'est celuy seul . . . qui peult juger de Rome)」と締めくくられている。枢機卿たちと娼婦の相姦こそがデュ・ベレーのローマの象徴なのである。

　デュ・ベレーのローマの退嬰についての感懐は『遺蹟』においてもその筆致こそ異なれ『哀惜』のそれと基本的に異なるところはない。そこに一貫しているのはローマの盛衰を悠久の時のなす業の一端としてより冷徹な眼で眺める姿勢である。この姿勢はソネット 18 でローマの原初の姿に想いを馳せることによって一種諦観の域に達する。今ローマを圧している「瓦礫の山(Ces grands monceaux pierreux; These heapes of stones)」(18.1)は建都以前の岩石が散在していた丘陵の連なる原野の姿そのものものであり，かつては壮麗を極めた王宮も堂宇も元を質せば「羊飼いの小屋(Cassines de pasteurs; shepheards cottages)」(18.4)にすぎなかったのである。こうして過去と現在が二重写しになった心象風景を舞台として「羊飼いや農夫たち(pasteurs, bergers, laboureur; shepheards, hynde)」(18.4, 5, 6)が「その右手を鉄(の剣)で武装した(de fer arma sa dextre; arm'd his right hand with steele)」(18.6)ために帝位に就き，その増長の極みに天がローマの覇権を教皇の手に委ねたという，ローマ建国から神聖ローマ帝国の成立に至った歴史が俯瞰されている(引証 3 参照)。[16]

　かくして天命によって教皇庁がローマの命運を担ったのであるが，スペンサー

はほぼ原文の字句通り翻訳しており，教皇庁も万物は運命の定めるところに従って原初に還るという理を自らの終焉によって世に示したにすぎないという原文の趣旨を踏襲している。いずれにしても，この皇帝支配から教皇支配への移行という歴史への言及が含意するところは，フランク王国が新たに神聖ローマ帝国として君臨するために，その統治理念をコンスタンティヌス大帝以来の皇帝教皇主義（caesaropapism）から教皇皇帝主義（papocaesarism）へと転換した事実であることは明らかであろう。

　このソネットに一貫するのは，その始原においてはただの原野であったローマ帝国がそこに君臨した一介の農夫に出自する皇帝と教皇共々その元の姿に還ったにすぎないという原初回帰のモティーフである。ここで注目すべきは，神聖ローマ帝国時代には帝国の起源と永続性について様々な帝国プロパガンダが叙説された事実である。その一例は「神が天上から帝国を創られた（imperium... deus de coelo constituit）」ゆえにそれは「永続する帝国（imperium quod semper est）」であるという神国思想である。[17] 中世を通じてこの神国思想は「不滅の帝国民（populus qui non moritur）」といった選民思想を伴って喧伝されたのであるが，こうした神国・選民思想には修正や反駁が試みられ，すでに13世紀以降には帝国は「実はローマ人が土から（immo populus Romanus de terra）」造ったという対抗説も広く行われていた。[18] そうしてみれば，両ソネットにおける帝国，皇帝，教皇への言及が神聖ローマ帝国永続説に対する対抗命題として意図されていることが理解できるであろう。

　このソネットで看過できない問題は「ペテロの後継者（successeur de Pierre; Peters successor）」（18.12）という間接表現に内包される寓意性に関わるものである。初期ローマ教会の司教および後代のローマ教皇がペテロの司牧権を継承するという所説は，イエス・キリストが自らの教会の礎石とすべくシモンに与えられた「岩（Petros）」という異称に淵源する（Matt. 16.18）。そうしてみると「ペテロの後継者」という呼称は教皇という存在の本義的定義にほかならない。しかしこの呼称が上述の「石（pierreux; stones）の山」の掛詞として意図されていることは明白であり，そこには教皇といえども元を質せば石ころにすぎないという侮蔑感が含意されているのである。すなわち，ローマ教会は元来にして岩石の集積にすぎず，壮大な堂宇と同様にその司牧組織も元の石の山に戻ったのは必然であるという痛烈な皮肉がこのソネットに込められているのである。教皇支配は帝国を不朽のものにするどころか原初回帰の理を自ら証明したにすぎないのである。

　同様の解釈は「羊飼」の象徴性についても該当する。デュ・ベレーの教皇は「司

牧の名において……万物はその原初に還ることを証しているのだ(*sous nom de Pasteur . . . / Monstre que tout retourne à son commencement*)」(18.13-14)という洞察は,勿論そこには 4 行目から 6 行目にかけての 3 度に及ぶ「羊飼」への言及の残響が認められるものの,字義どおり「聖職者に相応しく」自ら原初回帰の範を垂れたと読み取られるべきである。しかし "*sous nom de Pasteur*" の訳語としての「羊飼らしく(shepheardlike)」という表現について言えば,原文のような司牧者の責務への言及は比喩的レヴェルにおいて,あるいはこのソネットがいわゆる「本歌取り」であることを前提としてはじめて読み取ることができる。スペンサーは教皇という存在が一介の羊飼に出自した以上,その元の羊飼の姿に還るのは宿命的結末であるとするデュ・ベレーの「示唆」を「言明」として言い替えているのである。換言すれば,両詩人にとってローマはその原初から終焉に至る歴史を通じていかなる権力の永続も許容しない原初回帰という自然的・歴史的原理の公正さを証明したにすぎないのであるが,スペンサーはそのことをデュ・ベレーよりも一層直截に表現しているのである。

世代交代の寓喩――「鷲と烏」と「義父子」

　死すべき肉体と霊魂の不滅という本質的な相違についてはローマの詩聖達について論及したところであるが,「健全なる精神は健全なる肉体に(宿る)(*mens sana in corpore sano*)」と古来言い習わされているように,両者は相互にその質を規定しあっていると考えられてきた。[19] 神聖ローマ帝国について言えば,その極限にまで肥大をきたした帝国版図が身体であるとすれば,硬直した――上の比喩を敷衍すれば「石化」した――ローマ教会がその精神であった。しかしその病根がすでに帝政ローマの驕慢にあったことは既述したところである。そしてその結果心身共に病んだ帝国の内憂外患に機を得たヴァンダル族によるローマ劫掠(455年)に端を発して 800 年のシャルマーニュの戴冠によってフランク・シャルマーニュ帝国という神聖ローマ帝国の礎が置かれるに至った経緯は史実に見るとおりである。フランスやイギリスが近代国家として成熟していくことを祈念するデュ・ベレーとスペンサーにとってこの覇権の推移は必然であり,しかもキリスト教世界の覇権は「世代交代」という自然の法則に基づいてさらに推移していくことは必定なのである。

　ラテン民族からゲルマン民族への覇権の転移は『遺蹟』のソネット 17 で「ロー

マの鷲(*l'aigle romaine*; That Romane Eagle)」にかつてその威光に恐れおののいていた「ゲルマンの烏(*la corneille Germaine*; the Germane Rauen)」がとって替わるという動物譚によって寓意化されている(17.9-10)。ソルニエ等の解釈に拠ればこの寓喩は烏の狡猾さや人真似をする習性を示唆することによって共和制ローマや帝政ローマに対する神聖ローマ帝国の劣性を強調しているという。[20] しかしスペンサーはこの寓喩の翻訳に際して独自の寓意性を巧妙に織り込んでいる。それは辞書的な定義に従えば"*corneille*"の訳語としては通常黒色の鳥の総称である"crow"が充てられるはずであり、スペンサーの訳語の"Rauen"(オオガラス)はフランス語では"*corbeau*"に当たるという問題に関わる。[21] これらの鳥名については必ずしも両語間に厳密な対応関係が固定してはいないにしても、スペンサーがこの文脈で「オオガラス」に固有の象徴性を嵌め込む必要性を認めたと考える方が妥当であろう。

　古来「烏」が黒いのはアポロへの不忠ゆえとされ、上述の解釈にも見られるように主として「狡猾」や「傲慢」を象徴する。しかし、「オオガラス」は確かに「腐敗」、「破壊」、「死」等を象徴するが、他方ではユピテルやアポロの神鳥であり、ノアが鳩によって陸地の出現を知る前に偵察として放った瑞祥の鳥であり(Gen. 8.7)、干ばつの間エリアに食物を運び続けた神の使いである(1 Kings 17.4-6)。「オオガラス」は暗黒から生まれる「曙」の、そして「破壊」や「死」からの「再生」を象徴するのである。[22] さらに、デュランによれば、「ゲルマン・ケルトのオオガラスと同様にローマの鷲は本質的に天の意思の伝達者であった」という。[23] したがって、ラテン民族とゲルマン・ケルト民族それぞれの象徴体系において「鷲」と「オオガラス」は「神鳥」としての象徴性を共有することがわかる。

　スペンサーがこうした象徴性を念頭に置いて"*corneille*"の訳語として"crow"ではなく、"raven"を採ったとすれば、デュ・ベレーが帝政ローマと神聖ローマ帝国の優劣に言及しているのに対して、スペンサーは「ゲルマンのオオガラス」がローマの終焉を世に告げ、かつ新たな世界を拓く吉兆であったという独自の解釈を挿入していると考えられる。要するに帝国の覇権がゲルマン民族の手に委ねられたのは帝国の世代交代という歴史的必然性——上のデュランの用語を借りれば「天の意思」によって定められた目的論的に進行する歴史——の一過程にすぎないというのがスペンサーの歴史観なのである。

　さらに、スペンサーに固有の創意は「世の人はゲルマンの烏が偽装してローマの鷲になりすますのを見た(*on vid la corneille Germaine / Se deguisant feindre l'aigle Romaine*)」から「ゲルマンの烏が偽装してあのローマの鷲を千々に引き

裂くのが見えた(was the Germane Rauen in disguise / That Romane Eagle seene to cleave asunder)」への改変に端的に顕れている(17.9-10)。この原詩と翻訳の齟齬について，レンウィックは "feindre"(feign)と "fender"(cleave)の混同によるスペンサーの誤訳であるとしているが，この一節を単に誤訳として一蹴してしまうことはあまりにも短絡にすぎるだろう。[24] なぜならば，この「鷲」と「オオガラス」の関係には箴言の 30 章 17 節の「父を嘲り，母に従うことを侮る(者の)眼は，谷間のオオガラス(corbeaux: ravens)がそれを引き裂き／えぐり出し(crèveront: shall pick ... out)，鷲の幼鳥がそれを喰うべし」という「傲慢」への戒めの言葉への共鳴が認められるからである。[25] おそらく，スペンサーはこのオオガラスを共和制ローマとビザンティウム帝国という両親に背いた驕慢の帝国を「引き裂き」，新たな帝国を育てた「運命の鳥」として自らの寓喩の中に登場させているのである。

こうした理解の上に立てば，デュ・ベレーが鷲に偽装した鳥の比喩によって専らゲルマン民族が帝政ローマに成り替わった事実を寓喩化しているのに対して，スペンサーは箴言中の父母を侮る者の一例として自らの両親とも言うべき共和制とコンスタンティヌス大帝の精神に背馳した帝政ローマを鷲に擬え，その鷲が驕慢ゆえにゲルマン人というオオガラスに引き裂かれ，その「眼」――帝国統治の中枢たるローマ教会――を糧として「若い鷲」たるフランク族が新たな覇者として力を蓄えた事実を寓喩化していることがわかる。さらに，「眼」に通常認められる「子宮」としての象徴性をこの寓喩解釈に折り込めば，解体された帝政ローマの「母胎」によってフランク・シャルマーニュ王国が育まれたという寓意解釈も成り立つだろう。[26] しかも，スペンサーは鷲に変じたシャルマーニュ帝国も，「オオガラス」としてのその本性にたがわず，843 年のヴェルダン条約によって自らを引き裂き，やがて神聖ローマ帝国という次世代の覇者の母胎となったという史実にまで言及していることになる。要するに，共に動物譚という意匠によって世代交代のモティーフを織り成しながらも，デュ・ベレーはもっぱら帝政ローマからフランク王国への覇権の移行に言及し，スペンサーはその王国もやがて解体して神聖ローマ帝国誕生の母体となったことにまで言及しているのである。

ソネット 23 ではローマは「腐敗した躰(un corps vicieux; a vicious bodie)」(23.10)に喩えられ，その宿痾が精神に由来することは「腐敗した」という形容にすでに内包されている。言うまでもなく，その病根は「他者を妬ましく思う驕慢(l'envieux orgueil)」(23.12)あるいは「より多くを求め続ける驕慢(plenties pride)」(23.13)である。そしてデュ・ベレーはこのソネットの最終行でローマが

その驕慢のために「義父子の絆を破棄した(Rompit l'accord du beaupere & du gendre)」ことが亡国の因をなしたと言う。従来この比喩はカエサルとポムペーイウスという義父子間の確執への言及であるとされてきたが,この解釈はカエサルのポムペーイウスに対する勝利がローマの帝政への道を拓いたという意味で有効ではあろう。[27]

　しかしながら,ここでデュ・ベレーが示唆しているカエサルとポムペーイウスの義父子関係の比喩はこのソネットにおいては副次的な意味しか持たない。なぜならば,この箇所に先行する11行がポエニ戦争に勝利を収めた大スキーピオーの追慕をその内容としているからである。このソネット全体の主旨は,ポエニ戦役の結果ローマが獲得した地中海世界の覇権を基盤として後のローマ帝国が成立した経緯を前提として,ローマ帝国が驕慢の極みにその「義父」とも言うべき大スキーピオーの質実の精神に基づく共和制の理念に反したために滅亡への道を辿ったという事実を説くことにある。

　大スキーピオーはローマ市民が戦利の金品に耽溺して「懶惰(paresseux)」から「享楽(plaisir)」,「野望(ambition)」そしてついには「驕慢(orgueil)」に至ることを危惧して将兵にカルタゴの略奪を禁じ,また元老院から皇帝位に就くことを嘱望されながら——麾下の将兵からは皇帝(imperator)の尊称を得ていたのであるが——即位を固辞し続けて共和制の理念を墨守した。デュ・ベレーはその故事を読者に想起させ,その大スキーピオーの知慮と謙譲の精神を鑑としてかの名将の後継者であるはずの歴代皇帝の浅慮と驕慢を映し出すことによって両者間の断絶を指摘しているのである。要するに,そのソネットで義父子関係の破棄の寓喩に意図されているのはローマの共和制理念と帝国理念の乖離という歴史的事実にほかならない。

　『廃墟』では上述の大スキーピオーへの賛美はほぼ逐語的に翻訳されており,驕れるローマ帝国がかつて地中海世界の冠たる共和制ローマの精神とも言うべきかの名将に背馳したという『遺蹟』の主旨は踏襲されている。しかし,スペンサーは義父子間の絆の破棄への言及を「彼ら(驕れる者ども)は,王侯,貴族,そして親族をも容赦しようとしなかった(Nor prince, nor peere, nor kin they would abide)」と改変し,カエサルの王侯,貴族,親族に対する過酷な臨み方に言及している。すなわち,スペンサーはカエサルが他の執政官や元老院を疎んじ,義子ポムペーイウスを討伐して独裁官となり,以後の皇帝制度への布石を敷いた事実と,大スキーピオーが執政官(prince),元老院(peere)を尊重し,また親族(kin)との親和・協調を旨とした事実——大スキーピオーはプーブリウスとルーシウスの二人の実

『ローマの廃墟』における言語・文化国家主義の理念

子とプーブリウスの養子の小スキーピオーと深い信頼関係で結ばれていた——を明確に対比させているのである。このように,スペンサーは義父子関係をあえて訳出しないことによって共和制の理念に背馳したカエサルとその後継者たる歴代のローマ皇帝を大スキーピオーの「義子」すなわち正統後継者としては認めないという,デュ・ベレーと相反する見解を表明しているのである。

ソネット31では義父子関係の寓喩は(神聖)ローマ帝国とビザンティウム帝国との関係を本義としている。このソネットの前段の8行は,ナイル,ガンジス,ティグリス・ユーフラテス諸流域の古代諸文明をはじめ,かつてローマ帝国の属領として栄えたアフリカ,スペイン,イギリス,ライン河流域のガリア地方,さらに北方のアルメ河流域も今はただ「広漠たる野原(une vague campagne; a champian wide)」に変わり果てた栄枯盛衰の歴史を回顧している。そして後続の6行の趣旨は,ローマ帝国成立の近因となったカエサルとポムペーイウスの義父子間抗争がすでに後のローマの「内乱(civile fureur; Civill furie)」という宿痾の前兆であったというものである(引証4参照)。この一節で問題になるのは,カエサルがポムペーイウス討伐のためにローマからギリシア半島のエーマティア(Emathia)に軍勢を進めた史実への言及であり,そのことはローマとビザンティウムとの確執・訣別とそれに起因するローマの滅亡を示唆しているのである。

さらに,スペンサーは原文のポムペーイウスが「義父に抗して剣をとった(Armas le propre gendre encontre son beaupere)」という義父子の関係の寓喩を「内部抗争」の末に帝政を布いたローマが「腕に剣をとって自らの胸に向けた(Didst arme thy hand against thy proper hart)」と自刃のイメジに改変している。スペンサーは原文のポムペーイウスとカエサルの義父子間抗争の悲劇を伏線として示唆することによって,後に西ローマ帝国がコンスタンティヌス大帝の開闢になる東ローマ帝国という義父に刃を向けたことが自刃にほかならないという感懐を表明しているのである。

デュ・ベレーがこの寓意的叙述においてカエサルのポムペーイウスに対する勝利が共和制ローマの帝政化への道を拓いたという史実に言及しつつ,そのローマ帝国も同じ義父子関係の断絶のためにポムペーイウスと同じ運命を辿ったことを示唆していることは明らかである。しかし,スペンサーはローマ帝国およびそれ以降の諸帝国がその驕慢ゆえに自らが継承したその義父たるヘブライ・ヘレニズムの制度や文化——おそらく皇帝教皇主義という統治制度をも含めてその存在理由とでもいうべき帝国理念——を廃棄し,またローマ教皇レオ9世がコンスタンティノープル総主教を破門してビザンティウム教会との絆を破棄したことが滅亡

の一因を成したという史実までを観想している。ローマ諸帝国の始原と終末はいずれも同じ驕慢ゆえの義父子関係の断絶に起因したのであり、古代諸帝国の運命に倣って滅亡し世代交代の完了を待っているのである。しかし、そのローマの滅亡は歴史の終焉ではない。後述するように地上には過去に三つの世界帝国が継起し、いつの日か出現する最後の帝国こそが「神の国」の実現の準備を整えるのである。

帝国と文化の遷移の寓喩──「老木」と「移植と接ぎ木」そして「落ち穂拾い」

　驕慢という宿痾に起因するローマの退嬰はソネット28において樫の老木の擬人化によって自然界の世代交代のモティーフに還元させられる。上述のソネット31と同様スペンサーはこのソネットにおいてもデュ・ベレーとのローマ観の相違を明確にしている。まず第一4行連句では「枯渇した樫(*un grand chesne asseiché*; a great Oke drie and dead)」(28.1)の様が描写されるのであるが、その枝葉はすでに無いに等しく、幹の上端部はすでに枯死し、根は辛うじて地に着いている。スペンサーは、基本的にはその描写をほぼ忠実になぞっているように思われるが、その細部には有意な差異が認められる。

　まず、デュ・ベレーがその枝葉の疎らな老木が「その装飾としてなにか戦捷記念らしいものを携えている(*pour son ornement quelque trophee porte*)」と描写しているのに対して、スペンサーは「何か往年の戦捷記念の名残らしいものを身に纏っている(clad with reliques of some Trophees olde)」と訳出している点が問題になる(28.2)。スペンサーの訳文には原文の"*pour son ornement*"は割愛され、その戦捷記念品がもはや装飾とは認められず、しかも「携える」と「身に着ける」の両義を帯びる"*porte*"の訳語として"clad with"が充てられているため原文の両義性は失われているが、そこには周到な工夫の跡が見える。

　元来 "trophy" は戦利品を樹木に掲げたものであるが、この描写はヴェルギリウスの『アエネーイス』第11巻の冒頭でアエネーアースがトロイヤ人のイタリア植民を妨げたメゼンティウスを屠り、枝を払った樫の木にその武具を掲げた故事に基づいていると思われる。当該の一節は、「(アエネーアースは)まず樫の巨木の枝を全て払い塚の上に高々と立て、それに敵将メゼンティウスからの戦利品である光り輝く武具を纏わせる。これが汝崇高なる軍将のための記念碑だ」というものである。[28] この樫の木はアエネーアースにとってはメゼンティウスの墓標であると同時にいわばアルバ・ロンガ建国の記念碑なのであるが、デュ・ベレー

はその樫を今や枯死寸前の老木としてまさに滅びんとするローマを象徴させているのである。

　上の"porte"と"clad with"との比較から言えることは，スペンサーの「纏っている」という表現がヴェルギリウスの「纏わせる(induit)」という表現を意識したものである感を与えるために，メゼンティウスの墓標としての樫とローマの墓標としての樫の同一性がより明確にされているということである。スペンサーはこの用語法の工夫によって戦捷碑が二千数百の星霜を数えてローマの墓標となるために辛うじて立っていることを読者に察知させようとしているのである。このように1本の樫の木にローマの原点と終末を象徴させるという意匠は言うまでもなく原初回帰のモティーフに還元する。

　さらに，このソネットにおけるスペンサーの擬人化の仕方についても興味深い点がある。この樫の木の「古い枯死した先端部(vieille teste morte)」と「年老いた白髪の頭(aged hoarie head)」(28, 3)を並置してみれば，原文以上に訳文の擬人化の度合いが視覚的に強調されていることがわかる。スペンサーの描出するところでは，この樫の老木は上述のようにアエネーアースの戦捷以来現在に至るまでのローマを象徴するのであるが，それはすでに戦捷碑としての偉容を留めてはいない。その描写は若きローマと老いさらばえたローマの対比を擬人法によってより一層際立たせているのである。

　スペンサーの精妙な創意工夫の跡を端的に顕しているもう一例は上述箇所に続く4行連句であり，そこでも擬人法は持続しているが，スペンサーが樫を人体に喩えるというよりもほとんど人体そのものを描写していることに着眼すべきであろう（引証5参照）。この4行連句の比喩表現について言えば，デュ・ベレーは老木を「地面に半ば傾いているというよりは（むしろ倒木状態で）剥き出しの腕／枝々と捻れた根を曝し，木陰なす葉もなく辛うじて樹液のおかげで節瘤立った幹で立っている」と，擬人表現を"ses bras tous nuds"に残すのみにとどめて先行する4行連句に枝と根と幹の描写を追補している。

　一方，スペンサーの訳文では，樫の木は「半ば臓腑／木質をえぐり出され，捻れた根と剥き出しの腕／枝々を曝して土の上に倒れんばかりになっており，その幹／胴体は腐敗しきってもっぱら蛆虫の餌食として生き存えている」と描写されている。そこには"roots"のみが樹木固有の属性として残され，"armes"は言うに及ばず"trunke"も文脈的には「幹」ではなく「胴体」が本義として読み取られるべく意図され，その描写は開腹の刑を受け，内臓を引きずり出されて腹部に蛆虫が這うにまかせて放置されている異端者の姿であるかの感を与え，ローマ教会

の邪宗性を暗示している。端的に言えば, 両詩人共に衰退の極みにあるローマの惨状を樫の老木に託して提示していることに変わりはないが, 老木を老人に擬える一連の擬人法の効果によって生じる印象の生々しさには著しい程度差が認められるのである。[29]

擬人化についてもう一つ興味深いのは, スペンサーがこのソネット中の樫の木を一貫して女性代名詞で受けている点である (28.3, 6, 7, 8, 9, 11)。言うまでもなく, "chesne" は男性名詞であり, スペンサーの通常の用語法でも "oak" に喩えられるのは常に男性である。[30] またアエネーアースの「この樫がメゼンティウスだ (*Mezentius hic est*)」という台詞に鑑みてスペンサーの樫も「男性」であるのが当然である。[31] それにもかかわらずスペンサーはこの樫を文法的に「女性」として設定しているのである。この文法操作の意図は当時ローマを「バビロンの娼婦」(the Whore of Babylon) と呼び習わしたプロテスタント的常套をこの描写の中に織り込むことにあったに相違ない。言うまでもなくこうした意図はカトリックを信奉し続けたデュ・ベレーにはなく, もしあったとしてもその文言から読み取れない。

ソネット 28 でさらに留意すべきは, 世代交代の寓喩を提示する第三4行連句の原文と訳文との顕著な相違である。寓喩の趣旨について言えば,「老木の周りには(やがて)多くの樫の幼木が根を張ることだろう (*maint jeune à l'entour ait ferme la racine*)」(28.10) と「老木の樹皮から多くの若枝が萌え出ている (manie yong plants spring out of her rinde)」(28.11) という寓喩表現がいずれも世代交代をその本義としている点では一致している。しかし, 文法上の「法」の問題とは別に, これら二つの寓喩表現には歴然とした差異が認められる。『遺蹟』の樫の老木の周囲にはその落果から実生した幼木が根を張ろうとしているのに対して,『廃墟』では樫の樹皮から若枝が芽吹いているのである。後述するように, 前者の描写は「移植」のイメジを, 後者は「接ぎ木」を前提として世代交代の寓喩を展開するのであるが, こうした園芸ないしは果樹栽培の比喩は 16 世紀にはすでに文学的常套として定着していた。[32]

「移植」から「接ぎ木」への改変の妥当性の根拠はデュ・ベレーが『フランス語の擁護と顕彰』で展開している寓喩に求めることができる。デュ・ベレーはその母国語擁護論の中でローマ人がギリシア語を借用しながら一俗語にすぎなかったラテン語をギリシア語に劣らぬ古典語として完成していった経緯を, 農夫が遠隔地の野生種を適地に移植し, それに剪定を施して樹勢をつけ, そしてその枝を他の幹に接ぎ木するという品種改良の寓喩によって説明している。すなわち, ロー

マ人は原イタリア各地の諸語をローマに「移植」し(l'ont . . . transmuée)，そこから猥雑な言語要素を捨象し，その代わりにギリシア語という幹から取られた若枝が「非常にうまく接ぎ木され(se sont si bien entez)」，しかもその台木の原ラテン語と近縁関係にあったので両言語は「養子縁組(adoptif)」つまり「接ぎ木」とは見えない程自然な古典ラテン語という木に生長していったというのである。[33]

　ここに明らかなように，デュ・ベレー自身は『遺蹟』で上記の一連の比喩の「移植」に主眼を置き，スペンサーは剪定の後の「接ぎ木」に主眼を置いている。この差異の意味するところは，デュ・ベレーがギリシア・ローマの言語・文化をフランスへ「移植」することが急務だと説いているのに対して，スペンサーはギリシア・ローマの言語・文化のみならず，それらを吸収・同化したフランスの言語・文化をも併せてイギリスに固有の文化という根幹に「接ぎ木」し，先行文化を凌駕する国家文化を繁栄させることが肝要であると説いているのである。

　ところで，上記の寓喩は，さらに遡及すれば，ダンテが『母国語の文章達意について』において，イタリア語はギリシア語やラテン語を「日々接ぎ木し，はたまた挿し木しているではないか？」という比喩によってイタリア語が誇るに足る言語になりつつあることを説いている一節に淵源していることがわかる。[34] ダンテがこの書を著した目的がイタリア各地方の様々な方言を統一して古典言語に匹敵する母国語を確立することによって国家統一を達成するという言語・文化的国家主義の宣揚にあることは言うまでもない。その理念はデュ・ベレーやスペンサーによっても継承されているのであり，しかもダンテの願望が教皇派(guelfismo)と皇帝派(ghibellinismo)の確執によって実現には至らなかったのに対して，アンリ2世とエリザベス1世という近代国家君主を頂く二人の詩人にとって国家統一はおろか自国が新たな帝国としてヨーロッパに君臨するという期待は極めて現実味を帯びていたに相違なく，またヨーロッパの覇権の獲得によって文化の中心を自国に迎えるという構想は当時の詩人達にとって詩作活動の根基をなすものであった。

　このような新たな帝国の興隆の期待はソネット30の前半の8行で穀物の播種から刈り入れに至る過程の寓喩によってさらに確固たる根拠を与えられている。そこでは畑地に蒔かれた種子が生育して実った穂波が農夫に刈り取られた後に麦藁が散在する光景が描写されている。そしてそれに続く後半の6行が提示するのはローマという麦畑がゲルマン民族という農夫に収穫され，その後に落ち穂拾いが始まるという寓喩である(引証6参照)。ここでは瓦礫の散乱したローマの街区が刈り入れのほとんど終わった麦畑として心象風景化されており，その点景とし

て置かれている大鎌をふるう農夫の姿はいわば図像学的な「破壊」ないしは「死」の表象像そのものであり，その光景は全ての終末の様相を呈している。しかし，そうした農夫の個々の作業は個別的には一度限りのものではあるが，播種から収穫に至る営みは反復・永続する。その意味では，この光景は無常が恒常の一環にすぎないという理を表しているのである。

　上のような理解の上に立てば，略奪と破壊の限りを尽くしたゲルマン諸部族の蛮行は歴史の一齣にすぎないが，覇権の交代とそれに伴う同種の蛮行は悠久の歴史を通じて不変であるという認識へつながっていくことになる。こうした視点からこの心象風景を眺めれば，そこにはローマの盛衰とフランク王国の興隆も過去・未来を問わず繰り返される覇権交代の一つの事例にすぎないことが農作業という日常的かつ恒常的な人間営為として命題化されていることがわかる。

　上の引用部を締めくくる3行の「落ち穂拾い」の寓喩は，上述した覇権交代のモティーフと相関して，両詩人の掲げる母国語文学確立の理念の根幹を成す論理を内包している。すなわち，「落ち穂拾い人(*gleneur*; they which gleane)」が東ゴートに続いたヴァンダル族やその他のゲルマン諸部族の略奪者や征服者であることは自明のこととして，その「略奪者」が「落ち穂拾い人」に擬えられることによってその行為が正当化されているのである。落ち穂拾いの合法性の根拠はヘブライ法が農園主に麦や葡萄を余さず収穫することを禁じ，残した作物を孤児，寡婦，貧民そして異邦人に自由に拾わせるよう定めていたことに求められる。[35] いわばゲルマン民族によるローマ劫掠という行為は，落ち穂拾いという正当な行為に喩えられることによって，自然世界と人間歴史に恒常的に作用するダイナミズムの一環として「建設的」ないしは「創造的」意味合いを帯びることになるのである。

　ヨーロッパの歴史を顧みれば，ローマの「遺物(*reliques*; reliques use)」を拾い集めることは合法的な行為であるばかりではなく，ローマに残存しているものを再活用するという建設的な行為であったことは明らかであろう。デュ・ベレーは『フランス語の擁護と顕彰』において，現存している古典ギリシア・ラテン語で著された文学・思想の集積を壮大な「楼閣(*fabriques*)」の廃墟に喩え，その偉容を「復元(*redifier*)」することは不可能であるが「私はあなた方がその建物を往昔の楼閣と同様のものに造り替えることができれば，学芸・技術が自然本性の活力を現前させることができると評価するだろう」と説いている。[36] 上述の寓喩をこの比喩の延長上において解釈すれば，ローマの再建は不可能である以上，その遺産を収集して活用することは「自然の活力を現前させる」という目的に沿うことになるのである。

このように，ローマの劫掠を歴史的必然と考え，そこに一定の政治的・文化的意義を認める立場は前述のソネット17に見た帝国の覇権の移行をその本義とする「ユピテルの鷲」と「ゲルマンの鳥」の寓喩にも認めたところであるが，それはとりもなおさず歴史の転換期に繰り返し喧伝されてきた「帝国の遷移(translatio imperii)」の理念に包含される論理である。この理念は世界帝国がバビロン，メディア，ペルシャそして次に世の終末まで続く第四の帝国へと変遷を遂げていくというダニエルの夢判断(Dan.7.1-28)に依拠し，爾後時代の推移に応じてギリシア(ないしはマケドニア)，帝政ローマ，ビザンティウム等の諸帝国，800年に創起されたシャルマーニュ帝国，さらには962年のオットー1世戴冠以来の神聖ローマ帝国等がその「第四帝国」として指定されてきたのである。[37]

　この論理は，バベルの塔にその最初の例を見るように，過去の世界帝国の滅亡は全てその驕慢を罰するための神意によるとするキリスト教的歴史観を論拠とするのであるが，そこからは，チーニュやファーガソン等が指摘するように，学問・文化の中心も東から西へ移行していくという文化変遷説が生成することになった。[38] 言うまでもなく，デュ・ベレーやスペンサー等の近代国家文化の旗手にとっては，すでに滅亡した神聖ローマ帝国は最後の世界帝国たりえなかったのであり，帝国と文化の西下はさらに続くことになる。

　スペンサーにとってこの最後の帝国がイギリスであることは，ヘンリー8世治世下の1533年に発布された「(ローマ)聖庁への上訴規制法令」に「イングランド王国は帝国である」と明記されていることからも明らかである。[39] この文言は翌年に発布された「首長令(the Act of Supremacy)」と相俟って，エリザベス女王治世下においても，イギリスをコンスタンティヌス大帝以来の東ローマ帝国理念である皇帝教皇主義の正統後継者として位置付け，したがって前述のように教皇皇帝主義を奉ずる神聖ローマ帝国を原初キリスト教帝国の後継者とは認知しないというテューダー・プロパガンダの根幹を成してきたのである。

結語　ローマに匹敵・凌駕する文化の創出の願望

　以上に見てきたように，ローマが最後の審判まで世界を支配する帝国とはなりえなかったという認識はデュ・ベレーにとってもスペンサーにとっても変わるところはない。両詩人にとっては，その偉大な帝国はまさに出現しつつあったのであり，その帝国の創出の主体は文化英雄(culture hero)としての国王と，岩石や草

木をも魅了する調べで人心を陶冶する楽聖の後裔としての詩人である。
　ソネット 25 の前半の 8 行連句では，両詩人は往古の皇帝たちの霊を黄泉の国から呼び戻すために「トラキアの（詩聖オルフェウスの）竪琴（*la harpe Thracienne*; the *Thracian* Poets harpe）」(25.1)を，そしてローマの瓦礫を蘇生させるために「アムフィオンの竪琴（*celle Amphionienne*; *Amphions* instrument）」(25.5)を持っていたならば，と詠嘆する。しかしそれはもはや不可能である以上，せめて，かつてヴェルギリウスがローマ帝国の歴史と理念をアウグストゥス帝に提示したように，詩作によって近代国家の建国の理念を示すことができれば，というのが後半の 6 行の願望である（引証 7 参照）。両詩人は共に筆によって往古の「王宮（*palais*; Palacis）」の面影を写し取り，他に比肩を許さない王宮を復元することができれば，と希求するのであるが，その方法は同じではない。デュ・ベレーは「筆というコンパスで（*au compas de la plume*）」(25.13)，スペンサーは「私の崇高な様式の水準（器）で（with levell of my loftie style）それを成し遂げようと言うのである。この改変が『妖精の女王』の全巻の完成を示唆することは言うまでもない。
　デュ・ベレーの願望はこの作品に冠せられた献詞の「神々がいつの日か陛下に私が陛下のお言葉（フランス語）で描きたいと願わざるをえないほどの栄華をフランスに再建される幸をば授けられんことを（*vous puissent les Dieux un jour donner tant d'heur / De rebastir en France une telle grandeur / Que je la voudrois bien peindre en vostre langage*）」(*Au Roy* 9-11)という一節にすでに表明されたところである。しかし，スペンサーは当然のことながらこの献辞を翻訳することはせず，デュ・ベレーとデュ・バルタスへの献詞（*L'Envoy*）をもって『廃墟』の掉尾を飾り，「ベレーよ，フランスが生んだ最初の自由な詩の花冠よ，不滅によく値する汝よ（*Bellay*, first garland of free *Poësie* / That *France* brought forth ... / Well worthie thou of immortalitie）」(*L'Envoy* 1-3)と称え，ギリシア・ラテンの古典詩の呪縛から解き放たれてフランス語による「自由な詩」を物するという上記のデュ・ベレーの願望が成就したことを認証し，さらにその詩聖の後には「天上の詩神がバルタスを全能の神を賛美するために高みに昇らせ始めるのだ（after thee, gins *Bartas* hie to rayse / His heavenly Muse, th'Almightie to adore）」(*L'Envoy* 11-12)と続け，フランスの詩壇にはすでに世代交代が始まっていることを暗示している。
　このスペンサーの献詞はデュ・バルタスへの言及が成されていることからこのソネット集の刊行に際して新たに付け加えられたと考えられるが，そこにはデュ・ベレーがフランスに金字塔を打ち建て，デュ・バルタスがそれをなおも高めてい

るように,自らも『妖精の女王』というそれに勝るとも劣らない金字塔をイギリスに打ち建てたのだ,というスペンサーの「胸中にある想念(that which in me is)」の一端がこれら二人の詩聖の賛美に事寄せてほとばしり出ているのである。[40]

> 「私は青銅よりも永続する記念碑を,王宮よりも高いピラミッドを建立せり。これは物を齧る雨も,無謀な北風も破壊する能はず,また数えがたき年の連続も時の急速なる流れも〔破壊する能はず〕。」
>
> (*Exegi monumentum aere perennius regalique situ pyramidum altius; quod non imber edax, non Aquilo impotens possit diruere, et innumerablilis annorum series, et fuga temporum.*)[41]

引証 1: *Le corps de Rome en cendre est devallé*
Et son esprit rejoindre s'est allé
Au grand esprit de ceste masse ronde.

    The corpes of *Rome* in ashes is entombed,
    And her great spirite rejoyned to the spirite
    Of this great masse, is in the same enwombed.　　　　(5.9-11)

引証 2: *Le Tybre seul, qui vers la mer s'enfuit,*
Reste de Rome. O mondaine inconstance!
Ce qui est ferme, est par le temps destruit,
Et ce qui fuit, au temps fait resistance.

    Ne ought save *Tyber* hastning to his fall
    Remaines of all: O worlds inconstancie.
    That which is firme doth flit and fall away,
    And that is flitting, doth abide and stay.　　　　(3.11-14)

引証 3: *. . .le Ciel s'opposant à tel accroissement,*
Mist ce pouvoir es mains du successeur de Pierre,

小紫重徳

> Qui sous nom de pasteur, fatal à ceste terre,
> Monstre que tout retourne à son commencement.

> . . .th'heaven it selfe opposing gainst her might,
> Her power to *Peters* successor betooke;
> Who shepheardlike, (as fates the same foreseeing)
> Doth shew, that all things turne to their first being.　　　(18.11-14)

引証 4: *Tu en es seule cause, ô civile fureur,*
Qui semant par les champs l'Emathienne horreur,
Armas le propre gendre encontre son beaupere:
Afin qu'estant venue à son degré plus hault,
La Romaine grandeur, trop longuement prospere,
Se vist ruer à bas d'un plus horrible sault.

> Thou onely cause, ô Civill furie, art
> Which sowing in th'*Aemathian* fields thy spight,
> Didst arme thy hand against thy proper hart;
> To th'end that when thou wast in greatest hight
> To greatnes growne, through long prosperitie,
> Thou then adowne might'st fall more horriblie.　　　(31.9-14)

引証 5: *[un chesne] dessus le champ plus qu'à demy panché*
Monstre ses bras tous nuds, & sa racine torte,
Et sans fueille umbrageux, de son poix se supporte
Sur son tronc noüailleux en cent lieux esbranché;

> [an oak] halfe disbowel'd lies aboue the ground,
> Shewing her wreathed rootes, and naked armes,
> And on her trunke all rotten and unsound
> Onely supports herselfe for meate of wormes;　　　(28.5-8)

引証 6: *Ansi de peu à peu creut l'Empire Romain,*
Tant qu'il fut despouillé par la Barbare main,
Qui ne laissa de luy que ces marques antiques,

> *Que chacun va pillant: comme on void le gleneur*
> *Cheminant pas à pas recueillir les reliques*
> *De ce qui va tumbant apres le moissonneur.*

> So grew the Romane Empire by degree,
> Till that Barbarian hands it quite did spill,
> And left of it but these olde markes to see,
> Of which all passers by doo somewhat pill:
> As they which gleane, the reliques use to gather,
> Which th'husbandman behind him chanst to scater.　　　　(30.9-14)

引証 7: *Peusse-je aumoins d'un pinceau plus agile*
> *Sur le patron de quelque grand Virgile*
> *De ces palais les protraits façonner:*
> *J'entreprendrois, veu l'ardeur qui m'allume,*
> *De rebastir au compas de la plume*
> *Ce que les mains ne peuvent maçonner.*

> Or that at least I could with pencill fine,
> Fashion the pourtraicts of these Palacis,
> By paterne of great *Virgils* spirit divine;
> I would assay with that which in me is,
> To builde with levell of my loftie style,
> That which no hands can evermore compyle.　　　　(25.9-14)

---

1 両作品からの引証は、それぞれWilliam A Oram *et al.*, eds., *The Shorter Poems of Edmund Spenser* (New Haven: Yale UP, 1989) とJoachim du Bellay, *Les Regrets et autres oeuvres poëtiques*, text établi par J. Jolliffe & introduit et commenté par M.A.Screech (Genève: Librairie Droz, 1974)に依拠した。なお、デュ・ベレーの『ローマの遺蹟』(*Les Antiquitez de Rome*)は『遺蹟』、スペンサーの『ローマの廃墟——ベレー作』(*Ruines of Rome: by*

Bellay)は『廃墟』と表記する。また，聖書からの引証は本文中に出典箇所を示し，本文中の固有名詞については，原則として著名なものや以下の注で原語表記するものはカタカナ表記のみにとどめる。
2 20世紀中葉までのこの作品についての消極的な評価については，Edwin Greenlaw *et al.*, eds., *The Works of Edmund Spenser: A Variorum Edition*, vol. 8 (Baltimore: The Johns Hopkins Press, 1947) 378-380 参照。
3 *The Ruines of Time*, "To the right Noble and beauti-*full Ladie, the La. Marie* Countesse of Pembrooke."
4 Richard Danson Brown, *"The New Poet": Novelty and Tradition in Spenser's Complaints* (Liverpool: Liverpool UP, 1999) 63: "he adapts the French poem ideally to inaugurate a new English form of poetry."
5 W. L. Renwick, *Complaints by Edmund Spenser* (London: Scholartis Press, 1928) 244: "he had not his dictionary by him, wrote in haste, and was more concerned to hammer out a passible English sonnet than to render the niceties of the French original."
6 Joachim du Bellay, *La Defence et Illustration de la langue francoyse*, ed. Henri Chamard (Paris: Albert Fontemoing, Éditeur, 1904) 90: "*l'office et diligence des traducteurs . . . n'est suffisante pour donner à la nostre ceste perfection.*"
7 Bellay, *Defence* 93, 95: "*Mais que diray-je d'aucun, mieux dignes d'estre appellé traditeurs que traducteurs*"; "*à cause de ceste divinité d'invention . . . de ceste grandeur de style, magnificence de motz, gravité de sentences, audace et varieté de figures, et mil' autres lumieres de poësie.*"
8 Bellay, *Defence* 148-49: "*celuy qui . . . se sentiroit plus propre à ecrire en sa langue qu'en grec ou en latin, s'etudiast . . . à se rendre immortel entre les siens, ecrivant bien en son vulgaire.*"
9 ここで改めてこれらの著作を列挙するまでもなく，G. Gregory Smith, ed., *Elizabethan Critical Essays*, 2 vols. (London: Oxford UP 1904)を挙げれば十分であろう。
10 *OED* はこの語義の用例として『廃墟』の当該箇所を引証している。
11 原文の "*ceste masse ronde*" が「球形の」と形容されていることから地球であることは自明であるし，訳文の "masse" も *OED* に記されているように17世紀末まで「地球」をも意味していた。Henri Chamard, ed., *La Defence et Illustration de la langue francoyse* (Paris: Albert Fontemoing, Éditeur, 1904) 95nは"*quell esprit . . . que les Latins appelleroient genius*" に対する注釈として，当該箇所の "*genius*" は文脈上では帝政ローマ期にその語に付け加わった「霊感」(*inspiration*)の意であるが共和制ローマ時代にはいわゆる「守護神」(*le démon tutélaire qui présidait à la naissance de chaque homme et veillait sur sa destinée*)」を意味していたと説明しているが，ここでも後者の「地霊」の意味も読む込むべきである。
12 Verulamium は現在のセイント・オールバンズ近郊にあったローマ属領時代の城砦であるが，スペンサーは「その燃え尽きた城邑の往古の地霊(th'auncient *Genius* of that Citie brent)」を登場させている。
13 「母胎回帰」のモティーフは『時の破壊』でヴェルラーミウムの地霊 Verlame の悲嘆の中にも用いられている: "[wretched creature has] in mine owne bowels made my grave"

(l. 26); "But like as at the ingate of their berth, / They crying creep out of their mothers womb, / So wailing backe go to their wofull tomb" (ll. 47-49). なお，Oram *et al.* はこの箇所について，"The womb/tomb cycle is pervasive" とし，この常套が創世記の第 3 章第 19 節に淵源すると注記している。

14 Malcolm C. Smith, ed., *Joachim du Bellay: Antiquitez de Rome: Translated by Edmund Spenser as Ruines of Rome* (Binghamton: Center for Medieval & Renaissance Studies, 1994) 43n.

15 また "earth" と "birth" は注 13 で言及した "tomb / womb cycle" と同一の観念連合をなしている。

16 帝国が神の意思によって教皇に委ねられているとする思想は，イノケンティウス 4 世の「教皇は神によって，皇帝は人民によって支配権を有する (*papa habet imperium a Deo, imperator a poplulo*)」という公理に淵源するのかもしれない。この点については，Ernst H. Kantorowicz, *The King's Two Bodies: A Study in Mediaeval Political Theology* (Princeton: Princeton UP, 1957) 298 を参照されたい。

17 Kantorowicz 294n.

18 Kantorowicz 296-97.

19 Juvenalis, *Satirae* 10.356.

20 V. L. Saulnier, *Du Bellay, l'homme et l'oeuvre* (Paris: Flammarion, 1951) 126. この書は未見であるが，M. A. Screech, ed., *Joachim du Bellay: Les Regrets et autres oeuvres poëtiques* (Genève: Librairie Droz, 1974) 290n には，"*Il est précisément dans la nature de la* corneille . . . *de feindre et d'imiter*" と注記され，Françoise Joukovsky, ed., *Joachim du Bellay: Les Antiquitez de Rome, Les Regrets* (Paris: Flammarion, 1994) 159nには "*Alors le Saint Empire romain germanique, inférieur à Rome comme la corneille l'est à l'aigle, prétendit à l'héritage impérial*" と注記されているが，両者とも Saulnier に拠っていると補注している。

21 George Arthur Buttrick, ed. in chief, *The Interpreter's Dictionary of the Bible*, 4 vols. (New York: Abingdon Press, 1962) の RAVEN の項目解説によれば，"crow" はラテン語の "*cornix*" に，"raven" は "*corvus*" に対応するが，フランス語の "*corneille*" が "*cornix*" に由来し，"*corbeaux*" が "*corvus*" に由来することは自明であろう。

22 "Raven" の象徴性については，Ad de Vries, *Dictionary of Symbols and Imagery* (Amsterdam: North-Holland Publishing Company, 1974) の RAVEN と CROW の項目参照。

23 Gilbert Durand, *Les structures anthropologiques de l'imaginaire* (Paris, 1963) 134. ただし，引用箇所は Jean Chevalier and Alain Gheerbrant, eds., *A Dictionary of Symbols*, English edition rev. and trans. John Buchanan-Brown (Oxford: Blackwell Publishers, 1994) の EAGLE の項目には "Like the Germano-Celtic RAVEN, the Roman eagle was essentially a messenger of the will of heaven" とある。

24 Renwick, 246.

25 AVでは "The eye *that* mocketh at *his* father, and despiseth to obey *his* mother, the ravens of the valley shall pick it out, and the young eagles shall eat it" と記述されているが，フラン

ス語訳聖書 *Traduction œcuménique de la Bible*（Paris: Societé biblique française & Editions du Cerf, 1988）の当該箇所の記述は "*L'œil qui se rit d'un père / et qui refuse l'obeissance due à une mere, / les corbeaux du torrent le crèveront / et les aigles le dévoreront*" であり、スペンサーの表現と対照すると "*corbeaux*" と "*Rauen*" は語義的に対応しており "*crèver*" と "cleave" も「引き裂く」という共通の語義を持つことがわかる。

26 Vries の EYE の項目参照。この象徴性は向き合った人の「瞳」(pupil of the eye) に自分の姿が子供のように小さく映るためその「瞳」を包む「眼球」が「子宮」に喩えられることから定着したとされている。

27 Screech 297n; Joukovsky 160n.

28 Vergil, *Aeneis* 11. 6-7: "[*Aeneas*] *ingentem quercum decisis undique ramis / constituit tumulo fulgentiaque induit arma, / Mezenti ducis exuvias, tibi, magne, tropaeum, / bellipotens.*"

29 『羊飼の暦』(*The Shepheardes Calender*) の「第二の牧歌」で叙述される樫の老木には Thenot の姿が投影されているが、その樹皮は苔に腐食され、葉はすっかり落ち、梢は禿げ、そのかつての偉容は「蛆虫に食い尽くされて(wasted with wormes)」おり(112-114)、『妖精の女王』の第1巻の擬人化された「観想(*Contemplation*)」も同様に「白髪を頂いた(with snowy lockes)」樫の老木に喩えられている(1.10.48)。

30 このことは前注で言及した「第二の牧歌」の11行目から221行目や、『妖精の女王』の 1.1.8; 1.10.48; 4.3.9 等に明らかなところである。

31 *Aeneis* 11.16.

32 例えば、George Puttehnam, *The Arte of English Poesie* (Cambridge: Cambridge UP, 1936) 303-307 では文学技法が園芸、建築、医術といった領域の諸技術に喩えられている。

33 Bellay, *Defence* 70-71. 「接ぎ木」の比喩は同所の99頁でも繰り返されている。

34 Dante Alighieri, *De vulgari eloquentia*, ed. and trans. Steven Botterill (Cambridge: Cambridge UP, 1996) 42の "*Nonne cotidie vel plantas inserit vel plantaria plantat?*" という一節でイタリア語洗練の努力が接ぎ木と実生の苗木の採取のイメージで表現されている。

35 Lev. 19:9, 23: 22; Deut. 24 19-21; cf. Judg. 8:2; Ruth 2.2-9.

36 Bellay, *Defence* 154-55: "*j'estimeroy l'Art pouvoir exprimer la vive energie de la Nature, si vous pouviez rendre cete fabrique renouvelée semblable à l'antique.*"

37 Joseph A. Strayer, ed. in chief, *Dictionary of the Middle Ages*, 13 vols. (New York: Scribner's Sons, 1982-89) の TRANSLATION OF EMPIRE の項目参照。

38 M.-D. Chenu, *Nature, Man, and Society in the Twelfth Century: Essays on New Theological Perspectives in the Latin West*, trans. Jerome Taylor and Lester K. Little from original French ed. (1957) (Toronto: U of Toronto P, 1997) 184-87; Margaret W. Ferguson, "'The Afflatus of Ruin'; Meditations on Rome by Du Bellay, Spenser, and Stevens" in *Roman Images*, ed. Annabel Patterson (Baltimore: The Johns Hopkins UP, 1984) 24-25. ヘブライ語という「普遍言語」が乱れ、言語の多元化をきたした元凶としてのバベルの塔はダンテの『母国語の文章達意について』で随所に言及されているし、デュ・ベレーの『フランス語の擁護と顕彰』もその故事への言及から説き起こされている。

39 G. R. Elton, ed., *The Tudor Constitution: Document and Commentary*（Cambridge: Cambridge UP, 1960）738: "this realm of England is an empire."
40 Oram et al. はこの献辞のデュ・バルタスの作品への言及は *Uranie*（1579）であろうと注記しているが，大作 *La Semaine ou Création du monde* の第一部はその前年に刊行されている。いずれにしても，『廃墟』が1560年代後半から70年代前半に執筆されたことに鑑みて，この献辞が『廃墟』の刊行に際して付け加えられたと考えてよいだろう。
41 Horatius, *Carmina* 3.30.1. なお，日本語訳は田中秀央，落合太郎編著，『ギリシア・ラテン引用語辞典』（岩波書店，1963）に拠った。

「蝶の運命」の頭韻による音響効果

本間 須摩子

「蝶の運命」(*Muiopotmos: or The Fate of the Butterflie*)は1591年，スペンサーが39歳の時に出版された。この作品は，他の8篇の詩と共に『瞑想詩集』(*Complaints*)の中に収められている。その前年には『妖精の女王』が出版されている。「蝶の運命」のギリシャ語のタイトルは，英語の副題と同様に「蝶の運命」の意味であり，*muio-* は「蝶」を，*-potmos* は「運命」を意味する。『瞑想詩集』の中の詩はすべて，この世の無常を謳っており，当初グレイ卿の秘書としてアイルランドに出向いたまま，故郷ロンドンに戻ることの出来なかったスペンサー自身の悲哀も伝えている。

「蝶の運命」とスペンサー

「蝶の運命」は，主人公である蝶のクラリオンがクモの巣にかかって命を落としていく様相を描いているが，スペンサーはギリシャ・ローマ神話やオウィディウスの『変身物語』を下敷きに潤色を試みている。[1] ミネルヴァとアラクニーが織物の技を競う場面において，『変身物語』では，アラクニーの作品の出来映えがミネルヴァの嫉妬を呼び起こし，アラクニーは作品を引き裂かれ，絶望のあまり自ら命を絶ってしまう。だが，「蝶の運命」の中でスペンサーは，アラクニーの死やミネルヴァの嫉妬については語らず，アラクニーを最後に「毒」グモへと変身させている。こうしたスペンサー自身の独創的なストーリー遊びもまた，この作品を楽しくしている。[2]

こういった作品のストーリー展開のみならず，スペンサーは「蝶の運命」において技巧上も工夫を凝らしている。この作品は，連番号は付けずに出版されたが，連番号を付けてみると55連になる。これは『妖精の女王』の最初の篇と同

じ連数である。この55という数字に注目すると面白いことが分かる。『妖精の女王』では，赤十字の騎士が「迷いの森」で大蛇「迷妄」を退治する話が27連で描かれ，巡礼に化けた魔法使いアーキーメイゴーに出会う話も同様に27連で語られ，その中央に位置する第28連が中心となっている。スペンサーが27+1+27という左右対称の構造で大叙事詩を書いたことは，すでにハミルトンがその編集にかかる『妖精の女王』にも注記している通りであり，[3] これは今では誰もが認める構造になっている。[4] また，27という数字は3の3乗であって，三位一体を意味し，スペンサーが最も大切にした数であることも知られている。そして，55という数字は，1から10までの合計数であり，ピラミッド構造を表す。また，28は1から7までの合計数であり，同様にピラミッド構造を示している。このように『妖精の女王』第1巻第1篇と「蝶の運命」は，9行連と8行連という相違はあるが，連数の面から見ると55というキーナンバーを共有して同じ構造を持っていることが分かる。

「蝶の運命」の中心思想と頭韻

　スペンサーが大作『妖精の女王』の中でスペンサー連という新たな韻律を奏でながら，作品内容に加え，技巧上も独自の世界を切り開いたことは言うまでもないことだろう。「蝶の運命」は，10音節の行がabababccと押韻する定型詩である。スペンサーは古英語のアングロ・サクソン詩以来の頭韻を好んだ詩人である。[5] 頭韻は，例えば"I sing of **deadly dolorous debate**"（第1連第1行）のように，一つの詩行の中に同じ文字，あるいは同じ発音で始まる語を2語以上持つものである。

　シンメトリカルな作品では，重要な中心思想はまさに作品の中心に書く。それは教会堂の尖塔が建造物の中心にあるのと同じである。「蝶の運命」では第28連が中心となるが，中心思想の導入にあたる第27連をまず見てみよう。そこにはこのように描かれている。

> What more **felicitie** can **fall** to creature,
> Than to enjoy delight with libertie,
> And to be Lord of all the workes of Nature,
> To raine in th'aire from earth to highest skie,

> To **feed** on **flowres**, and weeds of glorious **feature**,
> To take what ever thing doth please the eie?
> Who rests not pleased with such happines,
> **Well worthie** he to taste of **wretchednes**.　　　　　　　（第27連）⁶

　この第27連では，空中を自由に飛翔する蝶の幸せな様相が描かれている。ここで早速，頭韻を見てみると，まず書き出しに felicitie - fall とあり，5行目には feed - flowres - feature とあって，最後の行では Well - worthie - wretchednes と結ばれる。これを受ける次の第28連を見てみよう。

> But what on earth can long abide in state?
> Or who can him assure of happie day;
> Sith morning **faire** may bring **fowle** evening late,
> And least **mishap** the **most** blisse alter **may**?
> For thousand perills lie in close awaite
> About us **daylie**, to worke our **decay**;
> That none, except a **God**, or **God** him **guide**,
> May them avoyde, or remedie provide.　　　　　　　（第28連）

　前に述べた通り，この第28連は，この作品の中心思想にあたる。スペンサーはここで，頭韻を用いた音響効果に加えて，用いる語彙を意味のうえで対比させることにも工夫を凝らし，技巧上二重の効果をあげている。まず，3行目では faire「美しい」と fowle「険悪な」が対比され，次行では mishap「不幸」- most - may と続き，6行目で daylie「日々」から decay「滅び」への方向性が頭韻によって強調されている。そして，この「滅び」を表す decay の [d] 音は次の行で，God - God - guide と続いている。「神がいなければ，神が導かれないなら」というフレーズは，スペンサーが繰り返し述べる言葉であり，「神を友として」と述べている『妖精の女王』第1巻第1篇の中心を想起させる。すなわち，原文では "So **forward** on his way (with God to **frend**) / He passed **forth**" (1.1.28.7-8) となっており，ここでも頭韻が用いられている。

頭韻の音楽家スペンサー

「蝶の運命」全55連について調べてみたところ，全440行のうち，少なくとも392行に頭韻が使われていることが分かった。[7] これは全体の約89％に当たる。

頭韻の使用頻度を発音ごとに見ると，右に示す頻度表の通りで，[s] [w] [f] [h] 音が他に比べて多い。

この頻度表から，スペンサーは「蝶の運命」で[s] [w] [f] [h] 音を特に好んで用いたことがよく分かる。頭韻の発音のみに注目すると，この4つの音はほぼ同じ回数だけ，作中で用いられたことになるが，頭韻語の語義に目を向けた場合，この4つの発音の中で[f] [s] 音が使われていることは大きな意味を成す。[h] [w]音が用いられている場合は，例えば，his -him (158) などの代名詞や would - with (110)，which - when (433) といった助動詞，前置詞，関係詞，接続詞の頭韻語が多い。このように頭韻語の語義というよりも，文法上便宜を図るために用いられた用法を差し引きすると，[f] [s]音の2つにスペンサーがこだわっていることが分かる。また，スペンサーは頭韻の音響効果によって，この作品に音楽性を持たせるだけでなく，頭韻語の語義をも意識していたのだろう。

頭韻の発音	使用頻度（行数）
[s]	44
[w]	42
[f]	40
[h]	40
[ð]	23
[k]	17
[d]	15
[m]	12
[t]	11
[b]	8
[g]	8
[p]	7
[l]	5
[r]	5
[ʃ]	5
[i]	4
[n]	3
[e]	3
[ɔ]	2
[θ]	2
[v]	1
[tʃ]	1
[æ]	1

表1 「蝶の運命」における発音ごとの頭韻使用頻度

次の表2，表3の頭韻語リストはスペンサーが「蝶の運命」の中でこだわった [f]音，および [s]音に関するものである。

頭韻語	行番号(連.行)	頭韻語	行番号(連.行)
favourable, faire	20 (3.4)	foe, faire	244 (31.4)
favour, felicities	21 (3.5)	faire, fro	250 (32.2)
fruitfull, fed	25 (4.1)	fearles, foes	251 (32.3)
fresh, file, fire	33 (5.1)	fine, fingred	260 (33.4)
for, framed	60 (8.5)	fame, fil'd	266 (34.2)
from, fate, field	64 (8.8)	faire, flowres	298 (38.2)
fight, forth	85 (11.5)	full, fit, for	300 (38.4)
flie, fearefull	87 (11.7)	fast, fixed	340 (43.4)
full, faire, full	105 (14.1)	fret, felly	343 (43.7)
flowres, fruitful	114 (15.2)	faire, face, fowle	351 (44.7)
faire, flocking	116 (15.4)	fingring, fine	366 (46.6)
flowres, forhead	117 (15.5)	friend, feare, foe	377 (48.1)
fields, franke	148 (19.4)	fatall, future	381 (48.5)
faire, found	167 (21.7)	foolish, flie, foresight	389 (49.5)
fetchet, from, farre	202 (26.2)	false, fraught	395 (50.3)
fed, fill	205 (26.5)	Fortune, faultles	418 (53.2)
felicitie, fall	209 (27.1)	flight, forth	422 (53.6)
feed, flowres, feature	213 (27.5)	framed, for, finall	424 (53.8)
faire, fowle	219 (28.3)	fond, Flie	425 (54.1)
fraile, fleshly	226 (29.2)	foorth, fled	439 (55.7)

表2 「蝶の運命」における [f] 音の頭韻一覧

頭韻語	行番号(連.行)	頭韻語	行番号(連.行)
sdeinfull, scorne, small	7 (1.7)	such, such	301 (38.5)
so, swift	41 (6.1)	sit, state	307 (39.3)
streaming, sport	47 (6.7)	strife, stirred	309 (39.5)
so, Summers, season	49 (7.1)	stands, seas	313 (40.1)
salvage, slew	67 (9.3)	steed, sight	316 (40.4)
so, see	70 (9.6)	seldome, seene	320 (40.8)
strongly, side	82 (11.2)	steelhed, speare	322 (42.4)
so, sundrie	92 (12.4)	smote, streight	324 (41.5)
spoyles, see	100 (13.4)	seem'd, so, sight	332 (42.4)
such, so, silken, soft	107 (14.3)	silence, signe	341 (43.5)
secret, sore	124 (16.4)	so, soone	355 (45.3)
sweete, sights	164 (21.4)	small, stretched	359 (45.7)
sense, satisfie	179 (23.3)	so, sponne, scarce, spide	360 (45.8)
sucking, sap	180 (23.4)	skilfull, soft, silken	362 (46.2)
saulge, still	187 (24.3)	some, subtil	369 (47.1)
sound, savorie	198 (25.6)	scorne, sin	373 (47.5)
save, spill	232 (29.8)	still, so	385 (49.1)
Sire, sacred	238 (30.6)	seeing, secrete	393 (50.1)
so, swelde	255 (32.7)	stirreth, seeing	405 (51.5)
scarce, skin, strong	256 (32.8)	striving, strong	427 (54.3)
sea, so, seene	279 (35.7)	snares, subtill	429 (54.5)
seem'd, still	281 (36.1)	stroke, slie	437 (55.5)

表3 「蝶の運命」における [s] 音の頭韻一覧

表2, 表3により, 頭韻語の[f] [s]音は作品のほぼ全域に渉って万遍なく用いられていることが分かる。だが, さらにここで, [f] 音の使用に関して注意を払うべきかもしれない。というのは, [f] 音はこの作品の主人公である蝶のクラリオンを表す "flie" と言う語をも含むからである。この作品において, 蝶は "Clarion"(8回), "flie"(4回), "butterflie"(3回)などの様々な呼称を持つが, 中でも[f] 音の頭韻語でもある "flie" は, スペンサーが主人公の蝶の様相を音響効果を使って, 効果的に描くのに選択された語と言ってもよいかもしれない。頭韻とは本来, 同じ詩行に託されるものであるが, [f] 音の初出箇所(第3連第4行)から最後に登場した箇所(第55連第7行)まで見てみると, スペンサーは [f] 音を巧みに作品全体に散在させている。また, スペンサーが [f] 音を意識したことは, この作品の英語の副題("The Fate of the Butterflie")からも推察できる。また, 前に挙げた頻度表2にもあるが, スペンサーはこの作品の第15連と第53連では, [f] 音をそれぞれ3行に亘り駆使し, 主人公である蝶の存在を音響によって浮き彫りにしている。

> Report is that dame *Venus* on a day,
> In spring when **flowres** doo clothe the **fruitful** ground,
> Walking abroad with all her Nymphes to play,
> Bad her **faire** damzels **flocking** her arownd,
> To gather **flowres**, her **forhead** to array:
> Emongst the rest a gentle Nymph was found,
> Hight *Astery*, excelling all the crewe
> In curteous usage, and unstained hewe.　　　　　　　(第15連)

この第15連第7行で登場するアステリーは, ニンフの中でも一際美しく, 花摘みにも長けていたため, 他のニンフの嫉妬を買ってしまう。花摘みを命じたヴィーナスはアステリーを蝶へと変身させる。ここでは蝶そのものを直接的に表す "flie" は見られないが, 3行に亘り [f] 音を聴覚に訴えることによって, 主人公の蝶を投影させることに成功している。

次の第53連はこの作品のラストの部分——蝶のクラリオンがクモの巣にかかり, 息絶えてしまう場面であるが, 第15連と同様に3行に亘って [f] 音が用いられている箇所である。

> The luckles ***Clarion***, whether **cruell Fate**,
> Or wicked **Fortune faultles** him misled,
> Or some ungracious blast out of the gate
> Of *Aeoles* raine perforce him drove on hed,
> Was（O sad hap and howre unfortunate）
> With violent swift **flight forth** caried
> Into the cursed cobweb, which his **foe**
> Had **framed for** his **finall** overthroe.　　　　　　　　　（第 53 連）

　前述のように，この第 53 連では[f]音の使用が極立って多いが，同様に[k]音が Clarion - cruellそして，cursed - cobweb のように使用されている。1行目にある通り，[k]音はこの作品の主人公クラリオンを表す頭韻語でもある。このように，ここで用いられている[k]音の頭韻語は極めて否定的な語義を持つ語が多い。また，Fate - Fortune - faultles - flight - forth - framed - for - finall といったように，[f]音の語義を追ってみても，それこそ「蝶の運命」の最期が予見される。つまりこの第 53 連で，スペンサーは作品の中でこだわった [f]音と共に，"flie" と同様，蝶を表象する "Clarion" の[k] 音を交錯させることによって，蝶そのものの存在とその悲運を強調している。

　ルネサンス当時，画家達が好んで用いたコントラポスト[8]という技巧がある。スペンサーもこの技巧の如く，頭韻という手法を用いて音楽性を与え，自らの作品のいわば「静」的要素に「動」を加えることに成功したと言えよう。

---

[1] Judith Dundas, "*Complaints: Muiopotomos, or The Fate of the Butterflie,*" *The Spenser Encyclopedia,* eds. A. C. Hamilton et al.（Toronto: U of Toronto P, 1990）186.

[2] 「蝶の運命」に関する重要な論文としては、Don Cameron Allen, *Image and Meaning: Metaphoric Traditions in Renaissance Poetry*（Baltimore: Johns Hopkins P, 1960）20-41 がある。ここでは、スペンサーがこの作品の中で神話を挿入し、部分的に書き換えられたことや、古典のアステリアよりもむしろ蝶が楽しい変容を遂げていること等が述べられている。

3 A.C.Hamilton, Hiroshi Yamashita, and Toshiyuki Suzuki, eds., *Spenser: The Faerie Queene* (Harlow: Longman-Pearson Education, 2001), 38.
4 福田昇八「『アモレッティと祝婚歌』に隠された数」 福田昇八・川西進編『詩人の王　スペンサー』(九州大学出版会, 1997) 382.
5 Virginia E. Spencer, "Alliteration in Spenser's Poetry Discussed and Compared with the Alliteration as Employed by Drayton and Daniel," diss., U of Zurich, 1898. この中でドレイトンとダニエルが用いた頭韻との比較が行われている。また、『妖精の女王』には2行以上に亘って頭韻が用いられていない箇所は存在しないと述べられている。
6 使用テクストは William A. Oram, et al., eds., *The Yale Edition of the Shorter Poems of Edmund Spenser* (New Haven and London: Yale UP, 1989) 407-430.
7 この頭韻使用行数は発音上の頭韻と文字上の頭韻との合計による。*OED* によると頭韻の第一定義は "The commencing of two or more words in close connexion with the same letter or rather the same sound" となっている。本稿ではこの定義に基づいて作品の頭韻の効果を見てみた。
8 例えば、アルブレヒト・デューラー(Albrecht Dürer, 1481-1528)作「アダムとイヴ」の足の格好など。

ペトラルカとスペンサーの幻

岩永 弘人

スペンサーはいくつかの〈幻〉を書いている。[1] 本論ではその中でも特に,『瞑想詩集』所収の「ペトラルカの幻」をとりあげ,その原作であるペトラルカ『カンツォニエーレ』(*Rime Sparse*)323番と比較し,スペンサーの特質と意図を探る。その際,この作品に大きな影響を与えたクレマン・マロの仏訳も参照して,英国ソネット文学の中におけるこの作品の位置づけを考えてみたい。[2] その際に1つのモデルとして,長いスパンを持った叙事詩的無常観(*ubi sunt*, where they are now)のトポスと,それと対照的に自分が生きている時代(特に若い時代)のみを視野に入れた抒情詩的恋愛観(*carpe diem*, seize the day)のトポスを両極において考えていきたい。

ペトラルカ

まずペトラルカの323番について考えよう。このカンツォーネは,詩人の愛するラウラの時期尚早の死を嘆く詩の1つである。ここでは6つのヴィジョンが示され,最後に世の無常をはかなむという形式をとる。ここでは観客である読者の前に,6つのヴィジョンがペイジェント風に示される。この詩はこう始まる。「僕はある日ひとり窓辺にいた。/そこで僕は多くの奇妙な出来事を見ていた。/それを見ているだけで倦み疲れてしまうような出来事を。」その「窓辺」を,6つの「もの」(獣,船,月桂樹,泉,不死鳥,女性)が通過するが,このそれぞれを詩人は *visione* と呼んでいるのである。そしてそのそれぞれを,破壊者である「時」が壊してしまい,それを嘆くという構成で各連は成り立っている。

まず1番目として,詩人の右側に「人間の顔を持った野生の獣」が現われる。この獣はラウラその人である。この獣は「時」(昼と夜)を象徴する,白と黒の2

匹の猟犬に追われている。この「優しき獣」はこの2匹の猟犬にかみつかれ，ほどなく「死の道」へと追いやられる。「その獣の過酷な運命は，僕[詩人]にため息をつかせる。」このようにヴィジョンの中に突然詩人の現在の感慨が入り込む，というのはペトラルカの——そしてこの詩の——大きな特徴である。

第2連——言いかえれば2番目のソネット——に登場するのは「船」である。それは「絹の索具と金の帆を装備しており，象牙と黒檀でできて」いて，「豊かな積み荷」を載せている。最初海は凪いでいるが，やはり突然嵐が起こり，その結果船は岩礁に衝突する。そして「比類なき高貴な宝を，短い時間が壊し，ほんの一握りの空間が隠して」しまう。

3番目は月桂樹の枝。まだできたばかりの若々しい森に，エデンの園にでもありそうな木が1本あった。ところがある日突然この木を雷が襲い，木は根こそぎ破壊されてしまう。この木が作るのと同じような「影」を求める事が不可能となった詩人の人生は，悲しみにくれたものになる。

4番目のヴィジョンは，第3連と同じ森にある「澄んだ泉」である。この「泉」はニンフやミューズだけがやってくる憩いの場であったのだが，そこに詩人が腰を降ろして眺めていると，突然地がさけ，泉も吸い込まれてしまう。それを詩人は「今でも嘆き，思い出すだけで恐怖に襲われる」のである。

5番目に登場するのは，この世には実在しない「翼が深紅で，頭が黄金のフェニックス」である。このフェニックスは先に登場した月桂樹や泉の惨状を目の当たりにして絶望し，嘴で自らの命を絶つ。

6番目（最後）のヴィジョンでは，詩人は「草花のあいだ」をラウラと思しき女性が散歩しているのを目撃する。ここにも詩人の現在の感慨が挿入されている——「（その姿を）燃え，震える事なしに見る事はできない。」その彼女の「姿は謙虚であったが，愛神に対しては高飛車だった。」この楽園とも言える場所に，一匹の蛇が侵入し，彼女はそれに踵を噛まれて，「摘まれた花のように」死んでしまうという運命をたどる。彼女が「安心しているばかりでなく，むしろ喜んで」天国へ去った事を認識しながらも，詩人の嘆きは今も続く。このように，キリスト者としては彼女の死を幸福なものとしながらも，恋するものとしてはその喪失を嘆くというマクロとミクロの出会いとなる視点こそ，ソネット文学の本質の1つである。詩人は，「泣く事以外に，この世に生き長らえるすべをもたない。」

最後の congedo は歌に託して，厭世観を述べる。「歌よ，このように言えるだろう。／『これら6つのヴィジョンはわが主人[詩人]に／死という甘美な状態を憧れさせる。』」

このように，この詩に登場してくる6つのヴィジョンは，それぞれが同じ重さを持って並列されているわけではない。その原因の1つにはペトラルカ自身がこの原稿の一部を大事に保存しておいて，さらに書き足したという事情があるようだ。(第1連と第2連が1365年に書かれ，残りが1368年に書かれたとされる。)それ故全体として——特に「時」というテーマで考えた場合——統一性に欠ける部分もあるが，その事が逆に，我々にこの作品を『凱旋』(*Trionfi*)と並べて，叙事詩的なものとして論じる事を思いとどまらせる。[3] むしろこのソネット群は，統一の取れた一種の行列ではなく，それぞれのソネットが有機的に結びつく連作ソネットであるように思われる。つまり，第7連について述べたようにこの作品の中心にある感情は——もちろんそれは「時」というものが持つ破壊的な要素をドラマチックに語り，古代への憧れ，人間の生のはかなさ，という広いスパンの歴史的枠組みを意識したものではあるが——愛する人なしにこの世を生きていくつらさ，という個人レベルでの感情であると思われるのである。このソネットに見られるように，叙事詩的なマクロの世界と抒情詩的なミクロな世界を1つの詩で同時に描くのは，ペトラルカの常道であり，得意とするところであった。ペトラルカの詩の中の前者の面——マクロ的な面——に目をつけ，目ざとくフランス詩に取り入れたのがクレマン・マロであった。

マロ

　ユマニストの父を持つマロは，追放の際イタリア(フェラーラとヴェニス)に滞在したこともあり，イタリアの文学に精通していた事は言うまでもない。マロ自身，ソネット形式の詩(14行)は書いてはいないものの，ソネットの精神をフランスに最初に取り入れた詩人とされる。彼の翻訳 *Des Visions de Petrarque* は，形式・内容ともにペトラルカにほぼ忠実に翻訳している。紙面の関係でここではマロの翻訳を詳しく見る事はしないが，詩形はペトラルカと同じ12行でありそれほど大きな変更はない。(ただし最後の部分だけが3行から4行に変更されている。)このように要約してしまうと，ペトラルカのオリジナルの323番がマロによってそのまま翻訳されたような印象を持つが，必ずしもそうではない。
　細かい点はおくとして，マロの作品がペトラルカのそれと一番違うのは，ペトラルカのカンツォーネの中の *visioni*(幻)という語を，マロ(そしてデュ・ベレー Joachim Du Bellay, 1522-60)が，眠っている間に見る夢という意味に解釈したと

いう点である。おそらくこれは、ペトラルカの作品で、当時『カンツォニエーレ』よりも有名であった『凱旋』がいわゆる〈ヴィジョン文学〉であったためであると思われる。つまりマロはペトラルカの〈ヴィジョン〉を、眠りの中で何らかの意味やメッセージのある夢を見ると考えた。しかし323番においてペトラルカは、必ずしも目の前の事実が眠りの中の夢であるとは言っておらず、むしろそれは〈白昼夢〉と呼ぶべき、現実の世界で詩人だけが見る事ができる〈夢〉なのであった。[4] しかし、このマロの訳語はデュ・ベレーなどに大きな影響を与え、フランスにおけるペトラルカのヴィジョン作家としての地位を確立させる事にもなった。こういう文脈の中で、スペンサーはペトラルカのイギリス輸入を実現し、323番を翻訳したのであった。

スペンサー

　スペンサーは、事実上このソネットを2度訳している。それは『俗人劇場』(1569、以下『俗人』)の「エピグラム」として訳されているものと『瞑想詩集』内の「ペトラルカのヴィジョンズ」である。その違いは、第2連、第4連、第5連、第6連が、12行だったものが全連14行という形で統一されている点、最後のペトラルカの原詩で3行の部分が、ソネットに敷衍されている点、の2点である。(敢えてあげれば、挿し絵がないというのが3番目の特徴になるかもしれない。)[5]

　ソネット文学という視点から、スペンサーの翻訳と原作との主たる違いを見てみよう。第1連に関してスペンサーだけの特徴は2つある。1つ目は5行目の「偉大な神」のくだりで、ペトラルカのものでははっきりと「ジョーブの神」(Giove)と言っているのに対し、マロが「神々の内で最高のもの」(souverain des dieux)と意訳し、それを受けてスペンサーは「最高の神」(the greatest God)と訳した。この訳によって、神の正体が異教のものなのか、キリスト教的なものなのかが曖昧になったと言える。(シェルが、イエール版の注解で、4行目のHyndeの注に、聖書の「箴言」や「讃歌」を持ってきていたり、11行目のRockをキリストと結びつけている事からもわかるように、このスペンサーの詩にはキリスト教的な要素がかなり入っている。)

　もう1つのスペンサーだけの特徴は、最後の行が現在形であることだ。(Cruell death vanquishing so noble beautie,/ Oft makes me wayle so hard a destenie.)これ

はペトラルカともマロとも違う。(それぞれ、遠過去と単純過去を使っている。fe'/ fut)これがスペンサーの思い違いとは考えがたく、この箇所も、3行目にあわせて現在形にすることによって、〈当時〉と〈今〉という対比をはっきりさせようとしたのではないか。そしてこの感覚は、例えばローマという街が徐々に崩壊して、いずれは消えていくという長いスパンの、叙事詩的回想ではなく、むしろ彼女という命の輝きが一瞬にして消えてしまったという、個人的、抒情詩的な回想であるように思われる。

　第2連では、いくつかの相違点が見受けられるに留まる。(1)ペトラルカとマロは海が深い(*alto mare / mer haute*)といっているのに対し、スペンサーは船が高い(a tall ship)、と言っている。(After at sea a tall ship did appear,)(2)ペトラルカでは嵐に「東の、東からの」(*oriental*)という形容詞がついていたのに対して、マロやスペンサーにはない(But sudden storme did so turmoyle the aire,/ And tumbled up the sea,)。注釈によればペトラルカの「東からの嵐」というのはラウラを死なせたペストが、東方から来た病いであったことを暗示しようとしたという。(3)ペトラルカの方は「短い時間が押しつぶし、狭い空間(*poco spazio*, ここでは「墓」を意味する)が隠す」となっているが、マロ、スペンサーには「空間」がない(Thus in a moment to see lost and drown'd, / So great riches, as like cannot be found.)。ペトラルカが、暗い死のイメージにこだわっていることがわかる。

　また、第2連はもともと『俗人』の方では12行であったものが、この詩では14行で書かれている。そしてつけ加えられた12行目と13行目は、第1連で指摘した部分と同じく現在形で書かれており、スペンサーが改訳の際に現在からの回想という視点にこだわった事がわかる(O how great ruth and sorrowfull assay, / Doth vex my spirite with perplexitie.)。この2行はスペンサーのオリジナルで、ペトラルカにもマロにもない。

　第3連、第4連では、原詩との差異はほとんど見られない。第3連では、最後の2行が現在形であるのも同じであるし、「影」(*ombra / ombre/* shadow)という言葉もそのまま生かして訳されている。ペトラルカ同様「この光景は、僕をひどく、そして永久に嘆かせる。／なぜならそのような影[を作ってくれる木]は(この世には)2度とあらわれないから。」(13-14行)また第4連においても、3者が同様に「この光景は、今でも僕を苦しませ、／僕の魂を、悲しい記憶で痛ませる。／あのような素晴らしいものが、あんなに素早く消えてしまうとは。」と嘆く。

　第5連は、原作とかなり違う。まず「これ以上、何が言えよう」(What say I

more?)は，ペトラルカにはなく，マロでは未来形(*dirai*)になっている。また最後の2行(For ruth and pitie of so haples plight. / O let mine eyes no more see such a sight.)は，原詩にも『俗人』にもない。(マロは「一瞬にして，人間から消え去ってしまった」(*Et des humains sur l'heure a disparu*)とだけ書いている。)全体としてスペンサーの作品では，詠嘆の調子とドラマ性が増している。

　第6連においてもやはり，現在からの視点が挿入されているのが特徴である。(At last so faire a Ladie did I spie, / That thinking yet on her I burne and quake; 2行目)マロが，ペトラルカの最後の1行「ああ，嘆き以外にはこの世に永続するものはない」(*ahi nulla altro che pianto al mondo dura!*)をほぼ直訳した(*Las rein ne dura au Monde, que tristesse.*)のに対し，スペンサーはそれを2行に敷衍し，さらに別の2行のオリジナルな詩行をつけ加えている。(Alas, on earth so nothing doth endure, / But bitter griefe and sorrowfull annoy: / Which make this life wretched and miserable, / Tossed with stormes of fortune variable.) 嵐のイメジを取り入れ，運命というものを強調するところにスペンサー的，イギリス的特徴があると言えるだろう。

　さて，最後に来る第7連はペトラルカ，マロ(そして自身の旧作『俗人』)と最も大きく違う箇所であるので，この連については全体を見てみよう。

>　　When I beheld this tickle and trustles state
> Of vaine worlds glorie, flitting too and fro,
> And mortall men tossed by troublous fate
> In restles seas of wretchedness and woe,
> 　　I wish I might this wearie life forgoe,
> And shortly turne unto my happie rest,
> Where my free spirite might not anie moe
> Be vext with sights, that doo her peace molest.
> 　　And ye faire Ladie, in whose bounteous brest
> All heavenly grace and virtue shrined is,
> When ye these rythmes doo read, and vew the rest,
> Loath this base world, and thinke of heavens blis:
> 　　And though ye be the fairest of Gods creatures,
> 　　Yet thinke, that death shall spoyle your goodly features.

　先に述べた通り，ペトラルカの原詩では3行のみで詩への呼びかけという形で

詩人の厭世観が述べられている。「カンツォーネよ，お前はこう言うだろうね。／『これら6つのヴィジョンは，わが主人[詩人自身]に／甘美な死というものを望ませる』と」(*Canzon, tu puoi ben dire: / "Queste sei visioni al signor mio / àn fatto un dolce di morir desio."*)。マロはこれを4行に延ばし(*O chanson mienne, en tes conclusions / Dis hardiment, six grand's visions / A Monseigneur donnent un doux désir / De brièvement sous la terre gésir.*)，スペンサーは『俗人』の「エピグラム」ではこれをほぼそのまま翻訳している(My song thus now in thy Conclusions, / Say boldly that these same six visions / Do yelde unto thy lorde a sweete request, / Ere it be long within the earth to rest.)。そして最終的に，上にあげた『瞑想詩集』のヴァージョンにたどり着いたのであった。(最後のfaire Ladieはペンブルック伯爵夫人メアリであると言われている。)

見方を変えればこの第7連は，ペトラルカの詩の詞藻を借りた本歌取りのオリジナルソネットとも考えられる。その特徴としては，前半の――ほぼペトラルカそのままの――厭世観を述べたあと，そのディクションはいわゆる「ペトラルキズム」のものに変わる。もちろんその「ペトラルキズム」が「口説き」に変容しない前に詩は終わるのだが。

全体として，スペンサーの「ペトラルカの幻」の翻訳は，統一感を意識していて，その中でも特に当時と現在の対比――当時の悲しい状況と，今でもそれを記憶し嘆く自分――が強調されているように思われる。これは何を意味するのであろうか。おそらくここでは詩人の〈自己〉あるいは〈自我〉というものがより前面に押し出されようとしているのでないか。その結果，この詩は，単に昔の栄華や幸福をよきものとして偲ぶという感情とは違う要素(言いかえれば，詩人自身の愛する気持ち)に向かって開かれていると言える。その感情こそまさにペトラルカが323番で表現しようとしたものでもあった。

もともとペトラルカは，聖書，あるいは予言書的な意味の〈ヴィジョン〉を自らの詩で提示しようとしたのではあるが，その一方で，彼の常として，同時に彼の個人的なラウラへの愛の瞑想を述べようとした。スペンサーは，このようなペトラルカの意図に意識的/無意識的に気づき，無常観をうたうだけの詩になってしまったマロ的なペトラルカを，その翻案「ペトラルカの幻」において比較的忠実に原作を訳しながら，その中のペトラルカの原作の精神を取りもどそうとしたと考えられる。つまりスペンサーはこの翻訳において，もともと恋愛詩を盛る容器であったソネットを，フランスのたとえばデュ・ベレーの叙事詩的な――古きよき昔は今どこへ――というトポスから，再び恋愛詩のジャンルに引き戻したのであった。

もちろんスペンサー自身，デュ・ベレーの『悲嘆』(1558)や『ローマの遺蹟』(1558)などの叙事詩的ソネット群に影響を受け，翻訳もしている。(この2作品は恋愛詩ではなく，古い時代を回顧し，懐かしむという形式をとる。)先にも述べたように，ペトラルカの詩の中にこのような叙事詩的要素があったのは確かであるし，ペトラルカ自身そちらで名を馳せようとした証拠もある。しかし，それは主にラテン語で書かれたもので，イタリア語(俗語)で書かれた詩は抒情詩の方にベクトルが向いていると言われる。したがって，スペンサーはイタリア，フランス両方のソネットを複眼的に眺めながら，ペトラルカの詩を彼のオリジナルに近いものに引き戻したものと思われる。

ソネットの伝統と「ペトラルカの幻」

　最後に，イギリスのソネットの歴史という視点からこの詩——特に第7連——について考えてみよう。
　ソネットという文芸形式は，ソネットという文芸様式も含みこんでおり，その大きな特徴の1つが *carpe diem*——〈人生は短いから恋をしよう。だから，きみが美しいうちに僕の口説きに答えてくれ〉という説得法——である。[6] しかしこの概念は，その倍率を変えれば，実は叙事詩にもあてはまる。すなわち，その嘆く対象が人間ではなく，個々代の文明や生活——具体的対象はローマの廃墟——であるというだけの違いである。スペンサーはもちろん恋愛ソネットの個人的な *carpe diem* 的伝統に基づいて，『アモレッティ』をはじめとする恋愛ソネットを書いたが，その中に微妙にマロに代表されるフランス的解釈のペトラルカ，すなわち叙事詩的なトポス(無常観)を自分の詩にも取り入れ，その結果スペンサー特有の非常にバランスの取れたディタッチした恋愛ソネットが生まれたといえる。その具体的な例が，『アモレッティ』の58番である。

　　弱い肉体が，自らのみに頼り他人の助けを軽蔑する，
　　そのような自信は，脆弱なものにすぎない。
　　自分に一番自信を持っていて，何物も恐れない時，
　　そんなものは，すぐにだめになる。
　　すべての肉体は脆いし，その力は不安定。
　　風に吹かれる空しい水泡のようなもの。

貪欲な「時」や，気紛れな「機会」が，
その栄光を餌食にしてきたし，それを回復できるものはない。
豊かなものも，賢きものも，強きものも，美しきものも，
一番上の段に立っていたものが，一番下に落ちるのだ。
というのも，この世には永遠はないのだから。
高慢で美しい人よ，ならば何故きみは自分に対して
そんなに自信が持てるのだ。

(筆者訳)

　このソネットにおいては，「時」の無常な謀り事と個人の口説きが融合し，ソネットの個人性と社会性(非個人性)がみごとに調和している。ここではまず，自分の肉体に対する傲慢さ(具体的には女性の，自分の美に対する傲慢さ)が詩人によって糾弾される。「弱い肉体が，自らのみに頼り他人の助けを軽蔑する，そのような自信は，脆弱なものにすぎない。」議論はさらに一般論化し，読者は叙事詩的な世界に引きずり込まれる。それは「風に吹かれる空しい水泡のようなもの。」そして格言的な詩行が続く。「一番上の段に立っていたものが，一番下に落ちるのだ。」現在若さが持っている肉体や力などは永続するものではない，ということが強く主張されている。前半のこのあたりが，本論で述べたきた「叙事詩的」なマクロ的嘆きの典型と言える。それは，格調高く，時間のスパンが長く，また個人的でなく，むしろ世界や現世のすべてを含みこんだものである。

　しかしそれとは対照的に，ソネットの後半では，その対象が，1人の女性に絞られ，詩人は彼女にこう忠告する。「というのも，この世には永遠はないのだから。ならば何故きみは自分に対して，そんなに自信が持てるのだ。きみは，間違っている」と。もちろんこれはいわゆる *carpe diem* 式の口説きであるのだが，同時に上の数行の叙事詩的アーギュメントの続きでもある，という仕掛けになっている。その意味でスペンサーのこのソネットは，本論で論じた，叙事詩的トポスと抒情詩的トポスが非常にうまく融合したものの好例であると言える。

　スペンサーの数ある文学活動の中で，ソネットという形式に焦点を絞って考えた場合，この「ペトラルカの幻」はスペンサーにとって2つの大きな意義を持つ作品であった。1つ目は，フランスで多少ともゆがめられたペトラルカの323番の詞藻を，もとのペトラルカ的なものに引き戻そうとした点であり，またもう1つはフランス経由のペトラルキズムの叙事詩的な側面を，スペンサーが——上に示したような——自分のソネットに利用する1つのきっかけとなった，という点であった。

岩永弘人

1 visions の訳語は通常「幻」であるので，本論でもそれに従う。ただし，その際少し注釈が必要である。「幻」という日本語には，現実にはないものというニュアンスが含まれるが，ここでの「幻」は「幻視」とでも訳すべきもので，白昼夢というか，詩人の目だけには現実として，実在のものとして見えるものであると考えられる。

2 スペンサーのテキストはWilliam Oram et al., eds., *The Yale Edition of the Shorter Poems of Edmund Spenser*（New Haven: Yale UP, 1989）を底本にして，W. R. Renwick, ed., *Complaints*（London: Scholartis, 1928）やRichard A. McCABE, ed., *Edmund Spenser: The Shorter Poems*（Harmondsworth, Middlesex: Penguin, 1999）を参照した。ペトラルカについては Robert Durling, trans. and ed., *Petrarch's Lyric Poems*（Cambridge, Mas.: Harvard UP, 1976）を，マロについてはSanit-Marc, ed., *Oeuvres complète de Clément Marot*（Paris: Garnier, 1897）をそれぞれ使用した。また日本語に関しては，以下のものを参照させていただいた。和田勇一・山田知良・福田昇八「スペンサー「ベレーの幻」「ペトラルカの幻」訳注」『熊本大学教養部紀要 外国語外国文学編』25（1990）: 193-206, 和田勇一監修・校訂/熊本大学スペンサー研究会 『スペンサー小曲集』（文理 1980），池田廉訳注『ペトラルカ　カンツォニエーレ』（名古屋大学出版会，1992）。またJulia Conaway Bondanella, *Petrarch's Visions and their Renaissance Analogues*（Madrid: Ediciones José Porrúas Turanzas, 1978）は当論文とテーマが同じであるので，全体として示唆を受けた。

3 ヴィジョン文学とペトラルカとの関連については，池田廉訳注『ペトラルカ 凱旋』（名古屋大学出版会， 2004）参照。またスペンサーのこの作品についてのヴィジョン文学との関連については，Alfred W. Satterswaiths, "Moral Vision in Spenser, Du Bellay, and Ronsard," *Comparative Literature* 9（1957）:136-49 と Thomas Hyde, "Vision, Poetry, and Authority in Spenser," *ELR* 13（1983）:127-45 参照。

4 Salvatore Battaglia, *Grande dizionario della lingua Italiana*（Torino: UTET, 2002）, "*visione*" 5 : "*Facoltà dell'intelletto di produre l'immagine, la rappresentazione mentale di un ente reale o fittizio, dando origine a fantasie, ad astrazioni o, anche, alla creazione aritistica.*" .

5 Harold Stein, *Studies in Spenser's Complaints*（Oxford: Oxford UP, 1934）参照。

6 高松雄一 「ソネット――そのイギリス的特性について」『英国ルネサンス期の文芸様式』（荒竹出版，1982）。

スペンサーとシドニーのエレジー
―― 〈悲嘆〉から〈慰藉〉へ

村里 好俊

　エレジーには大別して2種類ある。ギリシャ起源のエレジーは死者を弔うもので，一方ローマ起源のエレジーは恋愛の苦節・悲しみを歎くものである。恋愛エレジーについては，本稿では取り上げる余裕がないが，大まかに言うと，報われない恋の悲嘆を一方的に描く内容が多く，ジョン・ケリガンのアンソロジー[1]を繙けば分かるように，嘆き悲しむ語り手が自らの悲嘆の理由を切々と訴え，結局は，自殺にまで至ることがあるような，救いようのない悲哀に終始する，一方的な"complaint"(歎き節)である。これに対して，スペンサーからミルトンに至る詩人たちがその流れを汲む〈パストラル・エレジー〉は，ギリシャに端を発する葬送のエレジーであるが，一方的な悲嘆のみでは終わらないという特色が見られる。

　パストラル・エレジーの伝統は，紀元前3世紀のテオクリトス(Theocritus, "Lament for Daphnis")からビオン(Bion, "Lament for Adonis")とその弟子モスコス(Moschus, "Lament for Bion")を経て，ウェルギリウス『牧歌』(Virgil, *Eclogues*)第5歌で新しい展開を示している。[2] なぜなら，この歌で初めて，亡くなった人が天上の至福に浸っているのを想像することで悲しみから慰安への移行が明確にされるからで，この発想はルネサンスの〈牧歌葬送エレジー〉へと受け継がれることになる。[3] パストラル・エレジーの舞台は現実から隔離された理想郷としての田園で，牧人が仲間の死を嘆く内容である。パストラル・エレジーには次のような基本的構図が見られる。まず羊飼である詩人が，仲間の羊飼の死を悼み，詩を歌うにあたって詩神ミューズに助力を請う。自然が人々と共にその死を悲しむ情景が描かれる。死者への賛辞と死者を弔う葬列の描写。その際に，その死の間接的な原因となった者たちを責めることがあるが，悲嘆に暮れる様々な弔問者が登場し，羊飼の死を悲しむ。絶望の淵に立たされた語り手・詩人の

死に関する哲学的思索、そして羊飼の死を昇華することによって、最後には立ち直り、新しい生の始まりへの期待に慰めを持つ、という構図である。つまり、死者の神格化によって、死は意義あるものへと変換され、詩人は自らのアイデンティティを安定させることが出来るという、他者を通じた自己確認の場として、パストラル・エレジーは捉えられている。

　本稿で確認したいのは、牧歌葬送エレジーにおける、死者への称賛、生者の悲嘆、そして慰撫というこの三本立ての基本的構図が、イギリス・ルネサンスの代表的詩人、スペンサーとシドニーによってどのように継承されて、どのように変容を迫られ、どのように発展させられたのか、という問題である。

悲嘆の極み──『ダフナイーダ』

　スペンサーは、彼の処女作とされる『羊飼の暦』の中の「11月」を初めとして、葬送のエレジーとしてのパストラル・エレジーを何篇か残している。[4]「11月」はパストラル・エレジーのコンベンションを踏まえた典型的な作品で、スペンサーのペルソナとしての牧人コリン・クラウトが溺死したダイドーを悼む内容である。それはまず詩神への"Invocation"から始まり、各連の8行目に"O heavy hearse"、10行目に"O careful verse"というリフレインを配置し、ダイドーの棺を運ぶ野辺送りの重苦しさと悲しみが強調されるが、第12連になると、ダイドーの魂は煩わしい肉体から解き放たれて天国へ運ばれたと歌われ、"O happy hearse, O joyful verse"という喜びのリフレインへと一転する。エレジーは悲嘆から喜悦の歌へと逆転し、歌う者(Colin)と聴く者(Thenot)とに慰藉が与えられることになる。デニス・ケイに拠れば、[5] 11番目の月である「11月」は古代ギリシャ以来伝統的に死者たちを記念して祭る月であり、11という数字と哀悼との関連は遠くスパルタまで遡り、11日間が喪に服すべき期間と考えられていた。恐らく、これに準じてコリンの哀悼歌は11連までの悲嘆とこれに続く4連で描かれる慰撫から成り立つのである。

　このように牧歌葬送エレジーの作法に則っていながら、最終行の"Now gynnes to mizzle, hye we homeward fast."で、スペンサーはわずかに独自色を出そうとする。オーラムも指摘する通り、[6]「こぬか雨が降る」は極めてイギリス的な天候で、かつまた曇りがちで冴えない日常生活を暗示する。いかにもスペンサー的なリアリズムを読むことで、読者は詩的想像力が生み出したこの世ならぬ光の

世界から，日常的陰鬱な光景へと引き戻されるのである。このような仕掛けを作ることで，スペンサーはただ一方的に天上的な至福を謳歌するだけでなく，地上に残されて喪に服す人々のなおも満たされぬ悲哀の想いをわずかに垣間見させるのである。

　この「11月」を政治的寓意詩として読み解き，その後のスペンサーの詩人としての，かつまた官吏としての歩みに大きな重要性を持つ詩であると解釈する立場がある。マックレーンに従えば，[7] ダイドーの死はエリザベス女王の，イングランドの，ひいてはイングランド国民の死を寓意する。当時の政治状況，とりわけ女王の結婚問題に関して，スペンサーが仕えていたレスター伯と彼に与するウォルシンガム卿，シドニー一族は，フランスのアランソン公との縁組に対して，カトリック国であるフランスに国を売る行為であるとして猛反対をしていた。その意を汲んで，スペンサーは表向きは牧歌葬送エレジーを装いながら，「ダーク・コンシート」の手法を用いて，女王の行為が女王その人のみならず国と国民の死をもたらすとの寓意を隠匿して歌ったと解釈するのである。確かに，ダイドーの死に女王の死を重ねた（当時の読者はそう受け取った）哀歌は極めて異色の作で，これが災いして，スペンサーは念願のロンドンの宮廷での宮仕えがかなわず，ロンドンに焦がれて悶々としながら，官吏としての生涯を辺境の地アイルランドで過ごさねばならない羽目になったのだとすれば，若い詩人の秀作としてのみ片付けてしまうには，重すぎる作品と言えるかもしれない。

　しかしながら，牧歌葬送エレジーの作者としてのスペンサーの真骨頂は，後期の2作品，『ダフナイーダ』と『アストロフェル』にあると考えられるので，これらのエレジーについて少し詳しく検証してみよう。

　『ダフナイーダ』は，スペンサーが友人アーサー・ゴージス（Arthur Gorges 1557-1625）の妻の死を悼んで作り，1591年ロンドンのポンソンビー書店から出版した哀歌である。オックスフォード大学に学び，ウォルタ・ローリーの親友であったゴージスは，叔母にあたるノーサンプトン公爵夫人ヘレナの紹介で，1580年宮廷入りをした。1584年10月14日，ビンドン（Byndon）子爵ヘンリーの嗣子ダグラス・ハワード（Douglas Howard）と結婚し，4年後には，娘アンブロージアが生まれるが，13歳で結婚したこの若妻は，1590年8月13日，わずか18歳でこの世を去った。スペンサーはゴージス夫人ダグラスと面識がなかったといわれるが，スペンサー自身が先妻マカビアスを数年間の結婚生活の後に亡くしており，幼子を残して妻に先立たれた者の気持ちがよく分かる境遇にあった。こ

の詩の中では，ゴージス夫妻は，アルサイオンとダフネという名で登場する。Alcyon はスペンサーがこの詩の手本としたチョーサーの哀歌『公爵夫人の書』[8] に出る女性名 Alcyone の語尾の e を落としたものである。

　まず，この詩の特色の一つは，ウェルギリウス『牧歌』の数学的構成にも見られるような，数秘学的な均整美を持った構成にある。スペンサーが詩の行数やスタンザ数に特別な意味を与えていることは，ハイヤットを嚆矢として，ファウラー，ロストヴィックらの研究からよく知られている。[9] この詩については，全体の 3 分の 2 を占めるアルサイオンの歎きが，7 つの連を一まとまりとして 7 回にわたり続く。各連は a b a b c b c と押韻する 7 行連で書かれ，スペンサーが 7 行・7 連・7 回という具合に，数字の 7 を意識しているのは明らかである。[10]

　さて，「11 月」では，基本的には，ダイドーの死を悼む悲しみから喜びへの転換が牧歌エレジーの伝統に則って描かれていたが，『ダフナイーダ』は，白獅子の死に託してダフネの死を最初に短く書いた後に，残された夫アルサイオンの，救いようのない意固地な悲しみを描くことに主眼がおかれている。このアルサイオンは Alcyone の男性形である。Alcyone という女性はオウィディウスとチョーサーの物語に描かれた心痛するヒロインで，前者では溺死した夫を悼み，海に身投げをするが，カワセミに変身し(『転身物語』巻 9. 410-748 行)，[11] 後者では悲嘆のあまり亡くなってしまう(『公爵夫人の書』62-214 行)。通説では，この趣向は作者スペンサー自身の，妻に先立たれた悲しみを重ねているからであり，作者の晩年の詩に共通する強い自我の投影がここに見られるとされるが，これと違う意味が発見出来ないであろうか。

　このエレジーは，スペンサーの作品の中で，実験的過ぎて，評判の芳しくない作品の一つだ。美しい詩行があるにもかかわらず，しばしば重苦しく，とりわけ，全体の半ば以上に及ぶ独白が救い難いほどの陰鬱さを生み出している。その独白の語り手である，悲しみに打ちひしがれた羊飼アルサイオンは，あまりに自己中心的，自己陶酔的，その上自己憐憫が過ぎるので，読者の共感を得られず，多くの点で "a pastoral elegy manqué" (なりそこないのパストラル・エレジー) という烙印を押されている。このエレジーには，亡くなった羊飼が天国に上ったという最終的至福の幻像が欠けている。つまり，その幻像の確認をすることで，人間と自然とが哀悼・弔い・服喪という共同作業において結び付くことを強調する，パストラル・エレジーの大きな特徴が見られないのである。実際，アルサイオンは「一人で泣き，一人で死んで行く」"alone to weepe, and dye alone" (77 行) ことを求め，詩人の慰めを全く受け入れず，この世のすべての楽

しみ事，美しいもの，価値あるものをことごとく否定して，何処へとも知れず消えて行くのである。

  しかし，どう励ましても甲斐はなく
  慰めはいっさい近づけようとせず
  気を失ったままにしておこうとしない私を
  恨めしそうに見上げ，髪をかきむしり
  泣き腫らした顔を打ち叩き
  自ら命を絶とうとするかのよう。
  あまりの哀れさに私は深く悲しんだ。
  ……
  しかし，どうしても聞き入れてはくれず
  もはやこれまでと勧めかねていると
  この人は別れも告げずに立ち去った。
  よろめきながら，生気の失せた暗い顔で
  あたかも死神の顔をじかに見たか
  途中で地獄の鬼に出会ったかのよう。
  その後，彼の行方は杳として知れない。 （547-53行，561-67行）[12]

『ダフナイーダ』はチョーサーの『公爵夫人の書』に準じて書かれたが，それと比較するとき，『ダフナイーダ』の陰鬱さは，一層奇妙に見える。時の権力者ジョン・オヴ・ゴーント（John of Gaunt）の亡妻ブランシュ（Blanche）を誉め称える目的で書かれた哀悼歌『公爵夫人の書』は，計画的にその音調が悲嘆から慰藉へと変化していく。その事は，ゴーントの代理人たるべき黒服の哀悼者（Gaunt's surrogate, a black-clad mourner）が眩い春の日差しの中に置かれることからも察しが付く。

 これら二つの詩に共通していることは，憂鬱な語り手が黒服の悲嘆に暮れる人物に出会い，悲しみの理由を訊ねる。悲嘆者は初めのうちはそれらの質問を回避しようとするが，やがて彼の愛する女性のことを誉め称え，彼女の逝去ゆえに胸が張り裂けそうだと告白する。しかしながら，悲哀と幸福とは二つながらこの世の人生を織り成すのだとして，それらの釣り合いを保とうとするチョーサーと違って，スペンサーは極度の悲嘆のみを描こうと，詩の初めで常套的な"the harmonious Muse"を追放し，代わりに"the Furies"に訴えて，彼のエレジーの一局性を強調する。『公爵夫人の書』の春満開の野辺ではなく，『ダフナイーダ』

の花は，それはダグラス・ハワードの暗喩なのだが，朝霜で枯らされているのである。

　スペンサーは，チョーサーの哀悼歌をパストラル・エレジーへと焼き直しながら，亡くなった羊飼が天国の至福に浸っている幻像を思い浮かべて，生者が心を慰められるという，その最も典型的な慣例を破っている。「11月」のコリンはそのような幻像に思い至るし，ミルトンの「リシダス」の語り手もこの点については同じであるが，これに対して，アルサイオンは最終的至福の幻像にたどり着くどころか，行方知れずになってしまうのである。

　ところで，恋の苦しみを嘆く羊飼たちは，妄想に取り憑かれ，自己陶酔的で，時にがさつでさえあり，自らの苦悶を自己劇化して語る。『ダフナイーダ』のアルサイオンは，「昔はとても陽気に笛を吹いたり踊ったり，森や野原を歓びで満たした愉快な羊飼の若者」(54-56行)であったが，今は黒服に身を包み，死者を弔うその一方で，牧歌の恋に苦悶する恋人たちと同じく，妄想的な自己陶酔に浸って嘆いている。『ダフナイーダ』は，その意味で，ルネサンス的牧歌葬送エレジーというよりは，一方的に嘆くのみで一向に慰藉の得られない"Complaint"(歎き歌)に近いと言える。愛の歎き歌の伝統は，中世・ルネサンスを連綿と流れている。

　さて，アルサイオンは確かに悲嘆の正当な原因を持っているし，詩の語り手は彼の悲しみに大きな同情を禁じ得ないのだが，しかしアルサイオンの極端さは，あまりに自己中心的で意固地な態度に明らかである。彼は自らの苦悶が他のだれとも違うと信じ，語り手の助力の申し出を侮蔑的に拒絶してしまう。語り手のアルサイオンの態度への評価は，「その乱れる心を静めようと懸命に慰めても，強情な馬が轡で動きを制せられ，歩みが激しく勢いづくのに似て，気持ちは高ぶる一方」(191-95行)から分かるように，明らかに批判的である。アルサイオンが現世は至福と苦悩の混合であると認めようとしないその訳は，彼にとって世界は全く完璧か全く堕落か，その二者択一しか考えられないからだ。彼の恋人を白獅子として描くことは，前者の画像，つまり，獅子と子羊とが添い寝する楽園的な無垢の画像を喚起するし，他方，彼の長々しい悲哀の言葉(197-539行)は，後者の堕落した世界の画像を提供している。[13]

　語り手は，この悲嘆を極度の悲しみに打ちひしがれたアルサイオンの激情が「一挙に吹き出した」"breaking foorth"ものと表現する(191-96行)が，この哀歌は確かに極めて精巧に作られた技巧的実験作と評価できる。なぜなら，アルサイオンの歎きはこのジャンルの伝統的主題に拘わってはいるが，その一方で，こ

の哀歌が持つ劇的な文脈から見て、これは根本的な苛立ち、つまり、第29連の「これからは、生きとし生けるもので、天を尊び、天の神々を崇める者がいようか」(197-98行)に見られるように、神の御心に従順であることへと拒否を表明しているからである。

この悲歌の中で最も皮肉な一瞬は、愛するダフネの臨終の言葉をアルサイオンが思い出すときだ。ダフネは自らの死をキリスト教的信念と和合して解釈する。つまり、自らの天上での運命を喜悦を持って思いやり、アルサイオンには単なる牧歌的な慰めを超越した神の慰藉を与えようとする。ダフネは二人の間にできた子供を彼に託し、人間にとってこの世でただ一つ可能な方法、つまり、自らの子孫の中に面影を残すという方法で、彼女への愛を貫いて欲しいと懇願する。この点において、ダフネは、神の御心に全幅の信頼を置き、神の御命令に黙って服するという模範的なキリスト教的忍耐を具現している。ところが、アルサイオンは、彼女の言葉に耳を貸さず、むしろ彼女の肉体的な青白さと弱さとを思い出すことに終始し、その悲嘆の言葉は世の中を呪うことに費やされるのである。[14]

このようないわば妄執的な感受性の探求へと牧歌エレジーを衣替えするということのスペンサーの意図は何か。そしてこのような悲歌の役割は何か、という問題が生じてくる。この作品は実際には教訓的なものかもしれない。自らの最初の妻を亡くしたつらい体験を持ついくらか年上の男として、詩人が同じ境遇のゴージスに対して、悲しみはあまりに度が過ぎてはならないと、穏やかに諭していると考えられるからだ。確かに、それと同じことが、このエレジーの語り手とアルサイオンとの対比に見られる。語り手は哀悼者に出会うとき、自分も歎いている最中だが、自分の悲しみをしばらく横において、自らの悲しみに埋没し、それ以外の事に頭が回らないアルサイオンを何とか救出しようと試みるのである。

〈歎き歌〉と〈牧歌〉を組み合わせるという技法において、『ダフナイーダ』は過去の作品の集大成として同じく1591年に出版された *Complaints* に向かうのと同時に、その後の"Colin Clouts Come Home Againe"、"Astrophel" そして *The Faerie Queene* 第6巻に見られる、1590年代に書かれる牧歌形式の新たな実験作を志向している。この作品は更に詩人とは何かを問うことで、後期の作品と関心を共有しているのかも知れない。チェイニーが述べるように、[15]『アストロフェル』のシドニー、『コリン・クラウト故郷に帰る』のローリー、そしてこの哀歌のゴージスはすべて詩人であり、究極的にはスペンサーその人の分身である。詩人た

ちが哀歌の中に存在することは，詩人と社会との関係という問題を提起する。オーラムの言う通り，[16] ゴージスの場合は，詩人がその本来の場所と役割とを維持しようとするならば，自らの悲しみを克服する必要があるということを示唆しているのである。

歌と物語の融合——シドニーの牧歌葬送エレジー

　慰藉のない牧歌エレジーについては，シドニーも同時期にいくつか有名な詩を書いているが，次の詩は行末に同じ6つの言葉を反復するというその詩的技巧において実験的な作品である。また，この歌はその内容を吟味するだけでは本当の意味が読み取れないという点でも，実験的作品となっている。

　　慟哭は蕾ゆえ　謂れある悲嘆の
　　悲嘆とは従者ゆえ　禍々しい運命の
　　いかな悲運も値せぬゆえ　公（おおやけ）の痛手
　　今や君主の崩御により　我らが痛手は公に
　　悲嘆を我らは引き渡す　掟により自然に
　　そして封じる心の悲嘆を　我らが肉の慟哭で

　　なぜ声を惜しもうか　尽きることなき慟哭に
　　真に我らの心は満ちる　満座の悲嘆で
　　この惨劇は　女神たる自然が
　　一撃に力を貸したもの　運命に
　　的は悲しや　我らが舞台　公の
　　自然と運命が残すは　戦利品たる無惨な痛手

　　（3連 省略）

　　いやいや　悲運が育つは邪悪なる腹　運命の
　　私的な苦悶は吐き出せぬ　公に
　　猛り狂う内なる悲嘆を　地獄のごとき慟哭で
　　だが無理やり負わせる　脆き情たる自然に
　　秘めたる憂い　尽きせぬこの痛手

悲嘆を養い　我らの魂を養う　悲嘆にて

　　悲嘆で締めくくるのが　我らの運命
　　ならば殉死で示さん　我らが痛手を　公に
　　自然は死への恐怖　生きながらえる慟哭の [17]

　このエレジーは，『オールド・アーケイディア』第4巻(幕)で，羊飼アゲラストス(｢笑わない，陰鬱な｣の意)が，｢古代ギリシャ様式に則って｣アルカディア大公バシリオスの崩御を悼んで歌う"Sestina"形式の哀歌である。"Sestina"は，6行6連体プラス3行1連，つまり，1連6行から成る6連と，最後に3行の追連(envoy)から成るフランス詩型であり，元々は無韻で，各連最後の行末語が次連第1行の末語となる，また各連に必ず〈悲嘆〉，〈運命〉，〈痛手〉，〈公に(の)〉，〈自然〉，〈慟哭〉という言葉を用いるなど，複雑な構造を持つ詩形である。アゲラストスは葬送のため集まった一同の者に所望され，家族・友人たちがあまりの悲しみに動転し言葉に出来ない悲嘆を，いわば｢葬送歌の専門家｣として歌の技巧を駆使して披露するのである。
　ペロポンネソス半島中央部の山岳地帯に位置する古代ギリシャの王国，テオクリトスやウェルギリウスが牧歌的理想郷として称えたことで有名なアルカディア。その国の大公バシリオスは，自ら伺いを立てたデルポイ神殿におけるアポロンの謎めいた託宣に恐れおののき，信頼厚いフィラナックスを摂政として後事を託し，王妃ギネキアと二人の王女パメラとフィロクレアを連れて宮廷を離れ田舎に隠遁する。異国テッサリアとマケドニアの二人の王子たち，ムシドロスとピュロクレスが王女たちに恋をするが，他人との交際を一切禁じられている王女たちに近づくための手段として，前者は羊飼ドロスに，後者はアマゾン女戦士クレオフィラに変装する。プロットの前半は主に喜劇的な内容を軸にして展開する。人のいいバシリオスは年甲斐もなく，女装したピュロクレスを端から女だと信じ込み，また勘の鋭いギネキアは若者と見破って，二人とも彼に恋してしまうからだ。ピュロクレスは二人に言い寄られて難渋するが，二人をうまく煙に巻くために巧妙な策略を思いつく。夜陰に紛れての密会を口実に，彼が仮住居としていた洞穴に二人をおびき寄せて，暗い中で相手が誰だか分からないまま，実際には，大公夫妻をベッドインさせる。勿論，夫妻は相手がピュロクレス(=クレオフィラ)と思い込み，有頂天になる。その間に当のピュロクレスは，愛するフィロクレア姫の寝室へとまんまと忍び込み，一晩を共にする

のである。一方，ムシドロスは紆余曲折を経て自らの真の正体をパメラ姫に告白し，二人は彼の故国テッサリアへ向けて駆け落ちする。

　第4巻(幕)が始まると，事態は急転する。ピュロクレスにまんまと洞窟に置き去りにされた大公夫妻は，朝目覚めると一緒にベッドにいることに呆然とするが，互いに非を悔い，愚行を許し合い和解する。ところが，大公はギネキアが携えて来た《恋の媚薬》を飲み，「死んでしまう」。ギネキアはうろたえ，罪の意識に苛まれて，摂政フィラナックスの許へ赴いて自白し，国王弑逆の大罪で捕縛される。一方，ピュロクレスはフィロクレア姫の寝室で同衾中の現場を姫君のお守り役のダメタスに発見されて逮捕され，国法に照らし，私通への処罰として死罪を宣告される運命を待つ。逃亡中のムシドロスとパメラ姫もまた暗闇の国境で山賊に捕らえられる。それは折しも情欲に理性が負けて，王子が安心して眠っている姫を凌辱しようと決意した矢先であった。二人は宮廷へ連行され，王子は世継ぎの王女誘拐の罪を問われる。その結果，アルカディアは無秩序へと帰し，「大群衆は混乱の渦と危険な離反分裂へと陥った」(『オールド・アーケイディア』320)。

　この牧歌葬送エレジーは，バシリオスがギネキアに与えられ恋の媚薬として飲んだ薬の効き目が強すぎて，崩御してしまった彼の葬儀に際して歌われるのだが，一国の大公の崩御を弔うに相応しく，非常に儀式張った形式で作られ，内容的には慟哭と悲嘆ばかりが歌われている。慰安の欠落は国王崩御への国民的悲嘆の衝撃的重さと一致するが，牧歌的装いながら英雄的な内容のこの悲歌は，個人的悲嘆を歌う牧歌葬送哀歌とは一線を画している。[18]「笑わない」牧人アゲラストスは哀歌の専門詩人として一同を代表し言葉にならない哀悼を個人的悲哀を交えずして歌うからである。

　しかしながら，この話にはこの先がある。第5巻(幕)では，たまたまアルカディアを通りかかったマケドニア王ユアルコスが主宰する裁判の場で，恋人たちそして彼らを通して《愛》それ自体が吟味糾弾される。ユアルコスはピュロクレスの実父にしてムシドロスの伯父なのであるが，二人がまだ幼い頃に諸国平定のため出陣し，それ以来戦いに明け暮れ自国に戻ることがなかったので，成長し変装した二人の正体に気づかない。厳格な法の下で，彼は二人に死罪を申し渡し，更にギネキアには夫の亡骸と共に生き埋めの極刑を与える。二人の真の正体が判明しても，ユアルコスが下した判決を曲げようとしないのは，個人的な悲嘆より法の正義を重んじるからだ。

　ところが，結局は，死刑執行の直前に，実は一時的な仮死状態にあったバシリ

オスが息を吹き返し，これまでの様々な経緯が判明し，万事めでたく収まることになる。この物語の結末からして，このアイロニカルなエレジーのみでは分からないが，この歌は物語の内実と微妙に絡まり合って，実は最後には〈ハッピー・エンディング〉を内包しているのかも知れない。全部で5巻(幕)と4牧歌集から成る『オールド・アーケイディア』は，散文で語られる物語部分の要所要所に歌が挿入されて，両者が絡まり合い筋を進行させる歌物語であるが，この牧歌葬送エレジーは，その意味で，歌と物語とが相俟って結末までの筋立てを作り上げている。

2対1の統合──「アストロフェル」と「クロリンダの歌」

　スペンサーの哀歌"Astrophel"はシドニーの葬儀に際して書かれたとされるが，実際には1595年に『コリン・クラウト故郷に帰る』と一緒に出版された。このエレジーもまた『ダフナイーダ』と同様に野心的実験作である。

　このエレジーは「アストロフェル」と"The Doleful Lay of Clorinda"という，二つの部分から成立する。「クロリンダの歌」はページを改めて置かれ，クロリンダ，即ちシドニーの妹メアリ，2代目ペンブルック伯夫人が作ったと伝えられる歌で，Renwickらはこの歌の作者をメアリと主張しているが，[19] 最近の多くの論者はこの歌の作者をスペンサーとし，あるいは，元歌の作者は別だとしても，スペンサーが全面的に改稿したとする。これら二つの歌は，内容・構成からして計算されて作られているからである。例えば，その構成に関しては，「アストロフェル」は，6行×36連=216行，「クロリンダ」は，6行×18連=108行で書かれている。108という数字は，シドニーの連作ソネット集『アストロフェルとステラ』に収められたソネットの数と一致するが，これは元々，トロイ戦争時代のギリシャの英雄オデュッセウスの貞淑な妻ペネロペ(ペネロペイア)への不屈きな求婚者たちの数を指す。なぜならアストロフェルの求愛の対象であるステラのモデルが，2代目エセックス伯の姉ペネロピで，その名前が一致するからである。それゆえ，求婚者たちが帰還したオデュッセウスによって誅殺され，彼らの求婚の願いが根絶されたように，アストロフェルの求愛も所詮は叶わないような仕組みに組み立てられている。そして，興味深いことに，216は108の2倍で，2は不実や裏切りを暗示する不吉の数字なので，もう108行を書き足して，聖なる数字である「3」倍にしていると考えられる。ゆえに，

スペンサーは，二つの悲歌が実は一つであるとの観点から，これらの悲歌は一緒に読まれることを意図しているのである。[20]

この詩が捧げられている女性は，シドニーの未亡人で，今はロバート・ドゥヴルー(1567-1601)，2代目エセックス伯の夫人となっている，フランセス(Frances Walshingham 1567-1632)である。彼女は，エリザベス女王の重臣ウォルシンガム卿の一人娘で，シドニーとの間に一女エリザベス(1584-1615)，後のラットランド伯夫人を産み落とした。エセックス伯がシドニーの未亡人を妻に迎えた理由の一つは，彼がシドニーを宮廷人の理想として崇め，自らシドニーになりたいとの願望があったのかも知れない。「アストロフェル」には"A Pastorall Elegie upon the death of the most Noble and valorous Knight, Sir Philip Sidney"「いと高貴にして剛勇の騎士フィリップ・シドニー卿のご逝去に際し詠める牧歌の調べによる悲歌」という，曖昧な副題が添えられ，「いと麗しく徳高きエセックス伯令夫人に捧ぐ」という献辞がついている。「シドニーの未亡人にこの哀歌を捧げることで，スペンサーは〈哀歌の専門詩人〉の義務を帯び，ある意味でシドニーのアゲラストスと対等の役割を演じている。」[21]

牧人と騎士とは伝統的に全く異なる世界に属してはいるが，シドニー自らが「英雄的な事柄と牧歌的な事柄とを一緒に歌う」[22] ことに積極的に加担し，散文で書かれながら英雄叙事詩として構想された『ニュー・アーケイディア』の中でそれを実践しているので，スペンサーはシドニーのこの構想と実践を意識してこの悲歌を書いているのかも知れない。しかしながら，このように牧人の生活と騎士の生活を並列することには，アレゴリカルなあるいは文学的な慣習だけでは説明出来ない，より深い意味が隠されていて，それは当時の基本的な考え方と関連がある。つまり，瞑想的な人生と行動的な人生についての考えである。[23] これら二つの生の様態は相対立するものではなく，相互補完的なものであり，それら二つの理想の統合を成就している者は稀であるが，古典的な一例として，古代の英雄アエネイアスに指を屈することが出来る。また，フィレンツェのネオ・プラトニストLandinoの説によれば，行動と瞑想は魂がそれに乗って天へと飛翔する二つの翼，神に通じる二つの道であり，その統合を成し遂げた代表者として，モーゼと聖パウロが上げられている。[24]

「アストロフェル」に構造的統一を与えているのは，今述べた行動と瞑想という二つの人生観の理想的統合だと考えられうる。この哀歌は牧歌の穏やかな音調から始まる。若きアストロフェルの優雅な立居振舞，美しい容姿，美徳が牧歌的意匠によって称賛される。彼は宮廷と田舎の美徳を体現し，彼の

詩的技巧は羊飼たちの歌や踊り，かつまた「恋の歌」において発揮される。しかしこの穏やかな牧歌的音調は，アストロフェルの愛する貴婦人ステラと自らの名声を高めるため，彼が身を捧げた英雄的達成の描写へと進んで行くとき，変化を強いられる。騎士としての戦いの場面は，伝統的な狩猟のイメージで描かれている。

> すぐさま彼は大切な身の安全も構わずに
> さっと群の中へ突っ込んだ
> 仕掛けた網が懸かった獲物に破られぬ
> うちに，殺して止めを刺そうと思い
> 槍をしごき，剣を振るい
> 多くの獣に重い傷を負わせた　　　　　　（「アストロフェル」103-08行）[25]

これらの行動的場面は，牧歌的場面と鋭い対照をなす。アストロフェルは，結果的に，戦いにおいて死ぬが，その魂は天の高み，"blisfull Paradise"（「クロリンダの歌」68行）へ上り，神聖なる"Immortall beauties"（「クロリンダの歌」78行）の観想を享受することになる。

> ［不滅の美］をば目にし，歓喜する，
> いとも神々しいその姿，はっきりと見え
> あの人に愛の灯ともす限りなく，
> いつも楽しく甘い愛，決して苦痛は感じない。
> 　そこでいかに見事なるものを見ようと
> 　妬みをも恨みをも受けず楽しめよう。　　（「クロリンダの歌」79-84行）[26]

ここにはアストロフェルが到達した最終的な瞑想の段階が描かれている。アストロフェルの人生は，一段低い瞑想的生活である牧歌的段階から，英雄的行動の生活へと進み，そして『妖精の女王』第1巻の〈赤十字の騎士〉と同じく，最終的な瞑想へと上って行く。アストロフェルの人生は，行動と瞑想の理想的統合を反映しているのだ。

　すでに指摘されていることだが，[27] アストロフェルが狩猟で死に一本の花に変身するというのは，彼の人生をアドーニスの物語になぞらえている。アドーニスの物語は，Bion の "Lament for Adonis" やオウィディウス『転身物語』第10巻に見られるが，スペンサーの直接の材源になったのは，ロンサールの『アドー

ニス』と言われる。ロンサールによれば，アドーニスの死を企んだのは軍神マルスである。マルスはアドーニスに嫉妬して，ディアナに荒々しい猪をアドーニスにけしかけてくれるように頼む。アストロフェルもマルスに妬まれて死ぬ。これからしてスペンサーがアドーニスとの類推を通してアストロフェルを不滅の神話的存在へと高めようとしているのは明らかである。

　この哀歌のステラとは誰かという問題については，ネルソンの的を射た解釈によれば，ステラとは，従来言われているような，ペネロピ・リッチではない，なぜならこの悲歌はシドニーの未亡人に献呈されているから。シドニーの未亡人でさえない，なぜなら夫人はすでにエセックス伯爵と再婚しているから。ネルソンに拠れば，「この詩のステラは実在の女性ではさらさらなく，シドニーの愛への一途さと彼がそれを読む人に鼓舞する献身の真心を表すシンボル」[28]なのである。ロンサールのヴィーナスがアドーニスをすぐに忘れ，新しい恋人Anchisesを作るのとは全く違って，ステラはアストロフェルの死を知ると，悲しみのあまり息絶える。スペンサーの力点は，"An Hymne of Love"で"For Love is Lord of truth and loyalie"(176行)と歌うように，誠実さこそが理想的愛の本質，ということにあるのではないか。

　アストロフェルとステラが変身する一本の花を描くにあたって，スペンサーは独自の神話を作り出し，その花の色を"both red and blew"(184行)としている。赤は言うまでもなく血の色であり，同時にアドーニスが変容したアネモネの色である。一方，青は献身と無垢の色で，ステラを象徴している。

　「アストロフェル」は花への変身とそのことを悼み悲しむ羊飼たちの競い合う愁嘆場で終わり，たとえその変身が神々の憐憫の証しだとしても，ここでは，キリスト教的な真の慰藉は得られないままである。最終的な慰藉は，これに続く「クロリンダの歌」に存在するからだ。

　「アストロフェル」では，アストロフェルの叡知と大胆さが誉め称えられたその後に，彼の死の原因が「残念ながら，ちと大胆すぎた」"too hardie alas"(72行)ことと言われ，彼の勇猛な精神は気高いと同時に猪突猛進型で，それが彼の悲劇的死をもたらしたと残念がられる(85-90行)。一方，「クロリンダの歌」では，その死は彼の性格ゆえでなく，人間の運命を操る神々，あるいは気まぐれな運命の女神のせいとされる。その意味で，この歌はある種の諦念を表していることになる。

　しかし，この詩の方向転換はクロリンダがアストロフェルの肉体と精神を区別するところから始まる。[29]具体的には，61行目から逆説の"but"を多用

して，死んだのは影としての地上的存在であって，本質としての "that immortall spirit"（61行）は決して死ぬことはないことに思い当たるとき，この悲歌は逆転することになるのである。

> ［あの方の不滅の魂は］死せるにあらず，死ぬるあたわず，
> 永遠に生きているのだ，至福の園に。
> 生まれたばかりの赤子のように優しく身をば横たえて，
> 百合のベッドに安らかに身を包まれて生きている。
> 　周り一面，甘美なる薔薇の花々，
> 　優美なる菫の花に取り巻かれ。　　　（「クロリンダの歌」67-72行）

この断定と共に，この悲歌は最終的慰藉に入る。この箇所の花はキリスト教的徳の伝統的シンボルであり，ファーガソンに拠れば，ユリは清純，バラは天上的喜悦，スミレは謙譲を表す花である。[30] こうしてアストロフェルは楽園の浄福的生活を享受し，天上的瞑想を与えられ，「人間の目には見えない不滅の美」"Immortal beauties, which no eye may see"（78行）を提供されるのである。

結　語

　スペンサーにおける牧歌葬送エレジーの作歌遍歴は，かなり興味深いカーヴを描いているのが分かる。処女作では基本的に牧歌葬送エレジーの伝統に則って作り，『ダフナイーダ』では伝統から大胆に逸脱して〈嘆き歌〉に近い内容に仕上げ，そして『アストロフェル』では二つの哀歌を重ねることで，最終的には伝統的な慰藉にたどり着くという構図を築き上げた。
　また，シドニーに関して言えば，一つの歌としてはその内容が完結せず，散文で書かれた物語の部分と一緒に合わせて読むことで，本当の意味がわかるエレジーを歌うという，極めて大胆なことを成し遂げた。
　このように，革新的なイギリス・ルネサンス詩人としてのスペンサーとシドニーの意欲と矜持，そして野心的企てが，二人の詩人たちが書き残したエレジーの歌い方に見て取れるのではないかと思われる。

1 John Kerrigan, ed., *Motives of Woe: Shakespeare and "Female Complaint"*（Oxford: Oxford UP, 1991）.
2 J. A. Cuddon, *A Dictionary of Literary Terms and Literary Theory*, revised by C. E. Preston（Oxford: Blackwell, 1991）の "complaint", "elegy", "pastoral" の項目を参照。
3 河津千代訳『ウェルギリウス　牧歌・農耕詩』（未来社, 1981）。「第五歌」の訳, 及び, 『牧歌』の数学的構成については「解説」を参照。また, 小川正廣訳『ウェルギリウス牧歌／農耕詩』（京都大学学術出版会, 2004）225-241も参照。
4 スペンサーの詩の引用は, すべて William A. Oram et al., eds. *The Yale Edition of the Shorter Poems of Edmund Spenser*（New Haven: Yale UP, 1989）に拠る。
5 Dennis Kay, *Melodious Tears: The English Funeral Elegy from Spenser to Milton*（Oxford: Oxford UP, 1990）35-6.
6 William A. Oram, *Edmund Spenser*（New York: Twayne, 1997）68.
7 Paul E. McLane, *Spenser's Shepherdes Calender: A Study in Elizabethan Allegory*（Notre Dame, IN: U of Notre Dame P, 1961）52.
8 F. N. Robinson, ed., "The Book of The Duchess," *The Works of Geoffrey Chaucer*, 2nd ed.（London: Oxford UP, 1966）266-79.
9 A. Kent Hieatt, *Short Time's Endless Monument*（New York: Columbia UP 1960）; Alastair Fowler, *Triumphal Forms: Structural Patterns in Elizabethan Poetry*（Cambridge: Cambridge UP, 1970）; A. Kent Hieatt, *Conceitful Thought: The Interpretation of English Renaissance Poems*（Edingburgh: Edinburgh UP, 1975）; Maren-Sofie Røstvig, *The Hidden Sense*（Oslo: Universitetsforlaget, 1963）.
10 詩の構造を詳しく見ると, 全体の 567 行が, 内容的には, ダフネの死を悼む 24 連=168 行とアルサイオンの歎き 57 連=399 行の二つに大別され, 次のような構成になる。

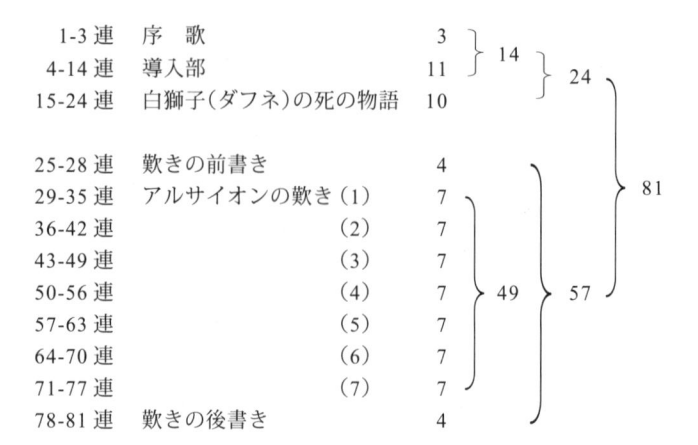

```
1-3 連    序　歌                    3  ┐
4-14 連   導入部                   11  ├ 14 ┐
15-24 連  白獅子(ダフネ)の死の物語  10  ┘     ├ 24
                                                    │
25-28 連  歎きの前書き               4            │
29-35 連  アルサイオンの歎き (1)    7  ┐         │
36-42 連              (2)            7  │         │
43-49 連              (3)            7  │         ├ 81
50-56 連              (4)            7  ├ 49 ┐  │
57-63 連              (5)            7  │      ├ 57
64-70 連              (6)            7  │      │
71-77 連              (7)            7  ┘      ┘
78-81 連  歎きの後書き               4
```

この点については，Shohachi Fukuda, "A Numerological Reading of Spenser's *Daphnaida*" 熊本大学英語英文学 29・30合併号(1987): 1-9 (3); 山田知良・福田昇八「スペンサー『ダフナイーダ』」 熊本大学教養部紀要 外国語外国文学編 22 (1987): 224-40. その「解説」; Kay 49-50 を参照。

[11] Mary M. Innes, ed., *The Metamorphoses of Ovid*(Harmondsworth, Middlesex: Penguin, 1955) 214-23. 田中・前田訳 オウィディウス『転身物語』(人文書院, 1966) 323-37.

[12] 山田知良・福田昇八 222-3.

[13] Duncan Harris and Nancy L. Steffen, "The Other Side of the Garden: An Interpretive Comparison of Chaucer's *Book of the Duchess* and *Daphnaida*," *JMRS* 8 (1978): 17-36 を参照。

[14] Leigh DeNeef, *Spenser and the Motives of Metaphor* (Durham, NC: Duke UP, 1982) 49 を参照。

[15] Donald Cheney, "Spenser's Fortieth Birthday and Related Fictions," *Spenser Studies* IV (1983): 3-31.

[16] William A. Oram, "*Daphnaida* and Spenser's Later Poetry," *Spenser Studies* II (1981): 141-58 を参照。

[17] シドニーの詩の引用は，William Ringler, ed., *The Poems of Sir Philip Sidney*(Oxford: Oxford UP, 1962) に拠る。『オールド・アーケイディア』からの引用は，Jean Robertson, ed., *The Countess of Pembroke's Arcadia (The Old Arcadia)*(Oxford: Oxford UP, 1973) に拠る。また，これと同種の歌が，第四牧歌に，"Double Sestina"で，二人の牧人の対話詩の形式を採る歌として現れる。日本語訳は，村里好俊・杉本美穂 訳「シドニー『オールド・アーケイディア』詩集〔抄〕」福岡女子大学文学部紀要『文藝と思想』68 (2004): 87-88.

[18] Kay 41.

[19] W. R. Renwick, ed., *Daphnaida and Other Poems*(London: Scholartis 1929) 236-37.

[20] 福田昇八氏のご教示に拠れば，ロストヴィックは，スペンサーが2対1の比率を非常に好んで用いたことを詳しく論じている。Maren-Sofie Røstvig, *Configurations: A Topomorphical Approach to Renaissance Poetry*(Oslo: Scandinavian UP, 1994) を参照。

[21] Kay 53.

[22] Geoffrey Shepherd, ed., *Sir Philip Sidney: An Apology for Poetry*(Manchester: Manchester UP, 1965) 116.

[23] Oram, *Edmund Spenser* 172.

[24] Erwin Panofsky, *Studies in Iconology: Humanistic Themes in the Art of the Renaissance* (1939; rpt. New York: Harper, 1972) 192.

[25] 山田知良・福田昇八「スペンサー『アストロフェル』 訳注」熊本大学教養部紀要 外国語外国文学編 23 (1988): 288.

[26] 山田知良・福田昇八「スペンサー『クロリンダの歌』他 訳注」熊本大学教養部紀要 外国語外国文学編 24 (1989): 203. 以下同じ。

[27] Haruhiko Fujii, "Spenser's *Astrophel* and Renaissance Ways of Idealization,"『英文学研究』英文号 (1968): 8-9. この論文には多くを教えられた。

28 William Nelson, *The Poetry of Edmund Spenser*（New York: Columbia UP, 1963）70.
29 Oram, *Edmund Spenser* 175.
30 George Ferguson, *Signs and Symbols in Christian Art*（Oxford: Oxford UP, 1961）33-34, 37-38, 40.

ソネット連作集におけるスペンサーと
シェイクスピア

岡田 岑雄

ソネットとその主題

　イギリス・ルネサンス期の詩人，スペンサーとシェイクスピアが共通のジャンルで残した仕事として，2人ともソネット連作集を書いたということがあげられる。フラーという人の本に，1580年から1634年までに出版された23篇の主な恋愛ソネット連作集の一覧表が出ているが，その中でスペンサーの *Amoretti*（1595年出版）は13番目，シェイクスピアの *Sonnets*（1609年出版）は21番目を占めている。[1]

　ソネットという詩形は16世紀前半にワイアットとサリー伯によってイタリアから移入されたというのは文学史の常識であるが，この詩形の移入にはその表現すべき内容を伴っていて，これは一般にペトラルキズムと呼ばれているもので，その背景には11-12世紀のプロヴァンスの詩人達に溯る宮廷風恋愛の伝統がある，というのも一般的に言われていることである。P. クラットウェルはソネットについての著作の中で，「中世後期からルネサンスにかけてペトラルカによってもたらされたさまざまな混然としたテーマ，コンヴェンション，姿勢，状況，（心的）態度といったものの総体を大まかに宮廷風恋愛（Courtly Love）という呼び名で我々は理解している」と述べている。[2]

　ペトラルキズムの内容とは，充たされぬ愛の悩み，それから来る不眠，分裂した心の状態といったものがあり，登場する女性は美しくて貞淑で，願いを聞き入れてくれないという点で冷酷で誇り高い存在で，彼女に求愛する恋人はへり下った態度でその好意を求め，冷酷さを捨てるように嘆願するといった状況がコンヴェンションとして定着していると考えられる。スペンサーの『アモレッティ』の場合でも，2番で「恋に悩む心の苦しみ」から生み出され，「溜息と悲

しみ」で育てて来た「乱れる思い」（"unquiet thought"）に呼びかけて「美しく誇り高いあの方」（"that fayrest proud"）の足下にひれ伏すように，といった表現にペトラルキズムの背景を見ることができる。シェイクスピアの場合は，例えば『ソネット集』57番（1-2行）に見られる

> Being your slave, what should I do but tend
> Upon the hours and times of your desire? 3

> 私はきみの奴隷なのだから，いかなる時でも，
> きみの望みのままに仕えるほか何をすることがあろう。

という表現に，中世の宮廷風恋愛における騎士と貴婦人の関係が反映しているとも考えられるが，4 ここで呼びかけられている相手がどうも身分の高い男性であるということが問題を複雑にしているようである。5 さらに127番以降のいわゆるダーク・レイディの詩篇では，他の連作集に描かれた女性像と逆ともいえる女性を登場させ，連作集のコンヴェンションを利用しながら，それとは独自の世界を表現していると言えるだろう。

　スペンサーの場合は，ペトラルキズム特有の表現，比喩，コンシートなどが『アモレッティ』にはいろいろ出て来て，この点ではシェイクスピアよりは分かりやすいと言えるかもしれない。34番では愛の受け入れられない不安の気持ちが嵐にもまれる小舟にたとえられているが，これはワイアットがペトラルカのものを訳したソネットに出て来る典型的なペトラルキズムの例だろう。30番では自分の恋人を氷に，自分の燃える心を火にたとえる奇想が出て来るが，これも元はペトラルカを訳したワイアットのソネットに出て来る "I burn and freeze like ice" という表現から触発されたものではないかと考えられる。次の14番（9-12行）の例では

> Bring therefore all the forces that ye may,
> 　and lay incessant battery to her heart;
> 　playnts, prayers, vowes, ruth, sorrow, and dismay,
> 　those engins can the proudest love convert. 6

> だから，できるだけ多くの手勢を連れてきて，
> 　彼女の胸に絶間のない痛打攻撃を加えるのだ，

悲嘆，請願，誓約，哀訴，悲しみ，落胆，
　これらの攻め具には，どれ程高慢な愛人でも心を動かす。

ここでは城砦を攻める戦いの比喩が使われているが，これは女性の心を捉える過程をたとえたもので，宮廷風恋愛の生活様式と関連する表現のようである。
　こうした愛の城砦攻撃を描いた14世紀の象牙細工をロンドンの博物館で見ることができるそうである。[7] 次の42番（1-8行）はこうした表現の背景にある心的状況といったものが集約して表れているといったらよいかも知れない。

> The love which me so cruelly tormenteth,
> 　So pleasing is in my extreamest paine:
> 　that all the more my sorrow it augmenteth,
> 　the more I love and doe embrace my bane.
> Ne doe I wish (for wishing were but vaine)
> 　to be acquit from my continuall smart:
> 　but joy her thrall for ever to remayne,
> 　and yield for pledge my poore captyved hart;

L. C. ジョンはエリザベス朝ソネット連作集を扱った本の中で，「彼を苦しめている愛はその極度の苦痛ゆえに心地よく，悲しみが増すだけますます彼はその苦悩を愛し，抱きしめる」とこの一節の内容を要約している。[8] ここには，大げさに言えば，11-12世紀のトルバドゥール以来西欧社会に存在しているといわれる情熱のあり方が表現されている，と言えるかも知れない。しかしこういったものが『アモレッティ』全体の中で主流を占めているテーマだとは必ずしもいい切れない。ペトラルキズムを作品全体の中でどう考えるかは，今日『アモレッティ』批評の大きな問題のように思われる。ただこうしたペトラルキズムの様々なコンヴェンションからいかにスペンサーが問題を展開していったか，という視点はあり得ると思われる。

『アモレッティ』における鏡

　次に言及する45番（1-4行）も，ジョン女史はペトラルカ的コンヴェンショ

ンに従っている詩篇として扱っている。⁹

> Leave lady in your glasse of christall clene,
>   Your goodly selfe for evermore to vew:
>   and in my selfe, my inward selfe I meane,
>   most lively lyke behold your semblant trew.

> やめなさい，愛(いと)しい人よ，きれいな水晶の鏡の中で，
>   いつまでも君の美しい姿を見つめることを。
>   そして，僕の中に──僕の内心のことをいっているのだが──
>   そこに，もっと生き生きした君の真実の似姿を見なさい。

福田昇八氏によると，この詩篇の最終行が6歩格であるということは，この詩篇が89篇全体の中心にあることを示しているという。¹⁰ ここでは鏡が恋人の心の中を見る行為を誘い出すきっかけになっていることが重要だと考えられる。恋人の心の中に意中の女性の美しいイメジが写っているというという考えは，シドニーの『アストロフェルとステラ』のソネット39番（9-14行）でも眠りに呼びかける形で巧みに歌われている。

> Take thou of me smooth pillows, sweetest bed,
> A chamber deaf to noise, and blind to light;
> A rosy garland, and a weary head;
> And if these things, as being thine by right,
>   Move not thy heavy grace, thou shalt in me,
>   Livelier than elsewhere, Stella's image see. ¹¹

> 取りたまえ，この柔らかい枕，こよなく心地よい寝床を，
> この物音かよわぬ，光さしこまぬ寝室を，
> バラの花輪も，この疲れ果てた頭をも。
> そして，もしこれらが，もともとそなたのものだからとて，
>   そなたの重い心を動かさぬとあれば，私の心の中で，
>   他の何処よりも鮮やかに，ステラの姿を見せて進ぜよう。¹²

45番7行目 "the fayre Idea of your celestiall hew" の "Idea" という語にプラトン

的思想の背景を見ることは可能であろうが，ここで重要なのは，恋人の心に宿っている女性の美しいイメージを更に曇りなく完全なものにするには，貴女の"cruelty"を捨ててください，という説得，嘆願にこのイメージの存在が使われているということである。この詩篇の思想的背景については様々なことが言われているが，詩のテクストの論理からはこういうことになるのではないか，と考えられる。7番でも「鏡」("myrrour")が登場するが，ここでは鏡は相手の女性の瞳にたとえられ，その瞳に写し出される相手の気持ちが，自分の心の状態（喜びとか憂いとかいった）を左右すると訴える。いずれにせよ，スペンサーのこの連作集における鏡のイメージは女性の眼への訴えという状況で用いられていることを我々は確認しておきたいと思う。

『アモレッティ』では眼，瞳への言及が特に前半に多く出て来るが，二，三の例外はあってもその殆んどは相手の女性の眼（"her eyes," "her fayre eyes," "her hart-thrilling eies," etc.）なのである。これは当たり前みたいに思われるかも知れないが，シェイクスピアの場合を考えるとその違いがはっきりして来ると思う。

シェイクスピアで「眼」というと殆んどが自分の眼を指している（"mine eye,' "mine eyes"）。しかも「心」("heart")と一緒に登場して競合関係に置かれているのが普通である。例えば46番（1-4行）には

Mine eye and heart are at a mortal war
How to divide the conquest of thy sight;
Mine eye my heart thy picture's sight would bar, ──
My heart, mine eye the freedom of that right:

きみの姿という獲物をどう分配するか，
私の眼と心はいのちがけで争っている。
眼は，心に，きみの絵を見せまいとする。
心は，眼に，見る権利を勝手に使わせまいとする。

ジョンによると，この両者の争いというのも中世の愛の法廷の時代からあったコンヴェンションだそうだが，[13] シェイクスピアはこのコンヴェンションを使って，ダーク・レイディのシリーズでは，詩人の（作者のペルソナといった方が適切か）内部の分裂，相克，混乱を次のように的確に描き出している。141番（1-4行）。

> In faith, I do not love thee with mine eyes,
> For they in thee a thousand errors note;
> But 'tis my heart that loves what they despise,
> Who in despite of view is pleased to dote:

> 実のところ，眼で見て，おまえを愛しているのではない。
> 眼は，おまえのうちに無数の欠点を見ているのだ。
> だが，心のほうは，眼がさげすむものを愛している。
> 心は見えるものを逆らって，熱愛をささげたがる。

つまり，シェイクスピアでは自分の眼がいかに見ているか，或いは148番の場合には，いかにきちんと見ていないか，が問題であるのに対して，『アモレッティ』の先に言及した詩篇では相手の女性が恋人をいかに見ていたか，彼が女性にいかに見られていたか，が重要であると考えられる。これはこうした場合，自分の心のなかの問題として，相手にどう思われているか，ということが大きな意味をもっているからだ，と考えられる。これは『アモレッティ』が求愛のプロセスをテーマにした作品であることと関係するが，この点については後で触れる。

『ソネット集』における鏡

ところで，シェイクスピアの『ソネット集』にもこの "glass"（「鏡」）という言葉が幾度か出てくる。しかし，その使われ方はスペンサーの場合とかなり違っていることに気づかざるを得ない。例えば3番（1-2行）では

> Look in thy glass, and tell the face thou viewest
> Now is the time that face should form another,

> 鏡を見て，眼にうつる顔にお言いなさい，
> いまこそ，この顔がもうひとつの顔をつくるときだ，と。

ここでは青年に結婚を勧める状況で鏡が出て来るが，この鏡は青年の美貌を写し出すとともに，その美の衰えを写し出す鏡であることが暗示されている。77番

の 1-2 行ではそれがはっきり示されている。

> Thy glass will shew thee how thy beauties wear,
> Thy dial how thy precious minutes waste,

> 鏡は君の美貌が衰えてゆくさまを見せてくれよう。
> 日時計は貴重な刻一刻がむなしく過ぎるのを教えよう。

青年の美しさが時間の働きによって損なわれるという考えは,『ソネット集』の始めの方で美しい語句で表現されているが, 次の 22 番の一節はこうした時間の破壊的行為が詩人自身に及んで来ていることを示している。

> My glass shall not persuade me <u>I am old</u>
> So long as youth and thou are of one date; 　　　　　（下線筆者）

> 青春ときみが一体のものであるかぎり,
> 鏡がどう言おうと, 私は老いたとは思わない。

こうした状況が詩人にとって更に厳しい自己認識を伴って表現されているのが, 次に示す 62 番であると言える。

> Sin of self-love possesseth all mine eye,
> And all my soul, and my every part;
> And for this sin there is no remedy,
> It is so grounded inward in my heart.

　最初の行の "Sin of self-love" の "sin" という言葉にどれほどの重みを感ずるかは, 人によって違いがあるだろうが, "self-love" という言葉に "conceit"（うぬぼれ）という意味が伴っていることをイングラム＆レッドパスは指摘している。[14] そしてその内容が具体的に次の四行連（5-8 行）で展開されるわけである。

> Methinks no face so gracious is as mine,
> No shape so true, no truth of such account,
> And for myself mine own worth do define

岡田岑雄

> As I all other in all worths surmount.

ここに見られるのは，自らを容貌においても，様々な精神的価値においても，最高の存在と考える自己高揚の気分である。しかしこれが幻想であるという冷厳な事実を突きつけるのは，自分の姿を映し出す鏡（"glass"）なのである（9-10行）。

> But when my glass shews me my self indeed,
> Beated and chopp'd with tann'd antiquity,

> しかし，鏡が，私の真の姿を，つまり日に灼け，年老いて，
> 打ちのめされ，ひび割れた，この顔をうつしだすと，

つまり，『ソネット集』の随所で瞑想的，或いは詠嘆的な形で歌われている問題が，ここでは詩人自身の身近に迫ってきている状況，時間の作用によって無残に破壊された自らの姿を直接鏡の中に見ることによって，時間の問題がより切実に感じられるという状況がここにはある，と言ってよいであろうか。

ここでシェイクスピアがこれらの詩篇を書いた時，実際にいくつであったか，とか，自分を老人と見なすのは当時のソネットを書く詩人達が用いたやり方だった，といった考慮は場合によっては必要かもしれないが，この場合特に重要とは思われない。ここで大事なのは老齢ということが詩篇の中でどのように意識され，表現されているか，ということである。ここで，スペンサーの『アモレッティ』にはこうしたことへの言及はないが，それは求愛に限った内容であるからかもしれない。

こうした詩人の老いの意識は，青年の美の凋落への懸念と結びついていることを前に触れたが，次の63番（1-5行）の詩行もその表われの一つであろう。

> Against my love shall be as I am now,
> With Time's injurious hand crush'd and o'erworn;
> When hours have drain'd his blood and fill'd his brow
> With lines and wrinkles; when his youthful morn
> Hath travel'd on to age's steepy night,

> わが愛するものが，やがて，いまの私のように，
> 時の神の邪悪な手で押しつぶされ，すりきれる，

時々刻々と若い血潮がかれて，かわりに
額に皺がふえてゆく，青春のあけぼのが
疲れた足をひいて旅を続け，慌(あわただ)しく暮れる老年の夜にむかう，

ここでは，前に感ぜられた懸念は「時間」自体への言及で更に鮮明に表され，3行以下ではその具体的な状況が述べられている。

62番において，鏡によって自分の老醜を実感させられた詩人は，ここで最後の2行で思いもかけない結末を述べてこのソネットを終りにする。

'Tis thee (my self) that for myself I praise,
Painting my age with beauty of thy days.

私は，わが身のつもりで，きみを(つまり真の私を)称え，
きみの青春の美でわが老残の身を飾りたてている。

ここで使われているのは，自分＝相手という等式，自分と青年は一体であり，区別しがたいという考えで，これはシェイクスピアが『ソネット集』の中で幾度か使っている。ジョンはこれを "the fusion of identities" と呼んでいる。[15] 例えば42番では，詩人と青年とある女性との複雑な関係が語られているが，詩人は両者の関係を認めた後で，最後の2行で62番の場合と同じような論理でこの一篇を終りにする。

But here's the joy: my friend and I are one.
Sweet flattery! then she loves but me alone!

だが，ここに歓びがある。つまりわが友と私は一つ。
甘美な幻惑よ，ならば彼女は私一人を愛しているのだ。

62番においても同じ論理で詩人は，自分を讃えることは相手の青年を讃えることだ，ということを言っているが，どうもこの詩篇で気になるのは，5-8行における詩人の自己の過大評価の描写である。ここには何か自己劇化的な匂いが感ぜられるような気がする。自らの老醜を印象的に描き出そうとするのは，対照的に青年の美貌(とその精神的価値を含めて)を讃えようとする意向を読み取

ることができるのではないか，と考えられるわけである。
　こうした「私」＝「相手」というコンシートは 62 番において（また 42 番においても），最後の 2 行（カプレット）で使われていたが，イギリス型ソネットにおけるカプレットの役割について論ずるとなると，問題が大きくなって手に負えなくなるので，ここでは立ち入らないことにして，ここで注目したいのは，こうしたコンシートはカプレットだけでなくして詩篇全体のテーマの展開の中で関連を持って来ることがあるということで，そうした例を次の 88 番（1-4 行）に見ることができる。

　　When thou shalt be dispos'd to set me light
　　And place my merit in the eye of scorn,
　　Upon thy side against myself I'll fight
　　And prove thee virtuous, though thou art forsworn.

　　きみが私を安く見つもる気になり，
　　私を値ぶみして，軽蔑の眼をむけるときがきたら，
　　私はきみを支持してわが身と戦うことにしよう。
　　きみが友情を裏切っても，きみが正しいことを証明しよう。

ここに見られる詩人の気持ち，自分の立場を否定して相手を正当化する気持ちを可能にするのに用いられているのは，「私」＝「相手」という等式であることが，先に進むにつれて分かって来る。対立した関係で相手が得る「得」は，自分にとって損失ではなくて，「得」となるわけである。

　　And I by this will be a gainer too —
　　For bending all my loving thoughts on thee
　　The injuries that to my self I do,
　　Doing thee vantage, double vantage me.

　　私だってこれで利益を得ることになる。なぜなら，
　　私の愛の思いは，ことごとく，きみに献げているから，
　　われとわが身にくわえる危害が
　　きみの利益になれば，私も二重に得をするのだ。

こうした気持ちは最後の2行で次のように要約される。

> Such is my love, to thee I so belong,
> That for thy right myself will bear all wrong.

F. T. プリンスはこの詩篇に表現されている感情を「自己犠牲による無私の献身」("gratuitous offer of self-sacrifice")と呼んで，ペトラルカなどの理想主義とは次元の異なったものだ，と評しているが，[16] こうした自己犠牲的献身の気持ちを表現せざるを得ない詩人の激しい欲求がこのソネットの背後にあると感じないわけにはいかない。要するにこの一篇は，詩人の心の中の葛藤(コンフリクト)の表現であり，それが逆説的な形を取って表現されていると言えるだろう。次の89番（8-10行）では，詩人はその激しい自己犠牲の気持ちを具体的行動で示そうとする。

> I will acquaintance strangle and look strange,
> Be absent from thy walks, and in my tongue
> Thy sweet belovèd name no more shall dwell,

> 私は親しみを押し殺して，そしらぬ顔をしてみせよう。
> きみの出入りする場所をさけ，そのやさしい，
> 愛する名前を口にするのももうやめよう

そして次の90番で，愛の破局で傷ついた詩人の心がソネットの各四行連で段階を追って表され，最後のカプレットでその帰結が示されることになる。

> And other strains of woe, which now seem woe,
> Compar'd with loss of thee will not seem so.

> ほかの苦しみなど，今は苦しいようでも，
> きみを失うのにくらべれば何ほどでもない。

友人を失うことへの怖れが，88番に示された感情の背後にあることがここではっきりしたと言えるだろう。

岡田岑雄

『アモレッティ』の特質

　以上，鏡の働きの話題から始まって，シェイクスピアの『ソネット集』の感情表現のある一面に触れたわけであるが，次に『アモレッティ』におけるそうした表現はどうなのだろうか，ということに触れてみたいと思う。『アモレッティ』の内容には自分（詩人）の気持をさまざまに工夫して表現していることが窺われる。たしかにスペンサーには今見たシェイクスピアのソネットのあるものに見られる，激しい感情の流出や内心の葛藤といったものは，あまり見られない，しかし頭の中で考えられた感情が決まった構造の中で的確に表現されている，ということがそのすぐれたソネットの特徴であると考えられる。先に触れた45番においてもこれは言えるのではないかと思う。ここでは説得・嘆願をテーマとしているが，前半の 8 行に詩人の心に恋人の美しい姿（イデア）が写るという願いが語られ，後半6行でその姿を完璧なものにするために，貴女の "cruelty" を捨てるように，という嘆願が述べられる，という構成になっている。前半，後半いずれも精巧に工夫された言語表現が用いられ，それが前半と後半で呼応し合って，美しい求愛の詩となっていると考えられる。ついでながら，D. ギブズの説明によれば，[17] 当時のネオ・プラトニズムの考えでは，恋する心の男の心は恋人の姿を映し出す鏡であり，従って恋人が自らの姿をこの鏡に見出すことはこの男を愛するようにならざるを得なくなる，という意味の記述がフィチーノの著作にあるそうである。[18] ギブズのこの説明に従えば，自分の心を見てくれと要請するのは説得（或いは誘惑）の武器だ，というわけで，貴女の "cruelty" を捨てて下さいという後半 6 行の嘆願は，前半 8 行の内容と呼応しているわけである。

　前にペトラルキズムの一例として 34 番をあげたが，これは内容が整然と 3 つの四行連とカプレットに分かれている作品である。福田昇八氏はこの詩篇の内容と構成の関係をスペンサーのソネットに共通のテクニックとして分析し，漢詩の起承転結ということばでこの詩篇の構成を説明している。[19] つまりこの詩篇では一定の論理の進行が最初から予定されていて，各四行連が各々違った役割を分担しているという構成になっている。最初の 四行連,

> Lyke as a ship that through the Ocean wyde
> 　by conduct of some star doth make her way,
> 　whenas a storme hath dimd her trusty guyde,
> 　out of her course doth wander far astray:

において嵐の中を彷徨っている船という状況が最初に述べられ(「起」の部分)、次に "So" 以下で主人公の気持が海で遭難しかけている人にたとえて表現されている(これが「承」の部分になる)。

> So I whose star, that wont with her bright ray
>   me to direct, with cloudes is overcast,
>   doe wander now in darknesse and dismay,
>   through hidden perils round about me plast.

第3四行連「転」の部分で、主人公はやがて嵐も収まり自分の希望がかなえられるという気持を語るが、これは平川泰司氏の指摘のとおり、[20] 下敷きになったワイアットのソネット(ペトラルカのものを訳した)にはない内容で、スペンサー独自の改変であるが、このことは「転」の部分の独自性を示している。こうした改変はスペンサーは幾度となく行っていることが指摘されている(ワイアットのソネットでは港へ着くことへの絶望で終わっている)。結びの2行で詩人は今の自分の気持を「人知れず悲しみ」「物思いに沈み」といった直接的言い方で表しているが、それには "till then" という限定がついている(これが「結」の部分になるわけである)。

ここで『アモレッティ』の重要な特質について触れておく必要があると思う。それは、エリザベス朝ソネット連作集の多くが、充たされない愛の想いを歌ったものであるのに対して、『アモレッティ』は実を結んだ求愛のプロセスを扱ったもので、その後に続く『祝婚歌』(*Epithalamion*)と一体となっている作品である、ということである。各ソネットは、各々固有の意味をもちろん持っているが、それとともに求愛の過程がどのように進んでいるかを、読者に伝えてくれる役割を果たしている(ただし、その進み方の表現は一様でなく、幾度となく前後しているのだが)。前に触れた、相手の女性の視線への関心も、この点から考えることができよう。女性の眼、視線への言及が多いのは連作集の前半だが、これは前に触れたとおり、相手にいかに見られているか、という関心とともに、求愛の始めの段階では、相手の視線の持つ力がいかに大きく感じられるか、これは16番がよく物語っているところである。相手の女性への愛が得られることが確実になるにつれて、相手の視線への言及もなくなって行くのもその表れであろう。この点で『アモレッティ』89篇全体の中心に位置する45番のソネットの、自分の心のなかに相手の女性の姿が宿っているのをみてほしい、と

いう訴えは，16番などとは違ったトーンが感じられる。59番のソネットでは，女性の愛を得た喜びが初めてはっきりと表されているが，このソネットにこうした表現がされていることに，数秘学の視点から福田昇八氏は重要な意味を見出している。同氏は『スペンサー詩集』59番の結びの2行に付された注に「59番は117（89ソネット＋4アナクレオン風詩＋24連）の中心になる。最も大事なことを中心に書くのがきまりだから，読者はここに作者の中心思想を見る。即ち自信を持つ乙女は『なんと幸せ』であり，『その君を愛す』自分が『最も幸せ』である」と述べている。ソネット70番は，プリンスが春の甘美な愛の世界と雰囲気を描いた作品としてスペンサーの代表的ソネットとして推賞する作品だが，[21] その結びの2行

> Make hast therefore sweet love, whilest it is prime,
>   for none can call againe the passed time.

で表されているのは，"carpe diem"（"Seize the day"「現在を楽しめ」）のテーマである。このテーマが『アモレッティ』89篇全体のなかで一度だけ，しかもこの70番に登場することに意味がある，と考えられる。前に言及した59番もそうだが，67番や69番にも描かれているように，相手の女性の愛が得られるようになった状況で，このテーマが表現されることに，この作品全体のなかでの70番の理解の鍵があるように思われる。これは，福田氏の次の言葉，「『アモレッティ』は作者の心の動きを連続して描いた詩なのであり，だから全体的なまとまりとして読んで初めて完全に理解される」[22] という指摘がここでもあてはまる。このソネットは，プリンスが示しているとおり，それだけで独立して読むことができるが，『アモレッティ』全体のコンテクストのなかに置いてみて，その意味（結びの2行も含めて）が完全に捉えられると言えよう。シェイクスピアのソネットの場合も，こうしたことは言えるが，その度合いはずっと弱い――例えば66番の場合，この世の不正と虚偽への憤りを表していて，「ただ死んで愛する者をひとり残すのが困る」という最後の言葉でかろうじて全体のテーマにつながっているが，こうした作品は『アモレッティ』と『ソネット集』の違いを示唆していると言えよう。

結び

　プリンスは，そのエリザベス朝ソネットに関する論考で，スペンサーとシェイクスピア程類似点の少ない詩人はいないだろうと言いながら，『アモレッティ』を一読しただけで，スペンサーのソネットは他のどの詩人のものよりもシェイクスピアのものに "mysteriously close" であると述べ，『ソネット集』をシェイクスピアが書いた時に『アモレッティ』の影響を受けたであろうことを示唆している。[23] プリンスは更に「2人の詩人はいずれも人間の愛（human love）を通じて精神の開放を熱烈に希求しているが，これは英国において例を見ないことである」と述べている。[24] この2人の詩人の連作集において表現している愛のテーマはその表現が両者においてかなり違っていることは，両者の連作集を読めば実感できるのではないかと考えられる。とはいえ，そこに共通した対象への真剣さが感じられることはプリンスの指摘するとおりである。

　スペンサーがその連作集において表現した愛の世界とはどのようなものであったか，について J. W. リーヴァーは次のように言っている。

> 「スペンサーの詩が果たそうと試みたことは，宮廷風恋愛ロマンスの礼賛に代わって新しいテーマを導入することであり，それは婚約と聖なる結婚に至る正しい求愛の勝利を歌うことであった……『アモレッティ』はしばしば驚くべき美しさと精巧さである求愛を讃美しているが，そこでは次の2つのものの調和が自制心によって幸福な形で計られている，即ち精神の高まりと人間として自然の欲求との調和が，である。精神における葛藤，良心の痛み，そして最後には肉体の欲求の放棄を求める声，こうしたものに代わって，これらのソネットに描かれた愛は肉体と精神の調和がもたらす安らぎをもたらしてくれる。この点でスペンサーの連作集は作者がイギリスのソネット最大の巨匠の一人たる地位に値することを十分に証明している。」[25]

この言葉は1956年のものだが，1980年前後からの『アモレッティ』の解釈，批評はリーヴァーのこうした見方の様々な具体化であったと見ることができる。

　シェイクスピアの『ソネット集』で描かれている愛の世界が，『アモレッティ』で描かれている愛の世界と違っていることが多いことは否定できないように思われる。リーヴァーが指摘する「肉体と精神の調和がもたらしてくれる安らぎ」と

いったものが『ソネット集』で見出されるか，疑問である。シェイクスピアの『ソネット集』における愛の問題については前に論じたことがあるので，改めて繰り返すことはしない。ただ一つ言えることは，シェイクスピアの『ソネット集』の批評の難しさは，一つのまとまった言い方で全体をカバーする記述がなかなかできないことである。表現されている感情も多様で複雑で，先の章で触れた場合も，その一部にしかすぎない。73番のように，イギリス型ソネットの完璧な構造と内容が相俟って整然とした詩的世界を作っている例もある。高い愛の理想が116番などでは歌われていると言われる一方で，愛欲の世界をあるがままに描いている詩篇もある。個々の詩篇について様々な解釈や批評がされても，『ソネット集』全体についての解釈，理解はまだいろいろの問題が残されているように思われる。いずれにせよ，この詩集は，スペンサーの『アモレッティ』とは性質を異にしながらも，ほぼ同じ時代に生きた大詩人が残した真摯な愛の記録であることは否定できないように思う。

---

[1] John Fuller, *The Sonnet,* The Critical Idiom 26（London: Methuen, 1972）38.
[2] Patrick Cruttwell, *The English Sonnet*, Writers and their Work 191（London: Longman, 1966）7-8.
[3] 『ソネット集』原文の引用は W. G. Ingram and T. Redpath, eds., *Shakespeare's Sonnets*（1964; London: U of London P, 1967）によった。また，訳文は高松雄一訳『ソネット集』（岩波文庫, 1986）によった。
[4] 高松雄一 238参照。
[5] シェイクスピアの『ソネット集』で「青年」が登場する詩篇におけるペトラルキズムについては，Carol Thomas Neely, "The Structure of English Renaissance Sonnet Sequences," *ELH* 45(1978): 374 に詩人（愛人）の完全な服従と献身といった特徴をよく捉えた記述がある。
[6] 『アモレッティ』原文の引用は，William A. Oram, et al. eds., *The Yale Edition of the Shorter Poems of Edmund Spenser*（New Haven: Yale UP, 1989）によった。また，訳文は小城義也・大塚定徳・上村和也・牛垣博人・徳見道夫訳『アモレッティ』鹿児島女子大学研究紀要 Vol.1, No.1（1980）による。以下同じ。
[7] Kenneth Clark, *Civilisation*（BBC and John Murray, 1969）65 によれば Victoria & Albert

Museumにあるという。なお『妖精の女王』第4巻第10篇では城砦での愛の攻防の場面が寓意的に描かれている。

8   Lisle Cecil John, *The Elizabethan Sonnet Sequences* (1938; New York: Russell, 1964) 109.
9   John 124. ペトラルカの2つの詩篇にラウラの鏡が出ているのにならっているということだが, 池田廉訳『ペトラルカ カンツォニエーレ』(1992; 名古屋大学出版会, 2000)ではこれらは45番と46番のソネットに当たる。
10 福田昇八訳『スペンサー詩集』(筑摩書房, 2000) 289.
11 テクストは Katherine Duncan-Jones, ed., *Sir Philip Sidney* (Oxford: Oxford UP, 1994) による。
12 訳文は大塚貞徳他訳『アストロフェルとステラ』(篠崎書林, 1979)による。
13 John 94.
14 Ingram and Redpath 144.
15 John 97.
16 F. T. Prince, "The Sonnet from Wyatt to Shakespeare," *Elizabethan Poetry*, Stratford-upon-Avon Studies 2 (London: Edward Arnold, 1960) 28.
17 Donna Gibbs, *Spenser's Amoretti: A Critical Study* (Aldershot, Hants: Scolar, 1990) 153.
18 Marsilio Ficino, *Commentary on Plato's Symposium on Love,* trans. & ed. S. Jane (Dallas: Spring, 1985) 57.
19 福田昇八・A. ライル編注『スペンサー名詩選』(大修館, 1983) 5.
20 平川泰司「『アモレッティ』とスペンサーの愛の思想」『スペンサーとミルトン』(あぽろん社, 1988) 136-37.
21 Prince 23.
22 熊本大学スペンサー研究会訳『スペンサー小曲集』(文理, 1980) 397.
23 Prince 23-24.
24 Prince 24.
25 J. W. Lever, *The Elizabethan Love Sonnet* (London: Methuen, 1956) 136. ただし, リーヴァーはこの後ですぐスペンサーのソネットの構造上の欠陥を指摘して, スペンサーの連作集は, いろいろな美点はありながら, イギリスのソネットの発展のうえに事実上何らの影響を与えることにはならない, と述べている。Lever 136-37.

『四つの賛歌』における愛の重層
―― 「献辞」の真意解釈

田中　晋

　『四つの賛歌』(*Fowre Hymnes*)を論ずるとき，まず問題となるのは献辞である。それによると最初の2篇，すなわち，「愛の賛歌」("An Hymne in Honour of Love")と「美の賛歌」("An Hymne in Honour of Beautie")，いわゆる地上賛歌は，「若い未熟な頃」の作品で，それを読んだ若者達をあまりにも狂喜させ，「清純な喜びに蜜を注ぐというよりも，むしろ強烈な情熱に毒をつぎ込む」結果となったので，この詩を捧げたカンバーランド伯夫人とウォリック伯夫人との，いずれか一方の夫人の忠告に従って回収しようとしたのであったが，既に広く流布した後で回収は不可能であったので，「取り消し」(retractation)のつもりで，後の2篇すなわち「天の愛の賛歌」("An Hymne of Heavenly Love")と「天の美の賛歌」("An Hymne of Heavenly Beautie")，いわゆる天上賛歌を加えて出版するというのである。このことは更に「天の愛の賛歌」の第2連で詳しく述べられ，「だが今は，そのような愚かさはすべて改め，弦の調べを私は変えた」と明言されている。

　ところが，『四つの賛歌』そのものに即して見ると，この献辞に言うところを，そのままには受け取り難い理由があるのである。ウェルズフォードも言う如く，まず地上賛歌が若い時の未熟な作品とするならば，それと天上賛歌との間には相当の年月が経過しているわけであるが，両者は文体においても一致し，構成も綿密な類似を保っているから，両者の間に長い年月が経過したとは考え難いことが指摘されはじめ，この献辞は当時流行のパリノードの手法によって，作品に統一を与えるために意図されたものだと解するものもいる。[1] 次に内容的に見ても，地上賛歌が詩人の告白するように，若い者たちに「ふしだらな思い」(HHL, 11)をかきたてるほど低俗のものかというに，決してそのようには受け取り難いというのは，諸家のひとしく指摘するところである。C. S. ルーイスも

田中　晋

「最初の2つの賛歌でうたわれた純潔な愛を取り消さねばならぬと考えることは不可解」と言い切っている。[2]

　このように献辞の言うところは，そのまま納得するわけにいかないので，種々の推測を生むことになる。例えば，オウツは "retractation" の意味を "rehandling" として，天上賛歌は，「作者自身邪意のなかった詩が誤解され，そのことが同じ材料を再び扱い改訂補充を加えるに至らしめた」と解釈できることの可能性を示し，[3] 或いはウェルズフォードによれば，真にふしだらな地上賛歌があったとすれば，それは今我々の見るものとは，もっと別のものであったのではあるまいか，今の地上賛歌はその原型を既に大幅に改訂しているものではあるまいか，と推測されるのである。[4]

　しかし，我々は未だ肝腎な作品を見ていないのである。献辞をどのように解したらよいかは内容を検討した上でなければ論じることはできない。今の我々にとってただ一つ確実なことは，スペンサーは，地上の賛歌を回収しようと欲したと言いながら，現に天上賛歌と並べて出版しているのであるから，彼は地上賛歌に捨て難い愛着を持っていたという一事である。故に我々の探るべき問題は，彼が天上賛歌を書いた後もなお地上賛歌を捨てなかったについては，どのようなわけがあったかということである。思うに天上賛歌と地上賛歌とは，互いに相手を必要としたのではあるまいか。賛歌はあくまで『四つの賛歌』でなくてはならなかったのではあるまいか。そうしてそこにスペンサーという個性的詩人があり，また彼の置かれたルネサンスの一つの様相が見られるのではあるまいか。本稿はそこに焦点を当てて『四つの賛歌』を見たいと思うのである。

地の賛歌

　言うまでもなく，地上賛歌は人間の愛を謳い，天上賛歌は神の愛を説く。そうしてスペンサーは，神の愛のために人間の愛を犠牲にすることもできぬと共に，神の愛に叛いて人間の愛に没入することもできなかった。ルネサンスという激動の時代において，自由奔放に走ろうとする文芸の潮流の中で，神と人との調和という足場を守りぬこうとしたスペンサーの苦悩を，さながらに語っているのが『四つの賛歌』である。そうしてこの苦悩に耐えさせたものは「美」である。地上から天上への上昇においても，天上から地上への下降においても，美は常に詩人の案内役をしたのである。

地上の愛はエロス（eros）である。この愛の成り立ちについてスペンサーの前には二つの説明の仕方があった。一つはギリシャ神話であり，周知のように，エロス（Eros）はアプロディテ（Aphrodite）の子である。それに対しプラトンは『シンポジオン』(203-04)でディオティマをして別の寓話を語らせている。それによればエロスはポロス（Polos）とペニア（Penia）との間に生まれた子である。アプロディテが生まれたとき，神々は祝宴を催したが，ポロスは酔いつぶれた。そのポロスにペニアが添い寝をして身籠った子がエロスなのである。ところでポロスは豊饒を，ペニアは貧困を意味するから，その間に生まれたエロスは中間者としての性格を授けられている。中間者なるが故に，エロスは貧困にいて豊饒に預かろうとする欲求を生ずる。その欲求こそはエロスの本質である。
　ところでスペンサーは，この二つの説話を接合して，彼特有の説明の仕方をするのである。

> また，生命ある誰が，そなたの
> 不思議な揺籃の時のことを申し分なく述べえよう。
> そなたの偉大な母ヴィーナスが，「豊饒」と「貧困」により
> 最初にそなたを生んだ時，
> そなたは，その誕生の日に，すでに齢を重ねていたのだ。
> しかも幼児で，常にそなたの年齢を更新し，
> しかも天使たちの中の最年長者なのだ。　　　　　(HL, 50-56)[5]

　ヴィーナスが「豊饒」(Plentie)と「貧困」(Penurie)よりキューピッドを生んだというのは，このままでは理解し難いが，スペンサーの語りたいことは，キューピッド（Eros）はヴィーナス（Aphrodite）の子でありながら中間者的性格を有つということであろう。[6] この中間者としての愛によって，キューピッドは宇宙生成の大きな役割を演じ得たのである。スペンサーの宇宙形成の構想の背景にはプラトンとエンペドクレスがあるが，「空気は土を憎み，水は火を憎んだ」(83)といわれるように憎をもって相争っていた四元の間を，愛をもって和らげたのである。母なる神より貸し与えられた光をかざして混沌の中へ進み，憎に代る愛によって，彼ら四元を秩序正しく配置して，それぞれの領域へ納まらせ，しかも彼らがどの生きものの中にも混じり合って本来の力を発揮できるようにしたのである。
　このように，愛が吹き込み注ぎ込む「密かな火花」(97)によって，すべての

生きものは生き,その数を増やし,種族を保存するようになった。これは肉体的な生命の永遠であり,すべての生きものは,このような仕方で「永遠」に預かるのである。

この永遠というところから,スペンサーはプラトンの『パイドロス』(250-251)の構想に移ってゆく。人間は単に肉体的に子孫の永続によって永遠に預かるだけではなく,精神的な永遠に預かろうとする。それを可能にするのが「美」である。プラトンのイデアは目に見えぬものであるが,美のイデアのみは可視的であるとした。プラトンによれば,人間の魂はかつて天上にあって諸々のイデアを知っていたのであるが,そのうち美のイデアのみは可視的であったから,いま下界に降っている魂も,地上における美しきものを見るとき,それを縁としてかつて見た天上の美を想起して,再びそれを見ようとする狂喜にも似たエロスを感ずるのである。

> だから,わが目で天上のものを見たいと願うか弱い人間が,
> 「美」を目にしては,あれほどの激しい熱意をこめて,
> あのようにうっとりとなっても何の不思議があろう 。　　　　(117-19)

かつて美を見て美を知っている魂が,いま美を欠いているが故に,再びそれを得ようとする欲求としてのエロスは,その定義さながらである。

だが,この事実の前に,プラトンの道とスペンサーの道とは,微妙に岐れるのである。プラトンは,個々の美なるものより普遍的な美そのものへ,従って形態の美より精神の美へと,ひたむきにイデアに向かって進むが,スペンサーは地上の美,「あの女(ひと)」のもとに止まって,その愛を得ようとする。[7] この未練と逡巡,そこに我々は,ルネサンスという時代の複雑な陰影を観ることができると思う。

いわゆる人間中心主義を獲得したルネサンスにおいては,新しい問題が生じてきたのである。彼らが賛美する人間性そのものにおいて,霊と肉,理性と欲情という相克が生じるからである。いかにルネサンスとはいえ,中世の霊性中心主義を一挙に逆転して欲望の跳梁にまかせることはできない。それ故に,人間中心主義を樹立するために必ず解決しなければならぬ霊と肉との相克は,ルネサンス文学の中心的課題となったのである。

ここには詳しく立ち入ることはできぬが,例えばシドニーの『アストロフェルとステラ』はその好個の一例である。アストロフェルは人妻たるステラを

おのがものにしたい欲望を禁ずることができない。徳が真の美であることは「真実(まこと)」であるが，「だが，私はステラを愛さずにはおられぬ，——これも真実(まこと)」[8]（第5番）という心情は切実である。プラトン主義者ステラはそのような愛を徳へ転換させようとするが，「だが，ああ，欲望はいつも叫んでいる，『何か食べるものがほしい』と」（第71番）という訴えを，どのように処理したらよいのか。

　プラトン主義者ステラの悩みは，すなわちスペンサーの悩みであった。しかも理性と欲望との戦いにおいては，欲望は理性に勝つのが常である。欲望を理性の制御のもとに置いて美しい調和を保ったギリシャ的理想は，ルネサンスにおいては実現することは難しい。シェイクスピアの『ヴィーナスとアドーニス』は，その成り行きを語っている。美の神ヴィーナスはここでは性愛の神となって，その欲情をアドーニスにおいて遂げようとする，これを拒んで狩に出たアドーニスは野猪の牙にかかって死ぬという悲劇を生むのである。[9]『ルークリースの凌辱』では，タークィンに辱められたルークリースは自殺する。その自殺については種々の解釈の余地はあるとしても，タークィンの欲情の犠牲であったことにちがいはない。

　おそらく，このような成り行きを予見したが故に，スペンサーは欲情を理性の統御の下におくことを力説して倦まなかったのではあるまいか。そうして，その一つの手本を「あの女(ひと)」への愛によって示そうとしたのではあるまいか。

　天上の美の代りに求める「あの女(ひと)」の愛はしかしなかなかに求めることができない。詩人は，まず「あの女(ひと)」の心をとらえることの困難を神に訴える。「自らの生命(いのち)よりもその愛を大事と思う女(ひと)の誇らかな心を，大理石に変え」（139-40）させ，その胸には「哀れみの一雫(ひとしずく)も……残っていはしない」（147）ようにしたのは愛の神である。120行より154行まで，このようにして愛の神の冷酷さが語られている。

　ところが，ここで詩人は，徒に愛の神を怨むことをせず，この苦しみを，愛する者への試練として受け取ろうとする。すなわちそれは，

　　彼らが道を踏みはずすことはないかを充分に試して，
　　恵みにもっと値する者にし，そして，一度(ひとたび)それを手に入れたなら，
　　いっそうそれを重んじさせるため　　　　　　　　　　（165-67）

なのである。それほどまでに手に入れることの難しいその女(ひと)の心を，彼はあくまでおのがものにしようとする。プラトンのようにその女(ひと)の美を一つの階梯と

して，天上へ飛翔しようとするのではない。彼にとっては，その女(ひと)は最後のものであるから，「心はすべてそこに釘づけにされ，考えることは，それを手に入れる手立てだけ」(204-05) となる。

　嵐の後で雲が晴れるように，長い苦しみを経て浄化された心は，愛の神によって「あらゆる楽しみの園(その)に，嬉しい幸せな安らぎの場所」(280-81) へと導かれる。そこに「快楽」(Pleasure) が登場するのである。この「快楽」を述べる箇所は次のようである。

　　　其処で彼らはそなたの娘「快楽」と，
　　　非難も咎めも受けずに，罪のない戯れにふけり，
　　　彼女の雪のような胸に，罪深い恥など少しも感ぜず，
　　　誰憚(はばか)らず穏やかな頭をのせる，
　　　やさしい戯れを存分に味わった後で。
　　　それから，自らの女神，自らの女王として，彼女に冠をかぶせ，
　　　そなたの祭壇を花々で見事に飾る。　　　　　　　(287-93)

　この箇所はスペンサーにおける最も官能的な描写である。しかしこの楽園は詩人にとって現実とはならなかった。それはただ願望に止まった。最後の二つの連はその悲痛な体験を語っている，詩人はただ「耐えている」(295) のである。
　さてウェルズフォードは「この詩で賛えられている上昇は肉体的なものから精神的愛への上昇ではなく，求婚の苦しみからその成就の至福への上昇である」という。[10] しかしここには細心な注意が必要であって，精神的愛へ上昇したのは事実なのである。ただその上昇がプラトン的にイデア界へ赴こうとするのではなく，精神的愛によって肉体的愛を制御し浄化しようとするのであって，その浄化したときが至福の状態である。スペンサーによれば，この精神的裏づけを持たない愛は単なる欲情に過ぎないのである。そしてその至福の状態を，達成されたものとしてではなく，あくまで要請として描いたのである。故にこの賛歌は批評家のいう如く，むしろ virtuous な印象を与えるものであるにも拘らず，それが「ふしだら」であるとの酷評を生じたとすれば，それは恐らく世間の何人でもなく，むしろスペンサー自身が敢て酷評を下したのであろう。
　スペンサーとしては，あの精神に制御された至福の愛を，しかもただ要請するという，その「耐える私」を以って，人間として達し得る最も美しい愛を描いたつもりであった。しかし時代は滔々として世俗化する，愛は欲情に化する。

それは文芸上の傾向であるだけでなく、彼が希望をかけた宮廷の生活においても実証されている。『コリン・クラウト故郷に帰る』の語るとおり、彼自身が幻滅を経験している、すなわち宮廷における愛の低俗化である。

このような状況において、彼の愛の理想はもっと高く掲げられねばならなかった。ここに彼はカンバーランド伯夫人とウォリック伯夫人の一方の名をかりて、彼の作品がふしだらなものであり、青年の欲情をかりたてるものとの酷評をなさしめた。その実は低俗な世俗の風潮と、それに迎合するような文芸の傾向に対する批判であったのではあるまいか。スペンサーは自己を批判する形において、時流に対して警告を発しているのではあるまいか。かくて地上の愛を純化するために、詩人は天上の賛歌を必要としたのである。

天の賛歌

天の賛歌の中心をなすものは、スペンサーの考える神の本質である。神は「公平の座に高く座し」(HHB, 151)、「神の王笏は公平の杖」(155) であり、「巨大な竜を強く押しひしいで、その正しく厳しい裁きに従わせ給う」(157-58) とある。このような神の正しい威光は何処から来るかといえば、それは神が「真理」(159) であるからである。神の栄光は真理の光である、この光は太陽に比べても何千倍も明るいのであって、この光によって、この世のすべての人の行いと思想は、神の目に映ずるのである (169-73)。

この真理が働くとき、それが知恵(Sapience)である。「神の胸に、その至高の寵児、『知恵』が座し給う」(183-84)。Sapience については注解者も最も重要視しており、諸説さまざまである。[11] エルロットは Sapience と the God - Christ は本質的に一つであるとする。[12] ウェルズフォードは、スペンサーの Sapience はフッカーがその著 *Of the Lawes of Ecclesiasticall Politie* でいう "the First Eternal Law" であるとする、すなわち神が宇宙の創造に際し、自らと共に、自らのために定めた律法に相当するものという。[13]

神は真理であり、真理の働きは知恵である。知恵は「神の至高の寵児」というのであるから、神の最も本来的な属性であり、随って神の最も本来的な働きをなすのである。神にとって最も本来的な働きは、いうまでもなく宇宙創造である。ところで創造というが、旧約聖書の『創世記』におけるギリシャ語は *Genesis Kosmou*(コスモスの生成)である。コスモスはカオスが秩序化されて成

り立つものであり，その秩序化というロゴスの働きがまさに知恵なのである。故に知恵なくして創造はあり得ない，知恵は常に創造の与件をなすのである。オズグッドも指摘しているとおり，スペンサーが知恵について述べるところは，聖書の『箴言』，『ヨブ記』，外典の『知恵』など，いわゆる知恵文学のそれと一致している。[14]

　知恵は天を光で満たし，地を暗くする当のもの，すべてのものをそれぞれのものとしてあらしめる道理(logos)である。太陽でもなく，月でもなく，ヴィーナスでもなく，太陽を太陽たらしめ，月を月たらしめ，ヴィーナスをヴィーナスたらしめるロゴスである。知恵は形なきものであるから，ヴィーナスを描くように描くことはできぬ。ただ「内なる眼(まなこ)に描いた至福の相(すがた)」(284-85)である。

　ここでスペンサーは二つの重要なことを語っている。一つは知恵の美である。「その美しさは天を光で満たし，それが曇れば大地は暗くなる」(228-29)といわれるその美である。その美はいかなる画家も詩人も表現することはできぬ。ヴィーナスを描いた画家も，ヴィーナスを賛えた詩人も，表現することはできない。

　いま一つはこのような美に対する人間の態度である。それをスペンサーは「内なる眼(まなこ)に描く」というのである。知恵は形あるものではないから，内なる眼で観るほかはないが，内なる眼で観る観想の態度を，スペンサーはここにはっきりうち立てているのである。それはギリシャ人の尊重した *theoria* であった。

　イデア的美と，それに対する観想の態度，それはスペンサーが天上賛歌において得た大きな収穫である。この発想はプラトンの『シンポジオン』の所論(210-11)に影響を受けてはいるが，それが神の創造に即して語られたこと，神の創造を中心として美と愛が融合したこと，聖書の詩的解釈，聖書の美学が成就したことは注目されなければならぬ。これはスペンサーの立場におけるギリシャ文化とキリスト教との合一である。

　そうして今の我々の問題探求の視点において見逃してならないことは，イデア的美に対する態度は観想であり，そのよろこびは対象を賛嘆する恍惚であること，そのとき自己は忘我の境地(ecstasy)に入るが，それは自己が自己を出て対象に合一することである。ここにかのエロス，おのれに欠けたるものがあるが故に，その欠けたるものをおのれに摂取しようとするエロスとは全く異なる別種の愛を見たのである。ここにスペンサーははじめて地上賛歌を超えた天上賛歌の本質に達したということができよう。

しかしこの限りにおいては，スペンサーの思想は pantheistic である。コスモスの秩序を神業として賛嘆するのは自然即神という pantheism である。それがキリスト教として展開するには，なお大いなる飛躍がなくてはならない。

プラトンによれば，ディオティマに語らせているように（『シンポジオン』206E），愛はただ美しいものにひかれるだけでなく，美の中での出産・分娩を目指すものである。それによって肉体的な生命の永続を図ると共に，精神的な諸徳目，すなわち，知恵，節制，正義等の徳を高貴な魂の持主に植えつけてゆくのである。スペンサーはこのプラトン的発想を神の創造に結びつける。神は美しい（HHL, 29），美しいものは愛される（30），神は自分自身の美を愛したが，この愛は「自分自身から自らに似た長男にして後継ぎを生んだ」(30-31)のである。ともかくも，スペンサーはプラトン的発想をかりて，神の長子キリストの誕生を語り，更に聖霊の誕生を語り，この三者の世界は，「時」の生ずる前の神聖な世界であったとする。

しかるに，更に多くの天使たちが生まれるにつれて，最も輝かしい天使たる光の子が自ら神に代って神の座につこうとしたことから追放され，そのあとに人間が住むことになったのであるが，人間もまた罪を冒して奴隷の状態におかれることになる。

このような発想が必ずしも聖書の記述と一致するものではないが，スペンサーはこの発想によって，彼の考える最も重要なこと，すなわち神の愛を語ろうとするのである。

天使にせよ，人間にせよ，神によってつくられたものが，その被造物としての分を忘れる慢 (hybris) こそは，あらゆる罪のうちで最も深い罪であるが，これをしもなお宥すのが神の愛である。しかも，「肉において罪はまず犯されたのだから，肉において罪はあがなわれねばならなかった」(141-42) ために，そのあがないのために，肉の衣をまとうてイエスはこの世に降りてこられたのである。そして「このいとも聖なる御体を」(148)，「残忍な人々に惜し気もなく与え，引き裂かれ給うた」(150-51) のである。しかも，かかる至純の愛の代償として主がわれらに求められるものは，ただ愛だけである。

> われらをかくも高価にあがなわれ給うたご自身をまず第一に愛し，
> 次には御姿に似て創られたわれらの兄弟を愛せよとだけ。　　(188-89)

ともあれ，神の長子イエスの誕生，イエスによる人間の罪の償いという一連

田中　晉

の事態によって，pantheism の世界は monotheism に転換する，キリスト教的世界がそこに成立するということができる。もっともスペンサーの叙述の順序から言えば，このキリスト教的世界(「天の愛の賛歌」)があって，その背景に pantheistic なコスモス(「天の美の賛歌」)があるようになっているが，スペンサーはこの二重性によってキリスト教とギリシャ哲学との融合を試みたのである。そしてこの融合によってこそ，スペンサーは彼の目指す最後の一点を語り得たのである。

　神の愛は無償の愛，求むるところなき愛である。神においては欠けたるものはない，神はただそのように満ち足りているおのれを見ようとするのである。神によって創造はあるが，神はおのが創造したものの姿によっておのれを見ようとするのである。その故に神は長子イエスを生んだのである。イエスが出現した以上，愛はイエスを通して溢れ出たのである。それはただ愛と美の交響楽というのほかはない。これがスペンサーの安住の世界であったと考えられる。

　地上賛歌から天上賛歌への展開が，上に見たようなものであるとするとき，「あの女(ひと)」に対する詩人の態度はどのように変化するのであろうか。地上賛歌においては，その女(ひと)の愛を得るために，ひたすら「耐えた私」であったが，天上賛歌においても，その悲恋の成就することはなかったのである。ただ地上賛歌と天上賛歌との間で，詩人の態度に微妙な変化が見られるように思う。

　地上賛歌において「耐える」詩人は，いつかはその愛の充たされる日を，あの女(ひと)がおのがものとなる日を，なお希求しているのである。その日のために耐えているのである。天上賛歌においては，しかし，その願望をも超えているように思われる。あの女(ひと)の，おのれに対する冷酷は，むしろあの女(ひと)がおのれのものにならないための保証なのである。このことはコミトーも，cruelty の本質は所有されることなくして desire の対象となることであると指摘している。[15] 地上賛歌における「耐える私」は，いま天上賛歌においては憧憬の心境に到達した。憧憬の裏面には諦念が伴う。対象がおのがものとなっては憧憬は失われる。憧憬は，対象を愛するよりも，対象を愛するその愛を失うまいとする態度，すなわち愛に対する愛である。

　求める地上の愛から，与える天上の愛への発展は，詩人においては，耐えることから憧憬へと展開したのである。これをなさしめる転機となったのが，Sapience の美に対する観想の恍惚であった。地上の愛に没入することもできず，天上のイデアに飛翔することもできぬスペンサーが，惨憺たる苦悩の末に，遂に求め得た第3の道は「憧憬」であった。天上の愛を映した地上の愛，神の心に

従った人間の純情を，詩人スペンサーはこのような形で示したのではあるまいか。スペンサーの世界観は，地上から天上へと連続しているのではない。ネオ・プラトニズムの思考法ではなく，むしろプラトン的である。天上と地上とは，或る意味において二元的である。或る意味において，というのは，二元的ではあるが背反はしないということである。天上の愛は与える愛，地上の愛は求める愛ではあるが，地上の愛は天上の愛を手本とすることによって純化される。その実例がスペンサーの示した第3の道であったのである。

　このようにして，地上賛歌と天上賛歌とは，そのいずれを欠くこともできなかったのである。スペンサーは，愛と美とを常に神の名によって語っているが，それは愛も美も，単なる人間の欲情，人間の想念ではないことを語っている。しかし，この愛や美の超越性が失われてゆくのが時代の動向であるが故に，スペンサーはそれに対する警告を，あの献辞で暗示しているのではあるまいか。地上賛歌が正しく理解されるならば，それで十分満足することができたのである。しかし，それを置き去りにしてゆく時勢の動向を見て，スペンサーは更に一層超越的な根拠を求めて，地上の世界の堕落を救おうとしたのではあるまいか。

　ここにおいて献辞の真意をはじめて推測することができると考える。「ふしだら」な地上賛歌が別にあったと考える要もなく，"retractation"を"rehandling"と解釈する必要もなく，献辞はあのままで真意を語っている，すなわち時代に対する警告であったのである。

天上と地上と

　天上の世界は地上のそれとは全く別の世界である。異なる世界でありながらも，地上は天上の理念を映すという仕方でそれに預かっているのである。すなわち，天上と地上とは非連続であり，非連続のままに上下の重層をなして，天上はその影を地上に投じている。この微妙な関係がスペンサーの世界であろう。このことを少しく再考しておきたい。

　ネルソンは，地上愛は天上愛の illustration であって，天上愛は無限，地上愛は有限であるが，しかし後者は前者を imitate するという。この "illustration", "imitate" をいかに解するかは難しい問題であるが，天上と地上との二つの別の世界が，しかも愛という一点でかかわりを持つその仕方を，このような用語で示そうとしているのである。[16] スペンサーが一人の詩人であるかぎり，彼の想念の

田中　晋

中では天上と地上の二つの見方はそれぞれがただ併存しているのではなく，或る関連を持っている筈である。その関連が，両者の照応にあると思われる。
　この内的連関を重視する点において，ビーマンが『四つの賛歌』のそれぞれを一つの全体の部分として捉える見解は正しいといえる。彼女の根本的立場は「二つのペアの間に見られるリズムや表現様式のエコーを，コントラストやアンチテーゼのシグナルとして解釈し，愛と美における人間的なものと神的なものとの間にカルヴァン的裂け目を入れるべきではない」というにある。両者の間に裂け目を入れなければ連続するはずである。その連続の実相は，不完全より完全へという推移である。彼女によれば，それが可能なためには，自然と超自然との宇宙にゆきわたっている動的パターンがなければならぬ，すなわち，神に発生し，すべてのものに生命を与え，その被造物すべてが最高のゴールへ回帰する潜在力（アリストテレスの *dynamis*）の連続態であるということである。そうしてこれを愛の問題でいえば，アガペーは常に共鳴するエロスへ変容され，そして再び divine love へと変容されるべく，自らを与え続けるとする。[17]
　このようなビーマンの見解は，『四つの賛歌』を有機的連関において捉えた点において，確かに卓見であり，スペンサー解釈に寄与するところは大である。ところで，その連関の根拠としてはネオ・プラトニズム的アリストテレス説（Neo-Platonistic Aristotelianism）があることは，上に引用したところからも明らかである。それはまたカルヴァン的裂け目を避けるという立場からの当然の帰結でもあった。
　しかし，私見によれば，スペンサーの立場はそれとは微妙に異なるのである。『四つの賛歌』が天上の賛歌と地上の賛歌に分かれているのは，両者が連続していないことを語っている。すでに述べたごとく，連続はしていないが，しかし決して背反はしない，カルヴァン的裂け目はもっていないというあり方，そこにスペンサーの特色がある，筆者はそれを重層的と解したのである。重層をなしながら天上は地上の規範であり，地上は天上を模し，映してゆく。スペンサーはそのような特異な世界観を示したのである。
　この重層性は，愛の神キューピッドの性格にも反映していると思われる。キューピッド生誕についての神話的説明と哲学的説明の接合はすでに『コリン・クラウト故郷に帰る』においても見られたところであるが（799-806; 839-46），この神秘的な出生はキューピッド解釈において重要なポイントとなる。そこで興味があるのはハイドのキューピッドについての見解である。彼はスペンサーのいうキューピッドについて周到な考察を示している。キューピッドの活躍は多

彩であるが，ハイドはそれをアレキサンドリア的とエンペドクレス的との両極の融合・結合とみて，それが出生の秘密のポイントであるとする。アレキサンドリア的側面はすべてのものを焼き尽くす愛の焔の烈しさであって，帝王然たる少年の放つ鋭い毒矢を指す(HL, 120-21)。エンペドクレス的とは相争う四元の間を調和融合させる愛，憎に打ち勝つ愛の力である(85-91)。ここに注意すべきは，ハイドにおいては，キューピッドの活動はあくまで一つであって二つのキューピッドがあるのではない。それならば何故に残酷とも見えるまでに愛の試練の厳しさを説くかと言えば，それは恰も雲が晴れたのち陽の輝きは一層美しく見えるように(276-77)，真の愛と美に目覚めしめるための方便であるという，いわゆるキューピッドの弁神論なのである。[18] ハイドは『羊飼の暦』から『コリン・クラウト故郷に帰る』を経て『四つの賛歌』に至る小曲集の展開のうちに，スペンサーのキューピッド弁護の跡づけをしており，さらに様態は異なるが『妖精の女王』においてもキューピッドの弁神論が試みられているとしている。

　我々は彼の周到な研究によって教えられる所は多い。しかしキューピッドの二面性をいかに理解するかについて，我々の立場とハイドの立場の微妙な差異を指摘しておきたいと思う。最初から問題にしたように，スペンサーは天上賛歌を書くとき，地上賛歌に修正を加えてこれを撤回したいと言いながら撤回も修正もしていない，地上賛歌と天上賛歌とを並べて示している。そこには天上が地上を照覧するという重層構造がある。キューピッドでいえば，アレキサンドリア的キューピッドを更に高い次元からエンペドクレス的キューピッドが照覧しているということなのである。一方を肯定することが他方を否定することにはならないのである。人間の立場の「求める愛」が，その常軌を失わないように，天上の「与える愛」が手本を示しているのである。キューピッドをして，このように愛の両面を示したのがスペンサー特有の発想であって，ルネサンス期の思潮に一つの指針を与えようとしたのではあるまいか。

　このように，スペンサーにおいては天上と地上とは別の世界でありながらも，両者は照応しているのである。この照応をきわだたせるために地上のそれを殊更にふしだらなものとして印象づけようとした。天上賛歌において詩人は「弦の調べを変えた」のであるから，それは地上の世界とのきわだった対立を響かせたが，詩人に地上賛歌撤回の意思がなかったことは確かであろう。天上賛歌を書いた後にも地上賛歌はその固有の意義を失ってはいない。

　ところで最初に述べたごとく，これら賛歌はカンバーランド伯夫人とウォリッ

田中　晋

ク伯夫人姉妹に捧げられたものであった。クィツランドは，エリザベス朝後期から17世紀初頭に至るまでの作家とそのパトロンとの深いかかわりについて研究し，スペンサーの『四つの賛歌』についても，その献辞に述べられている2人の伯爵夫人とこの作品とのかかわりについて示唆に富む洞察を示している。『四つの賛歌』の献辞にいう2人の伯爵夫人のうち何れか一方というのは，恐らくカンバーランド伯夫人マーガレットの方であろうと推測，また巷間に流布された写しというのは，『四つの賛歌』のうちの地上賛歌ではなく，恐らくは，地上賛歌の多くの部分と類似の詩行を見出せる『コリン・クラウト故郷に帰る』であろうとしている。何故なら『四つの賛歌』は全体を一つの詩として理解すべきものだからであるというのが，その理由である。

　彼は2人の伯爵夫人の生涯を略述しているが，ウォリック伯夫人は1590年以来未亡人であり，マーガレットはカンバーランド伯と結婚するが，その結婚生活は必ずしも幸福なものではなかった。地上において耐え忍び，その満たされぬものの成就を天上に希求するという「地上」と「天上」との相関関係は，カンバーランド伯夫人としてのマーガレットの痛切な生き方であったのであり，スペンサーはそれを視野に作品化したのが『四つの賛歌』となったとするのが，彼の基本的立場である。さらに，さほど好評であったとも思われぬ田園詩風哀歌『ダフナイーダ』第2版が『四つの賛歌』とともに一冊の本として出版されたのも，これが2人の伯爵夫人の共感を呼び起こす理由のある作品であったからであり，2人はスペンサーにとって，エリザベス女王をとりまく読者層の有力なメンバーであったに違いないとする。[19]

　我々はこのような見方に反対すべき理由を持たない，事実は彼の洞察するとおりであるかも知れない。一般的に言って，およそ文学作品なるものは，単に作家の空想によってつくりあげられるものではなく，何らかの事実，経験を機縁として構想されるものである。構想は事実に対する理想化（idealization）であるが，私見によればスペンサーはこの理想化において卓抜な手腕を発揮したのであって，もしクィツランドの言うように2人の伯爵夫人の生活の実情から『四つの賛歌』を構想したとするならば，我々はむしろその構想化の卓抜さにこそ驚嘆を禁じ得ないのである。パトロンの女性の要請のために，天上賛歌が書ける筈のものではない，そこにはスペンサーの真情が流露している。

　かくて，地上賛歌から天上賛歌への展開において，地上も天上もともにスペンサー自身なのである。天上と地上とを通して一人の詩人スペンサーがあったのである。同じ愛と美とを，全く角度をかえて照し出したのである。スペンサー

が，地上賛歌が既に巷間に流布して回収不可能であるので，新たに天上賛歌を作ることによって，せめて地上賛歌の撤回のつもりで (by way of retractation) 修正を決意したということは，彼においては，地上賛歌と天上賛歌とを並べて示したことが，実は天上による地上の撤回でもあり，修正でもあったのである。言い換えると地上の愛と美とを天上の愛と美とで照射したということ，それが修正でもあり，撤回でもあったのである。

本稿は英文で発表した拙稿 "The Dedicatory Epistle: An Interpretation of Spenser's *Fowre Hymnes*"(「英語と英米文学」第26号，山口大学，1991年12月)に加筆修正したものである。

[1] Enid Welsford, Introduction. *Spenser: Fowre Hymnes, Epithalamion: A Study of Edmund Spenser's Doctrine of Love*(Oxford:Blackwell, 1967) 36-37.
[2] C. S. Lewis, *English Literature in the Sixteenth Century*(Oxford: Oxford UP, 1954) 374.
[3] Mary I. Oates, "*Fowre Hymnes*: Spenser's Retractation of Paradise," *Spenser Studies* IV(1984): 163-64.
[4] Welsford 37.
[5] テキストは，William A. Oram et al. eds., *The Yale Edition of the Shorter Poems of Edmund Spenser*(New Haven: Yale UP, 1989)による。作品より引用の邦訳は，熊本大学スペンサー研究会『スペンサー小曲集』(文理，1980)を借用した。
[6] ネルソンも地上の愛，キューピッドは Plenty of Beauty と Penury から生まれた，それは美に対する飢えであると指摘している。William Nelson, *The Poetry of Edmund Spenser*(New York: Columbia UP, 1963) 100.
[7] ネルソンによれば，ルネサンスの詩人たちがプラトンの愛の哲学を受容するにあたっては，シンポジオン篇の物質的なものから非物質的なものへの progressive ascent に重きをおくが，スペンサーは地上的愛と天上的愛とを区別し，地上的愛は地上的愛としてそれ自体 virtuous であるとしている。Nelson 110.
[8] 引用の邦訳は，大塚定徳・他共訳『アストロフェルとステラ』(篠崎書林，1979)を借用した。
[9] 例えば，ブラッドブルクは，野猪がキューピッドを殺す時，それはまさにヴィーナスの残忍な所有欲を反復しているように思えるといい，1117-18行を引用している。M. C. Bradbrook, *Shakespeare and the Elizabethan Poetry*(London: Chatto, 1965) 63.

10 Welsford 41.
11 Sapience の様々な解釈については次を参照。Edwin Greenlaw et al., eds., *The Works of Edmund Spenser: A Variorum Edition, Minor Poems*, vol. 1. (Baltimore: Johns Hopkins, 1943) 558-70; Robert Ellrodt, *Neoplatonism in the Poetry of Spenser*, (Geneva: E. Droz, 1960) 164ff.
12 Ellrodt 165.
13 Welsford 57.
14 C. G. Osgood, "Spenser's Sapience," *SP* 14 (1917): 169.
15 Terry Comito, "A Dialectic Images in Spenser's *Fowre Hymnes*," *SP* 74 (1977): 312.
16 Nelson 98-99.
17 Elizabeth Bieman, *Plato Baptized: Towards the Interpretation of Spenser's Mimetic Fictions* (Toronto: U of Toronto P, 1988) 155-56.
18 Thomas Hyde, *The Poetic Theology of Love: Cupid in Renaissance Literature* (Newark: U of Delaware P, 1986) 134-36.
19 Jon A. Quitslund, "Spenser and the Patronesses of the *Fowre Hymnes*," *Silent But for the Word: Tudor Women as Patrons, Translators, and Writers of Religious Works*, ed. Margaret P. Hannay (Kent, Ohio: Kent State UP, 1985) 189-99.

白鳥の歌 『プロサレイミオン』

江川 琴美

　エドマンド・スペンサーの『プロサレイミオン』(1596年)は，そのタイトルページに記されているように，ウスター伯サマセットの双子の令嬢エリザベスとキャサリンの婚約式を寿ぐために書かれたものである。この詩は，その白鳥の描写の美しさ，音調の素晴らしさで万人に愛唱されてきた。しかしながらこの詩には，ただ美しいばかりの歌に終わらない何ものかが詠み込まれている。貴族の慶事を祝う気品の高い響きは，詩人の胸中にある苦悩と合体して，不思議な魅力を醸し出している。

　福田昇八氏は，スペンサーの早すぎる死によって最後の作品となったこの詩は，文字通りに swan song，すなわち，「辞世の歌」としての意味合いを持つと指摘している。[1] スペンサーは，類まれなる詩才に恵まれながらも，意に反して，アイルランドの一役人として一生をおくった。この『プロサレイミオン』の詩行の間からは，そんな不遇の人生をおくった詩人の嘆きと無常観が垣間見える。だが，世の無常を強く意識したとき，かえって，婚礼の日の喜びは輝きを増す。婚礼の喜びとは，詩が表現すべき生の感情の極致である。この詩は，無常へのまなざしをもつことによって生を充足せしめたスペンサーの思想が結晶化したものであろう。

　スペンサーは，この全10連180行という詩のかたちに，人生を振り返っての個人的な感情を表した。数秘学の観点から見たとき，180行で成るこの詩の形式そのものは，特別な意味を持つ。ファウラーによれば，180は，360度の半分であり，太陽の昼間の運行を連想させ，円環の思想を暗に示すという。[2] 円のように廻る時の流れは，永遠を意味する。

　本稿では，スペンサーがテムズ川に詠み込んだ心象風景と，辞世の歌としての意味合いについて考えてみたい。

江川 琴美

テムズ　嘆きの風景

　詩全体の梗概は次のようになっている。まず，二人の花嫁エリザベスとキャサリンが，二羽の美しい白鳥に姿を変えて，テムズ川の支流であるリー川(38)を下ってくる。川辺にいるニンフたちは，この花嫁たちを祝福し，川面に花を振りまく。次に白鳥たちは，テムズ川の上げ潮にのって，婚約式が執り行われるエセックス邸へと辿り着く。式会場に着いた二人は，その館の主であるエセックス伯と，各々の婚約者，すなわちヘンリー・ギルフォードとウィリアム・ピーターに出迎えられる。そこにおいて，白鳥の姿から人間へと変身を遂げた花嫁たちは，めでたく婚約式を挙げる。

　婚礼の日の情景は，第 1 連から第 2 連において，貴族の慶事に相応しい気品あることばで描き出される。スペンサーの詩が愛唱されてきた理由の一つに，そのことばの音楽性が挙げられる。特に第 1 連においては，音の響きを意識して，婚礼の日の情景が詠まれている。婚約式のこの良き日に，詩人は一人，テムズ川沿いを散策する。テムズ河畔の，えもいわれぬ美しい光景を音楽的に強く支えるのが，[z]音の繰り返しである。

>　　Along the shoare of silver streaming *Themmes*,
>　　Whose rutty Bancke, the which his River hemmes,
>　　Was paynted all with variable flowers,
>　　And all the meades adornd with daintie gemmes,
>　　Fit to decke maydens bowres,
>　　And crowne their Paramours,　　　　　　　　　　(11-16)

>　（折りしも私は，）白銀(しろがね)の流れのテムズの岸辺をさまよった。
>　流れを囲む，轍(わだち)の跡を止める堤は，
>　一面にさまざまな花で彩られ，
>　草地はすべて可愛い蕾で飾られていた。
>　どれもみな乙女たちの部屋を装い，
>　その恋人たちの頭飾りにふさわしい，[3]

　詩人がテムズ河畔で目にするのは，花の咲き誇るうるわしい自然。その花々は，婚姻の日を祝って咲いているかのようである。このうららかな情景をいっ

そう引き立てるのが, [z]音の連続が作るリズムのよさである。繰り返される[z]音は, 花畑に集くハチの羽音のように, のどかな川辺の風景を醸し出す。また, その音のリズムは, よどみなく流れるテムズの流れを連想させる。この流れるテムズ川の感じは, つつがなく進む婚約式のイメージとも重なっているだろう。古今東西, 詩の題材とされてきた婚礼讃美の主題。その旋律をスペンサーは, 上品なことば遣いでもって奏でている。

またスペンサーは花のメタファーを用いて, テムズ河畔を, 喜びとイノセンスに満ちた神話世界として表現している。続く第2連において, さすらう詩人は, テムズ川の川岸で花を摘む美しいニンフたちの群れを目にする。ニンフたちは皆,「見事な緑の髪をほどいて垂らし」(22)ている。結わずに長く垂らしてある髪の毛は, 花嫁のしるしである。このニンフたちが, 婚約式を間近に控えたエリザベスとキャサリンを暗示するのは言うまでもない。ニンフたちはその細い指先で, 小さなかご一杯に, 野辺の花々を摘み集めていた。その花々は「花婿の花束を飾るため」(34)のもの。花の種類は, すみれ, 雛菊, 百合, 桜草, ばら, であり, それぞれ謙譲, 無垢, 純潔, 真実, 情熱, を表す。この花々は, 花嫁に期待される美徳と結びつく。とりわけ, "The virgin Lillie"(32)は, 未婚である乙女の純潔性(innocence)を象徴しているといえよう。

婚礼を祝してニンフたちが集めた花々は, 第5連において, テムズの流れに乗って広がってゆく。詩人はその光景を, ギリシャのテッサリー地方にあるテンピの谷を流れる, 花溢るる「ピーニアス川」(78)に喩える。このピーニアス川の源流は, 第3連の「ピンダス山」(40)の雪解け水である。オウィディウスの『変身物語』では, 河神ピーニアスの娘ダプネは, アポロンの求愛を拒み, 月桂樹へと変身することによってその純潔を守り通したとされている。[4] ピーニアス川とは, その変身譚の一部始終を目撃していた, 神話世界を流れる川なのである。[5] 現実のテムズ川は, 乙女のイノセンスの守り神ピーニアス川と同一視され, おごそかに婚約式が執り行われるのを見守る。

だが一方で,『プロサレイミオン』のテムズ川の風景には, 婚礼の寿ぎには似つかわしくない, 詩人の個人的な感情が詠み込まれている点に注意しなければならない。詩人は第1連と第8連において, 我が身の政治的不遇を嘆いている。特に宮廷において特定のパトロンがいない状況を,「友のない今のわが身」(140)と悲しみ, 以下のように嘆きのことばを連ねる。

江川　琴美

　　折りしも私は，
　　長く実らぬ宮廷暮らしへの不満と，
　　空ろな影さながらに常に飛び去る
　　徒(あだ)な望みへの果敢ない期待に，
　　鬱々と思い乱れて，
　　その苦(しろがね)しみを慰めようと，
　　白銀の流れのテムズの岸辺をさまよった。　　　　　　　　（5-11）

　このテムズ川沿いを逍遙している詩人とは，スペンサー自身に他ならない。実際にスペンサーは，若き日よりずっと，宮廷における立身出世を夢見ており，アイルランドに赴任してからもその夢が枯れることはなかった。エリザベス女王を讃える『妖精の女王』を執筆したのも，その動機からであった。しかし，思うような幸運は晩年になっても訪れなかった。彼の心の奥底には，深い挫折感が溢れていたことだろう。このほとんど何の技巧も用いず書かれた，ストレートな「苦しみ」の表現は，スペンサーの失望感の大きさを物語っている。この詩の公的な目的は，婚約式を祝うというものだが，何を見ても，何をしていても，すべて個人的な負の感情と現実に対する不満に結びついてしまうということだろう。

　第1連では，人生における苦しみを示唆するメタファーとして，日の神タイタン（4）が登場している。[6] ハミルトン版のエンサイクロピディアによると，この詩におけるタイタンは，現世の苦難の象徴であり，旧約聖書の詩篇121篇5-6節の「主はあなたを見守る方／あなたを覆う陰，あなたの右にいます方。／昼，太陽はあなたを撃つことがなく／夜，月もあなたを撃つことがない」[7] の反響であるという。この婚約式の日は，「のどかな」（"Calme"）(1)一日であったとされている。西風ゼヒュロスがやさしい息吹を送るこの牧歌的な河畔の光景と，太陽タイタンの焼け付くような光線の放つ印象とは，強烈なコントラストを成す。詩人は，太陽の象徴する受け入れ難い現実から心を離し，テムズ河畔の自然が差し出す，オウィディウス風な神話世界に慰めを見出しているのである。[8] 川沿いをそぞろ歩く詩人が内に秘めた思いとは，祝賀の意などではなく，苦しみの果ての逃避願望なのだ。

　第8連のロンドンの描写からは，さらにはっきりと，詩人の満たされないプライドが感じ取れる。白鳥たちは，テムズ川の流れに沿ってロンドンへ辿り着く。ロンドンはスペンサーの生まれ故郷であり，青春時代を過ごした場所であ

白鳥の歌『プロサレイミオン』

る。ここでまず詩人が触れるのは，非常に主観的な感情である。詩人は自分の出自についてこう語る。「私のこの名は別の地の／由緒正しい旧家から受け継いだものだが。」(130-31)このことばからは，スペンサーの受け入れ難い現状に対する屈折した自尊心がうかがわれる。この「由緒正しい旧家」(131)は，ダイアナ元英皇太子妃の生家，名門スペンサー伯爵家の先祖にあたる。スペンサーは，このような高貴な家系の遠縁であり，当時，詩人としては，有力者からの知遇もそれなりに得ていた。にもかかわらず，ロンドンにおける栄達は生涯かなわず，最後に就いた役職は，アイルランドの僻地役人という地味なものであった。

ここで，詩人が，テムズ河畔で実際に見てもいないニンフを，詩の祝賀の雰囲気を壊す危険を知りつつも，あえて詩の中に詠み込んでいることにも留意したい。詩人はテムズの川辺で花嫁を暗に示すニンフたちと出会う。ニンフは，英詩の伝統において，その未成熟さゆえに堕落や喪失のイメージと結び付けられることが多い。スペンサーを範とするミルトンは，『失楽園』において，プロセルピナの陵辱のモチーフを使い，後に起こるサタンによる誘惑と，人間の神への背反という出来事の伏線とした。[9]『変身物語』によると，ケレスの娘プロセルピナは，常春のペルゴス湖畔で花摘み比べをして遊んでいるところを，冥界の王に一目ぼれされて連れ去られる。[10] さらに一歩進んで，『プロサレイミオン』で花嫁がニンフに模されているのは，乙女の処女性を強調するためであり，結婚という儀式に対して乙女が潜在的に持つ，性的な喪失への恐怖感をほのめかすためである，と解釈することもできる。[11] これらの観点から見ると，花嫁をニンフに喩えることは，堕落や，乙女の貞操の危機といったイメージまでも連想させてしまうので，婚礼寿ぎのコンテクストにおいては相応しくないといえる。

続く第3連でも，潜在的な堕落のモチーフは，ゼウスによるレダの掠奪の挿話として繰り返されている。ギリシャ神話では，白鳥に身をやつしたゼウスがスパルタ王の妻レダと交わり，双子の娘たちと双子の息子たちを産ませる。この詩のコンテクストでは，この女子の双子はウスター伯の二人の令嬢を，男子の双子は婚約者ヘンリーとウィリアムを暗に示している。この男子の双子は，第10連にも再び「輝く黄道十二宮を飾る／ジョーヴの双子」(173-74)，すなわちカストールとポリュデウケースとして登場する。こうして詩人は，詩の冒頭の連から，終結部の第10連に至るまで一貫して，堕落のイメージを連想させる詩的技巧を使用している。この詩のコンテクストにおいて，一見，詩の主題にそぐわないように見えるこれらの描写は，詩人の鬱屈した内面を伝えていると考えられる。

この詩が慶事への伝統的な祝辞と決定的に異なる点は，結婚に讃美を捧げながら，重層的に，詩の安定性を壊しかねない嘆きのトーンを詠み込んでいるという点である。おそらく詩人は，婚礼寿ぎの名を借りて，実は自分の生々しい感情を吐露しているのではないだろうか。仕事としての詩作という虚構，そして，テムズ河畔を神話世界に見立てるという虚構。だが，その虚構を紡ぎ出すことばを探すのは詩人の心である。この詩が書かれた時，スペンサーは40代半ばであった。前途有望に見えた若き日の夢は，「空ろな影さながら」に過ぎ去ってしまった。壮年に達し，ふと振り返る己の人生。題詠の機会に触発されて，詩人は，自分の心の奥に長年積もった感情と対峙しているのではないか。

テムズに寄せる無常

　第3連においては，二羽の美しい白鳥が登場し，テムズの流れに沿ってロンドンの中心部へと進んでゆく。その白鳥たちの「白さ」(whiteness)は詩人の目を捉えてはなさない。その白鳥の白さは，神々の王ジョーヴ(42)と，この王が変身した白鳥と交わって双子を生むレダ(43)と比較しても，勝るほどの光彩を放つ。「それほどに純白であったから」("So purely white they were")(46)，穏やかな流れでさえ，この美しい二羽と比べると，汚れて見えるという。

> それほどに純白であったから，
> 二羽を浮かべる静かな流れも，
> それに比すれば濁って見え，そして川は波に，
> 絹のような羽根を濡らしてはならぬと言った。
> 美しい羽毛を美しくない水で汚して，
> 天の光さながらに燦然と輝く
> 美を損なわぬようにと，　　　　　　　　　　　　　　　　　(46-52)

　白き羽根は「天の光」(52)のように燦然と輝きを放つ。「天界に生まれた」(62)ものか，はたまた，「天使か天使の類(たぐい)」(66)か。この白鳥たちは，神話世界において「ヴィーナスの銀の車を天で牽く」(63)というあの白鳥たちを連想させる。この「白」ということばから，この色が普遍的に持つ「不老不死」(immortality)や「純潔」(purity)[12]というイメージが白鳥に加わる。

白鳥の歌『プロサレイミオン』

「二羽の美しい白鳥」("Two fairer Birds")(39)は,第10連において,再び元の人間の姿「二人の美しい花嫁」("two faire Brides")(176)へと戻る。ここにおいて使われている白鳥を表すことば "bird" は,花嫁を表す "bride" と頭韻を踏んでいる。[13] よって,この二羽は花嫁を念頭において描かれたものだと分かる。スペンサーは白鳥の白さを強調することにより,さらに飛躍し,花嫁たちの持つ初々しさ,みなぎる生命力というイメージを強化している。

しかし,この瑞々しい神話世界の白鳥は,時による腐食の危険に常に晒されている。ここにおいて,テムズ川の持つ時間の流れの表象としての役割に注目したい。ワインは,この詩の中で「テムズ川」を指すのに一貫して使われる "Themmes" のスペリングは,スペンサーの他のどの作品にも見られない特殊な綴りであると指摘し,この言葉は,文字通りの川の名前と,ラテン語で「時間」を表す tempus との掛詞であるという解釈を示している。[14] ラテン語の tempus を発音すると,[p]音が[m]音に吸収されて消失し,実際には限りなく「テムズ」に近い発音になる。よって,"Themmes" と tempus は,頭韻を踏んでいるだけではなく,実際には同じ音を持っているということが分かる。音の響きを大切にしたスペンサーにとって,「テムズ川」は,時間の流れそのものを意味したのではないだろうか。

このテムズの流れが,白鳥の美しい羽毛を美しくない水で「汚す」(50)こと,そして,天の光さながらに燦然と輝く美(fairness)を「損なう」("marre")(51)ことは,生命の輝きが,時の侵食を受け,腐朽することを意味するといえる。ここでは白鳥の美しさを讃えることばとして "fair" が使われている。このことばの響きと,「損なう」の意の "marre" は,音の上では近いが,意味の上では際立つ対照を成している。「白」の色の持つイメージを裏切り,実際には,白鳥たちはこの詩のコンテクストにおいては,死を免れない存在なのである。[15] この白鳥たちは天界の生物のように「見えた」(seem)だけだ,と詩人ははっきり言っている。

旧約聖書において川の流れは,コヘレトの言葉1章7節「川はみな海に注ぐが海は満ちることなく／どの川も,繰り返しその道程を流れる」に見られるように,世の無常のメタファーとして登場する。『プロサレイミオン』におけるテムズ川もまた,人間の美と尊厳を破滅に導くものとして描かれており,時(time)と世の無常(mutability)を象徴するといえよう。[16] この視点から見たとき,「テムズの広い老いた背」(133)は,生を破滅させる力を持つ時間の流れのメタファーとして理解できる。スペンサーは,何人も逆らうことは出来ない時の流れの強

319

さや絶対性を，川の流れで表現しているのである。

　サマセット姉妹は，第4連において，「『夏の熱』から生まれた」("bred of *Somers-heat*")(67)とされている。これは "summer's heat" と，花嫁の名字 "Somerset"（サマセット）との地口である。

> だが二羽は「夏の熱」から生まれたと人は言う，
> 花も草も大地をすがすがしく飾る，
> いとも美しい季節に。
> 二羽は白日のように，すがすがしく見えた，
> 近づいた二羽の婚礼の日のように。　　　　　(67-71)

　草花が伸び盛る「夏」の季節が持つ freshness のイメージは，花嫁たちの若さと生命力を連想させる。詩人は，その二羽の白鳥たちも，そして婚礼の一日も，総じて「すがすがしい」("fresh")(70)であるという。しかしながら，先に触れたように，白鳥がテムズ川の流れに汚されるように，花嫁たちも，婚約式の一日も，時による侵食を受ける。この詩において，生きとし生ける物は全て，時による破壊を免れ得ない。

　この作品の個性は，そこに音の効果でもって詩人の心象風景が色濃く表現されている点だろう。スペンサーは音の響きを巧みに使い，「テムズ」ということばには「時」，そして「白鳥」ということばには「花嫁」，という二重の意味を持たせ，そこに無常観を織り込んでいる。この詩における白鳥の描写は，いつも生が死に侵されていることを示唆する。むしろ，生は常に何がしかの死を抱いて存在している，といえる。表裏一体である生と死——この，のっぴきならない無常観は，各連に共通して添えられたリフレイン "Against the Brydale day, which is not long"(17)に凝縮される。このリフレインは字義通りの読みでは，「婚礼の日は近づいた」となる。しかしもう一方では，「婚礼の一日は短く過ぎ去る」という皮肉的な読みも出来る。[17] となると，第7連で二羽の白鳥を囲みニンフたちが歌う祝詞，「婚礼の日は近づいた」("their bridale daye should not be long")(111)は，「婚礼の日は短き運命にある」の意でも解釈し得ることになる。この観点から見るとき，婚礼の一日もまた，過ぎ去る時間の流れの瞬きに過ぎない，という詩人の無常の思想が浮き彫りになってくる。

テムズに見る時間感覚

　第7連から第8連にかけての白鳥の移動を通して，詩の視点も，ここまでで展開されてきた神話的世界から，ロンドンのシティへと移行する。しかし，その先に待つ都市の様子は，これまでの牧歌的世界とは正反対の，現実性に満ちた世界である。詩全体の転換点となる第8連では，詩人の視点が，自己の想像力が作り出したアレゴリカルな神話的世界から，実際に目に映る現実の風景に転ずる。そして，さらに未来を志向するものとなってゆく。[18]

　第8連において白鳥は，テムズ川に沿って建つエセックス邸に到着する。その屋敷において婚約式が行われるのである。その建物は，古くはテンプル騎士団の地所であった。

　　一同が着いたのは，群がる煉瓦の塔が
　　テムズの広い老いた背に浮かんでいるあたり，
　　そこは今は孜々と励む法学生たちの住まい，
　　かつてはテンプル騎士団の宿りし所，
　　彼らが慢心のゆえに滅びるまでは。　　　　　　　　　　　　（132-36）

　詩人が詩を詠んでいる今，彼の眼前には紛れもなく煉瓦塔が建っている。だが彼には，過去に誇り滅んだテンプル騎士たちまでもが透かして見える。そのヴィジョンには，ロンドンの過去と現在は一つのものとして映るのである。さらに詩人は，その煉瓦塔に隣接する大邸宅に目をやる。そこは今日の婚約式の準備で華やかな賑わいである。しかし彼は，また，過去を顧み，かつて「そこに住まれたお偉い方」(139)を懐かしく思い出す。この貴族とは，エリザベス1世の寵臣レスター伯ロバート・ダドリーである。スペンサーはケンブリッジを卒業した後，暫くレスター伯の屋敷で書生をし，庇護を受けていた。ここで詩人は，若き日々へのノスタルジーに危うく埋没してしまいそうになる。だが，「古い悲しみ」(142)は，婚姻のトーンに調和しないと気付き，直ぐに筆を本筋に戻し，「今ふさわしいのは，／古い悲しみではなくて，喜びを語ること」(141-42)だと自戒する。

　この詩において，テムズ川が時の流れの表象であることはすでに述べたが，第8連においては，現在のテムズの風景に過去の事象が重ねられ，投影されている。現在と過去は，詩人の意識の中では一つのものなのである。時間がまっ

すぐに，直線的には流れていない，そんな時間のたゆたう不思議な感覚がここにはある。

　詩人は意識のベクトルを，過去，現在から，さらに未来へと向ける。それは，新たなパトロン候補への称賛へと結実する。館の現当主の「高貴なお方」(145)とは，エセックス伯ロバート・デヴェルーを指す。詩人は第9連において，婚約式の主人役を担うエセックス伯の，スペインのカディス遠征での武勇を賞賛する。

　　　だがそこに今，住まわれるのは高貴なお方，
　　　大いなるイギリスの栄光，世界にあまねき驚異のまと，
　　　その勇名は，近頃，スペイン全土に轟き渡り，
　　　傍(そば)に立つヘラクレスの二本の柱も，[19]
　　　ために，おののき震えた。
　　　名誉ある家門の美しい枝，騎士道の花，　　　　　　　　(145-50)

　この部分の脚韻は全て[r]音でそろっている。とりわけ，エセックス伯を「家門の誉れ，騎士道の花」("Faire branch of Honor, flower of Chevalrie")(150)と呼ぶ行は，全て[r]音が交じることばで統一されている。当時この歌は，目で読まれるよりも耳から聞かれることの方が多かっただろう。畳み掛けるように重ねられた[r]音は，口調を整え，一つ一つのことばの意味を超え，この上のない賞賛の響きを醸す。スペンサーは，デヴェルーの「英雄」のイメージを，音とリズムの絵筆を用いて描出し，理屈抜きの見事な称徳を歌い上げている。

　当時の慣習として，詩人は有力者によるパトロネージを拠り所としていた。文才には恵まれても実際は商人階級出身のスペンサーにとって，後見をしてくれるパトロンを探すことは常に重要課題であった。この『プロサレイミオン』においては，エリザベス女王に対する賛辞も見られる。第7連において，二羽の白鳥の美しさを，「月の女神(シンシア)」(121)が他の小さな星の輝きを凌ぐ様に喩えている。「シンシア」は，他の政治勢力を凌ぐ絶対的な権力者，エリザベス女王とみなすことができる。この連のリフレインだけ，"Brydale day" ではなく特別に "wedding day"(125)としてあるが，これは，女王がイングランドとの結婚を宣言した即位記念日を指すと考えられる。当時，女王もまた，花嫁のイメージを持っていたのである。[20] さらに第9連で，詩人は，デヴェルー伯の快進撃の評判と共に，「偉大なるイライザ[21]の輝かしい御名」もまた，全世界に鳴り響

く,としている。スペンサーにとって,この詩においてウスター伯令嬢たちの幸福な結婚を寿ぐことは,エリザベス女王の偉大さと治世を賛美することと同義であった。

結婚を寿ぐ歌におけるパトロン誉めのことばは,英詩において珍しいものではない。しかしスペンサーの場合,サマセット家の婚礼にかこつけて,エセックス伯爵家が,未来にまで栄え続けることを褒め称えている。スミスは,この未来志向のパトロン誉めは,スペンサー独特のものであると指摘する。[22] 詩人は,新しいパトロンに自分を売り込むために,"Which some brave muse may sing / To ages following"(159-60)と言う。これは一見,「雄々しい詩人である私が,あなた様の誉れ高い勇武を,後世にまで語り継がれるようにいたしましょう」という意味に取れる。"some brave muse" とは,この詩を語る詩人自身を表す。しかし同時に,未来にエセックス伯爵家のことを寿ぐ詩人の誰か,すなわち,未来の詩人たちを指しているともとれる。サマセット家の婚礼を祝いながら,コンテクストの背後に,次なるパトロン一族の未来にまで言及するという妙技である。

第7連から第10連のパトロン誉めの文脈においては,時間を直線的に,ではなく,一つの繋がりを持つものとしてとらえる,スペンサーの特有の時間感覚が顕著となる。詩人の目には,過去,現在,未来は,別個の次元にあるのではない。この詩の世界において,テムズ川＝時間の流れの中には,過去,現在,そして未来の時制が全て存在する。現在と過去は一つ。そして,現在の中に,過去も未来もある。この環状の時間の流れは,180行という永遠の数で書かれたこの詩全体のテーマと密接に関わってくる。

うるわしいテムズよ　永遠に

この詩は全体で10の連から成り,精妙なシンメトリーを用いて構築されている。スペンサーは,作品を建築物のように見なし,詩の構造自体に主題に関わる意味合いを持たせていた,といわれる。この数秘の観点からみると,『プロサレイミオン』の中心部分に配置されている第5連と第6連には,この詩の軸となる思想が展開されていると考えられる。

第6連では,詩全体を貫く「結婚愛」のテーマが明確に述べられている。川縁に居るニンフの一人は,婚礼を祝し,白鳥に「この歌」("this Lay")(87)を歌い

かける。このニンフの歌う挿入歌の内容が，第6連の内容となっている。

> やさしい白鳥たちよ，この世の美しい飾りよ，
> 天の栄光よ，この幸せの「時」が
> 愛する人の至福の館(やかた)へそなたたちを導く。　　　　　(91-93)

　花嫁である白鳥たちは，擬人化された「時」(92)によって，初夜の寝室へと導かれる。「時間」は，スペンサーが自分の結婚を歌った『祝婚歌』においては，花嫁に付く第一の侍女として現れる。

> だが，まず，やって来るのだ，そなたたち，美しい「時間」よ，
> 愛の園(その)で，夜と昼から生まれ，
> 年ごとの季節を割り当て，
> この世の美しいものすべてを作り，
> そしてまた，たえず新たにするものたちよ。[23]　　　　　(98-102)

　「時間」(houres)は，ギリシャ・ローマ神話において，父なる神ゼウスとテミスの子ども，とされており，季節の規則的なリズムと万物の変化を支配する女神たちである。[24] スペンサーの『祝婚歌』では，「時間」は万物を創り，そして「たえず新たにする」力を持つ女神として登場している。この「時間」の働きかけにより，万物は生成し，流転する。しかし，その結果として万物が滅び去ってしまう，ということは決してなく，常に新たな姿に生まれ変わるのである。これらの二つの詩は相互に作用して，時間の概念が持つ周期性を増幅している。『プロサレイミオン』においては，この「時間」の女神によって導かれ，花嫁は「愛の契り」("your loves couplement")(95)を交わす。[25] そこで「喜び」と「穏やかな満ち足りた思い」(94)が生まれる。
　「永遠」の概念は，詩の中心である第6連の主旋律となっている。愛の女王ヴィーナスとその子キューピッドの微笑みの持つ「力」("vertue")(98)は，「愛を嫌う気持」と「友情の偽りの企み」(99)を「永遠に(とわ)」(For ever)(100)取り去ることができるという。結婚愛のシンボルであるこのヴィーナスたちの力によって，夫婦は愛情溢れる家庭を持つことができる。

> Let endless Peace your steadfast hearts accord,
> And blessed Plentie wait upon your bord,

And let your bed with pleasures chast abound,
That fruitfull issue may to you afford,
Which may your foes confound,
And make your joyes redound, (101-06)

終わりなき平和が変わらぬ心を一つにし，
豊かな幸(さち)が食卓に侍り，
臥所(ふしど)は清らかな楽しみに溢れ，
実り多い子孫が与えられ，
敵を滅ぼし，
喜びをいや増すように，

　この箇所において顕著なのは，「永遠」の概念を表すことばである。婚姻によってもたらされるのは，終わりなき平和，変わらぬ心，豊富な食料，溢れる清らかな愛の喜び。そして，その愛の結実として授かる実り多き子孫。さらに子孫は，敵対するものを滅ぼし，婚礼の喜びをさらに「いや増す」(106)。子々孫々が繁栄すれば，未来永劫，一族の栄華は続いてゆく。スペンサーは，この箇所の脚韻を全て[d]音で統一し，リズムを整えている。この力強い響きの連続で一気に畳み込む躍動的な詩の流れは，時の流れの永遠性という主題への集中をうながす。
　第5連において，ニンフたちは，テムズ河畔の花々で編まれた花環を二羽の白鳥に贈る。ファウラーは，この場面でニンフが花環を形よく「編む」(83)行為は，詩人の詩作行為を連想させると指摘した。[26] この花環も，そしてこの『プロサレイミオン』も，編まれて花嫁に贈られるという共通の性質を持つ。花環（garland）は愛の象徴であり，永遠の象徴でもある。よって，この詩において，花環を編むこと，すなわち，詩人が詩を書くことは，時の永遠と関わる特別な意義を持つと考えられる。スペンサーは，詩作の行為を通して時の無常に対抗しようとしたのではないか。
　最後に改めて，先に示された詩人の無常観が，左右対称に対応する後の連において，どのように解決されているかを見たいと思う。第10連では，エセックス伯が，「美しい顔と姿の，気品ある騎士〔を〕二人」(169)，すなわち婚約者のヘンリーとウィリアムを先導して登場する。若く新進気鋭のエセックス伯は，海面を煌々と照らしながら昇る明星ヘスパー（164）と称されている。このヘスパーは，金星ヴィーナスの異称である。婚約式の日に辺りを光で包むのは，第

1連に登場した，苛酷な現実を暗示するタイタンではなく，愛の光を放つヴィーナスに代わっている。スペンサーは，第1連で示された「苦悩」(10)や無常観を，対となる第10連では，結婚愛の持つ「力」によって解消しているのだ。さらには，第10連の173-78行目の[t]音と[d]音の弾むような脚韻が，高らかに鳴り響く楽の音のように，はつらつとしたリズムを作り，結婚の歓喜を表す。

はかなく過ぎ去る婚礼の一日は，常に破滅，すなわち死へと向かって進んでいる人生の縮図である。スペンサーは，そこに人生の無常を見て取るのではない。そうではなく，婚約式という一瞬の時間の流れに，永遠を見出した。[27] スペンサーは，詩作という行為によって，婚約式の一日という時間を，直線的な時間の流れから切り取った。そして，環状の時間の流れの中で，永遠性を持つものとしようとしたのである。「誰かが婚礼の日を寿ぐこの歌を歌うとき」("Whil'st one did sing this Lay, / Prepar'd against that Day")(87-88)，その時，詩の力によって，人生の喜びが凝縮された一瞬の時間の流れは，永遠となる。

この詩の世界において，死は終わりではない。それがスペンサーの到達した境地である。生まれ，生き，老い，死に，そして一巡して，また始めに戻る。それはちょうど，常にテムズ川が，いつも新しい川面を見せながら，終わりなく，悠々とどこまでも流れ続けるのに似ている。全10連の最後を飾るリフレイン「うるわしいテムズよ，静かに流れよ，私が歌を終えるまで」("Sweete *Themmes runne softly, till I end my Song*")(180)に込められているのは，幾多の政治的挫折も，生も死をも超越した，透明な境地である。

死の直前スペンサーは，タイローンの乱に巻き込まれるという悲惨な体験をしている。キルコールマンにあった家は暴徒に焼き払われ，家族と共に命からがら逃げ出した。その報告をすべく上京したのだが，ロンドンで敢え無く死を迎えることとなった。この早世が，奇しくもこの詩を辞世の作品とした。報われない晩年を背景として読んだとき，この詩に見られる個人的な感情は非常に味わい深いものとなる。婚約の寿ぎに詠み込まれた，人生を振り返っての感慨，幾多の苦労を乗り越えた達観の境地から判断して，この詩を辞世の歌とする解釈は正鵠を得たものであろう。エリザベス朝稀世の詩人スペンサーの白鳥の歌は，短いながらも，永久不変を表す180行の中に，彼自身の辞世の思想を集約的に表している。

1 Shohachi Fukuda, "The Numerological Patterning of *Amoretti and Epithalamion*," *Spenser Studies* IX (1988): 46.
2 Alastair Fowler, "Spenser's *Prothalamion*," *Conceitful Thought: The Interpretation of English Renaissance Poems* (Edinburgh: Edinburgh UP, 1975) 66.『プロサレイミオン』の数秘学的観点からの研究についてはこの論文に詳しい。スペンサーの他の作品における数秘技法については，福田昇八「『アモレッティと祝婚歌』に隠された数」，福田昇八・川西進編『詩人の王　スペンサー』(九州大学出版会, 1997) 381-99 から多くの教示を得た。
3 スペンサーのテクストは，William A. Oram et al., eds., *The Yale Edition of the Shorter Poems of Edmund Spenser* (New Haven: Yale UP, 1989) に，引用の日本語訳は，和田勇一監修・校訂，熊本大学スペンサー研究会訳『スペンサー小曲集』(文理, 1980) に拠る。
4 中村善也訳 オウィディウス『変身物語』(岩波文庫, 2000) 上巻33-37.
5 Harry Berger, "Spenser's *Prothalamion*: An Interpretation," *EIC* 15 (1965): 371.
6 A. C. Hamilton et al., eds., *The Spenser Encyclopedia* (Toronto: U of Toronto P, 1990) 562 参照。
7 聖書の訳は『聖書　新共同訳：旧約聖書続編つき』(日本聖書協会, 1999) を使用した。
8 Berger 365.
9 以下の引用に見られるプロセルピナは，人間がやがて辿る堕落の運命と，楽園追放のイメージを示唆している。ミルトンは，スペンサーの思い描く，堕落の可能性を孕んだニンフ像を継承していると考えられる。

  「……プロセルピナが
  花を摘んでいたとき，それらの花にも優る麗わしい花であった
  彼女自身が，暗鬱なディスの手に摘みとられた(そのために
  ケレスは彼女を求めて全世界を廻り歩くという苦しみを
  嘗めなければならなかったのだ)あのエンナの美しい野原も，
  ……このエデンの楽園には及ぶべくもなかった。」 (第4巻 268-75行)

訳詩は，平井正穂訳 ミルトン『失楽園』(岩波文庫, 1996) に拠る。
10 オウィディウス『変身物語』上巻 195-99.
11 Fowler 62.
12 Daniel H. Woodward, "Some Themes in Spenser's *Prothalamion*," *ELH* 29 (1962): 39.
13 "bird" ということばは，元来，「乙女」という意味も有しているので，当時，"bride" との掛詞に用いられることがあった。J. Norton Smith, "Spenser's *Prothalamion*: A New Genre," *RES* 10 (1959): 176; Fowler 67; *OED*, 2nd ed. (1989) s.v. "bird."
14 M. L. Wine, "Spenser's 'Sweete *Themmes*': Of Time and the River," *SEL* 2 (1962): 114.
15 Patrick Cheney, "The Old Poet Presents Himself: *Prothalamion* as a Defense of Spenser's Career," *Spenser Studies* VIII (1990): 222.

16 Wine 114.
17 Wine 113; Berger 368.
18 Wine 115.
19 ジブラルタル海峡東側入り口の二つの岩山は、「ヘラクレスの柱」と呼ばれた。
20 Woodward 35; Fowler 73.
21 エリザベス女王を指す。
22 Smith 175.
23 Oram, *The Yale Edition* 666;『スペンサー小曲集』272.
24 オウィディウス『変身物語』上巻 52, 56-57, 下巻 310-12.
25 *OED* によると、"couplement" は、"The act of coupling or fact of being coupled together; union of pairs" を意味するという。このことばの語源は、ラテン語の *copula* であり、これは "band"、"tie"、"connecion" の意である。よって "couplement" は、元来、あるものとあるものの間に共通性を持たせ、関連付けること、そしてしっかりとつなぐこと、を含意する。この詩では、初夜の床で花嫁と一対になるのは花婿である。だが突き詰めて考えると、花嫁に付き添い婚礼の寝室に入る「時間」の女神もまた、この場所において「永遠」の概念と融合すると考えられる。
26 スペンサー時代の詩作の技法と、『プロサレイミオン』における花環のモチーフとの連関については、Fowler 64-66 参照。
27 Wine 117.

土地の力
―― 『アイルランドの状況管見』

水野 眞理

　エドマンド・スペンサーは一般には，牧歌『羊飼いの暦』(1579)，寓意物語詩『妖精の女王』(1590-98)，恋愛詩集『アモレッティとエピサレイミオン』(1595)などの「詩人」として知られている。しかしその収入は主にアイルランドでの公職と地主（女王に地代を払う植民請負人）としてのものであった。彼は1580年国王代理グレイ卿（Lord Grey de Wilton）の私設秘書としてアイルランドへ渡り，翌年ダブリン大法官府裁判所書記官職を手に入れる。1582年にグレイ卿がその強硬な制圧策を非難されて国王代理職を解任された後も，スペンサーはアイルランドに残り，1583年キルデア州兵員召集監督官，1588年マンスター地方評議会書記官代理，1594年コーク州判事，1597年には名誉職であるコーク州長官などの役を歴任，兼任した。また1589年彼はアイルランド南部のキルコルマンに3000エーカー余りの土地を保有する地主となり，植民活動にも参加していたのである。[1] スペンサーの作品の大半はアイルランドにおいて書かれたということを，私たちは覚えておく必要があるだろう。
　アイルランドでは12世紀以来，イングランドによる支配の試みが続いてきた。しかし先住のゲール系住民および，中世に定着したイングランド人の末裔であるアングロ・アイリッシュ（オールド・イングリッシュ）の抵抗が強く，16世紀末にも支配は成功していなかった。エリザベス一世治下のイングランド政府はアイルランドがカトリック国スペインの橋頭堡となるのを恐れ，征服・植民地化を徹底する政策を採るにいたる。スペンサーも，軍事作戦に参加し，抵抗者たちと直接対峙した。また彼はニュー・イングリッシュ（テューダー朝期にアイルランドに定着したイングランド人）の一人として，キルコルマンでの隣人であるオールド・イングリッシュのロシュ卿との間に，土地をめぐる係争を長く続けた。『アイルランドの状況管見』（*A View of the Present State of Ireland*）はそ

のような経験から書かれた状況分析と植民地化徹底のための私案である。[2]
　『管見』の登場人物の口を借りてスペンサーは、ゲール的な法・慣習・生活様式の打破と、イングランド式の法と軍制の施行、プロテスタント化、イングランド人地主の下での定住性農業の推進、違反者・抵抗者の取り締まりの強化などを提案している。スペンサーは原稿を1592年ごろ書き始め、1596,7年ごろに完成したと考えられている。原稿は1598年には書籍出版業組合の登録に提出されているが、結局有力者の後援が得られず出版されないままスペンサーは翌年他界する。原稿は回覧されていたと考えられるが、1633年、ウェア (James Ware) が他のアイルランド史関係の原稿とまとめて出版したのが初出である。[3] このとき、ウェアは原稿の過激な発言を穏健な言葉に書き換え、執筆から既に40年を経たこの文書のタイトルから "Present" を省いている。
　『管見』の形式は二人のイングランド人——アイルランド事情に暗いユードクサスと、アイルランド経験があるアイリニーアス——による対話であり、二人の名前がギリシア風であることは、この作品をプラトン以来の対話の伝統の中に位置づけようという書き手の意図を示している。ときには短絡的、ときには的をはずす前者の質問に、思慮深い後者が適切に答える、という形で話が展開されるが、ユードクサスがアイリニーアスの冷徹な提案に疑問を呈する場面も見られ、二人の位置関係は単純なものではない。
　歴史学の分野においてスペンサーはもっぱら『管見』の著者として知られてきた。しかしそこにおいて『管見』の評価が定まっているとは言い難い。代表的なものとして、ニコラス・キャニーは16世紀後半のアイルランド征服をイングランド人の大西洋から北米大陸への海外発展の一環ととらえ、その中で『管見』を、イングランド人の権益を代弁して過激な性格を帯びたもの、としている。いっぽう、キアラン・ブレイディはこの文書を人文主義者としてのスペンサーの挫折感と不安、イングランド内での地位獲得への絶望感に支配されたものとし、他の歴史文書とは区別することを主張している。[4]
　英文学の分野ではスペンサー作品とりわけ『妖精の女王』は、ロマン主義時代以来、イングランドとイングランド女王の栄光を称える作品、人文主義・ネオプラトニズムの精華、という評価とともに、イングランド内外のローマン・カトリックと戦うプロテスタンティズム文学として読まれる時期が長く続いた。その後、新歴史主義の波の中で『管見』が脚光を浴びることになり、スペンサー研究者は抑圧的な植民地官僚というスペンサーの側面と否応なく向き合うことになった。グリーンブラットの『ルネサンスの自己成型』(1980) の一章は今では

古典的な研究となっている。しかし，新歴史主義的な視点を保ちつつ，非難か擁護かという二律背反的な姿勢ではなくスペンサーの作品をアイルランド征服という政治のコンテクストにおいて詳細に論じたのがハドフィールドとメイリーであり，二人は同じ1997年にそれぞれ研究書を出しているのみならず，[5] 同年，共同で『管見』のテキスト編集も行っている。[6]

この二人はまたある論集で，スペンサーが『管見』で用いたダイアローグ形式を用いて，最近のスペンサー批評について語り合っている。その中で，メイリーは，新歴史主義者たちのせいで，読者がスペンサーとその作品のコンテクストのほうに目を奪われて，肝心のテクストそのものを読まなくなっているのではないかと案じ，「スペンサーがアイルランド植民者であったのとは逆に，彼がアイルランドにコロナイズされているのかもしれない」と伝統的な文学研究者の不安を代弁してみせる。これに対し，ハドフィールドが「それは大げさにいいすぎだ……いまだにアイルランドとの関連でスペンサー作品を読まない無邪気なスペンサー研究が多いから。」「権力と文学の関係を中心に据えるのが新歴史主義者たちであり」スペンサー研究に関しては，既にアイルランドからブリテンへとコンテクストを広げつつあるという点で新歴史主義は評価されるべきである，と答える場面がある。[7]

スペンサーの作品を「政治的に」読むことの必要性はいまや否定できないものであろう。ハドフィールドも言うようにその後研究の方向は，文学と歴史を横断してアイルランド文脈からブリテン文脈へと広がっている。2003年がジェイムズ一世即位によるイングランド・スコットランド両王国合同から400年であったことも手伝って，「ブリテン問題」(matter of Britain)は今熱く議論されている。また，最も新しいところではスペンサー作品をエコ・クリティシズムの立場から読み直す研究も現れ始めている。[8]

もちろん，そのことは直ちにスペンサーを抑圧的な植民地官僚・地主として断罪することを意味するものではない。重要なことは，スペンサーがアイルランドにいかなる悪をなしたか，とか，いかなる悪意をいだいたか，ではなく，彼の言語行為がアイルランドという土地，人々，文化とどのように関わっているか，イングランド人のアイルランド観——それも単一ではない——とどのように関係しているのか，であろう。彼の作品はアイルランドから何を得ているのか，彼はアイルランドの何に恐怖しているのか。アイルランドは彼のイングランド人としてのアイデンティティの意識にどのように作用しているのか，など，答えは容易ではないが，本論では，スペンサーの『妖精の女王』と『管見』

からアイルランドの土地にまつわる記述をとりあげて、それらの問題の一端を考察してみたい。

「渡し」と「橋」

『妖精の女王』のアクションはしばしば「渡し場」あるいは「浅瀬」(ford)を舞台にしておこる。「節制」を扱う第2巻では、騎士ガイアンが魔女アクレイジアのすむ至福の園を目指すが、その途上でフィードリアが舟を浮かべている湖を渡らなければならない。地図を一瞥するだけでも分かるように、アイルランドには川と湖沼が無数に点在し、ガイアンの旅は、いくぶんかはアイルランドの旅の気配を示している。この気楽な乙女フィードリアは、グリーンブラットがアイルランドの危険な吸引力を体現するとしたアクレイジアの小型版ともいうべきものである。彼女が舟に人を乗せるところが「危険な渡し場」(2.6.19.9)である理由は、いったんその舟にのると、目的地とは別の浮島へ連れていかれて享楽にふけることになるからである。

「貞節」を扱う第3巻では、王子の身分のアーサーの従者ティミアスが森に住む三人兄弟のならず者に襲いかかられ、逆に三人を倒す現場が「浅瀬」である。

> 森の中には人目につかぬ空地があり、
> 　その側に、三人がよく知っている
> 　渡りにくい狭い流れがあったが、
> 　いま丁度水嵩(みずかさ)が増しているところで、
> 　あの従者が何も知らずに、
> 　きっとここを通るに違いないことが分かっていたので、
> 　こんもり茂った森の中に潜んで待ち伏せし、
> 　渡らせてなるものかと敵愾心(てきがいしん)を燃やし、
> 手ぐすね引いて待ち構えていた。　　　　(3.5.17) [9]

ここに登場する三人組は、美女フロリメルを手籠めにしようと追いかけていた森の住人を含む兄弟であり、彼らにとって森と川の地理は自家薬籠中の知識である。そこが狭いために不案内な人間なら渡ろうとすることまでも予測して、彼らはティミアスを待ち伏せている。この場面は、『管見』を読み合わせること

によって，間違いなくアイルランドの風景であることがわかる。

> **アイリニーアス**　彼［ティロウン伯ヒュー・オニール］は……森や沼地に身を隠し，そこから出てくるときには，必ず，軍がどうしても通らざるを得ないようなたいらな通路や危険な渡し場に出没する。そういうところで待ち伏せし，好機到来と見るや，難渋している兵士を危険に陥れる。
> (96)

　この記述では，九年戦争（1593-1603）中の1595年にゲール系アイルランド人の領袖ヒュー・オニールがクロンティブレトでイングランド軍に勝利した事例が意識されていると考えられている。また，『管見』の執筆よりは後の事例であるが，同じオニールがアーマーのイェローフォードでイングランド軍に大勝している（1598）。[10] そして『妖精の女王』で「礼節」を扱う第6巻では，重傷を負った婦人セリーナを馬に乗せ，自分は徒歩で進む騎士キャレパインが，川の渡渉に苦労する場面がある。ここでキャレパインは馬に乗った騎士ターパインに出会い，助けを求めるが，にべもなく断られる。このターパインは「渡し場のそばの城」に棲んでいる。ターパインも，また第3巻でティミアスを襲った三人もまた，このような反抗するアイルランド人なのである。

　スペンサーが作中の騎士たちを浅瀬で戦わせたことの根底には，断言はできないが，アイルランドの伝承の知識も関わっていると考えられる。『管見』の中でアイリニーアスはアイルランドの吟唱詩人（バード）のさまざまな作品を英訳によって知っていると述べている。（77）吟唱詩人たちの歌の素材は英雄譚であり，スペンサーが英訳を通して，アイルランドの英雄伝説に触れていた可能性は高い。とりわけアルスター伝説群中，「クーリーの牛争い」（Táin Bó Cuailnge）としてよく知られる英雄物語において，アルスターの英雄ク・フリン（Cu Chulainn）が義兄弟のフェル・ディア（Fer Diad）と壮絶な戦いを繰り広げるクライマックスの場面も浅瀬においてである。[11] ク・フリンがフェル・ディアを倒す必殺の槍ガイ・ボルガ（Gae Bolga）は水中で投げられなければ威力を発揮しないという設定からは，水のある場所が，戦闘を語るアイルランド人の想像力を強くとらえていることが察せられる。

　このように渡し場／浅瀬は『妖精の女王』の騎士たちの旅を難渋させ，阻害するが，敵にとっては攻撃と守備とを兼ね備えた都合のよい場所となっている。スペンサーの苦いアイルランド経験がこれらの挿話に反映していることは明ら

かであるが，それでは，イングランド人スペンサーはこのような状況にどのように対応しようとするのであろうか。『管見』の結末近く，諸々の改革案を述べる最後のところで，アイリニーアスは森を通る道路の 100 ヤードへの拡幅とともに，渡し場の破壊と橋の建設を提唱する。

> **アイリニーアス** 渡し場を破壊して，そのかわりに全ての川に橋をかけ，そこしか通れないようにすること，さらに全ての橋に門と番小屋を作ることで，夜陰に乗じてわき道や叛徒にしか使われない秘密の渡しを通じて盗品が輸送されないようにすること，これらの橋を通らざるを得なくすれば，迎え撃ったり追跡したり，あるいは全く通行を禁じたりすることが容易になると思われる。　　　　　　　　　　　　　　　　　　　（156）

渡し場は比較的どこにでも設置でき，川という二つの空間の境界をこえて自由に移動することを可能にする。これを制限するのが橋であり，橋しか通れないという状態は，権力によって越境を支配・管理することを意味している。橋は二つの空間をつなぐものとしてではなく，分断する装置として計画されているのである。

　境界の厳格な保守はまた，イングランド人のアイルランド人との同化への恐怖を象徴している。12 世紀後半にイングランド王ヘンリー 2 世がアイルランドに宗主権を持って以来，イングランド人はアイルランドに定着するとともに，アイルランドの風土と人々の中に同化していった。それは，イングランドの支配者層からは汚染(contamination)，堕落(degeneration)などと形容され，イングランド人にゲール系アイルランド人との通婚や里子のやりとり，ゲール語やゲール風衣装の使用を禁止する，キルケニー法(1367)に代表される一連のアパルトヘイト策を講じせしめることとなった。同化への恐怖の起源は早くも 12 世紀，アングロ・ノルマン王朝の王子ジョンに随行してアイルランドに滞在したウェイルズ人ギラルドゥスの『アイルランド地誌』に見ることができる。その第 3 部第 24 章は「他所のものもこの悪徳に汚れること」と題され，次のような記述が見られる。

> ……悪しき習慣に長くひたって，ここまでそれは自然なものとなることができた。「社会をなすことからここまで習慣がかたちづくられ」「瀝青をつかむ者はそれで汚れる」であろう。これほど悪の力は大きいのだ。「大量

の蜂蜜にごくわずかのニガヨモギを入れるとすぐ苦くなってしまうが，ニガヨモギにその倍の蜂蜜を入れても甘味が苦味にまさることはない」。私は言う，「悪しき集いがよい習慣をここまで堕落させる」のであって，この地にやって来た他所のものも，あたかもアイルランドにそもそもあるかのようなじつに感染力の強いこの国の上述の悪徳にほとんど不可避的に染まってしまう。[12]

ギラルドゥスの『アイルランド地誌』は，その後4世紀半にわたり，イングランド人がアイルランドについて書くときの参照枠を与えた。それは17世紀初頭にキャムデンの史書『イングランド，アイルランド，ノルマンディ，ウェイルズの古記録』にもとりこまれることになる。同時期にはアイルランド人歴史家キーティングが，そのような状況を憂えて「カンブレンシスに従ってアイルランドについて書いてきた新しい外国人どものつく嘘」をあぶり出し，「群れを率いる牡牛」である「カンブレンシス自身をも論駁する」ために，ゲール語によってアイルランド史を書きあげたほどである。[13] カンブレンシスに起源する，接触による悪の感染という発想は，それほどまでに彼以降のアイルランド文献に繰り返されることになる。

　渡しと橋のもう一つの違いは，通行人が濡れるか濡れないか，ということである。『妖精の女王』の全体にわたって液状のものへの魅惑と恐怖が示されていることは注目に値する。とりわけ，第2巻の末尾第12篇でアーティガルがアクレイジアの至福の園を破壊するために赴く旅路には，随所に液状の危険と誘惑が満ちている。大波（第2連），貪欲の淵（第3連），さまよいの島（第11連），浪費の流砂と破滅の渦の間の狭い水路（第18連），セイレーンたちの歌に唱和する波（第33連），濃霧（第34連），「過度」という名の乙女が差し出す葡萄の果汁（第56連），人工の蔦が浸り，裸体の乙女たちが水浴する噴水（第63連），男の唇を濡らすアクレイジアの接吻（第73連），情事のあとアクレイジアのはだけられた胸に浮かぶ汗（第78連）。液体とは，究極には血液と性行為で分泌される体液をイメージさせ，節制を，そして理性と「文化」を内側からつき崩す，生物的な欲望を象徴している。

　第1巻では，赤十字の騎士が，伴侶とすべきユーナを捨てて妖婦デュエッサと旅と続けるうちに泉の傍らで休息をとる。この泉に住むニンフがかつてダイアナの怒りを買ったために，この泉の水は体力も気力も奪う性質を帯びるにいたっている。赤十字の騎士はこの水を飲んで力を失い，さらにデュエッサと情

事を始めようと横になり，彼自身が液状化してしまう。

  すると忽ち雄々しい力は衰え，
  逞しい強さは脆い弱さに変わってしまった。
  最初のうちは，力の萎えは感じられなかったが，
  やがて凍りつくような寒気が騎士の胸を襲い，
  生き生きとした血は冷えて弱まり，
  その衰えが熱病の発作のように全身に広がった。

  それでも騎士は，草の上にしどけなく横になった
  連れの婦人に，なおも優しい言葉をかけ，
  自分の身の安全と名誉は気に留めずにいた。 （1.7.6-7）

「しどけなく横になった」の部分（"Pourd out in loosnesse" 1.7.7.2）は原文ではデュエッサの形容とも騎士の形容とも取れ，後者と解すれば，騎士が「注ぎ終えてだらりとなり」，性行為の完遂をもほのめかすことになる。[14] 液体に触れることによって人の身体が液体と化す。このように，『妖精の女王』には液体恐怖といえるような感情が散りばめられている。

 上に挙げたギラルドゥスはその『アイルランド地誌』において，アイルランドに雨が多いことを記し，それに続く部分で，アイルランドの河川，そして湖に触れている。[15] ギラルドゥスの影響力を考慮に入れると，水のエレメントはイングランド人の想像力の中でアイルランドと深く結びついていたと考えられるのである。しかし，ギラルドゥスにおいてはアイルランドの多湿さ，湖と沼地の点在がアイルランドの魅力的な風景を作る要因ともなっているのとは対照的に，スペンサーにおいては水はイングランド人のアイデンティティを溶解させる危険な要素なのである。

 第4巻第11篇ではテムズとメドウェイの「婚礼」のため，水にまつわる神々やニンフ，そして海外とイングランドとアイルランドの名高い川がプロテウスの館に招集される。テムズとメドウェイは河口域で合流し，その水を混ぜ合わせる。『コリン・クラウト故郷に帰る』ではスペンサーの分身コリンが，アイルランド南部を流れるマルラ（オーベッグ）川と「私の川」ブリーゴッグ川の地下での合流を秘め事として歌う。(104-55)[16] さらに「無常篇」ではマルラの姉妹のモラーナ（ベハナ）川がフォーナスのためにダイアナの裸体を見られるようには

からい，その報酬としてファンチン（ブラックボーン）川と結婚できたが，ダイアナからは見捨てられ，呪われて，流域は「狼と盗賊が満ち溢れ」る地となったというエピソードが語られる。(7.6.40-53) これらの挿話では液体への恐怖が示されているとはいえないが，川が合流して水を混ぜ合わせることが，性的な連想で歌われていることは強調しておきたい。最後のエピソードでスペンサーは，アイルランドの風景への愛着を表現するだけでは満足せず，併せて川の合流が自らが保有・居住したコーク周辺での治安の低下とも無縁でないことを嘆いて見せるのである。このように見てくると，イングランド人スペンサーが水の中を渡渉する渡し場を消滅させ，橋を建設することを訴えるのは，ごく自然な成り行きであるとさえいえるかもしれない。

　にもかかわらず，ここで単純に渡し場＝アイルランド，橋＝イングランドと割り切ることができない複雑さを『妖精の女王』は有している。『妖精の女王』第5巻は騎士アーティガルが各地で不正を正し，正義を回復する旅の物語，と一応は呼ぶことができる。アーティガルの名前に隠されているのは，伝説のブリトン王であるアーサーと，そして1582年にアイルランド総督を解任されたスペンサーのかつての上司グレイ卿アーサーである。アーティガルは，マリネルとフロリメルの婚礼に出席しようと，フロリメルの小人に道をたずねるが，途中に異教徒がいるために通行が不可能であることを教えられる。ポレンテ（強力，の意）の名を持つこの異教徒は，橋を私有してそこを通る人に通行料を要求し，従わないと，橋から水中に落としてそこで襲って殺してしまう。

　　そいつは……護身の術に長じ，
　　戦いの場数を踏んだしたたか者でして，
　　……
　　また，強引に力を奮って奪い取った
　　数々の広大な領地と立派な農場を所有し，
　　今もなお握り続け，強引に自分のものにしています。

　　そして毎日，悪行を重ねていまして，
　　そいつは，金持ちでも貧乏人でも，
　　彼の橋を通ろうとする者からは通行料を取り立て，
　　払わぬとあれば，通さずに，追い返すのです。　　　　（5.2.5-6）

異教徒ポレンテはアーティガルが倒すべき敵の一人であるならば、イングランド支配に抵抗するアイルランド人であろうか。アイルランド人だとするならば、いわゆるミア・アイリッシュすなわちゲール系アイルランド人であろうか。それとも、いわゆるオールド・イングリッシュ、すなわち中世にイングランドから渡って来て「数々の広大な領地と立派な農場」を背景に大きな勢力を持つに至り、イングランドの実効支配に障害となっていたアングロ・アイリッシュの大領主であろうか。こののち、アーティガルとポレンテは橋の下を流れる川の中で戦い、アーティガルによって頭から切り離されたポレンテの胴体はこのリー河を流れ下っていく (5.2.19)。頭のほうは万人への見せしめに棒に突き刺されて曝される。通常、ポレンテへの処分は、1582年、マンスターにおきたデズモンドの乱の指導者とされるオールド・イングリッシュの大領主ジョン・デズモンドの首がダブリンの城門に曝され、胴体がリー川に臨むコークの絞首台に吊るされたことを、ごく薄いヴェールをとおして語ったものだとされる。(スペンサーがマンスターに土地を得たのは、このデズモンドの乱の結果イングランド女王に没収された土地の配分を受けたからである。)しかしここで今一度、先ほどの『管見』に提案されたアイルランド制圧のための橋の建設を思い出すならば、そして、ポレンテが保有している多くの領地、農地は、武力で制圧して奪いとったというくだりに注目するならば、新しい植民者を定着させようとしているイングランド権力もまたポレンテに投影されているのではないのだろうか。

牧歌世界と牧畜社会

『妖精の女王』の第6巻第9篇において、騎士キャリドアは、礼節の敵である中傷・誹謗のアレゴリー、口喧しい獣を追跡しながら宮廷から都会へ、町へ、田舎へ、個人の農場へ、そして野原へとやってくる。そこに見出された羊飼いの社会は、古典以来の羊飼いが歌と恋に日々を過ごす牧歌世界の体現であり、礼節は宮廷によりも、むしろこのようなつつましい生活圏にある、という措定の舞台である。キャリドアはそこで見出した美女パストレラのために、一時任務を放擲してこの社会に逗留する。第6巻のこの部分を知る読者は、『管見』に示されるスペンサーのアイルランドの牧畜社会に対する反感を読んで、驚きを覚えるだろう。スペンサーは二つの文書を書きながら、いささかも矛盾を感じ

なかったのであろうか。『管見』において，悪しき慣習を列挙する中でまず第一のこととして，彼はアイルランドが基本的にはスキタイ文明の流れを汲む遊牧社会である点をあげている。

> **アイリニーアス**　……彼らの間には，一年の大半，ブーリーに家畜を飼っておいて自分たちもそこに住み，山肌や荒れた土地で草を食ませ，そして，一つの場所の草を食い尽くすと，次の新しい場所へと移動する慣習がある。オラウス・マグナスやボエムスを読めば分かるように，この慣習は明らかにスキタイ人のもののようだが，タタール人やカスピ海沿岸民の全て（もともとこれらはスキタイ人なのだが）の間でも保たれている。そこではアイルランドのブーリーと同じことが，「群れの中で暮らすこと」と呼ばれていて，家畜を常に連れて移動し，乳と乳製品のみを食するのだ。
> 　　　　　　　　　　　　　　　　　　　　　　　　　　　　(55)

ブーリー（boolies）とは，ゲール語で夏季の放牧中に用いられる囲い，転じて，遊牧をさす。上で触れた「クーリーの牛争い」の伝説がアイルランドの伝承の中心的な位置にあることからも推察されるように，アイルランド社会は古くから牧畜社会であった。いっぽうスキタイ人は古代よりギリシャ人に接する遊牧の蛮族として記述され，牧畜を主たる生業とするアイルランド人の起源をスキタイに求めれば，アイルランド人の「野蛮性」は証明済み，ということになろう。聞き手のユードクサスは，遊牧こそがアイルランドの気候・風土に適した経済活動ではないかと問い，むしろ彼の方がアイルランドをエコロジカルに理解する立場をとっている。しかしアイリニーアスはそれには答えず，ブーリーは盗品売買などの犯罪の温床となるばかりでなく，「野蛮さ」を増長させ，政府あるいは個人に対して害をなすとする。そして，これを改革する（reform）方策は，牧畜社会を農耕社会に変革することだというのである。

> **アイリニーアス**　肉体労働ができる屈強な人間に，数頭の牛が草を食むのを見ているなんて怠惰な放牧をやらせるわけにはいかないよ。……どうしても多くの牛を飼う，とか，山で牛を飼うというなら，山すそに町を建設してそこに隣人とともに定住させ，世間のものの見方に触れさせるべきだ。アイルランドはもともと牧場にむいた土壌だと言われるが，家畜ばかり増やしてもろくなことはないからそれより行儀よい人間をふやしたいものだ。たとえば20頭の牛を飼う者は農業も兼業すべし，というような法

律があればよい。そうでないと誰も労働の多い農業なんかやらなくて、放牧しかしないだろう。そのことがイングランドには食糧難の原因となり、アイルランドには盗みの原因となっている。見てみろ、あらゆる牧畜社会は野蛮で非文明的で好戦的だ。タタール人、モスクワ人、ノルウェー人、ゴート人、アルメニア人、などその証拠はいくらでもある。アイルランド人を戦争と叛乱から平和と文明に導くには牧畜を抑制して農耕を拡大するべきなのだ。　　　　　　　　　　　　　　　　　　　　　(149-50)

ここには採集経済から牧畜を経て農耕へ、という社会発展論的な文明観と、典型的なプロテスタンティズムの労働観から、牧畜社会を解体して定住農耕社会へと変革させるアイデアが示されている。このことと、『妖精の女王』第6巻でキャリドアが逗留する古典的牧歌世界との間に折り合いをつけることはむずかしい。そこで羊飼いの老人メリビーがキャリドアに語るところでは、「かつて宮廷に行って、一年毎の契約でわが身を売り、王宮の庭で毎日働き」(6.9.24)、という「勤勉な」生活をしたこともあるが、その空しさに気づいて田園生活にもどったのだという。それは、

> 私は持ち物は僅かながら、何も心配しなくても、
> ただ番をするだけで、毎日大きくなるし、
> 私の子羊は毎年数が増え、
> 群れの長(おさ)が毎日見ていてくれます。　　　　　　　　　　(6.9.21)

アイリニーアスが非難する安楽な牧畜生活が、ここでは理想化されて語られている。もちろん、古典的牧歌世界とても完全な理想状態ではありえず、外界の暴力にたいして無力であるという現実は、山賊の一団の襲撃を受け、パストレラを含む羊飼いたちが拉致されてしまうことに示される。(6.10.39-43)この事件を読者は当然アイルランドの事情に重ねて読むだろう。だとすればそれは、アイルランドの牧畜社会が、しばしば同じアイルランド人の盗賊集団に襲われることを示しているのであろうか。それとも、この牧歌世界はイングランド植民者たちの理想郷である農耕的田園を体現し、後にスペンサー自身の身にも起こるように、それがしばしばゲール系アイルランド人叛徒の襲撃の対象となったことを反映しているのであろうか。さらにまた、ニュー・イングリッシュである植民者たちに対する、オールド・イングリッシュの抵抗がほのめかされてい

るのであろうか。あるいはすべてを逆転させて，これはアイルランド古来の牧畜社会が，イングランド人植民者に破壊される物語としてさえも読むことができるのではないだろうか。『管見』と隣り合わせに置かれるとき，第6巻第10篇はさまざまな読みの可能性に向かって開かれてしまう。いずれにせよ，キャリドアは，この牧歌世界に関わる責任を放棄して再び礼節の敵ブレイタント・ビーストの追跡に向かうのであり，牧歌世界は危険のただ中に残される。しかし，その危険が何であるのか，おそらくスペンサー自身も確固とは把握していないのである。

　『妖精の女王』の騎士たちの敵として描かれる秩序と平和の破壊者は，アイルランドの叛乱者のアレゴリカルな表象だと解されがちである。しかし，話は単純ではない。なぜなら，『管見』においては，占拠，破壊の主体として提案されているのはイングランドの権力である。『妖精の女王』に登場する一見アイルランドの叛徒の表象に見える人物もイングランド性を分有しており，逆に，イングランド人の表象に見える騎士も，破壊性，暴力性を分有している。スペンサーの努力にもかかわらず既に境界は曖昧になっている。スペンサーはアイルランド化され始めている。そして，そのことを感知していたからこそ，スペンサーはいっそう境界を堅固にすることをもとめたのであろう。

1　スペンサーの生涯については，Alexander C. Judson, *The Life of Edmund Spenser*（Baltimore: Johns Hopkins P, 1945）およびWilley Maley, *A Spenser Chronology*（Basingtoke, Hants: Macmillan, 1994）を参照。
2　以後，本論では『アイルランドの状況管見』を『管見』と略記する。
3　Edmund Spenser, *A View of the State of Ireland, Written dialogue-wise, betweene Eudoxus and Irenaeus, by Edmund Spenser Esq. in the year 1596. Two Histories of Ireland*, ed, James Ware (Dublin: 1633). リプリント版は English Experience 421（Amsterdam: Da Capo, 1971）。
4　Nicolas Canny, "Edmund Spenser and the Development of an Anglo-Irish Identity," *Yearbook of English Studies*, 13 (1983): 1-19; Ciaran Brady, "Spenser's Irish Crisis: Humanism and Experience in 1590's," *Past and Present*, 111 (1986):17-49. 日本で歴史学の観点から『管見』に触れた重要な研究に山本正「野蛮の改革──エドマンド・スペンサーにみるアイルラン

ド植民地化の論理――」,『史林』第76巻第2号:72-102; 同『「王国」と「植民地」――近世イギリス帝国のなかのアイルランド』(思文閣出版, 2002)がある。

5 Andrew Hadfield, *Spenser's Irish Experience: Wilde Fruit and Salvage Soyl* (Oxford: Oxford UP, 1997); Willey Maley, *Salvaing Spenser: Colonialism, Culture and Identity* (Basingstoke, Hants.: Macmillan, 1997). 二人はともにSalvageという語を用いているが, Maleyのタイトルはsalvage-save-savageの語呂合わせである。

6 Andrew Hadfield and Willy Maley, eds., *A View of the State of Ireland From the First Printed Edtion (1633)*, by Edmund Spenser (Oxford: Blackwell, 1997). 本論で『管見』のテキストはこれに拠る。拙訳の最後に引用ページを示す。

7 Andrew Hadfield and Willy Maley, "A View of the Present State of Spenser Studies: dialogue-Wise," *Edmund Spenser: Essays on Culture and Allegory*, eds. Jennifer Klein Morrison and Matthew Greenfield (Aldershot, Hants.: Ashgate,2000) 183-95.

8 Richard Chamberlain, *Radical Spenser: Pastoral, Politics and the New Aestheticism* (Edinburgh: Edinburgh UP, 2005).

9 『妖精の女王』のテキストはA.C.Hamilton, Hiroshi Yamashita, and Toshiyuki Suzuki, eds., *Spenser: The FaerieQueene* (Harlow: Longman-Pearson Education, 2001)に拠り, 翻訳は和田勇一・福田昇八訳『妖精の女王』(ちくま文庫, 2005)に拠る。以下, 引用箇所の巻, 篇, スタンザ, (必要に応じ)行を引用の後に記す。

10 Hadfield and Maley, eds., *A View*, 96n.

11 *The Cattle-Raid of Cualnge (Tain Bo Cuailnge)*, tr. from *Leabhar na h-Uidhri* and *the Yellow Book of Lecan* by L. Winifred Faraday (1903; Cambridge Ontario, In Parentheses, 2002) 62-69.

12 有光秀行訳　ギラルドゥス・カンブレンシス『アイルランド地誌』(青士社, 1996) 124.

13 Geoffrey Keating, *History of Ireland*, ed. D. Comyn and Rev. P.S. Dineen, 4 vols. (London: Early Irish Text Society, 1902-13), vol. 1, 153.

14 A.C.Hamiltonは "Pourd out" について, "indicating his dissipation: sexually expended and exhausted, he is like the water he drank"と, 騎士の状態を指すものと解している。Hamilton 92n.

15 ギラルドゥス　32-37.

16 『コリン・クラウト故郷に帰る』のテキストはWilliam Oram, et al. eds. *The Yale Edition of the Shorter Poems of Edmund Spenser* (New Haven: Yale UP, 1989)に拠る。翻訳は熊本大学スペンサー研究会訳『スペンサー小曲集』(文理, 1980)に拠る。

第 3 部
資料篇

日本スペンサー協会会報集録
1985 〜 2005

島村 宣男 編

....

日本スペンサー研究会会報　第 1 号
1985 年 10 月 23 日発行

....

85-01　**「日本スペンサー研究会」発足**　　1985 年 5 月 18 日（土）午前 11 時，東京大学（駒場）に23名のスペンサー研究者が集まって設立総会が開かれ，「日本スペンサー研究会」(The Spenser Society of Japan) が発足しました。◆席上，事務局を熊本大学教育学部福田研究室に置くことになり，幹事として福田昇八（代表），藤井治彦，川西進，吉田正憲，湯浅信之，壱岐泰彦の 6 氏が選出されました。◆和田勇一氏は本会の顧問になることを承諾されました。

85-02　**年会費について**　　スペンサーに関心をもつ人は誰でも，年会費 1,000 円を納入することにより，本会会員になれます。退職者は会費納入を免除されています。なお，今からの会費納入は来年度 (1986 年度) 会費納入として処理します。会計年度は，1 月 1 日〜 12 月 31 日とします。

85-03　**著作刊行物について**　　各会員は，著書，論文抜き刷りを本部へ 1 部ずつ寄贈することになっています。未送付の方はお願いします。和文によるものについては，タイトルの英訳を付記してください。1985 年末までに公刊された分につき，本部でリストを作って配布しますので，会員でない方も含めて，スペンサー関係論文をお持ちの方のご協力をお願いいたします。

85-04　***Spenser Newsletter* とその講読について**　　*Spenser Newsletter* (*SpN*) は年 3 回発行され，例えば第 16 巻 (1985) の場合，86 ページ，156 項目にわたり，学会情報と書評，Spenser Bibliography Update が記載されています。現在，State University of New York の Hugh Maclean 教授の編集です。◆ 1986 年度の *SpN* の講読を希望される方は，7 ドルを本部口座に払い込んでください。為替の変動にかかわらず，日本円で 1,500 円 (214 円× 7 ドル) を 11 月末日までに納入していただくと，本部で一括して送金いたします。なお，事務上の煩瑣を省くため，来年度会費 1,000 円と合わせて 2,500 円払い込まれても結構です。

85-05　本研究会設立会員名簿について　　設立会員名簿は別紙のとおりです。添付した会員各自の英字表記は *SpN* の送付先にもなりますので，もし誤記がありましたら直ちにお知らせください。

85-06　日本英文学会シンポジウムについて　　1986年5月18日(土)午後1時から，関西大学で開催される日本英文学会で，「スペンサーと愛」と題するシンポジウムが次のとおり予定されています。
司会：福田昇八
講師：平川泰司(*Amoretti*)・私市元宏(*Epithalamion*)・湯浅信之(愛の図像と修辞)

85-07　会員名簿について　　本号は，藤井治彦氏の資料調査に協力された方の名簿により，非会員の方にも送付します。入会希望の場合は，ご連絡により，振替用紙をお送りします。

****

【参考資料Ⅰ】藤井治彦氏が日本のスペンサー研究者へ宛てた書簡3通

1984年1月9日付け

　おすこやかに新年をお迎えのことと存じます。
　さて，このたび *Spenser Newsletter* の編集者 Hugh Maclean 教授(New York 州立大学)より，同封のような手紙がまいりました。その趣旨は日本の Spenser 研究の現状について，同誌3ページ半ほどの長さで，報告してほしいということであります。このような役目を私が務めますのは，はなはだ僭越とは存じますが，折角の機会ですので，なるべく網羅的な報告をしたいと存じ，ご協力をお願いいたす次第でございます。
　もし御賛同が得られますならば，次のような要領で，御回答下さい。
　調査の対象は Spenser, Sidney および Spenser 派の詩人についての研究とし，一応，1970年以後の研究を中心といたします。ご回答は同封の調査用紙に御記入の上，折り返し，御返送下さい。
　御多忙のところ，勝手なお願いをいたしまして，まことに恐縮でございますが，何卒よろしく，お願いいたします。

藤井治彦

1984年4月26日付け

拝啓
　新緑の美しい季節となりました。お変わりなくおすごしのことと存じます。さて昨年暮れ(ママ)にはスペンサーの文献調査のことにつきまして，お忙しいところ御面倒なお願いをいたしました。おかげさまで，予想外の点数の研究の所在が判明し，大変うれしく存じております。学年末と学年初めの行事に追われ，予定は大幅に遅れておりますが，目下，資料を整理中で，やがて報告と文献目録がまとまるものと存じております。いずれその結果はおとどけいたしますが，とりあえず中間報告をいたしますと共に，御協力に厚く御礼申し上げます。

なお，まだ間に合いますので，お気づきの研究などございますなら，御一報下さいますよう，重ねてお願い申し上げます。

敬具
藤井治彦

1985年2月15日付け
　春寒の候，お健やかにお過ごしのことと存じます。
　さて，かねてご協力を頂いておりました，日本におけるスペンサー研究の報告がこのほど *Spenser Newsletter*, Vol. 16, No. 1 に掲載されましたので，そのコピーを送らせていただきます。
　当初の予定では文献目録を作成するつもりでしたが，研究の点数が予想より多く，紙面を取り過ぎますので，このようなかたちにいたしました。また，同じ理由で，1980年以降の研究を中心としましたために，それ以前のものについては扱いが簡略になりました。その他いろいろ行き届かぬ点のあることと存じますが，何卒，御海容のほどをお願いいたします。なお，この *Spenser Newsletter* は大変便利な情報誌でございます。私が申すべき筋合いのものではございませんが，御講読頂ければ，編集者たちはさぞ喜ぶことと存じます。さし出たことながら，一言，申し添えさせていただきます。
　御協力をありがとうございました。重ねて御礼申し上げます。

藤井治彦

【参考資料II】「日本スペンサー研究会」設立総会の案内状

日本スペンサー研究会設立総会御案内

日時： 昭和60年5月18日(土)　11：00～12：00
場所： 東京大学教養学部10号館(言語文化センター)3階会議室
　　　　(井の頭線「駒場東大前」下車　℡ 03-467-1171)

　上記により，日本スペンサー研究会設立のための会を開きますので，ご出席くださいますよう，ご案内申し上げます。
　わが国のスペンサー研究者の数も30人を超すようになりましたので，同学の士のなんらかの組織をつくるため，5月の英文学会のときを利用して，設立のための話し合いをいたすことになりました。スペンサーに関心をもつ学生などもおさそいあわせのうえ，ご出席いただきますようお願いいたします。
　学会にするほどの人数ではありませんので，活動はごく限られたものにならざるをえませんが，具体的には①毎年，または隔年に学会のとき集まること，②年会費はアメリカスペンサー学会(会員500人)と提携し，その機関誌 *Spenser Newsletter* (年3回刊，7ドル)の購読料も含めて10ドル以内にする，などの気軽な会にしてはいかがでしょうか。さらに，1986年度に A. C. Hamilton 教授を3ヶ月間日本に招く話が進んでいますので，その利用についてもご相談申し上げたく存じます。この招聘

の申請書は学会前に提出しなければなりませんので，長期(2〜4週間)利用の希望をお考えいただきます場合は，前もってお知らせいただきますと有難く思います。
　　以上，なにとぞご協力賜りくださいますようお願いいたします。

昭和60年3月

発起人：藤井治彦　　川西進　　吉田正憲　　福田昇八
連絡先：860　熊本市黒髪2丁目　熊本大学教育学部　　福田昇八

【参考資料Ⅲ】「日本スペンサー研究会」設立会員

氏　名	勤務校
藤井治彦	大阪大学
藤井良彦	熊本大学
福田昇八	熊本大学
平戸喜文	熊本女子大学
平川泰司	京都府立大学
壱岐泰彦	東北大学
今西雅章	帝塚山学院大学
石井正之助	ルネッサンス研究所
川西　進	東京大学
私市元宏	甲南女子大学
児玉章良	関東学院大学学生
小紫重徳	茨城大学
小迫　勝	岡山大学
宮澤　徹	関東学院大学学生
水野眞理	大谷大学
村里好俊	和歌山大学
内藤健二	明治大学
中村佳代子	法政大学大学院学生
小田原謠子	中京大学
島村宣男	関東学院大学
住田幸志	島根大学
高田康成	東北大学
山田耕士	名古屋大学
山田知良	熊本大学
吉田正憲	熊本大学
和田勇一	
湯浅信之	広島大学

以上27名

日本スペンサー研究会会報　第2号

1986年12月24日発行

86-01　現在の会員数　　1986年12月現在の会員数は32名となりました。名簿を同封します。

86-02　口座残高について　　1986年本部口座残高は約40,000円となっています。1987年会費1,000円，納入用紙を同封します（退職された方は会費免除となっています）。

86-03　Spenser Newsletter の講読について　　Spenser Newsletter, Vol. 18（1987）の講読料が9ドルに改定されましたので，160×9ドル＝1,440円になります。講読を希望される場合は，同封の振替用紙により，1月末日までに1,000円を払いこんでください。超過分は，繰越金により処理します。本部で一括して2月10日頃に送金しますので，必ず1月中に手続き願います。新規の方は，必ず通信欄にローマ字で宛名をお書きください。講読申込者は，年会費と合わせて2,000円を送金願います。

86-04　スペンサー文献目録　　これまで本部宛てに会員の方々の出版物を寄贈していただき，ありがたく拝受しております。次年度中にはワープロによる目録の整理を始めようと思っていますので，今後とも刊行ごとに1部ご恵送賜りますようお願いします。和文の論文にはタイトルの英訳を付記願います。

86-05　おわび　　今年度は，当方の怠慢のため，何もできず申し訳ありません。次号は *The Spenser Encyclopedia* 刊行のニュースなどをお知らせします。◆会員ニュースのための短信をお寄せください。◆それでは，よいお年をお迎えください。

日本スペンサー研究会会報　第3号

1987年12月17日発行

87-01　スペンサー文献目録の作製　　スペンサー文献目録のパソコン入力が済みました。これは，*Spenser Newsletter* の様式により，項目別，著者名アルファベット順に記載してあります。1987年7月25日付けの手紙で依頼してご確認いただいた資料により作製しました。末尾にページ数が記入されている分は，その資料が本

部スペンサー図書として受理されています。ページ数未記入の資料は未受理となっていますので，抜き刷り（またはコピー）1部を本部へご寄贈ください。◆今後は，寄贈論文についてはパソコンに入力し，年末に最新資料を追加した分を会員に配布します。会員でない方の論文につきましても，お気づきの都度，コピーを1部本部まで送付くだされば幸いです。

87-02 **会費納入** 1988年度会費1,000円の納入をお願いします。 *Spenser Newsletter* の講読申込みの場合は，1988年と1989年の2年度分をまとめて，9ドル×2年分の概算2,500円，年会費と合わせて3,500円を同封の振替用紙にてご送金ください。1月22日までに納入された分にかぎり，本部から一括してアメリカへ送金しますので，この方法を利用される場合は，すぐに送金してください。新規と宛名変更の場合は，必ず通信欄に送付先をローマ字で記入願います。継続の場合は，'renewal' とのみお書きください。

87-03 **A. C. Hamilton 教授，来春来日** A. C. Hamilton 教授が，来年4月から6月まで，熊本大学の特別招聘外国人教授として，メアリ夫人同伴で来日される見込みとなりました。期間中，各地への観光を兼ねた講演旅行を計画したいと思います。一応，5月の名古屋での日本英文学会の前後に，東北までの旅行が考えられます。地区世話人の方と相談の上で，日程を決めたいと思いますが，各地で会員の皆さんと親しくお話ししたいとのことですので，ご希望を世話人へお申し出ください。

87-04 **木村正人氏逝去** 熊本大学スペンサー研究会の会員，木村正人氏（61歳）は，昭和62年4月に熊本大学から新設の九州帝京短期大学（大牟田市）に移籍されたばかりのところ，さる9月28日に病没され，熊本市内で葬儀がいとなまれました。謹んで哀悼の意を表します。

87-05 **『スペンサー全詩集』** 熊本大学スペンサー研究会では，既刊の『スペンサー小曲集』に含まれていない分を，来年3月発行の熊本大学教養部紀要に収載の分をもって完訳のはこびとなります。『妖精の女王』と『羊飼の暦』を含む既刊3点は，いずれも版元の文理で絶版になっていますが，今回の分も含めた『スペンサー全詩集』が名著普及会から出版されることになっています。

87-06 **和田勇一教授近況** 本会顧問の和田勇一教授は，12月16日に満76歳のお誕生日を迎えられました。現在，一切の教職を退き，自宅で悠々自適の生活を送っておられます。訳業 J. R. グリーン『イギリス国民の歴史』（正編5,000円，続編4,500円，完結編6,000円）が今春完成し，『思い出の記』の原稿もでき，このところ毎日『妖精の女王』の訳文見直し作業に没頭しておられます。眼を悪くされ，ハミルトン版との照合は，若い会員の仕事になりますが，20年の歳月を経て，改善される点がいくつもあるようです。頭の冴えは少しも衰えを見せぬようですので，この大作の再刊が期待されます。

87-07 **本部よりのお願い** 会員名簿及び文献目録にミスや脱落，追加すべき項目などがあると思いますので，ページ数と番号を付して本部までお知らせ願います。

直ちに修正し，訂正分をお届けします。よろしくご協力いただきますよう，お願いいたします。

日本スペンサー研究会会報　第 4 号
1989 年 1 月 17 日発行

88-01　Professor A. C. Hamilton in Japan　A. C. Hamilton 教授は，1988 年 4 月 9 日，文部省の特別招聘教授として熊本大学教育学部に夫人を伴って着任し，同学部で 2 コマ，文学部で 2 コマ，合計週 8 時間，ルネッサンスの英詩の講義を担当し，7 月 11 日に帰国しました。◆この間，5 月 22 日に名古屋大学で開催された日本英文学会大会においての研究発表（司会 福田昇八，発表者 藤井治彦「*The Faerie Queene* における構造の形成／隠蔽」，T. G. McAlpine, 'Spenser's *Faerie Queene* and Pope's *Dunciad*: Different Approaches to Dunces'）に評者として出席したほか，スペンサー同人の世話により，次の日程で講演を行いました。

5 月 23 日	京都楽友会館	題目：'Closure in Spenser's *Faerie Queene*'
5 月 26 日	龍谷大学	題目：'Some Features of Renaissance Poetry'
6 月 10 日	広島大学	題目：'Spenser's Images of Life'
6 月 13 日	東京大学(駒場)	題目：'Renaissance Poetry'
6 月 14 日	東京大学(本郷)	題目：'Northrop Frye as a Literary Critic'
6 月 16 日	東北大学	題目：'Northrop Frye as a Literary Critic'

88-02　会計報告　1988 年度 12 月末現在の会計は以下のとおりです。4 月以降の入金分を含めて，88 年末現在で 64,358 円の残金があります。このため，今回は 1989 年度会費は徴収いたしません。アメリカの *Spenser Newsletter* への送金も 1989 年度分まで納入済みですので，今回は振込用紙を同封しません。*SpN* の講読申込料金が 9 ドルから 11 ドルに値上げされましたが，この差額 2 ドルは，昨年納入分からまとめて近く送金いたします。

1987 年 4 月 1 日繰越金	16,137 円
1988 年 3 月 31 日までの納入金	114,110 円
SpN 講読料送金	47,548 円
事務用品・コピー・切手	23,251 円
1988 年 4 月 1 日繰越金	59,448 円
4 月 1 日〜12 月 31 日納入金	4,910 円

	〃	支出金	2,000 円

1989 年 1 月 1 日繰越金　　　　64,358 円

会員業績（ABC 順）

パソコン助手が転出し，まだ入力ができていませんので，ここには今年度寄贈分を追加として掲載します。◆このほか，スペンサー関係の論文を執筆された会員は，直ちに本部宛てに 1 部寄贈くださいますようお願いいたします。

88-03　藤井良彦・吉田正憲・平戸喜文「スペンサー『時の廃墟』訳注」，熊本大学教養部紀要（外国語・外国文学編），第 23 号 (1988)，293-314.

88-04　平川泰司『スペンサーとミルトン——観照と実践』，あぽろん社，1988 年，340 pp.

88-05　今西雅章「ルネッサンスにおける牧歌と哀歌の死——その伝統を辿りながら」，P. ミルワード・巽豊彦編『死とルネッサンス』，荒竹出版，1988 年，71-100.

88-06　小迫　勝 'Some Observations on Rhyme Pronouns in Spenser's *Amoretti* in Contrast to Those in Shakespeare's *Sonnets*', 『英米文学語学研究——松元寛先生退官記念論集』，英宝社，1987 年，421-426.

88-07　山田知良 'The Destiny of a Virtuous Knight: A Study of Cantos 1-2 of Book 1 of *The Faerie Queene*', 熊本大学英語英文学　第 31 号 (1988)，1-27.

88-08　湯浅信之「スペンサーにおける愛の図像と修辞」，『英米文学語学研究——松元寛先生退官記念論文集』，英宝社，1987 年，97-103.

88-09　【寄贈図書】　ハリー・レヴィン（若林節子訳）『ルネッサンスにおける黄金時代の神話』，ありえす書房，1988 年，370 pp.

88-10　*The Spenser Encyclopedia* 刊行　　A. C. Hamilton 編 *The Spenser Encyclopedia* （全 3 巻）が，今秋トロント大学出版局から刊行されます。全世界の学者 250 名が執筆し，10 年がかりで完成をみたもので，日本人では，藤井治彦，川西進，福田昇八の 3 氏が寄稿しています。アイルランドの国土管理官が実地調査して書いた Kilcolman Castle 以下の論文は，スペンサーに関する最大最新の情報文献になることが期待されています。

88-11　シンポジウム「スペンサーとミルトン」　　10 月末に同志社女子大学で開催される日本ミルトンセンターの研究大会で，「スペンサーとミルトン」と題するシンポジウムが行われることになりました。「スペンサーなくしてミルトンなし」と言われる両者の関わりについて意見をお持ちの方は，司会者の福田までお申し出下さい。広く適任者を求めたいと思いますので，ご協力をお願いいたします。

日本スペンサー研究会会報　第5号
1992年1月23日発行

92-01　編集部より　　会報の発行が遅れ，本号は1989年1月刊の第4号以来となります。当方の怠慢をお詫びします。今後は，年一回発行に努力しますので，「会員ニュース」など会員の皆様のご協力をお願いいたします。

92-02　会費納入　　昨年，会費とともに *Spenser Newsletter* の購読料を送金された方は，確かに2年分として送金してあります。すでに1991年度分は納入済みとなっていましたので，1992年度と1993年度分は送金済みとなります。

92-03　1991年度会計報告

収入	54,039 円
繰越金	85,539 円
納入金	68,500 円
支出	47,440 円
SpN 送金	47,440 円
次年度繰越金	6,599 円

92-04　外山定男個人完訳『仙女王』刊行　　1990年の *The Faerie Queene* 出版400周年を記念して，わが国でも二大事業が完成，出版されました。まず，外山定男訳『仙女王』(成美堂，13,000円)は，文字通りのライフワークの完結をみたものです。これに先立ち，外山門下の宮崎正孝氏訳で『妖精の国の女王　第1巻』が私家版として刊行されました。訳者の宮崎氏は，1989年秋に熊本大学にスペンサー研究会本部を訪ね，そのときの約束で，外山未亡人から不老閣書房刊『仙女王』(1937年)を本部に寄贈していただきました。この貴重な訳書は，熊本大学スペンサー研究会が翻訳にとりかかったときには入手することができず，ついに未見のまま翻訳が進められたのですが，今回，これを含む全6巻の出版をみたことは，スペンサー学の一大慶事であります。なお，聞くところによりますと，故外山教授は仙女王を「センニョオウ」と発音されておられたそうです。

92-05　*The Faerie Queene* 初版のコンコーダンス刊行　　400周年を飾るもう一つの壮挙は，山下浩・松尾雅嗣・鈴木紀之・佐藤治夫共編の *The Faerie Queene* 1590年初版のコンコーダンスの出版です。これは，普通には参照できない初版原本をベースに，コンピュータを駆使して完成したもので，フロッピーによる利用も可

能になっています。Osgood 版のように，同一語は綴りが違っても同一箇所に集めて示すという方針はとらず，厳密に綴り字主義を守り，例えば，ABANDON/TABANDON; ABACE/ABASE; ABASHED/ABASHT などの綴り字は別立てになっていることを知って利用することになっています。付録として，語の頻度数表のほか，押韻語についての表もあります。このコンコーダンスはスペンサー学の一大偉業として，世界的にも紹介されています。

92-06 サー・フィリップ・シドニーの翻訳 村里氏の『ニュー・アーケイディア』のほか，『オールド・アーケイディア』が平川氏によって進められています。

92-07 『妖精の女王』改訳 熊本大学スペンサー研究会訳『妖精の女王』(文理)の改訂版が筑摩書房から出版予定となっています。

92-08 A. C. Hamilton 教授，熊本再訪 ハミルトン教授夫妻が 5 月 23 日に韓国の学会講演に招かれて訪韓する機会に，熊本を再訪するとの連絡がありました。福岡での英文学会と同じ頃になります。

92-09 石井正之助氏逝去 石井正之助氏が 1990 年 11 月 25 日逝去されました。衷心よりご冥福をお祈りいたします。ロバート・ヘリックの研究者として知られる石井先生は，スペンサーにも関心を寄せられ，東京大学(駒場)での本会の発会式にも参加されました。晩年は『ヘリック詩選』(研究社，1988)，『ヘリック恋愛詩抄』(研究社，1989)，そして『英詩珠玉選』(大修館書店，1990)と，専門のお仕事のかたわら，先立たれた夫人との想い出を流麗な英詩に書きとめておられ，*A Requiem for My Wife* (1987)と *Memories and Sketches* (1989) は，私家版として知人に配布されました。

会員近況
92-10 田中 晋 『英文学評論』第 57 集(京都大学)に発表した「『コリン・クラウト故郷に帰る』──旅と故郷の一つの解釈」は，ロンドン生れのスペンサーがアイルランドへ帰ることを，敢えて「故郷に帰る」と言ったその所以を探り，スペンサーの文学観，人生観を側面的に明らかにすることを意図しました。さらに，『四つの賛歌』につき，その「献辞」の問題を中心に考察し，「献辞」の真の意図が何であったのかを探ることによって，当時の文学の潮流にあってスペンサーの抱いた文学観を明らかにする試論をまとめました。

Spenser Bibliography in Japan 1988-1991
【研究】
92-11 藤井治彦 「叙事詩における『時』の克服──スペンサーとミルトン」，『時と永遠──近代英詩におけるその思想と形象』，英宝社，1987 年，27-45.
92-12 藤井治彦「新歴史主義管見──スティーヴン・グリーンブラットのスペンサー論」，東京大学教養学部由良ゼミ準備委員会編『文化のモザイック──第二人類の異文化と希望 由良君美還暦記念論文集』，緑書房，1989 年，218-26.

92-13　藤井治彦「The Faerie Queene における構造の形成／隠蔽」,『英語青年』第 135 巻,第 12 号 (1990), 2-6.

92-14　藤井治彦 'Influence and Reputation in Japan', The Spenser Encyclopedia. Toronto UP., 1990, 409-10.

92-15　藤井治彦 'L'Allegro and Il Penseroso', MCJ NEWS 12 (1991), 13.

92-16　福田昇八 'Bregog, 'Mulla'; 'Fanchin, Molanna'; 'Tourneur, Cyril', The Spenser Encyclopedia. Toronto UP., 1990, 110; 300 & 697.

92-17　福田昇八「スペンサーと三つの哀歌」,石井正之助編『饗宴——英学随想・評論集』,ドルフィンプレス, 1990 年, 171-77.

92-18　福田昇八 'The Numerological Patterning of Amoretti and Epithalamion', Spenser Studies IX, 1991, 33-48.

92-19　平川泰司『スペンサーとミルトン——観照から実践へ』,あぽろん社, 1988 年, 340 pp.

92-20　今西雅章 「ルネッサンスにおける牧歌と哀歌の死——その伝統を辿りながら」, P. ミルワード・巽豊彦監修『ルネッサンス双書 18——死とルネッサンス』, 荒竹出版, 1988 年, 7-26.

92-21　川西　進「ルネッサンス叙情詩にみる『時』と『永遠』——スペンサー, シェイクスピア, ハーバート」,『時と永遠——近代英詩におけるその思想と形象』, 英宝社, 1987 年, 7-26.

92-22　川西　進 'Lust', The Spenser Encyclopedia. Toronto U. P., 1990, 442-43.

92-23　小紫重徳「『妖精の女王』第 1 巻の寓意論的背景——審美主義と教化主義」SYLVAN, Nos. 32-33 (1990), 成美堂, 1-17.

92-24　小迫　勝 'Some Observations on Rhyme Pronouns in Spenser's Amoretti in Contrast to Those in Shakespeare's Sonnets',『英米文学語学研究・松元寛先生退官記念論文集』, 英宝社, 1987 年, 421-26.

92-25　水野眞理 'A Better Teacher than Scotus or Aquinas', MCJ NEWS 12 (1991), 1-5.

92-26　村里好俊『ニュー・アーケイディア』, 大阪教育図書, 1989 年, 318 pp.

92-27　村里好俊「サー・フィリップ・シドニー『ニュー・アーケイディア』訳解(五)」和歌山大学教育学部紀要　人文科学第 39 集　(1990), 21-36.

92-28　村里好俊 「シドニーの絵画的想像力——『ニュー・アーケイディア』論(一)」『文学と評論』, 文学と評論社　第 2 集　第 7 号　(1990), 5-15.

92-29　早乙女忠 「シンボルの橋——スペンサーとミルトン」, OBERON 21 巻　第 2 号 (1987), 南雲堂, 52-67.

92-30　早乙女忠 「シンボルの橋——スペンサーと時間」, OBERON 22 巻　第 1 号 (1988), 南雲堂, 8-21.

92-31　早乙女忠 「シンボルの橋——スペンサーの比喩と脱比喩」, OBERON 22 巻　第 2 号 (1989), 南雲堂, 2-15.

92-32　早乙女忠 「スペンサーと自我——シンボルの橋(続)」, OBERON 23 巻　第 1 号 (1990), 南雲堂, 44-57.

92-33　島村宣男 『英国叙事詩の色彩と表現——「妖精女王」と「楽園喪失」』(関東学院大学人文科学研究所叢書 X), 八千代出版, 1989 年, vii + 206 pp.

92-34　島村宣男 'Spenser's Use of Ruddy in The Faerie Queene', 関東学院大学文学部紀要　第 56 号　(1989), 47-62.

92-35　島村宣男 'An Axiological Approach to the Uses of the Color-Term Ruddy in The Faerie Queene and Paradise Lost', MCJ NEWS 12 (1991), 7-11.

92-36 田中　晋　「『コリン・クラウト故郷に帰る』――旅と故郷の一つの解釈」，英文学評論（京都大学教養部英語教室）第 57 集(1989)，1-22.
92-37 山田知良　「スペンサー・レキシコン試筆(1)」，熊本大学教養部紀要(外国語・外国文学編) 第 23 号 (1988)，1-27.
92-38 山田知良　'The Destiny of a Virtuous Knight: A Study of Cantos 1-2 of Book 1 of *The Faerie Queene*'，熊本大学英語英文学 第 31 号 (1988)，1-27.
92-39 山田知良　'SPENSER LEXICON (2)'，熊本大学教養部紀要(外国語・外国文学編) 第 24 号 (1989)，85-115.
92-40 山田知良　'SPENSER LEXICON (3)'，熊本大学教養部紀要(外国語・外国文学編) 第 25 号 (1990)，69-99.
92-41 Yamashita Hiroshi, Matsuo Masatsugu, Suzuki Toshiyuki and Sato Haruo, eds., *A Comprehensive Concordance to The Faerie Queene 1590*, Ken'yu-sha, 1990, 1215 pp.
92-42 湯浅信之　「スペンサー」，上杉文世編『光のイメジャリー――伝統の中のイギリス詩』，桐原書店，1985 年，496-505.
92-43 湯浅信之　「スペンサーにおける愛の図像と修辞」，『英米文学語学研究――松元寛先生退官記念論文集』，英宝社，1987 年，97-103.

【翻訳】

92-44 藤井良彦・吉田正憲・平戸喜文　「スペンサー　『詩神たちの涙』・『ヴァージルの蚋』訳注」，熊本大学教養部紀要(外国語・外国文学編) 第 22 号 (1987)，270-304.
92-45 藤井良彦・吉田正憲・平戸喜文　「スペンサー　『時の廃墟』訳注」，熊本大学教養部紀要(外国語・外国文学編) 第 23 号 (1988)，293-314.
92-46 宮崎正孝　エドモンド・スペンサー作『妖精の国の女王　第一巻』　私家版，1989 年，560 pp.
92-47 外山定男『仙女王』，成美堂，1990 年，978 pp.
92-48 山田知良・福田昇八　「スペンサー　『ダフナイーダ』・『ヴァージルの蚋』訳注」，熊本大学教養部紀要(外国語・外国文学編) 第 22 号 (1987)，224-40.
92-49 山田知良・福田昇八「スペンサー　『俗人劇場』訳注」，熊本大学教養部紀要(外国語・外国文学編) 第 22 号 (1987)，242-68.
92-50 山田知良・福田昇八「スペンサー　『クロリンダの歌』他 訳注」，熊本大学教養部紀要(外国語・外国文学編) 第 24 号 (1989)，190-206.
92-51 和田勇一・山田知良・福田昇八　「スペンサー　『ベレーの幻』・『ペトラルカの幻』他 訳注」，熊本大学教養部紀要(外国語・外国文学編) 第 25 号 (1990)，193-206.
92-52 和田勇一・山田知良・福田昇八「『友アストロフェルに捧げる挽歌』他訳注」，熊本大学教養部紀要(外国語・外国文学編) 第 25 号 (1990)，180-192.

【書評】

92-53 水野眞理　Dennis Kay, *Melodious Tears: The English Funeral Elegy from Spenser to Milton* 『英語青年』第 136 巻　第 11 号 (1991)，41-42.
92-54 島村宣男 ・外山定男訳『エドマンド・スペンサー 仙女王』，関東学院大学文学部紀要 第 62 号 (1991)，131-35.

****

【参考資料 I】　会員への連絡文書　　　　　　　　（1991年3月7日付け）
日本スペンサー研究会会員の皆様へ
▲会費納入のお願い
　年会費 1,000 円の納入をお願いします。
　Spenser Newsletter 購読希望の場合は、2 年分（1992-93）として 3,000 円を加えて合計 4,000 円になります。去年 2 年分まとめて払われた方は、今回 92 年度分として 1,500 円（11 ドル）を会費と合わせて 2,500 円を払い込んでください。
　今後は、2 年分まとめて 93-94, 95-96 というようにし、送金事務を 2 年に一度にしますので、ご協力願います。
　講読申込みは 3 月 31 日までになっていますので、今月中に納入してください。まとめて手続きをとりますが、この場合、振替用紙の通信欄に必ずローマ字活字体で住所をお書き添え願います。
▲通信記事提供のお願い
　会報の発行が遅れていますが、会員の方々はこの 2 年間の個人的な仕事、研修など、自由に 400 字以内程度にまとめてお送りください。数行でも結構です。記事はすべて次号(4 月刊予定)に載せます。
▲スペンサー Bibliography への情報提供について
　会員は、スペンサー関係著書、論文を本部に 1 部寄贈することになっていますので、お忘れの方はこの際よろしくお願いいたします。
　1988 年以降の出版物について、下記の要領（英文は下の例による）でお知らせください。

　　著者名：　　　　　　　　　論文(書名)：
　　発表誌名：　　　　　　　　pp. ○○ - ○○
　　出版社：　　　　　　　　　○○○ページ
　　定価○○○円
　　分類：　Gen. S. Cri/ FQ / FQ1, 2, 3, 4, 5, 6, 7/ SC / Am / Epi / Others

　和文の場合は、英訳を下にお書きください。
（例）Ibuki, Yuko. "The Heroines of Renaissance Sonnet-Sequences." In *Poetry and Faith in the English Renaissance*. Ed. Peter Milward. Tokyo: The Renaissance Institute, Sophia Univ., 1987, pp. 49-58.

....

日本スペンサー研究会会報　第 6 号
　　　　　　　　　　　　　　　1993 年 7 月 9 日発行
....

93-01　「研究会」から「協会」へ　　本会は「スペンサー研究会」として、1985 年 5 月 18 日に設立され、今日に至っていますが、顧問の和田勇一教授から、会の名称を協会に変更し、正式に会長他を決めるように、との提案がありました。この

ためには，会則を作る必要があります。別紙の原案について，会員の皆様のご意向をおたずねします。また，役員の選出のための投票用紙を同封してあります。同封の名簿により，投票用紙に番号だけ記入して投票用封筒に入れ，発信人氏名は書かないで投函願います。開票は熊本大学事務員が行い，結果だけの報告を受けます。

93-02 **会費の徴収** 1992年度は支出がほとんどないので，1993年度の会費は徴収しません。また，*Spenser Newsletter* の購読料は今年度分まで納入済みになっていますので，送金の必要はありません。

93-03 *Spenser Newsletter* 今年度から3年間，福田が *Spenser Newsletter* の Corresponding Editor の役を引き受けることになりました。1989年以降の著書・論文で，日本語で書かれたものについて随時紹介することになっていますので，ご協力をお願いします。*SpN* の書式どおりに，執筆者自身が重要と考えられる点を10行ほどにまとめてお届けくださると助かります。英文論文についても同様です。

93-04 **日本英文学会** 第66回日本英文学会が1994年5月21〜22日，熊本大学において開催されることになりました。当番校としましては，漱石やハーン関係の資料のほかに，スペンサー関係資料も展示したいと思います。すでに，山下 浩氏から同氏所蔵の *The Faerie Queene* 1590年初版本とエリザベス一世の肖像画を，この機会に公開してもよいとの申し出をいただいています。会員の皆様のなかで，何か珍しいものをお持ちの方は，是非お知らせくださいますようお願いします。さらに，スペンサー関係のシンポジウムなども企画したいと存じますので，どうぞ自由にご意見をお寄せください。

会員近況

93-05 **村里好俊** 1992年5月下旬，A. C. ハミルトン教授にお会いする機会に恵まれた。韓国への講演旅行の帰りに熊本に立ち寄られたとき，福田昇八教授のお取り計らいで，念願が叶ったのである。◆当方には，一つの目的があった。シドニー研究は，70年代から欧米で活発になり，研究書，研究論文が陸続と公表されてきたにもかかわらず，日本での現状はほんの端緒についたばかりということで，曲がりなりにもシドニー研究者の端くれとしては，一本にまとまった研究書，もしくは研究書の翻訳が一つもないことが，かねがね残念でたまらなかった。日本の英米文学研究者だけでなく，一般読者にも読んでもらえそうな面白い本はないかと考えてみたところ，はたと思い当たったのが，ハミルトン教授の御著書であったというわけである。◆福田研究室で直接お目にかかってお願いしたところ，教授の快諾を得られ，ほっと胸をなでおろした。そこで，拙訳書『ニュー・アーケイディア』を献呈すると，教授は *Sidney Newsletter* に紹介の一文をしたためてくださるとのことで，筆者には望外の朗報となった。◆しばし歓談の後，岡山からかけつけられた小迫勝先生，及び熊本大学の吉田正憲先生もご一緒に，近くの瀟洒なフランス料理店で美味しい料理をいただきながら，楽しいひとときを過ごすことになった。◆食後は，福田先生のご自宅でハミルトン夫人にお目にかかる

ことができた。夫人はきさくな方で，双方こころおきなくおしゃべりして，名残の散会ということになったが，一つだけお聞きするのを忘れたことがある。当のご著書の前書きに，「執筆中，妻が助力を惜しまなかったことに感謝する……妻は『アーケイディア』を一度も読んだことはないが，これまで幾度となく読んでみる，と約束してくれた」とユーモアまじりに書いてあるのだが，夫人に読破されたかどうか，お聞きしそこなったのである。ともあれ，翻訳は大塚定徳教授と共訳で目下進行中である。

93-06　山下 浩　このほど日本エディタースクール出版部から『本文の生態学――漱石・鷗外・芥川』という本を出しました。Textual criticism が日本でいかにいい加減に行われているかを，『坊ちゃん』などの雑誌初出から全集に至るまで，実証的に検証したものです。これも，スペンサーの本文研究の訓練があればこその仕事と思っています。このほど，ハミルトン教授のロングマンの改訂版に私どものテキストを取り入れてもらうことになりました。近くお目にかかって，打ち合わせようと思っています。今春フロッピー版が出た Textual Companion の本は，今秋刊行の見込みです。

93-07　早乙女 忠　『オベロン』55 号が刊行されました。これはダンの 2 回目となります。スペンサーのほうも，あと 1，2 回書くつもりでいます。ダンが新しくスペンサーが古い，とは決して言えないと思います。そういうことを言う人がいるわけですが，いまこそ悠然とスペンサーを読むべき時だと考えています。

****

【参考資料 1】「日本スペンサー協会」会則

「日本スペンサー協会」会則

1. 本会は，日本スペンサー協会と称し，その英語名を The Spenser Society of Japan とする。
2. 本会の本部は，原則として会長の所属する大学におく。
3. 本会には，スペンサーに関心を持つ者は誰でも加入することができる。
4. 本会の会員は，別に定める年会費を納入する。ただし，定年退職者には会費の納入を免除する。
5. 本会の会員は，スペンサー関係の論文・著書一部を出版ごとに本部に寄贈する。
6. 本会の役員は，次のとおりとし，再任をさまたげない。
    顧問，会長，副会長，理事若干名
7. 役員の任期は 4 年とし，オリンピックの年ごとに会員の投票により選出する。
8. 本会は次の各号の事業を行う。
  1）会報の発行
  2）スペンサー文献目録の作成
  3）研究会の主催
  4）海外スペンサー関係学会との交流提携
  5）その他スペンサーの周知とスペンサー学の発展に寄与すること
9. 本会の会計年度は，1 月から 12 月までとする。

付則
1. この会則は 1993 年 7 月から施行する。
2. 会費は年額 1,000 円とする。

日本スペンサー協会会報　第 7 号

1994 年 1 月 21 日発行

94-01　新役員決まる　1985 年 5 月,「日本スペンサー研究会」として設立された本会は, 1993 年 8 月 8 日をもって,「日本スペンサー協会」と改称しました。これに伴って, 7 月に行われた役員選挙の結果は次の通りでした。
　　　会長　　　　福田昇八
　　　副会長　　　藤井治彦
　　　理事　　　　川西　進, 早乙女忠, 高田康成, 平川泰司, 秋市元宏

94-02　和田勇一氏逝去　本会顧問和田勇一氏は, 1993 年 5 月から神経症のため入院加療中のところ, 12 月 19 日午後 8 時 16 分, 肺水腫による急性呼吸不全のため, 死去されました。82 歳の誕生日を迎えて三日後のことでした。和田氏は, 1911 年東京生まれ, 熊本の済々黌, 五高から東京大学英文科を出て, 五高, 熊本大学で教鞭をとり, 法文学部教授時代は若手教員を集めて毎週輪読会を開き, ここからスペンサーの翻訳の仕事が生まれました。著書に,『シェイクスピア研究』(英宝社),『ベン・ジョンソン――人と作品』(研究社)があり, 翻訳にスペンサーの諸作品があるほか, グリーン原著『イギリス国民の歴史』全 3 巻 (篠崎書林) があります。和田氏は, 本会設立時に初代会長就任を,「会長は, 世界中どこへでも飛んでいって演説するような者でなければならない。自分はその任にあらず。」と固辞し, その後, 極度に弱い視力にめげず, 新訳の仕事に打ち込み, この仕事を終えての入院でした。「早く協会に改称して, 会長を決めるように」というのが最後の助言でした。

94-03　会費納入のお願い　1994 年度会費 1,000 円を同封の郵便振替により納入願います。次のオリンピックの年までの分として, 94, 95, 96 年分をまとめて 3,000 円を納入しても結構です。*Spenser Newsletter* の第 25 巻 (1994), 26 巻 (1995) の講読予約を希望される場合は, 2 年分 22 ドルの概算として, 2,300 円を加えて, 2 月 15 日までにご送金ください。この場合は, 通信欄にローマ字で住所をお書きください。

94-04　会計報告
1993 年度収入は, 新入会員年会費 2,000 円でした (現会員からは徴収せず)。支出は以下のとおりです。

切手代	17,020 円
ゴム印代	2,880 円
合計	19,900 円

94-05　第66回日本英文学会　　5月21日，22日に熊本大学で開催される年次大会におけるスペンサーのシンポジウムは，こちらの不手際（申込みの遅れ）のために企画が実現しなかったことをお詫びします。ただし，『妖精の女王』についての発表が2件（いずれも女性）受理されていますので，ご期待ください。協会としての集まりを22日（日）の昼食時に開きますので，ぜひお集まりください。現在，スペンサーの作品の出版400周年がひかえていますので，これを記念して協会として論集刊行などの事業につき討論をお願いします。弁当の手配は当方でいたしますので，当日午前10時半までに学会受付のわきの弁当受付所へ「スペンサー」と言ってお申込みください。協会の昼食会場は，当日受付に掲示します。なお，五高の旧校舎は，五高記念館として，土・日は一般公開されていますので，ご見学ください（入場料200円）。漱石やハーン関係資料が展示されています。

94-06　出版物について　　著書・論文等を刊行されましたら，別紙の目録票をつけて一部を本部宛て寄贈願います。

94-07　入会希望について　　昨年は2人の加入者がありました。成富紀子さんは私市氏の，浅井紀代さんは水野氏のご紹介によるものです。今年度も入会希望の方がおられましたら，別紙会員名簿用紙をお渡しください。この申込み用紙に記入して本部に送り，郵便口座に年会費1,000円（または，3年分まとめて，3,000円）を払い込むことによって加入できます。

．．

日本スペンサー協会会報　第8号
1995年3月20日発行

．．

95-01　本部より　　本号は昨年5月21〜22日に熊本大学で開催された第66回日本英文学会の記念号として，参加されなかった方々のために，スペンサー展示会の出品目録を再録します。

95-02　『妖精の女王』出版400年記念論集　　スペンサー協会の昼食会での協議で，『妖精の女王』出版400周年を記念して，会員の論集の刊行を検討することになっております。今年の夏至までに執筆の予定者を決め，秋分の日ごろを締め切りとして編集を行い，1996年中の刊行を目指すということですので，なるべく会員全

員の参加が期待されます。川西，藤井の両氏に編集に加わっていただき，理事その他の方々とともに審査をお願いするということにし，各論文は2人の委員の推薦によって採用とすることにしたいと思いますので，締め切りを待たずに，出来次第，熊本大学福田昇八宛で，コピー2部をお送りください。和文，縦書き，注は末尾，30枚（ワープロは，45字，17行，15枚以内）を原則とします。高度な内容が望まれるところですが，なにぶんスペンサーは知られるところの少ない詩人ですので，学生も念頭に置いた親切な叙述を心掛けていただければ幸甚です。学会前に，仮題と概要をお知らせいただければ，学会のときに相談します。

95-03　1994年度収支報告

　　　納入金　　　　94,840 円
　　　利子収入　　　 1,153 円
　　　繰越金　　　　93,707 円
　　　　収入合計　　　　　　　189,660 円
　　　US 送金　　　 33,363 円
　　　展示会費用　　42,159 円
　　　事務経費　　　24,704 円
　　　　支出合計　　　　　　　100,226 円
　　　　次年度繰越金　　　　　 89,434 円

95-04　編集担当交代　　この会報は，次回第9号から，水野眞理氏が編集者になり，新しい感覚で定期的な刊行に尽力していただくことになりました。会員諸氏の全面的な協力をお願いいたします。

95-05　Carol V. Kaske 教授の来日　　コーネル大学のキャスキ教授が来日し，日本英文学会が催される筑波大学で，5月20日（日）にスペンサー関係者とお会いしたいとの連絡がありました。詳細は改めてお知らせします。

95-06　その他　　熊本大学教育学部英語科のパート職員として，20年にわたり勤務された鬼塚洋子さんが，この3月をもって退職されます。スペンサー協会事務局の事務，名簿の整理から，目録の作成，会報のタイプ，印刷，発送まで，すべてお世話になり，ここに多年の貢献に謝意を表します。本人から，「不注意による誤記などのミスもあったかと思いますが，皆様のご寛恕をお願いします」とのことです。

　　☆福田研究室直通電話・Fax 番号：　096-342-2611
　　　　E-mail: fukuda@educ.kumamoto-u.ac.jp

Spenser Bibliography in Japan――1994 (in alphabetical order)
95-07　浅井紀代　「『アストロフェルとステラ』―― 演技する恋人・詩を書く恋人」　京都大学大学院英文学研究会 *Zephyr* 4 号 (1990), 1-20.
95-08　浅井紀代「『妖精の女王』の第3巻と第4巻における恋人の嘆きと寓意的風景について」　京都大学大学院英文学研究会 *Zephyr* 6 号 (1992), 1-14.

95-09 浅井紀代 「マリネルの恋と傷――『妖精の女王』第3・4巻における恋愛詩のメタファー」京大英文学会 *Albion* 復刊 39 号(1993), 20-35.

95-10 福田昇八 翻訳 『妖精の女王』(和田勇一氏と共訳)筑摩書房, 1994, 1099 pp.+ xi.

95-11 福田昇八 「スペンサーの『祝婚歌』と隠された数」英語青年 1994 年 9 月号, 270-74.

95-12 古川啓二 'An Interpretation of Spenser's *Prothalamion*, with Special Reference to its Refrain' 法政大学大学院紀要第 9 号(1982), 65-75.

95-13 古川啓二 「*Faerie Queene*, Book I における『光』と『闇』」城西人文研究第 15 巻第 1 号(1987), 35-55.

95-14 古川啓二 「Mutabilitie Cantos における Nature の『性』」*Ebara Review* 第 3 号(1988), 10-20.

95-15 平川泰司 翻訳 『アルカディア』(二)京都府立大学文学部英文学研究室 コルヌコピア第 2 号(1991), 21-58.

95-16 川西 進 『シェイクスピア「恋人の嘆き」とその周辺』(高松雄一・桜井正一郎・成田篤彦氏と共編) 英宝社, 1995, 428 pp.

95-17 小迫 勝 'Double Syntax in *The Faerie Queene*: As a Bearer of Allegory'『河井迪夫先生退官記念英語英文学研究』, 英宝社, 1993, 129-36.

95-18 小田原謠子 「ヴィラーゴの愛――例外としての女, ブリトマート」市川節子・細川敦子・三神和子編『愛の航海者たち:イギリス文学に見る愛のかたち』南雲堂, 1994, 35-56.

95-19 水野眞理 「誘惑する葡萄:*The Faerie Queene* 第 2 巻の語りと悦び」京都大学総合人間科学部英語部会英文学評論 第 65 号, 1-19.

95-20 水野眞理 「『アモレッティ』――演技する恋人・演技する詩人」光華女子大学英米文学会編『夢の変奏――英米文学に描かれた愛』大阪教育図書, 1994, 1-29.

95-21 野村行信 「妖精の女王とその群像」〔1〕共立女子大学文学部紀要 第 36 集(1990), 163-78.

95-22 野村行信 「妖精の女王とその群像」〔2〕共立女子大学文学部紀要 第 37 集(1991), 1-17.

95-23 野村行信 「妖精の女王とその群像」〔3〕共立女子大学文学部紀要 第 38 集(1992), 1-24.

95-24 竹村はるみ 「"Take on open sight":*The Faerie Queene* 第 6 巻における恋愛のプライバシー」京都大学大学院英文学研究会 *Zephyr* 7 号(1994), 59-74.

95-25 田中 晋 'The Dedicatory Epistle: An Interpretation of Spenser's *Fowre Hymnes*' 山口大学 英語と英文学 第 26 号(1991), 75-88.

95-26 山田知良 SPENSER LEXICON (6) 熊本大学教養部紀要(外国語・外国文学編) 第 29 号(1994), 1-44.

95-27 山下 浩・佐藤治夫・鈴木紀之・高野彰編 *A Textual Companion to* The Faerie Queene 1590, 研友社, 1993, 447 pp.

95-28 日本英文学会第 66 回大会記念 スペンサー展示会出品目録

熊本大学教育学部 117 番教室
平成 6 年 5 月 21 日(土)9 時 30 分～5 時
　　　　22 日(日)9 時 30 分～4 時

【書籍】 〔出品者〕
1. *The Shepheardes Calender*. London: Hugh Singleton, 1579. 〔福田昇八〕
   スペンサーの処女作の復刻版(1979)。
2. *The Faerie Queene*. London: William Ponsonbie, 1590. 〔山下 浩〕
   『妖精の女王』初版本、第3巻まで。
3. *The Faerie Queene*. London: Ponsonbie, 1596. 〔山下 浩〕
   『妖精の女王』第二版、第4-6巻を含む後半は、この版で初めて出版。
4. *The Faerie Queene*. London: Waterson and Lownes, 1609. 〔水野眞理〕
   『妖精の女王』第三版、無常篇を含む全詩。
5. *Spenser's Faerie Queene*. London: Routledge, 1855. 〔福田昇八〕
6. Rigby Graham, *Edmund Spenser's Castle of Kilcolman*. England: Brewhouse Press, 1975. 〔福田昇八〕
   限定80部の稀覯書。
7. A. C. Hamilton, ed., *The Spenser Encyclopedia*. Toronto: University of Toronto Press.
   『妖精の女王』出版400周年を記念して出版されたスペンサー百科事典。
   〔福田昇八〕
8. 山下浩・松尾雅嗣・鈴木紀之・佐藤治夫編 〔山下 浩〕
   A Comprehensive Concordance to The Faerie Queene 1590. 東京：研友社，1993.
9. 山下浩・佐藤治夫・鈴木紀之・高野彰編 〔山下 浩〕
   A Textual Companion to The Faerie Queene 1590. 東京：研友社，1993.

【翻訳書】
10. 外山定男訳『仙女王　第一巻』東京：不老閣書房，1939.
11. 和田勇一監修・校訂　熊本大学スペンサー研究会訳『妖精の女王』東京：文理書院，1969.
12. 熊本大学スペンサー研究会訳『羊飼の暦』東京：文理書院，1974.
13. 熊本大学スペンサー研究会訳『スペンサー小曲集』東京：文理書院，1980.
14. 宮崎正孝訳『妖精の国の女王　第一巻』函館：小野印刷（私家版），1989.
15. 外山定男訳『仙女王』東京：成美堂，1990.
16. 和田勇一・福田昇八訳『妖精の女王』東京：筑摩書房，1994.

【熊本大学スペンサー研究会翻訳関係資料】
17. 吉田正憲・青木信義・福田昇八訳『妖精の女王』第3巻第1篇の原稿（1962年）
    熊本大学英文学会発行の「熊本大学英語英文学」に発表された翻訳の第1回発表の原稿。以後毎年この雑誌に掲載され、その抜き刷りが全国の英文学者に寄贈された。
18. 『妖精の女王』第2巻第5篇の原稿（1968年）
    木村正人・福田昇八・山田知良の3人が訳した下訳を、和田勇一が鉛筆で訂正した印刷原稿。
19. 文理版『妖精の女王』用原稿。第1巻第9篇〜第2巻第4篇（1968年）
    文理書院からの刊行が決まり、「熊本大学英語英文学」の抜き刷り（1966年）に和田が赤で訂正を加えた原稿。
20. 『妖精の女王』抜き刷り。熊本大学英文学会「英語英文学」第6-12号（1962-68年）
    翻訳は、吉田正憲・平戸喜文・藤井良彦の班と木村正人・山田知良・福田昇八の班に分かれて下訳を作り、両方を和田勇一が監修した。
21. 「友アストロフェルに捧げる挽歌」原稿（1989年）
    山田知良・福田昇八の下訳を和田が赤で訂正したもの。

22. 『妖精の女王』新訳の校正刷り　第6巻（1992年）
　　筑摩書房版の校正刷りが出始めた時期には、和田勇一の視力が普通の字は読めないほどに弱っていたので、まず校正刷りを2倍に拡大し、さらにそれを最濃で3回刷りしてもらったのを見ながら最後の校正を行った。
23. A. C. Hamilton から福田昇八への返信（1992年7月8日付け）
　　共訳者の間で原詩の解釈について意見が相違するときは、福田がカナダのハミルトン教授に手紙かファクスで問い合わせた。これは、『妖精の女王』第4巻に関する13の質問についての回答。
24. 『妖精の女王』第三版（文理、1976年）
　　故和田勇一教授の愛用の書。
25. The Faerie Queene.（Everyman's Library, 1910）
　　故和田勇一教授の愛用の書。

【肖像画・写真】

26. エリザベス女王肖像画（16世紀末）　　　　　　　　　　　　　　　〔山下　浩〕
　　日本初公開のエリザベス一世の肖像（油彩）。
27. スペンサー肖像銅版画（キノール・ポートレート）（1810年頃）　〔小紫重徳〕
　　スペンサーの肖像画として知られるものには2つある。これは Kinonoull 伯爵の名で知られる肖像の銅版画。
28. スペンサー肖像画写真（チェスタフィールド・ポートレート）
　　Pembroke College 提供。Chesterfield 伯爵の名で知られ、現在スペンサーの母校ペンブルック学寮の食堂に掲げられている肖像画の写真。
29. 和田勇一教授(1911-93)遺影（1984年撮影）　　　　　　　　　　　〔和田家〕
　　熊本大学スペンサー研究会代表和田勇一は、40歳代から若手教員を集めて、毎週英文学作品の講読会を強力に指導した。1959年9月からは、輪読会で『妖精の女王』を読み始め、3年後に最初の訳注が発表された。第3回発表分からは、自ら共訳者・監修校閲者となり、以後30余年、1993年5月の入院の直前まで改訳に携わった。写真は72歳のときの叙勲記念写真。
30. ペンブルック学寮エッチング（ロンドン1850年頃）　　　　　　　〔福田昇八〕
31. キルコールマン城西面　　　　　　　　　　　　（以下は福田昇八撮影）
　　スペンサーが1588年頃から最後の10年間住んだ南アイルランドのコーク郡キルコールマンには、ツタに覆われた4階建ての古城がある。詩人の家はこの城の近くにあった。
32. キルコールマン沼
　　スペンサーが住んでいた家があった場所の西には沼地があり、向こう側に城が見える。この地所の現在の所有者リッジウェイ夫人は、ここを野鳥の楽園として保護している。冬には数万羽の鳥が集まり、ここはヨーロッパでも有数の野鳥保護地区になっている。
33. キルコールマンから北にバリフーラ山脈を望む
34. オーベック川
　　スペンサーの広大な地所の南の境界をなすこの川を、詩人が「わがマルラ川」と呼んで愛した。
35. ゴールティモア山
　　バリフーラ山脈の最高峰。この雲間の山頂で、神々が「無常」の訴えを裁くエピソードで『妖精の女王』は終わっている。

36. ファンチン川の上流
　　ゴールティモア山に源を発するファンチン川の清流。
37. モランナ川
　　ファンチン川とモランナ川との結婚(合流)話のとおり，この辺りは岩が多い。そして，ダイアナが水浴をしたと描かれているのは，ここがモデルかと思われる所も見られる。
38. ヨール海岸
　　スペンサーが1994年に再婚したエリザベスが住んでいた Youghal の町には，'Strand'（浜）と呼ばれる海岸がある。　　　　Amoretti 75 に
　　　　　　　One day I wrote her name upon the strand,
　　　　　　　But came the waves and washed it away:
　　　　　　　（ある日，浜辺に名を書けど
　　　　　　　　波が来たりて消し去りぬ……）
　　と書いた場所である。
39. スペンサー学者
　　1990年プリンストン大学で開催された400周年学会にて。
　　左からハイヤット教授，プレスコット教授，ハミルトン教授，ファウラー教授。

****

【参考資料】　400年記念論集の編集に当たっての福田昇八会長の書簡
　　　　　　　　　　　　　　　　　　　　　　　　　（1995年7月4日付け）
　執筆者各位

　　別表のとおり，一応の割り当て(順不同)ができました。27編のすべてを載せるとすれば，一人15頁でも400頁を超す本になり，20頁では550頁もの大作になります。永く図書館で読まれるよう，簡潔で，読みやすい，平明な叙述を旨とされるよう重ねてお願いします。タイトルは『詩人の王 スペンサー』などがありそうですが，いかがでしょうか。

　　スペンサー資料は会報に載せてお届けしていますが，ここでこれをまとめて収載すべきと考えられます。この仕事をお引き受けいただける方はいませんか？　パソコンに読み込んで，リストの編集をやっていただける方は，お申し出願います。また，未提出の論文や会員以外のスペンサー関係論文をご存知でしたら，コピーをお送りください。

　　残念ながら，藤井治彦氏は5月末からご病気のため入院加療中です。一切の仕事を引き受けられないということで，本書は福田・川西の両名で編集することになります。特に，新進の方の場合は，二名の編集者が満足するまで手直しをお願いすることになりますので，原稿は早めにお送りください。

　　ここに編集者から各執筆者への希望を書いておきます。

　　　　　　　　　　　　　　　　　　　　　　　　　　　　　　　　　福田昇八

編集方針
◎この本は，日本のスペンサー研究の高さを示すと同時に，日本にスペンサーを愛する学生を増やすことを願い，学術論文集であると同時に，解説書としての性格をもたせる。
◎各執筆者は学生を読者対象に，スペンサーを知らない読者でも，作品の全体像を知ることができるように工夫する。

◎書き下ろし論文のほか，執筆者がもっとも得意とする分野について，これまでに発表した論文に加筆修正を加えたものを広く集める。
◎原稿は9月末を締切りとし（都合によっては11月），1996年秋の刊行を目指す。
◎出版事情によっては，執筆者は出版費用の一部を負担する。

原稿作成要綱
◎原稿は縦書きとし，B5用紙にワープロで印字する。
◎本文は44字×17行を1頁とする。最初の頁は，タイトルと氏名に9行を当てる。
◎注は48字×20行を1頁とし，本文の最後につける。
◎論文の長さは15頁（400字詰め原稿用紙で30枚）を基準とするが，20頁程度でもよい。
◎書名の日本語訳，および固有名詞のカナ表記は，筑摩書房版のものに統一する。
◎執筆にさいしては，A. C. Hamilton, ed., *The Spenser Encyclopedia* の関連項目も参照する。
◎書式の統一は，編集者が完成原稿をパソコンに入力して行う。
◎原稿は2部作成し，福田昇八と川西進へそれぞれ1部ずつ送付する。この場合，返信切手をはり，宛名を記した封筒を同封する。

◎『詩人の王 スペンサー』(仮題)執筆予定者リスト
 『妖精の女王』
  藤井治彦 『妖精の女王』の構造
  大野雅子 グロリアーナとアーサー
  今西雅章 夢と迷宮の構造
  壱岐泰彦 至福の園
  川西　進 アドーニスの園
  平川泰司 不調和の調和
  竹村はるみ フロリメルの嘆き
  成富紀子 イシスの宮のブリトマート
  浅井紀代 キャリドアの幻
  山田知良 アーロ山の裁き
  小田原謠子 『妖精の女王』における女神像
  水野眞理 『妖精の女王』における異教の表象
  高田康成 スペンサーの視点
  島村宣男 『妖精の女王』の色相
  小迫　勝 『妖精の女王』の脚韻
  鈴木紀之 『妖精の女王』の初版正誤表
  山下　浩 『妖精の女王』本文の確定
 『羊飼の暦』
  根本　泉 牧歌に見るスペンサーの宗教観
 『コリン・クラウト故郷に帰る』
  田中　晋 スペンサーと古里
 『アモレッティ』と『祝婚歌』
  有路雍子 パトロンとしての愛の神
  福田昇八 隠された数
  私市元宏 数秘と優美の女神たちの図像

『四つの賛歌』
　　　小紫重徳　　天上の愛
『プロサレイミオン』
　　　古川啓二　　白鳥の歌
影響
　　　村里好俊　　スペンサーとシドニー
　　　水野眞理　　スペンサーとミルトン
　　　吉田正憲　　スペンサーとワーズワス
日本におけるスペンサー研究資料リスト

日本スペンサー協会会報　第9号
1995年8月14日発行

95-09　**会報編集者の交代**　　暑い夏もお盆を境に峠を越したように思われます。会員の皆様、おかわりなくお過ごしでしょうか。新しい会報をお届けいたします。これまで福田昇八会長がお一人で発行してきてくださった会報を、今号より水野が担当させていただきますので、よろしくお願いいたします。日本スペンサー協会の本部、および日本におけるスペンサー研究のアーカイヴは、今までどおり福田会長の研究室に置かれています。研究の御成果などは、熊本大学福田研究室宛にお送りください。なお、住所変更、その他の異動がございましたら、水野にも御一報くださいますと、大変助かります。

95-10　**1995年度総会**　　去る5月21日、筑波大学での日本英文学会に合わせて、スペンサー協会の総会をもちました。出席者は会長以下18名でした。お部屋を御用意くださいました筑波大学の山下浩氏に厚く御礼申し上げます。◆この会合では、懸案となっておりました *The Faerie Queene*（1596）の出版400年を記念して、日本のスペンサー研究を一冊の論集にまとめる計画を相談いたしました。詳しくは、すでに福田会長から皆様に送られた案内を御覧ください。◆また、福田会長より、Lauren Silberman, *Transforming Desire: Erotic Knowledge in Book III and IV of* The Faerie Queene（Univ. of California Pr., 1995）の書評を募る提案があり、出席者のなかの竹村はるみ氏が『英語青年』に書評を執筆されることが決まりました。◆総会のあと、かねてお知らせしておりましたように、Cornell UniversityのCarol V. Kaske（キャスキ）教授をお迎えして、*Amoretti and Epithalamion* を中心にlectureをたまわりました。Kaske教授の学識と温かいお人柄に触れることのできた貴重な機会となりました。

95-11　**キャスキ教授の京都講演**　　日本英文学会の翌週の5月27日、関西在住のスペンサー研究者たちが、Kaske教授を京都にお迎えしてlectureをお願いいたしま

した。出席者は，平川泰司氏，吉田幸子氏，森道子氏ほか6名でした。The Faerie Queene における登場人物，状況，イメージなどが 'parallel' と 'contrast' の手法を用いて配され，それが一面的な作品理解を阻む The Faerie Queene の特質を大きく形づくるものだ，という教授の主張は強い説得力をもつものでした。少人数であることからくる，親しい雰囲気のおかげで，質疑応答も活発に行われました。会のあと，京都プリンスホテルでささやかな会食をいたしました。

95-12 モントローズ教授のセミナー 8月7日，国際会議「シェイクスピアと歌舞伎」に出席するために来日された，University of California, San Diego の Luis Montrose 教授が，兵庫県尼崎市のホテル・ニュー・アルカイックで，日本の若手スペンサー研究者たちのため私的なセミナーを持ってくださいました。Montrose 教授は，Literary Theory/ Renaissance Texts, eds., Patricia Parker & David Quint（Johns Hopkins Univ. Pr., 1986）および Edmund Spenser's Poetry, 3rd edn., eds., Hugh Maclean & Anne Lake Prescott（Norton, 1993）所収の 'Elizabethan subject and the Spenserian text' ほか，The Faerie Queene, Bk. VI, The Shepheardes Calender などに関する数多くの論文によって，今日の Spenser 研究を代表する一人です。今回は先生の未発表の論文 'Spenser's domestic domain: poetry, property, and early modern subject' のコピーを各自が読んできたうえで，先生から New Historicism 的な視点によるスペンサー論をうかがい，そのあとで討論を行いました。スペンサーがアイルランド植民地官僚として，何をし，何を考えていたかは，スペンサー研究者にとっての，embarrassment であり続けてきましたが，Montrose 教授の，そこにこそスペンサーの authorship/ authority を解く鍵があるという主張が刺激的でした。教授の論は決して激越になることなく，説得力があり，Colin Clouts Come Home Againe, A View of the Present State of Irelande などの従来の学者が軽視しがちであった文献のもつ歴史的な重要性を，一同，納得した次第です。このセミナーは，帝塚山学院大学の溝手真理氏，会員の平川泰司氏のご尽力により実現したものです。お二人に厚く御礼申し上げます。

95-13 編集者より スペンサー研究に関する皆様からの情報提供，情報探索や，共同研究の呼びかけ，近況報告などをお知らせください。情報が多ければ，それだけ会報をお届けする頻度も増え，年に一度会うか会わないかの会員相互の情報交換に役立つと存じます。水野自宅は

〒610-01　城陽市寺田市ノ久保2-179 Tel./ Fax 0774-55-9082

です。大学研究室，自宅のどちらにお送りくださっても結構です。それでは，皆様が実り多い夏休み後半をお過ごしになられますよう，お祈り申し上げまして，お別れいたします。◆この原稿を出す寸前に，福田会長よりお葉書を頂戴しました。その一部を引用させていただきます。「今後は，……5，6ページになるような充実を考えていただければと思います。たとえば，名簿順に work in progress のようなことを1，2枚書いてもらうなど(5，6人に)いかがでしょうか。これには，指名して「あなた」と言わないとなかなか集まりません。名簿を見て，2番おきとかを指定して，締め切りを指定されると皆書くと思います……」とりあえず，今号は2ページの貧相なままでお送りいたします。会長の理想には容易には到達で

きないかもしれませんが，次号より少しずつ充実させていきたいと存じます。原稿をお願いいたしましたら，どうかよろしく御協力をいただきますよう，御願い申し上げます。

日本スペンサー協会会報　第 10 号
1996 年 7 月 6 日発行

Iulye.

Ægloga septima.

本会報 (第 10 号) 初出時の冒頭ページのカット

　今年は梅雨らしい梅雨で，水不足の心配はなさそうですが，外出がおっくうになり，運動不足になりそうです。夏休みが待たれるところですが，会員の皆様おかわりなくお過ごしでしょうか。会報と新しい会員名簿とをお届けいたします。

96-01　1996 年度総会報告　　去る 5 月 23 日，立正大学での日本英文学会の開催に合わせて，五反田駅前の東興ホテルにおいて，スペンサー協会の総会が開かれました。出席者は 15 名。席上，以下のようなことが提案，承認されました。

(1) 役員の改選について
　　会　長　福田昇八
　　副会長　藤井治彦・川西進
(2) 会費について
　　会員はオリンピックの年ごとに，会費として 5,000 円を本部に納入するものとする。
(3) 刊行物の寄贈について
　　会員は，刊行物を 2 部寄贈するものとし，1 部は本部事務局へ，もう 1 部は会報紹介用として，会報担当者へ送るものとする。会報担当者に送るものには，日本語 200 字以内の梗概をつける。

(4) 1995 年決算報告

収入
　　　繰越金　　　　　　89,434 円

支出
　　　講師旅費（Kaske 先生）　3,870 円
　　　講師謝金（Kaske 先生）　7,000 円
　　　総会費　　　　　　　6,950 円
　　　切手代　　　　　　　4,000 円
　　　会報費　　　　　　 10,000 円

　　　合計　　　　　　　31,820 円

次年度繰越金　　　　　　57,614 円

(5) 報告事項
Great Britain Sasakawa 財団助成金の交付について
A. C. Hamilton, ed., *The Faerie Queene*, 2nd edtion (Longman) に山下浩氏の校訂による本文が用いられることになっており，それに関する調査費用として，表記の財団より助成金を受けることになりました。
(6) 新入会員
　　溝手真理氏，阿部芳子氏が入会されました。
(7) 1997 年の日本英文学会は 5 月 24 日（土）〜 25 日（日），宮城学院大学が会場です。スペンサー協会もそれに合わせて，25日の昼休みに集まりを持つ予定です。

96-02　日本スペンサー協会 *The Faerie Queene* 刊行 400 周年記念論文集の刊行について　完成原稿がほぼ集まった段階です。スペンサーの専門家でない読み手も楽しめる論集をめざし，次のような内容で，福田会長が出版社と交渉中です。

福田昇八・川西進編『詩人の王 スペンサー』目次
　スペンサーの楽しさ——まえがきにかえて　　　　　　　　福田昇八
　第 1 部　『妖精の女王』
　　『妖精の女王』における構造の形成と隠蔽　　　　　　　藤井治彦
　　アーサーとグロリアーナ　　　　　　　　　　　　　　大野雅子
　　スペンサーにおける夢と迷宮の構造　　　　　　　　　今西雅章
　　至福の園のガイアン　　　　　　　　　　　　　　　　壱岐泰彦
　　貞節の勝利の書におけるヴィーナスとダイアナの和解　小田原謠子
　　友情と「調和した不調和」　　　　　　　　　　　　　平川泰司
　　フロリメルの嘆きにおける詩人像　　　　　　　　　　竹村はるみ
　　正義の理想と現実　　　　　　　　　　　　　　　　　成富紀子
　　『妖精の女王』の複雑さと単純さ　　　　　　　　　　川西　進
　　礼節の物語における地口と語源　　　　　　　　　　　浅井紀代

アーロ山上の裁き	山田知良
内なる異教徒──『妖精の女王』の文明論的読み方	水野眞理
『妖精の女王』の色彩と表現	島村宣男
脚韻語の品詞── その言語構造と芸術性	小迫　勝
『妖精の女王』の綴り字韻	鈴木紀之

第2部　小品

『羊飼の暦』に見るスペンサーの宗教観	根本　泉
『コリン・クラウト故郷に帰る』──故郷とは何か	田中　晋
『祝婚歌』と隠された数	福田昇八
『祝婚歌』と優美の女神たち	私市元宏
『四つの賛歌』における天上美──ロゴスの光	小紫重徳

第3部　影響

『ニュー・アーケイディア』と『妖精の女王』の距離	村里好俊
スペンサーからミルトンへ	平川泰司
スペンサーとワーズワス	吉田正憲
日本スペンサー文献目録	（福田昇八・竹村はるみ編）

会員業績（ABC 順）

96-03　藤井治彦『イギリス・ルネサンス詩研究』英宝社，1996 年，4,635 円．

96-04　溝手真理「愛のヒエラルキー──『妖精の女王』第三巻・四巻一考」*Osaka Literary Review* 第 27 号，1988．

96-05　溝手真理「崩れ落ちる要塞──『羊飼の暦』試論」*Osaka Literary Review* 第 28 号，1989．

96-06　溝手真理 'Producing a Queene: The Political Ideology in *The Shepheardes Calender*' 待兼山論叢，第 24 号，1990．

96-07　溝手真理「叙事詩へのデモンストレーション──『コリン・クラウト故郷に帰る』一考」帝塚山学院大学研究論集，第 26 号，1991．

96-08　溝手真理「Hamlet と懐疑主義──その時代性」帝塚山学院大学研究論集，第 27 号，1992．

96-09　溝手真理「'providence' と 'foreknowing'──『レーモン・ズボンの弁護』と『ハムレット』」帝塚山学院大学研究論集，第 28 号，1993．

96-10　溝手真理　書評：Graham Bradshaw, *Shakespeare's Scepticism*, Harvester, 1987, 帝塚山学院学教養課程研究紀要 1，1993．

96-11　早乙女 忠「二つの知識論──ダン『第一，第二周年追悼詩』について」『オベロン』56 号，1996. 12. ダンの『第二周年追悼詩』を，エリオット，プラッツ，ウォーンケを踏まえ分析したもので，スペンサーの「付加的，累積的な」(additive and accumulative) 方法を，ダンがさらに大胆に実践したことを具体的に示した論文．著者は『オベロン』54 号で『メテンプシコーシス』を，55 号で『第一周年追悼詩』を論じ，今回のものはそれらを受けて，ダン研究の三回目にあたる．

96-12　竹村はるみ「ベルフィービーの『幸せの館』──『妖精の女王』第二巻第三篇における女王賛歌」大谷大学英文学会会報，第 23 号，1996．『妖精の女王』第二巻第三篇のベルフィービーを単に女王や処女性への賛辞として捉えるのでなく，そこに込められた詩人の政治的意図や配慮にも注目した論文．

96-13 **会費納入のお願い**　日本スペンサー協会会費の納入をお願い致します。今回納入していただく分は，1996/1997/1998/1999（4年分）合計5,000円です。◆アメリカ・スペンサー協会所属希望の方は，上に加えて協会会費（4年分）として8,250円（$75.00）をご送金ください。このなかには Spenser Newsletter の予約購読料 $44.00 が含まれています。◆送金方法は，同封の振替用紙を使って，郵便局振替口座にご送金ください。振替口座番号が新しくなりましたのでご注意ください。
　　　　01960-8-25355（右詰め）　日本スペンサー協会
アメリカ送金分は，振替用紙通信欄にローマ字で宛名を明記し，アトランタ・オリンピックの開会日までにお払い込みください。遅れて払い込まれる場合は，7月末までにその旨をファックスでお知らせください。一括送金の手続き後は，一人だけ遅れて送金することはできません。その場合は，ご自身で送金してください。

会員近況

96-14 **竹村はるみ**　『妖精の女王』の第三巻から第五巻にかけて登場するフロリメルと言えば，そのエピソードが切れ切れのせいか，断片的なイメージしか浮かばない。しかも，そのイメージもほとんど視覚的なものに限られているのではないだろうか。フロリメルといえば絶世の美女——　そんな図式が登場人物だけではなく批評家の間にも定着してしまったような気がする。今回の論文では，あえてフロリメルの美しさだけでなく，言葉にも注目してみた。◆フロリメルに投影されている恋愛詩人の受難と嘆きを考えるうちに，求愛の言説を取り込んだルネサンスのパトロネージ文学，そしてその中での詩人の立場にどんどん興味をもつようになった。特に，論文の後半部で触れたエリザベス女王と詩人の関係にはこれからも注目していきたい。宮廷文化という枠組みでスペンサーを捉えつつ，私なりの視覚をもって今また一からこの詩をじっくりと読みたいと思っている。

96-15 **浅井紀代**　第六巻を読むたびにいつも気になっていたのが，第四巻の半ばから終わりにかけての，キャレバインが熊から助けた赤ちゃんをめぐるエピソードでした。なぜここで熊が現れなければならないのか？キャレバインの熊退治は，礼節というテーマと何の関係があるのだろうか？……など，考えれば考えるほど分からなくなるような気がしましたが，読み返すうち，その謎めいたところにますます惹かれ，何とかこの奇妙なエピソードについて自分なりの読みをまとめてみたいと思ったのが，執筆の動機です。◆ 'bear' という言葉が一つの鍵になっていることは，A. C. Hamilton の注もあって，最初から検討がつきましたが，こうした言葉遊びに見られる詩人の言葉へのこだわりを，このエピソードに限定せず，広く巻全体の中で探ってみたいと考え，court/courtesy/courtship の言葉の問題と絡めて考察しました。かくて昨夏は，テキストから 'bear' や 'bore'，'born' などの言葉を拾い出す 'bear-hunting' の作業に費やされ，しばらくは頭の中が 'bear' という言葉で一杯で，熊のぬいぐるみを見てもハッとする始末でした。◆ 心残りなのは，一つだけ言いたかったことを書けなかったことです。'bear' という言葉を第六巻で強調することによって，(?)スペンサーは礼節という徳目を「耐えること」(to bear, to forbear) だと言おうとしているのではないかと思うのですが，これをうまく裏付ける部分を見つけることができず（あるとすれば，それは部分ではなく巻全体なのかも知れません），書かずに終わってしまいました。元々，

地口（pun）や言葉遊びに目がない私にとって，この論文は心底楽しんで書くことができた初めての論文となりました。

96-16　溝手真理　新しく会員に加えていただくことになりました。よろしくお願いいたします。スペンサーとの出会いは，学部3回生の時にさかのぼります。阪大の学生だった私は，その年，藤井治彦教授の特殊講義を受講し，『妖精の女王』のあらすじと数々のクライマックス・シーンの解釈を中心に，速成でありながら実に密度の高い，スペンサー学との出会いを経験しました。一回の講義で相当な量を進めていかれるので，原文テキストを予習しておくことなど到底できないため，翻訳を必死に読んで講義に備えました。福田先生を中心とする，熊大スペンサー研究グループの存在を認識した最初です。翻訳で読んでも，ずいぶん時間を使ったように記憶しています。この年が人生の分かれ道であったような気がします。思いもよらず，学問の世界に踏み込むきっかけになりました。◆本務校の雑務が忙しく，思うように研究時間がとれず，最近いささか焦燥感に駆られています。わずかな貴重な時間を何につぎ込もうかと考えたとき，スペンサーをやりたいと切実に感じている自分に驚いています。やはり，私の学問体験の原点であり，インスピレーションの源なのかもしれません。熱心にスペンサーに取り組んでいらっしゃる皆様の仲間に加えていただいて，刺激をいただきながら，自分なりに再びスペンサーに向き合ってみたいと考えています。

96-17　お知らせ　(1) 和田勇一・福田昇八訳『妖精の女王』(筑摩書房，1994)の初版第二刷が4月に出ました。　　ISBN：4-480-83119-3　　定価 18,800 円
(2) 9月26〜28日に，Yale Center for British Art において Symposium, *The Faerie Queene* in the World, 1596-1996 が開催されます(同封のリーフレットを参照)。

それでは，皆様の実り多い夏期休暇をお祈りして，お別れいたします。

****
【参考資料】 福田昇八会長からの全執筆者への書簡　　（1997年10月8日付け）

『詩人の王』執筆者各位
　『詩人の王』の出版から1か月になりましたが，反応はいかがでしょうか。皆様には編集上いろいろとご無理をお願いしましたが，おかげさまでこのような形にまとまり喜んでおります。今西先生のアイディアでカバーにラファエロの絵を載せることができ，すっかり楽しい本になりました。売れ行きのほうも好調のようで出版社も喜んでおります。72頁の前後に印刷ミスがあり，今西先生にはご迷惑をおかけしましたが，これは最終校正刷りの段階ではなかったことで，完全に研究社印刷の手違いによるものですので，どうかおゆるしください。
　この本の出版についての案内のようなものをアメリカの *Spenser Newsletter* の次号(11月刊行)に notice として載せます。添付の原稿を送ってありますので，ごらんください。これについて，2つお願いがあります。
1. 論文の英訳名は私が勝手に書いておりますが，ご自分の論文名で訂正ないし修正を必要とする場合は，直ちにお知らせください。

2. このほかに、新しい視点の論文については abstract として差し当たり 2 つを準備し送付してあります。この本のための書き下ろしの論文で、こちらに紹介したいと思われたかたは、同封の見本にならって英文要旨（オリジナルな点）を 10 月 20 日までにファックスしてください（直接に編集者の Dees 教授へファックスされてもけっこうです）。では、お元気で。

日本スペンサー協会会報　第 11 号
1998 年 6 月 25 日発行

98-01　協会からの連絡事項　梅雨シーズンに入って鬱陶しい毎日が続きますが、会員の皆様にはお変わりなくお過ごしのことと存じます。「会報 11 号」が出来ましたのでお送りいたします。

98-02　協会本部の住所変更　福田昇八会長の熊本大学退官に伴い、本部の住所が下記に変更になりました。勤務自体は来年度からになりますので、連絡は自宅宛が便利です。
　　【勤務先】〒 860-0862　　熊本市黒髪 3 丁目
　　　九州ルーテル学院大学　福田昇八研究室　Tel 096-343-1600（3203）
　　【自宅】〒 860-0868　　熊本市清水万石 1-5-32　Tel /Fax 096-344-1748
　　　E-mail　fkds@gpo.kumamoto-u.ac.jp

98-03　会報編集者の交替　水野眞理氏から一身上の都合により辞退の申し出があり、代わって本号から、村里好俊氏に編集を担当していただくことになりました。これまで色々とご苦労されました水野先生に、会員一同を代表して、心より感謝申し上げます。村里氏への連絡は住所録をご参照ください。

98-04　新入会員　今年度は、今のところ 5 人の新入会員があり（98-07 参照）、総会員数は 45 名になりました。

98-05　会計報告　本会は会長が会計事務も担当しており、事務の簡素化を図るために、年度ごとの会費を徴収せず、オリンピックの年ごとに 5,000 円を納入することになっています。今年度の収入は、入会者 5 人分の会費として 10,000 円です。支出は、総会の会場使用料 20,000 円、郵送料約 10,000 円でした。現在、150,000 円ほどの繰越金があります。

98-06　出版物の送付　規約により、本会の会員は、書籍・論文等の印刷物の刊行ごとに、本部へ寄贈することになっています。刊行された場合には、本部宛に 1

部をご送付ください．論文には，著者名・論文名・掲載誌・巻号頁及び数行の要旨を書いた別紙を必ず添付してください．これらは会報にそのまま掲載されます．

98-07　**1998年度総会**　5月24日午後1時より，京都大学での日本英文学会に合わせて，芝蘭会館においてスペンサー協会の総会が開かれ，以下のようなことが提案，承認されました．出席者は22名，会場などのお世話をしてくださいました水野眞理氏に厚く御礼を申し上げます．◆1999年は，スペンサー没後400周年にあたります．これを記念して，協会として何か記念行事を考えることが提案され，来年度の日本英文学会（愛媛県松山大学で，5月29日〜30日開催予定）でスペンサーに関するシンポジウムを行うなどの案が検討されることになりました．◆来年度から，総会の新しい試みとして，会員の1〜2名がスペンサーに関して，（あまり肩の凝らない）まとまった話を10〜20分程度行うことになりました．来年度の話題提供者は，本年6月半ばからアイルランドのスペンサー縁の地を訪問される福田昇八会長にお願いすることに決まりました．◆今年度の英文学会では，スペンサーに関する研究発表が2件ありました．発表者と題目は次の通りです．

　　小林宜子「歴史という虚像──『妖精女王』第二巻，第十歌の『ブリトン史』」
　　廣田篤彦「ウェイルズ人君主とイングランド人臣民──　初期近代国民叙事詩としての『妖精女王』」

◆本年度は新入会員として，次の5名の方々が入会，内4名が総会に出席されました．廣田篤彦（東京大学助手）／本間須摩子（保土ヶ谷看護専門学校講師）／加藤芳子（札幌大学教授）／小林宜子（東京大学専任講師）／住田幸志（島根大学名誉教授）

98-08　「**耳よりな情報**」　福田昇八・川西進編『詩人の王　スペンサー』は予想外の売れ行きで，すでに1,000部ほどがさばけたそうです．会員諸兄の御協力の賜物と存じます．出版元の九州大学出版会も機嫌がよく，講義などで学生に購入させる場合には，定価5,200円から値引きして3,500円でよろしいとのこと，この機会に是非ご利用ください．なお，その場合には，九州大学出版会（藤木編集長）へ直接ご注文願います．

会員業績（ABC順）

98-09　福田昇八 'A List of Pronunciations and Etymologies of Spenser's Names in *The Faerie Queene*' 『熊本大学教育学部紀要』46号，人文科学，225-29. 125の名前の発音と語源を列挙したもの．発音は，ハイヤット，ファウラー，ハミルトン各教授の録音テープを参照した．

98-10　壱岐泰彦「ガイアンの遍歴とアレゴリー──『妖精の女王』第2巻管見」東北大学国際文化研究科ヨーロッパ文化論講座『ヨーロッパ研究』創刊号（1996），69-87. 主人公ガイアンの続ける旅のそれぞれの局面が，主人公に対してもつアレゴリーの意味を探り，主人公の辿る一連の体験が最終篇におけるアクレイジアとの対決への準備となっているだけでなく，スペンサーの人間観を如実に反映し，人間の本性に対する多面的な考察になっていることを指摘した．

98-11　壱岐泰彦 'Approaching Acrasia: The Representation of an Allegorical Figure in Book II of *The Faerie Queene*' 『東北大学大学院国際文化研究科論集』5号（1997），1-13.

98-12　小迫　勝 'Parts of Speech in Rhyme Words of *The Faerie Queene* (from Book I to Book

III)': Verbal Icons in the Prominent Distributions' in *A Love of Words: English Philological Studies in Honour of Akira Wada*, Eihohsa, 1998. 145-60.

98-13 小田原謠子「いささかアレゴリカルなキルコルマン城への道」中京大学英文学会『会報』第7号(1995), 22-33.

98-14 小田原謠子「『リア王』の物語——ジェフリー・オブ・マンモスからシェイクスピアまで」『中京大学文学部紀要』32巻特別号(1998), 43-62.

98-15 早乙女 忠「スペンサーの《終わりなき作品》——スペンサーとオウィディウス」『フォリオa』(1995), 85-108, ふみくら書房. 保坂和志『プレーンソング 草の上の朝食』(講談社文庫)を読み, 作中人物のゴンタが「筋ってて, 興味ないし」とか「小説って, 何かないと書けなくて. ただ時間が経っていくって, 書けなくて」というのを見つけました. まさに, ポスト・モダニズムですが. この点が『妖精の女王』の方法(additive and accumulative)と類似しているように思うのです. 保坂とスペンサーの共通の関心は, 時の経過ということでしょう. 時間の経過のなかで, 人間が喜び苦しむ. それを変身物語に形象化したのがオウィディウスだと考えるのです. スペンサーがオウィディウスから何を受容し, 退けたかが, 私のテーマでした.

98-16 早乙女 忠 書評: パトリシア・ファマトン『文化の美学——ルネサンス文学と社会的装飾の実践』(松柏社), 「週刊読書人」1996年5月1日号 第2章は『妖精の女王』論である. ファマトンの第一のキーワードは「交換」でありそれは宝石や時計の贈与から里子制度にまで及ぶ. ファマトンは『妖精の女王』にあまた登場する騎士たち, その恋人たちが里子として養育されたことに言及する. 『妖精の女王』は「贈り物の円環」を内に含み, ファマトンは「交換」がスペンサーの詩的核心であると結論する. 文化的な「交換」は理想的な共同体の創造と維持に不可欠なものだったというのだ.

98-17 祖父江美穂「*The Faerie Queene* 第3巻における Britomart の役割と貞節の勝利」金城学院大学院『文学研究科論集』第3号, 23-42. 1997. 3. スペンサーの『妖精の女王』第3巻は, 貞節を主題とした巻であり, ブリトマート, アモレット, フロリメルといった, 異性に愛情を抱く女性たちのエピソードを中心に描いている. 「貞節」とは一見矛盾するように思われるが, ここでは, 愛の力を核に貞節の擁護者であるブリトマートが情欲を退け, 勝利を収めていく過程のなかで, 異性への愛情に宿る真の貞節な愛が示されている. 本論では, この三人の女性のエピソードをそれぞれ検討し, アモレットとスカダムアの究極の愛の姿に至るまでのなかから, スペンサーの提示する貞節な愛情とは何かを考察した.

98-18 祖父江美穂「《貪欲な海》と《豊饒の海》——Florimell と Marinell の再会における母性の役割について」金城学院大学大学院英文学会 *Lilium* 第1号(1997), 1-14. 『妖精の女王』第4巻において, クライマックスを飾るフロリメルとマリネルのエピソードは, 前篇のテムズとメドウェイとの結婚による水の豊饒性と合わせて, 閉じ込められていたフロリメルの解放は, 冬から春への移行による豊饒を表している, といった解釈がなされてきたが, マリネルの母 Cymodoce の果たした役割が大きいと思われる. このエピソードだけでなく, 第4巻のアガペー, コンコルド, ヴィーナスを見れば, その母性の果たした役割に注目せざるを得ない. 本論では, 二人の再会において母性の果たした役割を検討するとともに, スペンサーが母性のなかにどのような力を見出していたのかを検討する.

98-19 鈴木紀之 'A Note on the Errata to the 1590 Quarto of *The Faerie Queene*' 『金城学院大学論集(英米文学編)』第38号, 105-29. 1997. 1590年出版の『妖精の女王』第

1-3巻の初版四折本に付された正誤表には，合計110箇所にわたる訂正が記載されている。しかし，1596年の再版以降のこの作品の古版本は，正誤表に載っている誤りのうち半数近くのものを正していない。本論は，なぜこのような見落としが生じたのかという問題を，正誤表そのものの性格を分析し，再版の印刷された状況を考察しながら追究している。再版時には正誤表は参照されておらず，ローリへの手紙などの付属品とともに，あらかじめ原稿(改訂および訂正を書き込んだ初版本)から除外されていた可能性があると結論づけている。

新会員自己紹介

98-20　廣田篤彦　東京大学大学院総合文化研究科情報科学専攻で助手をしております。川西進先生のご紹介でこの会を知りました。今後ともよろしくお願い致します。

98-21　本間須摩子　この春に入会させていただきました。私と同様，スペンサーを研究しておられる方々の色々な意見を交換してみたいです。

98-22　加藤芳子　次のような著書を出版致します。『英文学とイタリア──ルネサンス期：ペトラルカの伝統』(近代文芸社，1998. 7.)イタリアの影響を受けた英文学をルネサンス期から現代まで辿る計画です。本書では，総論と，ペトラルカのソネットの影響を受けたエリザベス朝時代の連作ソネット集(恋愛詩)からダンの宗教詩までを論じています。また，『近代英文学への招待』(北星堂，1998)に，拙論「イギリス・ロマン派の詩と地中海の考古学」が載ります。

98-23　住田幸志　武庫川女子大学，島根大学とたどりまして，この3月定年で，現職は関西大学非常勤講師です。雑学ですが，すべての英詩のうちでスペンサーの詩が一番韻律が綺麗なのに魅せられています。今後とも，よろしくお願い致します。

会員近況(ABC順)

98-24　藤井良彦　スペンサーとは離れますが，只今，サマセット・モームに関する旧稿に手を入れて，研究書にまとめるべく悪戦苦闘中です。何しろ旧稿が甚だ杜撰で，指定のページに原文が見当たらなかったり，引用の綴りが間違っていたりで，暗澹たるものです。それに漢字，仮名遣い，送り仮名などがばらばらで，一応の草稿を得るのさえ前途遼遠。一冊の本に仕上がるのはいつのことですやら。

98-25　福田昇八　熊本大学を定年になり，来年から九州ルーテル学院大学に勤めます。この一年間は暇ですので，旅行などをします。4月からスペイン方面に行きました。夏至までにはアイルランドのコークに行き，コーンウォールの辺りまで5週間かけて回ります。秋にはシルクロードの旅を考えています。『妖精の女王』の韻文訳は，筑摩書房に渡してあるのですが，まだ出版の目途は立ちません。

98-26　古川啓二　現在，スペンサーの肖像画を調べております。昨年は，ケインブリッジのペンブルックを訪れ，彼の肖像画を見ることができました。

98-27　平川泰司　New Arcadia の訳を少しずつやっています。やっと第二巻の第三章まで来ました。昨年17世紀英文学会関西支部の例会で，NA の文体について発表しました。

98-28　壱岐泰彦　新部局になってから，専門のずれる学生の論文指導等で，なかなかスペンサーに集中できません。夏休みには「アモレッティ論」でも試みようと思っています。

98-29　今西雅章　昨年, ルネサンス研究所の総会で「シェイクスピアの岩屋」を特別講演として発表, 論文 'The Symbolism of the Cave in Shakespeare's *The Tempest*' を *Shakespeare's Year Book* (1988) に掲載予定。

98-30　小紫重徳　ここのところ, 社会文化論的な観点から, テューダー朝国家主義プロパガンダを研究しています。

98-31　小迫　勝　ハミルトン先生からアーティガルとブリトマートの戦いの場面に現れる 'a' と 'b' の脚韻の duplication について, unique なのか rare なのかとの問い合わせがありましたので, *FQ* の全脚韻についてチェックした結果を報告しました。ロングマンの第1版の注にはなかったものですが, 第2版で加えられる模様です。

98-32　水野眞理　今年の初めに満1歳の男の子を迎えて育てることになりました。子育ては思った以上に面白く, また大変なものです。協会の *Newsletter* 発行を滞らせ, 会員の皆様にご迷惑をおかけしましたことを深くお詫び申し上げます。一方, 子供を迎えたことで, スペンサー作品の読み方に私なりの新しい視点 ── 捨てられ, あるいは見出される赤子, 出生と養育 (nature/ nurture), 血や系図, 王位の連続／非連続など ── を得られそうな予感もあり, いつかそれらのテーマで論文をまとめたいと考えています。

98-33　村里好俊　作業を始めてから5年近くになりますが, 6月下旬に, A. C. ハミルトン先生の標準的なシドニー研究書の日本語訳『エリザベス朝宮廷文人 サー・フィリップ・シドニー』(大塚定徳氏と共訳, 大阪教育図書, 396頁, 3,300円)がやっと出ます。原著にはない, 基本的な人物・作品解説, アップ・ツー・デイトな詳しいシドニー研究一覧, 年譜や家系図などをサービスした, 日本語で読める唯一まとまったシドニー研究書として, 英文科の学生・院生などにご推薦いただければ幸いです。

98-34　根本　泉　昨年度から, C. S. ルイスがスペンサーから受けた影響について研究してまいりました。その成果として,『妖精の女王』第一巻と《ナルニア国年代記》中の『カスピアン王子』に共通する「善」のイメージを検討し, 来年5月発行の日本キリスト教文学会研究年誌『キリスト教文学研究』に発表しました。現在は, スペンサーとヴァージルについて研究を始めています。

98-35　岡田岑雄　本年3月をもって横浜国立大学を定年退官。目下, 週1日日本大学経済学部で非常勤講師として教えています。

98-36　早乙女　忠　『詩人の王 スペンサー』を教科書に使って改めて精読し, 感慨を覚えています。諸氏の方法論がそれぞれ違うのがよかったと思い,『詩人の王』出版の深い意味を感じています。

98-37　島村宣男　同じ日吉の隣町に転居しました。娘が大学院 (早稲田大学) でスペンサーを読むような年頃になりました。父親の私, つまり「Spenserian の端くれ」としては, これも業績の一つかと。

98-38　竹村はるみ　今年から3回生の演習 (ゼミ) を担当することになりました。私にとっては, 唯一文学関係の授業で, 毎週楽しみにしています (あまりにこちらの力こぶが入りすぎて, 学生はたじろいでいるようですが)。10人の学生と一緒にシェイクスピアの『夏の夜の夢』を読んでいます。

98-39　福田昇八「スペンサー国際学会と初版本調査」　1996年10月26日から3日間，イエール大学で『妖精の女王』出版400周年国際学会が開催された。その詳しい内容については，*Spenser Newsletter* (27: 3) をご覧いただくとして，ここでは運営についての個人的な印象を記すにとどめたい。◆参加費用は，2回の懇親会費に午前と午後のお茶代を含めて55ドルという格安で，主催者側の努力がうかがわれるが，それと共に運営のスマートさにも学ぶべきものがあった。◆初日の行事は夕方に始まり，4人の学者が話したが，いずれの内容も本質的な問題ではなく，ある人が私に漏らしたように，「派生的なことを語りすぎる」という印象が残った。初日の夜はちょうど月食で，学内での懇親会の最中に庭に出てみると，月がきれいに欠けつつあった。ヤマシタ氏の新しいロングマン版のテクストのことは向こうでも知られていて話題になった。筑波大学での総会で話してくれたキャロル・キャスキ教授もいて，隣の人と「日本にはフジイという偉い学者がいる。彼の著書は自分の大学にもある」，「どうしたらその本は手に入るか」などと話していた（キャロルは最後の夜に市内の日本料理店に招待してくれた）。◆2日目の昼食はハイヤット教授の招待で，ハミルトン教授，チェイニー教授とご一緒した。ハイヤット教授は「新しい発表が多く，自分たちはもう蚊帳の外のような気がする」と嘆き，ハミルトン教授は「時間をオーバーして得々と語り続ける者がいる」と慨嘆していた。これら70歳代の学者より少し若いチェイニー氏は，にこにことパスタを食べていた。◆最後の3日目は，朝から夜の7時半まで仕事が組んであった。5時に二人のイギリス人が登場して，『アイルランドの現状』風に，掛け合い漫才風に，スペンサー研究の現状を話した。アイルランド方言丸出しで話した人の言うことは，私にはほとんど聞き取れなかったが，ハミルトン先生でさえ，訛りが強くて大半は分からなかったと言うので，妙に安心した。小憩の後，ウォフォード女史の精力的な叙事詩論が展開されて行事は終わったが，これには主催者側から熱烈な賛辞が贈られ，記念すべき学会にふさわしい感激の幕切れとなった。◆実は，私の今回の旅行は，『妖精の女王』初版本の異同の調査を行うことが主目的であった。山下教授によれば，当時の初版本は，同じ初版本でも，かなりの異同が見られる。この異同のほとんどはコンマがあるかないか，といった句読点の問題である。私の仕事は，イエール大学のバイネキー古文書図書館所蔵の初版本を，鈴木先生から渡されていたチェックリストによって，一つ一つ見て記録していくことであった。◆遊び方のハイライトは，ハミルトン夫妻と4日間，合計15時間のドライブ。トヨタ4WDの新車で，ニューヘイヴンからキングストンまで，先生は疲れも見せず各地を案内して下さった。折しも紅葉が始まりかけた時期。モントリオールからオタワを経由して，キングストン郊外のハミルトン山荘まで出掛けた。大きな湖のほとりに位置する山荘では，先生所有の畑でジャガイモを掘り，でかい牛肉をバーベキューして食べた。翌朝早く，私が調べた異同リストを先生に初めて見せて，一つずつ検討していったが，先生は我々が個々の異同を厳密に調べ，その上で新しいテクストを決定しつつあると知って，大いに満足された様子であった。

98-40　壱岐泰彦「落合直文の一首をめぐって」　「孝女白菊の歌」といっても，かなり年配の方でない限り，御存知ないと思われるが，この一世を風靡した唱歌

の作者は，落合直文という歌人である。彼の歌集『萩之家歌集』の中に，スペンシアリアンの端くれとして，いささか気になる一首がある。

　砂の上に我が恋人の名を書けば波の寄せきて影も留めず

誰しもこの詩を読んで「アモレッティ 75」と酷似することに驚くに違いない。もちろん，みそひともじの狭い文学的空間に盛り込まれる詩想が，14行もあって起承転結という結構を備えたソネット形式のそれと同一であろうはずはない。そこには，75番の空しく繰り返される行為の反復は見られないし，恋人が傍らにいてこの戯れの所業を目撃している気配もない。また人生の儚さと永遠なるものの対比や，地上の愛から天上の愛への昇華の暗示もない。ただ，砂の上に書いた恋人の名が波に消しやられてしまった，と歌っているだけである。それだけにかえって，詩人の孤独な姿は一層鮮やかであり，影すらも留めぬ人間の営為の空しさには深い無常観が漂っているともいえよう。◆とはいえ，愛を主題とし，愛人の名を砂の上に記すという行為，それを洗い去る波の力，そこから生じる諸行無常の感じ，これは共通のものであり，単なる暗合を超えると思われる。残念なことに，直文がどの程度英文学の知識を持っていたのかわからないし，スペンサー文学との接点も明らかではない。どなたか，明治時代における英文学の紹介の状況，特にスペンサーの作品がどの程度読まれていたかについて詳しい方のご教示を得られれば幸いである。

98-41　壱岐泰彦　"being long in tempest tost"　　ご他聞に漏れず，私の大学もこの数年，組織改編で大変な騒ぎであった。平成5年度から新しく研究科として発足した後も，その余波はまだ続いていて，現在も各種委員会などの会議が多く，十分な研究時間が取れない状態である……◆もともと暢気で，そのうえ怠け者，この5年間忙しさにかまけ，半ば事務的な文書以外に書いたものがなく，論文を書くのが億劫になっていた。このような機会に『詩人の王 スペンサー』への投稿でもなければ，これから先定年まで論文を書くということがなかったかもしれない。これを機に，残されたわずかな歳月に，また一，二論文をものすることができればと願っている。差し当たってはアクレイジア論になるだろう。こういうふうに，この紙面を借りて公言してしまえば，簡単に断念もできまい。怠け者の自己規制の一手段である。

98-42　編集後記　　やっとここまでたどり着きました。不慣れゆえの不手際も多くあると存じますが，会員の皆様にはお楽しみいただけたでしょうか。会報は，できれば，年に2回ほど出したいと思います。皆様からの多岐にわたる情報提供をお待ち申し上げております。待望の夏休暇までもうすぐです。皆様には，くれぐれもご自愛なされて，ご活躍・ご健康をお祈り致します。

福岡女子大学文学部英文学科　村里好俊研究室

日本スペンサー協会会報　第 12 号

2000 年 4 月 10 日発行

00-01　事務局より　昨年から会長が九州ルーテル学院大学に勤務しています。ここには先任校のような補助員がいませんから何かと不便ですが，コピーなどは便利です。発送など，可能なときは学生の事務補助で処理します。今回の宛名ラベルは村里氏の協力を得ました。◆名簿更新のため，別紙会員カードに記入して，折り返し返送をお願いします。2000 年 4 月現在で記入し，最近の変更事項は赤の下線でお示しください。◆同時に，『詩人の王 スペンサー』巻末の日本スペンサー文献に記載されたもの以降の論文について，別紙に記入（またはワープロタイプして）抜き刷り 1 部とともにお送りください。◆将来とも，論文は刊行され次第，事務局へ 1 部寄贈願います（この場合，必要事項が記載してあれば，書式は自由）。受理した論文は会報に掲載し，それが将来のスペンサー文献目録の基礎資料になります。

00-02　国際スペンサー学会の会費送金　外国送金が最寄りの郵便局から簡単にできるようになりました。従来の一括送金を取り止めますので，継続・新規とも直接送金してください。年に 3 回刊の *Spenser Newsletter*（書評・論文要旨・情報など，毎号約 30 〜 50 項目，30-40 頁，Editor: Jerome S. Dees, Kansas State University）の購読料を含み，会費は 2000-2002 年の 3 年分で，55 ドルです。身分証明書を提示し，下記の指定受取人宛の国際郵便為替（料金 500 円）で，55 ドルの証書を買い，自分の Name, Address, Telephone, E-mail とともに，下記へ郵送します（切手 110 円，郵便局送付にすれば，料金 500 円）。

　　　指定受取人　　The Spenser Society
　　　住所　　　　　Professor John Webster
　　　　　　　　　　English Box 35-4330
　　　　　　　　　　University of Washington
　　　　　　　　　　Seattle, WA 98195　USA

（なお，日本スペンサー協会の会費納入については，改めて連絡します）

00-03　『詩人の王 スペンサー』販売促進のお願い　九州大学出版会から『詩人の王 スペンサー』（初版 1,500 部，在庫 529 部，5,200 円）の販売促進について依頼がありました。研究費による買い上げ，地元図書館や学校への献本（2 割引），教科書採用（特別価格）の検討をお願いしたい，とのことです。ダイレクトメールの送付や，関係学会での出張販売にも努めるそうです。近くの図書館へ購入希望書として出すなどにより，出版社へご協力願います。

　　　〒812-0053　福岡市東区箱崎 7- 1 -146　九州大学出版会
　　　℡ 092-641-0515 / Fax 092-641-0172

00-04　1999年度総会報告　　主催校の好意により,日本英文学会特別講演会場と同じ建物に会議室が提供され,10名の会員が出席して,下記のとおり総会を開催しました。会場を提供いただいた松山大学(日本英文学会開催校 委員代表岡山勇一教授)に感謝します。冒頭,故藤井治彦氏(1998年12月逝去)のご冥福を祈って黙祷を捧げました。
　　日時：5月30日午後1時15分～2時
　　場所：松山大学カルフール・ホール会議室1号室
　　議題：
　　　(1) 1998年度(1-12月)決算承認
　　　　　　収入 8,000円, 支出 38,000円, 繰越金 166,038円
　　　(2) 各自で自分の紀要論文を総会会場に持参し,出席者へ配布できるようにしたいとの会長提案があり,承認。
　　　(3) 次回立教大学総会での「気軽な話」は竹村はるみ氏に依頼。
　　報告：
　　　(1) 内田・植月他編『妖精女王』3. 1-6　注解書刊行。
　　　(2) A. C. Hamilton, ed., *The Faerie Queene*, 2nd. edn. は11月に原稿渡しで,2000年に Prentice-Hall 社刊(予定)。本文は山下・鈴木編。「登場人物」は福田編。
　　　(3) 福田会長がアイルランドとコーンウォールの旅(98年6-7月)について報告(00-07に詳細)
　　新入会員：岩永弘人(東京農業大学),岩永祥恵,滝川睦(名古屋大学)

00-05　スペンサー没後400年アイルランド大会　　*Spenser Newsletter* の最新号に,スペンサーの没後400年を記念して,1999年の夏,キルコールマン近くの町ドネイルで開催された国際大会の模様が報告されています。地元の史家を含む研究発表のほか,ユールへのツアーもあり,最終日にはキルコールマンの城を会場にして,朗読会などがあって盛り上がったそうです。

00-06　2001年ケインブリッジ大会　　国際スペンサー学会のウェブスター事務局長から1月18日に配信されたメールによれば,学会が2001年6月第3週,ケインブリッジ大学で開催する大会の発表申込み締め切りが9月1日に決まりました。希望者は,要旨を500語にまとめて,チェイニー教授へ。
　　　申し込み先：　Professor Cheney, Department of English,
　　　　　　　　　　Penn State University, University Park, PA 16802

00-07　福田昇八　「キルコールマンを訪ねて」　　私は,スペンサーがエリザベス・ボイルと結婚した夏至の日に,キルコールマンを訪ねて「祝婚歌」を読み上げてみたい,という夢を抱いていた。これは熊本大学を定年退職した1998年に6週間,運転手付きでスペンサーゆかりの地をまわるというかたちで実現した。1年前からスペンサー研究のため,私の修士課程の学生になっていたアイルランド育ちの英国人が,ガイド兼運転手を引き受けてくれたのである。この人がメールで予約してくれた宿泊先は,文化遺産として保護されている歴史的建造物(いわゆる heritage hotels)がほとんどであった。そこには豪華な家具が備えられた数部屋があっ

て，宿泊客は年代物の調度の食堂で家族のように互いに語り合いつつ食事もする。普通の観光客としては味わえない，この貴重な体験は一冊の本になるほどの内容があるが，ここではスペンサー関係に限って話してみたい。◆「祝婚歌」の 24 の連は，結婚の日の 24 時間に対応するといわれる。当日，私は夜明け前に起きて，いつごろ鳥が囀りはじめるか，陽はいつ昇るかを克明に記録し，写真に撮った。スペンサーの城は道路から 1 キロ近くも離れ，そこへ行く道はない。そこで，前日にバタヴァントの町で買い求めておいた革の長靴をはき，麦畑をかき分けて，城に近づいた。すでにアメリカの遺跡調査団の奉仕作業によって蔦が取り除かれ，きれいになっていた。入り口には鍵が掛けられていて入れない。そこで，この入り口の石壁に絵葉書を当て，ハミルトン，ハイヤット両先生宛てに数行を書いた。◆少し離れてハンの木の林があった。詩には，中心の 12-13 連に挙式の場面が描かれている。これに合わせて正午ごろ，私は城を眼の前にこの木の下に立ち，持参した『スペンサー名詩選』を手に「祝婚歌」全 433 行を読み上げた。「森はこたえて木霊を返す」とはいかなかったが，眼の前にはじっと聞き入る羊飼（わが院生）の姿があった。404 年後の結婚記念日に，はるばる日本から訪ねてきた男の声は夏草の上に消え，この間アイルランドの変わりやすい天候は曇りから快晴になった。◆この城の右手下方には広々とした池がある。その向こう側にスペンサーが家を建てて住み，タイローンの乱で焼失したといわれる屋敷跡がある。私は 1988 年に現所有者 Mrs. Ridgeway を訪問し，その老イギリス婦人から「この建物の一部をスペンサー・センターとして整備する可能性を探ることに合意する」という文をもらっていたのであるが，その後なんの進展もないまま，10 年後の再会となった。キルコールマン池は，この老婦人の手でいま有数の野鳥保護区として管理され，湖畔の観測小屋には望遠鏡が設置されている。◆この日の夕刻，ミッチェルスタウンへ引き返し，ゴールティモア山へ向かった。ちょうど町内の子供登山大会が終わったところで，中腹の駐車場は賑わっていた。そこからは 1 時間ほどで山頂に登れるとかで，無理をすれば明るいうちに下山できそうであった。ところが，折悪しく雨になった。この山は 10 年前，別のルートで家内と途中まで登りかけたが，道がわからなくなって諦めた山である。ここに再度の挑戦も天候に阻まれた。さすが，ミュータビリティの訴えを「自然」が裁いた山ともなれば，三顧の礼をもって対せざるべからず，と妙に納得したものである。◆この山の西を流れるベハンナ川（スペンサーのモランナ）は前回の旅で確認しておいたが，今回はこれが合流するファンション川（スペンサーのファンチン）を見つけた。スペンサーの川はすべて大川（ブラックウォーター川）に注ぎ，これはユールの町の北方で海に入る。ユールの本通りを歩いていて，スペンサーの死後，Sir Robert Tynte と再婚したエリザベスが住んだという塔のような建物（Tynte's Castle）を発見した。この港町を通り抜けたところの海岸は，いまもアモレッティ 75 番と同じく「浜」と呼ばれ，Strand という標識が立っている。◆アイルランドには，土曜から 1 週間いくらで貸す別荘がある。われわれは家具調度付き，家族 5 人くらいで楽に泊まれる 2 階建てを 200 ポンドで借りていた。ここでわが院生がピートを買ってきて，暖炉に火をおこしてくれたりしたが，ここに置いてあった食堂や名所の案内の中に，私は Molana Abbey という名を見つけた。そこで，ブラックウォーター川の南岸をドライブして Molana Abbey と書かれた掲示板のある門を

発見した。別の門から入ってみると，2月の台風で倒れた大木をブルドーザーで片づける工事が行われていた。作業員に尋ねても要領を得ないので，勝手に進んで，寺院の廃墟と思われる建物の写真をとることができた（この広大な敷地の奥まった川べりには，20部屋はありそうな豪邸がある。あとで近くのB＆Bに立ち寄って尋ねてみたら，この地所は最近フランスの百万長者が買い取り，いま改装工事中とのことであった）。◆スペンサーは無常篇に Fanchin/ Molanna の挿話を書いている（わが院生はその数秘構造について修士論文を準備中であった）。モランナという名前は，私が『百科事典』に書いたとおり，モールとベハンナの合成であると考えれば，十分である。しかし，それではなぜモランナという名を選んだかという疑問が残る。この疑問は，翌日，リズモア市のウォーターフォード郡立図書館で検索してもらった資料で解決した。歴史考古学会誌の記事によって，当時は川中島であった，この景勝の地にある古寺は，当時ローリーの所有地であったことが判明し，スペンサーがこれを意識していた可能性が浮かんできたのである（00.10を参照）。◆イギリスでは，コーンウォール半島の端ランズエンドまで行った。『コリン・クラウト故郷に帰る』には，右手に聖マイケル島を望んでペンザンスの港に上陸した，と記されている。聖マイケル島は引き潮のときは歩いて「海を渡れる」。私は急坂を登って，頂上の砦（海軍の施設）の内部を見学した。ここは，ミルトンが「リシダス」で「ベリラスの砦」としている島で，'Look homeward, Angel' と呼びかけているのが，この聖マイケルである。天候が悪くて，遥かスペイン沿岸は望めなかったが，むかし海上交通の要衝であったことは実感できた。◆デュモーリエの密輸商人小説で有名な，ボドミンのジャマイカ・インにも泊まり，観光バスが続々やってくるこの宿の支配人から親しく説明を受けた。宿のすぐ近くにアーサーが名剣イクスキャリバーを投げ込んだと伝えられる湖があり，行ってみると広々とした水面が太陽に輝いていた。そこから2時間近く北へドライブして，ティンタジェルにアーサー王の城跡を訪ねた。そこは海にそそり立つ岩山で，海に囲まれた難攻不落の城であったことを思わせ，その地形の迫力に圧倒された。この城の右手の道を下りたところには，「マーリンの洞窟」として知られる岩穴があり，いにしえの魔法使いの姿を思い浮かべた。◆さて，アイルランドのミッチェルスタウンでは，郷土史家・新聞記者の Bill Power 氏と会談する機会があった。「リシダスのキングはこの町の出身です」ということから，話がはずみ，「いまはスペンサーを慕って日本から観光客が来る時代だ。積年の恨みを忘れて《役人スペンサー》を《郷土の詩人》として見直す運動を始める時ではないか」という私の発言に対し，「スペンサーをそのように見る見方は初めて聞いた，なるほどね」というようなやりとりがあった。その後，手紙を出して「キルコールマン城への public footpath の取り付け運動を起こしてはどうか」と提案したが，この話は進展していない。西洋人の息の長さは我々の想像を超えるようである。

寄贈図書論文

00-08 大塚定徳・村里好俊訳 A. C. ハミルトン著『サー・フィリップ・シドニー』大阪教育図書，395頁，1998年，3,300円。1977年にケインブリッジ大学出版局から出版された原著の全訳。シドニーの人と作品について最良の案内書。このシドニー研究の基本図書には，訳者の手によって最新の参考文献が追加され，20頁にも

及ぶ人物・作品案内が付されている。

00-09 高田康成『キケロ―ヨーロッパの知的伝統』岩波書店(岩波新書)、215頁、1999年、660円。ルネサンス以来、人文主義的教養の基礎として読み継がれてきたキケロの受容の歴史に光をあて、西ヨーロッパの知的伝統を明らかにする。

00-10 福田昇八「スペンサーのモラーナ」九州ルーテル学院大学紀要 *Visio* 26(1999), 135-43. ブラックウォーター川の下流にある Molana Abbey は、6世紀に St. Molan によって創設された寺院で、ヘンリー8世の修道院破壊令のあと、1587年からローリの所領になっていた。スペンサーがキルコールマンに所領を得るのがその翌年であるから、スペンサーはこの寺院を知っていたと推定される。『妖精の女王』最後の挿話(7. 6. 38-55)に出る名前のうち、Fanchin は Funsheon 川のことであり、Faunus との関連を示す。Molanna は Mole(山脈)と Behanna(川)との合成語であるが、ローリの寺院名を使って恩人への敬意の印とした可能性を指摘する。

00-11 根本 泉「スペンサーと聖職者批判の牧歌―『羊飼の暦』九月を中心に」石巻専修大学紀要 7 (1996) 165-74. 「九月」の前半では、カトリック批判を装った英国国教会および政治権力者に対する批判が見られ、後半の「ロフィンの物語」においては、聖書的比喩を用いて「理想の聖職者像」が示される。本稿は、これらの点についてスペンサーの伝記的背景を念頭に置きつつ検討する。

00-12 根本 泉「C. S. ルイスとエドマンド・スペンサー「善」のイメージをめぐって」日本キリスト教文学会編『キリスト教文学研究』15(1998)、87-97. ルイスは『スペンサーの人生像』で、『妖精の女王』における「陽気さ」、「おかしみ」を伴う「善」のイメージについて述べている。本稿は、このイメージを手がかりに、『妖精の女王』第1巻と『ナルニア国年代記』のなかの「カスピアン王子のつのぶえ」を比較し、スペンサーがルイスに与えた文学的・思想的影響を考察する。

00-13 岡田岑雄「『ロミオとジュリエット』の場合―最近のシェイクスピア受容の一例」日本大学経済学研究会研究紀要 29(1999), 157-66. 映画「恋におちたシェイクスピア」のせりふを検討し、シェイクスピアの詩行をちりばめながら、この映画特有のひねりを加えているところを示す。さらに、「ソフィストケイトされていて、リアリズム演劇の手法から外れて」いるキッスの場面でのソネット形式の使用に触れ、'You kiss by th' book' の訳として「お見事なキッスですこと」(平井訳)をよしとする。

00-14 田中 晋 'Female Passivity and the Dialectic of Love: Interpreting Spenser's *Amoretti*' 山口大学「英語と英文学」32 (1997)、267-84. ソネット集の伝統のなかで、『アモレッティ』は愛の成就に至るという点で独特のものである。互いに束縛されることにより、逆説的に豊かにされる愛の姿を論証し、ダンテとペトラルカ以来の 'mistress as a transcendental sovereign figure' の新しい像をつくりだしたところにスペンサーの独自性を見る。

00-15 山田耕士 「Jonson の Shakespeare 観」名古屋大学言語文化部論集 XIX(1998), 2. 189-205.

日本スペンサー協会会報　第13号

2001年3月21日発行

01-01　本部より　　本号に順不同で掲載された会員近況は，昨年春に提出されたものです。発行の遅れをお詫びします。修正を要する内容もそのままですから，そのつもりでお読みください。この会報は，全員寄稿の方針ですので，ご協力願います。大野氏の報告(01. 21)は提出原稿のままです。◆論文等は要旨をつけて，上記の本部へ一部お送りください。スペンサー関連でなくても，会員から提出されたものはすべて会報に掲載します。次号は業績特集号です。未提出論文等，まとめて寄贈願います。なお，アメリカで発行されている *Spenser Newsletter* は，次号からはタイトルが変わって *Spenser Review* となり，編集者も corresponding editors も交代しますが，日本はこれまで通り，福田昇八担当となっています。すでに山下，鈴木両氏の研究が 'Big in Japan' として注目を引いていますが，他にも国際的水準の研究があるはずです。数行の英文要旨をつけてお送りください。◆昨年は4年に一度の会費納入の年に当たり，34名の会員から納入がありました。会則により，退職者は会費免除(納入不要)になっています。◆5月20日の総会(学習院大学)については，改めて通知します。議題の提案などお寄せください。住所や勤務先の変更は，連休前までにお知らせください。

01-02　2000年度総会報告　　5月21日，立教大学5号館5201室を会場に，会員25人が出席して開かれました。役員の改選は，会長と理事は再任され，辞任申し出のあった副会長川西進氏の後任には山下浩氏が新任となりました。決算報告(繰越金166,316円，支出29,084円，次年度繰越金137,351円)が承認され，竹村はるみ氏の研究報告と岩永弘人氏の国際大会報告がありました。会場を提供していただいた立教大学(第72回日本英文学会開催校委員 渡辺信二教授)に感謝します。

01-03　スペンサー国際大会　　国際スペンサー学会主催の世界大会 The Place of Spenser: Words, Worlds, Works が下記により行われます。参加希望者は，下記の要領でイギリスへ4月1日までに申し込んでください。
　　　日 時：2001年7月6日(金)〜8日(日)
　　　場 所：Pembroke College, Cambridge University
　　　申込み先：Andrew Zurcher 〔aez20@cus.cam.ac.uk〕へのメールで，直接次の
　　　　　　　事項を送信(数日後に受付の確認と参加費払い込みの指示あり)。
　　　1) Name:　　　Postal address:　　　E-mail address:
　　　2) I would like accommodation ($50 per night) for the nights of:
　　　　　July 5th.　　6th.　　7th.　　8th
　　　3) Registration fee: normal fee ($75. After April 1, add $15.)
　　　4) Banquet: I wish to attend the banquet on 7th ($35).
　　　5) Preferred currency: US dollars (or UK pounds)

メールの参加申込書は，根本氏〔nemoto@isenshu-u.ac.jp〕にメールで依頼し，発送を受けることもできます。

01-04 The Faerie Queene 新版印刷開始   ハミルトン編の新版は，原稿が昨年2月出版社に提出され，series editor の審査待ちになっていましたが，やっとこの3月から刊行の作業が始まり，今秋出版の運びとなりました。当初の予定では，今年1月の刊行であったため，日本スペンサー協会では笹川日英財団と大和日英財団に出版助成を申請し，すでに昨年10月に助成交付通知を受けました。

01-05 福田昇八訳『スペンサー詩集』刊行   七五調訳のスペンサー詩集が昨年12月，筑摩書房から豪華本として出版されました（395頁，9,000円）。「羊飼の暦」，「蝶の運命」，「コリン・クラウト故郷に帰る」，「アモレッティと祝婚歌」，「プロサレイミオン」の訳です。EKの注も全て脚注になり，また連の左右の頁の対応を示すため，初版本と同じ対応になるように組むなどの工夫が凝らされています。訳者へ平井正穂教授から「典雅で，よく理解できる訳文，まさに見事」という賛辞が寄せられています。

01-06 山田知良氏死去   熊本学園大学外国語学部長を辞職して病気療養中のところ，2000年2月熊本市にて死去されました。氏は1929年山口県の生まれで，熊本大学スペンサー研究会会員として長年スペンサーの翻訳に従事し，著書に『地と天は裂けて――シェリー詩研究』（英宝社，1996）があります。独力で続けられていた Spenser Lexicon の中断が惜しまれます。

会員消息

01-07 藤井良彦   あと一年で客員も解かれて，いよいよフリーになります。旅と読書と囲碁と肥後狂句で余生を送りたいと思っています。今は荷風の『断腸亭日乗』と内田百閒と内外の推理小説を濫読しています。むかし読んだモームの Collected Plays もボチボチ読み直しています。

01-08 平川泰司   New Arcadia の訳を試みていますが，第2巻第6章で中断したままです。シドニーの言葉遊びを何とか日本語に移そうとしているのですが，難しいです。二度目の定年が近づき，ゆっくりやろうと思っています。

01-09 村里好俊   念願の文学部英米文学科で，シドニーやスペンサーなどのルネサンス詩を存分に（時間などはほとんど気にせずに）教えて楽しい毎日です。4月からは，博士課程2名，修士課程2名の院生を指導教官として教えますが，4名ともシェイクスピア専攻なので，これから身を入れて劇も勉強するつもりです。

01-10 早乙女 忠   昨秋多少の義理もあって，日本文化を考えるシンポジウムに出席，何と5時間に及ぶものでした。講師は山口昌男，松岡正剛，中沢新一（司会高山宏）。山口氏は2，30分で退席，松岡氏のキーワードは fragile，中沢氏のキーワードは hybrid でした。この三人は単なる論客，才人というより，充分ものを考える人と思いました。この1月，マリオ・プラーツの『官能の庭』，『ムネモシュネ』（新訳）につきあい，圧倒され続けました。昨年は『失楽園』と『天路歴程』について，「夢の中の旅」と題して朝日新聞社の『世界の文学』2巻3号に書きました。

01-11 小迫勝　現在は *FQ* の同一韻に関心を寄せており，校正中の論文として，'On Duplicated Rhymes in *The Faerie Queene* (Bk. I)' があります。これは同一韻にアレゴリカルな意味を探ろうという試論ですが，今後全巻にわたって検討してみようと思っています。

01-12 岩永弘人　昨年8月23日から27日まで，夫婦でアイルランドでの学会 (00.5) に参加してきました。宣伝が行き届いていなかったらしく，参加者は40人ほどの小さな会でした。ほぼ全員がペーパーを読むという，かなりハードなものでしたが，キルコールマン城でのバンケットは印象的なものでした。

01-13 児玉章良　部指導や生徒指導に追われる毎日で，英文を読む暇もなく過ごしております。大分県ホッケー協会事務局長をやっています。日本山岳会会員で山登りもやっています。

01-14 古川啓二　スペンサーの肖像画を調べております。そのうちにまとめようと思っております。

01-15 小田原謠子　こちらの名古屋シェイクスピア研究会で記念論文集を出すことになり，ただいま校正の届くのを待っているところです。

01-16 竹村はるみ　Bell の *Elizabethan Women and the Poetry of Courtship* という本を書評に書くために読んでいます。エリザベス朝において実際に恋愛詩が求愛の道具として機能していたことを論証した本ですが，新歴史主義批判以降「求愛」を文字通り「求愛」として読むことが困難になった，うたぐり深い (?) 昨今の批判事情において，歓迎すべき書ではないかと思います。

01-17 今西雅章　ルネサンス文学とイコノロジーを中心に，杉本龍太郎教授古希記念論文集に寄稿。昨年の日本英文学会の研究発表を拡大した小論「公爵はなぜ裁判を引き延ばしたか —— *Measure for Measure* はマニエリスム様式」を青山誠子教授退職記念論集に寄稿，などです。しかし，スペンサーへの興味は失われていません。

01-18 私市元宏　スペンサーおよびミルトンとグノーシス思想との関連に興味を抱いています。文献その他でご教示いただければ幸いです。

01-19 根本泉　C. S. ルイスが『愛のアレゴリー』の中で触れているスペンサー特有の「叡智」とその現代的意義に関心を持っています。現在は，『妖精の女王』第3巻を読みつつ，論文の構想を練っています。

01-20 Richard McNamara　My area of specialization is Fukudian numerological analysis of Spenser's poems. My current project is Spenser's Ireland from space: extraterrestrial photography. I am now writing on the numerological patterning of Cantos of Mutabilitie.

01-21 大野雅子　1995年9月にアメリカは Princeton 大学の比較文学科で新たな研究を始めようとしていたとき，私は比較文学というものを，Spenser の *The Faerie Queene* と『源氏物語』を比べるという，ごく単純なものとして捉えていました。私が入学願書の一つとして大学へ提出した論文は，*The Faerie Queene* の narrator が空間と時間を自在に駆け巡るのに対し，『源氏物語』の narrator は時間に沿ってながされてゆく，という narrative の問題を扱ったものでした。*The Faerie Queene* の終わりのなさという，私が前から関心をもっていた問題を，『源氏物語』の終わりと比べることによって，*The Faerie Queene* の終わりのあり方がいかに西洋的なものであるか，示そうと思っていました。1997年の春に，general examinations の

第一部である major part（私の場合は，English Literature from the Middle Ages to the Renaissance）を終え，1997年の秋に第二部の comparative literature part（major と minor 〈私の場合は日本文学〉，それから理論の組み合わせ）を終え，1998年の春に dissertation prospectus を提出したときにも，その考えに変わりはありませんでした。しかし，そこには，ある決定的な変化が生じていました。それは，The Faerie Queene と『源氏物語』をなぜ比較しなければならないのか，「正当化」しようとしていたことでした。私の論文の基本的枠組みは，The Faerie Queene と『源氏物語』を巡る批評のパラダイムがいかに文化的イデオロギーに満ちていたかを探るという，meta-critical なものになっていました。Patricia Parker の Inescapable Romance, Jonathan Goldberg の Endlesse Worke, Balachandra Rajan の The Form of the Unfinished などの批評が，終わりのなさを問題にするのは，とりもなおさず，文学作品が，虚構世界と現実世界を一致させようとする衝動，すなわちミメーシスに向かう衝動を内包していることを前提としているからだ，という議論を私は行いました。Northrop Frye における，特権的ジャンルとしての romance の議論に典型的に現れているような，虚構の終わり（happiness-ever-after）と世界の終わり（apocalypse）とを同一化しようとする志向は，The Faerie Queene の narrative にも見られるものだと思います。さらに，自由自在に空間を動き回る narrator の語り口によって，読者は，Fairy Land の空間的広がりをも想像することができます。Frederic Jameson は，The Political Unconscious において，Heidegger の理論を援用しながら，ロマンスにおいては，「世界」の「世界性」が感じられる，と言っていますが，まさしく，The Faerie Queene は，ひとつの世界を形成している，と読者に感じさせる不思議な力をもった作品だと思います。The Faerie Queene は，空間的にも時間的にも，世界を模倣しようとするからだと思います。◆一方，『源氏物語』の語り手は，異なる場所で同時に起こる出来事を伝えることができません。ひとつの場所の出来事を語り終えて，そのあとようやく別の場所での出来事を，再び時間を遡って語り始めます。「夢の浮橋」の最後で，語り手は「とぞ本にはべめる」と言って，一切の責任から逃れて唐突に虚構の世界から去って行きます。そして読者は，そのあとも物語が続いてゆくような錯覚にとらわれるのではないでしょうか。◆私は，このようなことを1998年春に提出した dissertation prospectus に書きました。それは比較文学科の先生たちにとてもほめていただきました。と言いますのも，英文学と日本文学を比較することは，英文学の background をもっている日本人であるわたしにしかできないからです（日本語の background をもっていて，大学院で英文学をやろうというアメリカ人は，まずいないでしょう。日本文学のほうが marketability がありますから）。Princeton の Comparative Literature にとって，アジアの文学をやる人間の存在は重要なのです。さらに，The Faerie Queene と『源氏物語』という，'canonical literature' の比較は，ふたつの異なる国の文学作品の比較という伝統的な比較文学を旨とする Princeton の Comparative Literature が最も愛する topic なのです（私はこのことを自慢するつもりで言っているわけではありません。私が扱うこのふたつの文学作品が余りにも明らかに 'canonical' であることに，我ながら，わざとらしさを感じてしまうのです）。◆でも，oral defense の場でひとつの反対意見が出ました。Comparative Literature の chairman である Robert Hollander が，私が introduction で書いた，読みの偶然性と

論じる主体の政治性という観点に疑問を発したのです。その年の Director of Graduate Studies であった Maria Dibattista もそれに続いて，The Faerie Queene と『源氏物語』という，ふたつの'founding texts'を扱っているのだから，それを正当化する必要はない，open-ending という topic に的を絞って，generic comparison をしたほうがよい，と言いました。私は，『源氏物語』は日本文学の canon として安定した位置を保っているが，The Faerie Queene はどうだろうかと，それまで沈黙を守っていた Thomas Roche（私の advisor のひとり）のほうを向いて言いました。彼はただ一言，"Yes" と答え，皆，Spenser の権威の言葉をありがたく受け取る以外はなかったのです。◆反対意見が圧倒的だった，その introduction の部分で私が書いたことは次のようなことです。非政治化された私という主体は，アメリカニズムがしばしば隠蔽された形で人々の日常を支配し，イデオロギー化している戦後日本で，中国文学ではなく英文学を選んだことは，純粋に美的動機によるものだというふりをしている。そして，日本人であることを利用して，日本文学と英文学を比較すると称して，アメリカに入り込んだ。The Tale of Genji という magical title はアメリカ人を魅了し，私は代表的日本人のように振舞う。私は政治的なのだ。誰でも政治的であるように。◆私が subjectivity の問題に興味をもつようになったきっかけのひとつは，John Fleming の Chaucer の授業をとったときでした。Fleming 自身は，中世フランス文学とラテン文学の豊富な知識と語学力によってテキストを読み解く伝統派ですが，そのクラスで読んだ Lee Patterson の Chaucer and the Question of Subjectivity という本には目からうろこが落ちる思いでした。もちろん，それほどまでに感動したのは，Fleming 先生に感動したという下地があったからです（ちなみに，私は Fleming 先生に advisor のひとりになって欲しかったのですが，やはり Spenser の権威である Roche 先生を指名しないわけにはいかなかったのです）。歴史的他者を理解しようとする際に，現在を過去に押し付ける批評の横暴という観点は，文化的他者の解釈にも応用すべきものだと感じました。◆もうひとつ大きな影響を受けたのは，アメリカの日本文学研究でした。日本という国民国家が，均質性と連続性をその歴史の中に「発見」（柄谷行人の言葉，すなわちフーコー的な意味）しようとする，そのイデオロギー性を批判するのが，彼らのやり方でした。シカゴ大学教授の酒井直樹が言うように，「西洋」という普遍性に対して日本という特定の主体性が形成されるのです。「西洋」に対して日本を正当化するために，『源氏物語』は世界の十大小説に数え上げられる，というようなことを言わなければならないのです。「伝統は発明される」（Eric Hobsbawn and Terence Ranger, The Invention of Tradition ）のです。◆いろいろ読んでいくうちに，私は Homi K. Bhabha に魅せられるようになりました。Edward Said の Orientalism は，Orient という概念を再構築してしまうという皮肉な結果を招いた，と Robert Young, White Mythologies などに批判されますが，Homi K. Bhabha は，Orient の側が discourse of locality に陥る危険性に目を向けました。彼が提案するのは，dislocation of home ということです。批評家はその批評する作品と連続する位置から自らを移動させなければならない，と彼は言います。◆私は，6章構成の dissertation のうち，前半の 3章を 1999 年の夏，日本に帰国する前に書き上げました。基本的 inspiration は Homi K. Bhabha です。第 1章と第 2章は，平安時代最も低級とみなされていた物語という genre と時代のイデオロギーに対して，

『源氏物語』が示す幾重もの「ひねり」です。文学が, 単純に時代の考えを映し出している, または反発していると考えることも可能な一方で, 社会とイデオロギーを文学作品が独特のやり方で読む, そのプロトコルを問題とします。第3章は,「西洋」という巨人を無意識の競争相手として, 現代の源氏批評家が日本文学の伝統を『源氏物語』をその始原として発明しようとする, そのナショナリズムを批判します。◆私は必然的に, 私の main advisor である Earl Miner の考え方である cultural relativism を批判しなければなりません。文化を総体的に見ることは, 西洋中心の価値観から人々を解放してくれますが, それぞれの文化は囲われた庭になり, その伝統を誇示することになります。外国が迫り来るがために, 土着の伝統は archaism として無理やり飾り立てられることになるのです。◆ Earl Miner 先生は, 私の書いたことに反論をまったく加えませんでした。私の単純な misspelling のはてまで直してくれましたが, 大枠については, "I was impressed." と言っただけで, 何の批判もしませんでした。彼の考え方が批判されているにもかかわらず, 彼が最後の弟子のひとりとしての私に寄せてくれる期待に私は応えなければいけないと, 私はいつも思います。◆1960年代の初めに, やはり同じ Princeton に18世紀英文学を研究するという計画のもとにやってきた江藤淳のことを, 私は時々思います。江藤は『アメリカと私』で, アメリカにいてしばらくした時, 日本という国家が, また日本の文学の総体が自分に向かってやってくるのを感じたと言っています。国家という言葉を口に出すことがしばしば右翼と同一視される日本という国にいると, あるいは, 日本という国と日本民族という民族の均質性が疑問視されることのない日本という国にいると, 国家や民族を意識することはほとんどありません。アメリカに4年滞在することによって, そこでは英語をしゃべることによって, 誰もがアメリカ人になることが許されるがゆえに, だからこそ, 自分の文化的遺産を引き受けなければならない, と感じたのです (江藤淳に続いて私も)。それは, 私が dissertation の中で批判する nationalism とほんの薄い皮一枚で隔てられたものです。または, 私こそが nationalist なのかもしれません。だから, 私のうちにある nationalism を批判する必要があるのかもしれません。◆アメリカでのこのような経験のあと, 日本に1999年9月に帰国してから, dissertation の後半部分である英文学に取りかかっています。第4章では, もはや現実生活においては意味をなくしていた chivalry が, エリザベス朝において, エリザベス女王賛美にいかに用いられたか, その結果, 中世から連続的に存在する伝統という幻影をいかにつくりだしたか, 考えます。第5章においては, エリザベス朝における chivalry が, 中世を romanticize し, 中世という時代を, romance という genre または mode と同一視したということ, さらに romance と epic という, 二大ジャンルの形成を実現した, 18, 19世紀ヨーロッパ批評界のイデオロギーの分析を行います。最後の第6章では, Northrop Frye と Frederic Jameson による romance の特権化が如実に示す, 西洋的思考の特徴が, 源氏とフィクションとの correspondence を前提とするということを論じ, さらに, *The Faerie Queene* が mimesis に向かう方法を, 『源氏物語』と比較しながら, 分析します。

日本スペンサー協会会報　第 14 号
2002 年 4 月 10 日発行

02-01　*The Faerie Queene* 新版刊行　　ロングマン注解英国詩人叢書の新版が昨年 10 月に刊行されました。本文に山下・鈴木編のテクストが採用され，ハミルトン教授の注解は 1997 年の初版刊行以来の成果が採り入れられており，巻末に 2000 年までの参考文献と福田編の詳細な登場人物案内が付されています。当協会では，日英笹川財団から 100 万円，日英大和基金から 1,500 ポンドの助成金を得て，この出版事業に協力しました。◆日本人が校訂したテクストがここに採用されたことは，これがスペンサー学の標準になるということですから，われわれスペンサー協会の慶賀すべき事業であり，これは大きな業績と言わねばなりません。故藤井治彦氏の見解はハミルトン教授の解説に特記されていますし，参考文献には小迫勝氏ほか日本人の名前があります。この際に敢えて言っておきますが，国際的に注目される研究は *Spenser Studies* 他の国際誌に投稿することになりますが，その前にしかるべき学者の意見を求めるべきです。周知のとおり，英米の学者はどんなに偉くなっても，第一人者に見てもらってから発表するものです。われわれも及ばずながら後進のために力を尽くすことを惜しみませんので，これを機に目標を高く持って，どうぞ本部宛に随時ご連絡ください。なお，本書出版の事情については，山下氏による本号の紹介記事 (02-06) および「英語青年」3 月号の特別記事をご覧ください。

02-02　2001 年度総会・2002 年度総会取り止め　　本会は，会則により，日本英文学会年次大会時に総会を開くことになっています。昨年度の総会は，開催校 (学習院大学) の協力が得られず，また近くに適当な場所の確保ができなかったために中止になりました。2002 年度は札幌市で英文学会大会がありますが，会長も副会長も出席できませんので，今年度総会も見送りになります。来年はエリザベス女王没後 400 周年になります。本会としては，論集刊行以来となりますが，何らかの活動が期待されます。総会時の討議事項ですが，とりあえず会員各位からの提案を待ちます。

02-03　本部からのお願い　　名簿の記載事項で変更がある場合は，赤インクで訂正して該当部分のみお返しください。その他の連絡や相談は本部あて電子メールでどうぞ。
(1) 会費はオリンピックの年に 5,000 円納入となっています。年度途中からの入会希望は，住所，氏名，所属，電話番号等を提出すれば OK で，会費は不要ですから，入会希望者へお知らせください。
(2) 会則により，退職者は会費免除になっていますので，今後とも催促があっても納入は無用です。
(3) 論文は随時，概要を添付のうえ，寄贈をお願いいたします。

02-04　国際スペンサー学会大会開催　　1990年のプリンストン大学，1996年のエール大学に次いで，3回目の国際スペンサー学会大会が2001年7月6日から8日までケインブリッジ大学で開催され，日本からは鈴木紀之氏が本文校訂について発表し，他に福田，根本泉，R. マクナマラの3名が参加しました。この会は発表者が130余名，ハミルトン，ローチ，モントローズ，マッケイブ教授らの特別講演，5つのシンポジウム，約30の研究発表と，最終日の午後7時まで討論が続く盛況でした。発表要旨は，*Spenser Review* 32巻32号に12ページ全28項目にわたって掲載されています。

02-05　*The Old Arcadia* の家族の肖像　竹村はるみ　　シドニーの *The Old Arcadia* に，肖像画好きの私が常々疑問に思う一枚の絵が登場する。それは，フィロクレアとその両親を描いたもので，パイロクリーズがフィロクレアを見初めるきっかけとなる重要な絵である。「両親の眼差しが美しい娘に愛情に満ちた気遣いが注がれている」と形容されたその絵の構図は，一見すると何の変哲もないが，実はとても興味深い。現存している当時の家族の肖像画を見る限り，子供に対するそのように温かい親の眼差しを描いた作品はないからである。◆図版①②が示すように，16世紀後半に描かれた肖像画では，親も子供もそろってその視線をまっすぐに絵を見る者に向けるという構図が取られている。こうした眼差しの理由としては，大きく2つの点が挙げられるかもしれない。一つは，描かれた人物の顔かたちを記録するという，肖像画本来の目的に関係する。視線をずらせば自然と顔も傾くため，その正面像をとらえることが難しくなるからである。ちょうど現代でも，記念撮影のときは全員が並んで真正面を向くのと同様である。もう一つの理由は，家の繁栄と家長の権威を示すという，当時の家族の肖像画のもう一つの重要な目的に由来する。視線を子供に集中させることによって，家長ではなく子供が絵の中心人物になってしまうことは，まず考えられない構図であっただろう。◆子供を見つめる親の眼差しが家族の肖像に見られるようになるのは，ずいぶん後の時代になってからのようである。図版③④は，いずれも，親が子供を温かく見守る様子をとらえている。しかし，これらの絵においても，あくまで一方の親の視線が子供に注がれているのであって，フィロクレアの家族の肖像のように両親の眼差しが子供に独占されるという構図をとることはない。◆ニコラス・ヒリアードの『細密画術』によれば，シドニーは絵画，特に肖像画における人物の配置についてかなり専門的な知識をもっていたという。ひょっとすると，シドニーはどこかでこうした珍しい家族の肖像に遭遇したのであろうか？しかし，結局のところ，シドニーがイタリアへのグランド・ツアーで多数目にしたに違いない聖家族像に，その手がかりを求めるのが一番妥当なのかもしれない（図版⑤）。家族の肖像という，世俗画とは区別するべき宗教美術のジャンルではあるが，こと子供に対する眼差しという点から見れば，シドニーがこの聖家族像のモチーフを転用したと考えることもできそうである。とすれば，フィロクレアの両親がこの後それぞれの欲望をさらけだす筋の展開と併せて考えてみても，ここにはいかにもシドニーらしい皮肉なユーモアが込められていると言えよう。(以上は，2000年5月21日に立教大学で開かれたスペンサー協会年次総会での談話をもとにしたものである。)

日本スペンサー協会会報集録

図版① Hans Eworth,
Lord and Lady Cobham with Their Family,
1567

図版② Anthonius Claeissins,
A Family Saying Grace before the Meal,
c.1585

図版③ Peter Paul Rubens,
*Rubens, His Wife Hélène
Fourment, and Their
Son, Peter Paul*, c.1639

図版④ Franz Xavier Winterhalter,
The Royal Family, 1846

図版⑤ Bronzino (Agnolo di Cosimo),
The Holy Family, c.1540

02-06 *The Faerie Queene* 新版の本文　山下　浩　このたび，下記の本が新しい出版社 Pearson Education からやっと出版されました。

The Faerie Queene, 'Longman Annotated English Poets' Series (Second Edition). Edited by A. C. Hamilton, Text Edited by Hiroshi Yamashita and Toshiyuki Suzuki. The Characters of *The Faerie Queene* by Shohachi Fukuda.

スペンサー協会の皆様には，だいぶ前からこの本の出版のことをお知らせしておりましたので，出版のお知らせができてほっとしているところです。◆本書は，ハミルトン先生を中心とする上記4名の共同編集ですが，この拙稿は鈴木紀之氏とともに，textual editor としての立場から，出版に至る経緯を改めて記すものです（詳細は，私のサイト http://www4.justnet.ne.jp/~hybiblio をご覧ください）。◆「ロングマン英詩人詳注叢書」のなかでも代表的な存在だった本書の初版（1977）の本文には，長らく底本とされていた J. C. Smith 校訂の Oxford English Text 版（1909）が採用されていました（Variorum Spenser 全集版も事実上スミス版の踏襲）。しかし，このスミス版に対しては，私の論文を中心に各方面から問題が指摘されるようになっていました。とりわけ決定的だったのは，私どもが1990年に出版したコンコーダンス（本文研究用の textual concordance ）の序論における議論で，これは 1981 年に発表していた拙論に基づくものですが，Book I-III の底本（編纂のベースになる版のこと）をスミス版が用いた第二版（1596）から初版（1590）へ変更すべきであると強く主張する内容でした。これが欧米のスペンサー学者や書誌学者から広く支持を得るところとなりました。◆ハミルトン先生はかねてより，初版の改訂を考えておられたのですが，この本文論議をきっかけとして，1994年までに初版の全面改訂を決断され，当時の出版社ロングマン社は新たな本文の編纂を当方へ委嘱しました。英文学を代表する大作の，しかも出版されれば標準版として使われる重要な叢書の本文編纂を，英米の学者をさしおいて日本人に委嘱するというのは異例中の異例でした。このような機会が与えられたのは，私たち個人の力というよりも，ハミルトン先生の学者・人間としての度量の大きさ，それに福田先生をはじめとする日本のスペンサー研究者のレベルの高さへの信頼が先方にあったからだと思い，協会会員の皆様へのお礼を申し上げたい気持ちでいっぱいです。◆かくして私どもは，すでに多くの専門家の支持を得ていた関係上，躊躇なく既定の方針に従い，「新しい定本」の作成にとりかかりました。本書に対しては，英文学会の長老であるハミルトン先生への高い評価によるのですが，現エリザベス女王への献呈が早々に許可されて（この種の献呈を女王が受けられるのは戴冠後初めて，と聞いています），*The Faerie Queene* 出版 400 周年に当たる 1996 年の末，遅くとも 1997 年には出版される予定でした。◆ところが，その後ロングマン社が世界的な出版社再編の波にのみこまれて，今日まで出版が延び延びになってしまいました。出版が実現した今となってみれば，21世紀初年節目の出版であり，さらには膨大な *The Faerie Queene* を二度も三度も翻訳し，ストーリーの熟知において英米の一流学者にもひけを取らない福田先生による，'The Characters' の貴重な項がこの遅延の間に新たに準備されたのですから，遅れ甲斐があったと言えます。◆私としても，スペンサーの本文研究に着手して20年余，鈴木さん以外に，初期段階のコンピュータ処理その他において，佐藤治夫，松尾雅嗣，高野彰氏らのすぐれたパートナーにも恵まれて，なんとかひとまず仕事に区切りがつけられたというところです。Stanley Wells らの新オックスフォード版シェークスピア全集が，20世紀前半の R. B. McKerrow から始まる何世代もの遺

産を充分に活用できず、矛盾のかたまりのような全集本文を世に出した、いわば「失敗作」であったのに対して、われわれのスペンサー本文研究プロジェクトは、根本研究 (pure bibliographical) からスタートしながら、Howard-Hill の *Shakespeare Concordance* 流の Textual Concordance の出版、本文の詳細なデータを提供する Textual Companion 等の周到な準備を経て、終始一貫同一チームによるブレの少ない本文編纂に到達できたと思います。これほど徹底したプロジェクトは英米を見渡しても類例が少ないと思います。◆ロングマン社を受け継いだ新しい出版社 Pearson Education とハミルトン先生は、春から始まった造本過程においても、私どもに全幅の信頼を置いてくれましたが、大きな本を何度も出版してきた私にとっても、実際問題として、今回は緊張の連続でした。出版社のコピー・エディターによる編集作業は6月に終わり、その点検後、初校のゲラが出たのが7月でした。出版社にとっては常のことですが、この段階で本書の出版日時は9月末と決められました。Eメール時代においても、初校のゲラが、言うまでもなく、膨大なものですが、ハミルトン先生と私へ各一部送られます。私は、このコピーを福田、鈴木両先生に送るのですが、点検を始めるとさあ大変です。活版時代には生じない、ソフトからソフトへの変換ミスや、編集者らによる人為的ミス、その他指示した原典の飾り文字を手元のものでごまかそうとした出版社の「手抜き」等がいっぱいでした。出版のゲラを保存してありますが、これを刊行されたものと比べると、みなさんはその違いに驚かれるでしょう。本文の細部の点検は、鈴木さんが院生の援助も得て全力集中、私は全体の make-up に集中しました。Pearson Education の編集担当者 Emily Pillars 氏とハミルトン先生とのEメール交信は毎日のように時間を問わずあり、いわばコントロール・タワーである私が造本過程にはほとんど全て最終的指示を行いました。◆このような、編者と出版社が複数の国に存在する、文字通りの国際的な出版物においては、どれほど長い時間をかけて書いた本でも、最後の肝心の造本過程は長くて数ヶ月、それは一瞬のうちに終わると言ってもいいでしょう。私なりに本造りの経験がいろいろとあったからなんとかなりましたが、通常の編者であれば、このような事態にはなかなか処理できないと思います。それでも、刊行されたものを見ると、細部ではありますが、変換ミスやコピー・エディターによる人為的ミスが数ヶ所発見されてがっかりです。これらは数ヵ月後に予定される増刷時に手直しをいたします。◆ともあれ、第二版をご入手のうえ、初版と比較していただきたいと存じます。本文の提示方から本(作品)全体の構成方に至るまで、違っています。全体的には、W. W. Greg からの伝統をしっかりと踏まえつつ、書物史的アプローチも意識し、general readers による今流の作品批評にも対応する本文にしたつもりです。出版のコンテクストを重視し、原典のイメージを校訂本に反映させるいろいろな工夫もしてありますが、これが今後英米でどう評価され、今後の校訂本にどのように影響するか、心配はしつつも楽しみにしています。◆本書が、Books I-III の底本を第二版に置いていたこれまでの本文に対して、一般にはまだ馴染みの薄い初版を底本にしたことによって、*The Faerie Queene* は新たな読み直しの時代を迎えたとも言えます。私どもは、この old spelling edition を世に送る責任の重さを改めて感じているところです。いうまでもなく、この種の仕事に「完全」ということはあり得ませんので、多くの読者から今後さまざまなご批判・ご指摘をいただいて、それをしっかりと反映させていきたいと存じます。

日本スペンサー協会会報　第 15 号

2003 年 4 月 25 日発行

03-01　本部連絡先の変更　　会長の九州ルーテル学院大学退職により，4 月からの本部連絡先が会長宅になりました。メールアドレスは変わりありません。
　　　　Tel / Fax：096-344-1748　　　fkds@gpo.kumamoto-u.ac.jp

03-02　成蹊大学にて年次総会開催　　今年度の年次総会を成蹊大学の特別のご好意により日本英文学会大会にあわせて下記のとおり開くことになりました。3 年ぶりの開催ですので奮って御参加ください。
　　　日時：　2003 年 5 月 25 日（日）午後 1 時〜 1 時 50 分（入室は 12：30 から）
　　　場所：　成蹊大学 8 号館 405 教室
　　　議題：　(1) 本部の移転について
　　　　　　　(2) 前年度決算と新年度予算について
　　　　　　　(3) ホームページ開設について
　　　　　　　(4) その他

議題として提案があればメールでお知らせください。恒例の「肩の凝らない話」は，久しぶりですので出席者の近況報告を主にしたいと思います。住所や勤務先変更などがある場合は，メールかハガキでお知らせください。席上で新名簿を配布します。◆総会は抜き刷り交換の機会でもありますから，ご利用ください。ただし，持ち込み物の残部は退出時には必ずお持ち帰り願います。

03-03　2002-03 年度会計報告
　収入　　　283,854 円　　（繰越金）
　支出　　　 39,677 円
　　　　（ホームページ設定料　27,991 円　　切手　8,000 円　　消耗品　3,600 円）
　繰越金　　244,177 円

03-04　ホームページの開設　　本会のホームページを 5 月 25 日から使えるように開くよう，ただ今，カナダの業者に依頼して準備中です。アドレスは下記の通りです。メールアドレスをお持ちの会員へはメールで連絡します。なお，会報の編集から発送まで相当の時間と労力を要しますので，なるべく多くの会員がメールアドレスを持たれると連絡が格段に簡便化されます。ホームページができれば論文の抜き刷りもそのまま掲載できますので，関心がある人がダウンロードして読むことができます。

　　　　　　http://www.spensersocietyofjapan.org
　　　　　　pop-e-mail address: info@spensersocietyjapan.org

このホームページには審査の上で会員の論文などを掲載することになります。そのための編集委員は5月総会で承認いただくことになります。

03-05 *Spenser Review* 購読案内　　国際スペンサー学会の書評誌 *Spenser Review*（年3回刊）の購読料は年15ドルです。国際郵便小為替送金の場合は受取人を *The Spenser Review* とし，Department of English, University of Notre Dame, Notre Dame, IN 46556 USA へ郵送します。また下記のウェブサイトから申し込めばカードによる送金ができます。

http://www.english.cam.ac.uk/spenser/spenrev

International Spenser Society への入会申込みは下記のサイトで申し込む事が出来ます。年会費（*Spenser Review* 購読料を含む）は30ドル（学生と退職者は20ドル）。

http://www.english.cam.ac.uk/spenser/society/htm

03-06　2002年度 Kalamazoo スペンサー学会出席報告　　福田昇八　　シカゴの西方に位置するカラマズー市の郊外にある Western Michigan University では，毎年5月に Medieval Institute of English Literature と総称される学会が開催されます。これは関連する数十の研究団体が同時に5月初めの日曜日までの4日間にわたり発表を行うもので，昨年はその第47回大会が開かれました。参加費は95ドルと決して安くありませんが，一泊22ドルで学内宿舎も利用できますし，市内一のホテルも95ドルの学会料金になっています。◆スペンサー関係は4～5日の2日間，3つの会場で合計12の発表があり，特別講演が1つありました。これは国際スペンサー学会とは独立した行事で，昨年度は Prescott 教授らの委員会によって運営されました。私は *Spenser Review* の編集者 Teressa Krier 教授の勧めで参加し，スペンサーの日本語韻文訳について発表しました。主催者側の夜の行事として，木曜と金曜の夜は学外で演劇，土曜の夜は学内でダンスが計画されていましたが，私はある教会で催された中世劇を観ました。これはラテン語での台詞を英訳のテキストを片手に観るというもので，大変いい経験になりました。スペンサー関係では，金・土曜の両日ともレストランで一緒に夕食をするというのが伝統のようです。金曜日の夜はステーキハウスでの会食で，私は司会を務めてくれた Jon Quintslund 教授と同席して歓談しました。教授はシアトル湾の島に住んで庭仕事に精を出しているということで，近著をもらいました。日本で話をする機会があれば「スペンサーと庭仕事について」というタイトルにしたいと言っていました。土曜日の夕食は中華料理店で旧知の Oram 教授と同席し，彼がカンタベリ物語の冒頭を朗唱してくれたりして意気投合しました。◆なお，この会はインターネットで Medieval Institute で検索して申込みできます。スペンサー関係の発表の申し込みの締め切りは毎年9月中頃で，詳細は *Spenser Review* に発表されます。同じ大学を会場に毎年やっているだけに，日本英文学会の大会などよりも遙かに大規模な学会ながら，大変悠々たる運営ぶりのようでした。それにしても，あの大学はこれで大変な収益を挙げていると思いました。なお，私の発表原稿は紀要に載せましたので，同号収載のリシダスの七五調訳と共に喜んで献呈します（総会の席で差し上げますが，送付希望の方はメールかハガキでお知らせください）。

スペンサー関係書籍論文

03-08 ohn A. Quintslund, *Spenser's Supreme Fiction: Platonic Natural Philosophy and 'The Faerie Queene'*. University of Toronto Press, 2001. 373 pp. プラトンの研究者・翻訳者である著者のスペンサー論。

03-09 Nobuo Shimamura, *Clad in Colours: A Reading of English Epic Poetry*. Kanto Gakuin University Press, 2002. 196 pp + 4 color plates. ¥2,800. スペンサー、ミルトン、キーツ、バイロン、スコットの叙事詩にみる色彩語の研究。補論としてマロリー、シェイクスピアの語法にも及ぶ(03-15 参照)。

03-10 Richard McNamara, 'Dedicatory Sonnets for *1590 Faerie Queene*', *Spenser Studies*, XVII (2003) (4月刊行予定).『妖精の女王』初版には 16 の献呈のソネットが巻末に付されている。1 ページに 2 つずつ身分順に載っているが、15 番の下が空白のまま残され、その理由が大きな謎になっていた。これは死者への陰膳の考えで説明できる。即ち、フィリップ・シドニーに捧げるべきであったのが、4 年前の戦死によって載せられないので、故人の妹ペンブルック伯爵夫人メアリー・シドニー(15 番)とスペンサー伯爵令嬢エリザベス・ケアリ(16 番)の間をいわば陰膳として空けておいたのである。

03-11 Shohachi Fukuda, 'Translating Spenser into Japanese Verse: A Beautiful Mind in Beautiful Lines' 九州ルーテル学院大学紀要 Visio 29 (2002): 91-100. 西洋の詩の日本語への翻訳は、意味の伝達を主にし韻律の伝達は軽視されている現状から説き起こし、両方を同時に実現するには万葉集以来の七五調の響きを使うべきだという主張を『スペンサー詩集』(筑摩書房、2000)から例を引いて述べたもの。最後にスペンサーの響きに耳を傾けながら訳すことから得た結論として、スペンサーがシンメトリーと2:1の比率を示す特定の数字を全ての詩の構造として使っていること、それは美しい調和と秩序を求める彼の心を映したものに他ならないと述べる。

03-12 Shohachi Fukuda, 'The Numerological Patterning of the Mutabilitie Cantos,' *Notes and Queries* 50.1 (March 2003): 18-20. 『妖精の女王』第 1 巻の 1 篇と 2 篇の挿話は 27 + 1 + 27 / 27 + 18 の構造を持つ。この 27 を 3 回使う構造が最後の挿話にその明らかな構造(36 + 18 / 13 + 33 +13)と同時に認められることを指摘し、これはこの叙事詩の始まりへの復帰を示すと述べる。

03-13 水野眞理「一五九六年、エドマンド・スペンサー氏によりユードクサスとアイリニーアスの対話の形で書かれたるアイルランドの状況管見」『文学と評論』第 3 集 03-16 参照。

03-14 川西 進「George Herbert の 'The Flower' を読む」フェリス女学院大学大学院共同研究『欧米文化の背景とキリスト教』4 (2002):4-13. 平明に見えて読むたびに新しい発見があるハーバートの詩を Helen Vendler の読み方などを参考に評釈。

会員近況

03-15 **村里好俊** ここ数年来、文部科学省から科研費を受けて「メアリ・ロウス研究——シドニーとの比較を通して」に打ち込んでいます。その成果の一端として、「フィリップ・シドニー『五月祭の佳人』——翻訳・注解・解説」と「メアリ・ロウス『パンフィリアからアムフィラントスへ』——翻訳・注解・解説」を、いずれも本邦初訳として福岡女子大学文学部紀要に掲載しました。メアリ・ロウスはイギリス最初の自覚的女性作家として、最近英米では盛んに研究され、

『パンフィリア』の校訂本のみならず，あの大部の長編ロマンス『モントゴメリ伯令夫人のユレイニア』2巻も詳しい注釈がついた校訂本がすでに出版されています。また，研究書や研究論文も続々と出てきています。日本ではまだ研究の端緒についたばかりですが，その価値がある作家だと思われます。◆また，これは宣伝めいていて恐縮ですが，イギリスの高名な小説家・批評家デイヴィッド・ロッジの『現代文学の諸様式』（松柏社，玉井暲大阪大学教授と共訳）が夏には出ます。構造主義・記号論の立場から，具体的に作品を緻密に分析したもので，とても面白いです。

03-16 水野眞理　　昨年の末にスペンサーのアイルランド論の冒頭8分の1ほどの訳を雑誌に載せました。最初の問題はどのテクストを底本とするか，でした。この文書の初版は1633年にJames Wareが他のアイルランド関係の文書とまとめて書物の形にしたものですが，1633年以前のマニュスクリプトが少なくとも15種類現存しています。現代ではマニュスクリプトのうちのいくつかを校訂したテクストとして，W. L. Renwickの手になるもの(1934)，Rudolf Gottfiedの手によるVariorum Edition (1949)があり，詳細なテクスト解説もついていますが，今の私にはそれらの優劣を論じる能力がありません。また，Wareの刊本をモダナイズしたAndrew HadfieldとWilly Maleyによるテクスト(1997)が出ていますが，誤植があったり，付加された句読点が適切でないように思えたりします。結局，私自身が入手できる唯一のauthenticなテクストであり，初期近代ではもっとも多くの読者に読まれたテクストとして，English Experienceシリーズからファクシミリで出ているWareの1633年版を底本として用いました。しかし，Wareによって大幅な編集を受け，タイトルも変えられたこのテクストを用いることがよいのかどうか迷いは残っています（この文書は通例，書籍出版業組合に回されたマニュスクリプトに従ってA View of the Present State of Irelandと呼ばれていますが，Wareはもはや40年前の事情を記したこの文書のタイトルから'Present'の語を削除しています）。◆本書の文体上の大きな特徴は，理由や根拠を示す接続詞のforが頻用されていることです。イングランド人によるアイルランド経営がなぜうまくいかないのか，登場人物のアイニーアスの提案するような強硬な支配がなぜ正当化されうるのか，といったことについてスペンサーは書くことによって根拠を探し求め，また作り上げていったのではないか，という気がします。その意味でこれは公に向けて書かれたものでありながら，スペンサーの心の襞が見えるような文書だと感じます。◆しかし，この文書と向き合ってみると，さまざまな技術的困難に悩むことになりました。何よりも私自身がエリザベス朝の散文に慣れておらず，意味をとらえきれない箇所があること，歴史的な事実で確認できないことが多いこと，地名や人名の発音をどのように片仮名表記すればよいのか――現在存在しない地名があったり，当時のイングランド人がアイルランドの地名をどう発音したか想像することが難しいこと――などです。今後翻訳を続けていくなかで次第に解消していく問題もあるかとは思いますが，道は遠く，歩みはなかなか捗りません。それでも，是非この仕事を完成させて，スペンサー研究にも，また英国植民地主義の歴史研究にも，また初期近代アイルランドの文化史的研究にも役立ちたいと考えています。

03-17 岩永弘人 今回，私が所属するルネサンス研究会（川崎淳之助主催）の機関誌『クアトロ・カンティ』の第3号が刊行されました。これを機会に，この会の紹介をします。当研究会は，今年で創立以来11年を迎えます。主な活動は，池袋の勤労福祉会館で毎週火曜日の午後，『フェアリー・クィーン』とダンテの『神曲』（イタリア語原文）を輪読することです。前者のほうは，会員にエリザベス朝の専門家が少ないこともあって，まだ第2巻の終わりでもたもたしていますが，後者のほうは，昨年煉獄篇を終え，今文字通り天国への階段を上っているところです（現在天国篇第9歌）。昨年末発行の第3号は，〈ダンテ論特集〉と銘打ち，『神曲』に関する論文が4本（川崎淳之助，山越邦夫，髙橋祥恵，岩永弘人），松永智恵氏の論文「神の恩寵か，神への反逆か？──16世紀イングランドの女性君主論」ほか，文芸時評1篇（伊勢村定雄）が掲載されています。他にもエッセイ，詩，小説（三輪春樹，堀内正子，神崎樹，ホーファー・庸子）も含まれているのが本誌の特徴です。1部1,500円です。

03-18 島村宣男 2001年6月に『消えゆく言語たち──失われることば，失われる世界』（新曜社，四六判368頁，定価3,200円）という訳書を上梓しました。発売から1ヵ月，朝日新聞(7月8日朝刊)の書評欄第一面で，評者の木田元氏（中央大学名誉教授・哲学）より「言語について私たちに痛烈な反省を迫る本である」との読後評をいただきました。さらに，3ケ月後に日本経済新聞の読書欄のコラム〈今を読み解く〉で，田中克彦氏（中京大学教授・言語学）から「これまでになかったまさに待望の書であって，（中略）読者が，いかに困難な問題を前にしているかを教える点で，すぐれた書物である」とのご推奨をいただいたこともあり，K書店（新宿本店）でも「この分野のものとしては破格の売れ行き」（同書店横浜営業所S氏談）を見せ，半年を経ずして初刷2,500部を完売，増刷されてなお売れ行きは順調です（2003年1月現在で3刷）。◆また，月刊誌『言語』（大修館書店）9月号のコラム〈言語圏α・・・【ことばの書架】〉での渡辺己（香川大学助教授・言語学）の書評，日本経済新聞10月13日夕刊のコラム〈あすへの話題〉における作家の高田宏氏の引用紹介，さらに出版後1年以上が過ぎた今年の10月20日，再び朝日新聞の読書欄のコラム〈本屋さんに行こう〉で，美術作家のやなぎみわ氏に購入していただき，その「反響の大きさ」（評論家松岡正剛氏のHPに見える長大な読後評をはじめ，現在のところインターネットによるヒット件数は35件を数えます）と，「息の長さ」（大型書店には常備されています）に，私自身も驚いている次第です。原著は，文化人類学者 Daniel Nettle と社会言語学者 Suzanne Romaine の共著 Vanishing Voices: The Extinction of World's Languages（Oxford UP, 2000）で，オックスフォード大学公開講座の成果がもとになっています。言語学書ですが，専門術語の使用を極力避け，具体的でバランスのとれたその記述から見ても，対象はあくまで一般読書人です。日本語版の帯にあるように，「世界の大部分の言語が，生物種の絶滅と軌を一にして，急速に消滅している。言語はどのように死んでゆくのか？ われわれに，何ができるのか？」を切実に問いかける本書は，「均一化するグローバリズムへの警鐘」と言えます。◆本書には，詩人スペンサーが辺縁の地で対峙した「アイルランド文化」をはじめ，ヨーロッパ先住のケルト民族の文化としての言語が，後続の時代にあって，豊かな経済力を背景にしたイングランドの言語の激しい破壊力の前に屈していく歴史的プロセスが鳥瞰されています（第6章）。本書を若い読者に読ませたい，と言ってくれた友人がいます。

確かに，このままでは21世紀中に最大95％の言語がこの地球上から消滅すると予測される「おそろしい事態」を，この世紀を担う若い人々にははっきりと認識しておいてほしいものです。本訳書が「残る本」であると信じる訳者としては，今後ともさらに広い読者層を獲得することを期待したいと思います。◆昨年末に出版したのが英文論集 *Clad in Colours: A Reading of English Epic Poetry*（Kanto Gakuin UP）で，フィロロジストとして私がここ20年たずさわってきた叙事詩における色彩語の研究で，前著『英国叙事詩の色彩と表現――「妖精女王」と「楽園喪失」』（八千代出版）の続編です。造本とジャケット・デザインに工夫が凝らされて，美しい書物に仕上がりました。A. C. ハミルトン教授に献呈したところ，次のような文言を含むメールをいただきました。

> "You have dared to undertake a pioneer work in which you could build on established criticism. In my judgement, you have succeeded admirably. I am much impressed by the thoroughness with which you have investigated the occurrences of colours and their significance. In the future, students of English epic poetry won't be able to ignore the use of colours by the poets you treat, and may persuade them to extend your analysis to other poets."

ありがたいことです。なお，本書は急逝された故藤井治彦教授に捧げられています。◆出版が遅れていますが，もう1冊，『英語の感覚と表現』（三修社）と題する大冊の論文集が近々刊行の予定です。英語表現学会から執筆依頼を受け，「ミルトンの場合――17世紀後半の感覚と表現」と題する論説を寄稿しています。色彩語の研究は視覚に関わりますが，ここでは聴覚，味覚，触覚，嗅覚を含めた五感と共感覚表現の諸相をミルトンの *Paradise Lost* に探っています。

03-19　山下浩　*The Faerie Queene* 本文について，専門誌 *TEXT* に長文の review essay が掲載されています。これは web 上でも読めますので，ご案内いたします。私のホームページからでも入れます。なお，新版 *FQ* が日本の図書館ではまだあまり入っていません。今日では，ほとんどの図書館がコンピュータ検索に入っているはずですが，私の調査ではこの新版が入れてあるのは22大学図書館にすぎません。スペンサー協会会員の大学でもまだ入っていないところがたくさんあります。京都大学，東京大学，それに熊本大学もまだです。この点，会員のみなさんのご尽力をお願いしたいところです。私が他にやっている漱石の全集などは，3つの全集をあわせた3部作，いずれも10万円ほどの高額でありながら，最新の『講演・評論全集』でもすでに53大学で所蔵となっています。

http://www008.upp.so-net.ne.jp/hybiblio
http://www.textual.org/text/contents.htm

03-20　平戸喜文　このたび，暇にあかして翻訳しておいた原稿を活字にしてみました。『イギリス名作短編集』がそれです。ハーディからマンスフィールドまでの6篇です。果たして「名作」になっているか甚だ心許ないものがありますが，出版社が全国紙の広告にも出してくれたので好評のようです（近代文芸社，2003年，152頁，1,600円）。

日本スペンサー協会会報　第 16 号

2004 年 6 月 30 日発行
日本スペンサー協会ホームページ：www.spensersocietyjapan.org

04-01　年次総会報告　2004年度総会は，日本英文学会大会開催校大阪大学（委員玉井暲教授）のご好意で，同大学文学部第一会議室に会場が提供され，5 月 23 日（日）の午後 1 時から 2 時まで，会員 8 名が出席して開かれました（司会：福田，記録：足達）。下記の事項が承認されたほか，本協会創立 20 周年事業について討議の結果，別記の通り承認されました。
(1) 2003 年度決算
　　支出　　　　　　24,000 円
　　繰越金　　　　　220,191 円
(2) 2004 年度予算
　　収入　　　　　　100,000 円　　　　（5,000 円× 20 名）
　　支出　　　　　　88,000 円
　　　（2007 年度までのホームページ料 48,000 円を含む）
　　繰越金　　　　　232,191 円
(3) 2004-07 年度役員
　　会　　長：福田昇八
　　副会長：山下浩
　　理　　事：Richard McNamara・水野眞理・村里好俊・島村宣男・竹村はるみ
　　事　　務：足達賀代子

04-02　協会創立 20 周年記念論文集の原稿募集　本協会は創立 10 周年事業として，26 編の論文を集めた論集『詩人の王 スペンサー』（九州大学出版会，1997 年，540 ページ）を刊行しましたが，今回ここに 20 周年事業として，下記により原稿を募集します。◆5 月のアンケートでは，論文の寄稿希望者は 10 名ほどですが，未回答の方もテーマが決まったら，随時お申し出ください。今回は記念誌的な色合いが強くなりそうですから，会員のスペンサーとの関わりについての寄稿や，資料の提供など，積極的な協力が望まれます。
(1) 編集委員　福田昇八・山下浩
(2) 内容　・スペンサーを中心にルネサンス英詩関連論文
　　　　　・日本のスペンサー研究
　　　　　・協会の歩み
　　　　　・会報集録
　　　　　・スペンサー文献目録
(3) 制限字数　400 字詰め 30 枚（A4 横書き 30 字× 40 行で 10 枚）以内
(4) 締め切り　2005 年 5 月 15 日（来年度総会時に内容の調整を行い，2005 年 10 月までに完成原稿とし，11 月に筑波大学から出版助成金を申請）

(5) 刊行予定　2006 年 9 月

04-03　**2004-2007 年度会費**　オリンピック年は 4 年に一度の会費納入の年です。6 月 20 日現在の納入者は 21 名です。会費は 5,000 円，郵便局で払い込んでください【口座番号：01960-8-25355 ／口座名：日本スペンサー協会】。◆氏名，住所，電話番号，メールアドレス，所属等を記したハガキを本部に送り（または，払込み用紙の通信欄に「新入会」として必要事項を書き）会費を上記口座に払い込めば，学生でも入会できます。この 1 年間に 3 名の新入会者がありました。会則により，会員の印刷物が刊行された場合は，各 1 部を本部に寄贈することになっています。

04-04　**会員名簿の配布**　この会報には，5 月に回答があった会員カード（および昨年度総会時に提出されたカード）によって作成された，会員名簿が添付されています。未回答の方は『英語年鑑』（研究社）によっています。この名簿の作成と会報の印刷・発送事務はすべて，足達賀代子氏の奉仕によって行われました。誤記や，その後の変更は，足達氏にお知らせください。

04-05　**会長からのお願い**　本会には事務員はいません。人件費ゼロです。1 年分の会費で 4 年間の運営が行われています。これまで，すべての事務は会長所属校の人員と機器の利用により円滑に行われていましたが，会長退職後は大学の利便がなくなりました。今年度は足達氏から尽力の申し出があり，大いに助かっています。メール利用者へはメール送信により手間が省けますが，当分は印刷物の送付が必要です。会報の編集と事務の一切を担当する会員を本部に確保することが最上の策ですが，さしあたり，事務の協力者を数名確保しておくことが良策と思われます。みんなのために尽くしたいという方は，メールでお申し出下さい。(fkds@gpo.kumamoto-u.ac.jp)　事務内容は簡単です。本部で編集された文書／会報を協力者に送ります。協力者は必要部数をコピーし，ホッチキスで留め，封筒を購入して 1 部ずつ入れ，宛名を張り付け，切手を貼って（または郵便局へ持って行って，料金別納として）発送します（経費は後で精算します）。わずか 50 人分ですが，これだけでも半端な時間では処理できません。

04-06　**ホームページ登載用フロッピー募集**　本会のホームページ（www.spensersocietyjapan.org.）が 2003 年 5 月からオープンしています。これはマクナマラ氏の尽力によって，カナダの GrassRootsDesign 扱いで開設されて好評を得ていますが，会員からの資料提供によってますます充実が望まれます。日英どちらの言語でも構いませんが，会員の既刊論文で広く閲覧に供する価値のあるものをご提供ください。例えば，ハミルトンの新しい注釈書にも出てくる小迫勝氏の韻律論などは，海外から参照の可能性があるでしょう。そのようなユニークな論考は，別個にお願いして載せるべきですが，自発的提供を望みます（必ず，Windows-convertible disk）。会報の全てをホームページに載せることも予定されています。メール・アドレス：info@spensersocietyjapan.org.

04-07　**文庫版スペンサー来春刊行見込み**　来年 2 月ごろから，ちくま文庫版『妖精の女王』（全 3 冊）が順次刊行の見込みです。これは 1994 年刊の筑摩書房版の本文

に修正を加え，脚注方式に改めたものです。このほかのスペンサーのすべての詩も，その後全面的に改訳し，2巻にまとめて筑摩書房に提出してあります。

04-08　ハミルトン新版が学会賞にノミネート　　山下・鈴木両氏の本文が採用されている，ハミルトン編 *The Faerie Queene*（Pearson Education）が国際スペンサー学会の 'McCaffrey Book Prize for Years 2001-2003' にノミネートされました。現在審査中ですが，日本人も貢献したこの労作が，最近のスペンサー関連書籍のうちで最高の栄誉に輝く日も近いと期待されます。運良く受賞したら，英語青年にもニュースを送ります。

会員業績（ABC順）

04-09　今西雅章　　「『ペリクリーズ』の舞台構造とバロック的展開―― 秘跡劇のシェイクスピア的変容」『関西外国語大学研究論集』77(2003), 23-42.　当時の2階舞台や後方のディスカヴァリー・スペースの中での舞台効果を分析し，当時の演劇趣味およびカトリック教徒への弾圧やバロック様式との関連などを考察。

04-10　水野眞理　　「1596年，エドマンド・スペンサー氏によりユードクサスとアイリニーアスの対話の形で書かれたるアイルランドの状況管見(2)」　京都大学大学院人間・環境学研究科英語部会『英文学評論』76(2004), 149-81.『文学と評論』3集2号（本会報03-16で紹介）の続編。

04-11　村里好俊　　「イギリス17世紀前半の文学に見られる女性表象―― メアリ・ロウス『パンフィリアからアンフィランサスへ』」福岡女子大学文学研究会編『文学における女性表象』福岡女子大学文学研究会，2004年, pp. 65-88.

04-12　村里好俊　　「『オールド・アーケイディア』詩集(抄)」『福岡女子大学文学部紀要文芸と思想』68(2004), 41-108.

04-13　岡田岑雄　　「『ソネット集』の場合―シェイクスピア受容の一断面(中)」『松蔭女子大学紀要』2(2002), 41-108.『ソネット集』の中で特徴の著しい129番を4つの視点から，H. Vendlerの論考(1973)にふれながら論じた。4つの視点とは，(1)作品それ自体，(2)『ソネット集』の他の詩篇，特にDark Lady詩篇との関連，(3)他のソネット連作集の背後にある伝統とのつながり，(4)シェイクスピアの他の作品における主題との関連，の4つである。

04-14　大野雅子　　「ノスタルジアとしてのロマンス」『帝京大学文学部紀要』35(2004), 1-22.　スペンサーは『妖精の女王』を一度もロマンスとは呼んでいない。しかし，18世紀後半から19世紀前半にかけて，数々の批評家たちが『妖精の女王』を「ロマンス」と呼び，再評価し始める。「ロマンス」というジャンルが，このような批評家たち，また英国人たちを魅了したのは，「ロマンス」が描く時が彼らにとって永遠に失われてしまったからであった。「ロマンス」を読むことによって，人々は自分たちの文化や国や民族の「起源」に対する幻想をかきたてられた。「ロマンス」は「今ここ」に「現在」として存在するのではなく，回顧的な視点によって「ロマンス化」される。「ロマンス」とは「失われた，または抑圧された想像力」の象徴だったのである。

会員近況（ABC順）

04-15　足達賀代子　　入会させていただき，光栄に存じております。現在，大阪大学で博士論文作成に努力しています。今後とも先生方の御指導を仰ぎながらスペン

サー研究に精進してまいりたいと存じます（2003 年入会）。

04-16 江川琴美 九州大学大学院博士後期課程に在籍しています。これまではミルトンを中心に研究してきましたが，これからはもっと視野を広げていきたいと思います（2004 年入会）。

04-17 福田昇八 昨年退職し，数年前に訳していた七五調訳『妖精の女王』1，2 巻をロングマン新版によって全面的に見直しました（本会報04-39参照）。この4月からは3巻を月に1篇の割でやっています。秋になったら，同好の士を集めてスペンサーを読む会を始めようと考えています。ところで，昨年秋から月2回の市民講座でオペラを習っています。音符は読めず，人前で歌ったことのない男が，古希を過ぎて運動のために始めたのですが，どうにかドン・ジョバンニの二重唱の真似ごとができるまでになりました。最近，ジェイムズ・ジョイスがオペラ好きで，ノラ夫人から「下手な小説書きはやめて，テノール歌手になったら？」と言われていたと知り，嬉しくなりました。言葉の魔術師ジョイスがそうなら，わがスペンサーもきっと歌が，韻律が好きだったはずです。というわけで，これまたスペンサー理解の王道を進んでいることになるぞ，とほくそ笑んでいます。

04-18 樋口康夫 熊本県立大学文学部で英文学を担当していますが，いま9月までの予定でベルギーに留学し，ゲントにいます。現在，ベルギーで16世紀フランダース地方の植物誌と同時期のイギリスの植物誌の比較研究をしています。将来的には，スペンサーの作品に見られる植物関係の研究を発表したいと思っています（2004 年入会）。

04-19 平戸喜文 ギッシング，ゴールズワージー，ヒュー・ウォルポールの初訳（と思われる）3篇を含む6篇の翻訳を『イギリス名作短編集』第2集として準備中です。

04-20 平川泰司 現在は特任教授として1年ごとの契約で勤めていますが，まだやり残していることもあり，読みたい本も沢山ありますので，今年限りで引退することにしました。特任教授といっても，ノルマが2つ減るだけで，役職も委員も当たります。最近は，読書は続けていますが，専門的な研究からは遠ざかってしまいました。

04-21 本間須摩子 学部学生のころからスペンサーのファンです。勉強不足ですが，最近「炎」に関して書きました。修士を出て約10年になりますが，雑事に追われ，なかなか研究できないのが現状です。そんな中で，協会からいただく会報の中の情報が私にとりましては大変励みになります。

04-22 壱岐泰彦 定年退職後の第二の人生も5年目を迎えました。この数年，スペンサーを遠ざかって，広くヨーロッパの文化に親しんでいます。

04-23 今西雅章 関西外大の研究論集79号に「ルネサンスの絵画と演劇の図像学」を執筆しましたが，まだ刊行されていません。目下，「『トロイラスとクリセイダ』のにが笑い ── マニエリスム芸術としてみた」を書いているところです。

04-24 岩永弘人 昨年の会報で紹介したルネサンス研究会誌『クアトロ・カンティ』用に FQ の2巻12篇の前半（Bower of Bliss に至るまで）についてのペーパーを書いています。また，スペンサーとも関連のある Thomas Watson についても考えています。

04-25　川西　進　2004年3月末日で，フェリス女学院大学大学院非常勤の職を除き，すべての大学関係の教育研究職を退きました。

04-26　私市元宏　皆様のおかげで昨年無事退職いたしました。現在は，聖書関係の著述を中心に仕事をしています。

04-27　小迫　勝　アモレッティのメタファーについて，Steen の認知理論に基づいて構造分析したものを近々出す予定です。

04-28　Richard McNamara　阿蘇の連山を見渡す広大な土地に，柱以外は自分の手で作業して，大きな家を建てて住んでいます。ここでキルコールマンのスペンサーを偲びつつ，スペンサーの数秘を考え，浩然の気を養っています。協会のホームページは，皆さんの楽しいアクセスの場となるよう努力します。Spenser Studies 17巻に載った小論(03-16)は，Roche 教授から「これは私がむかし C. S. Lewis 教授から，スペンサーはどうしてシドニーへの賛辞がないのか，と聞かれた質問への見事な回答になっている」とコメントをいただきました。

04-29　根本　泉　現在，『妖精の女王』第3巻のマリネルおよびマルベッコーのエピソードを中心に調べています。「貞節の物語」としての第3巻におけるマリネル，マルベッコー，ヘレノア等の位置付けをアドーニスの園との関連で考えたいと思います。

04-30　村里好俊　7回にわたって続けてきました大学院の「スペンサー演習」が，この春で一段落しました。熊本大学スペンサー訳を参照し，OEDを丹念に引きながら読みました。1回3時間，200〜300行ですが，「主としてシェイクスピアを勉強している」院生たちにも，また私にも，得たものは大きいと思います。仕事では，S.マッケイ著『二歩進んだシェイクスピア講義』（大阪教育図書）が後期の授業に間に合うように出版できる見込みです。新歴史主義批評に依拠したユニークな作品分析の書です。

04-31　大野雅子　FQ が18世紀後半から19世紀にかけて中世趣味の勃興とともに，「ロマンス」として再評価されたということに興味をもっています。そこから発展して，その時代の貴族趣味とナショナリズム，また，文学とナショナリズムの関係など，考えています。「文学」という概念が形成される過程が，ナショナリズムの勃興の過程と並行することなど，興味深いです。ただ，エリザベス朝にもやはり異なる形でナショナリズムはすでに存在していたと思うので，どう考えたらいいのかとも思っています。

04-32　岡田岑雄　今の学校の勤めが5年目に入りました。今年から女子大が共学校になり，男子がどっと入ってきて様子が変わりました。特任ということで，何とか勤めを続けていますが，いささかくたびれた感じです。スペンサーのほうはごぶさたです。

04-33　早乙女　忠　退職して3年余りたちました。自由な生活を送っていますが，最近「さまざまなミルトン」と題する文章を『オベロン』(南雲堂)に書きました。硬直した倫理性と結びつけられがちなミルトンをそこから解放したいと考えたのです。出色の 'common reader' たるウルフの日記に見える「第一の父権者ミルトン」という言葉や，機械文明の証言集である大冊，ジェニングズ『パンデモニアム』(パピルス社)が失楽園の一節を，まさに最初の例としてあげていることを知り，執筆することができました。皆様に『オベロン』を見て頂きたいのですが(6月刊, 2,000

円)，記念論集には，とりあえず，スペンサーの *Ruins of Rome* をシェイクスピアのソネット集との関連で検討してみたいと思っています。

04-34　島村宣男　記念誌への会報再録に賛成します。設立総会に遡る故藤井先生の書簡を含め，創刊号から全ての会報が手元にありますので，小生でよろしければ，この夏休みにパソコンへの打ち込み編集を引き受けます。◆前号でお伝えした論文集『英語の感覚と表現——共感覚の魅力に迫る』(三修社，4,500円)が，この2月にようやく刊行されました。私はミルトンの感覚表現に関する小論 (pp. 118-31) を寄稿しています。これを英文による 'revised and enlarged version' として勤務校の紀要に寄せたものが "'Corporeal to Incorporeal': Senses and Representations in *Paradise Lost*"(関東学院大学文学部紀要99号，pp. 161-74)です。

04-35　住田幸志　オックスフォード版スペンサー詩集とゴールデン・トレジャリーを座右に置いての毎日です。開いたところから数ページ読み，韻律に酔っております。それから前に読んだテクストを読み返しています。そして，テクストからだけでも，再読でいろいろ知識が得られるものだと認識しております昨今でございます。

04-36　竹村はるみ　3年前に大学図書館に入った CD-ROM版 *Early English Prose Fiction* で散文ロマンスを読んでいます。電子ブックのおかげで，手に入りにくい作品に出会えるのがありがたいことです。最近，スペンサーといわゆる「シドニー・サークル」との関係に関する論文を書きました。活字になったあかつきには，ご一読いただき，忌憚なきご批評を聞かせていただければ幸いです。

04-37　山下 浩　記念論集には，日本のスペンサー研究を紹介する記念誌的な意味も持たせたら面白いのではないでしょうか。私としては，この機会に，『妖精女王』の翻訳を中心にして，「本文と翻訳の間」とし，歴代の熊本大学翻訳の各版が底本としてきた本文とその是非について具体的に調べてみたいと思っています。

04-38　吉田正憲　昨年から，熊本大学スペンサー研究会会員による，*FQ* を除くすべての翻訳に手を入れたものを，パソコンで出版準備しています。

04-39　スペンサーの韻文訳——声に出して読む至福の園　福田昇八

余白を利用して，声に出して読んで響きが伝わるような訳例を，至福の園から少し御覧にいれます。原文の10音は七五(まれに五七)，12音は七七になっています(コロンとセミコロンがテン)。

70
　　やがて聞こゆる旋律は
　　　いかなる人をも楽しませ
　　　この楽園でなかったら
　　　決して同時に聴かぬ曲，
　　　聴いてもどんな音楽か
　　　言うのはとても難しい，
　　　耳に心地の良いものが
　　　すべて一つに調和して
　　鳥　歌　楽器　風　瀬音和す。

71
　　木陰に宿る小鳥らが
　　　人の美声に和して鳴き，
　　　天使のような歌声が
　　　楽器に合わせ響き合い，
　　　妙に奏でる弦の音が
　　　低く流れる瀬と和して，
　　　瀬音は低くまた高く
　　　調べを変えて風に和し，
　　そよ風そよぎすべてに和する。

72
この音発すと思しき場
　魔女自らがお楽しみ
　新し相手　遠くから
　魔法魔術で連れて来た、
　長く木陰で楽しんで
　そばに今しも寝かせてる、
　周りで楽しくやっている
　あまたの美女や美少年
歌うたいつつ軽く戯れてる。

73
その間中　かぶさって
　じっと見つめる不実な目
　刺されて薬　探すのか
　喜びを　むさぼってるか、
　頭を下げて唇に
　目覚めないよう口づけし
　潤んだ眼から情慾に
　蕩けた魂　吸い取って、
そっと溜め息　その身哀れむ。

74
折しも誰か歌うたう、
　「咲き初む花に美の姿
　我が一生を　見たき者、
　見よ咲く薔薇の愛らしさ
　恥じらいがちに慎ましく
　秘するがほどに麗しい、
　見よや忽ちあられもなく
　裸の胸を広ぐるを、
見よ忽ちに凋み果てるを。

75
かくて一日の過ぎる間に
　人の葉も芽も花も過ぎ
　萎れしのちは盛りなし
　あまたの乙女と恋人の
　部屋の飾りに求めしも、
　薔薇は盛りのうちに摘め
　花散る老いはすぐ来る
　愛の薔薇摘め褪せぬ間に
愛し愛せよ　同じ罪もて」

76
終えると鳥の合唱隊
　それぞれ歌に和すさまは
　その通りだと言うがごと。
　剛の二人も聞いたけど
　迷わず進み　まっすぐに
　藪や茂みをかき分けて
　そっと近付き見いだした
　目指す淫婦は恋人の
眠れる頭　膝に戴せてた。

77
薔薇の褥に横たわり
　暑気ゆえか　快楽のためか
　着ているよりは脱いでいる
　銀糸のヴェール　薄絹は
　白い肢体を隠すより
　いっそう白く見せていて、
　蜘蛛も紡げぬ細やかさ
　露置く蜘蛛糸　朝日受け
霧散するよりさらに軽やか。

78
　白くはだけた柔肌は
　　見ても見飽きぬ眼の餌食
　　甘き疲れのけだるさに
　　神酒(ネクター)のごと汗にじみ
　　真珠のように転(まろ)び落ち
　　満ちたり甘くほほえむ眼
　　潤む視線は胸刺すも
　　愛の火消さず、星影の
音なき波に煌めくに似る。

79
　そばに眠れる若者は
　　名門の出と見受けられ
　　かくも身分を汚(けが)すとは
　　見るも大いに哀れなり、
　　均整とれた寝顔から
　　男らしくも優雅なる
　　立居振舞(たちいふるまい)うかがわれ
　　産毛(うぶげ)優しい口元に
生え出たばかり柔毛花咲く。

80
　武具は眠りに無用の具
　　賞賛忘れ　枝の上
　　盾のあまたの刻印は
　　見る跡もなく削られて
　　名誉功績　気に掛けず
　　立身出世忘れ果て
　　ただ情慾と放縦に
　　あたら身と日を費えさす
魔力おぞまし　盲にすとは。

81
　妖精騎士と巡礼は
　　愛に溺れる両人に
　　さっと駆け寄り網投げた
　　これはこのため巡礼が
　　わざわざ編んでおいた網。
　　こうして捕らえ他の者は
　　破廉恥　恥じて敗走す。
　　不意打ち食った美人魔女
秘術尽くして抜け出そうとす。

....

日本スペンサー協会会報　第17号

2005年6月10日発行

日本スペンサー協会ホームページ：www.spensersocietyjapan.org

....

05-01　**年次総会報告**　2005年度総会は，5月22日(日)午後1時から，日本大学文理学部百周年記念会館会議室1において会員18人が出席して開かれ、下記の通り承認されました。会場の利用について特別の便宜をはかっていただいた日本英文学会第77回大会当番校(野呂有子教授)のご配意に厚く感謝いたします。

(1) 2004年度決算
   収入
      繰越　　　　　220,201 円
      納入会費　　　130,000 円　（5000 円 × 26 人）
      合計　　　　　350,201 円
   支出
      ホームページ　 48,413 円　（2008 年 5 月までの分）
      雑費　　　　　 13,380 円
      合計　　　　　 61,713 円
(2) 2005年度予算
   収入　繰越金　　288,408 円
   支出　雑費　　　 30,000 円
(3) 創立 20 周年記念論集の発刊について
* 来年3月刊行を予定し，9月30日を原稿提出期限とする。
* 第1部はスペンサーの研究論文，第2部は協会の歩み
* 原稿は山下宛添付ファイルで提出する。（原稿作成と提出の詳細は本号に転載）。
　　　　　ファイル送付先：　　hybiblio@js3.so-net.ne.jp
* 出版助成金の交付が困難視されるため，執筆者の負担がなるべく少ないよう完成組版して出版社渡しとする。
* 文献目録は『詩人の王スペンサー』に集録されたものを含めて，より完全な目録となるよう，会報で会員に資料提出を依頼する。
* 今後の投稿希望者は山下に連絡する。

05-02　全会員へのお願い　　（1）記念号に収載する個人別のスペンサー文献目録は，完璧を期すため，本人からの情報提供によって行われます。この目録は日本に於けるスペンサー研究の成果を記録するためのもので，他の作家を論じたものは収載されません。『詩人の王』以降の（または漏れている）スペンサー関係の書籍／論文の出版年・掲載誌名・号数・ページを，下記の目録担当者宛メールまたは手紙で8月までにお知らせ下さい。提出された資料は編集者で統一します。
shima@nd.catv.ne.jp　223-0062 横浜市港北区日吉本町 3-23-1　島村宣男
（2）執筆の詳細について，同封の編集者からの便りをご覧下さい。
（3）この会報は足達賀代子氏の所から発送されます。最新の名簿が同封されています（訂正等がある場合は同氏へ）。

05-03　記念論集の刊行へ向けて　　本会では創立10周年には24人の会員の協力を得て500ページを超す論集を刊行しました。あれは各人のスペンサー論文のうち，最も重要と考える論文を中心に編集したもので，当時の我が国のスペンサー研究の姿を示すことを目指したものでした。そのために相当のレヴェルに達した書として世人の好評を得たと思われます。今回はすべて書き下ろし論文となりますが，新進研究者からの寄稿も大いに歓迎される所です。ただし，レフェリー付きの論集として，然るべき評者の推薦によって採否が決まります。この本の刊行にあたっては，すべての会報記事が島村氏の手ですでにパソコンに打ち込まれ，写真

とともに準備されています。会員近況など，読み捨てられる運命にあるものが，こうした形で貴重な証言として後世に残ることになります。すでに山下氏を助けて水野氏が編集に当たることになっています。原稿は修正等の作業を年内に終えて1月に印刷所渡し，2月校正の予定で進行すると思われます。

05-04　ハミルトン新版にマッキャフリー賞　　国際スペンサー学会にThe Isabel G. MacCaffrey Book Prize が創設されました。これは3年ごとに最優秀スペンサー図書を選定して表彰するもので，その第1回(2001-2003)受賞図書としてハミルトン新版 *The Faerie Queene* が選ばれ，その授賞式が昨年12月30日ニューヨークで開かれた学会の席上行われました。ただし残念ながら，日本人の本文校訂者はもとより，ハミルトン教授も夫人の看病のため出席できず，後で賞碑と副賞300ドルが送達されました。

05-05　ちくま文庫版『妖精の女王』刊行開始　　和田勇一・福田昇八訳『妖精の女王』(筑摩書房，1994年刊)のちくま文庫版全4巻の刊行が4月から始まりました。1は第2巻第8篇までの本文と「ローリへの手紙」と訳者解説を含み，2は第3巻末までです。すでに3までが出版され，7月10日発行の4で完結となります。これは単行本のままの文庫化ではなく，句読点をスミス版に厳密に一致させたほか，内容的にはハミルトン新版を参考に全行を見直した改訂版で，今後は日本語訳引用の標準版となります。なお，「ちくま」5月号（No. 410)に作家ひかわ玲子氏による書評「妖精たちはここから舞い降りた」が載っています。

05-06　平井正穂教授逝去　　英語青年7月号の特集記事でご存知の通り，平井正穂教授がこの2月，93歳で永眠されました。初任地の新潟で「死に物狂いで『妖精の女王』を読んだ」とよく口にしておられた平井先生は，故和田勇一教授とは大学以来の友人でもあり，郷里の熊本の地に於いてスペンサーの翻訳と研究が花開いたことを特に喜びとされ，われわれの活動を暖かく見守っていただいた師でありました。スペンサーについての論文は1本ですが，機会があれば何かまとめてみたかったと福田宛の最近の私信で述べておられます。もう少し早く，平井論文をわれわれの20周年論集に特別寄稿してもらうべきであったと，今になって悔やまれます。文学研究の基礎は本文の精読という信念を持った偉大なる老師の死に，謹んで冥福を祈ります。

会員業績（ABC 順）

05-07　福田昇八 "The Numerological Patterning of *The Faerie Queene* I-III." *Spenser Studies: A Renaissance Poetry Annual*. 19 (2004), 37-63.

05-08　今西雅章　「『オセロー』における聖なる次元」　関西外国語大学研究論集 78 (2003): 23-37.

05-09　小紫重徳　「エリザベス朝の国家主義文化の諸相(1)　国家と国家教会の伝統の創造」神戸大学国際文化学部紀要　7 (1997): 47-75.

05-10　小紫重徳　「エリザベス朝の国家主義文化の諸相(2)　国語の確立」　神戸大学国際文化学部紀要　8 (1997): 31-59.

05-11 小紫重徳 「エリザベス朝の国家主義文化の諸相（3） 過去の記憶と規範」神戸大学国際文化学部紀要 14（2000）: 1-23.
05-12 小紫重徳 「ルネッサンス期ヨーロッパの伝統と模倣の系譜」 神戸大学英文学会 *Kobe Miscellany* 27（2002）: 1-12.
05-13 村里好俊 「『オールド・アーケイディア』詩集（完）」 福岡女子大学文学部紀要『文芸と思潮』69（2005）: 35-81.
05-14 村里好俊 「クリストファー・マーロー『ヒアロウとリアンダー』 訳と注解」 *Kasumigaoka Review* 11（2005）: 15-49.
05-15 岡田岑雄 「『ハムレット』の受容をめぐって 覚え書（その一）」 松蔭女子大学紀要 4（2004）: 93-100.
05-16 岡田岑雄 「『ハムレット』の受容をめぐって 覚え書（その二）」 松蔭女子大学紀要 5（2005）: 127-136.
05-17 竹村はるみ 「ロマンシング・ロンドン──エリザベス朝末期における大衆騎士道ロマンス」 日本英文学会『英文学研究』81（2005）: 109-122.

会員近況（ABC 順）

05-18 足達賀代子　昨年は名簿に誤字や，山下先生や島村先生のメールアドレスミスがありましたが，協会のお役に立てて嬉しいです。会員の皆様，また何かとお教えください。

05-19 福田昇八　クリスマスから5月連休まで，久しぶりで「死に物狂いで」文庫版の校正に没頭しました。和田教授亡き後，今回は初めて全行を原文と照らし合わせて改訂しました。文理版は冗長という意見がありましたが，文庫版では引き締まってきたと思います。5月には，ハミルトン先生に勧められてアドーニスの園に関するインターネット討論に参加しました（Sidney-Spenser discussion listで検索）。3.6.43.1の "Right in the middest" が3巻の中心を示すことは周知ですが，45連が初版も2版も8行なのも中心のページを示す作者の目印であると論じたもので，ハミルトン先生から "Excellent!" とメールが来ました。この論は初版本を見て初めて可能になったことで，山下先生のCDは，こういうとき役に立ちます。皆さんもご確認ください。

05-20 本間須摩子　日大の総会会場に早く行って資料配布などを手伝い，爽やかな気持ちで帰りました。「若者よ，皆のために働け」との会長の呼びかけは私の胸に響きました。私は何でもいたしますので，どうぞお申し付け下さい。

05-21 小紫重徳　学部改組でヨーロッパ文化論が廃され，今年度から異文化コミュニケーション論講座で越境文化論を担当することになりました。スペンサーを核にして，ウェルギリウス，ペトラルカ，クレマン・マロ，デュ・ベレの影響関係を調べていきたいと思っています。ただし，学生が集まるか，それが問題です。

05-22 小迫　勝　今年3月まで付属中学校との併任が3年間続きました。集中してスペンサーを読むことが出来ませんでした。連絡事項にも満足に対応できずに失礼をしていました。

05-23 小田原謠子　私は2003年9月から1年間，ケインブリッジ大学 Newnham College で研修の機会が与えられ，Dr. Colin Burrow と Dr. Lyne の指導を受ける幸運に恵まれました。スペンサーが過ごした土地での生活で，私はいささかおおげさな表現をすれば，衝撃を伴う発見をし，文学を，それが生まれた状況の中でとらえることの大事さを思いました。スペンサーは後半生をゲールの世界という地にあって，ヨーロッパ

の知的伝統の中で詩を書いたのです。私は詩の美しさに陶然としているのですが，彼が知的伝統を受け継いだその受け継ぎ方，そしてその表し方に，彼の経験が関わっているのではないかと思い，そのことも考えたいと思っております。

05-24　早乙女 忠　最近出た『オベロン』に「エヴァとベアトリーチェ」を寄稿しました。王制批判者のミルトンがなにゆえ女王を称える詩人に傾倒するのか気になっていました。最近入手した Doran & Freeman, eds., *The Myth of Elizabeth* (Palgrave Macmillan, 2003) 中で Andrew Hatfield が，スペンサーは女王批判者であるとの見解を記していて興味を覚えました。「ミルトンとスペンサー」を次に書ければと考えています。オベロン会は新人が加わり継続しています。

05-25　山下 浩　新ロングマン『妖精の女王』の底本になった私所蔵原本の CD をご希望の方へ無料で差し上げます。

再録した会報の発行所

1985 年 -1994 年	熊本市黒髪 2 丁目	熊本大学教育学部	福田昇八研究室
1995 年 -1996 年	京都市左京区吉田	京都大学総合人間学部	水野眞理研究室
1998 年 -2002 年	熊本市黒髪 3 丁目	九州ルーテル学院大学	福田昇八研究室
2003 年 -2005 年	熊本市清水万石 1-5-32		福田昇八会長宅

日本スペンサー文献目録

島村 宣男 編

本目録は，福田昇八・川西進編『詩人の王 スペンサー』の巻末に収録された「日本スペンサー文献目録」(福田昇八・竹村はるみ編)を増補・改編したものである(著者ABC順)。ここでは，初出時の明らかな誤植等を除いて，人名・地名等の固有名，作品名，また数字等の表記上の統一はしていないことをお断りしておく。

本文校訂

Hamilton,A.C., Hiroshi Yamashita（山下 浩）, Toshiyuki Suzuki（鈴木 紀之）, eds. 2001 *Spenser: 'The Faerie Queene'* Pearson Education xix + 787 pp.

Yamashita, Hiroshi, et al. eds. 1992 *The "Electronic Version" of a Textual Companion to 'The Faerie Queene 1590'* Kenyusha（研友社）

Yamashita, Hiroshi, Toshiyuki Suzuki, et al. eds. 1993 *A Textual Companion to 'The Faerie Queene 1590'* Kenyusha 447 pp.

語彙索引

Yamashita, Hiroshi, et al. eds. 1990 *A Comprehensive Concordance to 'The Faerie Queene 1590'* Kenyusha. 1215 pp.

編注書

福田 昇八・Alexander Lyle 1983 『スペンサー名詩選』大修館書店 xxi+112頁

細江 逸記 1929, 1988〔復刻版〕*The Faerie Queene*（英文學叢書）研究社 lxxxiii + 639頁

Kisaichi, Motohiro（私市 元宏）1982 Spenser:'Epithalamion' 山口書店 ii+116

Uchida, Ichigoro（内田 市五郎）, Keiichiro Uetsuki（植月 惠一郎）, et al. eds. 1999 Edmund Spenser, *'The Faerie Queene*, Book III, Cantos I-VI', Suiseisha（水声社）213 pp.

注解・注釈・訳注

藤井 治彦 1980 スペンサー演習——*The Faerie Queene* 1. 1. 6-28 英語青年126巻3号137-39, 4号188-90, 5号238-40, 6号283-85

藤井 良彦・吉田 正憲・平戸 喜文 1987a スペンサー『詩神たちの涙』『ヴァージルの蛹』熊本大学教養部紀要 外国語外国文学編 22: 270-304

藤井 良彦・吉田 正憲・平戸 喜文 1987b スペンサー『時の廃墟』熊本大学教養部紀要 外国語外国文学編 23: 293-314

間 晃郎・古宮 照雄 1997; 1998 エドマンド・スペンサー『羊飼の暦』注解 (1); (2) 木更津工業高等専門学校紀要 30: 141-61, 31: 149-69

Imanishi, Masaaki（今西 雅章）1973 "A Selection from Spenser's *Amoretti*: with Notes and Commentary" 帝塚山学院大学研究論集 8集

島村　宣男　1981; 1982a; 1982b; 1982c; 1984 The Faerie Queene 私注 (1); (2); (3); (4); (5) 関東学院大学文学部紀要33: 41-77; 34: 101-33; 35: 99-130; 36: 57-83; 41: 43-71

和田　勇一・山田　知良・福田　昇八 1990a スペンサー 「ベレーの幻」「ペトラルカの幻」熊本大学教養部紀要 外国語外国文学編 25: 193-206

和田　勇一・山田　知良・福田　昇八 1990b 「友アストロフェルに捧げる挽歌」他 熊本大学教養部紀要 外国語外国文学編 25: 180-92

山田　知良・福田　昇八 1987a スペンサー『ダフナイーダ』熊本大学教養部紀要 外国語外国文学編 22: 224-40

山田　知良・福田　昇八 1987b スペンサー『俗人劇場』熊本大学教養部紀要 外国語外国文学編 22: 242-68

山田　知良・福田　昇八 1988　スペンサー『アストロフェル』熊本大学教養部紀要 外国語外国文学編 23: 284-92

山田　知良・福田　昇八 1989　スペンサー「クロリンダの歌」他 熊本大学教養部紀要 外国語外国文学編 24: 190-206

翻訳　I

藤井　治彦　1970　R. フリーマン『スペンサー』(英文学ハンドブック) 研究社 74頁

福田　昇八　2000　『スペンサー詩集』筑摩書房 395頁

宮崎　正孝　1989　エドモンド・スペンサー作 『妖精の国の女王 第一巻』 私家本 560頁

外山　定男　1937　『仙女王 第一巻』不老閣書房 393頁

外山　定男　1990　『仙女王』成美堂 978頁

桝井　迪夫　1959　H. W. サグデン『Faerie Queene の文法』(英語学ライブラリー 38) 研究社 145頁

和田　勇一 監修・校訂／熊本大学スペンサー研究会 1969『妖精の女王』文理書院 xii + 961 頁 附別冊 (Stanzas from The Faerie Queene) 53 頁

和田　勇一 監修・校訂／熊本大学スペンサー研究会 1974『羊飼の暦』 文理 271頁

和田　勇一 監修・校訂／熊本大学スペンサー研究会 1980『スペンサー小曲集』 文理 411頁

和田　勇一・福田　昇八 1994　『妖精の女王』筑摩書房 xi + 1099頁

和田　勇一・福田　昇八 2005　『妖精の女王』(ちくま文庫 全4冊) 筑摩書房 1: 592頁; 2: 505頁; 3: 520頁; 4: 477頁

山田　耕士・吉村　正和・正岡　和恵・西垣　学 1990　S. K. ヘニンガー, Jr.『天球の音楽──ピュタゴラス宇宙論とルネサンス詩学』平凡社　509頁

翻訳 II

赤川 裕 1961 『神仙女王』(初版)試訳 第1巻 神聖の物語 明治学院大学論叢 一般教育特輯 61: 69-89

福田 昇八 1978 エドモンド・スペンサー作『コリン・クラウト故郷に帰る』 熊本大学教育学部紀要 人文科学 27: 157-66

間 晃郎・古宮 照雄 1996 W. W. ロブソン「スペンサーと『妖精の女王』」(ボリス・フォード編『新ペリカン英文学ガイド』第二巻第三部) 木更津工業高等専門学校紀要 29: 185-95

熊本大学スペンサー研究会(吉田 正憲・福田 昇八・青木 信義)1962『妖精の女王』第3巻第1篇 熊本大学英語英文学 6: 1-19

熊本大学スペンサー研究会(吉田 正憲・青木 信義・福田 昇八)1963『妖精の女王』第3巻第2-5篇 熊本大学英語英文学 7: 1-55

熊本大学スペンサー研究会(和田 勇一・木村 正人・吉田 正憲・藤井 良彦)1964『妖精の女王』第3巻第6-9篇 熊本大学英語英文学 8: 1-64

熊本大学スペンサー研究会(和田 勇一・吉田 正憲・藤井 良彦・平戸 喜文)1965『妖精の女王』第3巻第10篇-第4巻第1篇 別冊98頁 熊本大学英語英文学

熊本大学スペンサー研究会(和田 勇一・木村 正人・福田昇八・山田 知良)1966『妖精の女王』第1巻第1篇-第8篇 別冊98頁 熊本大学英語英文学

熊本大学スペンサー研究会(和田 勇一・吉田 正憲・藤井 良彦・平戸 喜文)1967a『妖精の女王』第4巻第2篇-第9篇 別冊94頁 熊本大学英語英文学

熊本大学スペンサー研究会(和田 勇一・木村 正人・福田 昇八・山田 知良)1967b『妖精の女王』第1巻第9篇-第2巻第4篇 別冊95頁 熊本大学英語英文学

熊本大学スペンサー研究会(和田 勇一・木村正人・福田 昇八・山田 知良)1968『妖精の女王』第2巻第5篇-第12篇 別冊108頁 熊本大学英語英文学

水野 眞理 2002 『一五九六年, エドマンド・スペンサー氏によりユードクサスとアイリニーアスの対話の形で書かれたるアイルランドの状況管見』 文学と評論 第3集 第2号 37-55

水野 眞理 2003 『1596年エドマンド・スペンサー氏によりユードクサスとアイリニーアスの対話の形で書かれたるアイルランドの状況管見』(2) 京都大学大学院人間・環境学研究科英語部会 英文学評論 76: 149-81

中島 義人 1975 エドマンド・スペンサー「変化」の書 六唱 佐賀大学英文学研究 3: 125-38

小田原 謠子 1978b グレアム・ハフ 「『妖精女王』序説 第一章 スペンサーとロマンティック・エピック」 中京大学教養論叢 19巻2号 115-39

小田原 謠子 1991a グレアム・ハフ「『妖精女王』序説 第二章 アリオスト」 中京大学教養論叢 31巻4号 75-91

小田原 謠子 1991b グレアム・ハフ「『妖精女王』序説 第三章 叙事詩論についての覚え書き」 中京大学教養論叢 32 巻 1 号 75-91

小田原 謠子 1991c グレアム・ハフ『妖精女王』序説 第四章 タッソー」 中京大学教養論叢 32 巻 2 号 45-78

小田原 謠子 1991d グレアム・ハフ『妖精女王』序説 第五章『妖精の女王』の構造」 中京大学教養論叢 32 巻 4 号 55-80

小城 義也・大塚 定徳・上村 和也・牛垣 博人・徳見 道夫 1980 エドモンド・スペンサー『アモレッティ』 鹿児島女子大学研究紀要 1 巻 1 号 別冊 167-272

小澤 健志・古宮 照雄 2001 ルグィ, カザミアン「先駆者たち:リリー, シドニー, スペンサー」『イギリス文学史』第 1 部 第 4 巻 第 2 章 木更津工業高等専門学校紀要 34: 113-129

和田 勇一・吉田 正憲・藤井 良彦・平戸 喜文・福田 昇八 1977 エドモンド・スペンサー作『祝婚歌』 熊本大学英語英文学 21: 1-28

山田 耕士・坂田 智恵子 1986 『イングランドのヘリコン』(抄) 名古屋大学総合言語センター文化論集 7 巻 2 号 99-140

研究書

Fujii, Haruhiko (藤井 治彦) 1974 *Time, Landscape and the Ideal life: Studies in the Pastoral Poetry of Spenser and Milton* Apollon-sha (あぽろん社) iv + 272 pp

藤井 治彦 1996 『イギリス・ルネサンス詩研究』 英宝社 x + 304 頁

福田 昇八・川西 進 編 1997 『詩人の王 スペンサー』 九州大学出版会 540 頁

平川 泰司 1988 『スペンサーとミルトン―観照から実践へ』 あぽろん社 340 頁

Mizunoe, Yuichi (水之江有一) 1983 *The Sailing-out of Fools: the Dawn of English Renaissance Literature* Hokuseido 300 pp

老田 三郎 1936, 1980 (復刻版)『スペンサー』(英米文学評傳叢書 3) 研究社 272 頁

早乙女 忠 2001 『象徴の騎士たち――スペンサー「妖精の女王」を読む』 松柏社 242 頁

島村 宣男 1989 『英国叙事詩の色彩と表現――「妖精の女王」と「楽園喪失」』 八千代出版 vii + 206 頁

Shimamura, Nobuo 2002 *Clad in Colours: A Reading of English Epic Poetry* Kanto Gakuin UP vii + 196 pp + 4 color plates

研究論文・評論・書評その他

Adachi, Kayoko (足達 賀代子) 2002a "On a Fissure in the Allegorical World of Book I of *The Faerie Queene*" Osaka Literary Review 40: 1-18

Adachi, Kayoko　2002b "The Narrator's Political Strategy: Self-Presentation in *The Faerie Queene*" 待兼山論叢 36: 67-82

Adachi, Kayoko　2003 "The Successor of St. George: Chivalric Ideal and Its Failure in *The Faerie Queene*" Osaka Literary Review 42: 1-16.

赤川 裕　1961a "Universal Decay" 論——スペンサーとミルトンを結ぶもの　明治学院大学英文学会 *L & L* 6: 73-83

赤川 裕　1970　ルネッサンスのソネット　明治学院大学論叢 164: 71-116

有路 雅子　1973　Spenser の *The Faerie Queene*, Book III における Allegory の手法　調布学園女子短期大学紀要 6: 1-19

有路 雅子　1977　Spenser 批評の流れ——17世紀後半から19世紀　調布学園女子短期大学紀要 10: 1-20

有路 雅子　1979　'Cave of Mammon' をめぐって　東京学芸大学英語教育学科英学論考 11:57-69

有路 雅子　1981　Spenser 批評の流れ（1900-1975）『英米の文学と言語』（大山俊一・敏子先生還暦記念論集）262-72

有路 雅子　1983　*The Faerie Queene* 第一巻におけるスペンサーのアレゴリー　東京学芸大学紀要第2部門 人文科学 34: 57-69

有路 雅子　1987　「節制の徳」を探って——「フェアリー・クィーン」二巻 カント i-vi 東京学芸大学英語教育学科 英学論考 18: 54-63

有路 雅子　1990　Edmund Spenser の *Complaints*——現実をどう描くか　東京学芸大学紀要第2部門 人文科学 41: 113-22

Aruji, Yoko　1991a "Patronage and the Belpoebe-Timias Episodes in *The Faerie Queene* Bk III and Bk IV" 東京学芸大学紀要第2部門 人文科学 42: 72-96

有路 雅子　1991b　Radigund のエピソード（*The Faerie Queene* 第五巻）——歴史的観点から　東京学芸大学英語教育学科 英学論考 22: 1-18

有路 雅子　1991c　エドモンド・スペンサーとオルソープのスペンサー家の三人の貴婦人たち　世界文学 73: 1-11

有路 雅子　1992　Patronage を求めて——*Colin Clouts Come Home Againe* 東京学芸大学紀要第2部門 人文科学 43: 193-202

浅井 紀代　1992　『妖精の女王』の第3巻と第4巻における恋人の嘆きと寓意的風景について　京都大学大学院英文学会 *Zephyr* 6: 1-14

浅井 紀代　1993　マリネルの恋と傷——『妖精の女王』第3・4巻における恋愛詩のメタファー　京都大学英文学会 *Albion* 39: 20-35

浅井 紀代　1994　『妖精の女王』第五巻における正義の天秤　京都大学大学院英文学会 *Zephyr* 8: 1-20

Asai, Noriyo　1995 " 'Fram'd by Skilfull Trade': Pun, Etymology, and Coutesy in Book VI of *The Faerie Queene*" 京都大学大学院英文学会 *Zephyr* 9: 1-20

浅井　紀代　1997　「礼節の物語」における地口(パン)と語源　『詩人の王 スペンサー』九州大学出版会 195-219

藤井　治彦　1966　牧人コリン・クラウトの時間感覚　季刊英文学 3 巻 4 号 171-83

藤井　治彦　1968a　Spenser の Graces　英語青年 114 巻 7 号 442-3

Fujii, Haruhiko　1968b　"Spenser's *Astrophel* and Renaissance Ways of Idealization" 日本英文学会 英文学研究 英文号 1-15

藤井　治彦　1969a　Spenser の信仰　英語青年 115 巻 11 号 697-8

藤井　治彦　1969b　愛・観想・行動――Calidore と牧歌世界　大阪大学教養部研究集録 17: 13-31

藤井　治彦　1971　『牧人の暦』の閑暇　英語英文学世界 6 巻 1 号 24-7

Fujii, Haruhiko　1972a　"Time and Colin Clout, the Shepherd" *English Criticism in Japan*, ed Earl Miner　東京大学出版会 19-29

藤井　治彦　1972b　Lycidas と Spenser の牧歌　広島大学英文学会英語英文学研究 19 巻 1 号 34-50

藤井　治彦　1973　コリン・クラウトの成長――憂愁から観想へ　*Oberon* 14 巻 2 号 2-10

藤井　治彦　1974a　スペンサーの龍　『村上至孝教授退官記念論文集』英宝社 135-46

Fujii, Haruhiko　1975　"A Reading of Spenser's *Prothalamion*" *Poetica* 4: 50-59

藤井　治彦　1977　*The Faerie Queene*, Book I――物語としての特色　英語青年 123 巻 3 号 100-01

藤井　治彦　1978　Phaedria の誘惑――*The Faerie Queene* 2. 6. 2-38 について　英語青年 124 巻 7 号 344-5

Fujii, Haruhiko　1982　"Juxtaposition of Ideas in *The Faerie Queene*" *Poetry and Drama in the Age of Shakespeare: Essays in Honour of Prof. Shonosuke Ishii's Seventieth Birthday*, ed Peter Milward & Tetsuo Anzai　上智大学ルネサンス研究所 72-83

Fujii, Haruhiko　1985　"Spenser in Japan" *Spenser Newsletter*, 16. 1, 16-19

藤井　治彦　1987　叙事詩における「時」の克服―― スペンサーとミルトン　『時と永遠―― 近代英詩におけるその思想と形象』英宝社 27-45

藤井　治彦　1989　新歴史主義管見――スティーヴン・グリーンブラットのスペンサー論　東京大学教養学部由良ゼミ準備委員会編『文化のモザイク――第二人類の異文化と希望　由良君美還暦記念論文集』緑書房 218-26

藤井　治彦　1990a　*The Faerie Queene* における構造の形成／隠蔽　英語青年 135 巻 12 号 2-6〔『詩人の王 スペンサー』(九州大学出版会)および『イギリス・ルネサンス詩研究』(英宝社)に再録〕

Fujii, Haruhiko　1990b　"Influence and Reputation in Japan" *The Spenser Encyclopedia*, ed A. C. Hamilton　Toronto UP, 409-10

藤井 治彦　1992　スペンサーとマーロー　内田 毅監修『イギリス文学展望』山口書店 49-62
藤井 治彦　1999　食べること・飲むこと——スペンサー，ジョンソン，ミルトンの詩におけるその規範と逸脱　高橋 康也編『逸脱の系譜』研究社 134-48
藤井 治彦　2000　"Rememberances of Things Past"『藤井治彦先生退官記念論文集』英宝社 1003-20
藤井 良彦　1970　Thames と Medway の祝婚歌　熊本大学英語英文学 13・14 合併号 145-66
福田 昇八　1968　キャリドアのヴィジョン——スペンサーの礼節観　Critica 14: 2-20
福田 昇八　1977　スペンサーと『祝婚歌』熊本大学教育学部紀要 人文科学 26: 177-87
福田 昇八　1979　スペンサーとピューリタニズム　17世紀英文学研究会編『アングリカニズムとピューリタニズム』1-11
福田 昇八　1986　Amoretti の数秘学　熊本大学教育学部紀要 人文科学 35: 169-77
Fukuda, Shohachi　1987　"A Numerological Reading of Spenser's *Daphnaida*"　熊本大学英語英文学 29・30 合併号 1-9
Fukuda, Shohachi　1990a　"Bregog," "Mulla"　*The Spenser Encyclopedia*, ed A. C. Hamilton　Toronto UP 110
Fukuda, Shohachi　1990b　"Fanchin," "Molanna"　*The Spenser Encyclopedia*, ed A. C. Hamilton　Toronto UP 300
Fukuda, Shohachi　1990c　"Tourneur"　*The Spenser Encyclopedia*, ed A. C. Hamilton　Toronto UP 697
福田 昇八　1990d　スペンサーと三つの哀歌　『饗宴——英学随想・評論集』石井正之助編　ドルフィンプレス 171-77
Fukuda, Shohachi　1991　"The Numerological Patterning of *Amoretti and Epithalamion*"　*Spenser Studies* IX（1988）33-47
福田 昇八　1994　スペンサーの「祝婚歌」と隠された数　英語青年 140巻6号 270-74
Fukuda, Shohachi　1996　"Spenser in Japan 1985-1995"　*Spenser Newsletter* 27. 1: 19-22
福田 昇八　1997a　スペンサーの楽しさ——まえがきにかえて　『詩人の王 スペンサー』九州大学出版会 3-20
福田 昇八　1997b　『アモレッティと祝婚歌』に隠された数『詩人の王 スペンサー』九州大学出版会 381-99
Fukuda, Shohachi　1997c　"A List of Pronunciations and Etymologies of Spenser's Names in *The Faerie Queene*"　熊本大学教育学部紀要 人文科学 46: 225-29
福田 昇八　1999　スペンサーのモラーナ　九州ルーテル学院大学紀要 *Visio* 26: 135-43
福田 昇八　2000a『妖精の女王』第1巻の数秘構造　九州ルーテル学院大学紀要 *Visio* 27: 97-106

福田 昇八　2000b「アストロフェル」の構造と韻文訳　九州ルーテル学院大学紀要 *Visio*　27: 87-96

Fukuda, Shohachi　2001　"The Numerological Patterning of *The Faerie Queene* II"　九州ルーテル学院大学紀要 *Visio* 28: 153-58

Fukuda, Shohachi　2002a　"The Characters of *The Faerie Queene*" *Spenser: The Faerie Queene*, ed A.C. Hamilton　Pearson Education 775-87

Fukuda, Shohachi　2002b　"Translating Spenser into Japanese Verse: A Beautiful Mind in Beautiful Lines"　九州ルーテル学院大学紀要 *Visio* 29: 91-100

Fukuda, Shohachi　2003　"The Numerological Patterning of the Mutabilitie Cantos　*Notes and Queries* Vol. 248, No. 1（March 2003）: 18-20

Fukuda, Shohachi　2004　"The Numerological Patterning of *The Faerie Queene* I-III" *Spenser Studies*　XIX, AMS Press, 37-63

Furukawa, Keiji（古川 啓二）1982　"An Interpretation of Spenser's *Prothalamion* with Special Reference to its Refrain"　法政大学大学院紀要 9: 65-75

古川 啓二　1987　*The Faerie Queene*, Book I における「光」と「闇」　城西人文研究 15巻 1 号 35-55

古川 啓二　1988　*Mutabilitie Cantos* における Nature の「性」*Ebara Review* 3: 10-20

橋本 恵　1980　パストラル解釈としてのパストラル──『羊飼の暦』「九月のエクローグ」　南山大学 アカデミア 文学・語学編 28: 1-16

橋本 恵　1998　自己成型としての冒険物語──『妖精の女王』第一巻の騎士と読者　南山大学 アカデミア 文学・語学編 64: 417-35

橋本 恵　2000　空間形象にみる寓意的対比──「神聖の館」と「高慢の館」　南山大学 アカデミア 文学・語学編 68: 147-64

橋本 恵　2003a　寓意的な核としての空間形象──『妖精の女王』第一巻「神聖の館」　南山大学 アカデミア 文学・語学編 73: 21-55

橋本 恵　2003b『妖精の女王』第六巻の物語構造　南山大学 アカデミア 文学・語学編 74: 1-17

橋本 禮子　1986　スペンサーの『時の廃墟』における「時」の概念　東京成徳短期大学紀要 19: 25-30

橋本 禮子　1987　Grace の語義と Courtesy のアレゴリー──『妖精の女王』第6巻　東京成徳短期大学紀要 20: 35-40

橋本 禮子　1991　『羊飼の暦』から『アモレッティ』にいたるスペンサーの《嘆き》の系統　東京成徳短期大学 紀要 24: 135-42

橋本 禮子　1997　『アストロフェル』と『コーリン・クラウト再び帰る』──スペンサーのシドニー追悼詩における視点　東京成徳短期大学 紀要 30: 55-64

平郡 秀信　1998a　*The Faerie Queene*, Book III の脚韻について　中京大学教養論叢 39巻 1 号 1-59

平郡 秀信	1998b	The Faerie Queene, Book V の脚韻について　中京大学教養論叢 39 巻 3 号 607-75
土方 辰三	1953	エドマンド・スペンサーのフェアリー・クイーンと英国のルネサンス　東京大学教養学部 外国文学研究紀要 2 巻 3 号 1-43
Higashinaka, Sumiyo（東中 稜代）	1972	"Spenser's Use of the Idea of Love Melancholy" 日本英文学会 英文学研究 英文号 129-50
Higashinaka, Sumiyo	1973	"Spenser's Treatment of False Love in Book III and IV of The Faerie Queene" 龍谷大学論集 400・401 合併号 64-77
東中 稜代	1977a	Spenser と宗教的メランコリー――The Faerie Queene, Book I の場合　仏教文化研究所紀要 16: 42-52
Higashinaka, Sumiyo	1997b	"Spenser's Concept of Ideal Love in Book III and IV of The Faerie Queene" 龍谷大学論集 410: 116-36
平井 正穂	1942	スペンサーにおける Love　日本英文学会英文学研究 22 巻 2 号 115-30〔『ルネッサンスの人間像』　新月社 1948, 八潮出版 1966（再刊）に再録〕
平川 泰司	1974a	『妖精の女王』のブリトマートと「調和した不調和」　視界 16: 1-17
平川 泰司	1974b	至福の幻想――スペンサーのアクレイジアの庭について　京都府立大学学術報告 人文 26: 1-15
平川 泰司	1976	『妖精の女王』におけるウエヌスとアドーニス　京都府立大学学術報告 人文 28: 1-14
平川 泰司	1977	『コーマス』とスペンサーの「至福の園」　視界 19: 19-34
平川 泰司	1980	春の女神イライザ――『牧人の暦』「四月」のコリンの女王賛歌　京都府立大学学術報告 人文 32: 12-27
平川 泰司	1983	The Faerie Queene における Britomart と Venus' Looking-Glass　日本英文学会 英文学研究 60 巻 1 号 3-13
平川 泰司	1986	『アモレッティ』とスペンサーの愛の思想　京都府立大学学術報告 人文 38: 21-40
平川 泰司	1997a	「友情」と「調和した不調和」――『妖精の女王』第四巻の主題　『詩人の王 スペンサー』九州大学出版会 117-36
平川 泰司	1997b	スペンサーからミルトンへ　『詩人の王 スペンサー』九州大学出版会 467-85
平野 敬一	1956	スペンサーの立場――アイルランドの現状についての考察を中心に　東京大学教養学部外国語科編外国文学研究紀要 4 巻 4・5 号 1-21
市川 安代	1979	誘惑の主題を扱う 3 つの英国叙事詩をめぐって　ネビュラス 7
市川 安代	1980a	Spenser における黄金時代回復の夢　湘南英語英文学研究 11 巻 1 号
Ichikawa, Yasuyo	1980b	"The Brief History of English Epic" 湘南英語英文学研究 11 巻 4 号

壱岐 泰彦　1969　「牧人の暦」管見──主題と構成をめぐって　試論 11: 1-26
壱岐 泰彦　1974　Spenser の 'Epithalamion' 試論──「時」の超克　試論 14: 1-22
壱岐 泰彦　1976　'Mother Hubberds Tale'──その構造と風刺　東北大学教養部紀要 24: 1-27
壱岐 泰彦　1977　'Muiopotmos' の意匠　東北大学教養部紀要 26: 113-35
壱岐 泰彦　1979a　スペンサーと風刺　東北大学教養部紀要 30: 151-73
Iki, Yasuhiko　1979b　"Guyon, his Foes and the Palmer"　東北大学教養部紀要 32: 42-59
壱岐 泰彦　1981a　『妖精女王』第二巻における「人間」のイメージ　東北大学教養部紀要 34: 20-41
Iki, Yasuhiko　1981b　"C. S. Lewis on Spenser"　東北大学教養部紀要 36: 219-34
壱岐 泰彦　1982　マルベッコーとヘレノアのエピソード──『妖精の女王』第三巻の寓話との関連において　東北大学教養部紀要 38: 1-22
壱岐 泰彦　1983a　スペンサーのユーモア　『英文学試論』(村岡勇先生喜寿記念論文集) 金星堂 16-31
Iki, Yasuhiko　1983b　"Humor in the Minor Poems of Spenser"　東北大学教養部紀要 40: 261-81
壱岐 泰彦　1991　スペンサーにおける無常　東北大学教養部紀要 57: 205-22
壱岐 泰彦　1996　ガイアンの遍歴とそのアレゴリー　ヨーロッパ研究 創刊号 69-87
壱岐 泰彦　1997a　至福の園のガイアン──第二巻節制の騎士の寓意　『詩人の王 スペンサー』九州大学出版会 77-93
Iki, Yasuhiko　1997b　"Approaching Acrasia: The Representation of an Allegorical Figure in Book II of *The Faerie Queene*"　東北大学大学院国際文化研究科論集 5: 1-13
Iki, Yasuhiko　2000a　"'My love is lyke to yse, and I to fyre'–Some Petrarchan Themes in Spenser's *Amoretti*"　東北大学大学院国際文化研究科論集 7: 1-14
壱岐 泰彦　2000b　スペンサーとエンブレム　ヨーロッパ研究 3: 3-31
今西 雅章　1980　Spenser の Amoretti の独自性──Calendrical Structure と Allegorical Technique　帝塚山学院大学研究論集 14: 37-52
今西 雅章　1982　Spenser における夢と迷宮の構造──*The Faerie Queene* 第一巻の前半を中心に　日本英文学会 英文学研究 59 巻 1 号 3-16
今西 雅章　1988　ルネッサンスにおける牧歌と哀歌と死──その伝統を辿りながら　ピーター・ミルワード, 巽 豊彦監修『死とルネッサンス』(ルネッサンス叢書 18) 71-120
今西 雅章　1997　スペンサーにおける夢と迷宮の構造　『詩人の王スペンサー』九州大学出版会 57-76

Inoue, Hirotsugu (井上 博嗣) 1980　"The House of Holiness in Spenser's *Faerie Queene*, Book I, Canto X"　サピエンチア 英知大学論叢 14: 43-48

Inoue, Hirotsugu 1981 "The House of Pride in Spenser's *Faerie Queene*, Book I, Canto IV" サピエンチア 英知大学論叢 15: 55-60

Isii, Shonosuke（石井正之助）1974 "Master Singer of Bridal Joys" *The Poetry of Robert Herrick* 上智大学ルネッサンス研究所『ルネッサンス研究 I』127-32

鏡 ますみ 1990 『羊飼いの暦』におけるカレンダーの機能について 奈良女子大学人間文化研究科年報 6: 31-43

鏡 ますみ 1998 『妖精の女王』と絵画におけるエリザベス女王描写 鳥羽商船高等学校紀要 20: 79-94

鏡 ますみ 2005 表現された無敵艦隊撃破――「アルマダポートレイト」から『妖精の女王』まで 鳥羽商船高等学校紀要 27: 31-40

川田 潤 1999 文化の詩学／文化研究――『妖精の女王』における新歴史主義批評の展開 防衛大学校紀要 人文科学分冊 78: 165-81

川西 進 1959a *Amoretti* の Neo-Platonism *Critica* 1: 17-28

川西 進 1959b *The Faerie Queene* における "lust" について *Critica* 2: 2-18

川西 進 1972 *The Faerie Queene* の複雑さと単純さ――Isisの宮の挿話を中心に 日本英文学会 英文学研究 49巻1号 17-29

川西 進 1987 ルネッサンス期抒情詩にみる「時」と「永遠」――スペンサー，シェイクスピア，ハーバート 『時と永遠―近代詩におけるその思想と形象』英宝社 7-26

Kawanishi, Susumu 1990 "Lust" *The Spenser Encyclopedia*, ed A. C. Hamilton Toronto UP 442-43

川西 進 1997 スペンサーの複雑さと単純さ――アイシスの宮の挿話を中心に 『詩人の王 スペンサー』九州大学出版会 173-93

川島 伸博 2003 ガイアンとは誰か――馬術から読む『妖精の女王』第二巻 大阪学院大学外国語論集 48: 81-95

桐谷 四郎 1962 *Amoretti* をめぐって 山梨大学学芸学部研究報告 12

桐谷 四郎 1975 ルネッサンス期の英詩――Sidney, Spenser, Shakespeare 山梨大学教育学部研究報告 26

私市 元宏 1985 Masqueとスペンサーの言語 甲南女子大学研究紀要 創立二十周年記念号 1-13

私市 元宏 1986 ミルトンの『コウマス』とスペンサー 『ミルトン――詩と思想』（越智文雄博士喜寿記念論文集）山口書店 13-27

私市 元宏 1987 Epithalamionにおける時間の数秘と優美の女神たち 英文学試論 9: 35-54

私市 元宏 1997 『祝婚歌』と優美の詩人たち 『詩人の王スペンサー』九州大学出版会 359-79

小紫 重徳　1974　スペンサーの The Faerie Queene の三つのエピソードに関する一考察――「愛」と宇宙の調和の対応の論理　茨城大学教育学部紀要 23: 155-63.
小紫 重徳　1976　Mutabilitie Cantosの意味について　茨城大学教育学部紀要 25: 123-32
小紫 重徳　1977　The Faerie Queene, Book VIにおける牧歌性再考　茨城大学教育学部紀要 26: 95-104
小紫 重徳　1979　『アモレッティ』について　茨城大学教育学部紀要 28: 95-113
小紫 重徳　1981　The Faerie Queene第一巻の宗教的寓意解――試論　茨城大学教育学部紀要 30: 49-66
小紫 重徳　1982, 1983a　The Faerie Queene の「節度」の倫理的寓意解釈（1）；（2）茨城大学教育学部紀要 31: 59-72; 32: 55-68
小紫 重徳　1983b　The Faerie Queene 第一巻の寓意解釈――トマス的認識論の観点から『英文学試論』（村岡勇先生喜寿記念論文集）32-45
小紫 重徳　1985, 1986a　『妖精の女王』における「正義」の概念（上）；（下）茨城大学教育学部紀要 34: 87-110; 35: 99-121
小紫 重徳　1986b『妖精の女王』第5巻における「身体」のイメジャリ　日本英文学会英文学研究 63 巻 1 号 13-28
小紫 重徳　1990　『妖精の女王』第 1 巻の寓意論的背景――審美主義と教化主義　Sylvan 32・33 合併号 1-17
小紫 重徳　1995　スペンサーの『四つの讃歌』管見（その 1）神戸大学英米文学会 Kobe Miscellany 19-36
小紫 重徳　1997a『四つの讃歌』における天上美――ロゴスの光　『詩人の王 スペンサー』九州大学出版会 401-18
小紫 重徳　1997b　エリザベス朝の国家主義文化の諸相（1）――国家と国家教会の伝統の創造　神戸大学国際文化学部紀要 7: 45-75
小紫 重徳　1997c　エリザベス朝の国家主義文化の諸相（2）――国語の確立　神戸大学国際文化学部紀要 8: 31-59
小紫 重徳　2000　エリザベス朝の国家主義文化の諸相（2）――過去の記憶と規範　神戸大学国際文化学部紀要 14: 1-23
小紫 重徳　2002　ルネッサンス期ヨーロッパの伝統と模倣の系譜　神戸大学英文学会 Kobe Miscellany 27: 1-12
Kosako, Masaru（小迫勝）1973a　"Structure of Love in E. Spenser's *The Faerie Queene*, Book I: Una's Faithful Love as the Center" 下関市立大学下関商経論集 16巻 2 号 245-63
小迫 勝　1973b『妖精の女王』第 2 巻における頭韻研究　下関市立大学下関商経論集 16 巻 3 号 207-29
Kosako, Masaru　1974　"Phonological Aspects of Long Vowels in Spenser's Rhyme Words" 下関市立大学下関商経論集 18 巻 2 号 31-45

小迫 勝　1977　「祝婚歌」にみられるスペンサーの反復表現　愛媛大学法文学部論集 10 号 53-78

小迫 勝　1979　The Faerie Queene, Book II にみられる 'resonance' の諸相　愛媛大学英文学会 The Helicon 31 号 49-67

Kosako, Masaru　1982　"Some Observations on Un-words in Spenser's Poetry with Special Reference to Adjectives"　広島大学広島英語研究会 ERA New Series 3 巻 1 号 1-18

小迫 勝　1983　'SILVER' のコンテクスト——E. Spenser を中心に　『桝井迪夫先生退官記念英語英文学研究』研究社 113-23

Kosako, Masaru　1987a　"On Rhyme Nouns of Romance Origin in Spenser's *Shepheardes Calender*"　岡山大学教育学部紀要 74: 31-44

Kosako, Masaru　1987b　"Some Observations on Rhyme Pronouns in Spenser's *Amoretti* in Contrast to Those in Shakespeare's Sonnets"　『英米文学語学研究・松元寛先生退官記念論文集』英宝社 421-26

Kosako, Masaru　1991　"Spenser's Poetic Devices for the Rhyme Words in *The Shepheardes Calender* with Special Reference to Adjectives"　『桝井迪夫先生喜寿記念論文集 Language and Style in English Literature』英宝社 440-56

Kosako, Masaru　1993　"Double Syntax in *The Faerie Queene*: As a Bearer of Allegory"　『桝井迪夫先生退官記念英語英文学研究』英宝社 129-36

Kosako, Masaru　1995　"Some Historical Observations on Collocation of Noun plus Adjective in Rhyme Position of *The Faerie Queene*"　岡山大学教育学部研究集録 100: 107-32

小迫 勝　1997　『妖精の女王』における脚韻語——その言語構造と芸術性　『詩人の王スペンサー』九州大学出版会 283-99

Kosako, Masaru　1998　"Parts of Speech in Rhyme Words of *The Faerie Queene* (Bks I-III): Verbal Icons in the Prominent Distribution"　*A Love of Words: English Philological Studies in Honour of Akira Wada*, ed. Kanno, Masahiko et al., Eihosha, 145-60

Kosako, Masaru　2000　"On Duplicated Rhymes in *The Faerie Queene* (Bk I)"　岡山大学教育学部研究集録 113: 157-64

Kosako, Masaru　2004　"A Cognitive Observation on Metaphors in E. Spenser's *Amoretti*"　*English Philology and Stylistics: A Festschrift for Professor Toshihiro Tanaka*, ed. Osamu Imahayashi & Hiroji Fukumoto, Keisuisha（渓水社）82-92

小谷 洋一　1967　Spenser の *Amoretti* と *Epithalamion*　法政大学教養部紀要 11: 69-91

McNamara, Richard　2000a　"The Numerological Patterning of Spenser's Dedicatory Sonnets to *The Faerie Queene*"　札幌国際大学紀要 31: 19-23

McNamara, Richard 2000b "Spenser's Molana Revisited" 札幌国際大学紀要 32: 33-34

McNamara, Richard 2003 " Spenser's Dedicatory Sonnets to the 1590 *Faerie Queene*: An Interpretation of the Blank Sonnet" *Spenser Studies* XVII, 293-95

Matsunami, Ayako(松並 綾子)1978 " Spenser's Adonis: Descent to Eternity" 鳥取大学教養部紀要 12 号

松山 正男 1959 エドマンド・スペンサーの詩にあらわれた愛の概念, その内容と解釈 青山学院女子短期大学紀要 11: 43-64

宮武 順子 1974 Britomart──Spenser における愛と Chastitie 東海大学文学部紀要 22: 120-28

溝手 真理 1988 愛のヒエラルキー──『妖精の女王』第三巻・四巻一考 *Osaka Literary Review* 27: 25-36

溝手 真理 1989 崩れ落ちる要塞──『羊飼の暦』試論 *Osaka Literary Review* 28: 94-106

Mizote, Mari 1990 "Producing a Queen: The Political Ideology in *The Shepheardes Calender*" 待兼山論叢 24: 17-32

溝手 真理 1991 叙情詩へのデモンストレーション──『コリン・クラウト故郷へ帰る』一考 帝塚山学院大学研究論集 26: 114-24

Mizote, Mari 2000 "Radigund, Mirror of Elizabeth I?: The Conditions of Female Authority in *The Faerie Queene*" 『藤井治彦先生退官記念論文集』 英宝社 201-17

山本 眞理(現姓：水野)1983 "Playing with Double Malady: The Wound in *The Faerie Queene*, Book III" 京都大学英文学会 *Albion* 29: 1-19

山本 眞理 1984a 「その長い一日の労苦と疲労の後に」──『妖精の女王』における牧歌の要素 京都大学英文学会 *Albion* 30: 1-27

山本 眞理 1984b 天気のよいうちに──『妖精の女王』第二巻における自然と人工 英米文学手帖 22: 1-11

水野 眞理 1985 詩を語る牧人たち──*The Shepheardes Calender* について 大谷大学西洋文学研究 6: 42-64

水野 眞理 1987 スペンサーとカプレット──『羊飼の暦』における諷刺のエチュード 英語青年 133 巻 5 号 210-4

Mizuno, Mari 1991 "A better teacher than Scotus or Aquinas" 日本ミルトンセンター *MCJ News* 12: 1-5

水野 眞理 1993 誘惑する葡萄──*The Faerie Queene* 第 2 巻の語りと悦び 京都大学総合人間学部英語部会 英文学評論 65: 1-19

水野 眞理 1994 『アモレッティ』 ──演技する恋人・演技する詩人 光華女子大学英米文学会編『夢の変奏──英米文学に描かれた愛』大阪教育図書 1-29

水野 眞理 1997 内なる異教徒──『妖精の女王』の文明論的な読み方 『詩人の王スペンサー』九州大学出版会 239-61

Mizunoe, Yuichi(水之江 有一) 1969, 1970 "On Fowre Hymnes (1); (2)" *Agape* 6: 73-83; 7: 44-55

Mizunoe, Yuichi　1982　"The Kalendayr of the Shyppars: A New Mode of English Renaissance" 上智大学ルネッサンス研究所　ルネッサンス研究 9　23-41

Mizunoe, Yuichi　1987　"On Spenser: The Faerie Queene, Book V"　上智大学ルネッサンス研究所　ルネッサンス・ニューズ 6

村里 好俊　1976　愛の調和の世界――『アモレッティ』考察　九州大学大学院英語英文学研究会 *Cairn* 19: 51-69

村里 好俊　1997　シドニーとスペンサー――『アーケイディア』と『妖精の女王』との距離　『詩人の王 スペンサー』九州大学出版会　441-65

内藤 健二　1973　『神仙女王』第六巻試論　明治大学教養論集 81: 1-25

内藤 健二　1974　スペンサーにおける「貴族の血筋」の観念　季刊英文学 12 巻 1 号 26-45

成富 紀子　1997　正義の理想と現実　『詩人の王 スペンサー』九州大学出版会　155-71

根岸 愛子　1985　礼節の花パスタレラ――『妖精の女王』第六巻から　*Oberon* 20 巻 2 号 80-91

根本 泉　1992　Spenser の *Colin Clouts Come Home Againe* について――アイルランド及びイングランド宮廷との関連で　東北学院大学大学院文学研究科論集 東北 26: 91-111

根本 泉　1993　Spenser における「ピューリタン的熱狂」の問題――*The Faerie Queene*, 「至福の館」の挿話を中心に　東北学院大学大学院文学研究科論集 東北 27: 1-21

根本 泉　1994　牧歌の中のCalidoreとColin Clout: *The Faerie Queene* 第六巻をめぐって　東北学院大学大学院文学研究科論集 東北28: 1-19

根本 泉　1996　スペンサーと聖職者批判の牧歌――『羊飼の暦』「九月」を中心に　石巻専修大学研究紀要 7: 165-74

根本 泉　1997　『羊飼の暦』に見るスペンサーの宗教観　『詩人の王スペンサー』九州大学出版会　323-37

根本 泉　1998　C. S. ルイスとエドマンド・スペンサー――「善」のイメージをめぐって　キリスト教文学研究 15: 87-97

根本 泉　2000　スペンサーにおける「新しいエルサレム」――『妖精の女王』第一巻をめぐって　『英文学の杜』（西山良雄先生退任記念論文輯）松柏社　10-20

Nomura, Yukinobu(野村 行信) 1982　"Spenser's "January" and Theocritus' *Idylls* I and XI"　法政大学文学部紀要 28: 25-37

Nomura, Yukinobu　1985　"Petrarch and *The Shepheardes Calender*"　法政大学文学部紀要 30: 15-33

野村 行信　1989　無双の女武者ブリトマート　共立女子大学文芸学部報69号4面

野村 行信　1990, 1991, 1992, 1993, 1994　妖精の女王とその群像 [I]; [II]; [III]; [IV]; [V]　共立女子大学文芸学部紀要 36集 163-78; 37集 1-17; 38集 1-24; 39集 33-77; 40集 145-68

野村 行信　1994　スペンサーのコリン・クラウトに託した夢　共立女子大学文芸学部創設四十周年記念論集『文芸における夢』67-104

野呂 俊文　1985　Orgoglioエピソードの意味するもの——The Faerie Queene とパウロの神学　高知大学学術研究報告　人文科学 34: 1-25

野呂 俊文　1986　The Faerie Queene 第1巻に見られる罪の諸相

野呂 俊文　1992, 1993a　The Faerie Queene 第2巻後半の神学的解釈(1); (2)　高知大学学術研究報告　人文科学 41: 219-28; 42: 39-49

Noro, Toshifumi　1993b　"Temperance, Prudence and Original Sin in The Faerie Queene"　高知大学人文学部人文学科 人文科学研究 1: 109-22

野呂 俊文　1994　エドマンド・スペンサーのarchaismについて　高知大学人文学部人文学科 人文科学研究 2: 175-203

Odawara, Yoko（小田原謠子）1976a　"An Essay on Evil in Spenser's Poetry"　和洋英文学 7: 44-52

小田原 謠子 1976b　The Faerie Queene II に関する試論　津田塾大学紀要 8: 109-16

小田原 謠子 1978a　The Garden of Adonisに関する一考察——Adonis祭祠の遠い記憶とのかかわりについて　中京大学教養論叢 18巻4号 55-70

Odawara, Yoko　1989　"An Essay on the House of Busyrane"　中京大学教養論叢 30巻2号 147-63

小田原 謠子 1991　エロティシズム——スペンサーの場合　中京大学文化科学研究所 文化科学研究（エロティシズム特別号）1巻5号 19-25

小田原 謠子 1992　スペンサーと庭——「アドーニスの園」と「至福の園」における自然の庭と整形の庭　中京大学文化科学研究所 文化科学研究 4巻2号 1-10

小田原 謠子 1993　神話, 文学, 歴史におけるアマゾーン——古代ギリシアからルネサンス期イタリア, イングランドまで　中京英文学 13: 45-71

小田原 謠子 1994　ヴィラーゴの愛——例外としての女, ブリトマート　市川節子・細川敦子・三神和子編『愛の航海者たち——イギリス文学に見る愛のかたち』南雲堂 35-56

小田原 謠子 1995　いささかアレゴリカルなキルコルマン城への道　中京大学英文学会会報 7: 22-33

小田原 謠子 1997　「貞節の勝利」の書におけるヴィーナスとダイアナの和解　『詩人の王 スペンサー』九州大学出版会 95-116

小田原 謠子 2000a　恋におちたキャリドア——〈礼節〉の騎士と〈三美神〉幻想　名古屋シェイクスピア研究会編『世紀末のシェイクスピア』三省堂 307-20

小田原 謠子 2000b 異文化の地における詩人の幻想 *Shakespeare News*, Vol. XXXX, No.2, The Shakespeare Society of Japan, 27-28
Ohno, Masako（大野 雅子） 1989 "The Metaphoric Accumulation: Notes on Spenser's *Faerie Queene*" リーディング 9: 2-14
大野 雅子 1992 Spenser の Amoretti にみる空間のレトリック 帝京大学文学部英語英文学 23: 129-46
Ono, Masako 1995 "The Return to the Faerie Queene and the Return of *The Faerie Queene*" 帝京大学文学部英語英文学 26: 21-4
大野 雅子 1997 アーサーとグロリアーナ『詩人の王 スペンサー』九州大学出版会 39-55
大野 雅子 1999 逸脱のロマンス 高橋康也編『逸脱の系譜』研究社 232-47
Ono, Masako 2002 "Romanticization of Romance by Early Romantic Critics" イギリスロマン派研究 26 号 31-43
大野 雅子 2004 ノスタルジアとしてのロマンス 帝京大学文学部紀要 35: 1-22
大山 敏子 1955 Spenser の詩語と技巧 関西大学 *Anglica* 2 巻 2 号
斎藤 勇 1956 Spenser: *The Faerie Queene*, Book I における Catholic Symbols 同志社大学 人文学 25
早乙女 忠 1987 シンボルの橋――スペンサーとミルトン *Oberon* 21 巻 2 号 52-67
早乙女 忠 1988 シンボルの橋（二）――スペンサーと時間 *Oberon* 22 巻 1 号 8-21
早乙女 忠 1989 シンボルの橋（三）――スペンサーの比喩と脱比喩 *Oberon* 22 巻 2 号 2-15
早乙女 忠 1990 スペンサーと自我――シンボルの橋（続） *Oberon* 23 巻 1 号 44-57
早乙女 忠 1991 スペンサーと想像力――『フェアリー・クイーン』第四巻をめぐって 中央大学文学部文学科紀要 68: 1-22
早乙女 忠 1992 スペンサーの「終わりなき作品」――『フェアリー・クイーン』第六巻をめぐって 中央大学文学部文学科紀要 69: 21-43
早乙女 忠 1995 スペンサーの「終りなき作品」――スペンサーとオウィディウス フォリオ a 4: 85-108
早乙女 忠 1996 書評：パトリシア・ファマトン『文化の美学――ルネサンス文学と社会的装飾の実践』（松柏社） 週刊読書人 8. 23
早乙女 忠 1997 スペンサーとオウィデウス 『詩人の王 スペンサー』九州大学出版会 421-39
笹川 渉 2001 Mutability 二面性と語り手――*The Faerie Queene* における車輪のイメジャリー 立教レヴュー 30: 23-41
佐竹 竜照 1971 スペンサーのアレゴリ――とくに『妖精の女王』（第一巻）を中心として 大正大学米英文学論叢 2: 19-50

佐竹 竜照　1972a　スペンサーのアレゴリ――とくに『妖精の女王』(神聖)を中心として　淑徳大学紀要 6: 180-200

佐竹 竜照　1972b　スペンサーのアレゴリカル・イメージ――とくに『妖精の女王』（第二巻）における「モーダントとアメィヴィア」を中心として　大正大学文学部・佛教学部研究紀要 57: 377-88

佐竹 竜照　1973　『妖精の女王』における森――その寓意的主題性　大正大学 智山学報 21: 179-95

Shimamura, Nobuo　1989b　"The Significance of the Color Black in *The Faerie Queene*"　関東学院大学文学部紀要 55: 67-85

Shimamura, Nobuo　1989c　"Spenser's Use of Ruddy in *The Faerie Queene*"　関東学院大学文学部紀要 56: 47-62

島村 宣男　1991a　書評：外山定男訳 エドマンド・スペンサー『仙女王』　関東学院大学文学部紀要 62: 131-5

Shimamura, Nobuo　1991b　"An Axiological Approach to the Uses of the Color-Term Ruddy in *The Faerie Queene* and Paradise Lost"　日本ミルトンセンター *MCJ News* 12, 7-11

Shimamura, Nobuo　1994　" 'Yet golden wyre was not so yellow thrice': Aspects of the Color Golden in *The Faerie Queene*"　関東学院大学文学部紀要 72: 151-67

島村 宣男　1997　『妖精の女王』の色彩と表現　『詩人の王 スペンサー』　九州大学出版会 263-82

Shimamura, Nobuo　2001a　" 'The cruell markes of many' a bloudy fielde': *The Faerie Queene* in colors"　関東学院大学文学部紀要 92: 135-148

島村 宣男　2001b　『妖精女王』の倫理学　関東学院大学文学部紀要 94: 5-24

島村 宣男　2002a　『妖精女王』の倫理学（承前）　関東学院大学文学部紀要 95: 25-40

祖父江 美穂　1997a　*The Faerie Queene*第3巻におけるBritomartの役割と貞節の勝利　金城学院大学大学院 文学研究科論集 3: 23-42

祖父江 美穂　1997b　《貪欲な海》と《豊饒の海》――FlorimellとMarimellの再会における母性の役割について　金城学院大学大学院英文学会　*Lilium* 1: 1-14

祖父江 美穂　1999　『妖精の女王』第三巻におけるアモレットの複雑性とその超克　金城学院大学論集 英米文学篇 40: 173-86

Sobue, Miho　2001　"The Red Cross Knight: The Embodiment of Holiness"　金城学院大学論集 194: 141-54

祖父江 美穂　2003　ヴィーナスの帯――『妖精の女王』第4巻における「友愛(フレンドシップ)」の力　金城学院大学論集 204: 79-90

祖父江 美穂　2004　*The Faerie Queene* 第5巻における統治原理の回復者 Britomart　金城学院大学論集 英米文学篇 42: 187-203

Suzuki, Toshiyuki　1981　"The Influence of Rhymes on the Compositors of *The Faerie Queene* (1590)"　金城学院大学論集 英米文学編 23: 79-94

Suzuki, Toshiyuki　1983　"The Spelling of the Rhymes in the 1590 Quarto of *The Faerie Queene*"　金城学院大学論集 英米文学編 24: 83-101

Suzuki, Toshiyuki　1993　"Irregular Visual Rhymes in *The Faerie Queene*, Part I (Books I-III)"　金城学院大学論集 英米文学編 34: 61-80

Suzuki, Toshiyuki　1997a　"A Note on the Errata to the 1590 Quarto of *The Faerie Queene*"　金城学院大学論集 英米文学篇 38: 105-29

鈴木 紀之　1997b　『妖精の女王』の脚韻語の綴り　『詩人の王 スペンサー』九州大学出版会 301-20

Suzuki, Toshiyuki　1999　"The Punctuation of *The Faerie Queene* Reconsidered"　金城学院大学論集 英米文学篇 40: 151-71

鈴木 紀之　2000　『妖精の女王』の正誤表の謎　『世紀末のシェイクスピア』三省堂 321-336

高田 康成　1981　*The Faerie Queene*への視覚　英語青年 127巻6号 2-6

Takada, Yasunari　1984a　"Looking Over *The Faerie Queene* or Spenser 'Dis-in-ludens'"　東北大学文学部研究年報 33: 190-244

高田 康成　1997　スペンサーの顔　『詩人の王 スペンサー』九州大学出版会 507-18

高松 雄一　1977　スペンサーの夢, ダンの夢　『ルネサンスの文学と思想』(平井正穂教授還暦記念論文集) 筑摩書房 9-35

竹村 はるみ　1994　"Take in Open Sight": *The Faerie Queene*第6巻における恋愛のプライバシー　Zephyr 7: 59-74

竹村 はるみ　1996　ベルフィービーの「幸せの館」—『妖精の女王』第二巻第三篇における女王讃歌　大谷大学英文学会 英文学会会報 23: 1-15

竹村 はるみ　1997　フロリメルの嘆きにおける詩人像　『詩人の王 スペンサー』九州大学出版会 137-53

Takemura, Harumi　2001　"'Whilest louing thou mayst loued be with equall crime'?: *The Faerie Queene* and the Protestant Construction of Adulterous Female Bodies"　姫路獨協大学外国語学部紀要 14: 149-169

竹村 はるみ　2005a　ロマンシング・ロンドン——エリザベス朝末期における大衆騎士道ロマンス　日本英文学会 英文学研究 81: 109-122

竹村 はるみ　2005b　笑うファウヌス——「無常篇」のスペンサー　英語青年 第151巻第7号 397-401

竹永 雄二　1990　黄金とバラの誘惑——『妖精の女王』第2巻,「マモンの洞窟」と「至福の園」における人工性について　愛媛大学教育学部紀要 第2部 人文・社会科学 22: 95-108

Tanaka, Susumu(田中 晋) 1979 "The Idea of Nature in *The Faerie Queene*" 日本英文学会 英文学研究 56 巻 2 号 245-62

田中 晋　1980　スペンサーにおける「時」の観念　『菅泰男・御輿員三両教授退官記念論文集』あぽろん社 30-42

田中 晋　1986a, 1986b「四つの賛歌」論考(一); (二)　京都大学教養部 英文学評論 51: 1-29; 52: 1-24

田中 晋　1989　「コリン・クラウト故郷に帰る」――旅と故郷の一つの解釈　京都大学教養部 英文学評論 57集 1-22

Tanaka, Susumu　1991　"The Dedicatory Epistle: An Interpretation of Spenser's *Fowre Hymnes*"　山口大学 英語と英米文学 26: 75-88

Tanaka, Susumu　1997a　"Female Passivity and Dialectic of Love: Interpreting Spenser's *Amoretti*"　山口大学 英語と英米文学 32: 267-84

田中 晋　1997b『コリン・クラウト故郷に帰る』――故郷とは何か　『詩人の王 スペンサー』九州大学出版会 339-57

田中 晋　1999　ビュシレインの館――『妖精の女王』第3巻第11篇, 12篇解釈　山口大学 英語と英米文学 34: 111-25

土岐 知子　1996　折られた2つの笛――牧歌詩人エドマンド・スペンサーの目指したもの　東京女子大学 英米文学評論 42: 1-19

富原 裕二　2003　『アモレッティ』の聞き手 /you/ について　九州産業大学国際文化学部紀要 26: 67-79

山田 知良　1987　"'New Hierusalem' Visioned: Two Cantos of Mutabilitie"論考　熊本大学教養部紀要 外国語外国文学編 22: 45-69

山田 知良　1988a「赤十字の騎士」論考――美徳の騎士から神聖の騎士へ――　熊本大学教養部紀要 外国語外国文学編 23: 65-97

山田 知良　1988b　スペンサー・レキシコン試筆 (1)　熊本大学教養部紀要 外国語外国文学編 23: 131-51

Yamada, Chiyoshi　1988c　"The Destiny of a Virtuous Knight: A Study of Cantos 1-2 of Book 1 of *The Faerie Queene*"　熊本大学英語英文学 31: 1-27

山田 知良　1989, 1990, 1992, 1993, 1994a　"Spenser-Lexicon (2); (3); (4); (5); (6)"　熊本大学教養部紀要 外国語外国文学編 24: 85-115; 25: 69-99; 27: 57-103; 28: 13-68; 29: 1-44

山田 知良　1994b, 1955　"Spenser-Lexicon (7); (8)"　熊本学園大学文学・言語学論集 1巻1・2号 209-29; 2巻1号 195-217

山田 知良　1997　アーロー山上の裁き　『詩人の王 スペンサー』九州大学出版会 221-37

Yamada, Kikuko(山田起久子) 1981 "From *The Kalendayr of the Shyppars* to Spenser's *Shepheardes Calender*: Reality and Fiction" *Chiba Review* 3

山口　賀史　1974　Spenser の The Faerie Queene の Book I における「理性」同志社大学英語英文学研究 8

山口　賀史　1976　Britomart の愛の成長　同志社大学英語英文学研究 15: 7-31

山本　正　1993　「野蛮」の「改革」——エドマンド・スペンサーにみるアイルランド植民地化の論理　史林 76 巻 2 号 218-48

山下　浩　1978　The Faerie Queene（特に Book I-III）の本文について——序論　松本歯科大学紀要一般教養 7: 23-39

Yamashita, Hiroshi　1981, 1982　"The Printing of the First Part (Books I-III) of The Faerie Queene (1590) (I); (II)"　筑波大学現代語現代文化学系 言語文化論集 11: 143-78; 13: 231-84

山下　浩　2002　The Faerie Queene 編纂記——地に足を着けた英文学研究のために　英語青年 第 147 巻 12 号 743-46

山津　かおり　1995　『妖精の女王』第六巻試論——「第四の乙女」の創造　大阪府立看護大学医療技術短期大学紀要 1: 85-89

吉田　正憲　1997　スペンサーとワーズワス　『詩人の王 スペンサー』九州大学出版会　487-506

湯浅　信之　1961a　同時代人としての Spenser と Donne　広島大学英文学会英語英文学研究 7 巻 2 号 147-52

湯浅　信之　1961b　Spenser の The Visions of Bellay の研究　広島大学英文学会英語英文学研究 8 巻 1 号 37-51

Yuasa, Nobuyuki　1961c　"A Study of Metaphor in Spenser's Amoretti"　日本英文学会 英文学研究 37 巻 2 号 165-86

Yuasa, Nobuyuki　1972　"Spenser's Catalogues of Trees and Flowers and What They Tell Us about His Poetry"　広島大学英文学会英語英文学研究 18 巻 2 号 1-18

Yuasa, Nobuyuki　1977　"Rhetoric in the Sonnets of Sidney, Spenser and Shakespeare: A Morphology of Metaphor, Antanaclasis and Oxymoron"　日本英文学会英文学研究 英文号 33-52

湯浅　信之　1982a　浪漫主義批評におけるスペンサーとダン　広島大学英文学会英語英文学研究 26: 32-45

Yuasa, Nobuyuki　1982b　"She Is All Eyes and Ears: A Study of the 'Rainbow' Portrait of Queen Elizabeth"　上智大学ルネッサンス研究所　ルネッサンス研究 9　1-14

湯浅　信之　1985a　英詩における「影のない光」と「影のある光」上杉文世編『光のイメジャリー』桐原書店 449-65

湯浅　信之　1985b　スペンサー　上杉文世編『光のイメジャリー』桐原書店　498-505

湯浅　信之　1985c　アレゴリーの諸相　広島大学英文学会英語英文学研究 29: 1-65

湯浅　信之　1987　Spenser における愛の図像と修辞　『英米文学語学研究・松元寛先生退官記念論文集』英宝社　97-103

Yuasa, Nobuyuki   1995   "The Art of Naming: A Study of Fictional Names as an Element of Style in Chaucer, Spenser and Shakespeare"   *Poetica* 41: 59-83

あとがき

　本書は,『詩人の王スペンサー』(1997)に続き,日本スペンサー協会としては2冊目のエドマンド・スペンサー論集である。先回は『妖精の女王』出版400周年と協会設立10周年を記念したものであったが,今回は協会設立20周年を記念している。20年を記録する資料として,会報のすべてを関連文書と共に集録したことは,類書に例を見ない特色であろう。会報第1号は手書きであったし,最新号もパソコンから出した文書をコピーしてホチキスで留めたものであり,印刷ではない。会報は通常読み捨てられるものであるが,このような形で再録され,国会図書館所蔵本の中に残る意義は大きい。

　本書は,日本スペンサー協会会長の福田昇八先生と当協会の活躍を国際的に支えてくださったA.C.ハミルトン教授への謝恩と顕彰の意を込めた書物である。ハミルトン教授には愛情のこもる序文をお寄せいただき,心より感謝申し上げる。

　熊本大学スペンサー研究会から出発して日本スペンサー研究会が設立された経緯や,それが協会に発展してどのような活動を行ってきたかは,第3部の「日本スペンサー協会会報集録1985～2005」に詳しいのでここでは繰り返さない。また,福田先生のスペンサー関連の業績は,同じく第3部の日本スペンサー文献目録における先生のお名前の数や,執筆者紹介を見れば,一目瞭然であろう。しかし,それらにも現れていないスペンサー研究への先生の貢献について書かなければならない。

　福田先生は熊本大学スペンサー協会のメンバーとして故和田勇一先生を助けて翻訳作業を始められた。1969年に『妖精の女王』(文理),1974年に『羊飼の暦』(同),1980年に『スペンサー小曲集』(同),さらに1994年に『妖精の女王』の全面改訳版(筑摩書房)と,先生の精力的な仕事は続いてきた。2000年には単独訳で『スペンサー詩集』(筑摩書房)も上梓され,現在『妖精の女王』の韻文訳の完成を目指しておられる。これほどスペンサーと長く,深く付き合い,舐めるが如くにその詩行を読んできたスペンサー学者は,日本のみならず世界でも福田先生を措いてないのではないか。その意味で日本のスペンサー読者は例外なく福田先生の恩恵に浴しているといわねばならない。

　また先生は長く日本スペンサー協会運営の要であった。本会の会費は,当初年1,000円,その後値上げして4年ごとに5,000円となったが,このような低予算の運営は会長自らの貢献のおかげである。この20年間,上に記したような会報発行作業の大半を行ってくださったのも福田先生であり,他の者が会報の編集を引き受けた時期はわずか数年であった。先生のもとには海外からの情報もよく集まってくるが,それは先生が公私にわたり海外の学会・学者との交流を堅持してこられたからに他ならない。後

進の一人としてわが身を振り返り，不甲斐なさを恥じるばかりである。
　今回の論集は2004年5月の総会でその企画が確認され，当初は内輪の記念冊子になる予定であった。しかし，2005年5月の総会において実質的な原稿募集が行われ，同時に福田・ハミルトン両先生を顕彰するものに，という方向が出されるにつれて執筆者の意気は高まり，同年秋に原稿が集まってみると，専門的な論文集という形が露わになってきた。それならば先回の論集と同じ九州大学出版会からということになり，福田先生が出版会との交渉にあたってくださった。編集委員の島村宣男，水野眞理は原稿を読み，内容について何度も執筆者とやりとりを行い，また執筆者の意向を最大限に尊重しつつ，書式や表記の統一のための協力を求めた。さらに，福田先生にも初稿と印刷直前のゲラをお読みいただき，貴重なコメントをいただいた。執筆者の中に福田先生の直接の薫陶を受けた者は殆どいないが，今回，全員が先生から論文指導を受けたことになる。ここでも福田先生の惜しみないご尽力に感謝の言葉もない。
　協会設立から本書までの20年間には，故人となられた会員の方々がある。石井正之助，和田勇一，山田知良，そして藤井治彦の諸先生である。特に山田先生と藤井先生は先回の論集『詩人の王スペンサー』の執筆者であり，10年という年月の容赦ない力を感じざるを得ない。故人となられた方々のご冥福をあわせてお祈りしたい。一方この10年は新たなスペンサー研究者と新たな視点をも生み，それが本書を新鮮なものとしていると信じている。今後，福田先生の灯されたスペンサー研究の火を守り育て，「変化する点で永遠」，「継続によって無窮」に大きくしていく使命のあることを会員は銘記したい。
　なお，島村の発案になるタイトルの『詩人の詩人スペンサー』という表現は，リー・ハントが『想像力とファンシー』(1844)の中でチャールズ・ラムからの引用としてスペンサーに与えた称号である。これはウェストミンスター寺院の詩人コーナーにあるスペンサーの墓碑銘「詩人の王スペンサー」と対をなしている。
　最後に，本書の出版は当初2006年3月の予定であったが，それが遅延し，福田先生の提案された夏至の6月21日にも間に合わず，今般やっと出版の運びとなった。これは偏に経費節減のために版下制作を行った水野の力不足によるものであり，ここに深くお詫びを申し上げる。その間，辛抱強く本作りに付き合い，適切な助言を与えてくださった九州大学出版会編集部の藤木雅幸氏(2006年3月退職)，永山俊二氏，尾石理恵氏にこの場を借りて謝意を表したい。

2006年6月

水野 眞理

執筆者紹介 (執筆順)

A(lbert) C(harles) Hamilton

1921年カナダ, ウィニペッグ市生まれ。マニトバ大学で数学を専攻して英文学に転じ, トロント大学で修士, ケインブリッジ大学で博士の学位を得た。メアリー夫人に捧げられた最初の著書の序文には, カナダでノースロップ・フライ教授, イギリスでE.M.W.ティリヤード教授の指導を受け, さらにA.S.P.ウッドハウス教授とD.C.アレン教授の影響が大である旨が記されている。1952年からシアトルのワシントン大学, 1968年からはカナダ・キングストン市のクイーンズ大学で教えた。

スペンサー関連の論文多数。著書に, *The Structure of Allegory in "The Faerie Queene"* (1961), *The Early Shakespeare* (1967), *Sir Philip Sidney: A Study of his Life and Works* (1977), *Northrop Frye: Anatomy of His Criticism* (1990) がある。*Selected Poetry of Spenser* (1966)に次ぐ編書*The Faerie Queene* (1977)はその優れた注解によってスペンサー研究の金字塔になった。編集主幹を務めた *The Spenser Encyclopedia* (1990) は世界の学者200余名が寄稿したスペンサー学の集大成で, これによってハミルトンの名はスペンサー学の長老的存在になった。新版 *The Faerie Queene* (2001)で国際スペンサー学会賞を受賞。

1988年4月から3か月, 文部省招聘特別教授として来日し, 熊本大学を中心に講義を行い, 各地を歴訪して我が国研究者たちにとっても敬愛すべき存在になった。数年前から病身の夫人を自宅介護中だが, このほど世界中の学者の協力を求めて『妖精の女王』新版の細かな改訂作業を完成させた。

福田 昇八 (ふくだ しょうはち)

1933年熊本県生まれ。東京大学英文科卒, 東京大学修士。1959年から熊本大学法文学部, 教養部, 教育学部で教え, 98年から名誉教授。2003年, 九州ルーテル学院大学を退職, 現在, 熊本外語専門学校顧問。大学英語教育学会顧問。熊本大学スペンサー研究会の一員として活躍し, これを発展させて日本スペンサー協会を設立, その運営に当たり, 現在, 会長。

1970年から20年間, ワシントンD.C.日米協会の協力も得て熊本県下の中高英語教師の再教育事業に尽力した。その成果は『話せない英語教師』(1974), 『語学開国』

(1991)のほか，TESOL Quarterly 9:1 (1975), JACET Bulletin 8 (1977)などに発表。英語教育関係の共著書に，『ロックの心　1, 2, 3』(1982; 83; 85)，『ビートルズの心』(1986)，『アメリカ生活英語入門』(1997)，編書に『平川唯一のファミリーイングリッシュ』(1997)がある。大学教科書に『イギリス・アメリカ文学史　作家のこころ』(1989)などがある。

　ライフワークの共訳『妖精の女王』(1969; 94)の改訳作業はちくま文庫版(2005)で終了。韻文訳『スペンサー詩集』(2000)に次いで，現在は『妖精の女王』の韻文訳を日課とし，2008年の完訳を目指す。熊本大学スペンサー研究会訳『スペンサー詩集』(改訳版)は九州大学出版会から刊行準備中。スペンサーの詩の数秘構造に関する論文を国際誌に発表。ただ今，韻文訳の英米名詩選の出版交渉中。

竹村　はるみ　（たけむら　はるみ）

　姫路獨協大学外国語学部助教授。京都大学大学院博士課程修了。専攻は，スペンサー，シェイクスピアを中心とするエリザベス朝英文学。主要著書・論文に，『ゴルディオスの絆――結婚のディスコースとイギリス・ルネサンス演劇』(共著)（松柏社，2002)，「ロマンシング・ロンドン――エリザベス朝末期における大衆騎士道ロマンス」(『英文学研究』第81巻，2005)などがある。

島村　宣男　（しまむら　のぶお）

　関東学院大学文学部・大学院文学研究科教授。東京外国語大学大学院外国語学研究科修士課程修了。専攻は英語学(英語史)。主な著書に『英国叙事詩の色彩と表現――「妖精女王」と「楽園喪失」』(八千代出版，1989)，*Clad in Colours: A Reading of English Epic Poetry* (Kanto Gakuin UP, 2002)，『新しい英語史――シェイクスピアからの眺め』(関東学院大学出版会，2006)がある。

小田原　謠子　（おだわら　ようこ）

　中京大学教授。愛知日英協会理事。スペンサーの研究については本書の文献目録を参照。ルネサンス期英文学，とりわけスペンサーの詩を，神話とのかかわりで，ヨーロッパの知的伝統と歴史の中で捉えることを研究主題としている。他に，シェイクスピア，T. S. エリオット，ギリシア神話等の研究があり，近刊に『エリザベス朝演劇事典』(共同執筆)，『映画で楽しむシェイクスピア』(共著)がある。

小林 宜子 （こばやし　よしこ）

東京大学大学院総合文化研究科助教授。米国コーネル大学にて博士号を取得。これまでSpenser関連の2篇の論文のほか "Chivalry and History in the *Monk's Tale*"（*POETICA* 55, 2001）をはじめ，Chaucer, Langland, John Leland, John Bale に関する論文を発表。Chaucerと同時代の詩人Gowerの詩を論じた論考が，近々，ウェスタン・ミシガン大学出版局から出版される論文集 *On John Gower: Essays at the Millennium* に収録予定。

小迫 勝 （こさこ　まさる）

岡山大学教育学部教授。広島大学大学院文学研究科修士課程修了。日本英文学会中国四国支部副会長。近代英語協会理事・編集委員。スペンサーの言語研究については本書の文献目録の他，"Oxymora in Sidney's *Astrophil and Stella*"（『独創と冒険』英宝社，2001）がある。英語教育に関しては『英語教育実践学』（開隆堂，2005）など。『英語正誤辞典』（研究社，1986），『ワードパル和英辞典』（小学館，2000）を共同執筆。

祖父江 美穂 （そぶえ　みほ）

金城学院大学文学研究科博士課程修了。文学博士。現在，金城学院大学非常勤講師。論文・著作に「アーサー王サイクルから始まるテニソンとスペンサー」（『水の流れに──松浦暢教授古稀記念論集』中央公論事業出版，2000），共著に『英詩と映画──その愛と生と死』（松浦暢編著，アーツアンドクラフツ，2003），『映画で英詩入門──愛と悲しみ，そして勇気』（松浦暢編著，平凡社，2004）などがある。

鈴木 紀之 （すずき　としゆき）

金城学院大学文学部教授。The Bibliographical Society（英国書誌学会）会員。日本シェイクスピア協会会員。日本英文学会中部支部理事。スペンサー関連の研究については本書の文献目録を参照。その他，エリザベス朝演劇関連の論文多数（主として『金城学院大学論集』所収）。共訳に『英米タブー表現辞典』（大修館書店，1987），『スポーツからきた英語表現辞典』（大修館書店，1993）がある。

Richard McNamara

英国ブリストル大学で心理学，ヨーク大学でコンピュータ学を修めて来日。函館ラ・サール高校教師，札幌国際短期大学講師，九州ルーテル学院大学講師を経て，現在熊本県立大学非常勤講師。熊本大学修士課程で福田昇八教授の指導を受けて『妖精の女王』の数秘構造を研究し，*Spenser Studies* 他に論文を発表。「ぐりとぐら」以下の絵本や宮沢賢治童話集など多数の日本児童名作英訳本をタトル出版から共訳出版。

樋口　康夫　（ひぐち　やすお）

熊本県立大学教授。文学修士。日本英文学会（含，九州支部）会員。The Ray Society 会員。著書『花を愉しむ事典』（八坂書房，2000），『花ことば――起原と歴史を探る――』（八坂書房，2004）の他，植物関連の論文多数。

大野　雅子　（おおの　まさこ）

帝京大学文学部助教授。東京大学大学院英語英文学専攻博士課程中退。プリンストン大学比較文学科博士号。イギリス中世・ルネッサンス文学，平安朝物語，比較文学専攻。スペンサー関係の仕事としては，プリンストン大学博士論文 *Claims for Higher Narrative in the Tale of Genji and The Faerie Queene* の他，『ノスタルジアとしての文学，イデオロギーとしての文化――「妖精の女王」と「源氏物語」，ロマンスと物語』（英宝社，2006）など。

足達　賀代子　（あだち　かよこ）

大阪大学大学院文学研究科博士後期課程。日本英文学会会員。スペンサー研究の業績は文献目録掲載分の他，"The Hermaphrodite Cancelled: The Narrator's Counterargument in *The Faerie Queene*"（『英文学研究』英文号第 47 号，2006），「太陽の留保――『妖精の女王』におけるエリザベス一世と妖精女王の表象」（玉井暲，新野緑編『〈異界〉を創造する』阪大英文学叢書第 3 号）などがある。

岩永　祥恵　（いわなが　よしえ）

旧姓 高橋。立教大学大学院博士課程前期課程修了，英国ヨーク大学大学院修士課程修了。現在，駒沢大学などにおいて非常勤講師。日本シェイクスピア学会，日本ワイルド学会，英国マーロウ協会，米国マーロウ協会各会員。W. シェイクスピア，C. マーロウ等に関する研究業績がある。論文「ダイドウの純粋な生と死」（『英米文学』第 50 号，1990），「パッションの跳梁」（『イングリッシュ・エレジー』音羽書房鶴見書店，2000）などがある。

小紫　重徳　（こむらさき　しげのり）

神戸大学国際文化学部異文化コミュニケーション論講座（越境文化論）に所属。論文に，トマス・アクィナスの真理，徳性，正義，美についての各理論を枠組みとし『妖精の女王』の第 1，2，5 巻と『四つの讃歌』を分析したものがある。本論文集に収録されている論考をその嚆矢として，スペンサーがイタリアやフランスの牧歌やソネット・シークェンスといった文学様式をどのように受容・展開していったかを考察中。

本間 須摩子 （ほんま すまこ）

　国士舘大学非常勤講師。日本英文学会会員。スペンサーの小曲集を主な研究対象として，「『アモレッティ』——誹謗・称賛語のシステム——」（富士見・言語文化研究会「ふじみ」第20号），「『アモレッティ』——言葉の連鎖「炎」について——」（「ふじみ」第21号）などがある。小曲集におけるスペンサーの言葉遊びや音楽性に焦点を合わせ研究していく予定。

岩永 弘人 （いわなが ひろと）

　東京農業大学助教授。日本ワイルド協会副会長。専門は英国ルネサンス期の抒情詩（特にソネット）。現在の主な関心事はシドニー，スペンサー以外のマイナーなソネット詩人（バーンズ，コンスタブル，ワトソン，ギャスコインなど）と当時のペトラルキズムとの関係。共編著『論集イングリッシュ・エレジー』（音羽書房鶴見書店，2000），共著に『シェイクスピア大辞典』（日本図書センター，2002）がある。

村里 好俊 （むらさと よしとし）

　福岡女子大学文学部教授。日本スペンサー協会理事。翻訳書として，シドニー『ニュー・アーケイディア』第1巻，第2巻（大阪教育図書，1989,1997），ハミルトン『エリザベス朝宮廷詩人サー・フィリップ・シドニー』，『二歩進んだシェイクスピア講義』，『イギリス・ルネサンス恋愛詩集』（大阪教育図書，2006）などがあり，論文として，「シドニーとメアリ・ロウス」（『英語青年』2005年11月号），「父権制社会における女性の戦い」（『17世紀英文学と戦争』金星堂，2006）などがある。

岡田 岑雄 （おかだ みねお）

　横浜国立大学名誉教授。東京大学英文科卒。東京大学修士。シェイクスピアの『ソネット集』を中心に，イギリス詩に関心があり，『イギリス詩を学ぶ人のために』（世界思想社，2000）の「ソネット」を担当。ほかにシェイクスピアの『ハムレット』『ロメオとジュリエット』など劇作品論がある。

田中 晋 （たなか すすむ）

　山口大学人文学部教授。京都大学大学院博士課程中退。九州大学，京都大学助教授を経て現職。日本英文学会中国四国支部理事。ルネサンス期英文学を研究領域とし，特にシェイクスピア，スペンサー，シドニーらを中心に，作品に即して，当時の自然・愛・美等の理念の諸相を追求して，中世より近世への展開の実相を明らかにする。近世は単に中世の否定ではない所以を解明することを研究テーマとしている。

江川 琴美 (えがわ ことみ)

熊本大学文学部文学科卒。九州大学大学院修士課程(英文学専攻)修了。現在,同博士後期課程在籍。専門はジョン・ミルトンの詩を中心としたイギリス・ルネサンス(16-17世紀)文学。日本英文学会(九州支部)会員。十七世紀英文学会(東京支部)会員。日本ミルトン・センター会員。主要業績は論文 "Patience in the Restoration Wilderness: Millenarianism in *Paradise Regained*"(日本英文学会九州支部学会誌『九州英文学研究』21号,2004)。

水野 眞理 (みずの まり)

京都大学大学院人間・環境学研究科助教授。京都大学大学院博士課程修了。初期近代英国の文学における想像力の働きとその政治性を主要な研究テーマとしている。スペンサー関連では,「内なる異教徒──『妖精の女王』の文明論的読み方」(『詩人の王スペンサー』九州大学出版会,1997)のほか,*A View of the State of Ireland* の翻訳を進めつつある。

Contents in English

Shijin no shijin Spenser: Nihon Spenser Kyokai nijisshunen ronshu
[*The Poet's Poet: Anniversary Essays on Spenser*.
Edited by The Spenser Society of Japan. Fukuoka: Kyushu University Press, 2006]

   Preface   i
     A. C. Hamilton

   Four Meetings   3
     Shohachi Fukuda

Part I   *The Faerie Queene*

1. Restoring the Disfigured Saint: Spenser's Red Cross Knight   21
   Harumi Takemura

2. Spenser and Aristotle   35
   Nobuo Shimamura

3. The Birth Mythology concerning Belphœbe and Amoret   55
   Yoko Odawara

4. Rewriting Chaucer's *Squire's Tale*: Memory and Oblivion in the *Legend of Friendship*   67
   Yoshiko Kobayashi

5. On Some Functions of Rhyme in the Radigund Episode   93
   Masaru Kosako

6. The Knight of Courtesy and the Two Pastorals   115
   Miho Sobue

7. Spenser's Dedications to Queen Elizabeth in *The Faerie Queene*   127
   Toshiyuki Suzuki

8. Spenser's Dedicatory Sonnets as a Hymn to the Queen   143
   Richard McNamara

9. Spenser's Plants in *The Faerie Queene*   153
   Yasuo Higuchi

10. *The Faerie Queene* and *The Tale of Genji*: Fiction and Reality   165
    Masako Ono

Part II The Shorter Poems

11. The Fourth Grace: The Hymn of the Queen in *The Shepheardes Calender* — 183
    Kayoko Adachi

12. An Analysis of the Complaint in *Ruins of Time* — 199
    Yoshie Iwanaga

13. The Idea of Cultural Nationalism in *The Ruins of Rome* — 211
    Shigenori Komurasaki

14. Alliteration in Spenser's *Muiopotmos* — 241
    Sumako Homma

15. Spenser and Petrarchan Visions — 251
    Hiroto Iwanaga

16. Elegies of Spenser and Sidney: From Lamentation to Consolation — 261
    Yoshitoshi Murasato

17. Spenser and Shakespeare in the Sonnet Sequences — 279
    Mineo Okada

18. A Twofold Scheme of Love in Spenser's *Fowre Hymnes*: An Interpretation of the Dedicatory Epistle — 297
    Susumu Tanaka

19. *Prothalamion* as Spenser's Swan Song — 313
    Kotomi Egawa

20. Power of the Land: *A View of the Present State of Ireland* — 329
    Mari Mizuno

Part III Appendices

The Newsletters of the Spenser Society of Japan 1985-2005 — 345

Bibliography of Spenser in Japan — 417

Postscript — 441

Notes on Contributors — 443

詩人の詩人スペンサー	
日本スペンサー協会20周年論集	

2006年8月8日初版発行

編　者	日本スペンサー協会
発行者	谷　　隆　一　郎
発行所	㈶九州大学出版会

〒812-0053 福岡市東区箱崎7-1-146
九州大学構内
電話 092-641-0515（直通）
振替 01710-6-3677
印刷／㈲城島印刷　製本／篠原製本㈱

Ⓒ 2006 Printed in Japan　　ISBN4-87378-915-X

詩人の王スペンサー
福田昇八・川西　進 編　　　　　　　　四六判・548頁・5,200円

イギリス・ルネサンスを代表する詩人スペンサーの楽しさと偉大さを英文学を愛する一般読者を対象に平易に語る25編。寓意詩『妖精の女王』からベストセラー『羊飼の暦』ほかの小品に愛の詩人スペンサーの技とこころを描き出し，ワーズワスらへの影響を明らかにする。本邦初のスペンサー論集。

スウィフトの詩
和田敏英　　　　　　　　　　　　　　四六判・270頁・3,800円

これまで『ガリバー旅行記』や『桶物語』などの散文の陰に隠れて，スウィフトの詩はさして注目されなかったが，近年ようやく脚光を浴びるようになった。本書は，伝記をからめつつ詩人としてのスウィフトを論じた，日本で初めての本格的研究書である。

英国バラッド詩60撰
山中光義・中島久代・宮原牧子・鎌田明子・David Taylor 編著
　　　　　　　　　　　　　　　　　　菊判・316頁・7,000円

バラッド詩とは，庶民の叙事詩である英国伝承バラッドの様々な要素の模倣とそこからの発展によって生まれた，職業詩人たちによる作品をいう。日本初の本格的なバラッド詩のアンソロジーである本書は，バラッド研究の基礎資料であり，バラッド詩とは何かを提示した，英詩研究者待望の書。

英文学と道徳
園井英秀 編　　　　　　　　　　　　四六判・410頁・3,600円

道徳とは堅苦しいお題目ではなく，16世紀にサー・フィリップ・シドニーが教えかつ楽しませるものと表明して以来の英文学の伝統的特質である。本書は，英文学の道徳的楽しみだけではなく，男同士の愛の主題やキーツの「新道徳」など，この伝承の中にひそむ反道徳的な問題をも解き明かす。

愛と性の政治学 ── シェイクスピアをジェンダーで読む ──
朱雀成子　　　　　　　　　　　　　　四六判・268頁・2,600円

愛と性を管理しようとする父権制という権力構造は，魔女・娼婦・じゃじゃ馬・天使・女神などの女のレッテルを生み出した。本書は，シェイクスピアの描いた男女・家族の愛と性が，いかに〈政治〉と関係しているかをジェンダーの視点から探り，21世紀に生きるシェイクスピアの女と男を描く。

（表示価格は本体価格）　　　　　　　　　　　　　　　　九州大学出版会